जब आदमी पैदा होता है, तो भी
वह कोई शुरुआत नहीं है। पता नहीं
अपने साथ कितने सारे पुराने किए-गुज़रे
की पोटली साथ लेकर आता है....

—निर्मल वर्मा

पोटली

द्रोणवीर कोहली

राजपाल

स्थापित 1912
100 वर्षों की
श्रेष्ठ प्रकाशन परम्परा
राजपाल

₹ 375

ISBN : 9789350640166

प्रथम संस्करण : 2012, पहली आवृत्ति : 2016

POTLI (Novel) by Dronveer Kohli

मुद्रक : दीपिका एन्टरप्राइज़ेज, दिल्ली

राजपाल एण्ड सन्ज़

1590, मदरसा रोड, कश्मीरी गेट-दिल्ली-110006

फोनः 011-23869812, 23865483, फैक्सः 011-23867791

website : www.rajpalpublishing.com

e-mail : sales@rajpalpublishing.com

चाँदनी

ऐसा कैसे हुआ?

मैंने जिस लड़की को चाहा था, वह मुझसे दूर चली गई थी। शुक्ल पक्ष की नाईं प्रकट हुई थी और कृष्ण पक्ष की नाईं अलोप हो गई थी।

ऐसा क्यों हुआ?

मैंने जिस लड़की को नहीं चाहा था, वह औचक मेरी ज़िंदगी में आ गई थी।

ऐसा कैसे हुआ?

न मैंने चाँदनी से प्यार किया था, न चाँदनी को मुझसे प्यार था। मैंने चाँदनी को चाहा था, लेकिन चाँदनी ने मुझको नहीं चाहा था।

ऐसा क्यों हुआ?

वह मेरा घर नहीं, रैनबसेरा था...अढ़ाई दिन का झोंपड़ा...परिंदे का आलना। मैं पखेरू की नाईं रात बिताने वहां जाता था और उजाला होते ही निकल पड़ता था।

यह धनवंती का सरकारी क्वार्टर था जिसका बाहरी कमरा उसने मुझे दे रखा था। मैं उसी कमरे में उठता-बैठता और पढ़ता-लिखता था। उसी कमरे से धनवंती के मिलने-जुलने वाले आते-जाते थे। अग़ल-बग़ल के क्वार्टरों में कौन रहता है, क्या करता है, यह जानने का न मैंने कभी जतन किया, न ऐसा करने का कोई प्रयोजन था। देर रात ढाबे पर खा-पीकर लौटता, तो सरकारी कर्मचारियों की बस्ती में सोता पड़ चुका होता। धनवंती के मुख से ही सुना था कि दाईं बग़ल वाले क्वार्टर में कोई पौरी परिवार रहता है जिनकी इकलौती बेटी है। मिस्टर और मिसिज़ पौरी यदा-कदा आते-जाते दिखाई पड़ जाते थे। ढलती उम्र के मिस्टर पौरी कद-काठी से ऊंचे-लंबे, गेहुंए रंग के दुबले-पतले इनसान थे। मिसिज़ पौरी ठिंगने कद की गोरी-चिट्टी एवं भारी-भरकम महिला थीं। इस परिवार से अभी तक न मेल-मुलाकात हुई थी, न मुझे कभी इसकी ज़रूरत महसूस हुई थी।

मैं भी सरकारी नौकरी में था। इसके साथ सांध्यकालीन कॉलेज में पढ़ाई भी करता था और आई. ए. एस. की प्रतियोगिता में बैठने के लिए फ़ार्म भी मंगवा रखा था।

पौरी परिवार से मेल-जोल बढ़ाने का संयोग भी हुआ, तो दैनिक अख़बार

के बहाने। मैं *स्टेट्समैन* लिया करता था और मिस्टर पौरी के घर अख़बार वाला *हिंदुस्तान टाइम्स* डाल जाता था। उस रविवार *हिंदुस्तान टाइम्स* देखने की ज़रूरत पड़ी, तो मैं अपना *स्टेट्समैन* लिये-लिये मिस्टर पौरी के बरामदे में गया। संकोचपूर्वक घंटी का बटन दबाया। दरवाज़ा खोलने आए भी, तो स्वयं मिस्टर पौरी। मुझे देखते ही तपाक से बोले, ''आओ, आओ, उल्लास! भीतर आओ।''

मैं उनकी चौखट पर ठिठका खड़ा था।

मेरे लिए यह घोर अचरज की बात थी कि मिस्टर पौरी मेरा नाम जानते थे।

''सर, दो मिनट के लिए *हिंदुस्तान टाइम्स* दे सकेंगे?'' मैंने झिझकते हुए अपना अख़बार उनकी तरफ़ बढ़ाया।

''भीतर तो आ, भाई!''

''सर...''

लेकिन मिस्टर पौरी बड़ी बेतकल्लुफ़ी से मेरा हाथ पकड़ कर भीतर ले चले, ''चौखट पर खड़े बात कर रहे हैं...'' वह आगे-आगे चलते हुए बोलते जा रहे थे। फिर अचरज से पूछते हैं, ''उल्लास! तुम अब भी *स्टेट्समैन* पढ़ते हो जो अंग्रेज़ों का पिट्ठू है?''

मैं क्या जवाब देता।

वास्तव में, मैं *स्टेट्समैन* दो प्रयोजनों से लिया करता था : एक तो उसमें खुशवंत सिंह की 'पैरिस डायरी' छपती थी, जिसे मैं नियमपूर्वक पढ़ता था; दूसरे, रविवार को इस अख़बार में बाल-स्तंभ 'प्लेटाइम' छपता था, जिसमें मैं बाल-कथाएं भेजता रहता था। मिस्टर पौरी को मैंने यह बताया, तो वह ठिठक कर मेरा मुंह देखने लगे, ''तुम लिखते भी हो!'' फिर बोले, ''इतना सब कैसे कर लेते हो! दिन में दफ़्तर। शाम को कॉलेज की पढ़ाई। रात देर से लौटते हो। कब लिखते हो, कब सोते हो!''

'तो इन्हें मेरी दिनचर्या की भी जानकारी है!'

मैं फीकी हँसी हँस दिया।

हम भीतरी बरामदे में डाइनिंग टेबल के साथ खड़े थे।

''किससे बतिया रहे हो?'' किचन में से मिसिज़ पौरी निकल कर आईं। मुझे देखते ही पहले चकित और फिर प्रसन्न हो कर बोलीं, ''आज उल्लास कैसे रास्ता भूल गया!''

''हम बांध कर लाए हैं,'' मिस्टर पौरी गर्व से बोले, ''देखो, एक लेखक हमारी दीवार के पीछे रहता है और हम जानते ही नहीं! उल्लास की कहानियां *स्टेट्समैन* में छपती हैं।''

संयोग से, उसी इतवार मेरी बालकथा 'प्लेटाइम' में छपी थी। मिस्टर पौरी ने अख़बार ले कर 'प्लेटाइम' वाला पन्ना खोल कर मेरा नाम देखा, तो चकित स्वर में पत्नी को बताते हैं, ''लो, देख लो। हाथ कंगन को आरसी क्या!''

मिसिज़ पौरी अख़बार हाथ में लें कि इससे पहले उनकी बेटी दौड़ती हुई आई, ''पापा, पापा, हमें दिखाओ!'' उसने मेरी तरफ़ नज़र उठा कर देखा तक नहीं।

बाप के हाथ से अख़बार झटकते हुए बोली, "पहले हम पढ़ेंगे," और डाइनिंग टेबल पर अख़बार फैला कर पढ़ने बैठ गई।

वह कोई तेरह-चौदह बरस की कन्या थी।

"यह मेरी बेटी है, रेखा," मिस्टर पौरी ने उसके सिर पर हाथ फेरते हुए कहा।

"मत करो न, पापा! पढ़ने दो।" रेखा सिर झटकते हुए ऐसे बोली, जैसे कहानी पढ़ते हुए वह किसी प्रकार की अड़चन नहीं चाहती थी।

मिसिज़ पौरी ने हँसते हुए कहा, "उल्लास, बैठो। मैं चाय का पानी रखती हूं।"

"नहीं, मैम, नहाने से पहले मैं कुछ ग्रहण नहीं करता।"

मेरे इस पंडिताऊ कथन से उस ठिंगनी, गोरी-चिट्टी, बिल्लौरी आंखों वाली महिला को ठिठोली सूझी। उल्लसित स्वर में हाथ जोड़ कर नतमस्तक हुई, "जो आज्ञा, म्हाशा जी!"

हम तीनों ठहाका मार कर हंस पड़े। रेखा ने आंख उठा कर भी नहीं देखा। इतनी तल्लीन हो कर वह मेरी लिखी कहानी पढ़ रही थी।

"कहानी छपवाने में कितने पैसे लगते हैं?" अचानक मिस्टर पौरी ने यह सवाल किया।

मैंने हंसते हुए कहा, "सर, पैसे लगते नहीं, उलटा मिलते हैं।"

"अच्छा!" यह उनके लिए और भी आश्चर्य की बात थी। "कहानी लिखो तो पैसे भी मिलते हैं!"

मैं खिसियाया-सा खड़ा देख रहा था।

"इस कहानी के लिए तुम्हें कितने पैसे मिले?"

"मिलेंगे।" मैंने बताया। "इससे पहले जो कहानी छपी थी, पचास रुपये का चैक आया था।"

"पचास रुपये!" यह उनके लिए और भी हैरानी की बात थी। पति-पत्नी अविश्वास से एक-दूसरे का मुंह देख रहे थे।

"कहानी के लिए पच्चास रुपये!"

मैंने अपनी तरफ़ से उन्हें इस तरह कायल करने की कोशिश की, "जिस तरह राजमिस्त्री एक-एक ईंट रख कर दीवार चुनता है और मेहनताना पाता है, उसी तरह लेखक भी एक-एक शब्द जोड़ कर कहानी लिखता है और पारिश्रमिक पाता है।"

"परीशर...?" मिस्टर पौरी असमंजस में पड़े देख रहे थे।

मैंने धीरे-धीरे उच्चारण किया, "पा-रि-श्र-मिक...समझ लीजिए, मज़दूरी - अंग्रेज़ी में जिसे आनरेरियम बोलते हैं।"

"यह तो पहली बार सुन रहे हैं।"

मिसिज़ पौरी कहती हैं, "हम लोग तो बीसियों कहानियां बालकों को सुनाते हैं।"

मैंने हंसते हुए कहा, "तब तो आप इस बालक को भी सुनाया करो।"

"हट! तू बालक है?" वह बिल्लौरी आंखें मींच कर हंसते हुए कह रही थीं। "तेरी उम्र के तो घर बसा रहे हैं।"

मैंने हंसते हुए कहा, "हमारी दादी भी यही कहती है।"

"तेरी दादी अभी ज़िंदा है?" मिसिज़ पौरी की नीली आंखें फैल गई थीं।

मैंने गर्व से कहा, "एक भी बाल चिट्टा नहीं हुआ हमारी दादी का।"

"अपनी चक्की के पिसे आटे की रोटी खाती होगी!" मिस्टर पौरी हंसते हुए बोले।

"यही समझिए!" मैंने हंसते हुए कहा। इस पर ज़ोर का ठहाका लगा। लेकिन रेखा एकाग्रचित्त हो कर अख़बार पर झुकी पढ़ रही थी। उसने सिर उठा कर देखा तक नहीं हमारी तरफ़।

पहली मुलाकात में ही मेरे और उस परिवार के बीच औपचारिकता की जो दीवार खड़ी थी, वह ढह गई थी।

धनवंती शायद अपने आंगन में खड़ी सुन रही थी। दोनों क्वार्टरों के विशाल आंगनों के मध्य सात फुट ऊंची विभाजक दीवार थी। एक घर में बात करो, तो दूसरे घर में सुनाई पड़ती थी। धनवंती ने वहीं से पुकारा,"उल्लास बेटे! आ कर नहा ले। जमादारिन बाथरूम साफ़ करने खड़ी है।"

"अब इजाज़त दीजिए।" मैंने हाथ जोड़ कर कहा।

"बेटे, मिलते रहा करो।" मिसिज़ पौरी ने दबी ज़बान में कहा, ताकि उधर खड़ी धनवंती सुन न ले। "इतने दिनों से तुम पड़ौस में रहते आ रहे हो। मिलना-जुलना तो दूर, कभी दुआ-सलाम तक नहीं। धनवंती अकसर तेरा ज़िक्र किया करती है। बेटे, सब कुशल-मंगल रहे। सुख है, दुख है, पास-पड़ौस ही काम आता है। दफ़्तर का काम और पढ़ाई-लिखाई ही तो सब कुछ नहीं होता!। मिल-बैठने का वक्त भी निकालना चाहिए।"

बात पूरी की मिस्टर पौरी ने, "आज इतवार है। साथ वाले क्वार्टर में डॉक्टर फूलचंद रहते हैं। थोड़ी देर बाद उनके बरामदे में कैसी महफ़िल जमती है। देखा करो, लोग छुट्टी के दिन किस तरह मौज-मस्ती करते हैं।"

रेखा ने कहानी पढ़ ली थी। एकदम खड़ी होते हुए मुझसे नहीं, मां से कहती है, "ममी, बड़ी अच्छी है।" और कमरे में चली गई। मेरी तरफ़ मुड़ कर देखा तक नहीं।

मिस्टर पौरी बोले, "बड़ी शर्मीली है।"

"उल्लास बेटे," मिसिज़ पौरी ने अधिकारपूर्वक कहा, "आज बाहर कहीं नहीं जाओगे। मैं आलू-पूरी बना रही हूं...जल्दी से नहा कर आओ। साथ बैठ कर नाश्ता करेंगे।"

"मैम..."

"हम कुछ नहीं सुनेंगे।" मिस्टर पौरी ने मुझे कुछ बोलने नहीं दिया। "जल्दी से नहा कर आ।"

मैं कमरे में लौट कर आया, तो धनवंती मुझे संशय से ताड़ते हुए कहती है, "आज बड़े हँस-हँस कर बतिया रहे थे पौरियों से। पहली मुलाकात में ही इतना 'दोस्तम्मा' हो गया!"

मैं खिसियाते, सिर खुजलाते हुए गुसलखाने की तरफ़ भागा।

इस तरह, पौरी परिवार में मेरा आना-जाना शुरू हुआ। मुझे भी अच्छा लगने लगा था। जो स्नेह मुझे अपनों से नहीं मिला, वह पराए कहे जाने वाले इन लोगों से मिलने लगा। किसी दिन कॉलेज से जल्दी आ जाता, तो मिस्टर पौरी गपशप करने के बहाने पकड़ कर ले जाते। छुट्टी वाले दिन तो सुबह की चाय और नाश्ते के लिए बाहर जाने ही न देते।

इनके कोई बेटा नहीं था। लगता था, वे इस अभाव को मुझमें पूरा करना चाहते थे। मैं सोचता, मैं इन्हें क्यों वंचित करूं इस सुख से! डाइनिंग टेबल पर बैठने में संकोच करता, तो मिस्टर पौरी मुखर हो कर कहते, "यार, इतना अखरता है ग़रीबखाने की मेज़ पर बैठना, तो जो पैसा ढाबे वाले को देते हो, हमें दे दिया करो।"

पौरी परिवार के साथ मेरी यह बढ़ती निकटता देख एक दिन धनवंती ने मुझे सावधान किया। उसने ऐसी बात कही जिसकी मैंने कल्पना भी नहीं की थी।

"उल्लास!" धनवंती ने एकांत में मुझसे कहा, "तेरे पर डोरे डाल रहे हैं ये लोग।"

मैं धनवंती का मुंह देख रहा था।

"सोच, इन्हें तेरे से अच्छा लड़का कहां मिलेगा!"

"आंटी, यह आप क्या कह रही हैं!"

"ये लोग तेरे गले रेखा मढ़ना चाहते हैं..."

"आंटी!" मेरे लिए यह घोर अचरज की बात थी। "रेखा तो अभी बच्ची है।"

"उल्लास, तू समझदार तो है, लेकिन दुनिया के छल-कपट से वाकिफ़ नहीं है। रेखा देखने में बच्ची ज़रूर लगती है। लेकिन सतरह-अठारह से कम की क्या होगी।"

विश्वास करते नहीं बनता था। महीना-डेढ़ हो चला था मुझे पौरी परिवार के साथ उठते-बैठते हुए। लेकिन ऐसा कोई संकेत नहीं मिला था - न मिसिज़ पौरी की आंखों में, न मिस्टर पौरी के व्यवहार में। हो सकता है, रेखा इतनी उम्र की हो, लेकिन उसके अविकसित अंगों को देख कर वह मुझे तेरह-चौदह बरस से अधिक की नहीं लगती थी। फिर उसमें ऐसी कोई चंचलता मैंने नहीं देखी थी, जैसी किसी षोडषी की देह में होती है। न कभी आंख चुरा कर मुझसे बात करती थी। और न ही मेरे मन में उसके प्रति कभी कोई कुत्सित विचार आया था। मैं दफ़्तर में, कॉलेज की पढ़ाई में और प्रतियोगी परीक्षा की तैयारी में जुटा था। जो थोड़ा समय मिलता, उसमें लिखता-पढ़ता। लेकिन धनवंती ने यह बात कह कर

मेरे कान खड़े कर दिए थे। यही नहीं, उसने यह भेद भी बताया कि रेखा इनकी अपनी संतान नहीं थी! गोद ली हुई थी!!

"बात अपने तक रखना।" धनवंती चौकन्नी हो कर बोल रही थी। "मिस्टर और मिसिज़ पौरी बे-औलाद थे। रेखा को ख़रीद कर लाए हैं। किसी कस्बे के नर्सिंग होम में कोई अनब्याही लड़की इसे जन्म दे कर छोड़ गई थी। इनकी जान-पहचान थी। नोटों की गड्डियों से तौल कर यह लड़की ही नहीं, यह सर्टिफ़िकेट भी लाए हैं कि मिसिज़ पौरी ने इस नर्सिंग होम में इस बच्ची को अपनी कोख से जन्म दिया है। इस तरह, औलाद भी मिल गई और गोद लेने की कानूनी कार्रवाई से भी बच गए।"

यह थी तो चौंकाने वाली बात, लेकिन मेरे लिए कोई महत्त्व नहीं रखती थी।

"और सुन," धनवंती मुंह के आगे पल्लू रख कर आगे-पीछे देखते हुए कह रही थी, "रेखा को फुलबहरी का, सफ़ेद कोढ़ का रोग है। छाती पर और जंघाओं पर दाग़ हैं। मैंने अपनी आंखों से देखे हैं। यह लड़की किसी की नाजायज़ संतान हो सकती है...किसी अमीरज़ादे की खाई-खेली बेटी की या ग़ुरबत के मारे किसी परिवार की लड़की की भी।"

सचमुच, इस रहस्योद्घाटन ने मुझे बुरी तरह झकझोड़ कर रख दिया था। ये लोग मधुर संबंध बना कर मुझ पर डोरे डाल रहे हों। धनवंती चाहे मेरे हित की बात कह रही थी, फिर भी, मैं ऐसा कोई फ़ैसला नहीं कर सकता था जो कहा-सुनी पर या संदेह पर आधारित हो। थोड़ा सतर्क ज़रूर हो गया। पौरियों के घर आना-जाना थोड़ा कम करने की सोची। अधिक समय मैं बाहर व्यतीत करने की कोशिश करता।

धनवंती के साथ हमारा कोई पारिवारिक संबंध नहीं था। पाकिस्तान में हम एक ही मुहल्ले में रहते थे और धनवंती के घर वालों का हमारे परिवार वालों से, ख़ासकर मेरी दादी से, अपनापा था। धनवंती के पति का तबादला बहुत पहले दिल्ली हो गया था। दफ़्तर में अचानक दिल का दौरा पड़ने से उसका देहांत हुआ, तो सरकार ने अनुकंपास्वरूप धनवंती को नौकरी देने के साथ-साथ यह क्वार्टर भी रखने की अनुमति दे दी थी। दिल्ली में जब से मेरी नौकरी लगी थी, मैं धनवंती के साथ ही रहता आ रहा था। इस नाते मैं धनवंती को अपनी हितैषिणी मान सकता था। लेकिन यह भी समझता था कि वह ज़रूरत से ज़्यादा मेरी सरपरस्त बन कर मुझे अपना शरण्य समझने लगी है।

लेकिन यह मैल एक दिन सहसा मेरे मन से धुल गई।

मैं दफ़्तर जाने के लिए साइकिल निकाल रहा था। रेखा और मिसिज़ पौरी अपने बरामदे में खड़ी थीं। मुझे देखते ही मिसिज़ पौरी ने आ कर कहा, "उल्लास बेटे! तेरे को थोड़ी तकलीफ़ तो होगी, बहन को ज़रा अजमेरी गेट तक छोड़ता जा। आगे चितली कब्र के लिए रिक्शा ले लेगी।"

इस एक बात ने मेरे सारे संशय दूर कर दिए। लेकिन धनवंती को इसमें भी पौरियों की चाल दिखाई दी थी।

संयोग ऐसा हुआ कि उन्हीं दिनों मुझे नौकरी में पहली तरक्की मिली। मिस्टर

और मिसिज़ पौरी ने इस तरह हर्ष प्रकट किया, मानो उनके अपने बेटे का ओहदा बढ़ा हो। मिस्टर पौरी ने मेरी पीठ थपथपाते हुए कहा, "देखना, अब तुम आई. ए. एस. में भी आ जाओगे, मेरा दिल कहता है।"

मिस्टर पौरी धीरे-धीरे औपचारिकता की सारी सीमाएं लांघ रहे थे। एक दिन बातों ही बातों में बेतकल्लुफ़ी से मेरी बात काटते हुए कहते हैं, "चुपस्साले...!" और हंसते चले गए।

मुझे यह संबोधन इतना अपनत्व भरा लगा कि मैं भी दिल खोल कर हंसता रहा। लेकिन मिसिज़ पौरी को इतना खुलापन अच्छा नहीं लगा। पति से बोलीं, "क्या अनपढ़ों की बोली बोल रहे हो!"

"मैं इससे पूछ रहा हूं, कुछ बचा कर भी रखता है या सारी तनख़ाह उड़ा देता है।"

मैंने कहा, "पौरी साहब, आजकल पैसा बचता कहां है?"

"मां-बाप को भेजते होगे।"

"कहां! इतना होता, तो भेजता। कॉलेज की फ़ीस है। किताबों-कापियों का ख़र्चा है। दफ़्तर में कैंटीन का ही इतना बिल आ जाता है। साइकिल का रखरखाव है। फिर पचास रुपये तो कमरे के ही चले जाते हैं।"

पति-पत्नी ने बेहिसाब चौंकते हुए एक-दूसरे की तरफ़ देखा।

"अच्छा!" मिस्टर पौरी ने कहा, "धनवंती खाट डालने के पचास रुपये चार्ज करती है तेरे से, वो भी सरकारी क्वार्टर में! तू तो बोलता था, धनवंती से तुम्हारे पारिवारिक संबंध हैं!"

मिसिज़ पौरी ने खांस कर इशारा किया, तो मिस्टर पौरी ने बात आगे नहीं बढ़ाई। उसे दूसरा मोड़ देते हुए बोले, "तेरी पगार बढ़ गई है। कोई ज़िम्मेदारी भी ख़ास नहीं। सयाणे कह गए हैं - पैसा-पैसा जोड़िए, रुपया बन जाता है।"

मैंने हंसते हुए कहा, "यह बात मेरी दादी कहा करती है।"

"ग़लत नहीं कहती। दादी के उपदेश को गांठ बांध लो। अपने तजुर्बे से बताता हूं। हर महीने बैंक में थोड़ा-थोड़ा भी डालो, तो देखोगे, रकम किस तरह बढ़ती है। वह कहते हैं न...."

"पौरी साहब, अभी तो मैंने बैंक अकाउंट भी नहीं खोला।"

यह सुन कर उन्हें घोर अचरज हुआ, "ऐसा!" फिर अधिकारपूर्वक बोले, "बच्चू, मैं तेरे तस्मे कसता हूं। कल ही तेरा खाता खुलवा देता हूं।"

मिस्टर पौरी ने मेरी एक नहीं सुनी। अगले दिन ही मुझे पकड़ कर ले गए और पंजाब नेशनल बैंक में मेरा खाता खुलवा दिया।

"अब हर महीने दूसरी तारीख को सारी तनख़ाह बैंक में डाल दिया करोगे। वक्तन-बफ़क्तन ज़रूरत के मुताबिक निकालते रहना। जितना पैसा खाते में बचा रह जाएगा, उस पर सूद और फिर जितना सूद-दर-सूद मिलेगा, उससे तेरे कई ख़र्चे निकल जाएंगे, समझे!"

महीना-डेढ़ ही बीता था कि धनवंती की बात सच होती दिखाई दी—लेकिन उस रूप में नहीं, जिस रूप में इस विधवा ने कल्पना की थी।

उस दिन मुझे कॉलेज नहीं जाना था। दफ़्तर से सीधा घर आया। बरामदे में साइकिल खड़ी कर ही रहा था कि धनवंती भीतर से निकल कर आई। चौखट में खड़ी-खड़ी मुस्काते हुए बोली, "जल्दी आ गए! मिसिज़ पौरी दो बार पूछ गई है।"

"क्या कहती थीं?"

"जा कर खुद पूछ ले न!"

धनवंती की छद्‌म मुस्कान-भरी चितवन मुझे अखर गई।

"बोलती थी, उल्लास को फ़ोन तो करवा दिया था दफ़्तर में। अभी आया नहीं।"

"बात क्या है?" मैंने टोकरी में रखी कापियां-किताबें वापस रखते हुए धनवंती की तरफ़ देखा। ऐसा क्या ज़रूरी काम आ पड़ा था कि इन्होंने दफ़्तर में फ़ोन करने की ज़रूरत समझी और फिर मिसिज़ पौरी दो बार पूछ गई हैं?

"जा, तेरी इंतज़ार में बैठे हैं..." वह हंसती हुई भीतर जाते-जाते खड़ी हो गई।

पतलून के पायंचों से क्लिप उतार कर मैंने टोकरी में डाले। पौरियों के क्वार्टर की तरफ़ जाने को तत्पर हुआ, तो धनवंती पहले की तरह ठिठोली करते हुए बोली, "ऐसे कैसे जा रहा है! मुंह-हाथ धो कर तो जा। बाल इस तरह उड़े हैं, जैसे कौआ आंधी में से निकल कर आता है।"

धनवंती ठठा कर हंसी, तो डर लगा कि कहीं इसका डेंचर ही बाहर न आ जाए।

चलते-चलते मैं उंगलियों से बालों में कंघी करते हुए हुए जा रहा था। मिस्टर पौरी के बरामदे में जा कर घंटी बजाई। भीतर से रेखा का स्वर सुनाई पड़ा, "आइइइइ..." और उसने आ कर जल्दी से दरवाज़ा खोला। मुझे देखते ही उल्लसित हो गई। भीतर मुंह करके खूब ऊंचे स्वर में घोषणा करती है, "भइया आ गए।"

मिस्टर पौरी हंसते हुए आए, "कहां अटक गए थे? दफ़्तर में फोन किया था, जल्दी आ जाना।"

मिस्टर पौरी मेरा हाथ पकड़ कर खींचते हुए मुझे भीतर ले चले। बरामदे में रखे डाइनिंग टेबल तक आते-आते मैं ठिठका। खुले आंगन में मेज़-कुर्सियों पर मिसिज़ पौरी के साथ एक युवक और एक युवती बैठे थे।

"ओय, बिदक क्यों रहा है! घर के ही बंदे हैं। आ..."

मिस्टर पौरी ने परिचय कराया, "उल्लास, मिलो, हमारे इकलौते साले साहब से।"

गोरे-चिट्टे युवक ने उठ कर हाथ मिलाया, "आई एम अशोक।"

"नमस्कार! मुझे उल्लास कहते हैं।" मैंने झिझकते हुए कहा और यही सोचा कि अशोक के साथ बैठी लड़की उसकी पत्नी होगी, लेकिन मिस्टर पौरी ठिठोली करते हुए बोल रहे थे, "और यह है हमारी इकलौती प्यारी-प्यारी साली, चाँदनी।"

मैं जितना सहज होने की चेष्टा कर रहा था, उतना ही असहज हो गया। नमस्कार की मुद्रा में आंख भर कर चाँदनी को देखा। हलके आसमानी रंग की सलवार-कमीज़ और काली चुनरी में जैसे काली घटाओं से झांकती साक्षात ज्योत्स्ना उतर आई थी।

मिस्टर पौरी को ठठा सूझा। हंसते हुए मिसिज़ पौरी की तरफ़ इशारा करके कहते हैं, "और आप किसी के परचै की मुहताज नहीं हैं। इनसे मिलो, चाँदनी की बड़ी बहन जी से, जो संजोग से हमारी धरमपत्नी भी हैं।"

कोई अनोखी बात नहीं कही थी मिस्टर पौरी ने। फिर भी, हम सब हँस पड़े—सिवाय चाँदनी के। चाँदनी हँसी नहीं थी। मैंने देखा, मुखमंडल उसका अरुणाभ ज़रूर हो आया था।

मिसिज़ पौरी थोड़ा खीजते हुए मिस्टर पौरी से कह रही थीं, "कभी तो सीरियस हुआ करो। बेटे को बैठने के लिए कहा नहीं और शुरू हो गए ऊटपटांग बातें करने...उल्लास, आओ, बैठो!" और उन्होंने अपने साथ वाली कुर्सी पर हाथ मारा।

मैं संकोचपूर्वक बैठ गया। चाँदनी मेरे सम्मुख बैठी थी।

मिस्टर पौरी अब तनिक गंभीर स्वर में बोल रहे थे, "अशोक साहब! उल्लास हमारे पड़ौसी ही नहीं, हमारे गहरे दोस्त भी हैं। सरकारी नौकरी के साथ-साथ ईवनिंग कॉलेज में एम. ए. की पढ़ाई करते हैं और आई. ए. एस. की तैयारी कर रहे हैं।"

मैं सुन नहीं रहा था। मेरी निगाहें चाँदनी पर टिकी थीं। पलांश के लिए चाँदनी की पलकें उठी थीं और झपक कर उन्मीलित हो गई थीं। चाँदनी इस तरह बैठी लगती थी, मानो ज्योत्स्ना उमड़-घुमड़ कर आती घटा में घुल जाने के भय से व्याकुल हो।

मिसिज़ पौरी ने बहन को इस दुविधा से उबारने के प्रयोजन से कहा, "आज चाँदनी अपने हाथ से चाय बना कर सबको पिलाएगी। जा, पुत्तर, रेखा तेरे को चाय-चीनी निकाल देगी। देखना, कितनी अच्छी चाय बनाती है मेरी बहन।"

चाँदनी को जैसे पैरोल मिल गया। तत्काल उठी और आंचल संभालते हुए भागी। यह लड़की बड़ी बहन की तरह ही गोरी-चिट्टी और निर्मल कांति की और छरहरे बदन की थी। भागी, तो काली चुनरी में से लाल फीतों में बंधी उसके भूरे बालों की लंबी चोटियां नितंबों पर झूल रही थीं।

मिस्टर पौरी ने अशोक को उठा दिया, "पुत्तर, तू भी जाके हाथ-मुंह धो, आराम कर।"

अशोक के जाते ही मिस्टर पौरी ने मेरी तरफ़ मुंह करके अप्रत्याशित रूप से यह बात कही : "उल्लास बेटे! तू जानता है, हम मुंह देखी बात नहीं करते। हमारा खेल खुला फ़र्रुख़ाबादी। अभी तक हम अच्छे दोस्त थे। क्यों न इस दोस्ती को हम रिश्तेदारी में बदल दें...

मैं चौंका! क्या कह रहे हैं?

"अगर तेरे को चाँदनी पसंद है..."

मैं हतप्रभ!

"उल्लास! हमने जिस तरह, बिना किसी छिपाव-दुराव के यह प्रस्ताव किया है, तू भी वैसी ही साफ़गोई से अपनी बात कह। तू हां कहेगा,तो हमें ख़ुशी होगी। नांह कहेगा, तब भी बुरा नहीं लगेगा।"

मुझसे कुछ कहते नहीं बन पड़ा। ऐसे हुआ था, जैसे राह चलते कोई किसी से कहे कि मैं संतमेंत में अपना सर्वस्व तुम्हें देना चाहता हूं, लोगे? सच कहता हूं, चाँदनी मेरे कलेजे में उतर गई थी। मैं ख़ुदमुख़तार होता, निर्णय लेने का मुझे अधिकार होता, तो बैठे-बैठे ही हामी भर देता। भविष्य मेरा था। लेकिन उसको दिशा देने वाली लगामें मेरे हाथों में नहीं थीं।

यह सब इतनी जल्दी-जल्दी हो गया था कि मैं कुछ भी सोच नहीं पा रहा था। चाँदनी की कोमल गोरी देहयष्टि आंखों के सामने लहराती दिखाई पड़ती थी।

मिसिज़ पौरी ने कहा, "यही समझ कि अपने माता-पिता के सामने बैठे हो।"

चाय की ट्रे ले कर आने वाली चाँदनी नहीं, रेखा थी जो मुझे देख-देख कर मुस्का रही थी। वैसा नहीं हुआ था, जैसा ऐसे मौकों पर लोअर मिडिल क्लास घरों में होता है। पूरी तरह सजी-धजी कन्या आंचल से सिर ढके दोनों हाथों में चाय और मिठाई की ट्रे लिये-लिये मुस्काती-सकुचाती हुई आती है और बैठकख़ाने में बैठे आगंतुकों के आगे ट्रे रख कर लजाती हुई जल्दी-जल्दी भाग जाती है।

मैंने अपने आपको संभालने की कोशिश की। अपनी बात कहते हुए थोड़ी कठिनाई हुई। रेखा गई, तो मैंने किसी तरह यह बात कही, "पौरी साहब, अभी तो एम. ए. की पढ़ाई बाकी है। फिर प्रतियोगी परीक्षा में भी बैठना है..."

"तू रहा मूरख का मूरख। अरे, हम चट मंगनी, पट ब्याह के लिए थोड़े बोल रहे हैं..."

मैंने आंखें नीचे रख सकुचाते हुए किसी तरह कहा, "सर, मैं इस तरह बाला-बाला कोई फ़ैसला नहीं कर सकता...फिर मेरे घर वाले..."

मिसिज़ पौरी ने चाय का पिर्च-प्याला मुझे पकड़ाते हुए गद्गद कंठ से यह बात कही, "ख़ानदानी घर के बेटे से हमें यही उम्मीद थी। उल्लास, हम तो तेरी रज़ामंदी-भर चाहते हैं। तू हामी भरेगा, तभी बात आगे बढ़ाएंगे।"

मैं अधिक देर वहां नहीं बैठा। मिस्टर पौरी मुझे बाहर तक छोड़ने आए। चाँदनी कहीं दिखाई नहीं दी, जिसे फिर देखने और बात करने की तमन्ना थी।

"कोई जल्दी नहीं है।" मुझे बरामदे में बिदा करते हुए मिस्टर पौरी कह रहे थे, "अच्छी तरह सोच-समझ कर जवाब देना।"

उस रात मैं चैन से सो नहीं पाया। चाँदनी को महसूस-भर किया था जिसे ज्योत्स्ना की तरह स्पर्श नहीं कर सकते और जो आश्विन मास के शुक्ल पक्ष की शरद पूर्णिमा की भांति समस्त सृष्टि को सराबोर कर रही थी, और जिसे मैं अंजुरी में भर लेना चाहता था। सांझ के सिमटते दिव्यालोक में कमनीय चाँदनी की मुखाकृति कितनी शीतल, कितनी उज्ज्वल लगी थी! कन्यासुलभ निष्कलंक

छवि। कपोलों पर प्राकृतिक अरुणाई। किसी कलाकार की उंगलियों की तरह लंबी और पतली और सुकोमल। फिर गोरे ललाट पर छिटक आने वाली ढीठ रेशमी अलकें...

मैं खाट पर पसरा देख रहा था। खिड़की से फिसल कर आती ज्योत्स्ना को अशरीरी चाँदनी मान कर तब तक सहेजता रहा, जब तक वह अंतर्धान नहीं हो गई।

सुबह मैं इस उम्मीद से उठ कर लान में टहलता रहा कि चाँदनी बाहर निकलेगी या वे ही मुझे देख कर बुला लेंगे।

लेकिन मिस्टर पौरी क्वार्टर से नहीं, बाहर रिक्शा से उतर कर आ रहे थे।

देख कर थोड़ा अचरज हुआ। वह आए, तो मैंने बड़े अपनत्व से पूछा, "सुबह-सुबह कहां से आ रहे हैं, जनाब?"

"अशोक और चाँदनी को गाड़ी पर चढ़ाने गया था।"

क्या!

मैं तो सन्नकंठ रह गया। लेकिन प्रकट नहीं होने दिया। अपने-आपको संयमित रखा।

"अशोक को ज़रूरी काम पड़ गया था। कुछ दिन बाद फिर आएंगे।"

हम खड़े बातें कर ही रहे थे कि तार वाला मेरा नाम पूछते हुए आया। दादी के देहांत की सूचना थी। मुझे जितना दुख चाँदनी के एकाएक चले जाने का हो रहा था, उतना दादी के अचानक चले जाने का नहीं हुआ। दादी को तो एक-न-एक दिन जाना ही था, लेकिन चाँदनी इस तरह क्यों अंतर्धान हो गई? मुझसे बात तक नहीं की!

"बीमार थीं?" मिस्टर पौरी उसी घिसी-पिटी भाषा में सांत्वना दे रहे थे—बुज़ुर्गों का साया ही काफ़ी होता है, आदि-आदि।

धनवंती भी आ गई। मुंह पर हाथ रख कर फफकने लगी, "तेरी दादी को मैं बचपन से जानती थी। बड़ी मिलापड़ी, बड़ी हंसमुख। अब भी याद है, मुर्कियों से भरे उसके कान हाथी के कानों की तरह झूलते रहते थे। मैं नई ब्याह कर आई थी, तो घर से आम छील कर लाई थी और बड़े प्यार से खिला कर गई थी। खिली फुलवारी देख कर गई है।"

लगा कि धनवंती दुखी स्वर में यह भी कहेगी—पोते की दुल्हन का मुंह तो देख कर जाती।

मैंने तत्काल चलने की तैयारी की। बैग में कपड़े ठूंस ही रहा था कि मिस्टर पौरी के साथ मिसिज़ पौरी आ गईं। शोकाकुल चेहरे से अफ़सोस के वही शब्द उछाले जाने लगे।

"कैसे जाओगे? दाह-संस्कार पर तो पहुंच नहीं सकोगे।"

"टैक्सियां चलती हैं।"

मिस्टर और मिसिज़ पौरी ने तनिक संकोच से साथ चलने की इच्छा प्रकट

की। मेरी भृकुटियां तन गईं, "आपके जाने का कोई मतलब नहीं।" मेरा लहजा देख उन्होंने दुबारा इसरार नहीं किया।

शवयात्रा निकल ही रही थी कि मैं पहुंच गया। भारी बिरादरी जुड़ी थी। सबसे गले मिल कर मैंने भी आंसू बहाए। दूसरे पोतों के साथ मैंने भी 'बमान' पर चंवर झुलाया। लेकिन, उठाले वाले दिन रस्म 'पगड़ी' के बाद जब बिरादरी को बिदा करने उठे, तो अचानक भीड़ में धनवंती के साथ मिस्टर और मिसिज़ पौरी को बतियाते देख मैं बुरी तरह चौंका। ये कैसे आ गए? इन्हें तो मना करके आया था! इतना क्षोभ हुआ कि जल्दी-जल्दी चल कर गया और दुआ-सलाम किए बिना उन्हें आड़े हाथों लिया, "मैं मना करके आया था न!"

"बेटे, अपनों की खुशी में शामिल न भी हों, ग़मी में..." मिसिज़ पौरी की यह दलील सुनने की मुझमें ताब नहीं थी। मैंने भड़क कर कहा, "मना करने का कुछ तो मतलब होता है।"

मिसिज़ पौरी धनवंती का मुंह देखते हुए कहती हैं, "पुत्तर, गुस्सा नहीं करते। हमारा फ़र्ज़ बनता था... "

"बहुत ही ग़लत काम किया है आप लोगों ने!"

धनवंती इन्हें पिता जी के पास अफ़सोस करने के लिए ले जाना चाहती थी। बोली, "आए ही हैं, तो मैं उनसे इन्हें मिलवाए देती हूं।"

मुझे समझते देर नहीं लगी कि वास्तव में इनके आने का प्रयोजन क्या है। इसी बहाने रिश्ते के बारे में बात करेंगे, क्योंकि जीने-मरने पर अकसर ऐसी बातें होती हैं। झूठ क्यों कहूं, वास्तव में, मैं चाहता भी यही था। लेकिन लाला जी के गुस्से से डरता था। (हम लोग पिता को और दादा को भी 'लाला जी' ही बुलाते थे)।

लेकिन मैं जानता था, लाला जी की प्रतिक्रिया क्या होगी। कुछ नहीं सूझा, तो मैं वहां ठहरा नहीं। सफ़ेद पगड़ी एक तरफ़ डाली और चौक की तरफ़ निकल किया जहां पुरानी किताबों की दुकानें थीं। मैं लाला जी की क्रोधाग्नि से बचने के लिए भागा था। एक-एक दुकान की एक-एक ढेरी, एक-एक शेल्फ़ खंगाल मारा, लेकिन मन-माफ़िक कोई किताब नहीं मिली। कोई होती भी, तो उस वक्त दिखाई न पड़ती। मन तो उस बैठक पर लगा था जिसमें लाला जी इस समय कुटुंबीजनों के साथ बैठे होंगे...धनवंती ने बात छेड़ी होगी और लाला जी भड़क गए होंगे और मुझे नदारद पा कर तिलमिला रहे होंगे—यह मैं सहज ही कल्पना कर सकता था।

अचरज! हुआ भी यही था। संझौखे की वेला में मैं गली में प्रविष्ट हुआ, तो उठाले के लिए लगाए गए छोलदारियां-कनातें-दरियां-तंबू उठ चुके थे। चचेरी बहन गेट पर खड़ी थी। मुझे देखते ही दौड़ी आई, "भइया! कहां चले गए थे? लाला जी कपड़ों से बाहर हो रहे हैं। जल्दी जाओ।"

उस समय, बस, एक ही बात ज़ेह्न में उभरी : चाँदनी गई हाथ से...

धुकधुक करते दिल से मैं उसके साथ चला। वह बताती जा रही थी, ''तुम्हें ढूंढ़ने के लिए कई बंदे दौड़ाए लाला जी ने। तुम नहीं मिले, तो बड़े गुस्से में बोले, ''छोरे को कहीं से भी पकड़ कर लाओ। आज मैं उसके मक्कू कसता हूं...''

जो थोड़ा-बहुत संदेह था, वह भी जाता रहा।

मैं डरते-सकुचाते हुए बैठक की दहलीज तक आया। लाला जी नीचे दरी पर सगे-संबंधियों से घिरे बैठे थे। लगता था, किसी खाप का इजलास चल रहा था। सबकी आंखें यक-बयक मेरी तरफ़ उठ गईं। न तो धनवंती और न ही मिस्टर और मिसिज़ पौरी वहां दिखाई पड़ते थे। वही हुआ होगा, जिसका अंदेशा था।

लाला जी ने गर्दन घुमा कर देखा। चार दिन की अनबनी दाढ़ी और भारी मूंछों में मंद-मंद मुस्का रहे थे, ''आओ, बरखुरदार, आओ।''

मैं वहीं ठिठका खड़ा था।

''बुत के बुत खड़े हो। जनाब की इंतज़ार में बैठे हैं सब लोग।''

मैं डरते-डरते आ कर लाला जी के सामने उसी तरह खड़ा हो गया, जिस तरह कोई मुलजिम आंखें नीचे रखे खाप के सामने पेश होता है।

''हमारा कमाऊ पूत कहां चला गया था? बैठ जा...'' स्वर में भारी व्यंग्य था।

हिम्मत नहीं हो रही थी। लाला जी की बग़ल में वह सफ़ेद पगड़ी रखी थी जो उन्हें उठाले के वक्त बांधी गई थी। खसखसी बालों पर हाथ फेरते हुए बोले, ''बच्चे, बैठ, हम तेरे को नोच नहीं खाएंगे।''

सारा माहौल एकदम स्तब्ध। लगता था, सबकी निगाहें मुझ पर टिकी होंगी। इसी उम्मीद में बैठे होंगे कि देखते हैं, खाप क्या फ़ैसला देती है।

''कितने दिन की छुट्टी ले कर आए हो?'' लाला जी शांत-संयमित लगने वाले स्वर में पूछते हैं।

किसी तरह बता पाया : अगली सुबह ड्यूटी पर हाज़िर होना है।

''हफ़्ते-भर की छुट्टी तो ले कर आते।''

ज़रा नज़र उठी। लाला जी ताड़ रहे थे। अधमुंदी आंखों से हौले-हौले सिर पर हाथ फेरते हुए इस तरह बोले, मानो उन्हें आनंदानुभूति हो रही हो, ''धनवंती ले कर आई थी दिल्ली वाले तेरे पड़ोसियों को...''

मेरी नज़रें झुक गईं।

''क्या नाम बताते थे?'' बग़ल में बैठे छोटे भाई से पूछते हैं।

चाचा जी याद नहीं कर पा रहे थे। कोई स्त्री पीछे जमघट्ट में बैठी बोल उठी, ''कोई पौड़ी-पौड़ी जात बताते थे...''

''तुमने कहा था उनसे आने को?''

मैंने इनकार में सिर हिलाया, तो इसी बात पर वह भड़क गए। बोले, ''छोरा तोला-भर ज़बान नहीं, मन-भर सिर हिला रहा है!''

मैं कांप रहा था। आंखें भर आईं। किसी तरह वही बात कही जो सच थी, ''नहीं।''

"इसका मतलब यह हुआ, हमने ही उन्हें *सद्दा* (बुलावा) भेजा था!" उनका आवेश-भरा स्वर व्यंग्यात्मक हो गया था।

"मैंने नहीं कहा।" मैं किसी तरह इतना कह पाया।

"झूठ क्यों बोलते हो!" वह आपे से बाहर होते जा रहे थे। "तूने नहीं भेजा, तो उन्हें हिम्मत कैसे हुई यहां आने की और बात करने की? वह भी इस मौके पर?"

किसी स्त्री ने कहा,"लगता है, धनवंती की कुचाल है। नाइन बन कर जो आई थी उनके साथ।"

सारी बैठक में खुसर-पुसर होने लग गई।

लाला जी ने मेरी तरफ़ झुकते हुए हौले से पूछा, जैसे कोई भेद जानना चाहते हों, "उनकी कोई कुड़ी है?"

इसी सवाल की अपेक्षा थी मुझे। मैं कुछ कहूं कि इससे पहले ही उन्होंने दूसरा सवाल दाग़ दिया, "कुड़ी तेरे को पसंद है?"

मैं स्वीकार या अस्वीकार कैसे करता। कुछ बताने की स्थिति में नहीं था। नज़रें झुकाए गोद में हाथ रखे दरी को निहारता रहा।

"अभी हम ज़िंदा हैं, मर नहीं गए..." यह गोला अचानक सीने पर आ कर लगा। "बच्चू, दिल्ली में अकेले रहने का मौका क्या मिला, खुदमुख़्तार हो गए!"

मैं बिटर-बिटर देख रहा था।

किसी बुज़ुर्ग ने आग बुझाने के लिए पानी नहीं, भड़काने के लिए आहुति डाली, "बेटे, ज़िंदगी के अहम फ़ैसले इस तरह थोड़े करते हैं।"

"मेहरबानी करके बीच में कोई न बोले।" लाला जी ने उस व्यक्ति को भी डांट दिया और मुझसे तलब किया, "मुझसे आंख मिला कर बात कर। पौड़ियों की बातों से और धनवंती जिस तरह उनकी ताईद कर रही थी, उससे तो यही लगता है, तूने कुड़ी पसंद कर ली है।"

सच तो यही था। चाँदनी को मैंने पसंद कर लिया था। लेकिन रज़ामंदी ज़ाहिर करने की नौबत नहीं आई थी। यह बात मैं कैसे कहता?

"ओय, मुंह से कुछ तो उचर!" लाला जी धीरज खोते हुए बोल रहे थे। "मुंह में घुघणियां भरी हैं क्या? ज़बान दे आए हो क्या?"

मेरी ज़बान तो तालू से लगी थी।

"अगर नहीं, तो फिर वे क्या सोच कर दिल्ली से चल कर यहां आए। धनवंती भी उनकी तरफ़दारी कर रही थी।"

चाचा जी बोल पड़े, "बच्चे, कुड़ी पसंद-नापसंद करने का पूरा हक है तेरे को। लेकिन अभी बुज़ुर्ग बैठे हैं..."

लाला जी को छोटे भाई की दख़लंदाज़ी भी अच्छी नहीं लगी। उसे मुख़ातिब करते हुए बोले, "बेहतर है, कोई बीच में न बोले।" फिर मुड़ कर उन्हीं से पूछते हैं, "ये पौड़ी-वौड़ी होते कहां के हैं?"

चाचा ने बताया, "धनवंती ही बताती थी, बटाला साइड के हैं।"

''बटाला के!'' कोई स्त्री एकाएक चौंक कर इस तरह बोली, मानो यह किसी ग़ैर-इलाके की जाति हो, ''भैड़या, कुज न वंजे तैंडा (बुरे आदमी, कुछ न जाए तेरा)...बटाला की ज़नानियों के बारे में अखाण (आख्यान) सुना नहीं...

बटालनां शटालनां, दुपैरे दीवा बालनां।
*चंगे-भले खसम नूं, झुड्डू कर बिठालना।**

बैठक में ठहाकों के बोझ तले और लाला जी की हंसी के नीचे मेरा कलेजा धंसता जा रहा था। तभी कोई बोल उठा, ''ओय, मत मारी गई है तेरी! ऐसी लड़की से ब्याह करेगा?''

सारा कमरा ही-ही, खी-खी से गूंज रहा था।

''तुम लोग खी-खी बंद करो और इस नालायक से बात करने दो।'' लाला जी उबल कर बोले। उस वक्त गली-मुहल्ले वाले आ कर देखते-सुनते, तो असमंजस में पड़ जाते कि थोड़ी देर पहले जो छोलदारियां-तंबू वग़ैरह लगाए गए थे और भारी भीड़ जुटी थी, वह उठाले के लिए थी या कोई उत्सव मनाने के वास्ते।

''ठीक है, कुड़ी तेरे को सोहणी लगी। लेकिन क्या यह जान लिया तूने कि उसका चाल-चलन कैसा है? छोड़ी हुई है या किसी के इशक-मुहब्बत में मुब्तिला थी? जात-बिरादरी में रिश्ते होते हैं, तो हर कोई कुड़ी-मुंडे से, कुड़ी-मुंडे के खानदान से वाकिफ़ होता है, घर-बार जाना-पहचाना होता है।''

मन किया कि भाग खड़ा होऊं।

अब उन्होंने यह सवाल किया : ''बता, कुड़ी का प्यो क्या करता है?''

मैं नहीं जानता था कि चाँदनी का बाप क्या करता है। अभी पूछने की न तो नौबत आई थी और न ही मैंने यह जानने की ज़रूरत समझी थी। मुझे तो फ़कत चाँदनी से मतलब था। उसके मां-बाप क्या करते हैं, इससे क्या सरोकार। मुझे चुप देख लाला जी अब प्यार से पूछते हैं, ''अच्छा, यह बता, कुड़ी के प्यो का नाम क्या है?''

मुझे तो यह भी मालूम नहीं था।

मेरी चुप्पी और अज्ञान ने लाला जी की जिज्ञासा तीव्र कर दी। अब वह शांत, संयमित स्वर में बिरादरी को संबोधित करते हैं, ''देख लो। जनाब को कुड़ी के बाप का नाम तक नहीं मालूम। उसके कारोबार का कोई पता नहीं। वह हट्टी पर बैठता है, या छाबड़ी लगाता है, या सड़क के किनारे बैठ कर छलियां भूनता है। और बरखुरदार चले हैं ऐसी कुड़ी को हमारी बहू बनाने!'' यह कहते-कहते इतने क्षुब्ध हो उठे कि डर लगा कि कहीं भरी सभा में मुझे बालों से पकड़ कर झंझोड़ कर न रख दें।

---

* बटाला की औरतें ऐसी शातिर होती हैं कि दोपहर की वेला भी दीया बालती हैं और अच्छे-भले खसम को दबा कर रखती हैं।

उनके मुंह के कोरों से झाग निकलने लगी थी। पोंछते हुए पूछते हैं, ''अच्छा, यह बता, कुड़ी का बाप है भी या नहीं।''

मैं क्या बताता। मुझे कुछ भी तो मालूम नहीं था। ऐसी हालत में वहां बैठना असह्य हो रहा था। भरी बिरादरी में मुझे नंगा किया जा रहा था।

''कुड़ी की मां है?'' उन्होंने हौले से पूछा।

मैं यह भी नहीं जानता था। हो सकता है, चाँदनी का न बाप हो, न मां हो। होते, तो क्या चाँदनी अपने भाई के साथ आती? या वे रिश्ते की सारी बात बेटी और दामाद पर छोड़ते?

''सुन लिया! इस तरह झुड्डू बन कर रहने की मंशा है तेरी, तो रचा ले बटालन से ब्याह।''

मैं रोने-रोने को हो आया।

''लो, देख लो,'' लाला जी की हैरानी की सीमा नहीं थी। ''कुड़ी के मां-प्यो के बारे में जनाब कुछ नहीं जानते। और चले हैं ऐसी लड़की से ब्याह रचाने।'' यह कहते हुए उन्होंने जिस पैनी दृष्टि से मेरी तरफ़ देखा, वह कलेजे के आरपार हो गई।

''ठीक है, तू यह तो जानता होगा, तेरा पड़ोसी पौड़ी करता क्या है? या मलंग है?''

किसी तरह मैं बता पाया कि सरकारी नौकरी करता है।

''ओय,'' लाला जी भड़क कर बोले, ''सरकारी क्वाटर में रहता है, तो सरकारी नौकरी ही करता होगा। मेरा मतलब है, किस ओहदे पर है?''

मिस्टर पौरी के घर इतने दिनों से आना-जाना था। फिर भी, मैंने कभी यह जानने की ज़रूरत नहीं समझी कि मिस्टर पौरी का ओहदा क्या है और काम भी किस दफ़्तर में करते हैं। इतना ज़रूर जान गया था कि वह कोई बड़े ओहदे पर नहीं थे। मेरी तरक्की हुई थी, तो मिसिज़ पौरी मेरी तनख़ाह की रकम सुन कर अचरज से पति की ओर देखते हुए बोली थीं कि इतनी तनख़ाह तो इन्हें बीस साल की सर्विस के बाद भी नहीं मिलती। मेरी घोर चुप्पी और अज्ञान पर लाला जी उबल पड़े ''ओय, कुछ जानता नहीं है या कुछ बताना नहीं चाहता?''

''लाला जी, हौले बोलिए।'' पीछे से कोई बोला। ''छोरा डर के मारे बोल नहीं पा रहा। प्यार से समझाइए।''

''मैं राछस हूं जो बोलती बंद हो गई है इसकी...'' उत्तेजित स्वर में लाला जी उधर देखते हैं, जिधर से आवाज़ आई थी। ''कोई दुधमुंहा बच्चा है!...''

लाला जी संयम खोते जा रहे थे, ''भलेमानुस, कुछ तो मुंह से फूट। वे लोग धरती पर रहते हैं या सातवें आसमान पर या उनका कोई भेद नहीं देना चाहते। बारात ले कर जाएंगे, तो बोलेंगे कि जूतियां उतार कर गली की नाली के मुहाने बैठ जाओ, अभी पत्तल लगाते हैं...''

आक्रोश से चेहरा उनका लाल हो रहा था।

''भापा जी!'' चाचा जी ने उन्हें शांत करने की चेष्टा की, ''आप शांत हो जाइए। आपकी सेहत के लिए मुफ़ीद नहीं है इतना बोलना...''

लाला जी और भड़के, "सोरा (ससुरा) कुछ तो बताए। यही बता दे, कुड़ी पढ़ी-लिखी कितनी जमात है?"

चाँदनी से बात होती, तो मैं उससे यह पूछता, हालांकि इसकी ज़रूरत नहीं थी। तीनों पर गुस्सा आ रहा था—मिस्टर और मिसिज़ पौरी पर और धनवंती पर। क्यों हड़बड़ी दिखाई उन्होंने यहां आ कर रिश्ते की बात छेड़ने की?

"उन लोगों ने देखा, कमाऊ, ख़ानदानी, सीधा-सादा पूत है। चलो, डालो डोरे। हां, कोई बताए, पौड़ी जात के लोग कौन होते हैं?"

किसी ने बताने में देर नहीं की, "लाला जी, पौड़ी नहीं, पौरी...हमारी तरह पाकिस्तान से आए हैं। लेकिन खुखरायण जात के बराबर पौरी पास्कू भी नहीं हैं।"

किसी ने कहा, "खुखरैण बिरादरी की तवारीख़ उतनी ही पुराणी है, जितणी रमैण पुराणी है।"

कोई स्त्री बोली, "आपणी बिरादरी विच कुड़ियां नी थोड़ ए (कोई कमी है!)..."

"सुन लिया!" लाला जी उद्विग्न हो कर कह रहे थे, "पता होता कि तूने वहां कुड़ी देख ली है, तो हम यहां क्यों ज़बान देते किसी को..."

मैंने चौंकते हुए सिर उठाया।

"यहां का मशहूर-मारूफ़ सर्जन है, डॉक्टर आर. एल. अरोड़ा। अरोड़ा नर्सिंग होम का मालक। मेन रोड पर डबल इस्टोरी कोठी है उसकी। तेरी दादी उसी के ज़ेरे-इलाज थी। तेरी शकल तक नहीं देखी उन्होंने। सिर्फ़ ख़ानदान देखा और बेटी का रिश्ता करने को तैयार हैं। कुड़ी डॉक्टरी पढ़ रही है। अरोड़ा की इतनी शोहरत है कि ल्होर-पिशोर से बुलावे आते थे। एक डॉक्टर अपनी इकलौती बेटी दे रहा है, और इस मूरख को देखो, ऐसी कुड़ी और ख़ानदान का लड़ थामना चाहता है जिनके बारे में कोई कुछ नहीं जानता। किसी ने किया है ऐसा कसब हमारे ख़ानदान में?"

"घर में डॉक्टर वोहटी आ जाए, सब तर जाएं।" किसी ने दबी ज़बान से कहा।

किसी ने कटाक्ष के लहजे में यह बात जोड़ दी, "घर में दूसरी वकील वोहटी आ जाए, तो वकीलों के पेन में स्याही डालने से पिंड छूटे।"

सब खिल्ली उड़ा रहे थे। मैं सिर डाले बैठा था। मैं देखता रह जाऊंगा और चाँदनी किसी और की हो जाएगी। वही हुआ। लाला जी मुंह से निकलती झाग पोंछ रहे थे, "हमने साफ़ मना कर दिया और उन्हें चेता भी दिया कि अगर छोरे पर डोरे डालोगे, तो हमसे बुरा कोई नहीं होगा।"

यह कहते-कहते जैसे एकाएक यह बात सूझी उन्हें। मुझसे कहते हैं, "ऐसा कर, दिल्ली जाते ही धनवंती का क्वाटर छोड़ देना। शरारत की जड़ वही बेऔलाद विधवा है। तेरी दादी उसे कभी पसंद नहीं करती था। उसका नाम ही डाल रखा था - 'फफाकुट्टण' (कुटनी)। ज़रूर ही पौरियों ने कोई लालच दिया होगा उसे। अपना तो आगे-पीछे है नहीं उसका। चली है दूसरों का घरौंदा उजाड़ने।"

किसी बूढ़ी स्त्री ने अरोड़ों की लड़की से रिश्ते पर ऐतराज़ किया। बोली,

"ठीक है, लाला जी, आपने सही फ़ैसला किया होगा। आप भूल रहे हैं कि पाकिस्तान में थे, तब हम अरोड़ों को 'रोड़े' बोलते थे और 'रोड़ों' में हम लोग शादी-ब्याह नहीं करते थे। न लड़की लेते थे, न लड़का देते थे।"

इस बात को काटने के लिए कोई बोल उठा, "नहीं, यह ग़लत धारणा है। अरोड़े हमसे छोटे कभी नहीं थे। वास्तव में, अरोड़े राजघराने से संबंध रखते हैं। 'अरोड़ा' संस्कृत की 'आरूढ़' क्रिया का बिगड़ा रूप है। प्राचीन काल में ये लोग किसी बड़े राजा को परास्त करके राजगद्दी पर आरूढ़ हुए थे। आज वही लोग 'अरोड़ा' कहलाते हैं।"

"ये क्या फजूल की बहस ले बैठे हो!" लाला जी ने यह कह कर सबका मुंह बंद कर दिया। "असली मुद्दे पर आओ।"

मेरे भीतर हौल उठ रहा था। मिस्टर और मिसिज़ पौरी ने मुझे चाँदनी से बात तक करने का मौका नहीं दिया था। चाँदनी ने उस दिन लब तक नहीं खोले थे। मिसिज़ पौरी ने भी उसे झट उठ कर जाने को कह दिया था—चाय बनाने के बहाने। कहीं चाँदनी गूंगी-बहरी तो नहीं? नहीं, इतनी लावण्यमयी लड़की गूंगी-बहरी कैसे हो सकती है। मैंने क्यों नहीं उससे बात करने की पहल की? उसका नाम ही पूछ लेता। उसका रूपरंग देख कर ही भ्रमित हो गया था!

"सही है," लाला जी ने मेरी तरफ़ देखते हुए कहा, "अब तू हमारा फ़ैसला सुन। हमने डॉक्टर अरोड़ा को ज़बान दे रखी है। चुन्नी और छाप चढ़ाने की तवारीख़ तय करके तेरे को इत्तिलाह करेंगे।"

उस घर में और उस शहर में मेरे लिए वह सांझ काटना दूभर हो गया। स्पष्ट था, इन्होंने मुझे नीलाम करने का फ़ैसला कर लिया था। ऐसा हरगिज़ नहीं होने दूंगा। चाँदनी मिले न मिले, डॉक्टर लड़की को कभी स्वीकार नहीं करूंगा। मन करता था कि सीधा डॉक्टर के यहां जाऊं और मुंहफट हो कर उनसे कह दूं कि मुझे आपकी डॉक्टर बेटी का रिश्ता मंजूर नहीं।

लेकिन रात की गाड़ी पकड़ने तक मैं इतनी हिम्मत नहीं जुटा पाया। भरोसा था कि तीनों जन—धनवंती, मिस्टर और मिसिज़ पौरी—रात की गाड़ी से जा रहे होंगे। मिल गए, तो सबके सामने झाड़ कर रख दूंगा। मेरे मना करने के बावजूद क्यों आए?

मैं एक-एक डिब्बे में झांकता जा रहा था। लेकिन कोई दिखाई नहीं दिया। किसी होटल में ठहरे होंगे या टैक्सी या बस से चले गए होंगे।

रेलगाड़ी सवेरे-सवेरे दिल्ली पहुंचती थी। मैं रिक्शा से उतर कर क्वार्टर की तरफ़ आया, तो धनवंती दरवाज़े में खड़ी हैरानी से देख रही थी।

"जल्दी आ गए!" स्वर उसका भर्राया हुआ था। बिना बोले मैं भीतर आया। खाट पर बैग पटका और भरसक संयम से काम लेते हुए कहा, "आप इन्हें ले कर गई थीं?"

"किन्हें?" सब जानते-समझते हुए भी अनजान बन रही थी।

"इन्हीं को, मिस्टर और मिसिज़ पौरी को। और किन्हें!"

धनवंती निचले होंठ पर उंगली रख अचरज कर रही थी, "आयहाय! मेरा क्या मतलब?"

"मैं मना करके गया था न..." मैं सुलग रहा था।

धनवंती खड़ी-खड़ी बिसूर रही थी, "न जाते, तो इतनी बेज़्ज़ती न करवाते!"

इसके बाद कुछ कहने को था नहीं। मैं विह्वल हो रहा था। और कुछ नहीं सूझा, तो आ कर बरामदे में पड़ा अख़बार उठाया और उन्हीं पैरों जा कर मिस्टर पौरी की घंटी बजाई।

मिसिज़ पौरी ने दरवाज़ा खोला। मुझे देखते ही चौंकीं।

"कौन है?" भीतर से मिस्टर पौरी आते हुए पूछ रहे थे। मिसिज़ पौरी किवाड़ पकड़े खड़ी थीं। मिस्टर पौरी तहमत से मुंह-माथा पोंछते हुए आए। मुंह में डेंचर नहीं था। आंखों पर ऐनक नहीं थी। मुझे देखते ही ठिठके और अपनत्वहीन स्वर में बोले, "आ गए!"

"क्या ज़रूरत थी वहां जाने की?" मैं ऐसा बोला जैसे उन्हें आड़े हाथों लेना चाहता होऊं।

मिसिज़ पौरी की आंखें भर आईं, "क्या जानते थे, तेरे घर वाले इतना बुरा मानेंगे।"

"फूड़ी (उठाले) पर रिश्ते की बात छेड़ने की क्या मजबूरी थी!"

मिस्टर पौरी चुपचाप खड़े सिर हिला रहे थे, जैसे मेरी बात का समर्थन कर रहे हों, "हां, नहीं करनी चाहिए थी यह बात।"

मिसिज़ पौरी ने चौखट थामते हुए कहा, "क्या बताएं, अपने-अपने रीति-रिवाज हैं। हमारी बिरादरी में जीने-मरने पर ये सब बातें होती हैं।"

मैंने कहा, "इतनी जल्दबाज़ी की क्या ज़रूरत थी? फिर मैं मना करके गया था..."

मिस्टर पौरी गहरी सोच में बार-बार तहमत का पल्लू उठा कर आंखें पोंछते थे।

मिसिज़ पौरी कह रही थीं, "बता नहीं सकते, भरी बिरादरी में हमारी किस तरह पत उतारी गई। चुपचाप सुनते रहे। लड़की वाले जो हैं!"

सुन्न-से खड़े मिस्टर पौरी के मुख से यह बात निकली, "ठीक है, हम लोग आप लोगों की बिरादरी में उठने-बैठने की हैसियत नहीं रखते, लेकिन काणे को काणा कहना कहां तक वाजिब है।"

"हम तो अपनी तरफ़ से अच्छा सोच कर गए थे।" मिसिज़ पौरी ने बिसूरते हुए कहा।

मिस्टर पौरी भर्राए कंठ से बोले, "ज़िंदगी में इतनी बेहुरमती कभी नहीं हुई। ग़लती हमारी थी।"

"हमें क्या कम दुख है!" मिसिज़ पौरी जैसे अभी रो पड़ेंगी।

मैं चुपचाप चला आया। अब कोई संदेह नहीं था। चाँदनी मुझे कभी हासिल

नहीं होगी। भीतर भीषण हौल उठ रहा था। मन करता था, बरामदे के खंभे के साथ माथा पटक-पटक कर रोऊं, जिस तरह सीता के अंतर्धान होने पर राम रोए होंगे। लगता था, कोई कलेजे को नोंच रहा है। भीतर वैसी ही गड़गड़ाहट हो रही थी, जैसी कुएं के पानी पर खाली बाल्टी टकराने से सारा कुआं गूंज जाता है।

धनवंती भीतरी दरवाज़े में खड़ी थी। आ कर सफ़ाई देने लगी, ''मिसिज़ पौरी ने पूछा, तो मैंने मना कर दिया था। ये तो चाँदनी के भाई अशोक को भी साथ ले जाने की सोच रहे थे...''

मैं दफ़्तर न भी जाता, तो कोई हर्ज नहीं था। लेकिन घर बैठना मुहाल हो जाता। बाहर भी मन न लगता। सो, दफ़्तर चला आया और अनमना-सा काम करता रहा। सहकर्मी समझते थे कि दादी की मृत्यु से शोकाकुल हूं। कैसे बताता कि मेरी तो उससे भी दुर्लभ वस्तु चली गई है। लगता था, चाँदनी के बिना मैं जी नहीं सकूंगा। खड़ा देखता रह जाऊंगा और चाँदनी किसी और की हो जाएगी।

ऐसी मनःस्थिति में कॉलेज कैसे जाता। मन में क्या आया कि शाम को सीधा घर की तरफ़ रुख किया। रास्ते में कई बार साइकिल किसी न किसी से टकराते-टकराते बची। पीछे तांगे वाला पहिए में सांटा अटका कर फटकारते हुए चिल्लाया था, ''ओय, लंवडे! मरना है, तो टराम के नीचे जा कर मर।''

घर आ कर साइकिल बरामदे में रखी। एकाएक मन में आया और सीधे पौरियों की घंटी जा बजाई। रेखा दरवाज़ा खोलने आई। मुझे देखते ही उसका चेहरा उतर गया। खड़ी असमंजस में पीछे देख रही थी, जैसे पूछना चाहती हो कि भीतर आने दूं।

दो ही दिन में इतना फ़र्क पड़ गया था। जिस घर में मैं किसी भी वक्त बेरोकटोक आ-जा सकता था, आज चौखट के बाहर खड़ा कर दिया गया था।

''कौन है?'' पौरी साहब चाय का गिलास हाथ में लिये-लिये आए। मुझे देखते ही तनिक झिझके। फिर यह कहने की विवशता महसूस हुई होगी, ''उल्लास, तुम्हें भीतर आने के लिए इजाज़त चाहिए?''

बरामदे में रखे डाइनिंग टेबल पर मिसिज़ पौरी अवसन्न-सी बैठी थीं। चाय की केतली में झांकते हुए रेखा से कहती हैं, ''बेटे! पिर्च-प्याला देना।''

मैंने चाय के लिए मना कर दिया और बिना कहे मिसिज़ पौरी की साथ वाली कुर्सी पर बैठ गया। मिस्टर पौरी मेरी पीठ के पीछे खड़े थे। सोच में डूबी मिसिज़ पौरी घूंट-घूंट चाय पी रही थीं।

मैं सोच नहीं पा रहा था कि बात शुरू कैसे करूं। निमानों की तरह हाथ जोड़ आख़िर भर आए कंठ से यह बात कही, ''मुझे आपसे माफ़ी मांगनी चाहिए।'' और मैं भावावेश में जुड़े हाथों को माथे से लगाते हुए मिसिज़ पौरी के आगे नतमस्तक हो गया और विह्वल स्वर में यह बात कही, ''मेरी वजह से आपको यह सब बरदाश्त करना पड़ा...''

''ऐसा नहीं।'' मेरी तरफ़ देखे बिना मिसिज़ पौरी बोल रही थीं, ''तेरा कोई कसूर नहीं। हम अपनी हैसियत भूल गए थे। तुमसे क्या गिला।''

मैंने अभिभूत हो कर कहा, "आते ही आपको जली-कटी सुनाई..."

मिस्टर पौरी पीछे कुर्सी पर हाथ रखे घूंट-घूंट चाय सुड़क रहे थे। मैं अगली बात कहने के लिए हिम्मत जुटा रहा था। आख़िर, किसी तरह यह बात मुंह से निकली : "मैं चाँदनी को नहीं खोना चाहता।"

हतप्रभ मिसिज़ पौरी मेरा मुंह देख रही थीं। किचन के दरवाज़े में खड़ी रेखा टुकुर-टुकुर निहार रही थी। मिसिज़ पौरी दयार्द्र स्वर में बोलीं, "बच्चे, बात बिगड़ गई है।"

"बिगड़ी बात बनाई भी जा सकती है।" मैंने सत्वर कहा।

"सूखे झाड़ में पानी देने वाली बात होगी।" यह बात कहते हुए मिस्टर पौरी ने खाली गिलास रेखा को पकड़ाया और साथ वाली कुर्सी पर बैठ गए। कन्या बिटर-बिटर हमें देख रही थी।

मैंने क्षात्रधर्म निभाते हुए कहा, "मैं आर्यसमाज में, मंदिर में, जहां कहो, फेरे लेने को तैयार हूं।"

पति-पत्नी हक्के-बक्के-से एक-दूसरे का मुंह देख रहे थे। मैंने तीसरा विकल्प भी बता दिया, "मैं कोर्ट मैरिज के लिए भी तैयार हूं।"

एकदम चुप्पी छा गई। ऐसी भयावह चुप्पी, जैसे अचानक चली गोली की आवाज़ सुन कर सब सुन्न हो जाते हैं।

"उल्लास!" गहरी सोच में पड़े मिस्टर पौरी कहते हैं,"बच्चे! मैं नहीं समझता, यह मुमकिन है।"

"क्यों मुमकिन नहीं है?" मैंने एकदम मुड़ कर उनकी तरफ़ देखा।

रेखा वहीं खड़ी थी। मिस्टर पौरी ने बेटी को पुचकारते हुए कहा, "बेटे, तू ज़रा बाहर जा।"

रेखा पैर पटकते हुए बाहर चली, मानो इस नाटक का अंतिम दृश्य देखने से उसे वंचित किया जा रहा था। पीछे दरवाज़ा भड़ाक से बंद करती गई।

मिसिज़ पौरी ने कहा, "मैं नहीं समझती, वे मानेंगे।"

"कौन?" मैंने मुंह उठा कर उनकी तरफ़ देखा।

"तुम्हारे माता-पिता..." कहते हुए उन्होंने पल्लू में नाक सिंड़की।

मिस्टर पौरी ने मेरे कंधे पर हाथ रखते हुए स्नेहवश कहा, "उल्लास! हम तेरी भावनाओं की कद्र करते हैं। अभी कुछ दिन रुको। इस तरह बाला-बाला फ़ैसले नहीं किए जा सकते..."

"किए क्यों नहीं जा सकते?"

"इसलिए कि हम तेरे हितू हैं। तेरा भला चाहते हैं।"

"मैंने अपना भला-बुरा सोच लिया है।"

मिसिज़ पौरी ने दोटूक फ़ैसला दिया, "पुत्तर, तीर कमान से निकल चुका है।"

मिस्टर पौरी बोले, "तेरे घर वाले तेरे को बख़्शेंगे नहीं।"

"आइ डोंट केयर!" मैंने पुरज़ोर आवाज़ में कहा। "मैं सबको ठुड्डे पर रखता हूं..."

"नहीं, उल्लास! मां-बाप के बारे में ऐसी बात कहना तेरे को शोभा नहीं देता।"

"उन्होंने मेरी भावनाओं की कद्र की?"

"पुत्तर कु-पुत्तर हो सकता है, मां-बाप कु-मां-बाप नहीं हो सकते!"

मैंने आक्रोशपूर्वक कहा, "उन्होंने जात-बिरादरी के आधार पर ऐसा किया है। वे दहेज की लालच में मेरे गले डॉक्टर की बेटी मढ़ना चाहते हैं।"

शायद मैं बुरी तरह भड़ककर बोल रहा था। मियां-बीवी एक-दूसरे का मुंह देखने लग गए थे। मिसिज़ पौरी कहती हैं, "ठीक है, मेरा भाई अशोक अगले हफ़्ते आ रहा है।"

"मैं आपका पाई-पैसा ख़र्च नहीं होने दूंगा। चाँदनी को तीन कपड़ों में ले आऊंगा..."

"अशोक आ जाए, तो बात करेंगे, अच्छा! अब तू जा कर आराम कर।"

उस सांझ मैं विक्षिप्तों की भांति डोलता फिरा। न भूख, न प्यास। चाँदनी निखरी हुई थी। मैं उसमें सराबोर होता रहा। क्या षोडश कलाओं से परिपूर्ण मेरी चाँदनी किसी और पुरुष को सराबोर करेगी?

देर रात मैं घर आया। कपड़े बदलने की भी होश नहीं थी। खाट पर पसर गया और खिड़की से बाहर फैली चाँदनी को निहारता रहा।

आह!

हौल उठ रहा था। मेरी चाँदनी मुझसे छीनी जा रही है। आकाश से बरसती चाँदनी अब मेरे किस काम की। गाय की तरह मजबूर-बेबस चाँदनी किसी के साथ आंसू बहाती हुई जाएगी। कैसी अप्रतिम थी उसकी छवि! और मेरी सामर्थ्य इतनी सीमित! मैं कलाकार नहीं हूं। चाँदनी का उस दिन वाला चेहरा उतार नहीं सकता - न पत्थर पर, न कैनवस पर। बांसुरी बजाना जानता, तो चाँदनी के लिए दर्द-भरी टेर ईजाद करता। शायर होता, तो अंतर्मन से ऐसी पंक्तियां निकल कर आतीं–

तेज़ इतनी हो गई थी सीने की जलन,
रात-भर आंसुओं से ज़ख़्मों को हवा करते रहे।

उम्मीद नहीं थी कि पौरी परिवार मेरे साथ ऐसा व्यवहार करेगा।

वे दिन भी थे जब मैं और मिस्टर पौरी बरामदे में खड़े-खड़े दातुन चबाते हुए लान में उतर आते थे। कुछ देर बतकही करते हुए नंगे पैरों घास पर चलते। पहले, सुबह का यह संपर्क-सूत्र टूटा। फिर अख़बार का आदान-प्रदान बंद हुआ। मैं अपना अख़बार ले कर गया, तो मिसिज़ पौरी ने अधखुले किवाड़ों में से झांकते हुए कहा था, "पौरी साहब बोलते हैं, हम अमरीका-लंदन की ख़बरें पढ़ कर क्या करेंगे..." मैं चुपचाप लौट आया।

अब कॉलेज का अंतिम पीरियड खाली होता, तो भी मुझे घर लौटने की जल्दी न होती। यहां-वहां लटकते हुए समय बिताता। कभी गोल मार्केट में। कभी कनाट प्लेस में। कभी पंचकुइयां रोड की दुकानों पर। कभी 'जगलीला' स्टूडियो के ऊपर मद्रास होटल में या 'काके दा होटल' के सामने नए खुले 'नरूला' सेल्फ़ सर्विस रेस्तरां में जा बैठता। इतवार और छुट्टी के दिन वह काम करता, जो कभी नहीं किया था। 'रिवोली' में सुबह-सवेरे के फ़िल्म-शो में ऐसी अंग्रेज़ी-अमेरिकी फ़िल्में देखने चला जाता जो मारधाड़ और भौंडे सेक्स दृश्यों से भरी रहती थीं। गुमसुम-सा बैठा रहता। पर्दे पर क्या हो रहा है, यह न देख कभी चाँदनी से मूक मुलाकात की याद करके अवसन्न हो जाता, कभी उस दिन उसके नितंबों पर लटकती लाल रिबन वाली चोटियों में मन भरमा जाता।

फिर जल्दी ही 'रिवोली' से भी मन भर गया। कहीं जाने का मन न करता, तो कनाट प्लेस के भीतरी पार्कों में बैठा कोई किताब पढ़ता रहता या लेटा रहता या या रीगल के सामने 'रैंबल' रेस्तरां के बाहर खड़ा जग का मुज़रा देखता। कभी याद करके दुखी होता कि वे भी क्या दिन थे जब मिसिज़ पौरी बड़े स्नेह से मुझे और रेखा को पास बैठा कर कहानियां सुनाती थी। चाँदनी क्या गई, यह सब अपने साथ ले गई थी।

ऐसे ही एक दिन देर रात मैं घर लौटा। खाट पर बैठ जूते के तस्मे खोल ही रहा था कि भीतर से धनवंती आ गई।

"इतनी देर कहां रहते हो?"

"आंटी, आप अभी सोई नहीं?"

"मेरे सवाल का यह जवाब नहीं।"

धनवंती के चेहरे-मोहरे से लगता था कि वह किसी ख़ास प्रयोजन से आई है।

"मेरी वजह से जाग रही थीं!"

वह कुर्सी पर बैठते हुए बोली : "हर रोज़ इतनी देर से आते हो। कॉलेज के पीरियड बढ़ गए हैं क्या? या कहीं चले जाते हो?"

मैं क्या जवाब देता।

नज़र उठा कर देखा, तो धनवंती मुझे ताड़ते हुए मंद-मंद मुस्का रही थी।

मैं हैरान!

"एक बात बताऊं?" मुस्काते हुए मुंह के आगे उंगलियां रख उसने हलका खंगूरा मारा। मैं उसका मुख निहार रहा था। वह मंद-मंद मुस्काते हुए इस तरह मेरे चेहरे को टकटकी लगाए देख रही थी, मानो मेरा चेहरा नहीं, किताब का पन्ना पढ़ रही हो। फिर हौले से कहती, "चाँदनी आई है..."

क्या! मोज़े उतारते मेरे हाथ वहीं थिर हो गए। जिज्ञासा को भरसक दबाने का प्रयास करने के बावजूद मुंह से निकल गया, "कब?"

ज़रूर ही मैं अति उत्साहित हो कर बोला था। धनवंती हंस दी।

मुझ पर घड़ों पानी पड़ गया। समझ गया कि मेरा इम्तहान लेने के लिए यह बात कही है इसने और अब खिल्ली उड़ाएगी।

'यदि मुझे भरमाने के लिए यह सब कह रही है, तब भी इसका उपकृत हूं कि मरती हुई याद को इसने पुनरुज्जीवित कर दिया है।'

''सच्ची!'' अब वह मर्यादित स्वर में बोल रही थी, ''मैं दफ़्तर से आई, तो चाँदनी तांगे से उतर रही थी। साथ में उसके मां-बाप भी थे।''

मेरा रोआं-रोआं लरज़ उठा।

'कहीं ऐसा तो नहीं कि इनका हृदय-परिवर्तन हो गया हो? अगर ऐसा हुआ हो, तो अब चाँदनी मुझे मिल जाएगी।'

''उल्लास!'' धनवंती अभिभूत हो कर बोल रही थी। ''मैं बता नहीं सकती, चाँदनी कितनी चारमिंग लग रही थी। काले कढ़ाई वाले सूट में उसका मुहांद्रा खिड़े गुलाब की तरह लहक रहा था - जैसे काली बदली में से चांद झांक रहा हो।''

कहीं यह औरत मुझे बना तो नहीं रही? लेकिन अगले क्षण उसने जो कहा, उसकी बात कलेजा चीर कर रख गई। ''चाँदनी की सगाई हो गई है...''

धनवंती मेरे सिर पर ईंट से भरा ट्रक गिरा देती, यह वाक्य मेरे मुंह पर न मारती।

''थोड़ी देर पहले रेखा बता कर गई है।''

क्या इसलिए कि धनवंती के माध्यम से मुझे यह ख़बर लग जाए?

''इस तरह मन ख़राब मत कर। तेरे को कुड़ियों की कोई थोड़ है? तुझे एक से एक लायक और खूबसूरत कुड़ी मिलेगी।''

धनवंती कुर्सी से उठ कर मेरे साथ खाट पर आ बैठी। उसी तरह बहलाने लगी, जिस तरह उदासीन बालक को धीरज बंधा रही हो कि यह खिलौना नहीं, तो दूसरा ले लो, ''उल्लास, इस तरह धीरज नहीं छोड़ते।'' यह कहते-कहते उसने मुझे अपने साथ सटाया और फफक पड़ी। कहां तो यह औरत मुझे सांत्वना दे रही थी और कहां स्वयं धीरज छोड़ बैठी है।

''उल्लास,'' वह पल्लू में अपने आंसू समेटते हुए बोली, ''यह तो होना ही था। जवान लड़की को घर बैठा कर तो रखा नहीं जा सकता न! फिर चाँदनी जैसी सुघड़ और सुंदर लड़की को।''

धनवंती जिस तरह सांत्वना दे सकती थी, दे कर चली गई। मन करता था कि जाऊं और पौरियों का दरवाज़ा पीट-पीट कर कहूं, ''मुझे चाँदनी से मिलने दो। एक बार उससे बात करने दो। मैं कुछ नहीं कहूंगा। सिर्फ़ उससे बात करूंगा. ..बस, एक बार उससे बात करने दो। कैसे नहीं मिलने देंगे! जिस चाँदनी को सशरीर मुझे सौंपने को तत्पर थे, उससे अब बात भी नहीं करने देंगे? मुझे छोड़ चाँदनी को किसी और को कैसे सौंप सकते हैं? दरवाज़े पीट-पीट कर पुकारूंगा - चाँदनी! चाँदनी! एक बार मुझसे बात कर। मैं कुछ नहीं कहूंगा। बस, आ कर एक बार मेरे साथ बैठ...नहीं आएगी, तो मैं पौरियों के दरवाज़े पर सिर पटक-पटक कर कहूंगा : चाँदनी, तू मेरी है, सिर्फ़ मेरी है। दरवाज़ा खोलो। नहीं खोलोगे, तो कैस की तरह कपड़े फाड़ कर रेगिस्तान में चाँदनी! चाँदनी! पुकारता फिरूंगा... और डोली में बैठी चाँदनी भी लैला की तरह उल्लास! उल्लास! कुरलाती हुई जाएगी...

नहीं जानता, कब तक मैं सुन्न-सा बैठा रहा। आंगन की तरफ़ नज़र भटकी, तो घुप्प अंधेरा था। धनवंती के कमरे की बत्ती भी बुझ गई थी। सो गई होगी। मोज़े उतारते-उतारते हाथ थिर हो गए थे। मैं उठ कर खड़ा हो गया। आहिस्ता से जा कर बाहर का दरवाज़ा खोला। दबे पांव चल कर गया और बरामदे में खंभे के साथ खड़ा हो गया। सड़क सुनसान। लान सुनसान। स्ट्रीट लाइट असमर्थ। कहीं कोई हलचल नहीं। कोई आ-जा नहीं रहा। पंख-पखेरुओं के नीड़ शांत। केवल पौरियों के घर से हंसने-बतियाने की आवाज़ें आ रही थीं।

पांव उठे और अगले क्षण मैं पौरियों के बरामदे में सांस रोके खड़ा था। खुली खिड़की पर पर्दे के पीछे की रोशनी और खिलखिलाहट चुभ रही थी। मैं हारा हुए बेबस खिलाड़ी की तरह खड़ा देख रहा था। एक महीन मधुर कंठस्वर - उसमें वैसी ही खनक और चहक थी, जैसी किसी षोडशी के कंठ में होती है।

यह चाँदनी ही होगी। कितनी प्रसन्न लगती है। उस दिन किस तरह गुड़िया की भांति मौन बैठी रही थी और बड़ी बहन का संकेत पा कर चुपचाप उठी थी और माथे की लट समेटते हुए जल्दी-जल्दी भीतर चली गई थी। मुझसे बात तक नहीं की थी।

नहीं बता सकता कि मुझे किसने धकेला और अगले क्षण मैं उस खिड़की के नीचे खड़ा था जिसमें से रोशनी और ऐसी आवाज़ें आ रही थीं, जैसे दस्तरख़्वान पर बैठे लोग हंसते हुए खाते और बतियाते हैं। खिड़की थोड़ी ऊंची थी। एड़ियां उठा कर भी झांक नहीं सकता था।

एकाएक सारा घर खिलखिला कर हंसा, तो मेरे भीतर ज्वार उठा। चाँदनी की एक झलक पाने को मैं इतना व्यग्र हो गया कि एड़ियां उठा कर दोनों हाथों से खिड़की की सलाखों को पकड़ा और उचक कर भीतर देखने को तत्पर हुआ। फिर पता नहीं, यह कैसे हुआ। दिल ज़ोर से धड़का या सड़क पर कोई आवारा कुत्ता भौंका। अनायास ही पर्दा खिंच गया और छल्ले चूड़ियों की तरह ख़नखनाए, और भीतर बतियाने-हंसने-खिलखिलाने का सिलसिला उसी तरह टूटा, जिस तरह चील की आहट पाते ही घोंसले में चोंच खोल चीखते शावक चिल्लाना भूल जाते हैं।

मैं धम-से पैरों के बल गिरा।

"कौन है?" यह मिस्टर पौरी का डरा-डरा-सा स्वर था।

मैं सुन्न बैठा बावलों की तरह देख रहा था। तत्काल उठ कर भागा और अपने बरामदे में बिछे तख़्त पर आ कर पड़ गया। कलेजे की धक-धक कानों में गूंज रही थी।

पौरियों का दरवाज़ा खुला। बरामदे में खड़े मिस्टर पौरी के ये शब्द, "यहां तो कोई नहीं है।"

"पापा, कोई परदे के पीछे से झांक रहा था।" यह रेखा का स्वर था। "हां, मैंने देखा था।" वह साधिकार बोल रही थी।

"हवा से हिला होगा।"

"ऐसी हवा भी तो नहीं है।" मिसिज़ पौरी कह रही थीं। "धमक भी सुनाई पड़ी थी।"

"हां, कूदने की आवाज़ आई थी।" यह परिचित स्वर अशोक का था।

"कोई बिल्ली होगी!" रेखा बोली थी।

"चल, हट!" उसकी बात पर वे खिलखिला कर हंसे।

मेरा रोना निकल आया।

"चलो" मिस्टर पौरी कह रहे थे। "वहम है। कोई नहीं था। भीतर चलो। खाना खाओ।"

चाँदनी फिसल कर घटाटोप अंधेरे में चली गई थी।

अगले ही दिन मैंने धनवंती का कमरा छोड़ दिया।

सहायता

सहायता!

यही नाम था उस लड़की का जो औचक मेरे जीवन में आई थी।

सहायता मुझे सांध्यकालीन कॉलेज में मिली थी। यह कॉलेज पार्टीशन के उपरांत ख़ासकर रिफ़्यूजी विद्यार्थियों और नौकरीपेशा लोगों के लिए खोला गया था। अधिकांश विद्यार्थी तीस-पैंतीस के पेटे में थे। ये लोग ज्ञान-प्राप्ति के लिए नहीं, ख़ालिस नौकरी में तरक्की पाने के उद्देश्य से डिग्री हासिल करने के लिए दाख़िला लेते थे। गिरस्ती और दफ़्तर के झमेलों में उलझे ये लोग शाम को दिल्ली के न जाने किस-किस कोने से पैंडा मार कर कॉलेज पहुंचते थे।

मैं स्वयं करीब दस मील साइकिल पर बेतहाशा पैडल मारते हुए कॉलेज आता था। पांच बजे दफ़्तर से छूट कर साढ़े पांच बजे पहले पीरियड में हाज़िरी भरवाने के लिए, सचमुच, ऐड़ी-चोटी का दम लगाना पड़ता था। यह एक प्रकार की साधना ही थी। ख़ासकर दिल्ली की झुलसाने वाली गर्मी में और झमाझम बरसती बरसात में और झकझोड़ कर रख देने वाले जाड़े में यह काम ईंट-टोकरी ढोने वाले मज़दूर की मशक़्कत से किसी कद्र कम नहीं था।

अधिकतर विद्यार्थी हमेशा विलंब से आते थे। प्रोफ़ेसर हाज़िरी ले रहे होते और लंबे गलियारे में आते-आते किसी विद्यार्थी को अपना नाम सुनाई पड़ जाता, तो वहीं से 'येस सर' बोलते हुए वह भागा-भागा आता। उसकी हालत देख भीतर बैठे क्लांत-श्रांत लड़के-लड़कियां और प्रोफ़ेसर बेसाख़्ता हंस पड़ते। लेकिन इस हंसी में वह मसर्रत, वह उल्लास नहीं हो सकता था जो दिल्ली यूनिवर्सिटी के छैल-छबीलों की हंसी में होता है। उसके बाद प्रोफ़ेसर क्या बक-झक कर रहा है, इसकी किसी को कोई परवा नहीं थी। दफ़्तर से अघाए विद्यार्थी पसीने से भीगे रूमाल से या मैले-कुचैले तौलिए से मुंह-माथे का, गर्दन का, बांहों-कुहनियों का और छाती के धौले बालों का धूल-धक्कड़ पोंछने में लगे रहते - इस इंतज़ार में कि कब पीरियड ख़त्म होता है और कब मुंह-माथे पर छींटे मार कर वे दो घूंट पानी हलक से उतारते हैं।

सारी कक्षा में सहायता की और मेरी गिनती उन दस-बारह छात्र-छात्राओं में की जाती थी जो यौवन की देहरी पर खड़े थे। पहले दिन 'सहायता' नाम सुना था, तो थोड़ा अचंभा हुआ था। मेरे लिए यह एकदम अद्‌भुत नाम था। फिर सहायता जितना अनोखा नाम था, उतनी ही अजीबो-ग़रीब हरकतें थीं इस लड़की की। हमेशा विलंब से आती थी और कक्षा में दाख़िल होती भी, तो उलटे रास्ते से। चुपके से

खिड़की फलांग कर दबे पांव भीतर आ कर बैठ जाती थी। लड़के-लड़कियां कनखियाते हुए दबी हंसी हंसते और नोट्स लेते रहते। प्रोफ़ेसर देख लेते, तो भी मुस्कराते हुए अपना भाषण जारी रखते। जो लड़के सहायता को इस तरह प्रवेश करते हुए देख नहीं पाते थे, वे भी कहते थे कि अनायास ही उन्हें सहायता के आगमन का पता चल जाता था। सहायता की देहगंध ही कुछ ऐसी थी जो उसकी उपस्थिति का आभास करवा देती थी।

हमारी कक्षा में कुल छह छात्राएं थीं। एक सहायता और दूसरी सुलभा साहणी, ये दो छात्राएं ही ऐसी थीं जो 'लड़की' की परिभाषा पर खरी उतरती थीं। बाकी चारों चाहे विवाहिता नहीं थीं, फिर भी हाव-भाव से, पहरावे से वे अधिक 'घरेलू' किस्म की स्त्रियां ही लगती थीं। अजीब बात थी कि छहों की छहों स्त्रियां स्कूलों में अध्यापन करती थीं, और मुझे स्त्रियों का यह पेशा फूटी आंख नहीं सुहाता था। शायद बचपन में कभी सुना था कि स्कूल में मास्टरनी की नौकरी वही लड़की करती है जिसका विवाह नहीं हो पाता या जो स्त्री 'रांड' (विधवा) हो जाती है या 'छुट्टड़' (परित्यक्ता) होती है।

इतने दिन हो गए थे मुझे इस क्लास में उठते-बैठते, लेकिन सहायता और मुझमें कभी मुंह-दर-मुंह बात नहीं हुई थी। न कभी उसने कोशिश की, न कभी मैंने पहल की। मेरी तो हैसियत ही नहीं थी सहायता जैसी सम्पन्न घराने की लड़की से बातचीत करने की। फिर, लड़कियों से मैं हमेशा कन्नी काटता था। मेरे संस्कार और मेरी पृष्ठभूमि गांव-गंवई की थी। सहायता या दूसरी लड़कियों के प्रति मेरी बेरुख़ी का एक कारण उनका टीचर होना भी हो सकता था। फिर पता नहीं क्या बात थी, सहायता का गला हमेशा ख़राब रहता था। क्लास मैं बैठी-बैठी अंहं-अंहं करती रहती थी जिससे आसपास बैठे लड़के-लड़कियों को क्षोभ होता था। फिर वह हमेशा हाथ में चूसने की गोलियों वाली डिबिया ले कर चलती थी—उसी तरह, जिस तरह सिगरेट पीने वाले संभ्रांत किस्म के लोग सिगरेट के 'जान प्लेयर्स' के गोल डिब्बे हाथ में रखते थे।

लेकिन किसी भी लड़की के प्रति मेरा झुकाव न होने का सबसे बड़ा कारण यह था कि मेरे दिल से चाँदनी की याद गई नहीं थी।

फिर भी, मैं सहायता के साफ़-सुथरे नाक-नक्श की, तनिक सांवले रंग की और छरहरे बदन की सराहना करता था, हालांकि देखने में थोड़ी परिपक्व लगती थी। उसकी आंखें काली और मर्माहत करने वाली थीं और कोल्हापुरी चप्पल में चल कर जाती थी, तो नितंबों तक लहराते भारी केश बरबस ध्यान खींच लेते थे। फिर चुलबुली और हाज़िरजवाब थी और हर किसी से ठट्ठा मारती थी और बतियाती भी थी, तो हंसते-खिलखिलाते हुए।

यह अनुभव तब तक मुझे नहीं हुआ था। शायद इन्हीं कारणों से मैं सहायता के प्रति नहीं, अनायास ही क्लास की दूसरी लड़की सुलभा साहणी के प्रति आकर्षण अनुभव करने लगा था, हालांकि कभी उससे बात करने या उसके निकट बैठने का अवसर नहीं मिला था। सुलभा सहायता के मुकाबले ठिंगने कद की और

गोरी-चिट्टी लड़की थी। काफ़ी तीखे नाक-नक्श थे उसके और क्लास में 'क्वीन मेरी' नाम से प्रसिद्ध थी। उसकी चाल-ढाल और वेशभूषा ऐसी थी कि क्लास में किसी लड़के ने अनायास उसका नाम 'क्वीन मेरी' धर दिया था। शायद इसलिए कि सुलभा दाएं-बाएं देखते हुए राजसी ठाठ से चल कर आती थी, मानो विस्तृत जागीर का निरीक्षण करते हुए आ रही हो। एक दिन गलियारे में सुलभा के पेंसिल-हील सैंडिलों की जानी-पहचानी आहट सुनाई पड़ी थी, तो कक्षा के किसी मनचले ने मुंह नीचे करके सबको ख़बरदार किया था :

"सावधान! क्वीन मेरी तशरीफ़ ला रही हैं..."

दरवाज़े तक आते-आते सुलभा ने सुन लिया था। क्लास के भीतर कदम रखते हुए मुस्कुराई थी और फिर आत्मविश्वास के साथ यह कहते हुए भीतर आई थी :

"माइ डियर! क्वीन मेरी तक तो ठीक, 'ब्लडी मेरी' तक मत जाना।"

सारी कक्षा ने डेस्क थपथपा कर प्रत्युत्पन्नमति सुलभा साहणी की इस कल्पना की दाद दी थी और सुलभा हंसती-हंसती पीछे के डेस्क पर जा कर बैठ गई थी।

सुलभ साहणी की इस उक्ति ने मुझे उसका मुरीद बना दिया था। मगर अभिलाषा होते हुए भी कभी सिर उठा कर उससे बात नहीं कर पाता था। सुलभा भी खाते-पीते परिवार से संबंध रखती ही होगी। उसकी काया ही ऐसी थी कि कि उसका गोरा बेदाग़ चेहरा हमेशा खिला-खिला रहता था। मुंह-माथा उसका चौड़ा था। विशाल ललाट पर हमेशा बड़ी-सी लाल बिंदी सोभती थी। सैंडिलों में उसकी गोरी-गुलाबी नाज़ुक एड़ियां ऐसे लगती थीं, मानो धरती पर नंगे पैरों कभी चली न हो। सड़क से कॉलेज की बिल्डिंग तक पहुंचने के लिए बीसेक सीढ़ियां चढ़ कर आना पड़ता था। अधेड़ावस्था के थके-मांदे विद्यार्थी भागते हुए आते थे, तो इस कसरत से उनके चेहरों पर मनहूसियत बरसने लगती थी। सुलभा जब कभी भागी-भागी आती थी, उसका गुलाबी चेहरा भीग कर खिल उठता था। रक्ताभ मुंह-माथे पर चुहचुहाते स्वेद-कणों को चुन्नी से पोंछते हुए वह क्लास में प्रवेश करती, तो अघाए लड़कों और लड़कियों के निष्प्रभ चेहरे खिल उठते थे।

कॉलेज की सांध्यकालीन कक्षाएं उधार की स्कूली इमारत में लगती थीं। हम लोग जिन डेस्कों पर बैठते थे, वे स्कूली बच्चों के लिए बनाए गए थे। सो, कॉलेज के विद्यार्थियों को बैठने में थोड़ी असुविधा होती थी। मैं तो अक्सर सबसे आगे रखी एकमात्र बेंच पर बैठा करता था, जो हमेशा ख़ाली रहती थी, क्योंकि कोई छात्र प्रोफ़ेसर के आमने-सामने बैठना पसंद नहीं करता था।

लेकिन उस दिन अचानक ऐसा हुआ।

मैं नोट्स ले रहा था। आधा पीरियड बीतते-न-बीतते सहायता आई और सीधी आ कर बेंच पर मेरी बग़ल में बैठ गई। मेरी तरफ़ नज़र उठा कर उसने देखा तक नहीं। लेकिन अजीब बात कि पीरियड ख़त्म हुआ, तो भी वह उठ कर नहीं गई, और अचानक मेरी तरफ़ मुंह करके बोली, "उल्लास! मुझे तुम्हारी मदद की ज़रूरत है।"

मैंने भिभक कर उसकी तरफ़ देखा। जो लड़की आंख उठा कर कभी मेरी तरफ़ देखती नहीं थी, वही किस हक से मुझसे यह बात कह रही थी। मेरा चौंकना स्वाभाविक था। फिर भी, अचरज और असमंजस होते हुए भी मुझे थोड़ी चुहल सूझी। मैंने तनिक मुस्कुराते हुए उसकी तरफ़ देखा, "अजीब बात! जिस लड़की के नाम का अर्थ ही मदद हो, उसे दूसरों की मदद की क्या ज़रूरत!"

मेरी इस साफ़गोई से वह हंस पड़ी। झेंप भी गई। फिर जैसे प्रयत्नपूर्वक संभल कर मेरी आंखों में झांकते हुए बिना किसी संकोच के कहती है, "उल्लास! वैसे ही तुम्हारी आंखें बड़ी-बड़ी हैं। आश्चर्य से और फैल गई हैं।"

सहायता इस तरह बात कर रही थी, मानो हम दोनों के बीच पुरानी दोस्ती हो। फिर कहती है, "जोक्स अपार्ट, उल्लास, सचमुच, मुझे तुम्हारी मदद चाहिए।"

जीवन में उस दिन संभवतः पहली बार किसी लड़की ने इस तरह मेरी बग़ल में बैठ कर इतनी अंतरंगता से बात की थी। मैं थोड़ा असहज हो आया था। कंधे सिकोड़ते हुए मैंने मुड़कर पीछे देखा, तो लड़कियां-लड़के हमारी तरफ़ देख-देख कर टिचकरबाज़ी कर रहे थे।

"पीछे मुड़-मुड़ कर क्या देखते हो?" सहायता ने मुंह बिचकाते हुए उलाहना दिया।"

सहायता से आंख चुराते हुए मैंने कहा, "बोलो, मैं क्या मदद करने लायक हूं?"

मेरे लिए यह असमंजस की बात थी। अगला पीरियड संस्कृत का था। प्रोफ़ेसर संतोष पुरी अभी आए नहीं थे। सहायता संस्कृत पीरियड में हमेशा बंक मारती थी। दूसरी लड़कियों, ख़ासकर सुलभा के साथ पानी पीने और चाट-पकौड़ी खाने के बहाने खिसक जाती थी। प्रोफ़ेसर पुरी इतने भले थे कि छात्र-छात्रा की शक्ल-भर देख लेते, तो हाज़िरी भर देते थे। इसी का लड़कियां फ़ायदा उठाती थीं।

तभी सुलभा पीछे से उठ कर आ गई। आज गुलाबी सलवार-कमीज़ में उसका रंग और भी निखरा हुआ था। कनखियों से मेरी तरफ़ देखते हुए शरारतन सहायता से कहती है, "बैठी इश्क लड़ा रही है। लेट्स गो पानी पीने।"

मैं एकदम सिमट गया।

"सुलभा, तू जा। मुझे उल्लास से ज़रूरी काम है।"

सुलभा छद्म हंसी हंसते हुए मेरी तरफ़ चाव से देखते हुए बोली, "अरी! ऐसा क्या काम आ पड़ा है तेरे को उल्लास से!"

मैं थोड़ा घबराया। भरी क्लास में दो-दो लड़कियां मुझसे हंस-हंस कर बतिया रही थीं।

"प्लीज़, सुलभा! समझा कर। कहा न, मैं पीछे-पीछे आ रही हूं।"

सुलभा ने आंख भर कर हम दोनों की तरफ़ देखा और मुस्कुराती हुई चली गई।

"उल्लास!"

मैंने सहायता की तरफ़ देखा।

"उल्लास, मुझे तुमसे एक लेख चाहिए।"

"लेख!" मैंने बुरी तरह चौंकते हुए उसकी तरफ़ देखा। कमाल है, सहायता कैसे जानती है कि मैं लिखता हूं?

"तेरे को किसने बताया कि मैं लिखता हूं?" एकबारगी मेरे मुख से निकला।

"अच्छा, यह बात!" सहायता हंस रही थी, "वही बात हुई न। किसी को गीदड़ की बीठ चाहिए थी, वह पहाड़ी पर चढ़ गया था। अरे, उल्लास नाम से *नवयुग* में और *वीर अर्जुन* में, *धर्मयुग* में और *साप्ताहिक हिंदुस्तान* में और *स्टेट्समैन* जैसी पत्र-पत्रिकाओं में लेख-कहानियां छपें और किसी को पता न चले? यह तो दाई से पेट छिपाने वाली बात हुई न!"

मुझे गर्व भी हुआ और थोड़ी असुविधा भी।

"तुम तो इस तरह चौंक रहे हो, जैसे मैंने तुमसे लेख न मांगा हो... (स्वर थोड़ा धीमा करके मंद-मंद मुस्काते हुए मेरे कान के पास मुंह ला कर)...वाग्दान करने को कहा हो।"

मैं खिसिया गया, लेकिन वह खिलखिलाई।

मैं थोड़ा सावधान हो गया। क्लास में खुसुर-पुसुर होने लगी थी।

"हंसी-मज़ाक छोड़ो और सुनो," सहायता बता रही थी, "उल्लास, मैं भारत सेवक समाज में सोशल वर्क भी करती हूं। राज्यसभा की सदस्या सांत्वना माथुर भी समाज से जुड़ी हैं। कभी उनसे मिलवाऊंगी। हम 'ग्रामीण' नामक पत्रिका निकालते हैं—गांवों में निःशुल्क बांटने के लिए। 'ग्रामीण' के लिए ही तुम्हारा लेख चाहिए। मैं नांह नहीं सुनूंगी। मिसिज़ माथुर को भरोसा दिला कर आई हूं।"

"सहायता!" मैंने हकलाते-हकलाते कहा। "मुझे इस धर्मसंकट में क्यों डालती हो।" मेरा स्वर स्वयं मुझको निरीह लग रहा था। "मैं तो बच्चों के लिए छोटी-छोटी कहानियां, लोककथाएं वग़ैरह लिखता हूं। मैं गांवों के बारे में कुछ नहीं जानता।"

"अब लिखोगे।" उसने अधिकारपूर्वक कहा। "जब जागो, तभी सवेरा!"

संस्कृत के प्रोफ़ेसर पुरी आ रहे थे। आते ही उन्होंने सहायता को बेंच पर बैठे देखा, तो हंसते हुए बोले, "सहायता, आज तो तूने अपनी जन्मपत्री को लात मार दी।"

सहायता आंखें नीचे करके जैसे मिनमिनाते हुए बोली, "पीजे!" फिर मुस्कुरा कर प्रोफ़ेसर पुरी की तरफ़ देखती है, "सर, यह आप क्या बोल रहे हैं?"

"आज जल्दी आ कर जो बैठी हो, इसलिए।"

सहायता ने हंसते हुए जवाब दिया, "सर, मैं जल्दी नहीं आई। आप ही देर से आए हैं।"

सहायता की इस हाज़िरजवाबी पर प्रोफेसर पुरी और सारी क्लास—सब ठहाका मार कर हंस पड़े। सहायता भी बेंच की पीठ के साथ ढासना लगाए हिल-हिल कर हंस रही थी। मेरे इतने निकट बैठी थी कि एकाएक मुझे अपनी पीठ पर कुछ गड़न-सी महसूस हुई। मैं पहले तो समझा कि सहायता की कुहनी चुभी है, लेकिन मुड़ कर देखा, तो खिलखिलाती सहायता के कसे उरोज के स्पर्श ने ही पीठ पर कुहनी की चुभन का अहसास कराया था।

यह अचानक हुआ था। घबराहट ने ज़रूर ही मेरे चेहरे का रंग बदल दिया होगा। मैं नहीं समझता कि सहायता ऐसी लड़की थी जिसने जान-बूझ कर यह हरकत की होगी। वह भी भरी क्लास में! वह मुझ जैसे साधारण घर के विपन्न और अपने आपमें सिमटे रहने वाले लड़के के साथ ऐसा व्यवहार क्यों करेगी? अजीब-सा कंपन होने लगा था। मैं घबरा कर आगे झुक आया था। सहायता ने लक्ष्य किया या नहीं, मैं नहीं जानता। वह पूर्ववत् हंसती-खिलखिलाती रही। शैशव काल में मां का दूध पीते हुए मुंह में चूचुक ले कर दोनों हाथों में उसके स्तन को ज़रूर छुआ होगा। लेकिन उसके उपरांत आज पहली बार किसी स्त्री के उरोज की स्पर्शानुभूति हुई थी।

प्रोफ़ेसर पुरी थोड़ा जल्दी पढ़ा कर चले गए। मैं निमाणों की तरह बैठा देख रहा था। सहायता बातचीत का टूटा सूत्र पकड़ते हुए बोली, "उल्लास, तुम्हें किसी दिन जीजी से मिलवाने ले जाऊंगी।"

"जीजी?" उस इत्तिफ़ाक के बाद मैं सहज होते-होते फिर चौंक गया। "कौन जीजी?"

"मिसिज़ सांत्वना माथुर को हम जीजी बुलाते हैं। उनसे तुम्हारा ज़िक्र किया, तो बोलीं (यह बात कहते-कहते सहायता फिर हंस रही थी), पकड़ कर ला उस छोरे को। सो..."

"सहायता, मुझे इस झमेले में न डालो।"

"उल्लास, इसे झमेला-झंझट नहीं, कर्तव्य समझो। एक दिन तुम्हें अपने ग्रुप के साथ किसी गांव ले चलूंगी। जाओगे, तो किताबी दुनिया से न्यारी दुनिया देखोगे, जिसे शहर में रहते हुए हम देख नहीं सकते।"

आज पहली बार जाना कि जिस लड़की की तरफ़ मैं कभी आंख उठा कर नहीं देखता था, और जिसे चुलबुली समझता था, वह कितनी सुलझी हुई थी। पहली बातचीत में ही सहायता ने मेरे प्रति जैसा अपनत्व और खुलापन दिखाया था, वह मेरे लिए अचरज की बात थी।

"सहायता," मैंने कहा, "सुबह तुम भारत सेवक समाज जाती हो। दिन को स्कूल में पढ़ाती हो और शाम को कॉलेज आती हो। रात को भी पढ़ना-लिखना पड़ता होगा, ज़ाहिर है। इस भागदौड़ की ज़िंदगी में सामंजस्य कैसे बैठाती हो?"

वह हंसते हुए बोली, "देख लोगे।"

कॉलेज में अगले दो-तीन दिन सहायता से बातचीत ज़रूर हुई, लेकिन 'ग्रामीण' के लिए लेख के बारे में उसने कोई ज़िक्र नहीं किया। चौथे दिन मैं साइकिल निकाल कर आया, तो सहायता सीढ़ियों पर खड़ी थी। मैं देखा करता था, कॉलेज के बाद एक स्त्री लगभग प्रतिदिन सहायता को लिवाने आया करती थी और सहायता कॉलेज की सीढ़ियों पर उसकी इंतज़ार में खड़ी रहती थी। सहायता पीरियड ख़त्म होते ही भागती थी। सुलभा आवाज़ें देती रह जाती, लेकिन कभी एक क्षण के लिए वह रुकी नहीं। मुस्काते हुए हाथ हिलाते हुए "बाय-बाय" कह कर निकल आती

थी। मैं जब तक साइकिल निकाल कर आता, दोनों स्त्रियां सड़क पर पैदल जा रही होतीं।

उसके पास से निकलते हुए आज मुझे चुहल सूझी, "बॉडीगार्ड की इंतज़ार हो रही है...."

"उल्लास!" सहायता ने तनिक उखड़ कर कहा, "वह बॉडीगार्ड नहीं, मेरी कंठी दीदी है।"

"आई एम सॉरी! सगी बहन?"

"सगी बहन से भी बढ़ कर।"

"अगेन, सॉरी! ओके बाय!" मैं खिसिया कर चलने को हुआ, तो वह कहती है, "भाग रहे हो। दो मिनट खड़े हो कर ढंग से बात भी नहीं कर सकते?"

मैं साइकिल थामे उसके साथ खड़ा हो गया।

"जानती हूं, तुम लड़कियों से बात करते हुए घबराते हो। इस तरह कतराते हो, जैसे लड़कियों के निकट आने से छूत लग जाएगी या तुम्हें खा ही जाएंगी।"

यह बात कह कर सहायता ने जैसे भरी मशक ही उंडेल दी थी मुझ पर। जैसे मेरे न ज़बान थी, न सिर था कि हिला कर उसकी बात काटता।

हम खड़े थे और आते-जाते विद्यार्थी दबी हंसी हंसते हुए निकल जाते थे। मैं अस्थिर हो रहा था। इस कॉलेज में एम. ए. अंग्रेज़ी की छात्रा शांति अपने से काफ़ी बड़ी उम्र के विवाहित प्रोफ़सर शांडिल्य के झांसे में आ कर गर्भवती हो गई थी। प्रोफ़ेसर ने कन्नी काटनी शुरू की, तो लड़की ने भरी क्लास में सैंडिल निकाल कर उसकी टांट पर मारी थी। हमारे मामले में इस प्रकार के कांड का कोई ख़तरा नहीं था। फिर भी, भीतर ही भीतर मुझे किसी अनहोनी का अंदेशा था। सहायता तनिक व्याकुलता के साथ सड़क की तरफ़ झांकते हुए बोल रही थी, "देख लो, अभी आई नहीं। कहीं उसके पति की तबियत ख़राब न हो गई हो।"

मैं भूल गया था कि वह किसके बारे में बात कर रही है।

"किसके पति की?"

"कंठी दीदी के।"

"बीमार हैं?"

इतने में वही स्त्री आती दिखाई दी। सीड़ियां चढ़ कर आ ही रही थी। सहायता ने बिफरते हुए कहा, "कहां मर गई थी? सूखने डाल दिया है।"

"हाय, मैं मर जावां।" वह सीढ़ियां चढ़ कर आई। मुझे सहायता के साथ खड़े देखा, तो शायद जो कहने जा रही थी, वह भूल गई। मधुर स्मिति के साथ बिना किसी संकोच के सहायता से पूछती है, "यही वह लड़का है?"

मैं चिहुंका।

सहायता ने डपटा, "बात टाल क्यों रही हो? कब से इंतज़ार कर रही हूं। जीजा जी की तबियत ठीक है न!"

"जानती तो हो।"

"उल्लास, आल द बेस्ट। देर हो गई है..." सहायता कंठी दीदी के साथ

चलने को तत्पर हुई। लेकिन पलट कर बोली, "सोचती हूं, क्यों न कल ही तेरे को मिसिज़ माथुर से मिलवा दूं।" यह कहते हुए उसने मेरी सुविधा-असुविधा की चिंता नहीं की। यह तक नहीं सोचा कि मुझे सुबह दफ़्तर भी जाना होता है। बस, इतना कहा, "सुबह कनाट प्लेस में रीगल के निकट थियेटर कम्युनिकेशंस हटमेंट्स में पहुंच जाना। साढ़े नौ बजे शार्प। मिसिज़ सांत्वना माथुर का कमरा पूछ लेना। मैं वेट करूंगी। बाय..."

मैं साइकिल थामे खड़ा देख रहा था। सहायता ने जिस महिला को कंठी दीदी बताया था, वह जाते-जाते आंखों में चमक भर कर मुझे ताड़ते हुए हंस रही थी। सीढ़ियां उतरते हुए उसने सहायता को टहोका मार कर पीछे देखते हुए कुछ कहा भी था। जब तक मैं कंधे पर साइकिल रखे सीढ़ियां उतर कर आता, अंधेरे में लिपटी दो देहें सुनसान सड़क पर जल्दी-जल्दी जा रही थीं।

कनाट प्लेस के बीचोंबीच युद्धकालीन बैरकों का झुरमट थियेटर कम्युनिकेशंस बिल्डिंग नाम से जाना जाता था। वहीं पर बीसियों दफ़्तरों में संसद-सदस्या सांत्वना माथुर का भी कमरा था। मुझे उसे ढूंढ़ने के लिए अधिक भटकना नहीं पड़ा।

मैं गया, तो सहायता दरी पर अख़बार फैलाए बैठी थी। मैंने हल्की-सी दस्तक दी, तो मुझे देखते ही खिल गई। अख़बार समेटते हुए बोली, "आओ, उल्लास!"

"नमस्कार!"

"चप्पल वहीं उतार दो।"

"अभी कोई नहीं आया?"

"मिसिज़ माथुर समय की पाबंद हैं। टिच साढ़े नौ बजे आ जाती हैं। आज थोड़ा विलंब से आएंगी। आओ, बैठो।"

मैं सहायता के पास दरी पर बैठ गया।

"कमरा ढूंढ़ने में दिक्कत तो नहीं हुई?"

मेरी नज़र अख़बार की सुर्ख़ी पर टिकी थी। सहायता ने झट अख़बार उठा कर एक तरफ़ डाल दिया। बिगड़ कर बोली, "उल्लास, यह क्या! मैं बात कर रही हूं और तुम अख़बार की सुर्खियां देख रहे हो। मेरे को एक बात बताओ। क्लास में गुपचुप रहते हो। किसी से बात नहीं करते। ख़ाली पीरियड में बैठे पढ़ते रहते हो या बाहर डोलते रहते हो। तुम्हारा कोई दोस्त-मित्तर नहीं जिसके साथ खुल कर हंसो-बतियाओ? प्रतीत होता है, कोई ग़म है जो तुम्हें भीतर ही भीतर खाए जा रहा है..."

मैं हैरान! सहायता असमय क्या राग अलापने लगी?

"क्लास में कोई हंसी की बात होती है, तो गर्दन नीचे किए लिखते रहते हो। माना कि पार्टीशन के बाद तुमने दुख-तकलीफ़ें झेली हैं, हम सबने झेली हैं, लेकिन इसका यह मतलब नहीं कि हमेशा उन्हीं के बारे में सोचते रहें। बहुत जल्दी बताऊंगी, हम भी कैसे कुंभीपाक से निकल कर आए हैं। लिखने बैठूंगी, तो कॉपियां कम पड़ जाएंगी।"

मैं हैरान था कि एकाएक यह भाषण देने की इस लड़की को क्या सूझी!

"किसी के साथ हंसते-बोलते नहीं। यहां आए हो, लेकिन, ढाक के वही तीन पात!"

मैं सहायता को क्या बताता कि मेरा हंसना-बोलना मुझसे क्यों छिन गया है। कैसे बताऊं कि मेरी हंसी-खुशी पहले मेरे बंधु-बांधवों ने छीनी। फिर चाँदनी मंझधार में छोड़ कर चली गई।

"यह कोई बात हुई! नाम उल्लास, आदतें उदास!" वह हंस पड़ी।

मैं चुप बैठा नाखून कुरेदता रहा।

"यार, कुछ तो बोल!"

मैंने निरीह दृष्टि से उसकी तरफ़ ऐसे देखा, जैसे कहना चाह रहा होऊं कि क्या बोलूं।

"अरे, आदमी की जून मिली है, हंसो-हंसाओ, ठहाके लगाओ। नाम उल्लास और हंसने-हंसाने के मामले में खल्लास!" यह कह कर वह फिर हंसी, "बाइ द वे, पहले दिन प्रोफ़ेसर ने हाज़िरी में तुम्हारा नाम बोला था, तो लगा जैसे तुम्हारा नाम उल्हास है—उसी मोटे एक्टर वाला जो भैंसे जैसा लगता है, फिर भी, हीरो बना फिरता है। आइ हेट हिम। जिस पिक्चर में वह होता है, मैं उसे देखती ही नहीं। वैसे, मैं पिक्चरें बहुत देखती हूं। प्रदीप कुमार की हर पिक्चर देखती हूं। याद है, एक दिन मैंने और सुलभा ने तुमसे पूछा था, तेरा नाम उल्हास है या उल्लास? और तुम्हीं ने यह जवाब दे कर हमें निरुत्तर कर दिया था : 'उल्लास और उल्हास में उतना ही अंतर है, जितना पुष्प-डंडी और पोल में होता है'..." और वह मुंह पर हाथ रख हंसती चली गई। "कहा था न?"

याद नहीं पड़ता कि मैंने किस दिन सहायता से या सुलभा से इतनी अंतरंगता से बात करते हुए ऐसी कोई उपमा दी थी। मुझे चुप बैठे देख कहती है, "मैं उल्लास से नहीं, क्या शाक्यमुनि से बातें कर रही हूं? यार, किसके इश्क में मुब्तिला हो जो विरही की तरह डोलते रहते हो।"

फीकी हंसी हंसते हुए मैंने बात टालनी चाही, "तुम पर प्याज़ी साड़ी खूब फबती है।"

"च्च-च्च!" मेरा मुंह देख कर वह ऐसे बोल रही थी, जैसे मुझ पर तरस खा रही हो। "सवाल गेहूं, जवाब चना।"

बैठे-बैठे मुझे असुविधा होने लगी थी। क्या ही अच्छा हो यदि इसी वक्त मिसिज़ माथुर या कोई और आ जाए।

"जानती हूं, तुम हंसोगे नहीं, क्योंकि हंसना तुम्हारी फितरत में नहीं है।"

मैं बुरी तरह झेंप रहा था। तो सहायता ने मेरे बारे में यह राय बना रखी है! वह कह रही थी, "झेंपू महाराज, जानते हैं, आपकी इन ख़सलतों की वजह से सुलभा ने आपको क्या नाम दे रखा है?"

मैं मूर्खों की तरह उसका मुंह जोह रहा था।

"फ्रिजिड!" मुंह के आगे उलटा हाथ रख अपनी हंसी दबाते हुए वह मेरी तरफ़ देख रही थी।

मैं कुछ समझा नहीं।

"नहीं समझे न। मैं समझाती हूं।" सहायता इस तरह बोल रही थी, मानो किसी अंतरंग मित्र से बतिया रही हो। *फ्रिजिड* उस पुरुष को कहते हैं जो एकदम ठंडा, रूखा-सूखा, और..." फिर तनिक सोच कर "... सेक्सुअली कोल्ड होता है...यानि जिसकी दिलचस्पी लड़कियों में नहीं होती।"

मैं भीतर तक कांपते हुए उसे देख रहा था। प्रतीत होता था, मेरे सामने बीस-इक्कीस बरस की कोई लड़की नहीं, अनुभवी स्त्री बैठी है जो इन बातों में निष्णात है। क्लास में उसके उरोज की जो चुभन महसूस हुई थी, उसका तीखापन एक बार फिर झकझोड़ कर रख गया।

"हम आपस में बातें किया करती हैं कि यह उल्लास नाम का जो लड़का है, वह किसी से बात नहीं करता। ख़ासकर लड़कियों से दूर भागता है। सुलभा कहती है—*ही इज़ आइदर इन लव,* या नाड़े का सुच्चा है..."

मैं चकित। क्या मैं ही मिला हूं इन्हें ऐसी बातें करने के लिए? क्या यही सब बताने के लिए आज सहायता ने मुझे यहां बुलाया है?

"उल्लास!" वह बोली, "तू मेरे को एक बात बता। क्या दुख है जो छिपाए हुए हो, जो भीतर ही भीतर तुम्हें खाए जा रहा है। हमेशा गुमसुम रहते हो..." और हौले से गुनगुनाती है : 'क्या ग़म है जिसको छुपा रहे हो'..." और गाते-गाते हंस पड़ी। मेरी भी हंसी निकल गई। सहायता खुश हो गई, "उल्लास! इसी तरह मुस्कुराया करो। तुम्हारा चेहरा खिल उठता है।"

कॉरिडार में कुछ लोगों के आने की आहटें सुनाई पड़ीं।

"लगता है, जीजी आ रही हैं।" सहायता उठ कर खड़ी हो गई। साड़ी के चुन्नट ठीक करते हुए बालों में उंगलियों से कंघी करते हुए दरवाज़े की तरफ़ लपकी। मैंने झूठ नहीं कहा था। सहायता इस रंग की साड़ी में बड़ी भव्य लग रही थी। आज पहली बार मैंने इसे इस परिधान में देखा था। अमूमन सलवार-कमीज़ ही पहनती थी।

मैं उठ कर खड़ा हो ही रहा था कि नीले बार्डर की सफ़ेद खादी की साड़ी में सांवली-सी थुलथुल औरत चार-पांच लोगों के साथ बतियाते हुए दरवाज़े पर आई।

"जीजी, नमस्कार!"

सहायता के कंधे पर हाथ रख वह भीतर आई। सहायता ने मेरा परिचय कराया, "जीजी! यह उल्लास है। उस दिन मैंने इसी का ज़िक्र किया था।"

मैंने हाथ जोड़ कर नमस्कार किया। जीजी ने एकदम चमत्कृत हो कर मुझे सिर से पांव तक देखा और सहायता से कहा, "अरी, इतने सुंदर नाम वाला बांका युवक कहां मिल गया तेरे को!"

मैं पानी-पानी हुए जा रहा था।

"जीइजी!" सहायता ने मेरी तरफ़ कनखियों से देखते हुए वैसे ही यह बात

कही, जैसे मां से लाड़ करते हैं, "जीजी, आप जल्दी भूल जाती हैं। उस दिन बताया था न, उल्लास लेखक है और मेरे साथ कॉलेज में पढ़ता है?"

"ओहोहो..." मिसिज़ माथुर हंसने लग गईं, "माफ़ करना, भाई।"

मुझे लगा उनका भर्राया स्वर *ट्रेज़र आइलैंड* के उस नाविक के कंठ जैसा था जो 'एडमिरल बेनबो' सराय में फटी आवाज़ में गाता है :

फ़िफ़्टीन मैन ऑन द डेड मैन्स चेस्ट–
यो-हो-हो, एंड ए बॉटल ऑव रम...

"बैठो, बैठो!" उन्होंने खांस कर गला साफ़ करते हुए सबको बैठने को कहा और अपने कागज़ात देखने शुरू किए। तभी एक स्त्री ने आ कर खुले किवाड़ पर दस्तक दी। सहायता ने कहा, "जीजी, अख़्तर आपा आई हैं।"

"आदाब अर्ज़ है!"अख़्तर नाम की स्त्री मुस्काते हुए दरवाज़े पर खड़ी अभिवादन करती है।

मिसिज़ माथुर ने चश्मा उतार कर उसकी तरफ़ देखा और उल्लसित स्वर में कहा, "आदाब अर्ज़ है।" फिर गिला किया, "अख़्तर, तुम तो, सचमुच ईद का चांद हो गई हो।"

"क्या बताएं, दीदी।" अख़्तर वहीं खड़ी-खड़ी बोलीं। "मसरूफ़ियत!" और हंस दी।

मैं उसे निहार रहा था। ऊंची-लंबी, गोरी-चिट्टी और भरी देह वाली युवती थी। सहायता मेरे कान में कहती है, "अख़्तर आपा फ़ख़रुद्दीन अली अहमद की बहन है।" हालांकि मैंने अली साहब का नाम तक नहीं सुना था, सहायता की तरफ़ इस तरह देखा, जैसे बड़ा प्रभावित हुआ होऊं कि यह लड़की इतने बड़े लोगों में उठती-बैठती है।

"अख़्तर, आओ, वहां खड़ी क्यों हो?" जीजी ने कहा।

"दीदी, हम ठहरेंगे नहीं। इधर आए थे किसी काम से। सोचा, दीदी के दर्शन करते चलें।"

"आई हो और जा भी रही हो।"

"खुदा हाफ़िज़!" अख़्तर सबको सलाम करके जाने लगीं, तो मिसिज़ माथुर ने कहा, "अख़्तर, हमारे लिए थोड़ा वक्त निकाला करो। तुम्हारे ज़िम्मे कई काम लगाने हैं। एक तो अपने इलाके में मिलाद शरीफ़ का प्रबंध करवाओ। फिर अलीपुर जाने का प्रोग्राम बना रहे हैं। तुम्हें भी साथ चलना होगा।"

"ज़हे नसीब! सर के बल चल कर आएंगे।" और एक बार फिर सलाम करके वह चली गई।

मिसिज़ माथुर को जैसे कोई बात याद आ गई। ऐनक चढ़ाते हुए सहायता से कहती हैं, "बच्चे गांव जा रहे हैं, तो एक बात का ख़ास ख़याल रखना। अपना खाने-पीने का सारा सामान साथ ले कर जाएंगे। गांव वालों से कुछ भी ग्रहण नहीं करेंगे।"

''जीजी, गांव वाले मानते कहां हैं। बोलते हैं, आप लोग हमारे अतिथि हो। न लो, तो मुंह फुला लेते हैं...''

''ऐसी बात है, तो जाते ही हाथ जोड़ कर प्रार्थना करना—आप हमारी मेहमाननवाज़ी करना ही चाहते हो, तो सिर्फ़ गुड़ और चना और पानी हम स्वीकार करेंगे। हम आप लोगों की सेवा करने आए हैं। यह याद रखने वाली बात है...'' फिर एकाएक मेरी तरफ़ देखते हुए सहायता से कहती हैं, ''अरी, तुमने अपने ब्यू का क्या नाम बताया?''

''जीइजी!'' सहायता ने हंसी-हंसी में जैसे नाक-भौं सिकोड़ी और मेरी तरफ़ देखते हुए कहा, ''जीजी! आपकी याद्दाश्त कमज़ोर होती जा रही है। उल्लास मेरा ब्यू नहीं, मेरा क्लासफ़ेलो और लेखक है। बताया तो था, उस दिन भी और आज भी।'' फिर खिड़-खिड़ हंसते हुए, ''मैं आपके लिए च्यवनप्राश लाऊंगी। उसका सेवन किया कीजिए।''

''अच्छा-अच्छा!'' फिर हंसते हुए मिसिज़ माथुर ने मुझसे पूछा, ''कुछ लाए हो लिख कर?''

मैं सहायता का मुख देख रहा था।

''जीजी, अभी लिखवाएंगे।'' सहायता ने कहा।

''ठीक है, उस दिन उल्लास को भी अपने साथ गांव ले जाना। वहां लिखने को काफ़ी सामग्री मिलेगी। पकड़ कर लिखवाना इस नौजवान से।''

सहायता ने कहा, ''मैं 'ग्रामीण' के एक-दो अंक इसे देती हूं। पहले देख ले।'' फिर जैसे एकाएक यह बात याद आई, तो प्रशंसा करते हुए बताती है, ''जीजी, उल्लास अंग्रेज़ी में भी लिखता है।''

''वाह! यह तो सोने पर सुहागे वाली बात हुई।'' उन्होंने ऐनक उतार कर प्रशंसात्मक दृष्टि से मेरी तरफ़ देखा। मैंने मिमियाते हुए कहा, ''मैम, मैं तो बच्चों के लिए लिखता हूं।''

''इसका मतलब है, सहायता ने ठीक चुनाव किया है,'' मिसिज़ माथुर ने मेरी तरफ़ देखा। ''हमें ऐसे लेख चाहिए जो आसान ज़बान में, आसान शैली में लिखे हों। हमें घोषणा हिंदी यानी कठिन हिंदी नहीं चाहिए।''

''घोषणा हिंदी?'' सहायता हंस रही थी और हम लोग चकित हो कर देख रहे थे। यह कैसी हिंदी होती है?''

''तू नहीं जानती? अभी उस दिन पार्लियामेंट में हिंदी के बारे में बहस चल रही थी। एक सदस्य ने सरल हिंदी की वकालत करते हुए कहा कि हमें घोषणा हिंदी यानि कठिन हिंदी नहीं चाहिए।''

''वाह!''

हंसी ख़त्म हुई, तो मिसिज़ माथुर ने एक कागज़ पर नज़र रखे सहायता से कहा, ''यंगमैन को बता दिया है न कि हम आनरेरियम वग़ैरह कुछ दे नहीं पाएंगे। यह तो समाज सेवा है।'' फिर मेरी तरफ़ देखते हुए, ''बच्चे, कुछ एक्सपेक्ट नहीं करना।''

"जीजी, आप निश्चिंत रहिए। इसे मैं *टैकल* करूंगी।" सहायता ने मुस्काते हुए इस नज़र से मेरी तरफ़ देखा, जैसे मैं उसके अंगूठे के नीचे होऊं।

"हां, सूम से सखी भला जो तुरत दे जवाब!"

"जीजी, आपको भी एक काम करना होगा।" सहायता ने कहा।

"बता?"

"मिस्टर माथुर गांव में नहीं आएंगे।"

"दाल-भात में मूसलचंद बनते हैं!"

"आप तो जानती हैं।"

"अच्छा, अच्छा, समझ गई।" वह हंस रही थीं। "लड़कियां देख कर उनकी लार टपकने लगती है।"

"जीजी, यह बात नहीं है," सहायता ने हंसते हुए कहा।

"फिर क्या बात है?"

"जीजी, याद है, हम मंगशपुर गए थे, तो मिस्टर माथुर पीछे-पीछे जीप ले कर पहुंच गए थे।"

"अरे, हां!" मिसिज़ माथुर ठहाका मार कर हंसीं, "हां, अच्छी तरह याद है। मुझे धूप में खड़ी देख कर बोले थे..." और मिस्टर माथुर की हूबहू नकल उतारते हुए कहा, "...देखो, मेरी एम. पी. बीवी को। घर में मैंने कूलर लगवा दिया है और मोहतरिमा चिलकती धूप में धक्के खा रही हैं..."

ज़ोर के ठहाकों के बीच मिसिज़ माथुर तनिक गर्व से बोलीं, "छोड़, पुरुष बनते हैं।"

"जीजी, मैंने भी उन्हें माफ़ नहीं किया। कह दिया - 'मिस्टर माथुर, ये धक्के बड़े काम के हैं। इलेक्शन में काम आएंगे।"

मिसिज़ माथुर को जाना था। सो काग़ज़-पत्र समेटते हुए सहायता से कहती हैं, "तुम्हें स्कूल ड्राप कर दूं?"

"नहीं, जीजी, हम चले जाएंगे। अभी समय है।"

हटमेंट्स से बाहर आते ही मैंने कहा, "मुझे रीगल से दफ़्तर की बस मिल जाएगी।"

सहायता ने मुंह बनाते हुए कहा, "आज दफ़्तर नहीं जाओ, तो कोई हरज है?"

मैं दुचित्ता हो रहा था, "ज़्यादा देर नहीं हुई।"

"जाने दो। चलो, किसी अच्छी जगह बैठ कर चाय पीते हैं। कल जा कर तबियत ख़राब होने की अर्ज़ी दे देना।"

"तुम्हारे स्कूल का भी तो टाइम हो रहा है।"

"कमाल है, एक लड़की चाय का न्यौता दे रही है! कभी अपने दफ़्तर का, कभी मेरे स्कूल का बहाना करके खिसकना चाहते हो!"

"नहीं," मैं खिसिया कर बोला, "यह बात नहीं।"

"यही बात है।"

हम 'गेलार्ड' के आगे से निकल रहे थे। सहायता ने इस रेस्तरां की विशाल खिड़कियों के भीतर हसरत से झांकते हुए कहा, "यहां की क्रीम काफ़ी बड़ी उम्दा होती है। लेकिन होती बड़ी महंगी है। दूसरों के पल्ले से ही पी सकते हैं।"

मैंने हंसते हुए कहा, "चलो, आज मेरे पल्ले से।"

"अरे, नहीं।" वह कहती है, "मुझे 'वेंगर्स' की चाय अच्छी लगती है। वहां चलते हैं।"

मैं सहायता के संग चल तो रहा था, लेकिन मेरी नज़रें भटक रही थीं। धुकधुकी लगी थी—कहीं कोई जान-पहचान वाला मुझे इस तरह लड़की के साथ चलते हुए देख न ले। बड़ी फ़ज़ीहत होगी।

हम 'स्टैंडर्ड' के आगे से निकल ही रहे थे कि सहायता चहकते हुए कहती है, "स्टैंडर्ड में ज्यूक बॉक्स लगा है। चवन्नी डालो और मन-पसंद गाने सुनो। अक्सर हम लोग यहां बैठते हैं। यहां की काफ़ी भी अच्छी लगती है।"

तभी कोई फ़िल्मी गाना बजना शुरू हुआ, तो सहायता सुनने के लिए वहीं ठिठक गई। कहती है, "इस गाने में कितना सोज़ है..."

तुम न जाने किस जहां में खो गए...
हम भरी दुनिया में तन्हा हो गए...

सहायता वहां से तब तक नहीं हिली, जब तक उसने पूरा गाना सुन नहीं लिया। मैं अस्थिर-सा खड़ा देखता रहा। गाना ख़त्म हुआ, तो सहायता भावुक-सी हो कर बोली, "इसका एक-एक लफ़्ज़ सीधा दिल में उतर जाता है। जैसे प्रेमी से बिछुड़ी विरहिणी का मन रो रहा हो।"

वहां से चले, तो सहायता उदास-उदास-सी हो गई थी। विषण्ण स्वर में कहती है, "महादेवी को भी विछोह हुआ था। तभी तो उसके काव्य में वियोग की भावना प्रबल है। नहीं तो ये पंक्तियां उसकी लेखनी से कैसी निकलतीं :

मैं नीर भरी दुख की बदरी,
उमड़ी कल थी मिट आज चली...
या
मधुर मधुर मेरे दीपक जल।
युग युग, प्रति क्षण, प्रति पल,
प्रियतम का पथ आलोकित कर...

सहायता की पलकें भीग आई थीं। बोली, "महादेवी का काव्य अंतर्वेदना की अभिव्यक्ति है।"

लेकिन 'वेंगर्स' तक आते-आते सहायता सहज हो गई। रेस्तरां के चौड़े ज़ीने से होते हुए हम लंबे-चौड़े हाल में पहुंचे, तो लगता था, जैसे किसी शाही महल में आ गए हों। मैं जीवन में पहली बार किसी भव्य रेस्तरां में कदम रख रहा था।

दो-चार मेज़ों पर ही कुछ लोग बैठे थे। सहायता ने रेस्तरां के मध्य वाली मेज़ चुनी और कहा, "ऑर्केस्ट्रा धुन बजाने की तैयारी कर रहा है।"

हमारे बैठते-बैठते वाद्ययंत्रों पर कोई अंग्रेज़ी धुन बजने लगी। वेटर ने आ कर सलाम किया।

सहायता ने आर्डर दिया, "हम थोड़ा जल्दी में हैं। चाय, पनीर पकौड़ा और पेस्ट्री। क्विक!"

वेटर गया, तो मैंने दबी ज़बान से कहा, "यह सब किस खुशी में?"

सहायता हंसते हुए बोली, "आज से तुम भारत सेवक समाज में दीक्षित किए जा रहे हो। उसे सेलिब्रेट करने के लिए..."

मैं हंस दिया। आसपास नज़र दौड़ाते हुए कहा, "सारा रेस्तरां लगभग खाली पड़ा है!"

वह बोली, "यह वक्त न तो ब्रेकफ़ास्ट का है, न लंच का। लंच या डिनर के वक्त आ कर देखो, तो लोग मेज़ खाली होने की इंतज़ार में खड़े रहते हैं। कोई दिन थे, जब गोरे ही यहां आ सकते थे।"

वेटर पेस्ट्री से भरी प्लेट रख कर गया, तो मैंने हैरानी से कहा, "इतनी सारी क्यों मंगाईं?"

सहायता ने मुस्कुराते हुए पेस्ट्री मेरी प्लेट में रखते हुए कहा, "लगता है, तुमने कभी अच्छे रेस्तरां में बैठ कर खाया-पिया नहीं।"

यही सच था। ऐसे रेस्तराओं में खाना-पीना तो दूर, इन्हें देखा तक नहीं था। सुबह का नाश्ता मैं महीपाल के ढाबे में करता था। दिन का खाना दफ़्तर की कैंटीन में और रात को किसी पंजाबी वैष्णो ढाबे में खा लेता था। ज़ायका बदलने के लिए कभी 'नरूला सेल्फ़ हेल्प' में चला जाता था। मैं सहायता को देख-देख कर कांटे से पेस्ट्री खा रहा था। वह मेरे अज्ञान पर हंस रही थी, "इन रेस्तराओं में रिवाज यह है कि पेस्ट्री के जितने पीस खाइए, उन्हीं के दाम लगते हैं।"

वेटर पनीर पकौड़ों से भरी प्लेट रख कर चाय ले आया। ऑरकेस्ट्रा की धुन ख़त्म हुई, तो सहायता ने छुरी-कांटा प्लेट में रख कर हलके-हलके ताली बजाई। इशारे से मुझसे भी ऐसा करने को कहा, "ऑरकेस्ट्रा धुन बजा कर रुकता है, तो दाद देते हैं। शिष्टाचारवश।"

मैं इन सब बातों से अनभिज्ञ था। और कुछ नहीं सूझा, तो कहा, "मिस्टर माथुर के बारे में तुमने बड़ी अजीब बात बताई।"

चाय का घूंट भरते-भरते वह हंसी, तो उसे उच्छू आ गया। प्याला नीचे रखते हुए बोली, "वास्तव में, जीजी ने सही बात कही थी। लड़कियों को देख कर मिस्टर माथुर की लार टपकने लगती है। दिलफेंक किस्म के आदमी हैं। जीजी उन पर बिलकुल भरोसा नहीं करतीं। कभी इनकी कोठी पर देर हो जाती है, तो जीजी मुझे छोड़ने खुद उनके साथ आती हैं।"

मन किया कि कह दूं कि ऐसे लोगों में तुम उठती-बैठती क्यों हो, लेकिन कह नहीं पाया।

"एक मज़ेदार बात बताती हूं," सहायता कह रही थी, "एक दिन मैंने जीजी की उपस्थिति में मिस्टर माथुर से यह बात कही—माथुर साहब, आपको यह अहसास नहीं होता कि कोई दिलफेंक आदमी आपकी बीवी के साथ भी ऐसा कुछ कर सकता है?"

मैं चकित, "यह बात तुमने उनके मुंह पर कह डाली?"

"आइ काल ए स्पेड ए स्पेड..." सहायता ने चाय का घूंट भर कर प्याला नीचे रखते हुए कहा, "उल्लास, विश्वास नहीं करोगे, जब मैंने मिस्टर माथुर से यह बात कही, तो उन्होंने हंसते हुए जीजी के मुंह पर कहा—सहायता, तुम्हारी जीजी को जैसी शक्लो-सूरत भगवान ने दे रखी है, कोई गिरा-पड़ा ही इस पर मरेगा। सो, मुझे भरोसा है, ऐसा कुछ नहीं होगा। कौन देखेगा इसकी तरफ़! वह तो थू करके चला जाएगा।"

मैं हैरान! इस चरित्र का आदमी है माथुर! ऐसी ग़लीज़ बात अपनी पत्नी के मुंह पर बोल गया? मैंने कहा? "मिसिज़ माथुर ने यह सब सुन लिया? एम. पी. होते हुए भी?"

"उल्लास! हैरान होने की बात नहीं है। यह पुरुषों की दुनिया है। हिंदुस्तान में औरत एम.पी. हो या जज-मैजिस्ट्रेट, मर्द की नज़र में वह नाचीज़ है।" और गहरा निःश्वास छोड़ते हुए कहा, *"हाय, अबला, तेरी यही कहानी, आंचल में है दूध, आंखों में पानी...* फिर हमारी जीजी इतनी सीधी हैं कि किसी की बात का बुरा नहीं मानतीं। हंस कर टाल जाती हैं।"

"वैसे!" मैंने हंसते हुए कहा, "वाकई, तुम्हारी जीजी है भी इस लायक..."

"मेरी जीजी देखने में सुंदर नहीं भी है, दिल उसका खरे सोने का है। साधारण-सी घरेलू लड़की थीं। संसद में आने से पहले इतना लंबा घूंघट काढ़ती थीं।"

मैंने कहा, "ज़रूर ही मिस्टर माथुर ने ढेर सारा दहेज वसूल करके यह शादी की होगी।"

"ठीक कहते हो। कायस्थों में दहेज की बड़ी घिनौनी प्रथा है..."

"कायस्थों को ही क्यों दोष देती हो। हर जात-बिरादरी इसकी शिकार है"

"जानती हूं।"

मैं अपने अनुभव से जानता था। मेरे अपने लोग संभवतः दहेज के लालच में ही डॉक्टर अरोड़ा की डॉक्टर बेटी मेरे मत्थे मढ़ना चाहते थे।

"क्या सोच रहे हो?"

"कुछ नहीं," मैंने बलात् मुस्कुराने का जतन किया।

"एक दिन जीजी ने मुझसे कहा था, मैं अपनी लड़कियों को कायस्थों में कभी नहीं ब्याहूंगी। बहू क्या आई, माई आई। बर्तन-भांडे मलो। पंजाबी अच्छे हैं।"

मुझे चुहल सूझी। मैंने तन कर बैठते हुए देवानंद की तरह कमीज़ की कॉलर खड़ी करते हुए कहा, "हमारी ही सिफ़ारिश कर दो अपनी जीजी से।"

"धत्त! सच्ची," सहायता तनिक भावप्रवण हो कर बोल रही थी, "जीजी से

मुझे अथाह प्यार मिला है। इसी के चलते वह मेरी अच्छी जगह शादी करवाने को उत्सुक रहती हैं। मैं कहती हूं, दीदी, आप क्यों परेशान होती हैं। मेरी शादी नहीं भी होगी, तो समाज-सेवा में जीवन व्यतीत कर लूंगी। मगर वह कहती हैं—न, ऐसा पागलपन कभी न करना। शादी करना, घर बसाना। यह भी बहुत बड़ी समाज-सेवा है। शादी होनी भी वक्त पर चाहिए। वह आनंद और ही होता है।''

''कोई बात बनी?'' मैं मुंह के आगे हाथ रख हंस दिया।

''तुम भी कर लो मज़ाक!'' फिर हंस कर बोली, ''मज़ेदार बात सुनो। एक दिन जीजी ने मुझे सवेरे-सवेरे अपने घर बुलाया। अपनी बढ़िया सिल्क की साड़ी निकाल कर मुझे पकड़ाई और बोलीं—जल्दी से रेडी हो जा। मैंने कहा—जीजी, क्या बात है? वह बोलीं—बाल-वाल भी ढंग से बना ले। जल्दी कर। मैंने कहा - जीजी, कहां ले जा रही हैं? बोलीं—कुड़िए, बहस न कर। गेस्ट बेड रूम में जा कर जल्दी से तैयार हो कर आ।

''मेरी समझ में बात नहीं आई। मैं गई और तैयार हो कर आई। जीजी देख कर खुश हो गईं। बोलीं - एक बात कान खोल कर सुन ले। तू बोलना शुरू करती है, तो आगा-पीछा नहीं देखती। कुछ लोग तुम्हें देखने आ रहे हैं। जो पूछें, उसी का जवाब देना। यह नहीं कि संसद में प्रश्नोत्तर काल में मिनिस्टर की तरह सप्लीमेंटरी भी देने लगो। मैंने कहा - जीजी, मुझे अपनी नुमाइश नहीं करवानी है। मुझे अभी शादी भी नहीं करवानी है। जीजी ने मुझे डांट दिया - चुपचाप सोफ़े पर जा कर बैठ जा और इस तरह मुंह न बना। थोड़ी देर बाद दो स्त्रियां आईं। मेरे दोनों तरफ़ बैठ कर मेरा मुआयना करती रहीं। मैं बैठी पिघलती जा रही थी। मुझे लग रहा था, ये स्त्रियां मुझे उसी निगाह से देख रही हैं, जिस निगाह से 'अंकल टाम्स कैबिन' के ज़माने में अमेरिकी गोरे बिकाऊ काली औरतों को ठोंक-बजा कर देखा-परखा करते थे। मुझसे कुछ पूछा-पाछा नहीं उन्होंने। हां, जीजी ने इतना ज़रूर कहा उनसे—बड़ी अच्छी कुड़ी है। जिस खुशकिस्मत के घर जाएगी, देखना, उसे कहां से कहां पहुंचाएगी। यह सीढ़ी है।''

''बात कुछ बनी?''

''बनती, तो इस वक्त मैं तुम्हारे साथ बैठी होती!''

मैं हँस दिया।

''वे स्त्रियां ज़्यादा देर नहीं बैठीं। जीजी उन्हें छोड़ने बाहर तक गईं। लौटीं, तो मिजाज बिगड़ा हुआ था। मुझसे कहती हैं - अब बैठी मुंह क्या देख रही है। साड़ी उतार और तहा कर रख दे...दिमाग़ ख़राब है इन औरतों का।

मैंने डरते-डरते पूछा—जीजी, क्या बात है। जीजी चीज़ें उठाते-धरते हुए बड़बड़ा रही थीं—अपना पहरावा नहीं देखा नमूनियों ने। बोलती थीं—कुड़ी नू साड़ी बनणी नइ आंदी। जूड़ा वी उच्चा बणादा ए। गिच्ची उट्ठ वरगी लगदी ए...अच्छा हुआ। तू ऐसे घर नहीं गई। तेरी ज़िंदगी ख़्वार हो जाती...''

मैंने ग़ौर से देखा, और हंसते हुए कहा, ''हां, जूड़ा थोड़ा ढीला बांधती हो। गर्दन ठीक-ठीक है...''

—

"अच्छा, तुम भी!" फिर बोली, "आगे सुनो न! जीजी को बहुत बुरा लगा था। मुझे सांत्वना देते हुए कहती हैं—सहायता, तू फ़िकर न कर। मैं तेरे लिए अच्छे से अच्छा लड़का ढूंढूंगी।"

मैंने कहा, "अपना सांत्वना नाम सार्थक कर रही थीं।"

मैंने कहा—जीजी, शादी करना क्या ज़रूरी होता है? बोलीं—हां, ज़रूरी होता है। ज़्यादा बड़-बड़ न कर। साड़ी संभाल कर रख दे।"

रेस्तरां में परे मेज़ पर कोई स्त्री-पुरुष आ कर बैठे थे। उन्हें देखते ही सहायता ने मुस्कुराते हुए हाथ हिलाया और मुझसे कहा, "ये भी हमारे कार्यों में सहायता करते हैं...उल्लास! इस देश में ही नहीं, हर मुल्क में औरत को कैसी-कैसी कसौटियों पर कसा जाता है। लेकिन मर्दों के लिए ऐसी कोई कसौटी नहीं है। वह तो हमेशा नहाया-धोया घोड़ा रहता है।

मैं हैरान था कि इतनी छोटी उम्र में भी सहायता को ऐसी बातों का ज्ञान है। बिना किसी प्रकार की हिचक या असमंजस के बता रही है!

वेटर ने आ कर बिल पेश किया। वह बकाया लौटाने आया, तो सहायता ने उदारतापूर्वक कहा, "कीप द चेंज!"

वेटर ने तपाक से सैल्यूट मारा।

मैं हैरान। इतनी बड़ी टिप!

सहायता मेरी भंगिमा देख रही थी। मुस्काते हुए कहती है, "मैं इसलिए बड़ी टिप देती हूं कि वेटर सैल्यूट मारे। मुझे अच्छा लगता है। अब चलें?"

'वेंगर्स' की चौड़ी सीढ़ियां उतरते हुए सहायता बता रही थी, "बाद में जीजी ने बताया कि पंजाब के किसी बहुत बड़े नेता, शायद किसी भूतपूर्व मुख्यमंत्री की बेटियां थीं जो अपने वकील भाई के लिए मुझे देखने आई थीं।"

मुझे दिल्लगी सूझी। सहायता से एक तरह से आंख चुराते हुए मैंने कहा, "बदकिस्मत थीं। 'सीढ़ी' छोड़ कर चली गईं।"

"अच्छा! तुम्हें ठिठोली करना भी आता है!"

"सच्ची बात मुंह से निकल ही जाती है।"

सहायता फिर उसी उत्साह से बोल रही थी, "एक बार जीजी ने कहा कि बिहार में कोई मिनिस्टर है, उससे शादी करोगी? मैंने कहा—कोई रंडुवा होगा। दीदी ने हंसते हुए पूछा—तेरे को कैसे मालूम? मैंने कहा—मैं ताड़ गई थी। जीजी हंस पड़ीं। इसके बाद मैंने कह दिया कि मैं शादी-वादी में इंटरेस्टेड नहीं हूं। जब होनी होगी, हो जाएगी। नहीं भी होगी, तो ऐसे ही रह लूंगी। आप बेकार परेशान न होइए। मुझे मेरे हाल पर छोड़ दीजिए। मैं आपके पास समाज-सेवा के लिए आती हूं। उन दिनों मेरी नौकरी भी नहीं लगी थी। मैंने कहा, नौकरी भी लग ही जाएगी। जो होगा, सो देखा जाएगा।"

नीचे गलियारे में आ कर सहायता ने कहा, "इस वक्त घर जा कर भी क्या करोगे? चलो, तुम्हें अपना स्कूल दिखाती हूं। मैं वहां की मुआ हूं।"

"मुआ?"

"नहीं समझे!" वह हंसते हुए बोली, "मुख्य अध्यापिका।"

"वाह!"

सहायता का स्कूल करौल बाग़ जैसी घनी बस्ती में था।

हम बस से उतर कर गए, तो सुबह की शिफ़्ट की छुट्टी हुई ही थी। घर की तरफ़ भागती लड़कियों ने दूसरी शिफ़्ट की 'मुआ' को आते हुए देखा, तो "मैम, नमस्ते," "गुडआफ़्टरनून, मैम!" बोलती, हंसती-खिलखिलाती, किताबों के झोले-थैले संभालती भाग रही थीं।

स्कूल क्या था, खंडहर-नुमा मकबरा था जिसमें बच्चों का शोरगुल भरा था। दफ़्तर के नाम पर सहायता का छोटा-सा जर्जर कमरा था, जिसके भीतर बैठा युवक हमारे आते ही उठ कर खड़ा हो गया। हाथ जोड़ कर अभिवादन करता है, "मैम, नमस्ते!"

"तिवारी कैसे हो?" सहायता ने ललक के साथ पूछा।

"आपकी किरपा है, मैम!"

तिवारी उत्सुक निगाहों से मुझे चीन्ह रहा था। सहायता ने कुर्सी संभालते-संभालते मेरा परिचय कॉलेज का सहपाठी बता कर नहीं, भारत सेवक समाज के कार्यकर्ता के रूप में दिया। मैं दिल ही दिल में हंस रहा था। तिवारी अठारह-उन्नीस बरस का गोरा-चिट्टा युवक था। सहायता से अनुमति लेने के स्वर में पूछता है, "साहब जी की क्या सेवा करें।"

"उल्लास," सहायता ने कहा, "स्कूल के बाहर परलाद चाट वाला और रोशन कुल्फ़ी वाला बैठता है। बोलो, क्या पसंद करोगे?"

मैंने कहा। "पनीर के पकौड़े और पेस्ट्री खाने के बाद अभी कसर बाकी है?"

तिवारी ने कहा, "साहब जी! परलाद की चाट और रोशन की कुल्फ़ी सारी दिल्ली में मशहूर है। एक बार चख कर तो देखें।"

"तिवारी जी, आज तो क्षमा करें। फिर कभी।"

सहायता ने कहा, "तिवारी, ठीक है। तुम जाओ। लंच कर आओ।"

"थैंक्यू, मैम!" कहते हुए वह अपना कटोरदान उठा कर बाहर चला गया।

तिवारी के जाते ही एक के बाद एक टीचर दफ़्तर में आने लगी। मुझ पर निगाहें टिकाए सहायता को नमस्ते, जय राम जी की वग़ैरह बोल कर चली जातीं। सहायता का रुतबा देख मैं बड़ा प्रभावित हुआ। मैंने यह बात सहायता से कही, तो वह हंसते हुए बोली, "तुम समझते हो, यह मुझे सिर-माथे पर बैठाती हैं जो इनकी पोतियों-दोहतियों की उम्र की भी नहीं है? मैंने इनका नाम 'भैणजियां' रख छोड़ा है। रिटायरमेंट के कगार पर हैं। किसी का साल बाकी है। किसी के छह महीने। झाटा (झोंटा) चिट्टा हो गया है, लेकिन अपनी ख़सलतों से बाज़ नहीं आतीं। हरदम ताक-झांक करती रहती हैं। मेरी हर गतिविधि पर नज़र रखती हैं। मुझसे

मिलने कौन आता है, मैं किससे बतियाती हूं—यह सब ताड़ने के लिए क्लास छोड़ कर आसपास मंडराती रहती हैं।''

मैं ठठा कर हंसा, ''खूबसूरती और जवानी भी बोझ है।''

सहायता कटु स्वर में बोल रही थी, ''तुम्हें देख कर तो भीषण रूप से सतर्क हो गई हैं। देख रहे हो, थोड़ी-थोड़ी देर बाद कोई न कोई दरवाज़े के आगे से निकल कर जाती है—यह देखने के लिए कि हम क्या कर रहे हैं। जैसे सरपरस्त बन कर मेरी हिफ़ाज़त का बीड़ा उठा रखा है इन भैणजियों ने!''

मैंने कहा, ''तुम मुआ हो। डांट दिया करो।''

''कैसी बात! उलटा मुझे जूड़े से पकड़ कर बाहर सड़क पर खड़ा कर दें। सरकारी टीचरें हैं, कोई मख़ौल है। डेपुटेशन ले कर ज़ोनल आफ़िस में धरने पर बैठ जाएंगी।''

''तब तो यह ज़िल्लत की नौकरी हुई।''

इतने में कोई बूढ़ी मास्टरनी आ कर कहती है, ''मैडम, मेरी क्लास में दो लड़कियां गुत्तें (चोटियां) खींच रही हैं...''

मैंने देखा, सहायता का चेहरा तमतमा आया था। अपने ऊपर ज़ब्त रखते हुए कहती है, ''मिसिज़ भाटिया! यह समस्या मैं हल करने आऊंगी! दोनों की चोटियां एक-दूसरी के साथ बांध कर धूप में सहन के चक्कर लगवाओ।''

''अच्छा!'' वह अपना-सा मुंह ले कर चली गई।

''अच्छा की सगी!'' सहायता अत्यंत कटु हो गई थी। ''किसी न किसी बहाने 'घोख' करने (कुरेदने) आ जाती हैं। सोचती होंगी कि क्लर्क को बाहर भेज कर कहीं मैं तुम्हारे साथ इश्क-पेचा न लड़ा रही होऊं।''

मैं ठठा कर हंसा, ''अच्छे मनोरंजन वाली जगह है।''

सहायता उत्तेजित हो रही थी, ''इन्हें तो इस बात का भी शक है कि तिवारी के साथ मेरा कोई लफड़ा है।''

''सूटेबल मैच है!'' मैंने हंसते हुए दबे स्वर में कहा।

''ऐसा मत बोलो। तिवारी भला और शरीफ़ लड़का है। अभी मसें भी नहीं भीगीं...खूबसूरत है, इसमें कोई शक नहीं...'' फिर हंसते हुए, ''इस पर तो स्कूल की छोटी-छोटी कुड़ियां भी जान देती हैं। तिवारी को बड़ी मुश्किल से यह नौकरी मिली है। जिस दिन इसने जॉयन किया, मेरे पांव छू कर आशीर्वाद मांगा। स्कूल की, घर की कोई समस्या हो, मुझसे शेयर करता है...इसके आने के बाद तो ये बूढ़ी भैणजियां मुझ पर और भी नज़र रखने लगी हैं। तिवारी दस से पांच तक दफ़्तर में रहता है। सुबह की शिफ़्ट की बड़ी लड़कियां किसी न किसी बहाने शाम को आ जाती हैं और ताक-झांक करने लगती हैं। तिवारी को चिट्ठियां भी लिखती हैं। बेचारा सारी चिट्ठियां मुझे सौंप देता है। कहता है, अगर प्रिंसिपल से शिकायत करता हूं, तो लड़कियों की बदनामी होगी। फिर मुझे सारे किस्से बता कर सलाह लेता है और हलका भी हो जाता है। मैं भी भरसक लड़कियों को समझाने की कोशिश करती हूं और तिवारी के संयम की दाद देती हूं।''

“अच्छा!” मैं उठ खड़ा हुआ, “चलता हूं।”

“ठीक है, शाम को कॉलेज में मिलते हैं।”

मैं वहां से चला, तो सारे रास्ते मैं सहायता के बारे में ही सोचता जा रहा था। आज पहली बार मैं इतनी देर तक सहायता के संग उठा-बैठा था, उसके साथ खाया-पिया था, उसके साथ बतकही की थी और निकट से उसके स्वभाव की थोड़ी झलक पाई थी। सहायता बाईस-तेईस से अधिक की क्या होगी - मेरी ही उम्र की। फिर भी, सोच इसकी सुलझी हुई और परिपक्व लगती थी। आश्चर्य होता था कि यौवन की देहरी पर खड़ी इस लड़की ने अभी से समाज-सेवा का व्रत ले लिया था।

मैं इतने दिनों से सहायता को कॉलेज आते-जाते देखता आ रहा था। मुझ पर यही प्रभाव पड़ा था कि यह सांवली, छरहरी देह वाली लड़की किसी समृद्ध परिवार से संबंध रखती है। रोज़ाना न्यारे सूट में आती थी। इतनी पतली कि इसकी पीठ और पेट को दोनों हाथों की जुड़ी उंगलियों के बीच समेटा जा सके। गाढ़ा-हलका, पेस्टल - कैसी भी शेड के वस्त्रों में बड़ी भली और गदराई हुई लगती थी। बिना आस्तीन की कमीज़ में इसके सुघड़ कंधे और चिकनी सुडौल बाहें वैसी ही लगती थीं, जैसी किसी लैटिन अमेरिकी नस्ल की स्त्री के तराशे हुए बुत की हुआ करती हैं। अमूमन कोल्हापुरी चप्पल ही पहनती थी जो इसके पैरों में खूब फबती थी। जूड़ा भी ऊंचा बांधती थी जिससे इसकी गर्दन लंबी लगती थी। सहायता के मुख से यह सुन कर हैरानी हुई थी कि मिसिज़ माथुर के घर पर जो स्त्रियां इसे देखने आई थीं, उन्होंने अपनी नापसंदगी का एक कारण यह बताया था कि इस लड़की की ‘गिच्ची’ (ग्रीवा) ‘उट्ठ वर्गी’ (ऊंट जैसी) लगती है। ऐसी हास्यास्पद बातें कहने वाली औरतों को मिसिज़ माथुर ने ठीक ही ‘नमूनियां’ का तमग़ा दिया था। लंबी ग्रीवा की प्रशंसा में संस्कृत कवियों ने कैसी-कैसी उपमाएं गढ़ी हैं। और ये औरतें हैं जिनकी नज़र में ऐसी गर्दन हेय है। वे या तो किसी पिछड़े परिवार की थीं या, हो सकता है, उन्हें कोई और ख़ामी सहायता में नज़र आई हो, जिसे सहायता को बताना मिसिज़ सांत्वना माथुर ने उचित नहीं समझा होगा।

आज सहायता साड़ी-ब्लाउज़ के साथ मैच करती चार-चार चूड़ियां पहन कर आई थी। कानों में लंबे टॉप्स थे। लंबी गर्दन में पतली चेन देख कर तो आदमी का चैन ही चला जाए।

लेकिन मैं हैरान था कि सहायता ने मुझमें ऐसी क्या ख़ासियत देखी थी कि कुछ ही दिनों में मेरे इतने निकट आ गई थी? आज ‘वेंगर्स’ में ले जा कर उसने मेरे साथ बैठ इस तरह का व्यवहार किया था, जिस तरह गहरी मित्रता वालों से करते हैं। ‘गेलार्ड’ के आगे से निकलते हुए उसने बताया था कि यहां बहुत अच्छी क्रीम काफ़ी मिलती है, लेकिन महंगी होती है। प्रतीत होता है, सहायता ऐसे रेस्तराओं में आती-जाती रहती है। वेटर को कितने अधिकार से आर्डर दिया था। ऑरकेस्ट्रा वालों को दाद देने का सलीका भी जानती है। वेटर से महज़

सलाम पाने की ग़र्ज़ से पता नहीं कितनी टिप छोड़ दी थी। स्कूल में तिवारी के प्यार में पागल लड़कियों के बारे में सारी जानकारी रखती है। मेरे लिए यह अचरज की बात थी कि सहायता मुझ जैसे साधारण लड़के से निकटता बढ़ा रही थी, जिसके घर-बार के बारे में, उसकी आर्थिक और सामाजिक स्थिति के बारे में, उसके चाल-चलन के बारे कुछ नहीं जानती। कहां तो इतनी सुरुचि-संपन्न, सुघड़, खुले विचारों वाली लड़की और कहां मेरे जैसा दकियानूसी विचारों वाला निरीह लड़का, जिसे यह भी तमीज़ नहीं कि बालों में इतना सरसों का तेल नहीं डालते, रंगीन पतलून के साथ अनमेल रंगत की बुश्शर्ट नहीं पहनते, जो यह भी नहीं जानता कि मर्द जो पहनता है, उसे 'कमीज़' नहीं, 'शर्ट' कहते हैं। कमीज़ तो स्त्रियों का पहरावा होता है। इस सबके बावजूद मुझे अपना प्रेमपात्र बना रही है?

यह सोच-सोच कर मैं परेशान होता रहा। इसी परेशानी में मैं बाकी सारा समय यहां-वहां डोलता फिरा। समय बिताने के लिए कनाट प्लेस के गलियारों में फड़ी पर लगी किताबों के शीर्षक पढ़ता रहा। शंकर मार्केट में शर्मा जी की दुकान में पुरानी पत्र-पत्रिकाओं और पुस्तकों को खंगालता रहा। आख़िर कहीं मन नहीं लगा, तो समय बिताने के लिए एक रुपये में 'एन्काउंटर' ख़रीदा और जा कर कनाट प्लेस के भीतरी लान के झाड़ की छाया में बैठ गया। तब तक वहां सुस्ताता रहा, जब तक कॉलेज जाने का समय नहीं हो गया।

सहायता थोड़े विलंब से आई। पहला पीरियड आधा बीत चला था। निकट से गुज़रते हुए धीमे-धीमे मुस्कुराती हुई पीछे जा बैठी। मेरी तरफ़ आंख उठा कर देखा तक नहीं।

अगला पीरियड संस्कृत का था। सुलभा के साथ वह आई और मेरे आगे से निकल कर गई। तब भी सहायता ने मेरी तरफ़ नहीं देखा। सुलभा थी कि चाहत की निगाहों से देखती हुई और मुंह ही मुंह कुछ बोलती हुई गई। बाद में सहायता ने ही बताया कि सुलभा यह बोल रही थी :

कटोरा भरया दुद दा तेरे सिरहाणे खड़ी।
*चीरे वाले नूं ख़बर नई...**

अंतिम पीरियड समाप्त होने से थोड़ा पहले सहायता उठ कर चली गई। शायद कंठी दीदी आ गई होगी। तो क्या मुझसे बात किए बिना चली जाएगी? ऐसा कैसे हो सकता है?

पीरियड समाप्त होते ही मैंने भाग कर स्टैंड से अपनी साइकिल निकाली और जल्दी-जल्दी चल कर आया। यह देख कर राहत मिली कि सहायता अभी सीढ़ियों पर खड़ी थी।

मैंने जा कर हंसते हुए कहा, "कंठी दीदी अभी नहीं आई!"

---

* मैं तो दूध से भरा कटोरा ले कर तेरे सिरहाने खड़ी हूं। बांकी पगड़ी वाले को कोई ख़बर नहीं।

"आ गई होती, तो अब तक चली न जाती।" वह सड़क की तरफ़ नज़र डालते हुए बोल रही थी, "कंठी दीदी ने इतनी देर कभी लगाई नहीं।" फिर चिंतित स्वर में कहती है, "कुछ दिनों से उसके पति की तबियत ठीक नहीं चल रही।"

मैंने कहा, "हो सकता है, इसीलिए न आ सकी हो।"

लड़के-लड़कियां जाते हुए नज़र-भर कर हमें देखते थे और हँसते हुए सीढ़ियां उतर जाते थे। मैंने कहा, "चलो, आज मैं साथ चलता हूं। कंठी दीदी आ रही होगी, तो रास्ते में मिल जाएगी।"

वह राज़ी हो गई।

हम सीढ़ियां उतर आए। चुपचाप अंधेरी सड़क पर चलते रहे। लगता था, सहायता आज कंठी दीदी के पति की हालत के बारे में सोच-सोच कर व्यथित हो रही थी। मुझे भी कुछ सूझ नहीं रहा था कि क्या बात करूं।

"कंठी दीदी के पति को क्या रोग है?" आख़िर सहानुभूति जताने के बहाने मैंने मौन तोड़ा।

सहायता थोड़ी भावुक हो कर बोली, "उल्लास! ऐसी कौन-सी वेदना है जो कंठी दीदी की झोली में नहीं पड़ी। बेचारी की उम्र ही क्या है - यही कोई चौबीस-पच्चीस की। जिस गली में रहती है, वहां जा कर देखो, तो वहां ढोर-डंगर अधिक रहते हैं, इन्सान कम..."

सहायता का गला भर आया।

लेकिन अजीब बात! कंठी दीदी को जब-जब मैंने देखा, उसके चेहरे से या उसकी चाल-ढाल से कभी लगा नहीं कि यह औरत किसी ऐसे दुःख के धाम में रहती होगी। कुछ सूझ नहीं रहा था कि क्या कहूं।

"मैं बता नहीं सकती, उल्लास! यह औरत ज़िंदा कैसे है!" सहायता अन्यमनस्क-सी बोल रही थी। "तुम्हें बता नहीं सकती, कंठी दीदी की आंखों में कितने जलघट धरे हैं जिन्हें कभी छलकने नहीं देती।"

अनायास ही मुंह से यह निकल गया, "चलो, उसे देखने उसके घर चलते हैं।"

"इसकी ज़रूरत नहीं," सहायता ने कहा। "मैं भी सुबह ही जा सकूंगी।"

मैंने इसरार नहीं किया। चुपचाप उसके साथ चलता रहा। मुड़-मुड़ कर उसके चेहरे को पढ़ने की कोशिश करता। सोच भी नहीं सकता था कि जो लड़की मुझे इतनी चंचल-चपल लगी थी, वह इतनी भावुक भी हो सकती है। वह चलते-चलते कंठी दीदी की दास्तान सुनाती जा रही थी...

...कंठी दीदी जम्मू में मीरपुर नामक गांव की रहने वाली थी। ग़रीब घर की बेटी थी। पांच बहनें और दो भाई थे। मां नहीं थी। इतने बड़े परिवार का भरण-पोषण करने में बाप का पसीना छूट जाता था। सबसे बड़ी बहन की शादी जम्मू में और उससे छोटी की लाहौर में हुई थी—वह भी ऐसे दुहाजू के साथ जिसके पहले ही दो जवान बेटे थे, वे भी नई मां से दो-तीन साल बड़े। आदमी रेलवे में नौकरी करता था और पैसे वाला था।

लाहौर में कुछ ऐसा ही रिवाज था। आदमी कमाई वाला हो, तो उसकी उम्र

नहीं देखी जाती थी। मसल मशहूर थी : *दुहाजू की रन (औरत), शैतान का घोड़ा, जितना नाचे, उतना थोड़ा।* आदमी खुशहाल हो, बस यही देखा जाता था...

"क्या!" मैंने सहायता को टोका, "क्या यह सच है?"

"हम लोगों ने यही सुना है।" यह कह कर उसने कहानी जारी रखी...

...लाहौर में कंठी दीदी की बहन के पड़ोस में कोई रामलाल नामक ठेकेदार रहता था। उसकी पत्नी का देहांत हो गया था। रामलाल के पास घोड़ागाड़ी थी, भैंस थी, सोना-चांदी था। फिर वह निःसंतान था। उठाले पर ही रामलाल को रिश्ते पर रिश्ते आने लगे। कंठी दीदी की बहन ने तत्काल कंठी को लाहौर बुला लिया। रामलाल ने पंद्रह-सोलह बरस की कमसिन कंठी को देखा, तो उस पर रीझ गया। बस, बहन ने आगा-पीछा नहीं देखा और कंठी को रामलाल के घर बैठा दिया। किसी को कोई उज्र नहीं हुआ। मीरपुर जैसे पिछड़े गांव की छोरी लाहौर जैसे शहर में किसी ठेकेदार से ब्याही जाए, जो निःसंतान भी था, इससे बड़े संतोष की बात लड़की वालों के लिए और क्या हो सकती है। कंठी तो नासमझ थी। पांचवीं तक ही पढ़ पाई थी। गहना-गट्टा पहन कर फूली नहीं समाई। नौ महीने बीतते-न-बीतते कंठी ने गोलमटोल स्वस्थ बालक को जन्म दिया। रामलाल ठेकेदार के घर में थाल और तासे बजने लगे।

लेकिन होनी का देखनहार कोई नहीं। बालक अभी बैठने लायक हुआ ही था कि पाकिस्तान का शोर सुनाई पड़ने लगा। नोआखाली, रावलपिंडी, सब तरफ़ से दंगों की ख़बरें आ रही थीं। लाहौर भी इस विभीषिका से बचा नहीं। सबने सलाह करके कंठी को मीरपुर भेज दिया, क्योंकि वह जगह ख़तरे से दूर समझी जा रही थी।

कंठी गहनों से लदी-फंदी मायके आई, तो सारा घर बेटी की खुशहाली और नवासे का मुंह देख कर फूला नहीं समाया। सारे गांव ने उसकी किस्मत की सराहना की। कंठी के बहन-भाइयों को बालक में खिलौना मिल गया। कंठी अपनी सहेलियों को लाहौर के किस्से बताती। लाहौर में बिजली है। नलों से पानी आता है—यह सब सुन कर उसकी सहेलियां हैरान होतीं कि नलों में पानी कैसे आता होगा। यह जान कर चकित हुईं कि पानी के नल को गेड़ना (हैंडपंप की तरह चलाना) नहीं पड़ता। जब कंठी बताती कि सभी घरों में टूटियां लगी हैं और पानी तय वक्त पर अपने-आप आता है, तो वे मुंहबाय सुनतीं। अनारकली बाज़ार के बारे में सुन कर तो किसी को विश्वास नहीं होता था कि ऐसे बाज़ार भी होते हैं। कहतीं—हाय! कैसी लगती होगी अनारकली? और नीला गुंबद?

इस दौरान लाहौर से भी बुरी-बुरी ख़बरें आने लगीं। फिर अचानक कबायलियों ने कश्मीर पर हमला बोल दिया। ऐसी अफरा-तफरी मची कि लोग घर-बार छोड़ कर भाग खड़े हुए। कंठी भी बच्चे को गोद में लिये-लिये बेतहाशा भाग रही थी, लेकिन बरसती गोलियों की ज़द में आ गई। जब होश आया, तो जम्मू अस्पताल में पड़ी थी। उसके पेट से सात गोलियां निकाली गई थीं। बच्चा मर गया था। गोलियां आ कर पहले बच्चे को लगती थीं, बाद में मां को। लिहाज़ा बच्चे के

रहते मां बच गई। कंठी का बुरा हाल। रो-रो कर कहती थी, ''हाय, मुझे बचाने के लिए ही मेरा लाल इस दुनिया में आया था।'' संतप्त कंठी उस वक्त और कुछ नहीं, यही चाहती थी कि अपनों से मिले।

तभी पता चला कि उसका पति शिमला में है। किसी तरह गिरती-पड़ती वहां पहुंची। लेकिन रामलाल सारा जमा-जत्था लाहौर में अपने मामा के हवाले कर आया था कि हिंदुस्तान जा कर ले लूंगा। वह न मिलना था, न मिला। लाहौर में रामलाल ठेकेदारी करता था। शिमला में ऐसा कोई काम उसे मिल नहीं मिल सकता था। सो, वह दिल्ली आ गया। वहां आ कर पता चला कि उसे टी.बी है। इलाज के लिए पल्ले पाई-पैसा नहीं था। कंठी की बहन भी दिल्ली आ गई थी। उसका भी बुरा हाल था। उसके गार्ड पति की लाहौर में ही हत्या हो गई थी। सो, छोटे-छोटे दो बच्चों की परवरिश के लिए वह करौल बाग़ में किसी प्राइवेट स्कूल में चपरासिन की नौकरी कर रही थी। उसने कंठी को भी उस स्कूल में दाख़िल करवा दिया। स्कूल से उसने आठवीं पास की। बहन को आभास हो गया था कि कंठी को ज़िंदगी अपने पैरों पर ही काटनी होगी। सो, उसने अपने रसूख से कंठी को जे. बी. ट्रेनिंग में भी दाख़िला दिलवा दिया।

इसी ट्रेनिंग के दौरान सहायता की मुलाकात कंठी से हुई थी। उसके हालात देख कर सहायता ने उसकी मदद करने का बीड़ा उठाया। कंठी के घर में कोई कमाने वाला नहीं था। आठ गुणा छह के कोठरी-नुमा कमरे में कंठी और उसके पति के साथ उसकी सास, विधवा ननद, ननद के दो बेटे—इतने सारे लोग किसी तरह गुज़ारा कर रहे थे। बाहर नाली पर पटड़ा रख कर खाट के साए में खाना पकाया जाता था। सहायता ने अपने रसूख से उसके पति का सारा चेक-अप 'पीली कोठी' में करवाया। इलाज के लिए भी मदद दिलवाई। फिर दौड़-धूप करके कंठी के पति को किंग्ज़वे कैंप के टी.बी अस्पताल में दाख़िल करवा दिया। इस तरह, कंठी और सहायता का मेलजोल इतना बढ़ा कि लोग दोनों को इकट्ठा देखने के आदी हो गए—जहां एक है, वहां दूसरी भी होगी। सहायता कंठी को भारत सेवक समाज आदि संस्थाओं में भी ले जाने लगी। इस तरह, उसका दायरा विस्तृत होता चला गया। कंठी को देख कर हर कोई उसका दीवाना हो जाता। उसके चेहरे पर ऐसा लावण्य था कि कोई कह नहीं सकता था कि यह शादीशुदा और बच्चा जन चुकी है। किसी ने एक दिन उससे मूर्खतापूर्ण यह सवाल पूछ लिया था, ''तुम इतनी हंसमुख और ज़िंदादिल कैसे हो?''

कंठी क्या बताती। लेकिन परेशान हो कर सहायता से कहती है, ''मैं इन मुओं से कहना चाहती हूं कि मेरे जितने दुख भोगो, तो पता चले कि मैंने यह ज़िंदादिली कहां से पाई है? एक दिन मेरी ज़िंदगी जी कर देखो, फिर पूछना।'' और परेशान हो कर कहती, ''मैं किस-किस को रोऊं। रोने लगूं, तो समुंदर का खारा पानी भी शरमा जाए। सो, मैंने रोना छोड़ दिया है।''

कंठी की शक्ल-सूरत पर कोई लड़का गुपचुप उससे इश्क करने लगा था।

अभी मसें भी नहीं भीगी थीं उसकी। जे. बी. की कक्षाएं शाम को कुतुब रोड पर सरकारी स्कूल में लगती थीं। उसी मुहल्ले की चार और लड़कियां ट्रेनिंग के लिए जाती थीं। रात को सब इकट्ठी हंसती-गाती, ठिठोली करती, टीचरों की अच्छाई-बुराई करती हुई लौटती थीं। एक रात जब ये लड़कियां सेंट एंथनी स्कूल की गली में से निकल कर आ रही थीं कि कंठी दीदी का वह आशिक लड़का अचानक रास्ता रोक कर खड़ा हो गया। बोला, ''मुझे कंठी से बात करनी है।''

लड़कियां हतप्रभ। सहायता ने हिम्मत करके कहा, ''क्या बात है?'' वह बोला, ''मुझे तुमसे या किसी से बात नहीं करनी। मुझे कंठी से ही बात करनी है।''

कंठी दीदी सिमटी-सी खड़ी थी। एकदम भड़क कर बोली, ''जो बोलना है, घर पर बोलना। यहां हंगामा करने की कोई ज़रूरत नहीं।'' सहमी-सहमी लड़कियां जल्दी-जल्दी चल पड़ीं। ग़नीमत कि लड़के ने पीछा नहीं किया। रास्ते में कंठी दीदी ने बताया, ''यह लड़का पास-पड़ोस में ही कहीं रहता है। दूर खड़ा देखता रहता है। गली-मुहल्ले में तो बात करने की हिम्मत नहीं होती। मुआ रास्ते में बात करने चला आया है।''...

मैंने सहायता के मुख से कंठी दीदी की दास्तान सुनी और यह जाना कि वह किस तरह कंठी दीदी की मदद करती आ रही है, तो वह मेरी नज़रों में बहुत ऊंची उठ गई। कितनी जीवट वाली है। यह तो था। लेकिन इसके साथ ही मेरे भीतर यह आशंका भी घर कर गई कि सहायता ऐसी औरत के साथ उठती-बैठती है जिसका घरवाला टी.बी का मरीज़ है। कहीं...लेकिन सहायता से यह सब कहने की मुझे हिम्मत नहीं हुई।

सहायता बता रही थी, ''मैंने 'पीली कोठी' वाले डॉक्टर मल्होत्रा से कह-कहलवा कर कमेटी के स्कूल में कंठी दीदी की नौकरी लगवा दी। उन दिनों कोई मिस मेहता एजूकेशन आफ़ीसर थी...एकदम सड़ी हुई।'' यह बात सहायता ने नाक-भौं सिकोड़ते हुए कही।

मुझे हंसी आ गई। यह सहायता की ख़सलत थी जिसे मैंने नोट किया था। कोई बात बताने लगती थी—वह अच्छी होती या बुरी—पहले नाक-भौं सिकोड़ते हुए बुरा-सा मुंह बनाती। मैं हँसता था और वह भृकुटियाँ सिकोड़ ''क्या है?'' बोल कर अपने स्वभाव का औचित्य बताती थी।

मैंने पूछा, ''मिस मेहता को 'सड़ी हुई' क्यों कहती हो?''

''चिड़चिड़ी थी, क्योंकि उसकी शादी नहीं हुई थी। और शादी बायोलॉजिकल नीड है,'' वह बेबाकी से बोली।

मैंने हँसते हुए हौले से पूछा, ''यह नीड तुमने अभी तक महसूस नहीं की?''

''सही आदमी मिलेगा, तो सोच सकती हूं।'' उसने खंभे की रोशनी में मुंह उठा कर मेरी तरफ़ देखा और हँस दी।

''मतलब कि तुम घर-गिरस्ती के जंजाल में पड़ोगी।''

"तुम नहीं पड़ोगे?"

मैं चुप। वही बात ज़ेह्न में उभरी कि यदि कभी इस बात की नौबत आती है और यह लड़की मुझसे प्रस्ताव करती है, तो मैं साफ़ इनकार कर दूंगा, हालांकि चाँदनी की याद दिन-ब-दिन क्षीण होती जा रही थी, ख़ासकर जब से मेरी मुलाकात सहायता से हुई थी। मैं सोचा करता था कि चाँदनी नहीं मिली, तो कोई दूसरी लड़की मेरी ज़िंदगी में आ ही नहीं सकती। चाँदनी मेरे भीतर शून्य छोड़ गई थी।

मेरा ध्यान दूसरी दिशा में चला गया था। सहायता ने तीखी नज़र मुझ पर डालते हुए कहा, "याद हो आई है किसी की?"

मैं क्या बताता।

"बताया नहीं, तुम इस जंजाल में पड़ोगे?" उसने पूछा

"शायद नहीं। और तुम?"

"कई लोगों ने मेरा हाथ पकड़ना चाहा। लेकिन अपनी औकात दिखा गए। *आइ लाइक्ड देम, दे लाइक्ड मी।* लेकिन पटरी नहीं बैठी।" सहायता भी जैसे बहुत पीछे कहीं पहुंच गई थी। फिर एकाएक कहती है, "उल्लास, अभी शादी के जंजाल में पड़ने का मेरा कोई इरादा नहीं है। मेरी छोटी बहन की शादी हो गई है।"

"यह तो हमारे समाज में बट्टा लगने वाली बात होती है–छोटी की शादी हो जाए, और बड़ी बहन बैठी चरखा कातती रहे।"

"आइ डोंट केयर।" सहायता ने बेफ़िक्री से कहा। फिर बोली, "अगर छोटे भाई की शादी हो जाए, तो...इसका मतलब है, बड़ा भाई दूसरों की खेती में हल चलाता रहेगा?"

मैंने जैसा सुना था, वैसा उगल दिया, "आदमी का क्या! नहाया-धोया घोड़ा है।"

वह ठठा कर हंस पड़ी।

मैं सहायता से पूछना चाहता था कि किन लोगों ने उसका हाथ पकड़ा था और ऐसी क्या औकात दिखाई उन्होंने कि बात नहीं बनी। सहायता जैसे खड़ी-खड़ी मुझे पढ़ रही थी, "यही सोच रहे हो न कि वे लोग कौन थे? मैं बहुत जल्दी यह सब लिख कर बताऊंगी। अब छोड़ो, क्या फ़जूल की बातें ले बैठे हैं। मैं कंठी दीदी का ज़िक्र कर रही थी। यह नौकरी उस वक्त कंठी दीदी के लिए वरदान सिद्ध हुई। अब कंठी दीदी दिन को पढ़ाती। शाम को अस्पताल पति को देखने जाती, तो मुझे भी साथ ले कर जाती।"

बातें करते-करते हम चौक तक पहुंच गए थे।

"ठीक है!" सहायता साइकिल के हैंडिल पर हाथ रखते हुए बोली, "हम दोनों के रास्ते यहां से अलग होते हैं।"

मैंने कहा, "रुको!" और संकोचपूर्वक पूछ लिया "अपनी *डेट आव बर्थ* बताओगी?"

"माइ गॉड!" सहायता ने चौंकते हुए मेरी तरफ़ देखा, "एक लड़की से उसकी डेट आव बर्थ पूछ रहे हो! हाओ डेयर यू!" फिर हंसते हुए कहती है, "जानते नहीं हो, नेवर ऑस्क ए लेडी हर एज, और पुरुष से उसकी आय नहीं पूछनी चाहिए।"

“मैंने तुम्हारी एज नहीं पूछी, डेट आव बर्थ पूछी है।”

मुझे ग़ौर से देखते हुए वह मुस्काई, “देखने में तो बड़े भोले लगते हो। नहीं जानती थी, इतने मीसणे हो!”

“मीसणे क्या!”

“हिंदी में ऐसे बंदे के लिए सही शब्द शायद नहीं हैं। कह सकते हो, घुन्ना, काइयां, धूर्त!”

“अच्छा तमग़ा दे रही हो।”

इस बात पर हम ख़ूब हंसे।

“मैडम!” मैंने कहा, “किसी ग़लत इरादे से तुम्हारी डेट ऑव बर्थ नहीं पूछी। अपने मित्रों को मैं नए साल के उपलक्ष्य में डायरी और कार्ड भेजता हूं।”

“आधा साल बीतने को है। तुम्हारा नया साल अब शुरू होता है?” वह बोली।

“मुझे यह कहने का हक दो, तो कहूंगा : हमारी दोस्ती की शुरुआत तो अभी हुई है।”

“रीयली!” वह मुंह पर हाथ रख कर हंस रही थी। “तो कब से जनाब के दोस्तों की टोली में हमें भी शामिल कर लिया गया है!”

“सच्ची, मज़ाक नहीं। तुम्हें नए साल की डायरी भेजूंगा।”

“मेरा पता-ठिकाना जानते हो?”

“लिखवा दो।”

“ठीक है, ठीक है! इतनी ज़हमत उठाने की ज़रूरत नहीं। कल कॉलेज लेते आना। वहीं दे देना। अब खुश।”

मैं हंस दिया।

“हंसी की बात नहीं है। तुम्हारी डायरी को मैं उसी तरह स्वीकार करूंगी, जिस तरह श्रीकृष्ण ने सुदामा के दिए तंडुल स्वीकार किए थे...” यह कहते-कहते सहायता ने ठहाका लगाते हुए मुझसे हाथ मिलाया। और ‘बाय!’ कह कर चली गई।

मैंने आज तक किसी को नए साल की डायरी या कार्ड तक नहीं भेजा था। भेजता भी तो किसे भेजता। यह बात आज अचानक सूझी थी। मेरे पास नए साल की नवीं-नकोर डायरी रखी थी। वही मैं सहायता को भेंट करना चाहता था।

उस रात ढाबे पर रोटी खाते हुए और बिस्तर पर आंखें मूंद लेटे-लेटे मैं सहायता के बारे में सोचता रहा—बिलकुल उसी तरह, जिस तरह चाँदनी के बारे में सोचता रहता था।

‘अजीब बात! सहायता अपने मुख से बता रही है कि कई लोगों ने उसकी बांह पकड़नी चाही। ये लोग कौन थे? कहीं मेरी खिल्ली उड़ाने की ख़ातिर ही तो सहायता ने यह शोशा नहीं छेड़ा है? अब यदि सहायता मेरी तरफ़ हाथ बढ़ाती है, यदि इस बात की नौबत आ ही जाती है, तो क्या करूंगा?...’

बार-बार यही ख़याल दिमाग़ में आता था। सहायता जैसी संपन्न और खुले विचारों वाली हंसमुख लड़की के साथ मेरे जैसे दकियानूसी खानदान और दकियानूसी विचारों वाले लड़के का निभाव कैसे हो सकता है! लाला जी ने चाँदनी जैसी लड़की

के बारे में सुनना तक गवारा नहीं किया। क्या वह सहायता जैसी लड़की को बहू का दर्जा देना चाहेंगे?। जो डॉक्टर अरोड़ा की लड़की को शार्टलिस्ट किए बैठे हैं, क्या सहायता जैसी अज्ञातकुलशील लड़की को मुंह लगाएंगे?

मैंने करवट बदली। खिड़की से आती चाँदनी खाट पर पसर गई। ऐसा आभास हुआ, जैसे चाँदनी आ कर पहलू में लेट गई है। सहायता को भूल मैं लेटा-लेटा चाँदनी के बारे में सोचता रहा... इस वक्त कहां होगी? किसके पहलू में लेटी होगी?

अगले दिन अचानक ऐसा हुआ।

मैं अपने दफ़्तर में बैठा था। किवाड़ पर दस्तक हुई, तो अनायास ही मुड़ कर देखा और देखते ही बुरी तरह चौंक गया।

दस्तक देने वाला और कोई नहीं, सहायता थी।

होल्डर दवात में ही छोड़ मैं तत्काल उठ कर गया।

"सहाय...!" मैं इतना भौंचक रह गया था कि सहायता का पूरा नाम भी नहीं ले पाया। फिर किसी तरह हकलाते हुए कहा, "क्या बात? आज...अचानक...इधर... कैसे!"

मैं इस तरह सकपका रहा था कि सहायता को भीतर आने के लिए कहना तक भूल गया। वह खड़ी-खड़ी हंस रही थी, "इधर स्कूल के काम से आई हूं। ज़ोनल इडुकेशन आफ़िसर का दफ़्तर लाल बिल्डिंग में है। चार बज रहे हैं। आध-पौन घंटे का काम है।"

"आओ, भीतर आओ न," किसी तरह मुंह से निकला। "चाय-काफ़ी..."

सहायता का दीप्त चेहरा ललछौंहां हो आया था—गर्मी के कारण इतना नहीं, जितना हाल में बैठे दर्जन-भर बाबुओं की पैनी नज़र के कारण, जो सहायता की भाव-भंगिमा से प्रकट हो रहा था। मुझे ग़ौर से देखते हुए कहती है, "चलती हूं। तुमसे कहने आई थी, आटो लिया है। पांच के आसपास तुम्हें पिक कर लूंगी।"

गलियारे में मैं उसके साथ-साथ चल कर गया। सहायता एकाएक बुरा-सा मुंह बना कर कहती है, "कैसे हैं तुम्हारे दफ़्तर के लोग? लड़की कभी देखी नहीं? किस तरह घूर-घूर कर देख रहे थे।" आटो में बैठते-बैठते बोली, "तैयार रहना।"

आटो स्टार्ट होने की घरघराहट के बीच साड़ी का पल्लू कमर में खोंसते हुए उसने मीठी मुस्कान के साथ पंजा दिखा कर जतलाया - पांच बजे।

मैं कमरे में आया, तो सबकी निगाहें मुझ पर टिकी थीं। मानो मैं ऐसा खुशकिस्मत इन्सान था जिसे मेनका आकाश से उतर कर मिलने आई थी। उम्र में सब रिटायरमेंट के किनारे थे। सिवाय चव्हाण के जो अभी अधेड़ावस्था में था। सारे दफ़्तर में वही मेरा दोस्त था। चव्हाण उठ कर मुस्कराते हुए आया और मेरी बग़ल की कुर्सी खींच कर बैठ गया। मेरी तरफ़ झुकते हुए राज़दाराना ढंग से पूछता है, "गर्लफ्रेंड!"

मैं क्या कहता।

"देख, देख, तेरे गालों पर आई सुर्ख़ी बता रही है।"

मैंने संकुचित होते हुए कहा, "चव्हाण भाई, ऐसी कोई बात नहीं।"

"तुमने कभी ज़िक्र तो नहीं किया।"

मैंने शर्मीली मुस्कान के साथ कहा, "चव्हाण भाई, जो तुम सोच रहे हो..."

"फिर क्या हुआ!" वह मंद-मंद मुस्कुराते हुए बोला, "अरे, यही तो उम्र होती है!"

मैं मुंह छिपा कर हंस दिया, "क्लासफ़ैलो है।"

"नाम क्या है?"

मैंने हंसते हुए बताया, "सहायता।"

"क्या न्यारे और ख़ूबसूरत नाम की गर्लफ्रेंड चुनी है!"

"चव्हाण भाई, ऐसी कोई बात नहीं।"

"ओय, छड्ड यार! बार-बार ऐसी कोई बात नहीं, ऐसा कुछ नहीं... तू बुढ़िया को .... करना सिखाएगा!"

मैं बुरी तरह झेंप रहा था।

"जिस नज़र से वह तुम्हें देख रही थी, जिस नज़र से तुम उसे देख रहे थे, कुछ छिपा रह सकता है! मुन्कर क्यों होते हो?"

मैंने कहा, "चव्हाण भाई, एक ही क्लास में पढ़ते हैं। जान-पहचान तो हो ही जाती है।"

"वह जिस तरह तेरे साथ घुट-घुट कर बातें कर रही थी, इंटिमेसी, दिली दोस्ती ही ऐसा करवा सकती है।"

मैं हथेली पर गाल टिकाए हलके-हलके मुस्काते हुए उसकी तरफ़ देख रहा था।

"बड़ी चारमिंग कुड़ी है।" वह बोला। "दरवाज़े पर आई, तो लगा कि हवा का ताज़ा झोंका ले कर आई है। हलके सांवले रंग पर लेमन कलर की वायल की साड़ी और ब्लाउज़ खूब फबते हैं। चौड़े-चकले माथे पर उसी रंग की बड़ी-सी बिंदी। कलाइयों में उसी रंग की चूड़ियां।"

मैं गद्‌गद हो रहा था। फिर भी कहा, "कुछ होता, चव्हाण भाई, तुम्हें न बताता! मेरी कोई बात तुमसे छिपी है!"

चव्हाण जैसे तूलिका ले कर सामने खड़ी सहायता को कैनवेस पर उतार रहा था, "लड़की के चेहरे पर लावण्य है। बाली उमरिया है। शोख़ निगाहें हैं। सजने-संवरने का शौक है। लैमन कलर के पहरावे में बड़ी निर्मल और पवित्र लगती है। इसी से शादी करना।"

मैं हंस दिया, "दूर की कौड़ी ला रहे हो, चव्हाण भाई!"

"देखना, इसके जो बच्चे होंगे, बड़े ख़ूबसूरत होंगे। हमारे यहां कहते हैं : जैसी बकरी, वैसे उसके मेमने।"

आपस में फुसफुसाते कर्मचारियों की नज़रें हम पर टिकी थीं। हमें इस तरह बतकही करते देख हमेशा गंभीर बने रहने वाले सुपरिंटेंडेंट इंशाअल्ला ख़ान फ़ाइल

पर नोट चढ़ाना छोड़ नाक के ब्रिज से सरकी ऐनक में से झांक रहे थे। एकाएक बोल पड़ते हैं, "बड़ी हँसी हो रही है। कोई तीतर हाथ लग गया क्या।"

"मियां को दूर की सूझी।" चव्हाण बुदबुदाते हुए उठ खड़ा हुआ। अपनी सीट की तरफ़ जाते हुए ख़ान साहिब से कहता गया, "कुछ ऐसा ही मामला है, ख़ान साहिब। लेकिन, आपकी समझ से और उमर से बाहर की बात है!"

"देख, चव्हाण," सुपरिंटेंडेंट ने ऐनक चढ़ाते हुए कहा, "कम से कम बुढ़ापे में तो हमारी दुखती रग पर हाथ न रखो।"

सबकी हंसी के बीच चव्हाण यह कहते हुए अपनी सीट पर जा बैठा, "खान साहब, अभी चौथी कहीं बैठी आपकी राह देख रही होगी..."

सब ठठा कर हंस पड़े। इंशाअल्ला ख़ान भी।

मैं जल्दी-जल्दी अपना काम निपटा रहा था। साथ ही इस सोच में पड़ा था कि क्या सहायता, सचमुच, अपने स्कूल के काम से आई थी या यह देखने के लिए कि मैं क्या हूं और कैसे दफ़्तर में काम करता हूं। अगर उसके आने का यही प्रयोजन था, तो मुझे आपत्ति नहीं होनी चाहिए। उसे पूरा हक है मेरे बारे में जानने का।

घड़ी देखी, पांच बजने को थे और साथी कर्मचारी कलम-दवात समेट कर जा रहे थे। जाते-जाते अजीब नज़र से मेरी तरफ़ देखते थे और हंसते-मुस्कुराते निकल जाते थे।

'अरे!' एकाएक ख़याल आया, 'मैं तो साइकिल पर आया हूं, और सहायता आटो ले कर आएगी।' सो, मैं दौड़ा-दौड़ा फ़राश से यह कहने गया, "किशोरी लाल, ज़रूरी काम से जा रहा हूं। मेरी साइकिल संभाल लो। कल बस पर आ जाऊंगा।"

फ़राश हंस दिया, "उल्लास साहेब! कल तो इतवार है।"

"ओह!" यह मैं कैसे भूल गया। खिसियाते हुए कहा, "ठीक है, सोमवार को ले लूंगा।"

सचमुच, सहायता के अचानक टपक पड़ने से मैं जिसे कहते हैं, साधारण आदमी की तरह अपनी सुध-बुध खो बैठा था। मैं तो इतवार और छुट्टी के दिन की बेसब्री से राह देखा करता था। यह मैं विस्मृत कैसे कर गया।

सहायता किसी भी वक्त आ सकती थी। हाल में कोई नहीं था। सुपरिंटेंडेंट एडमिनिस्ट्रिटिव आफ़ीसर के पास गए हुए था। मैं बड़ी बेसब्री से कभी दीवार घड़ी की तरफ़, कभी दरवाज़े की तरफ़ देख लेता था। अच्छा हुआ, सभी चले गए, चव्हाण भी, नहीं तो मेरी खिल्ली उड़ाते। दो बार बाहर झांक कर देख भी आया। सवा पांच बज चुके थे। मैंने झोला उठाया और गलियारे में आ कर खड़ा हो गया। देख ही रहा था कि स्कूटर की घरघराहट सुन कर मैं और भी आतुर हो उठा।

आटो आ कर रुका, तो मैं गलियारे से उतरा। सहायता ने सरक कर मेरे लिए जगह बनाई और कहा, "सॉरी, उल्लास! थोड़ी देर हो गई।"

मैंने उसके साथ बैठते हुए कहा, "पहला पीरियड तो मिस हुआ।"

"हुआ, तो हो जाने दो। कीह फ़रक पैंदा ए! प्रोफ़ेसर कृष्ण कुमार का था न। उनका पीरियड तो मैं अमूमन मिस करती ही हूं। पढ़ाते क्या हैं, नोट करके लाते हैं और, बस, तोते की तरह बोलते जाते हैं..." उसने आटो वाले से कहा, "भइया! थोड़े छोटे रास्ते से ले चलो।" फिर मुझसे कहती है, "मैं आध घंटा पहले आ जाती। क्या बताऊं, मिस बंदिश छोड़ती ही नहीं थी। ढेर सारे लोगों को बुला रखा था। मैं चुपके से खिसक आई, देखा जाएगा।"

मुझे वह बात याद आ गई जो सहायता ने कंठी दीदी को नौकरी देने वाली मिस मेहता के बारे में कही थी। दबे स्वर में कहा, "मिस बंदिश भी सड़ी हुई होगी।"

सहायता हंस पड़ी, "खूब याद रखते हो। लेकिन मिस बंदिश मिस मेहता जैसी औरत नहीं है। खुशमिज़ाज है। आए दिन मीटिंगें बुला कर स्कूल का हालचाल पूछती रहती है।"

"तुम्हीं ने नहीं बताया था कि जिनकी शादी नहीं होती, वे सड़ी हुई..."
"अच्छा! तेरे को मैं सड़ी हुई लगती हूं!" सहायता रजिस्टर उठा कर मारने को उद्यत हुई।

आटो ड्राइवर मूंछों में हंस रहा था। मैंने सहायता को हौले से कंधा मार कर इशारा किया। ड्राइवर ने यह भी देख लिया और दूसरी तरफ़ मुंह करके हंसता रहा।

"तुम पर यह सिद्धांत थोड़े लागू होता है!"

"अच्छा! लगते सीधे-सादे हो, लेकिन हो मीसणे।" फिर विषय बदलते हुए कहती है, "किसी दिन अपने नोट्स दो न!"

"दे सकता हूं, अगर वे इस लायक हैं।" मैंने हंसते हुए उसकी तरफ़ देखा और आटो की घरघराहट के बीच कहा, "मेरे कमरे में चव्हाण बैठता है। तुम्हारे जाते ही मेरे पास आ बैठा। तुम्हारी ख़ूबसूरती के कसीदे पढ़ता रहा। फिर उसने जो बात कही, सुन कर तुम हंसोगी।"

"ज़रूर ही कोई भद्दी बात कही होगी उसने। तुम्हारा क्या लगता है?"

"चव्हाण मेरा दोस्त है। छूटते ही पूछा उसने—तुम्हारी गर्लफ्रेंड है..."

"तुमने क्या कहा?" उसने नाक-भौं सिकोड़ते हुए मेरी तरफ़ देखा।

"जो कहना था, कह दिया।"

"मत बताओ।" वह मुंह दूसरी तरफ़ करके बैठ गई।

"झूठ नहीं बोलूंगा। रब के आगे जान देनी है। मैंने कह दिया—मेरी क्लासफ़ैलो है।"

सहायता ने एक बार बुरी-सी शक्ल बना कर मेरी तरफ़ देखा और मुंह फेर लिया।

मैंने कहा, "तुम तो नाक पर मक्खी नहीं बैठने देती हो!।"

सहायता हथेली पर ठुड्डी रखे बाहर देखती रही।

"फिर बड़ी मज़ेदार बात कही उसने..." मैंने कनखियों से सहायता की तरफ़ देखते हुए उसके कान के पास मुंह ले जा कर कहा, "बोलता था, इसी लड़की से शादी करना..."

"नेवर..." वह एकदम मुड़ी और घूरते हुए बोली। लेकिन हंसी उसके होंठों के कोरों से फूटी पड़ती थी। "ख़ातिर जमा रख, मैं शादी-वादी करने वाली लड़की नहीं हूं। तुमसे से तो कभी नहीं।"

मैंने भी उसी लहजे में कहा, जिस लहजे में सहायता ने शादी के प्रति वितृष्णा जतलाई थी, "मैं कहां शादी-वादी के चक्कर में पड़ने वाला हूं।"

"तब तो खूब निभेगी!" सहायता ने फिस-फिस हंसते हुए कहा। फिर कहती है, "तुम्हारे घर वालों ने तो वह डॉक्टर लड़की चुन रखी है न।"

"ओह, कट इट!"

वह कनखियों से देख-देख कर हंस रही थी, "नहीं करोगे उससे शादी!"

"धीरे बोलो," मैंने हंसते हुए कहा। "ड्राइवर के कान इधर ही लगे हैं... चव्हाण कहता था—यह बात भैं नहीं, उसने कही थी। कहता था—देखना, इसके बच्चे बड़े ख़ूबसूरत होंगे।"

"स्टूपिड!" वह तनिक चिढ़ कर बोली, "तुम्हारा यह चव्हाण पेशीनगो है या क्या है?"

मैं हंस रहा था, "बैचलर है..."

सहायता ने नाक-भौं चढ़ाते हुए मेरी तरफ़ देखा, "भैड़ी फत्तो के भैड़े यार! अपने से दुगुनी उम्र वाले लोगों के चक्कर में रहते हो, तो ऐसी ही बातें सुनोगे।"

"लेकिन यह समझो कि चव्हाण सड़ियल नहीं है—तुम्हारी मिस मेहता की तरह नहीं, जिसे कहलवा कर तुमने कंठी दीदी को नौकरी दिलवाई थी।"

"और क्या कहता था।"

"कौन?" मैं समझते हुए भी अनजान बन गया।

"वही...तुम्हारा चव्हाण, जिसे अपना दोस्त बताते हो।"

अब मैंने चव्हाण के मुख से सुनी बकरी-मेमने की कहावत बताई, तो सहायता भड़क कर बोली, 'ईडियट! लगता है, चव्हाण सिरफिरा है।"

"है बहुपठित और बहुज्ञ।"

"होगा!" उसने लापरवाही से कहा।

मैंने हंसते हुए कहा, "अभी तक कुंआरा है।"

सहायता ने टोका, "कुंआरा है या शादी नहीं की?"

"दोनों स्थितियों में क्या फ़र्क है?"

"नादान बनते हो!" वह कनखियों से देखते हुए हंस रही थी।

मैंने सहायता को छेड़ने की ग़र्ज़ से दबी ज़बान से कहा, "हमारी तरफ़ भी एक कहावत है।"

वह मेरा मुंह देख रही थी। उसकी भंगिमा देख कर मैं झिझका।

"कैसी कहावत?"

मैंने कहा, "हमारी तरफ़ बोलते हैं - जैसी गाय, वैसे बछड़े।"

"आइ बेग योर पार्डन!" उसने आंखें तरेरते हुए मेरी तरफ़ देखा। लगा कि अभी आटो रुकवा कर मुझे उतर जाने को कहेगी। एकदम उखड़ कर बोली, "तुम्हारे दोस्त को मैं बकरी और तुम्हें गाय दिखती हूं?"

"मैम, ये तो कहावतें हैं, जिन्हें हम 'अखाण' बोलते हैं।"

"शटअप।"

ड्राइवर हंस रहा था।

उस सांझ सहायता अपनी सहेलियों के साथ मस्त रही। अंतिम पीरियड समाप्त होने से पहले मैंने अचानक सिर उठा कर देखा, तो सहायता उठी और चुपचाप दूसरे दरवाज़े से निकल गई। प्रोफ़ेसर मल्होत्रा ने पांच मिनट और ले लिये। उन्होंने क्लास छोड़ी, तो मैं साइकिल स्टैंड की तरफ़ भागा। लेकिन वहां जाते ही माथे पर हाथ मारा। मैं साइकिल तो पीछे दफ़्तर में छोड़ आया हूं। अब तक तो सहायता निकल गई होगी, मेरे लिए ठहरी क्यों नहीं!

मैं लपक कर गया। सीढ़ियों पर आ कर देखा, सहायता और कंठी दीदी सीढ़ियों के नीचे सड़क पर इंतज़ार कर रही थीं।

मैं सीढ़ियां फांदते हुए गया। मुझे देखते ही सहायता ने नाखुशी ज़ाहिर की।

"इतनी देर कहां अटक गए थे?"

"तुम क्लास ख़त्म होने से पहले क्यों आ गई?"

कंठी दीदी ने हंसते हुए कहा, "बेचारा दौड़ा-दौड़ा आया है, फिर भी डांट रही हो।"

"तू चुप कर।" सहायता ने कंठी दीदी को भी डांट दिया, "इंतज़ार करते-करते सूख गई हैं।"

वहां से हम तीनों साथ-साथ चले। मैंने कंठी दीदी से पूछना अपना कर्तव्य समझा, "रामलाल जी कैसे हैं।"

"अब तो काफ़ी ठीक हैं।" कंठी दीदी ने नज़र भर कर मेरी तरफ़ देखा।

"आप ठीक हैं न!"

"मेरे को क्या हुआ है।" कंठी दीदी हंसे बिना बात ही नहीं करती थी। "खाती-पीती हूं। हट्टी-कट्टी हूं।"

मैंने प्रसन्न हो कर कहा, "ज़िंदगी में ऐसा ही एटीट्यूड होना चाहिए!"

सहायता चुपचाप हमारे साथ चल रही थी। कंठी दीदी कहती है, "आज कुछ मिसिंग-मिसिंग-सा लगता है।"

"क्या?"

फिर यकदम पूछती है, "उल्लास, तेरी साइकिल कहां है?"

सहायता नाक-भौं चढ़ाते हुए बोल उठी, "मैं दो बातों से सख़्त चिढ़ती हूं। एक तो साइकिल वालों से..."

कंठी दीदी ने खांस कर मश्करी करते हुए कहा, ''उल्लास, ज़्यादा साइकिल न चलाया कर। आदमी ख़स्सी हो जाता है।''

''दीदी, तू वाचाल होती जा रही है।'' सहायता ने फटकारा।

मैं उसका मुंह देख रहा था। आज बात-बात पर चिढ़ रही है! बात क्या है?

कंठी दीदी हंस रही थी। सहायता से कहती है, ''दूसरी किस बात से तुम्हें चिढ़ है?''

''पी.ए की जॉब से।''

''पी.ए क्या?'' कंठी दीदी ने उत्सुक निगाहों से पूछा।

सहायता नाक-भौं चढ़ाते हुए बता रही थी, ''राणा जंग बहादुर के दफ़्तर में जाती हूं, तो वह अपने पी.ए लालचंद को किसी काम के लिए बुलाते हैं, तो वह शार्टहैंड की पेंसिल और कॉपी खोलते हुए दौड़ा आता है। सच्ची, मुझे बहुत बुरा लगता है और हंसी भी आती है। लगता है, जैसे आवाज़ पड़ते ही हुक्काबरदार हुक्का बना कर ले आया हो।''

कंठी दीदी ने हंसते हुए मेरी तरफ़ देखा, ''सुन लिया, कभी पी.ए न बनना। साइकिल भी छोड़ दो।''

बला की गर्मी थी। कपड़े भीग रहे थे। सब चुपचाप चल रहे थे, जैसे, किसी के पास कहने को कुछ नहीं था। सहायता ने ही मौन तोड़ा। मुझसे पूछती है, ''कल क्या कर रहे हो?''

''कल इतवार नहीं?''

''इसीलिए तो पूछ रही हूं। मेरा मतलब, छुट्टी के दिन क्या करते हो?''

छुट्टी मेरा लिखने-पढ़ने का दिन होता था। कई हफ़्तों से 'प्लेटाइम' को कुछ नहीं भेजा था। सोचा था कि आज रात को और कल बैठ कर कुछ लिखूंगा। यह न बता कर वैसे ही बोल गया, ''बस, लोट लगाता हूं।''

''ठीक है,'' वह प्रसन्न हो कर बोली,''चलो, कल तुम्हें संसद-सदस्यों का इलाका घुमा लाती हूं।''

''ऐसा क्या देखने को है वहां?''

''तुम्हें दिखाना चाहती हूं कि उन लोगों का रहन-सहन कैसा होता है। उनके बारे में भी लिखो। अगर मिसिज़ माथुर कहीं गई नहीं होंगी, तो उनसे भी मिलवा लाऊंगी। कंठी दीदी भी चलेगी।''

''मैं दाल-भात में मूसलचंद बनूंगी।''

उसकी तरफ़ ध्यान न दे सहायता मुझसे कहती है, ''तुम्हारी भी मर्ज़ी नहीं है, तो मत आओ।''

''कहती हो, तो आ जाऊंगा।'' मैंने तनिक अनिच्छा से कहा।

''ऐसे बोल रहे हो, जैसे गले पर कसाई के छुरे को देख कर बकरा गौंसता है! नहीं आना चाहते, तो मना कर दो! दैट्स आल...''

कंठी दीदी ने कहा, ''सहायता, तुम्हारे आगे से मक्खी निकल जाए, तू भड़क जाती है। बेचारे ने कब कहा कि नहीं आऊंगा।''

मैं जवाब दूं, इससे पहले सहायता मुंह बिचकाते हुए बोली, "नहीं, दीदी, गीदड़ दी बीठ चाहिए थी, दौड़ कर पहाड़ी पर चढ़ गया था..."

मैंने हंसते हुए कंठी दीदी से कहा, "तुम्हारी बहन कहावतों में बात करने लगी है।"

"क्यों न करूं? तुमने और तुम्हारे दोस्त चव्हाण ने कहावतें बोल-बोल कर मुझे बकरी और गाय नहीं बना दिया?"

मैं ठठा कर हंसा, "तो नाराज़गी की यह वजह है।"

"मुझे भी तो बताओ। क्या किस्सा है बकरी और गाय का।" कंठी दीदी बारी-बारी से हम दोनों के चेहरों को देखते हुए हंस रही थी।

"छोड़ो भी!" सहायता ने कहा, "नार्थ ऐवेन्यू के लिए बस रजिंदरा प्लेस से सुबह दस-सवा दस बजे निकलती है—पौने दस तक वहां पहुंच जाना। खाने-पीने का सामान मैं साथ ले कर आऊंगी।"

हम चौक में पहुंच गए थे। थोड़ी देर वहां खड़े बातें करते रहे। एकाएक कंठी दीदी ने एक तरफ़ देखते हुए सहायता को इशारा किया। सहायता ने झट मुड़ कर उधर देखा और बड़ी लापरवाही से बोली, "मेरी जुत्ती परवा करती है।"

मैंने भी उस दिशा में देखते हुए कहा, "क्या बात है?"

सहायता ने मेरे कंधे से लटकते झोले को ठीक करते हुए कहा, "दस तक पहुंच जाना। चलती हूं।"

कंठी दीदी ने खिड़-खिड़ हंसते हुए "बाय!" कहा।

मैं अपने कमरे में पहुंचा, तो देखा दरवाज़े की फांफर से कोई चिट्ठी सरका गया था। लिखावट लाला जी की थी। चिट्ठी को उलट-पलट कर देख ज़रूर लिया, लेकिन पढ़ना उस वक्त ज़रूरी नहीं समझा। जानता था कि लाला जी ने क्या लिखा होगा। माधुर्य-पान के उपरांत अब गरल-पान मैं नहीं करना चाहता था।

भीतर आ कर पंखा तेज़ किया, नहा-धो कर बनियान और लुंगी पहनी और आ कर खाट पर पड़ गया। उस वक्त यही सोच हो रही थी कि आज जिस तरह सहायता मेरे दफ़्तर पहुंची थी, अगर इसी तरह बिना बताए किसी दिन यहां भी आ जाती है, तो मेरा रहन-सहन देख कर क्या सोचेगी। पास-पड़ौस के लोग पूछेंगे, यह लड़की कौन है, तो क्या जवाब दूंगा?

इसी संशय से मैं करवटें बदलता रहा। लाला जी की चिट्ठी स्टूल पर ताले के नीचे रखी थी। पंखे की हवा में फड़फड़ाते हुए जैसे प्रेरित कर रही थी—मुझे खोल कर पढ़ो। चाहता तो नहीं था कि उसे हाथ भी लगाऊं। लेकिन अंततः दिल कड़ा करके लिफ़ाफ़ा खोला। चिट्ठी में वही बातें थीं जिनका अंदेशा था। लाला जी ने ताकीद की थी कि ज़रूरी काम है। हफ़्ते-भर की छुट्टी ले कर आ जाओ।

यह 'ज़रूरी' काम क्या हो सकता था, यह मैं भली भांति समझता था। लेकिन अंतिम दो पंक्तियां पढ़ते-पढ़ते मैं भड़क गया। लाला जी ने यह चेतावनी दी थी : चिट्ठी को तार समझो। इसके बावजूद तुम नहीं आए, तो समझ लेना, हम तेरे

लिए मर चुके। हम भी समझ लेंगे कि हमारा एक बेटा पैदा होते ही मर गया था।

मैंने चिट्ठी चिंदी-चिंदी करके फ़र्श पर डाल दी : 'पिता जी, यही समझो, मैं आपके लिए मर चुका। किसी भी हालत में डॉक्टर की बेटी का रिश्ता मुझे मंजूर नहीं।' इसके साथ यह भी सोच लिया कि लाला जी को अपनी इस भीष्म प्रतिज्ञा से भी अवगत करा दूंगा : मैं आजीवन विवाह नहीं करूंगा...

मन करता था इसी वक्त उठ कर तारघर से अर्जेंट तार दूं : जिस काम के लिए आपने बुलाया है, उसके लिए मेरे पास वक्त नहीं...

एम. पी. साहब का दड़बा

सुबह-सवेरे लिपटा हुआ *स्टेट्समैन* बंद दरवाज़े पर सटाक-से आ कर लगा, तो नींद उचट गई। मैं लगभग छह घंटे गहरी नींद सोया था। हृदय शांत-स्थिर और आह्लादित था। वैसे, छुट्टी के दिन मैं खाट पर पड़ा देर तक सुस्ताता रहता था। अख़बार पढ़ने की भी हड़बड़ी नहीं होती थी। लेकिन आज ख़ास दिन था : सहायता से पहली बार छुट्टी के दिन मिलने जाना है। इसी उत्साह में सारे काम जल्दी-जल्दी निपटा कर दराज़ में रखी डायरी निकाली। उसे झाड़ा-पोंछा। फिर बैठा सोचता रहा कि इस पर कोई ऐसा अद्भुत वाक्य लिखना चाहिए जिसे पढ़ कर सहायता पुलकित हो उठे।

बहुत सोचने के बाद आख़िर हंसते हुए यह लिखा : एक डायरी फ़ालतू पड़ी थी...

देखते हैं, पढ़ कर सहायता कैसी प्रतिक्रिया करती है।

लिखते-लिखते दिल मसर्रत से भर उठा। आगे कुछ लिखना ज़रूरी न समझ नीचे जतन से हस्ताक्षर किए और देर तक बैठा अपनी लिखावट को निहारता रहा।

रामजस जी का बेटा विवेक अख़बार लेने आ गया। मैंने उसका कान पकड़ते हुए कहा, "शाम को दे जाना। नेहरू, शास्त्री, कामिनी कौशल वग़ैरह, कोई तस्वीर काटना नहीं, समझे। नहीं तो दोनों कानों में सिर कर दूंगा।"

उसके जाते ही कमरे में ताला लगा कर मैं नीचे उतर आया। आज नाश्ते की भी चिंता नहीं की। कहीं रीगल पहुंचने में देर न हो जाए। लेकिन बस-स्टैंड से थोड़ा ही दूर था कि देखा—सफ़ेद साड़ी और लाल ब्लाउज़ में कोई अकेली स्त्री कंधे से भारी-सा झोला लटकाए खड़ी है। उसने ज़रा मुड़ कर देखा, तो वह और कोई नहीं, सहायता थी। मैं उल्लसित हो कर जल्दी-जल्दी चल कर आया।

सहायता ने भी मुझे देख लिया था। वह भी एकदम आश्वस्त और प्रमुदित हो उठी। निकट आते ही अनायास ही मेरे मुख से यह प्रशंसोक्ति निकली, *"यू लुक स्टनिंग..."*

सहायता का खिला चेहरा और खिल गया। साड़ी के चुन्नट ठीक करते हुए बोली, "क्या है, मां की साधारण-सी तो साड़ी है।" लेकिन बाछों से हंसी फूटी पड़ रही थी।

"तारीफ़ साड़ी की नहीं, पहनने वाली के शऊर की और शाइस्तगी की की जाती है।"

"थैंक्स!" वह गद्गद हो कर बोली। "शुक्र है, तारीफ़ करना भी सीख गए। लगता है, चव्हाण ने सिखाया है..."

"चव्हाण तो तुम्हारे कसीदे पढ़ रहा था।"

"कसीदा प्रशंसा और निंदा, दोनों के लिए पढ़ा जाता है।" वह हंस रही थी।

"मैडम, झूठी तारीफ़ करना मैंने नहीं सीखा।"

सहायता उखड़ गई, "यह मैडम-मैडम क्या लगा रखा है?..."

"सारी, मै...!" मैंने दबे स्वर में कहा, तो उसके साथ मैं भी खूब हंसा। आगे-पीछे देखते हुए पूछा, "कंठी दीदी अभी नहीं आई।"

"उसके घर से हो कर आई हूं। कहती थी, परोहणों (मेहमानों) को 'टोर के' (चलता करके) सीधी पहुंचूंगी।"

हम दो ही थे। अभी कोई तीसरी सवारी नहीं आई थी।

"छुट्टी का दिन है न। नहीं तो यहां आदमी पर आदमी चढ़ता है..." यह कहते हुए सहायता ने कंधे से लटकता झोला दिखाया और बड़ी ललक के साथ पूछा, "आलू के परांठे, आम का अचार और पापड़ और दही लाई हूं। खाओगे न!"

"आलू परांठे देख कर तो अल्ला मियां भी फिसल गए थे। तुमने बनाए हैं?"

"और कौन बनाएगा!"

"इतना वक्त कहां होता है तुम्हारे पास।"

"छुट्टी वाले दिन घर में मैं ही सबके लिए नाश्ता बनाती हूं।"

"तब तो बड़े मज़ेदार होंगे। ढाबे की रोटियां खाते-खाते मुंह में छाले पड़ गए हैं..." यह कहते हुए मैंने मुंह खोल कर दिखाया।

वह हंसते हुए बोली, "शादी कर लो। बीवी प्रतिदिन परांठे बना कर खिलाएगी।"

थोड़ी देर में ही बस आती दिखाई दी। आधी से ज़्यादा खाली थी। हम दोनों बीच वाली सीट पर जा बैठे और बस खरड़-खरड़ करती भागी। सहायता के चिकने कंधे का स्पर्श बहिश्त की तन्वंगियों की कल्पना को साकार करता था।

रास्ते में न उतरने वाली कोई सवारी थी, न चढ़ने वाली।

"छुट्टी वाले दिन बड़े दफ़्तर के रूट पर अमूमन बसें खाली दौड़ती हैं।" फिर पूछती है, "वैसे, छुट्टी के दिन तुम क्या करते हो?"

"बथेरे काम होते हैं," मैंने कहा। "घंटा-डेढ़ तो अख़बार ले जाता है। फिर पूरा बिस्तर झाड़ कर चादर और तकिये के ग़िलाफ़ बदलता हूं। फिर झाडू-लगाता हूं..."

"काम वाली नहीं लगा रखी?"

"एक तो इतना पैसा कहां! फिर छड़ों के यहां काम वाली कोई आती नहीं।"

"मुहल्ले में अच्छी शोहरत है!" वह खिस-खिस हंसते हुए बोली।

"यही समझो।"

"फिर क्या करते हो?"

"तब तक नल आ जाता है। जल्दी से गले के कपड़े धो डालता हूं। सुराही और घड़ा भर कर रख लेता हूं और फिर जल्दी-जल्दी नहा-धो कर तैयार हो जाता हूं और कपड़ों की गठरी बांध कर पेड़ के नीचे इस्तरी करने वाली रामू की जोरू के यहां डालता हूं और साइकिल पर पैडल मारते हुए दफ़्तर की तरफ़ भागता हूं..."

"और नाश्ता?"

"अब यह नहीं पूछोगी, रामू की जोरू से बतकही नहीं करते?"

"ऐसी बातें पूछी नहीं जातीं।" वह मुंह के आगे हाथ रख कर हंसती चली गई।

मैंने कहा, "निकट ही मार्किट में जगतार हलवाई के यहां नाश्ता कर लेता हूं। देर हो जाए, तो दफ़्तर की कैंटीन!"

"इसीलिए तो कहती हूं। ढाबों पर और कैंटीनों में सारी कमाई देने के बजाय जल्दी से शादी कर लो।"

"इस योग्य तो अभी किसी ने समझा नहीं।"

"हो भी इसी लायक!" वह मुंह के आगे हाथ रख झुकी-झुकी खिड़-खिड़ हंसती जा रही थी।

आध घंटे में ही हम नार्थ ऐवेन्यू के स्टॉप पर जा उतरे।

"आज तो लू झुलसा कर रख देगी," सहायता पल्लू से सिर ढकते हुए बोली। "तुम भी सिर पर रूमाल रख लो।

वहां से पांव-पांव चले, तो सहायता बताती जा रही थी, "हम जिस एम. पी. के घर जा रहे हैं, उनका नाम है हरिनारायण मालहायन। हम सब उन्हें पांडे जी कह कर बुलाते हैं। मध्य प्रदेश के मुख्यमंत्री रह चुके हैं। पांडे जी को सहायक की ज़रूरत थी। किसी ने मेरा नाम सजस्ट कर दिया..."

पूछने की नौबत नहीं आई कि सहायता क्या काम करने आती है। उसने अपने-आप बता दिया, "पांडे जी करीब-करीब अंगूठा छाप हैं..."

मैंने हंसते हुए कहा, "हमारे ज़्यादातर मंत्री और मुख्यमंत्री इसी श्रेणी में आते हैं..."

"सुनो न!" वह अधीरता से बोली, "पांडे जी के लिए संसद के जो ढेरों काग़ज़ात और डाक वग़ैरह आती है, उन्हें छांट कर तरतीब से लगाती हूं। संसद में कोई प्रश्न पूछना होता है, तो उसका मसौदा तैयार करके देती हूं। इसी तरह के छोटे-मोटे काम..."

"मतलब, सेक्रेटरी का काम करती हो।"

"यही समझ लो। फ़्लैट की एक चाबी उन्होंने मुझे सौंप रखी है। जब भी समय मिलता है, काग़ज़-पत्र देख जाती हूं। संसद के सत्र के दिनों में पांडे जी

भोपाल से आते हैं। कभी-कभी उनकी पत्नी भी आती है। भली स्त्री है। मुझसे बड़ा स्नेह करती है।''

''सहायता, आज फिर वही बात पूछता हूं—इतनी भागदौड़ कैसे कर लेती हो?''

''यार, भागदौड़ का नाम ही तो ज़िंदगी है।''

'यार' संबोधन से मैं थोड़ा चौंका। हमारे समाज में, यानि जिस माहौल में मैं जनमा-पला हूं, लड़कियों के मुख से 'यार' और 'मज़ा' - इन दो शब्दों को सुन कर लोगों के कान खड़े हो जाते थे। किसी लड़की के मुंह से कभी बेसाख़्ता ये शब्द निकल जाते, तो मां-बाप तो पीछे, छोटा भाई ही बहन की चोटियां खींच-खींच कर उसे रुला देता था। ऐसे शब्द को स्त्रियोचित नहीं, लुच्चों की भाषा माना जाता था।

''यह रहा पांडे जी का फ़्लैट।''

सहायता पर्स में से चाबियां निकाल रही थी। बरामदे में बड़ी-सी पेटी रखी थी। उसे खोला, तो काग़ज़ों और पत्र-पत्रिकाओं का ढेर निकला। उठाए-उठाए हम ड्राइंग रूम में आए और बीच की चौड़ी मेज़ पर उन्हें ढेर कर दिया। गर्मी के मारे दोनों बेहाल हो रहे थे।

''पंखा थोड़ा तेज़ कर दो। बंद घर में उमस भर जाती है। मैं पानी ले कर आती हूं।''

ड्राइंग रूम का हाल ऐसा था, मानो महीनों से किसी ने उसकी सुध न ली हो। छत के कोनों में जाले लटक रहे थे। कल्पना नहीं की जा सकती कि जो व्यक्ति किसी राज्य का मुख्यमंत्री रह चुका है, आज संसद-सदस्य है, उसके पड़ाव में और दड़बे में कोई फ़र्क नहीं होगा। सोफ़े के बदरंग कपड़े छीज गए थे। बीच वाली मेज़ पर जगह-जगह गिलासों और पिर्च-प्यालों के निशान एकदम नुमायां थे। कचरे वाली टोकरी राखदानी की तरह इस्तेमाल की गई थी जो सिगरेट की राख और ख़ाली डिब्बियों से लबालब भरी थी। प्रतीत होता था उठने-बैठने वालों का यहां दिन-रात जमावड़ा लगा रहता था।

मैंने तनिक संकोच के साथ पूछा, ''सहायता, एक बात पूछूं?...''

''पूछो, पूछो!'' सहायता ने बाएं हाथ के अंगूठे के नाखून की कन्नी दांतों से काटने की कोशिश करते हुए मेरी तरफ़ देखा।

मैंने कहा, ''तुम इतने बड़े लोगों के बीच उठती-बैठती हो...''

वह जैसे ताड़ गई कि मेरा अगला सवाल क्या होगा। तनिक चौंकते हुए उसने भौंहें उठा कर मेरी तरफ़ देखा।

सहायता की तनी भृकुटि देख मैं झिझका। लेकिन, आख़िर, उसकी तरफ़ देखते हुए बोल ही गया, ''पालिटीशनों का कोई धर्म-ईमान नहीं होता...''

वह अपने नाख़ून का मुआयना-सा करते हुए अधमुंदी आंखों से बोली, ''देखो, उल्लास! मुझे उनके धर्म-ईमान से कोई मतलब नहीं। मैं अपने काम से काम रखती हूं।''

"फिर भी..."

"उल्लास, लगता है, तुम्हारे ज़ेहन में कोई ऐसी-वैसी बात है। मैं कीचड़ में कमल की तरह रहती हूं।"

जवाब में यदि मैं यह बात कहता–ऐसे कमल को तोड़ने के लिए मर्द जात हमेशा लालायित रहती है, तो शायद सहायता स्प्रिंग की तरह उछल कर छत से जा लगती। सो, मैंने इस विषय को वहीं विराम देना ही उचित समझा।

"मैं तो 'न ऊधो का लेना, न माधो का देना' वाली बात में विश्वास करती हूं।" सहायता वीतराग-सी बोली और चप्पल उतार टांगें बीच वाली मेज़ पर लंबी करके सोफ़े से ढासना लगा कर बैठ गई। "कंठी दीदी आ जाए, तो चाय बना कर पिलाए।" सहायता साड़ी और साया थोड़ा ऊपर सरका कर एक पैर के पाज़ेब को घुमा-घुमा कर देख रही थी। टेबल से कुछ काग़ज़ गिरे, तो मैंने उठा कर उन्हें ऊपर रखा और चुपचाप बैठा देखता रहा।

"तुम लेखक हो?" सहायता ने एकाएक यह प्रश्न किया और तिरछी निगाहों से देखते हुए कहा, "मुझे विश्वास नहीं होता!"

मैं हैरान! अचानक सहायता को यह क्या सूझी?

"मैं समझती थी, लेखक की ऑब्ज़र्वेशन बड़ी पैनी होती है।"

मैं बेवकूफ़ों की तरह उसका मुंह देख रहा था।

"योर ऑब्ज़रबेशन इज़ वेरी पुअर, आइ मस्ट से!" उसने बिछुआ उतार कर फिर पहना, और क्षण-भर आत्ममुग्ध-सी उसे देखती रही। फिर पंजा हिलाते-हिलाते मेरी तरफ़ देखते हुए फीकी हंसी हंस दी, "बुरा मान गए।"

मैं एकदम कच्चा पड़ गया था। सहायता की बात मैं समझ नहीं पाया। सहायता ने मुंह बनाते हुए एक बार शोख़ निगाहों से मेरी तरफ़ देखा और मुंह फेर लिया।

"अब तुम बुरा मान गई? मुझसे कोई ख़ता हो गई?"

सहायता रूठी प्रेमिका की तरह बोली, "मैं नए पाज़ेब-बिछुए और नई चूड़ियां पहन कर आई हूं, तारीफ़ तो दूर, आंख उठा कर देखा तक नहीं। अपनी पत्नी के साथ ऐसा ही अनदेखी का व्यवहार करोगे?"

"आइम सॉरी, सहायता!" मैंने झेंपते हुए उसके कोमल पैरों की तरफ़ देखा, "ये तुम्हारे मखनिया, मृदुल पैरों में खूब सोभते हैं। अति सुंदर..."

"अति सुंदर!" मेरी प्रशंसा से खुश न हो कर मेरे कथन की 'चग्घी' लगाते (स्वांग करते) हुए उसने मेरी खिल्ली उड़ाई और बैठी-बैठी एकटक मुझे देखती रही। फिर शिकायती लहजे में बोली, "नज़र में कोई चीज़ बैठती ही नहीं जनाब के। क्लास में सामने से गुज़र जाती थी, तब भी नहीं देखते थे।"

"ठीक कहती हो," मैंने खिसियानी हंसी हंसते हुए कहा, "मेरी ऑब्ज़रवेशन बड़ी पुअर है।"

"वैरी पुअर, इंडीड!" वह झुकी-झुकी अपने में मगन पाज़ेब अदल-बदल कर पहनते-उतारते हुए बोल रही थी।

फिर पता नहीं यह सवाल पूछने का मेरा क्या मंतव्य था। मैंने जिज्ञासा की, "कितने के आए?"

वह हताश-सी हो कर सोफ़े के साथ ढासना लगा कर बैठ गई और मुझे गहरी नज़रों से देखते हुए कहती है, "कल यह भी पूछ सकते हो, प्यार कितने का आता है।"

मैं लाजवाब। नज़रें झुकाए बैठा देखता रहा।

"हर चीज़ का मोल लगाते हो!"

बग़लें झांकने के सिवा मैं और कर क्या सकता था। वह पैरों को साड़ी के नीचे समेटते हुए पूछती है, "अभी तक कोई गर्लफ्रेंड नहीं बनाई?"

यह कैसा सवाल है!

"अगर कोई है, और उसके लिए ख़रीदना चाहते हो, तो बताऊं।"

अब मैं सहायता को कैसे बताता कि जो लड़की मेरे जीवन में आते-आते एकाएक अंतर्धान हो गई थी, उसे कुछ देने की बात तो दूर, देखने को भी मन तरस गया था।

"अगर मैं यह बताऊं, ये मेरे किसी लवर ने दिए हैं, तो मान जाओगे?"

मैंने हंस कर उसकी बात टालनी चाही। लगता है, यह लड़की मेरी टांग खींचने पर उतर आई है। उसकी बात अनसुनी करते हुए कहा, "पाज़ेब और बिछुए चांदी के हैं। सोने के क्यों नहीं लिये?"

नहीं जानता था कि मैं एक और बात मूर्खता वाली पूछ बैठा था।

सहायता ठहाका मार कर हंसी और उठ कर सोफ़े पर घुटनों के बल खिसकती हुई मेरे निकट आ गई। मेरी नाक पकड़ कर हिलाते हुए बोली, "बुद्धू मियां! सोना सिर का श्रृंगार होता है। पैरों में नहीं सोभता, समझे!"

सचमुच, यह जानकारी मुझे नहीं थी।

सहायता ने हंसते हुए कहा, "तभी तो कोई गर्लफ्रेंड नहीं है तुम्हारी। ऐसे खुश्क किस्म के आदमी की हो भी कैसे सकती है। अच्छा, मज़ाक-वज़ाक छोड़ो।" वह वापस अपनी जगह पर जा कर बैठ गई। "जब से आए हैं, ऊल-जलूल बातें करते जा रहे हैं। काम को हाथ तक नहीं लगाया।"

वह काग़ज छांट-छांट कर सोफ़े के नीचे डालती जा रही थी। जो काग़ज़ काम के थे, उन्हें एक तरफ़ रख लेती थी।

मैं खाली बैठा एकटक उसे निहार रहा था। बड़ी तन्मयता से काम कर रही थी। अचानक उसने सिर उठा कर मेरी तरफ़ हाथ बढ़ाया, "लाए हो?"

"क्या?"

"याद करो।"

कुछ याद नहीं आया।

"इतनी जल्दी भूल गए?" वह घूरती नज़रों से मुझे देखते हुए बोली। फिर बड़े प्यार से : "यार, मेरी डेट ऑव बर्थ काहे को पूछी थी?"

"ओह!" माथे पर हाथ रखते हुए मैंने कहा, "सच्ची, भूल गया।"

मैंने जल्दी से अपने झोले में से डायरी निकाल कर औपचारिक रूप से भेंट करने की मुद्रा में उसकी तरफ़ बढ़ाई। उत्सुकतापूर्वक उसने डायरी ग्रहण की। कुछ देर जिज्ञासावश और प्रेमवश उसे उलट-पलट कर देखती रही। मैं इस इंतज़ार में था कि वह डायरी खोल कर उस वाक्य को पढ़े।

उसने डायरी खोली। मेरी ऊपर की सांस ऊपर, नीचे की नीचे। उसने पहले पन्ने पर लिखे उस वाक्य को हिलते होंठों से पढ़ा। एक बार असंपृक्त-सी दृष्टि उठा कर मेरी तरफ़ देखा और मुंह बनाते हुए जैसे सोचे-समझे लहजे में यह बात कही, "फ़ालतू पड़ी थी, इसलिए दी जा रही है? हैनां..."

मैंने मुंह दूसरी तरफ़ कर लिया। कहीं हँसी न निकल जाए। सहायता ने जैसे झपाटे से यह बात कही, "तो सरकार की नज़र में हम फ़ालतू किस्म के लोग हुए, जिन्हें फ़ालतू किस्म की चीज़ें दी जाती हैं! हैनां?"

"म...म...मेरा मतलब यह नहीं था, सहायता!" मैंने उसी तरह डरने का स्वांग किया, जिस तरह घुड़की सुन कर बालक डरता है, "सोचा कि तुम्हें..."

सहायता ने मुझे बात पूरी नहीं करने दी। एकदम पटरी बदली। डायरी को छाती से लगाते हुए छत की तरफ़ देखा उसने और अत्यंत आह्लादित स्वर में घोषणा की, "आइ लव इट! आइ लव इट!"

वह इतना ऊंचा बोली थी कि बाहर सड़क पर कोई जा रहा होता, तो ठिठक कर देखने लगता।

"अगर फ़ालतू चीज़ इतनी सुंदर हो सकती है," सहायता आसक्त भाव से मुझे देखते हुए बोल रही थी, "तो मैं फ़ालतू ही रहना चाहूंगी। यह पहली वस्तु है जो किसी ने मुझे इतने अपनत्व भाव से दी है।"

मुझे संभलने में थोड़ा समय लगा।

"आई विल चैरिश इट फ़ार लाइफ़," वह इस तरह बोली, जैसे दुनिया को सुनाना चाहती हो। "हमेशा संभाल कर रखूंगी।" और उछल कर मेरे साथ सट कर बैठ गई और मान-मनुहार करते हुए बोली, "पहले क्यों नहीं दी!"

"तुम पहले क्यों नहीं मिली?"

"चलो, लाह-पाह हो गई। मैं तुम्हें नहीं मिली, तुम मुझे नहीं मिले..." उसने मेरी बांह में बांह डाली और अनुराग-भरी आंखों से देखते हुए कहा, "मैं जिस सरकल में आती-जाती हूं, लोग मुझे कोई न कोई मूल्यवान वस्तु भेंट करने की हठ करते हैं। लेकिन मैं हमेशा मुंहफट हो कर उनसे कहती हूं—मुझे ही क्यों देना चाहते हो? इतनी ग़रीबी है। उन लोगों को दो जिन्हें इसकी ज़रूरत है।"

मैंने कनखियों से देख हंसते हुए कहा, "च्च! बेचारे हसरत से लाते होंगे, और तुम...।"

"हसरत से नहीं, हवस से।"

"मतलब?"

"मर्द लड़की को देखता है, तो उसकी राल टपकने लगती है।"

"औरत शै ही ऐसी है।" मैंने खीसें निपोरते हुए कहा।

"अच्छा, तुम्हें भी पर लगने लगे!" उसने वही डायरी उठा कर मारनी चाही। लेकिन उसे गोद में रखते हुए वह हंस पड़ी। बैठी-बैठी डायरी को इस तरह सहलाती रही, मानो अपने शिशु को दुलरा रही हो। उसकी आंखों में अद्‌भुत अनुराग उतर आया था।

"उल्लास! एक बात सच-सच बताओगे। तुमने मुझे ही क्यों नए साल की डायरी दी? सुलभा को भी तो दे सकते थे। तुम पर मरती है।"

"दाने-दाने पर लिखा है, खाने वाले का नाम!"

सहायता कुछ बोली नहीं, जैसे कहीं भटक गई थी। एकाएक गहरी सांस भरते हुए कहती है, "जानना चाहोगे, किस चीज़ ने मुझे सबसे ज़्यादा तुम्हारी तरफ़ आकर्षित किया?"

मैंने नज़र नीचे रखी।

"बताऊं?" उसने मेरी ठुड्डी पकड़ कर अपनी तरफ़ घुमाई और इस तरह देखा, जैसे बर्फ़ीले पानी में छलांग लगाने से पहले झिझक रही हो। फिर निष्कपट भाव से कहती है, "तुम्हारी इन आंखों ने!"

मुझे लग रहा था, मेरा चेहरा सुर्ख़ होता जा रहा है।

"कहते भी हैं, मयूर नहीं जानता, मयूरी क्यों उस पर मोहित हो जाती है।"

आज पहली बार किसी ने, और फिर एक तरुणी ने, मेरी आंखों की तारीफ़ की थी। मैं आंखें झुकाए बैठा देखता रहा। फिर बता नहीं सकता, यह बात मैं कैसे बोल गया, "मैंने तो यह सुना है, औरतों को सुंदर आंखों की पहचान नहीं होती।"

सहायता घोर अचरज से मेरा मुंह निहार रही थी। फिर अविश्वास-भरे स्वर में कहती है, "कहीं तुमने यह बात *'पिक्चर ऑव डोरियन ग्रे'* में तो नहीं पढ़ी?"

"यह क्या है?"

"अरे, तुम्हें यह भी नहीं मालूम? पागल, ऑस्कर वाइल्ड का प्रसिद्ध उपन्यास है—अंग्रेज़ी में! नहीं पढ़ा?" फिर बड़े गर्व से उछलते हुए कहती है, "आइ नो माइ ऑस्कर वाइल्ड।"

मुझे सहायता से आंख मिलाने में संकोच हो रहा था। मैंने हाथ मलते हुए कहा, "उपन्यास-कहानियां पढ़ने का समय कहां मिलता है। फिर याद कहां रहता है कहां क्या पढ़ा था!"

"ऑस्कर वाइल्ड मेरा प्रिय लेखक है। उसकी संपूर्ण रचनावली मेरे पास है। 'द पिक्चर ऑव डोरियन ग्रे' और 'ए वोमेन आवॅ नो इम्पारटेंस' कई बार पढ़ चुकी हूं।"

यह भी था। लगा कि बहुपठित और बहुज्ञ सहायता के सामने मैं निपट कोरा और ओछा हूं। उल्टे पूछ बैठा, "तुम यह सब पढ़ने के लिए इतना समय कैसे निकाल लेती हो?"

"पढ़ने की चाट लग जाए, तो यह सब होता है। अब छोड़ो इन बातों को।" वह ठिठोली के स्वर में बोली, "तुम्हारी एक और बान मुझे अच्छी लगती है।"

वह क्या!

"अकसर क्लास में नोट्स लेते-लेते तुम बायां हाथ पीछे गर्दन पर ले जा कर घने बालों को सहेजते-संवारते रहते हो। उस वक्त मैं कुछ सुन नहीं पाती, प्रोफ़ेसर क्या बोल रहा है..."

मैंने हंसते हुए कहा, "यह तो वैसी ही इनफ़ैचुएशन हुई, जैसी देवानंद के दीवाने लड़के उसके पफ़ के और लड़कियां उसकी हंसी से उजागर उसके विरल दांत की दीवानी हैं।"

सहायता मेरी आंखों में आंखें डाल कर बोल रही थी, "बता नहीं सकती कि तुम्हारी हर अदा मुझे क्यों भली लगने लगी थी। मैं तुम्हें दिल की गहराई से चाहने लगी थी।" यह कहते हुए उसने मेरा हाथ अपने हाथों में ले कर आंखें मेरे चेहरे पर टिका दीं, "जो अगली बात मैं कहने जा रही हूं, सुन कर हंसोगे नहीं। मैं प्रदीप कुमार की फ़ैन हूं। उसकी हर फ़िल्म देखती हूं...उल्लास, तुझमें मुझे प्रदीप कुमार की झलक दिखाई दी थी..."

मैं ठहाका मार कर हंस पड़ा, "टांग खींचने के लिए और कोई नहीं मिला!"

"सच्ची, उल्लास!"

"कहां एक हीरो और कहां यह होरी।"

मेरा कथन उसे प्रीतिकर नहीं लगा। मेरा हाथ छोड़ रूठ कर अलग हो गई, "समझते हो, मैं झूठी तारीफ़ कर रही हूं!" फिर एकाएक आह्लादित स्वर में बोली, "इनफ़ैचुएशन ही समझ लो...सच्ची! पहली बार थोड़े फ़ासले से तुम्हें देखा था, तो लगा था, हूबहू प्रदीप कुमार खड़ा है।"

मेरी हंसी निकल गई, "व्हट ए ग्रेट जोक..."

वह इस तरह नाराज़ हो कर देखने लगी, जैसे उसकी भावनाओं को मैंने ठेस पहुंचाई हो।

फिर कहती है, "समझते हो, यह हंसी में उड़ाने वाली बात है! किसी की भावनाओं की कद्र करना तुम जानते ही नहीं हो।" फिर एकदम प्रसन्न हो कर बोली, "सच्ची, उल्लास! मैं झूठ नहीं कहती। चाहे किसी की सौगंध उठवा लो। देखो, मेरे लॉकेट में भोले भंडारी की मूर्ति है..." उसने लाल ब्लाउज़ में बंधे तुंगश्रृंगों की घाटी में से अपना लॉकेट खींच कर मेरे हाथ में पकड़ाया जिसमें सहायता की देह की गंध और गर्माहट समाई थी। मैंने हंसते हुए जल्दी-जल्दी इस तरह लॉकेट सहायता को लौटाया, जैसे पकड़ते हुए हाथ जल गया हो। "सहायता, तू शिवजी की भक्त। मैं निरा नास्तिक प्राणी।"

"छोड़ो इन बातों को।" वह सोफ़े से ढासना लगा कर बैठ गई। "उल्लास, अब तुम्हें मेरा एक काम करना होगा।"

"बोलो।"

"नांह-नुकुर नहीं करोगे।"

"करना चाहूं, न भी करना चाहूं, तो भी?"

"तो भी।" उसने अधिकारपूर्वक कहा। "हांअं..."

"कोई ज़बरदस्ती का सौदा है!"

"ज़बरदस्ती का नहीं, गुज़ारिश का।"

मेरा लहजा देख वह ढीली पड़ गई। वैसा ही रवैया, जैसा कि ग़र्जमंद आदमी अपनी बात मनवाने के लिए अपनाता है। फिर प्रसन्नचित्त वह सोफ़े पर टांगें समेट कर बैठ गई, "तुमने ऐनी फ्रैंक का नाम तो सुना ही होगा।"

"यह कौन है?"

सहायता उंगली से हवा में लिखते हुए धीरे-धीरे बोल रही थी, "ऐनी फ्रैंक..."

"मैं नहीं जानता।"

"झूठ तो नहीं बोल रहे! लेखक हो कर नहीं जानते कि ऐनी फ्रैंक कौन है!"

"कोई विदेशी लेखिका होगी। ज़रूरी नहीं कि हर विदेशी लेखक का नाम हर देश के लेखक को मालूम होना ही चाहिए।"

"यु हैव ए पायंट।" वह बोली। "मगर कोई लेखक कहता है कि मैंने ऐनी फ्रैंक का नाम नहीं सुना, तो यह उसका दुर्भाग्य है! मैं बताती हूं। ऐनी फ्रैंक पौलेंड के यहूदी मां-बाप की बेटी थी - तेरह-चौदह साल की। नात्ज़ियों ने जब पोलैंड पर कब्ज़ा करके यहूदियों का सफ़ाया करना शुरू किया, तो फ्रैंक परिवार पोलैंड से भाग कर हालैंड के एम्स्टर्डम शहर में आ गया ...एम्स्टर्डम का नाम तो सुना होगा तुमने?"

"इतना जानता हूं कि उस शहर में वान गॉग की पेंटिंग्स का बहुत बड़ा संग्रहालय है।"

"वान गॉग के बारे में जानते हो, लेकिन ऐनी फ्रैंक के बारे में नहीं जानते, जो उतनी ही जगप्रसिद्ध है, जितना कि वान गॉग। एम्स्टर्डम में ऐनी फ्रैंक के नाम पर बिल्डिंग है जिसे देखने दुनिया-भर के लाखों लोग–विशेपकर बच्चे–जाते हैं।"

इसका मुझे कोई इल्म नहीं था।

सहायता ने कुशन झोली में रख लिया और आगे बताया : हिटलर के नात्सियों ने जब हालैंड पर धावा बोल कर वहां भी यहूदियों की पकड़-धकड़ शुरू की, तो बचने के लिए सारा फ्रैंक परिवार एक दुमंज़िले-तिमंज़ले मकान के ऐटिक में छिप कर बैठ गया। डेढ़-पौने दो साल के एकांतवास में किशोरी ऐनी फ्रैंक अपनी स्कूल की कापियों में अपने मन की बातें लिखती रही। मगर बदकिस्मती से किसी ने इस परिवार का भेद खोल दिया और नात्सी सिपाही इन्हें पकड़ कर पहले बर्जर-बेलसन नामक यंत्रणा शिविर में, फिर आश्वित्ज़ नामक कांसनट्रेशन कैंप में ले गए। वहीं पर बीमारी की हालत में ऐनी फ्रैंक की मृत्यु हुई। सौभाग्य से ऐनी फ्रैंक की लिखी कापियां कबाड़ के ढेर में पड़ी रह गईं। द्वितीय युद्ध की समाप्ति पर उसके पिता जब यंत्रणा कैंप से जीवित बच कर निकले, तो ये कापियां उनके हाथ लगीं। इतनी छोटी उम्र में लिखने वाली किसी किशोरी की यह अद्‌भुत डायरी थी जिसमें उसने अपने मन की भावनाओं को उंड़ेल कर रख दिया था। तन्हाई के उस माहौल में एक किशोरी ने जो महसूस

किया, वह सब लिखा। ज़िंदगी में वह क्या बनना चाहती है, एटिक में उसके साथ रहने वाले पीटर नामक किशोर के साथ कैसे प्यार हुआ उसका, छिप-लुक कर दोनों ने किस तरह पहला चुंबन लिया, आदि-आदि यह सब उसने अपनी कॉपियों में लिखा है। ऐनी के बाप ने ये डायरियां छपवाईं जिनका अंग्रेज़ी अनुवाद 'डायरी ऑव ऐनी फ्रैंक' नाम से छपा जिसकी सारी दुनिया में धूम मच गई। यह अद्‌भुत रचना है।

यह सब बता कर सहायता ने कहा, ''मुझे किसी ने यह डायरी ला कर दी थी। पढ़ कर मैं इतनी रोमांचित हुई कि तत्काल फ़ैसला कर लिया कि मैं भी तो कुछ ऐसे हालात में से गुज़री हूं। पार्टीशन के दिनों में रिफ्यूजी कैंपों में मैंने छोटी उम्र में देखा है कि भूख क्या होती है। कैंप में अपने नन्हे भाई को एक-एक रोटी के लिए तरसते-बिलबिलाते हुए देखा है। अपनी आंखों से हमलावरों द्वारा कत्ल किए गए बच्चों की बाहर निकली अंतड़ियां देखी हैं।''

सहायता की आंखें डबडबा आई थीं, ''उल्लास, तुम ऐनी फ्रैंक को पढ़ो, तो देखोगे कि चौदह-पंद्रह बरस की कन्या ने किस बारीकी से अपनी तन्हाई के माहौल को शब्दों में पिरोया है।''

मैं सहायता को बताना चाहता था कि पार्टीशन से पहले और बाद में मैं भी किस तरह मारा-मारा फिरा हूं। दस-ग्यारह साल की उम्र से रैग-पिकर की तरह कंधे से बड़ा झोला लटकाए सड़कों-गलियों में बैठे मोचियों से बूट पॉलिश की खाली डिबियां बटोरता रहा हूं। उन दिनों मेरे हाथों-पैरों पर जो छाले पड़े, उनके निशान अभी तक गए नहीं। मेरे पास पूरी किताब की सामग्री है।

''किस सोच में पड़े हो?''

''सहायता, अपनी मुसीबतें गिनाऊं, तो तुम अपने दुख-दर्द भूल जाओगी। आज कहने को भी मेरा अपना कोई नहीं है। तुम भाग्यवान हो जो घर में रहती हो...'' मेरे अंतर्मन से हूक उठी और बरबस चाँदनी अपनी छवि की झलक दिखा कर अंतर्धान हो गई।

सहायता ने भावुक हो कर मेरा हाथ अपने हाथों में ले लिया। उसे सहलाते हुए बोल रही थी, ''उल्लास, जिसका कोई नहीं होता, उसका ईश्वर होता है, यह याद रखो।''

''इतना सब झेलने के बाद ईश्वर जैसी अस्तित्वहीन चीज़ में मेरा विश्वास नहीं रहा।''

सहायता तन कर बैठ गई, ''जो हो, ईश्वर के वास्ते यह बात मुंह में न लाया करो। सच, पार्टीशन ने सबका खून पानी कर दिया है। मैंने अपनी आंखों से जो देखा है, सुनोगे, तो विश्वास नहीं करोगे। रिफ़्यूजियों के काफ़िले में चलती एक औरत के बच्चा हुआ, तो नवजात को रास्ते में डाल कर आगे बढ़ गई थी। सोच सकते हो, कोई मां ऐसा करती है! पार्टीशन ने यह सब करवाया।''

''कन्या होगी।'' मैंने कहा।

''जिगर का टुकड़ा तो थी।''

इसके बाद जैसे हम दोनों के पास कुछ कहने को बचा नहीं था। प्रतीत होता था, सहायता भीतर ही भीतर उन क्षणों को जी रही थी। कहती है, ''उल्लास! मेरे छोटे-से जीवन में अब तक जो घटता रहा है, वह सब लिखना चाहती हूं। और उन लोगों के बारे में भी लिखना चाहती हूं जो मेरी छोटी-सी ज़िंदगी में आए...''

''ज़रूर लिखो। आइ विल लव टु रीड इट।'' मैंने उसकी आंखों में झांकते हुए कहा।

''आज तुम्हें ही बता रही हूं। दो साल से लगातार लिख रही हूं।''

''अच्छा!'' मैंने साश्चर्य कहा। ''मैं नहीं जानता था कि मैं एक जीती-जागती ऐनी फ्रैंक के साथ बैठा हूं।...'' फिर ठिठोली की, ''पीटर के होंठों का चुंबन कैसा था।''

''तुम तो हर बात मज़ाक में लेते हो। आइ एम सीरियस। अब मैं जो काम तुमसे करवाना चाहती हूं, वह सुनो। और किसी से नहीं करवा सकती। मैंने जो लिखा है, मैं चाहती हूं कि तुम उसके पहले पाठक बनो। जितना लिखा है, उसे पढ़ कर बताओ कि कैसा है।''

मैं हकबका कर बोला, ''...मैं, मैं इस योग्य नहीं हूं, सहायता, कि किसी के लिखे पर राय दूं।''

''तुम पढ़ोगे भी और उसमें सुधार करने के सुझाव भी दोगे।''

मैं एकदम बिदक गया, ''न, बाबा! मैं इस काम के सर्वथा अयोग्य हूं।''

''यार, ऐसा क्यों बोलते हो?''

''पढ़ूंगा ज़रूर, लेकिन, सहायता, जहां तक राय देने का, सुधार करने का सवाल है, इसकी अपेक्षा मुझसे नहीं करोगी।''

''फिर कैसे जानूंगी कि क्या लिख रही हूं।'' सहायता एक बार फिर मेरा हाथ अपने हाथ में ले कर उसकी रेखाएं देखती रही। फिर हाथ पर हाथ मारते हुए बोली, ''मुझे तुम पर पूरा भरोसा है।''

मैंने टालने की ग़र्ज़ से कहा, ''सहायता, एक बात बता। ऐनी फ्रैंक अपनी डायरी किसी को दिखा कर लिखती थी?''

''यह मैं कैसे बता सकती हूं।''

''फिर तुम ऐसा क्यों चाहती हो?''

वह सिर खुजलाते हुए बोली, ''मेरे हिज्जे ठीक नहीं हैं। पंक्चुएशन भी ठीक नहीं करती। ग़लतियां रह जाती हैं।''

मुझे चुहल सूझी। मैंने गंभीर बनते हुए कहा, ''मैं तुम्हारे सिर की जुएं बीन सकता हूं, लेकिन तुम्हारी ग़लतियां नहीं निकाल सकता।''

''मेरे सिर में तेरे को जुएं दिखाई देती हैं!'' वह कुशन मारने को उद्यत हुई।

''अच्छा, बाबा!'' मैंने हंसते-हंसते हाथ खड़े कर दिए।

''यह हंसने की बात नहीं है, उल्लास!''

''कहती हो, तो पढ़ लूंगा।'' मैंने बिसूरते हुए कहा, ''फंसी तो फटकन कीह।''

''ऐसे बोल रहे हो, जैसे कोई गर्दन पर दरांती रखे खड़ा है।'' फिर कटोरदान

की तरफ़ देखते हुए कहती है, "मैं सोच रही थी कि कंठी दीदी आ जाए, तो खाएं। ख़ैर..." उसने अपने झोले में रखी फाइल में से कुछ पन्ने निकाले। मेरे हाथों में देते हुए बोली, "दो-तीन पन्ने दे रही हूं। पहले इन्हें पढ़ो। तब तक मैं खाना लगाती हूं।"

वह उठ खड़ी हुई। साड़ी ठीक करते हुए किचन में गई। प्लेटें, गिलास वग़ैरह ला कर बीच वाली मेज़ पर रखते हुए कह रही थी, "शुरुआत कैसी है? बस, इतना बता दो।"

मैं सहायता को एक गृहस्थिन की तरह खाने की मेज़ लगाते हुए देख रहा था।

"पढ़ो, नहीं तो आज खाना नहीं मिलेगा।" वह हंसते हुए किचन में चली गई।

पन्ने मेरे हाथ में थे। मैंने देखा। सहायता का हस्तलेख साधारण था। अक्षर भी टेढ़े-मेढ़े थे। पढ़ने से हिचकिचा रहा था। लेकिन शुरू की पंक्तियां पढ़ते ही मैं चिहुंक पड़ा। सहायता ने जिस स्वाभाविक और सहज-सरल शैली में शुरुआत की थी, विश्वास नहीं होता था कि जो लड़की यह दावा करती है कि उसने कभी कुछ लिखा नहीं, वह इस प्रकार की पंक्तियां लिख सकती है :

दिन, महीना, समय, सन्, तारीख़–कुछ भी तो याद नहीं था मां को। मैंने जब भी पूछा, "मां, मैं कब पैदा हुई थी, वह गाल पर उंगली रख सोचने की मुद्रा बनाते हुए कहती, "कोटे भोंचाल आया था न! तब तू कुच्छड़ थी।"

मैं कहती, "मां, क्वेटा का भूचाल तो 1935 में आया था। इसका मतलब है, मैं इतने बरस की हो गई हूं।"

"तू नहीं होगी, तो शांति होगी, मह्मा होगी। कोई तो होगी!"

मैं हंसती, "मां, यह कोई बात हुई..."

"मुझे क्या याद है। इत्ती सारी कुड़ियों में कोई कब पैदा हुई। कोई तो होगी।"

क्या ये पंक्तियां उस लड़की की लिखी हो सकती हैं जो कहती है कि वह पहली बार लिख रही है? शिष्ट हास्य का पुट लिए बोलचाल की चलती हुई भाषा और सरल-सीधी शैली। कोई बनावट नहीं। कोई सजावट नहीं। मैंने आगे पढ़ा–*मां फिर सोचते हुए कहती, "नइं, ल्होर में नमैश लगी थी न, तब मेरी शादी हुई थी और बसंत पंचमी के दिन फेरे हुए थे..."*

"मां!" मैं खीझ कर बोलती, "लाहौर में नुमाइशें तो लगती ही रहती होंगी। पर यह किस बरस की बात है?"

'नांह, मुझे कुछ याद नहीं," मां कहती और फिर यकदम, जैसे कुछ याद आ जाता है, बताती, "हां, भगत सिंह को जब फांसी हुई थी, तब शांति पैदा हुई थी और तू शांति से कोई सवा तीन बरस छोटी है।"

"मां, भगत सिंह को फांसी तो 1931 में हुई थी। इसका मतलब यह हुआ, मैं 1934-35 में पैदा हुई थी।"

मां खीझ जाती, "हुण छोड़ वी न! बस, तू पैदा हुई और एक के बाद एक

मैंने पांच कुड़ियां पैदा कीं। पुत्तर के लिए तरस गई थी। बड़ी मुश्किल से लड़का हुआ और हमारी मन्नतें पूरी हुईं, वरन् मैं तो निरास हो गई थी..."

मैं भूल गया कि मैं कहा हूं और मेरे सामने सहायता खड़ी है। इतना ज़रूर देखा कि प्लेटों में चम्मच रख रही थी।

"इस तरह क्या देख रहे हो? अच्छा नहीं लगा!"

मैंने सिर उठा कर उसकी तरफ़ देखा। मुझे शब्द नहीं मिल रहे थे कि कैसे बयान करूं। हकलाते-हकलाते पूछ लिया, "सहायता, सच-सच बताना, यह तेरी पहली रचना है?"

"कसम उठाऊं या लिख कर दूं?" वह हंसते हुए बोली।

"सहायता, विश्वास नहीं होता कि कोई यह दावा करे कि वह लिखना नहीं जानता और लिखना शुरू करे और अद्वितीय संसार की रचना कर डाले।"

वह हंसी, "मैंने कोई ऐसा करिश्मा नहीं किया, माई डीयर! जो देखा-सुना है, जो भुगता है, उसे टीपती जा रही हूं। एक बार लिखे हुए को सुधारा भी जा सकता है, यह भी नहीं जानती। क्यों, विश्वास नहीं होता न?"

"विश्वास नहीं होता, तभी तो पूछ रहा हूं।"

"पहला पेज देख कर ही बेपर की उड़ाने लगे।"

"सहायता, पहला पेज नहीं, पहली आठ पंक्तियां ही...अद्भुत, अनन्य, अद्वितीय..."

"रहण दे यार," वह हंस रही थी, "कोई विशेषण बचा कर न रखना।"

"सहायता, जैसी ताज़गी, जैसी जीवंतता इन पंक्तियों में है, किसी पेशेवर लेखक में भी नहीं हो सकतीं...तेरे एक-एक शब्द में तेरे दिल की आवाज़ बोलती है... '*दिन, महीना, समय, सन्, तारीख़, कुछ भी तो याद नहीं था मां को...*' वाह! क्या अद्भुत शुरुआत है!"

सहायता के बंद होंठों पर ऐसी मुस्कुराहट थी जो भावुक अनुभूति से ही आती है। वह कुछ क्षण खड़ी गदराई-सी मुझे ताकती रही। फिर जल्दी से कहती है, "बाथरूम के नल में पानी नहीं आ रहा। चलो, किचन में हाथ धुलवा देती हूं।"

"सहायता! तू नहीं जानती, तूने क्या लिखा है..." मैंने उठते हुए कहा।

"बस, बस, तारीफ़ से पेट मत भरो, अभी भोजन करना है।" फिर जैसे मुंह ही मुंह में बोल रही हो, "चार पंक्तियां पढ़ीं और लगे ज़मीन-आसमान के कुलाबे मिलाने!"

लगता था, सहायता फूली नहीं समा रही थी। कहती है, "एक पन्ना ही सब कुछ नहीं होता, उल्लास! सारा पढ़ कर ही कुछ बोलना।"

"सहायता, कटवी (केतली) का एक चावल ही देखा जाता है।"

"यह भी तो हो सकता है, नीचे के चावल जले हों।"

"सहायता! इतनी विनम्रता मत दिखाओ।"

"इतना ऊंचा न ले जाओ कि आसमान में जाते हुए कछुए की तरह धड़ाम से ज़मीन पर गिर पड़ूं।"

किचन में मेरे हाथों पर जग से पानी डालते हुए सहायता कनखियों से मुझे देख रही थी, "टांग खींच रहे हो? या *'टंग इन चीक'* बात करते हो?"

"मैं नहीं जानता, *'टंग इन चीक'* का क्या मतलब होता है..."

"इतने भोले और भलेमानुस नहीं हो..."

"समझती हो, मैं झूठ कह रहा हूं?"

मैं किचन में टंगा हुआ तौलिया लेने लगा, तो बोली, "मत लो। पता नहीं कब से अनधुला रखा है। लो, मेरे पल्लू से हाथ पोंछ लो। महीनों से किसी ने किचन साफ़ नहीं किया।"

अपना रूमाल निकाल कर मुंह-हाथ पोंछते हुए मैंने कहा, "सच्ची, सहायता, पहली बार ऐसी पंक्तियां पढ़ी हैं जो दिल से लिखी गई हैं।"

"मैंने तो कलम से लिखी हैं।" वह हंसते हुए बोली।

"मैं उस कलम को चूमना चाहता हूं।"

हम आमने-सामने खड़े थे। सहायता दायां हाथ दिखा कर हंसते हुए बोली, "इस हाथ में पकड़ी कलम से लिखा है।"

फिर पता नहीं, यह कैसे हुआ! उसका लाल चूड़ियों वाला हाथ मैंने अपने दोनों हाथों में लिया, उसकी आंखों में झांकते हुए पहले हौले से उसके पोटों का बोसा लिया और फिर धीरे से उसकी हथेली को चूम लिया।

"मत करो, झुरझुरी होती है।" उसने हाथ खींच लिया।

हम दोनों के बीच हाथ-भर का भी फ़ासला नहीं रह गया था। सहायता मेरी आंखों में झांकते हुए कुछ फुसफुसाई, और अनायास ही उसने मेरे दोनों हाथों को अपने हाथों में ले कर चूम लिया और मेरे इतने निकट आ गई कि मैं हिलता या वह हिलती, तो उसके उरोज मेरे वक्ष का स्पर्श कर जाते। फिर उसने अप्रत्याशित रूप से मेरे गले में बाहें डाल एड़ियां उठा मेरे होंठों का चुंबन ले लिया। यह करते ही वह छिटक कर खड़ी हो गई और मुस्काते हुए मुझे निहारती रही। फिर आंखें मिचमिचा कर हंसते हुए कहती है, "तुम्हें तो ढंग से करना भी नहीं आता।"

"तुम्हें तो आता है...कहां से सीखा।"

"अंग्रेज़ी फ़िल्मों से।"

"अंग्रेज़ी फ़िल्में तो मैं भी देखा करता था।"

"तब भी कुछ सीखा नहीं?"

"देखा फ़िल्मों में था। आज पहली बार तुम्हारे साथ।" फिर मैंने शरारतन उसकी ललछौंही हो आई आंखों में डूबते हुए कहा, "टीच मी।"

वह हंस पड़ी, "मैं टीचर थोड़े हूं।"

"टीचर तो हो!।"

"हा-हा-हा!" वह ठहाका मार कर हंसी, "छोटे बच्चों को पढ़ाती हूं, किसिंग सिखाने वाली टीचर नहीं हूं।"

मुझे अपनी टांगों के बीच हरकत महसूस होने लगी थी। किसी स्त्री से ऐसी

स्थिति में मेरा यह पहला स्पर्श था। मैं उससे छिटक कर खड़ा हो गया, ताकि मेरी उत्तेजित अवस्था को वह भांप न ले। लेकिन गुबार जैसे उठा था, वैसे बैठ भी गया। मैं एकदम शिथिल महसूस कर रहा था।

"क्या हुआ?"

"चलो, खाना खाएं।"

वह अजीब नज़रों से मुझे ताड़ते हुए बोली, "तुम्हारी आंखों में लाल डोरे खिंच आए हैं...क्यों, अपने पर भरोसा नहीं!"

"उफ़ान आए, तो बांध टूट भी जाते हैं।"

हम किचन से निकल आए। उसने मेरी बांह में बांह डाल चलते हुए गहरी सांस ली और कहा, "उल्लास! मैं तो लगभग बह गई थी। तुमने रक्षा कर ली।"

"अगर यही बात मैं तुमसे कहूं।"

"हमने विश्वामित्र-मेनका को परास्त कर दिया। उल्लास, *आइ एम प्राउड ऑव यू।"*

"मी टू!"

वह बोली, "उल्लास, सच कहती हूं, पहले दिन तुम्हें देखा था, तो ग़लत नहीं सोचा था। मुझे वह मिल गया है जिसकी तलाश में थी।"

सोफ़े पर बैठते-बैठते मैंने कहा, "सहायता, मैं तुमसे कुछ कहना चाहता हूं।"

"यही न कि तुम किसी दूसरी लड़की से प्यार करते हो..." और हंसी। "हैनां!"

मैंने हिम्मत करके कहा, "सहायता, मैं तुम्हारे लायक नहीं हूं। मेरा कोई ठौर-ठिकाना नहीं है..."

"चुप।" उसने मेरे मुंह पर हाथ रख दिया, "उल्लास! तुम क्या हो, यह मैं जानती हूं।"

मैं सहायता से कोई बात छिपा कर नहीं रखना चाहता था। मैं उसे बताना चाहता था कि चाँदनी किस तरह अब भी मेरे दिल से नहीं गई। मेरे घर वालों ने मुझे पारखती दे रखी है। लेकिन सहायता ने मुंह खोलने नहीं दिया। बोली, "जानती हूं, क्या कहना चाहते हो।" उसने मेरी प्लेट में परांठा रखते हुए कहा, "अब खाना खाओ।"

पहला ग्रास मुंह में डालने से पहले मैंने कहा, "कंठी दीदी आई नहीं।"

"फंस गई होगी।" सहायता बोली।

हम चुपचाप बैठे खाते रहे। मैं अपनी सोच में पड़ा था। सहायता भी शायद कुछ सोच रही थी। यह चुप्पी वैसी ही थी, जैसी कि स्त्री-पुरुष के बीच किसी अघट घटी घटना के बाद छा जाती है।

"उल्लास!" सहायता ने यह कहते हुए चुप्पी तोड़ी। "मुझे लगता है तुम समझते हो कि मैं अमीर घराने से ताल्लुक रखती हूं!"

मैंने विस्मय से उसकी तरफ़ देखा। क्या इसने मेरे दिल की बात पढ़ ली है?

"अगर तुमने मुसीबतें झेली हैं, संघर्ष किया है, तो मैंने भी कम मुसीबतें नहीं उठाईं, कम जद्दोजहद नहीं की...बहुत जल्दी जान जाओगे।"

इसके बाद फिर वही चुप्पी!

"उल्लास!" सहायता ने एकाएक यह कह कर मुझे चौंका दिया, "अगर कोई लड़की तुम्हारे जीवन में है, तो बता दो। मैं पीछे हट जाऊंगी।"

मेरा अंतर्मन रो उठा। मन की आंखों से मैं उस दिन चाँदनी की पलकों से ढकी शबीह निहार रहा था। मन किया कि चाँदनी के बारे में सहायता को सब बता दूं। मैंने चाँदनी से सच्चा प्यार किया था, लेकिन उसने मुझसे प्यार नहीं किया था। मैं सहायता को बताना चाहता था कि मैं अब भी चाँदनी से प्यार करता हूं, लेकिन यह कहने के लिए साहस जुटा नहीं पाया।

सहायता हंस रही थी। इस दृश्य पर पटाक्षेप करने की ग़र्ज़ से पूछती है, "परांठे कैसे लगे?"

"तुमने बनाए हैं?"

"यह जान कर ही तारीफ़ करोगे?"

"तारीफ़ उस ख़ुदा की..."

"इसका मतलब है, पसंद नहीं आए।"

"परांठों की भी तारीफ़ करूंगा, तो डर लगता है, कहीं यह न कहो - टांग खींच रहे हो या 'टंग इन चीक' तारीफ़ कर रहे हो..."

"बड़े शातिर हो गए हो।" उसने चम्मच से दही मुंह में डालते हुए मेरी तरफ़ देखा।

"संगत का नतीजा है।" मैं खाते-खाते हंस दिया।

"मतलब?"

"वो कहते हैं न, किसी की शक्ल नहीं आती, अक्ल आ जाती है।"

"यह बात तुम्हें किसने बताई?"

अब मैं क्या बताता! कभी चाँदनी की बहन मिसिज़ पौरी के मुख से सुनी थी। मैं फिर भरमा रहा था। कोई भी बात चाँदनी की याद दिलाती, तो मैं असमंजस में पड़ जाता था।

खा कर हमने जूठे बर्तन मांज-धो कर स्लैब पर रखे और ड्राइंग रूम में आ बैठे।

"अब कंठी दीदी नहीं आएगी," वह बोली। फिर हंसी, 'परोहणों' को 'टोर' नहीं सकी होगी।"

मैं सहायता को बताना चाहता था कि...

लेकिन उसने अपने लेखन की बात छेड़ दी, "मैं जो लिख रही हूं, सारा पढ़ोगे, तो अपने संघर्ष की गाथा भूल जाओगे। समझते हो, तुमने ही तकलीफ़ें झेली हैं? ठोकरें खाई हैं? कई बातों को मैं दरगुज़र कर रही हूं। असलियत बयान करूं, तो दुनिया बख़्शेगी नहीं..." और फिर मेरी तरफ़ गहरी नज़रों से देखते हुए, ".. . न तुम मुआफ़ करोगे।"

सहायता ने मेरा हाथ अपने हाथों में ले लिया। उस पर आगे-पीछे से हाथ फिराते हुए कहती है, "तुम तो कहते थे, ज़िंदगी में बड़ा संघर्ष किया है। संघर्ष करने वालों के हाथ इतने कोमल होते हैं?" फिर मेरे हाथ को अपने होंठों तक ले जा कर अति संवेदनशील दृष्टि से निहारते हुए बोली, "आंखें बंद करो।"

मैंने आंखें मूंदी, तो उसने बड़े कोमल स्पर्श से मेरी पलकों का बोसा लिया। मेरा हाथ यथावत उसके हाथों में था।

"तुम नहीं?"

"क्या?" मैंने पूछा।

"तुम नहीं करोगे?"

"क्या?"

"*यू फूल!* जो मैंने किया।"

मैंने किंचित संकोच के साथ झुकते हुए उसकी बंद पलकों का होंठों से स्पर्श किया, तो उसने दूसरी बार मेरे गले को बाहों से घेर आलिंगनबद्ध हो कर मेरे होंठों पर होंठ रखे, तो रजनीगंधा की गंध मेरे मुख में भर गई। उसी मुद्रा में वह प्रेममय निगाहों से एकटक निहारती रही। उनमें किसी प्रकार का अपराध-बोध नहीं था। फिर वह यकदम पीछे सरक कर हंसते हुए बोली, "आज कख तोड़ कर दुहरा नहीं किया। इतना सारा काम रखा है। नींद भी आ रही है। परांठों में यही बुराई है।" और ज़ोर की जम्हाई लेते हुए उनींदी आंखों से इधर-उधर देखने लगी।

"थोड़ी देर आराम कर लो।"

"ठीक है, मैं थोड़ा लेट जाती हूं।" यह कहते हुए उसने झोले में से फ़ाइल निकाल कर मेरे हाथ में दी, "यह रही मेरी फ़ाइल।" पूरी फ़ाइल मेरे हवाले करते हुए बोली, "बताओगे, कैसा लिखा है।"

वह उठ खड़ी हुई। मैंने चुटकी ली, "ठीक है। तुम ब्यूटी स्लीप लो। तब तक मैं तुम्हारी डायरी पढ़ता हूं।"

वह हंसती हुई मालहायन के बेडरूम में चली गई।

उसकी डायरी पढ़ने से पहले मैंने उसका शीर्षक लिखा : *ऐनी फ्रैंक द्वितीय की डायरी।*

दिन, महीना, समय, सन्, तारीख़—कुछ भी तो याद नहीं था मां को। मैंने जब भी पूछा, "मां, मैं कब पैदा हुई थी, वह गाल पर उंगली रख सोचने की मुद्रा बनाते हुए कहती, "कोटे भोंचाल आया था न! तब तू कुच्छड़ थी।"

"मां, क्वेटा का भूचाल तो 1935 में आया था। इसका मतलब है, मैं इतने बरस की हो गई हूं!"

"तू नहीं होगी, तो शांति होगी, मह्मा होगी। कोई तो होगी!"

मैं हंसती, "मां, यह कोई बात हुई!"

"मुझे क्या याद है, इत्ती सारी कुड़ियों में कोई कब पैदा हुई...कोई तो होगी,"

फिर सोचते हुए कहती, "नई, जब ल्होर में नमैश लगी थी न, तब मेरी शादी हुई थी और बसंत पंचमी के दिन फेरे हुए थे..."

"मां!" मैं खीझ कर बोलती, "लाहौर में नुमाइशें तो लगती ही रहती होंगी। पर यह किस साल की बात है?"

"नांह, कुछ याद नहीं," मां कहती और फिर यकदम, जैसे कुछ याद आ जाता है, बताती, "हां, भगत सिंह को जब फांसी हुई थी, तब शांति पैदा हुई थी और तू शांति से कोई सवा तीन साल छोटी है।"

"मां, भगत सिंह को फांसी तो 1931 में हुई थी। इसका मतलब यह हुआ, मैं 1934-35 में पैदा हुई थी।"

मां खीझ जाती, "छोड़ वी न! बस, तू पैदा हुई और एक के बाद एक मैंने पांच कुड़ियां पैदा कीं। पुत्तर के लिए तरस गई थी। बड़ी मुश्किल से हुआ और हमारी मन्नतें पूरी हुईं, वरन् मैं तो निरास ही हो गई थी।"

मेरे जन्म की कहानी भी कम रोचक नहीं है।

बताते हैं कि सभी पंडित-पुजारी एक ही बात बोलते थे कि इस बार शाहों के घर में लड़का होगा जो बड़ा भाग्यशाली होगा–कुलदीपक बनेगा–और न जाने क्या-क्या! इसलिए यज्ञ-हवन की तैयारियां ज़ोर-शोर से की जा रही थीं। लेकिन दाई ने जब बाहर आ कर घोपणा की कि लड़की हुई है, तो सबके चेहरे बुझ गए थे।

"शाहणी!" आइशा दाई ने मेरी दादी से कहा था, "कुड़ी का मुंह देखेगी, तो मुंडे को भूल जाएगी।"

"मर नी तूं!" बताते हैं कि भीतर लेटी मेरी ज़च्चा मां ने दाई को कोसा था।

"शाहणी!" दाई बोल रही थी, "कुड़ी गोरी-चिट्टी, गोल-मटोल - जैसे छह माह का बालक होता है।"

बताते हैं कि जब दाई ने मुझे बाहर ला कर दिखाया, तो सबके चेहरे खिल उठे थे। ख़ासकर मेरी दादी तो निहाल हो गई थी।

तो इस तरह मैं इस दुनिया में आई।

मैं इस दुनिया में तो आ गई, पर मेरी कहानी तो कोई है नहीं। जो है, वह सीधी-सपाट है! न कोई ज़ायका, न कोई मिर्च-मसाला और न ही लगाने को छौंक। फिर भी, आदमी बड़ा हो या छोटा, अमीर हो या ग़रीब, उसके जीवन में कुछ साधारण या असाधारण तो घटता ही रहता है। समझ नहीं पा रही हूं कि घटनाक्रम कैसे बनाऊं। फिर सोचती हूं कि क्रम बनाऊं ही क्यों। क्यों न उसे पाठकों पर छोड़ दूं? वे जैसी तरतीब देना चाहें, दें। मैं तो निमित्त मात्र हूं।

घर में दूसरी लड़की चाहे वह साढ़े तीन साल के अंतराल से आई हो, कभी भी चाही नहीं हो सकती। लेकिन, न जाने क्यों और कैसे, मैं देखते ही देखते सबकी चहेती हो गई। दादी-दादा, बुआ, ताई–सभी ने अपना-अपना प्यार मुझ पर उंड़ेला।

कहते हैं, लड़कियां जल्दी बढ़ती हैं (जैसे, लड़के नहीं बढ़ते)! मैंने कब होश

संभाला, कुछ याद नहीं। जो याद है, वह यह कि पिता का कारोबार तहसील में था और दादा का घर कस्बे में। सो, मैं तहसील और कस्बे के बीच झूलती रहती थी। जब भी दादा-दादी, चाचा या कोई भी आता, मैं उसके साथ चल पड़ती और फिर जब कोई इधर आता, तो मैं इधर आ जाती। न दादी के बिना दिल लगता, न पिता के बिना। मैं उनकी लाड़ली जो थी।

बचपन में मैं बिस्तर गीला करती थी। असल में 'गीला' कहना ठीक नहीं। मैं तो बिस्तर भिगो देती थी। सो, दादी के घर में रहूं, तो दादी सारी रात अलटा-पलटी करती रहती, और इधर पिता खुद गीले में सो कर मुझे सूखे में सुलाते रहते। यह क्रम कोई दस बरस तक चला।

फिर मैं मीठा बहुत खाती थी। नतीजा : दांतों में हमेशा दर्द रहता, जिससे कभी तो सारी रात मैं सो नहीं पाती थी। दादा, दादी, बुआ और दादीताई बारी-बारी से मुझे संभालती थीं। कभी कोई खीजते हुए कह उठता : "होर (और) खा खंड।"

कई साल इस तरह गुज़रे। एक बूढ़ी मुसलमान औरत ने लकड़ी झाड़-फूंक कर दी और कहा, "इसे संभाल कर रखना। दर्द नहीं होगा।"

आश्चर्य! उसके बाद मेरे दांतों में दर्द नहीं हुआ। वह लकड़ी पाकिस्तान में ही रह गई। हिंदुस्तान आई, तो दर्द फिर शुरू। दांतों का किस्सा फिर कभी। क्या बताऊं, दांतों के दर्द के कारण ही एक बार पुरुषों की अटपटी बातें सुननी पड़ी थीं।

पढ़ाई में मैं शुरू से ही तेज़ थी। एक बार में ही सब याद कर लेती। पिता जी मुझे डॉक्टर बनाना चाहते थे, लेकिन यह ख़ाहिश उनकी मैं पूरी नहीं कर सकी। मैं अपनी कक्षा में प्रथम आती थी। स्कूल पहले पांचवीं तक था। लेकिन जब तक मैं पांचवीं करती, उसी साल सरकारी स्कूल दसवीं तक हो गया। पांचवीं पास करते ही छठी में मैं बड़े स्कूल में आ गई। स्कूल बहुत बड़ा था। बताते थे कि कॉलेज के लिए बिल्डिंग बनी थी। चारों तरफ़ कमरे। बड़े-बड़े प्लेग्राउंड। पता नहीं किस कारण कॉलेज नहीं खुल सका और स्कूल खोल दिया गया—शायद मेरे लिए ही।

बड़ी बहन तो पांचवीं पास करके नानी के पास लाहौर पढ़ने चली गई थी। इस तरह, मैं दादा-दादी के पास बनी रही। कद छोटा होने के कारण मुझे खेलों में (फुटबाल वग़ैरह में) कम शामिल किया जाता था, हालांकि इनडोर गेम्स में मैं हिस्सा लेती रही। चूंकि पिता जी मुझे डॉक्टर बनाना चाहते थे, सो स्कूल में मेरे विषय हाइजीन, फ़िज़िक्स, मैथ्स आदि थे।

मैं अपनी कक्षा में हमेशा प्रथम आती थी। लेकिन एक बार हुआ यह कि मैं द्वितीय और तृतीय स्थान पर भी नहीं आई। मैंने रिपोर्ट बुक में अपने अंकों को जोड़ा, तो हैरान रह गई—पूरे सौ अंकों का फ़र्क निकला। यह देख मैं रोने लग गई।

असल में हुआ यह था कि हमारी आपा (अध्यापिका) की बहन बशीर मेरी ही कक्षा में थी। अपनी बहन को प्रथम लाने के लिए उसने मेरा सौ अंकों का

जोड़ जान-बूझ कर घटा दिया था। जब मैंने आपा का ध्यान इस तरफ़ दिलाया, तो उसने अनमने मन से ठीक तो कर दिया, पर उसे दुख बहुत हुआ कि उसकी बहन पिछड़ गई। अक्सर आपा कहा करती थी : सारी क्लास ऐसी है, वैसी है, मैं तुम सबको यह करूंगी, वह करूंगी। सबकी ढिबरी टैट करूंगी...

कक्षा पांच तक तो एक ही अध्यापिका पढ़ाती थी या यों कहें कि पांचवीं तक दो ही अध्यापिकाएं होती थीं : एक पहली से तीसरी तक। दूसरी, चौथी-पांचवीं तक, जो हेडमिस्ट्रेस होती थी।। अध्यापिकाएं हमें अक्सर ज़ोर-ज़ोर से पढ़ने के लिए कह कर कुर्सी पर खर्राटे भरती रहती थीं। कभी सोचा भी नहीं था कि कभी इन्हीं की तरह मैं भी बच्चों को पढ़ाया करूंगी।

ज़ोहरा बेगम हमें सामाजिक ज्ञान पढ़ाती थी। उसे हिंदी नहीं आती थी। इसलिए वह मुझे अपने घर बुला कर छात्राओं के पेपर पढ़वाती थी। इस काम में मैं थोड़ी बेईमानी कर जाती थी। अपनी सहेलियों के जवाब ठीक न भी हों, तो ठीक पढ़ देती थी। लेकिन जिनसे नहीं पटती थी, उनका वही पढ़ती थी जो उन्होंने लिखा होता। इस तरह, मैं वैरभाव निकाला करती थी।

मिस अहमद दीन हमें भूगोल पढ़ाती थी। बड़ी ख़ूबसूरत और नेकदिल स्त्री थी। मिस वालिया हमारी अंग्रेज़ी की अध्यापिका थी, और ये दोनों पक्की सहेलियां थीं। एक ही घर ले कर रह रही थीं। मैं कभी-कभी उन्हें दही का कसोरा व मक्खन देने जाया करती—उनसे कोई फ़ायदा पाने की ग़र्ज़ से नहीं, क्योंकि मैं पढ़ाई-लिखाई में लायक थी और पहले नंबर पर आती थी। वह तो घर में इतना दूध-दही होता था, इसलिए सबको बांटा जाता था।

छठी में मेरे साथ दो बहनें पढ़ती थीं—लीला और चमेली। नालायक थीं। लेकिन सबके कान कुतरती थीं। लोहड़ी के दिनों में प्रिंसिपल मिसिज़ हसीजा के बेटा हुआ, तो लीला और चमेली उनके घर बधाई देने के बहाने लोहड़ी मांगने गई थीं। उन्होंने दोनों को डांट दिया—इतनी बड़ी हो कर भी तुम लोहड़ी मांगने आई हो!

वे अपना-सा मुंह ले कर आ गईं। अब उन्हें क्या सूझी कि मुझसे आ कर कहती हैं—तुम भी जाओ, वे खुश होंगे। कहते थे—सब आओ। बड़ा कुछ देते हैं।

मैं भोले भाव से चली गई। जा कर दरवाज़ा खटखटाया। मिस्टर हसीजा आए। मैंने कहा - मैं लोहड़ी मांगने आई हूं। सुनते ही उन्होंने मुझे डांटा - इतनी बड़ी लड़की लोहड़ी मांगने आई है। भाग, लोहड़ी छोटी लड़कियां मांगती हैं।

मैं लज्जित हो कर भाग आई। बड़ा गुस्सा आया। बाद में जब मुझे सारी बात पता चली, तो मैंने प्रण किया कि लीला और चमेली को सबक सिखाऊंगी।

मैंने क्या किया, यह आज कुछ याद नहीं।

कस्बे में 'नवरात्र' हम सब लड़कियां मिल कर रखती थीं। इसकी बहुत ही दिलचस्प बात बताती हूं। नवरात्र से एक दिन पहले जा कर तालाब के किनारे से मिट्टी लाना, उसमें थोड़ी-सी भूसी डाल कर उसे अच्छी तरह मिलाना-गूंथना और फिर दीवार पर माता की मूर्ति, भैरों की मूर्ति तथा एकाध और मूर्ति बनाना,

उन पर कौड़ियां लगाना, उन्हें सजाना। फिर जिस दिन नवरात्र शुरू होते, सवेरे सब सहेलियां अपने-अपने लोटे ले कर माता की भेंटें गाती हुई तालाब पर जातीं और नहा कर, पानी ले कर भेंटें गाती हुई आतीं और वही पानी माता की खेतरी में डाला जाता। खेतरी पहले नवरात्र को बोई जाती थीं। यानि गेहूं और जौ मिला कर मिट्‌टी की चौड़ी-सी कूंडी में बोए जाते थे। दोपहर को सब अपने-अपने घर से खाना ले कर आतीं और बैठ कर खातीं माता की मूर्ति के सामने।

अद्‌भुत बात यह थी कि हमारे साथ चार मुस्लिम लड़कियां भी नवरात्र रखती थीं। पापा ने बताया कि ये लोग तीन-चार बरस पहले ही कन्वर्ट हुए थे। हुआ यह था कि किसी ने ज़बर्दस्ती इनके मुंह में हड्‌डी ठूंस दी थी। इनका कोई कसूर नहीं था। पर हिंदू धर्म के पंडित तो इनके साथ कोई नाता-रिश्ता रखने के ख़िलाफ़ थे। सो, उन्हें मजबूरन धर्म-परिवर्तन करना पड़ा। किंतु उस समय तक इनके संस्कार नहीं बदले थे। दुकानों के नाम भी नहीं—चोपड़ा बूट हाउस और सब्बरवाल क्लाथ हाउस।

इन लड़कियों को भेंटें हमसे भी ज़्यादा और अच्छी तरह आती थीं। उनमें से दो चोपड़ा बूट हाउस की थीं। दो सब्बरवाल क्लाथ हाउस की। मैं हैरान होती थी यह देख कर कि चारों लड़कियां हमारे साथ सुबह भी जाती थीं और दोपहर का भोजन भी हमारे साथ ही करती थीं। पर घर (माता) के भीतर नहीं आती थीं। बाहर ही बैठती थीं और चढ़ाने वाले जल को भी नहीं छूती थीं।

आज सोचती हूं, तो दुखी होती हूं कि इतना विशाल धर्म इतना संकुचित क्यों है?। एक तरफ़ इतना विशाल कि आप राम को मानें, कृष्ण को मानें, किसी और देवता को मानें या न मानें, उन्हें गाली दें, उनकी आलोचना करें, फिर भी आप हिंदू हैं, क्योंकि आपने हिंदू धर्म में जन्म लिया है। और एक तरफ़ आप इतने संकीर्ण हैं कि छूने से भी धर्मभ्रष्ट हो जाते हैं। किसी ग़ैर-हिंदू का, चाहे उसकी कितनी ही आस्था क्यों न हो, मंदिर में प्रवेश वर्जित है। दूसरी तरफ़ जन्मजात हिंदू, चाहे वह कितना ही नास्तिक-नापाक हो, मंदिर जा सकता है। कैसी विडंबना है!

मैंने जीवन में कुछ न सीखा—न तो भेंटें गाना आया, न तैरना आया - यहां तक कि हमारे घर में बुआएं, चाचे, पापा, दादी भी—सभी तैरना जानते थे। जब भी तालाब पर नहाने जाते, मुझे हमेशा डूबने का डर सताता। सो, तैरना सीख ही नहीं सकी। कुछ भी तो नहीं सीखा। हां, पढ़ाई-लिखाई और सिलाई में ख़ूब तेज़ निकली। सातवीं में पढ़ते हुए इतने अच्छे फ्रॉक सीती थी कि देखने वाले दंग रह जाते। नाड़े बुनना, क्रोशिया चलाना, स्वेटर बुनना और स्मोकिंग करके सुंदर-सुंदर फ्रॉक सीना अच्छी तरह आता था। लेकिन गाना-बजाना मैं नहीं सीख सकी। इस बात का अफ़सोस आज तक है।

एक खेल पकड़न-पकड़ाई का हम खूब खेलते थे। सारी लड़कियां इकट्‌ठी हो कर पुगती थीं। जो रह जाती थी, उसे 'मीटी' यानि 'बारी' देनी पड़ती थी। गली के मुहाने पर लैंप था। सुबह कमेटी का आदमी आ कर लैंप साफ़ करके तेल डालता

था और शाम को बिला नाग़ा जला जाता था। क्या मजाल कोई कोताही हो। उस लैंप को पकड़ मीटी वाली लड़की बोलती थी :

"कुड़ियो! मैं आई जे।"

सब बोलतीं, "आ जा!"

"काला सूट ल्याई जे।"

"लै आ।"

"किनूं खावां?"

"आपणे आपनूं लूण-मरच लगाके खा।"

इस पर वह भागती और पकड़ने की कोशिश करती। इस तरह जो भी लड़की पकड़ी जाती, उसे मीटी देनी पड़ती, और खेल चलता रहता।

हम बहुत सारी लड़कियां शाम को छुप्पन-छपाई खेलती थीं। मैं चूंकि सबसे छोटी दिखती थी, इसलिए हमारा कामा, खेतों में काम करने वाला खेतिहर मज़दूर, जिसका नाम 'पूरा' था, मुझे छुपा लेता था—न जाने क्यों। अकसर वह मेरे ऊपर लेट जाता और "दे रब्बा मुक्ति" बोलता रहता था। अक्सर मां चर्खा कातते हुए कहती, "पूरे! जा, बच्चों को सुला।" पूरा सबको सुलाता और साथ-साथ "रब्बा मुक्ति दे" बोलता रहता। इस तरह तो कई बार खेल भी ख़त्म हो जाता था।

बचपन के दिन भी क्या दिन थे! उछल-कूद करते हुए गोपाल के कुएं पर नहाने जाना। वहां चोरी से माल्टे तोड़ना और फिर भाग कर घर आना। आते ही मक्खन के साथ अचार ले कर बासी रोटी खाना और लस्सी पीना।

(हम बच्चों की हालत वैसी नहीं होती थी, जैसी कि बलवंत सिंह के उपन्यास 'रात, चोर और चांद' में हुई। ये बच्चे बाग़ में घुस कर अमरूद तोड़ते हैं, और माली जब पकड़ लेता है, तो हाथ-पैर जोड़ कर किसी तरह छुटकारा पाते हैं। जब देखते हैं कि माली की पहुंच से बाहर हैं, वह उनका कुछ नहीं बिगाड़ सकता, तो खड़े हो कर गालियां बकते हैं—आ, तेरी मां की... आ, तेरी भैण की...)!

पूरे का नाम शायद पूरण था। सारे भाई हमारे यहां ही काम करते थे—पूरा, सरदारी और न जाने क्या-क्या नाम थे उनके। आठ भाई हमारे घरों में काम करते थे। उनकी मां हर वक्त कोसती रहती थी कि बार-बार मुश्टंडे पैदा हो जाते हैं। एक लड़की पैदा हो, तो घी-शक्कर खाने को मिले।

(इसके विपरीत हमारे घर में लड़कियां ही लड़कियां पैदा होती थीं। मां तरसती थी बेटे का मुंह देखने को)!

पूरा हमारे पास थोड़ा समय ही रहा। फिर वह मिलटरी में चला गया। उसका भाई सरदारी तो पाकिस्तान बनने के बाद भी वहां हमारे साथ रहा और वह भी केवल रोटी-कपड़े पर ही। जब भी उसे कुछ देने की कोशिश करते, झट बोल देता, "मैं कहां रखूंगा? आप संभाल रखिए। जब चाहिए होगा, ले लूंगा।" कपड़ा भी नाममात्र का—लुंगी और बनियान।

कुंतो मेरी सहेली थी। मामूली-सी बात को ले कर मैंने उसके साथ जो व्यवहार

किया, उसके कारण मैं उसे अपने ज़ेहन में बिलकुल रखना नहीं चाहती। लेकिन यादें हैं कि पीछा नहीं छोड़तीं। गीले बालों की तरह बदन से चिपकी हैं। एक ओर से झटको, तो दूसरी ओर से जकड़ लेती हैं। लाख भुलाने पर भी कुंतो का चेहरा और उसकी मां का चेहरा मेरे सामने आ कर खड़े हो जाते हैं और पूछते हैं, "तुमने ऐसा क्यों किया?"

अब भला मैं क्या जवाब दूं! उस वक्त की कच्ची उम्र और मेरी हठधर्मी। मुझसे कोई जवाब नहीं बन पड़ता और मैं अपने-आपको अपराधी महसूस करने लगती हूं। गया वक्त मरे हुए व्यक्ति की तरह वापस नहीं आता। सो, मैं पछता कर रह जाती हूं।

कुंतो का घर गली के चौक में था। दुमंज़िला नया सुंदर-सा घर। मकान के आगे वाले हिस्से में कुंतो के पिता सोनी जी ने कील-कांटे की दुकान खोल रखी थी। उनकी दो बीवियां थीं। ऐसा सुना था कि कुंतो की मां के शादी के कई साल बाद भी जब संतान नहीं हुई, तो उनकी पत्नी ने फटाफट अपनी छोटी बहन की शादी पति से करवा दी जो कि उम्र में सोनी जी से काफ़ी छोटी थी। इस पत्नी ने पुत्र की चाह में करते-करते चार कन्याओं को जन्म दिया। कुंतो उनमें सबसे पहले आई थी। अब बड़ी मां तो 'भाबो जी' कहलाई और जन्म देने वाली 'बी जी' जो संभवतः 'बीबी जी' का छोटा रूप था। छोटी बच्चे जनती थी, हुक्म-हासिल बड़ी का चलता था। बड़ी ने ही बच्चे पाले और घर की साज-संवार की। लेना-देना, सब कुछ उसी के ज़िम्मे था।

कुंतो अपनी सगी मां की तरह सुंदर थी। गोरा-चिट्टा रंग। तीखे नयन-नक्श। थोड़ी स्थूल लेकिन उसमें भी आकर्षक लगती थी। कोई भी देखने वाला पहली नज़र में आकर्षित हो जाता था। वह मेरे साथ पढ़ती थी। कक्षा छठी में उसने मुझसे पूछे बिना ही साथ वाली पुच्छी यानि पुष्पा को पुरानी किताबें बेच दीं, जबकि कुंतो की मेरे से बात हो चुकी थी। सुन कर मैं तो आगबगूला हो गई, क्योंकि मैं कक्षा की मानीटर, उस्तानियों की चहेती, सहेलियों की प्यारी थी। भला मेरे से बिना पूछे उसने यह हरकत कैसे कर दी? अब मैंने फ़रमान जारी कर दिया कि कुंतो ने मुझसे फ़रेब किया है। अतः जो कोई उससे बात करेगा, उससे मैं बात ही नहीं करूंगी। भला कक्षा में ऐसी कौन लड़की मुझसे वैर ठानती। नतीजतन बेचारी कुंतो बिलकुल अकेली पड़ गई। उसकी मां यानि भाबो जी मेरे पास आई। उसने हाथ-पांव जोड़े कि ग़लती हो गई है, कुंतो को माफ़ कर दो। मैं भला कहां मानने वाली थी। सो, मैंने उससे कभी बात नहीं की।

इसका अफ़सोस मुझे आज तक है। चाहती हूं कि मरने से पहले एक बार मिले, तो उससे माफ़ी मांग लूं। लेकिन दुनिया की भीड़ में कुंतो कहां है? उसे कहां ढूंढूं? पाकिस्तान बनने के बाद सब कहां चले गए और कुंतो भीड़ में कहां खो गई, नहीं जानती।

मेरी दादी गोरी-चिट्टी, दुबली-पतली थी। दादी को हमेशा ही गोरे-चिट्टे लोग

पसंद रहे। कहती थी, ''मुझे काले लोगों से कोई वैर नहीं है। पर घर में एक काला होने से आगे कुनबा काला हो जाएगा–'इक रंग सौ ऐब छुपाए। इक रंग सौ लीकां लाए।'' मतलब कि रंग गोरा है, तो सब ऐब छिप जाते हैं, नाक-नक्श कैसा भी हो, उन्हें गोरा रंग छिपा लेगा। लेकिन रंग साफ़ न हो, तो सौ दोष। जो स्त्री गोरी नहीं होती, उसे सजने-संवरने की ज़्यादा ज़रूरत होती है।

दादी को गर्मी बहुत सताती थी। अक्सर गर्मियों में एक ओढ़नी और लुंगी टाइप धोती धारण करती थी। इसलिए जब ओढ़नी में साग-सब्ज़ी या कुछ भी लेती, छातियां नंगी हो जाया करती थीं। लेकिन उसे इसकी कतई परवा नहीं होती थी। हंसमुख। ज़िंदादिल। बड़ों में बड़ी। छोटों में छोटी। सबका भला करने वाली। किसी से भी वैर-द्वेष न रखने वाली।

दादी सबको गर्म खाना खिला कर खुश होती थी। चूल्हे की आग को बुझने नहीं देती थी। रात को लकड़ी चूल्हे से बाहर कर दी जाती थी जो सारी रात सुलगती रहती थी। सुबह उसी में उपले व लकड़ी डाल कर आग तेज़ कर ली जाती थी। फिर तो जो सिलसिला शुरू होता, वह रात तक चलता।

फिर लस्सी लेने वालियां थोड़ी-थोड़ी देर में आ कर बैठतीं उसके पास, और इस तरह दादी का दिन बीत जाता। जिस किसी की शादी हो, सुबह सबसे पहले दादी उससे सारा किस्सा सुनती। कई बार हमारी चाची कहती, ''भाबो! क्या कर रही हो? कुछ तो लिहाज़ करो।'' दादी, बस, हंस देती।

दादी मीठे की शौकीन थी। दूध में चीनी चम्मच से न डाल कर मुट्ठी भर कर डालती थी जो घुलती नहीं थी। दूध पीकर चीनी वह चम्मच से चाट कर खाती थी। मुझे भी शायद दादी का यही 'पोखा' आ गया था, यानि बान पड़ गई थी। वैसे, चीनी हमारे घर में पिता, चाचा से ले कर सभी ज़्यादा लेते हैं। और शुक्र है कि किसी को भी शूगर की प्रॉब्लम नहीं है।

दादी की ज़िंदादिली और हंसी-ठठा अद्भुत था। एक-दो उदाहरण देती हूं।

अक्सर शोर मच जाता कि निहंग आ रहे हैं। एक दिन दादी ने रहमतां से पूछा, ''रहमते! ये निहंग क्या करेंगे? तू जो रोज़ बोलती है, निहंग आ रहे हैं, निहंग आ रहे हैं...''

''शाहणी, आदमियों को वे मार देंगे, औरतों की 'बेज़ती' करेंगे।''

दादी झट बोल उठी, ''मैं कहूंगी, बेज़ती कर लो, मारो मत।''

दादी की यह बात सुन सब हंस पड़े।

''शाहणी, क्या बोल रही है?'' रहमतां भी हंसते हुए बोली।

दादी ने कहा, ''ठीक बोल रही हूं। रोज़ अपने आदमी से बेज़ती करवाती हूं। एक दिन उनसे सही।'' इस तरह की ज़िंदादिल थी हमारी दादी। इसकी दूसरी मिसाल शायद ही मिले। नर्मदिल इतनी कि किसी को भी कोई तकलीफ़ हो, तो कहती, ''हाय, इसको क्यों तकलीफ़ है। मुझे हो जाती।'' फिर सबसे डांट खा लेती, पर किसी को कुछ न कहती। हरदम दूसरे के लिए कुछ भी करने को तत्पर। बच्चों से अथाह प्यार। बहुओं का इतना ख़याल रखती कि उन्हें बेटियों से भी

ज़्यादा मानती। पोते-पोतियों में उसकी जान बसती थी। उसे यह भरोसा ही नहीं था कि हमारी मांएं हमारा ख़याल रखती हैं। इसलिए हमें ठूंस-ठूंस कर खिलाती। कहती, "बेटियां-बहुएं चरती ही अच्छी लगती हैं।"

पाकिस्तान बनने के बाद जब सब रुलते-रुलाते हिंदुस्तान पहुंचे, तो एक दिन दादी स्वाभाविक ढंग से, जो उसका मतलब शायद नहीं था, कहती है, "वैसे मैं ऐसा चाहती नहीं और कहती भी नहीं, पर तुम्हारा भाइया (दादा) मेरे बेटों पर बोझ ही है न। अब कुछ करता-धरता जो नहीं।"

चाची ने ज़ोर से डांटा, "भाबो! क्या बोल रही हो?"

"नहीं, नहीं! मैं 'स्वभावी' बात कह रही हूं।"

इसी तरह, एक दिन दादी ने कहा, "सुनो, बहुओ! कहते हैं कि करवा चौथ का बरत सुहाग का बरत होता है। मैं तो जब से बीमार हुई हूं, बरत नहीं रखा। तुम्हारा भाइया तो ठीकठाक है।"

दादी की ज़िंदादिली का एक और किस्सा। हमारे छोटे चाचा की सगाई पाकिस्तान में हो गई थी—हमारे मामा की लड़की से। मेरी मां ही भतीजी को देवरानी बना कर ला रही थी। मैं छोटी थी। मैंने एकाएक कहा—वह यानि मामा की लड़की तो 'झल्ली' है। मैं जानती थी। वह मेरे चाचा के लायक कतई नहीं थी। लेकिन मेरी कौन सुनता। बहरहाल, हिंदुस्तान आ कर शादी हो गई। यह शायद 1948 के अंत की बात है या 1949 के आरंभ की। शादी के बाद चाचा अक्सर छत पर सोने चले जाते थे, क्योंकि गांव में हम सब गर्मियों में छत पर ही सोते थे। और चाची—नई ब्याहता—कमरे में सोती थी। चाची ने एक दिन शिकायत के तौर पर कहा, "हमेशा छत पर सोते हैं, कभी कमरे में नहीं।"

उस समय तो सभी चुप। जब वह इधर-उधर हुई, तो दादी कहती है, "इसे काहे का रोना है! सोने का ही न! मैं तो तुम्हारे भाइया को नहाने के लिए दही देने जाती थी, तो सो आती थी।"

"भाबो!" बड़ी चाची ने हंसते हुए कहा, "कुछ तो बच्चों का लिहाज़ कर लिया करो।"

दादी ने हंस कर कहा, "बच्चों को क्या पता, मैं क्या कह रही हूं।"

फिर भरे-पूरे घर में दादा-दादी को मौका नहीं मिलता था। दादी बताती थी कि दादा नहाने के वक्त आवाज़ लगाते, "ज़रा मुझे नहाने के लिए दही दे जाना।" और इस दही देने के बहाने उनका काम हो जाता। एक दिन कोई और दही देने गया, तो दादा बुरी तरह बिगड़े, "वह कुत्ती क्यों नहीं आई?" यह दादा की बुरी बान थी। प्रायः गुस्से में न भी हों, तो भी दादी से इसी तरह कलाम किया करते थे।

दादा हमारे मझोले कद के थे। झक सफ़ेद पगड़ी और सफ़ेद कमीज़-पाजामा पहने बड़े रौबीले लगते थे। उनकी एक आवाज़ पर ही सब कांप जाते थे। दादा के रहते सारा घर सन्नाटे में डूबा रहता। क्या मजाल कि कोई हंस ले। कहते, "क्या खिड़-खिड़ लगा रखी है!"

सुबह कब उठते, पता नहीं। पर दूध की बटलोही लाते हुए हम उन्हें अक्सर देखते थे। आते ही हवन करने बैठ जाते और उसके बाद कुछ खाते-पीते। बच्चे उठे हैं या नहीं या क्या कर रहे हैं, इसकी डांट अक्सर दादी को पड़ती। 'कुतिया' कह कर दादी को संबोधित करते और कहते कि बच्चों को बिगाड़ रही है।

दादी अक्सर उन्हें टोकती, "इतना घी रोज़ हवन में लगा देते हो।"

"इससे घर भी तो शुद्ध होता है!" वह कहते।

गांव में हमारे घर में दिवाली से तकरीबन दो महीने पहले ही कौड़ियों से व ताश से जुआ शुरू हो जाता था। पास-पड़ौस की ताइयां, चाचियां, बुआएं आ जातीं और महफ़िल जमती। हम छोटों को कोई भी नहीं खेलाता था, क्योंकि हमें पता ही नहीं था कि कैसे मुट्ठी मार कर कौड़ियों से खेलते हैं। पर हम उन्हें परेशान करने से भी बाज़ न आते। दादा की जूती ले कर सीढ़ियों में ठक-ठक करते, जिससे यह आभास हो कि दादा जी आ गए हैं। आनन-फ़ानन में खेल ख़त्म हो जाता और हमारे बाल पकड़ कर हमारी पिटाई भी की जाती। लेकिन दादी हम सब छोटों को ले कर ताश खेलने बैठ जाती और सबको पैसे दे कर खेलाती। वह ख़ुद भी बहुत अच्छी खिलाड़िन थी। कभी हारती नहीं थी। जो हार जाता, उसकी तरफ़ से खेल कर उसे जिता देती। इस तरह, वह सब बच्चों को ख़ुश कर देती और सबके हिस्से की डांट खा लेती।

दादा सराय में बैठ कर साहूकारा करते थे। किस जट्टी ने कितना कर्ज़ लिया, किसने क्या लौटाया—यही उनका कारोबार था। फिर सराय में लोग-बाग़ शाह जी की जी-हजूरी करने भी पहुंच जाते थे। भैंसें, घोड़ियां बंधी रहतीं और भूले-भटके लोग, जो ग़लती से इस स्टेशन पर उतर जाते, सराय में आ कर रुकते थे। इस तरह जो कोई आता, वह जब तक रहे, खाए-पिए। दादा जी कहते थे कि भरे भंडार से कोई भी खा ले, क्या कमी पड़ती है। अक्सर कहा करते, 'चिड़ी चोंच भर ले गई, नदी न घट्यो नीर...'

एक बार एक पंडित, जो दक्षिण भारत से आया था, स्टेशन पर उतरा। पूछता है, "कौन बड़ा आदमी है जिसके घर जाऊं।"

"शाहों के घर चला जा।"

वह आ गया। वह हिंदी भी दक्षिण भारतीय लहजे में बोलता था और हम थे पंजाबी। ख़ैर, उसकी आवभगत खूब होती रही। वह सबके हाथ देखता और पूजा-पाठ करता रहता। रात को उसे दूध का गिलास देते थे। एक रात भूल गए, तो मेरी बड़ी बहन शांति को पुकार कर कहता है, "ए शांति! दूद-फूद भुल गई क्या?"

सब हंसे। तब मैं बारह बरस की थी।

एक दिन उसने सांभर बनाया। तब तक हमने सांभर का नाम तक नहीं सुना था। अरहर की दाल में सब्ज़ियां काट कर डालीं। हम हैरान कि दाल में भी सब्ज़ियां डाल रहा है!

हमने जब साग बनाया, तो यह कह कर उसने नाक-भौं सिकोड़ी कि तुम

लोग घास खाते हो। हमने सांभर नहीं देखा था। उसने साग पहले कभी नहीं देखा था।

वह चला जाता। फिर आ जाता। इस तरह उसने हमारा घर आने-जाने के लिए पड़ाव-सा बना लिया और हमारे घर का सदस्य बन गया था।

हैरानी की बात तो यह थी कि पाकिस्तान बना, हम दिल्ली आए, तो यही पंडित पता नहीं कहां से पूछता-पाछता यहां भी हमारे घर आ गया। फिर अजीब परिस्थिति में उसे भगाया गया।

मेरा हाथ देख कर बोला था, ''यह लड़की भाग्यशालिनी है। इसके हाथ में राजयोग है। बहुत बड़ी नेता बनेगी।''

फिर, पता नहीं उसे क्या सूझी, मेरी मां से कहता है, ''यह लड़की अगर मुझे दे देंगे, तो कहां से कहां...''

''ऐ, क्या बकता है!'' मां ने फटकारा। ''उठ, खड़ा हो जा।''

''मेरा बात तो सुनो।''

''कोई बात नहीं सुननी तेरी।''

वह ज़ीने में भी कहता गया, ''मेरी बात तो सुनो। मैं कुछ और कहता हूं। मेरा वो मतलब नहीं...''

इधर, मैं रो रही थी, ''यह मेरे पर क्यों दीवाना है!''

हमारे घर में हुक्के का चलन था। दादा जी को पता था कि लड़के हुक्का पीते हैं। लेकिन उनके सामने नहीं। सब लड़कों को इतना लिहाज़ था कि उनके सामने हुक्का नहीं पीना।

लेकिन इसका भी हल था। दादा घर में आते ही आवाज़ लगाते—हुक्का लगाओ। क्या बढ़िया तंबाकू मंगवा कर पीते थे। तो, जिसने भी हुक्का लगाया, कहते, ''उससे कहना, कश लगा कर देख ले, ठीक है, तो मुझे देना।'' इस तरह दोनों तरफ़ की इज़्ज़त बरकरार रहती।

दादा चार बहनों में अकेले भाई थे। बड़े भाई की मृत्यु हो चुकी थी। सो, बड़े ही लाड़ले रहे होंगे। तभी इतने सख़्त स्वभाव के हो गए थे। मर्ज़ी के मुताबिक काम करना और सब पर अपना रौब गांठना उनका स्वभाव था। बताते हैं कि हमारी पड़दादी सांवले रंग की थी। इसलिए उनकी बिलाई लस्सी व मक्खन पापा, चाचा, बुआ, कोई नहीं ग्रहण करता था। इसलिए हमारी दादी को ही यह सब करना पड़ता था, क्योंकि वह गोरी-चिट्टी थी। हम सब बच्चे भी कहते थे : ''हम मक्खन नहीं खाएंगे, लस्सी नहीं पिएंगे। हम काले हो जाएंगे।''

बताते हैं कि हमारे पड़दादा को अपनी मृत्यु का इल्हाम हो गया था। उन्हें अफ़ीम खाने का चस्का था। एक बार जब अफ़ीम मंगवाने लगे, तो बोले, ''कार्तिक तक ही मंगवाना।''

''क्यों?''

''मक्कर में तो मैं मर जाऊंगा।''

''न मरे, तो!''

"मैं गला घोंट लूंगा। नहीं, वैसी बात नहीं है। वैसे तो मैंने अभी दो बरस और जीना था, लेकिन एक जट्टी का एक छटांक घी मैंने ज़्यादा तोल लिया था। सो, दो बरस उम्र घट गई है।"

और सच, वह माघ महीने में उठ गए थे।

दादी के, मां के, ताई के, चाची के—सबके बच्चे थोड़े-थोड़े अंतराल पर होते रहते। जैसे, मेरी बड़ी बहन और मेरी बुआ में दो महीने का अंतर है। हमारे ताया जी का लड़का भी लगभग उतना ही है। मैं और मेरी छोटी बुआ में सवा साल का अंतर है। ताया जी की छोटी बेटी भी हमारी उम्र की है। इस तरह हम सब लगभग एक ही उम्र के होने के कारण खूब धमाचौकड़ी जमाते और छलियों (भुट्टों) के मौसम में तो मज़ा ही आ जाता जब नर्म-नर्म भुट्टे भून-भून कर खाते। खेतों से लद्दे के लद्दे (गट्ठर) आते थे और पसार में पड़े रहते थे। आग तो हमेशा जलती ही रहती थी। सो, भूनते रहते और खाते रहते। इस तरह मस्ती-भरे दिन बीतते थे—न फ़िक्र, न फ़ाका, अल्ला मियां से नाता।

मैं दादी के सिर पर बैठी रहती थी। कब वह दूध को जामन लगाए और मैं कड़ाही की मलाई खाऊं। सब मुझे 'बिल्ली' कह कर छेड़ते—"बिल्ली दूध के सिरहाने बैठी है!"

तरबूज़ भी उन दिनों गोल व छोटे होते थे। एक-एक सबको मिल जाता था। हम छत पर बैठ कर खाते और बीज वहीं फेंकते। सवेरे खेतों से तोड़ कर लाया हुआ तरबूज़ बड़ा ठंडा होता था।

मैं बचपन में मिट्टी भी बहुत खाती थी। चूल्हा पोचने के लिए जो मिट्टी आती थी, वह मैं चोरी-छिपे खाती रहती। अकसर सीढ़ियों में या ममटी में बैठ कर खाती थी। खट्टी चीज़ें, इमली, गोलगप्पे वग़ैरह मुझे बिलकुल पसंद नहीं थे।

पिता जी मुझे आगे पढ़ाना चाहते थे। मैं भी पढ़ना चाहती थी। सो, न चाहते हुए भी मुझे उनके पास तहसील में ही रहना पड़ता। एक ही स्टेशन का फ़र्क था। सो, जब चाहते, आते-जाते। कोई रोकटोक नहीं। कामा भैंसें ले कर आया, तो पीठ पर बैठ कर ही चले गए। तीन-चार कोस का ही फ़ासला था। हमारा गांव और तहसील यों तो बहुत बड़े नहीं थे, लेकिन यहां रेल भी थी और सड़क भी—चाहे टूटी-फूटी ही सही—जो इसे ज़िले से जोड़ती थी। पिता का कारोबार चूंकि तहसील में ही था, इससे मुझे पढ़ने की सुविधा मिल गई।

पिता पढ़ाई-लिखाई में होशियार थे। सो, उन्हें लाहौर होस्टल में डाला गया था। इन्हें सौ रुपये ख़र्चा दिया जाता था जो उन वक्तों के रईसों के लिए भी एक सपना ही था। वह पास नहीं होना चाहते थे, क्योंकि पास हो कर वापस गांव जाना पड़ता। सो, जब तीसरी बार इंटर में फ़ेल हुए, तो मैं भी पैदा हो चुकी थी। पापा बताते हैं, "लगता था कि किताबों में ऐसा कुछ नहीं जो मैं हफ़्ते में न कर सकूं। सो, सारा साल नहीं पढ़ता था। आख़िर में इतना कोर्स तो होता नहीं था, सो फ़ेल हो जाता।"

पिता जी अपने होस्टल का यह मज़ेदार किस्सा सुनाते थे।

होस्टल के पड़ोस में एक लड़की थी। मुंह उसका चेचक के दाग़ों से भरा था। काली भी थी और एक आंख भी चेचक से चली गई थी। लड़के उसे छेड़ते और वह गालियां देती—"मुओ! घर में मां-बहन नहीं हैं जो मुझे घूरते हो। आंखें फूटेंगी। कीड़े पड़ेंगे।"

सब लड़के हंसते हुए निकल जाते।

एक दिन सबने तय पाया कि इतनी घिनौनी शक्ल वाली को क्या छेड़ना। लेकिन लड़की को तो गालियां देने की आदत पड़ गई थी। बोली, "देखा, सबके सब मर गए हैं। ज़बान में कीड़े पड़ गए हैं। आंखें फूट गई हैं।"

जब द्वितीय विश्वयुद्ध शुरू हुआ, तो पिता जी अकसर देर से आते और दोस्तों की महफ़िल में हालात पर चर्चा करते। शे'रो-शायरी के शौकीन। बड़े हाल में बड़े-बड़े बैनर चारों तरफ़ लगे हुए थे—'आज़ादी हमारा पैदाइशी हक है,' 'आज़ादी ले कर ही रहेंगे'। कमरे में दरी के ऊपर सफ़ेद चादर व चारों तरफ़ गावतकिये लगे होते थे। हुक्का चलता रहता और आज़ादी के तराने गाते रहते।

पिता का एक शायर दोस्त था हयात। वह पंजाबी में शे'र लिखता और महफ़िल में सुनाता। एक शे'र तो मुझे अब भी याद है जो उसने जिन्ना के बारे में कहा था—

इक जम्या वे नामा नीम,
मां नूं कहंदा ए
वड्ड सटनां तेरे टोटे करने ने चार...

अर्थात्—एक पैदा हुआ है अधपगला, जो हमारी (भारत मां) से कहता है : वध करके तेरे चार टुकड़े करने हैं...

पिता आर्य समाज जाते थे, लेकिन उसके सदस्य कभी नहीं बने। अक्सर उनसे कहा जाता था कि आप प्रतिदिन बिला नाग़ा आते हो, फिर मेंबर क्यों नहीं बनते। वह कहते, "मेरी कुछ आशंकाएं हैं। दूर कर दीजिए। मैं मेंबर बन जाऊंगा।"

मां पूजापाठ, कर्मकांड मानने वाली और पिता आर्यसमाजी। फिर भी, दोनों में इस बात को ले कर कभी वाद-विवाद नहीं हुआ। पिता पढ़े-लिखे और मां शायद पांचवीं पास। फिर भी, मां ही पापा पर हावी रही।

इस तरह दिन बीत रहे थे कि आज़ादी की जंग तेज़ हो गई। पिता जी महात्मा गांधी और जवाहरलाल नेहरू के किस्से सुनाते। हम बच्चों को भी जोश आता। सूत कातने की प्रतियोगिता हुई। उसमें मैं प्रथम आई। छोटे-से मंच पर चढ़ कर भाषण देने लगी। छोटी अवस्था से ही देश के लिए कुछ कर गुज़रने का जज़्बा हिलोरें लेने लगा था। हम सब लड़कियां मिल कर देशभक्ति के गीत गातीं व नाटक खेलतीं तथा छोटी-छोटी टोलियां बना कर गलियों में फेरियां लगातीं तथा लोगों को सत्याग्रह के लिए प्रेरित करतीं। मेरी सहेली पुष्पा यानि पुच्छी बहुत अच्छा गाती

थी। हम सब मिल कर अपने-आप गीत की पंक्तियां बना लेती थीं और गलियों में नहीं, घरों में बैठ कर गाती थीं :

भारत मां का यह झंडा लहराता ही रहेगा।
सुभाष चंद्र बोस यह कहता ही रहेगा
खून दो और आज़ादी पाओ, यह दुहराता ही रहेगा।

वक्त ही कुछ ऐसा था। सत्याग्रहियों के गले में हार पहनाए जाते, जुलूस की शक्ल में उन्हें चारों ओर घुमाया जाता। उस जुलूस में हिंदू-मुसलमान, सभी होते थे। लीग या जिन्ना को तो हमारे यहां कोई ज़्यादा जानता ही नहीं था। जिन्ना को अच्छा आदमी नहीं समझा जाता था। मुसलमान भी लीग और जिन्ना के ख़िलाफ़ ही थे।

हमारे कस्बे के ही बाशिंदे थे संतराम जी, जिन्होंने अपना जीवन गांधी व आज़ादी के लिए अर्पित कर दिया था। उनके बूढ़े मां-बाप थे। एक भाई था, जिसकी एक ही आंख थी। दिमाग़ से भी कमज़ोर था। वही पीछे था। संतराम जी तो लाहौर, दिल्ली या गांधी जी के आश्रम में ही रहते थे। कभी-कभी ही आते थे और हम सब उन्हें देखने जाया करते थे। हर वक्त चर्खा कातते रहते थे। नपा-तुला बोलते थे। उनका आधा-अधूरा भाई ही मां-बाप की देखभाल करता था। ब्राह्मण होने के कारण घर-घर से 'हंदा' मिलता था जिसे इधर मधुकरी बोलते हैं। लोग दूसरी तरह से भी सहायता करते रहते थे। संतराम से जब कोई कहता कि तुम्हारे मां-बाप को भी तुम्हारी ज़रूरत है, तो वह कहते, 'मेरी भारत माता को मेरी उनसे भी ज़्यादा ज़रूरत है।'

मुसलमानों में पिताजी के कई दोस्त थे। उनमें प्रमुख थे शफ़ी और काका। वे हमारे घर आते-जाते थे। हमें उनसे ईदी मिलती थी। धर्मदेव से और चाचा जी और महाशय जी से लोहड़ी पर खूब सारे पैसे मिलते थे। हम गिनते रहते थे— "मेरे इत्ते हो गए हैं, मेरे इत्ते हो गए हैं। तेरे कित्ते हुए?"

एक बार मेरे पास बीस रुपये इकट्ठे हो गए। जब हमारी जमादारिन को ज़रूरत पड़ी, तो मैंने ब्याज पर उसे वे बीस रुपये दिए। साहूकार दादा की पोती जो थी। ब्याज बीस पैसे प्रतिमास। बड़ी खुशी कि मेरे पैसे बढ़ते जा रहे हैं। हर माह पांच आने और तीन महीने में फिर एक रुपया। एक रुपये में तो उन दिनों ढेरों चीज़ें आती थीं। एक पैसे में सुबह नाश्ता भी कभी कर लेते थे। एक पैसे में माल-पुआ आता था। बरसात के दिनों में गर्म-गर्म खाने का मज़ा ही और था। दीनानाथ की दुकान का संदल का शर्बत भी खूब स्वाद देता था। दो पैसे में पूरा गिलास मिलता था।

मेरे बचपन में एक यह हादसा हुआ था।

मैं शायद सातवीं में पढ़ती थी। पिता जी के एक दोस्त थे पूरनचंद महाजन।

वह हमारे कस्बे से थोड़ी दूर ही रहते थे। उनके गांव का नाम था चूहड़ मुंडा। चूहड़ मुंडा में कोई तांगा या बस वग़ैरह नहीं जाती थी। घोड़े-घोड़ी पर जाते थे। यह गांव खाते-पीते खुशहाल महाजनों का गांव था। पिता जी के इस दोस्त का आढ़त का काम था। उसके औलाद नहीं थी। बीवी ऊंची-लंबी, सुंदर, दबंग किस्म की औरत थी। किसी को बोलने की हिम्मत नहीं होती थी उसके आगे। जब शादी को बारह-तेरह बरस बीत गए, तो उसके ससुर ने उसे समझाया, "मेरा एक ही बेटा है। आगे वंश चलाने के लिए कोई तो हो। सो, पूरनदेई, पूरनचंद को समझा, दूसरी शादी कर ले।"

अब पूरनदेई क्या करती। सबके दबाव के आगे पति की दूसरी शादी के लिए राज़ी हो गई। स्वयं उसने ही लड़की ढूंढ़ने का ज़िम्मा लिया और दूर-पार के रिश्ते में एक लड़की देख ली, जिसका बाप निहायत ग़रीब था। जा कर उसे समझाया, "देखो, मैं इसे बहन बना कर ले जा रही हूं। भरपेट रोटी खाएगी। शरीर निखर जाएगा। यहां तो बेचारी को रोटी के भी लाले हैं। हड्डियों का पंजर हैं। कौन करेगा इससे शादी।"

इस तरह, पूरनदेई उसे पूरनचंद के लिए ब्याह लाई। पर हुक्म-हासिल तो पूरनदेई का ही चलता था। सो, वह बेचारी न ब्याहतों में रही, न कुंआरियों में। विधि का विधान ऐसा हुआ कि पूरनदेई गर्भवती हो गई और उसने बेटा जना। घर में खुशी छा गई। सब कहते, "देखो, इस लड़की के पैर कितने भाग्यशाली हैं। कर्मों वाली आई है। आते ही तेरह बरस बाद पूरनदेई की कोख हरी हो गई।"

ससुर को उस बेचारी पर बड़ी दया आती। कहते, "पूरनदेई, वह भी पूरन की पत्नी है। कभी उसे भी गृहस्थ सुख लेने दो।" पर पूरनदेई नहीं पसीजी। सो, वह ग़रीब लड़की ससुराल में भी उसी निर्धन अवस्था में उपेक्षित पड़ी रही।

लड़के का नामकरण होना था। ज़ाहिर ही धूम-धड़ाके से होना था। हमें भी न्यौता आया। तय हुआ कि मुझे भेजा जाए। मैं स्वेटर-बूट अच्छे बुनती थी। बुन कर साथ ले गई। घोड़ी पर बैठ कर वहां पहुंची, तो झुटपुटा हो रहा था। गांव में दीये टिमटिमा रहे थे। घोड़ी पर लंबा सफ़र पहली बार किया था। सो, बहुत थक गई थी। आते ही इतनी बड़ी हवेली में उनके बड़े कमरे में ऊंचे पलंग पर लेट गई। रात को खूब नाच-गाना हुआ।

खाना खा कर अभी आंख ही लगी थी कि चीखों की आवाज़ से उठ गई। सुना कि सामने वाले घर में डाकू तलवारें, बंदूकें लिये चढ़ आए हैं। उसी घर से चीखों की आवाज़ें आ रही थीं। मेरी तो घिग्घी बंध गई। बोलने की, यहां तक कि हिलने-डुलने तक की हिम्मत नहीं थी। कहीं डाकू इधर का रुख न कर लें। डाकू घर वालों को डरा-धमका कर सोना-चांदी इकट्ठा कर रहे थे। कहते थे, "कोई बोला या हिला, तो टुकड़े-टुकड़े कर दिया जाएगा।"

सब सहमे हुए थे। उनकी मदद के लिए कोई भी नहीं जा रहा था। सबको अपनी जान की पड़ी थी। सो, डाकू लूटपाट करके चले गए। मैं तो इतनी डर गई थी कि पलंग के नीचे छिप गई थी। वहीं डर के मारे पेशाब भी निकल गया था।

डाकुओं के जाने के काफ़ी देर बाद लोग उनके घर गए, तो पता चला कि छोटी बहू, जिसके अभी आठ दिन पहले बच्चा हुआ था, नहीं है। चारों तरफ़ खोज शुरू हुई। वह मिली भी, तो साथ वाले जुलाहे की छत पर। बेहोश पड़ी थी। डाकुओं के आने पर डर के मारे छत से छलांग लगाई थी उसने और सीधे जुलाहे की छत पर गिर कर बेहोश हो गई थी। मैं इतनी डर गई थी कि सुबह-सवेरे ही घर लौट आई।

न जाने मेरे जीवन में ऐसी घटनाएं क्यों होती रहती हैं। वह डाका भी मेरे किशोर मस्तिष्क पर अमिट छाप छोड़ गया। आज भी उस दृश्य को याद करके रोंगटे खड़े हो जाते हैं। डाकुओं के बंधे पटके, तलवारें और बंदूकें हिलाते हाथ जो मैंने झरोखों में से देखे थे, मेरे मन-मस्तिप्क पर इस तरह अंकित हैं कि चाह कर भी उनकी छाप नहीं छुड़ा पाती हूं।

हमारी मां छोटे कद की थी (शायद इसलिए मेरा कद भी छोटा रह गया था)। छोटे-छोटे हाथ-पांव। साधारण नाक-नक्श। बताते हैं कि शादी के वक्त वह बहुत गोरी थी। बाद में एक के बाद एक लड़की पैदा होने से रो-रो कर उसने अपना यह हाल बना लिया था। कोई मानता ही नहीं था कि मां का रंग कभी गोरा रहा होगा। हम सब भाई-बहन काफ़ी गोरे रंग के हैं। कोई यकीन नहीं करता कि साधारण रंग-रूप वाली स्त्री के बच्चे इतने गोरे-चिट्टे हो सकते हैं। पिता के मुकाबले साधारण होते हुए भी मां का रौब बहुत था। बड़ी ही दबंग और सच बात कहने वाली। यह गुण या दुर्गुण ही उसका शायद मुझमें आ गया है।

मां का मायका साधारण था - ससुराल के मुकाबले तो बहुत ही साधारण। हमारे नाना रेलवे में चीफ़ बुकिंग क्लर्क थे। रिटायर होने पर उन्हें जो पैसा मिला, उसका उन्होंने लाहौर के बादामी बाग़ में मकान बनवा लिया था—तीनमंज़िला। नीचे के आधे हिस्से में वह स्वयं रहते थे। आधा किराए पर दे रखा था। पहली मंज़िल पर एक लड़का और एक किराएदार। दूसरी मंज़िल पर दूसरा लड़का और एक किराएदार, यानि कि तीन हिस्सों का उन्हें किराया आता था जिससे उनका अच्छा-ख़ासा गुज़ारा चल जाता था। हमारी मां चार बहनें और दो भाई थे। मां चौथे नंबर पर थी। सबसे बड़ी बहन, फिर दो भाई और फिर मां। उसके बाद दो बहनें और थीं। एक की शादी तो मैंने भी थोड़ी-थोड़ी होश में देखी थी—शायद सन् '45 में हुई थी। हम लोग छुट्टियों में ननिहाल जाते थे। भाई जब भी लाहौर जाता, कहता, "मां, यहां लोग मीठा पानी नहीं पीते?" मासी हंस कर कहती, "यहां तेरे बाप की चीनी की एजेंसी नहीं है।"

मां अपनी खड्डियों के बने कपड़े ढेर सारे ले जाती और सबको बांटती। बड़ी आवभगत होती थी। उस वक्त तो आसपास सभी मामा-मामी ही होते थे। कोई भेदभाव नहीं होता था। जहां मर्ज़ी जाओ, खाओ-पिओ। नानी सुबह उठ कर छोटे-से मंदिर में पूजा करती, आरती करती और हमें प्रसाद देती। लाहौर हमें इसलिए भी अच्छा लगता था, क्योंकि वहां बिजली थी, जिससे पंखा चलता था और लालटेन

साफ़ नहीं करनी पड़ती थी। छत पर मच्छरदानी में घुस कर छुप्पन-छुपाई खेलते थे। गांव में पता नहीं मच्छर थे या नहीं, पर हमने कभी मच्छरदानी का इस्तेमाल नहीं किया था। लालटेन या छोटी ढिबरी भी नहीं जलानी पड़ती थी।

मामा इंपीरियल बैंक में नौकरी करते थे। उन्हें सिनेमा के पास मिलते थे। सो, हम सबको लाहौर जाने का चाव रहता कि मामा जी पिक्चर दिखाएंगे।

उन दिनों जो पिक्चरें देखीं, उनकी कोई याद तो नहीं, लेकिन 'ज़ीनत' इसलिए याद है कि वह चाचा ने दिखाई थी और उन दिनों 'ज़ीनत' की चर्चा भी बहुत थी।

हमारी बड़ी बहन जब लाहौर में पढ़ती थी, तो अक्सर छुट्टियों में गांव आ जाती। या हम सब वहां चले जाते। एक बार उसने आ कर पूछा, "मां, लड़की 'नहाने' से कब होती है?" उसने कहीं सुना होगा कि लड़की ऋतुमती होती है, तो उसे कुछ दिन अलग रहना पड़ता है। उसे चौके नहीं चढ़ाते।

मैंने झट अपना ज्ञान प्रदर्शित किया, "ओहो, इसे इतना भी मालूम नहीं!"

अपनी इस कारगुज़ारी को मैं सबको सुनाती फिरती, जब तक मां ने मुझे डांट नहीं पिलाई, "बड़बड़ करती रहती है, चुप कर।" यह नहीं बताया कि मुझे यह बात क्यों नहीं कहनी चाहिए।

दूसरे नंबर की बुआ की शादी के तकरीबन दो साल बाद जब मैं ननिहाल गई थी, तो बुआ के पास भी रहने चली गई। बुआ का घर कुलचो गली में था। फूफा की दुकान अनारकली में थी। सो, मुझे लाहौर घूमने का काफ़ी अवसर मिला।

फूफा जी बुआ से अथाह प्रेम करते थे, क्योंकि बुआ उनकी दूसरी पत्नी थी। वह घर की घड़ी हमेशा आधा घंटा पीछे रखते थे। बाप आवाज़ देते, "दुकान का वक्त हो गया!" वह कहते, "अभी तो नौ ही बजे हैं।" दुकान की घड़ी आधा घंटा आगे रखते। पांच बजते ही कह देते, "देखो, साढ़े पांच बज गए हैं। मैं घर जा रहा हूं।" दोपहर को भी रोटी खाने या किसी बहाने घर आते और बुआ की फोटो खींचते। इतना लगाव था उससे।

इनकी स्टेशनरी की दुकान थी। सो, बुआ कहती, "कलम-काग़ज़ बेच-बेच कर सारा पैसा मुझ पर क्यों लुटा रहे हो?"

बुआ थी भी बड़ी सुंदर और दादी की सबसे प्यारी बेटी। वही बुआ जब बीमार हुई, तो दादी की हालत देखने वाली हो गई थी। बुआ को टीबी थी। उनकी ससुराल में उनकी एक ननद और जेठ के लड़के को टीबी थी। बुआ ने शादी के बाद दीवारें तक छिलवा कर पलस्तर करवाया था और पूरी सफ़ाई करवाई थी। पर होनी को कौन टाल सकता है। लड़की को जन्म देने के उपरांत बुआ भी टीबी की चपेट में आ गई थी। उसे अमृतसर अस्पताल में भर्ती करवाया गया। गर्मियों में उसे कसौली ले जाते। सर्दियों में गांव ले आते। फूफा ने पत्नी की बड़ी सेवा की—यहां तक कि उसकी उलटी भी हाथ में ले लेते थे। ऐसी सेवा मैंने अपने जीवन में कहीं नहीं देखी। बुआ हिंदुस्तान आ कर मरी। उसके मरने के बाद उससे बड़ी बुआ भी दो महीने बाद टीबी से मर गई।

मेरी दादी ने यह दुहरा आघात कैसे सहा होगा, यह वही जानती होगी। अंदर-अंदर रोते हुए भी उसने बाहर कभी किसी को यह प्रकट नहीं होने दिया कि वह दुखी है या उनके सामने वह रोना रो रही है। अपने ग़म को चुपचाप अंदर ही अंदर पीती रही।

तहसील में हमने जो मकान लिया था, वह बहुत बड़ा था। मकान क्या, पूरी हवेली थी—हवेली कादरदीन। हमारे साथ आधे हिस्से में हमारे गांव के ही चाचा-चाची रहने आ गए थे। उन्होंने भी अपना धंधा यहीं जमाया। चावल के सैलर लगाए। पहली मंज़िल पर दो कमरे तथा एक बड़ा हाल, रसोई और बाहर चौका उनके पास था। बड़ा हाल, दो कमरे, चौका, रसोई तथा एक और हाल हमें मिला। बीच में बहुत बड़ा जंगला था जिससे चारों ओर से नीचे झांक सकते थे। नीचे चारों ओर कमरे ही कमरे थे, जिनमें सूखी लकड़ियां, उपले, भैंस का चारा भरा रहता था। दो बहुत ही अच्छे कमरे खाली पड़े रहते थे जिनमें हम सब बच्चे धमाचौकड़ी मचाते। बीचोंबीच कुआं था, जो सूख गया था।

पानी भरने के लिए महरे-महरियां थे। सुबह-शाम घड़े भर-भर कर लाते रहते थे सार्वजनिक कुओं से। किसी-किसी घर में पंप भी थे। वहां से भी भर कर लाते थे।

दो बहनें पानी भरने और बर्तन करने हमारे घर आती थीं—रक्खो और प्यारी। रक्खो और प्यारी ने ही हम सब बहनों को पाला-पोसा है। मां को वे नानी कहती थीं। मां भी उन्हें बेटियां ही समझती थी।

एक दिन प्यारी जब घर में आई और सीढ़ियां चढ़ रही थी, तो उसकी चीखों की आवाज़ें सुनाई पड़ीं। मां कहती है, "मोइयो! हर वक्त लड़ती-झगड़ती रहती हो।" लेकिन आवाज़ें ऐसी थीं, जैसे कोई किसी का गला दबा रहा हो। मां ने खिड़की में से चिल्ला कर कहा, "कोई है!"

इतने में पड़ोस का रोशन आ गया। उसने सीढ़ियों में जा कर देखा कि एक आदमी ने प्यारी का मुंह दबा रखा है। उसने आव देखा, न ताव, उसे वह मारा कि वह भाग खड़ा हुआ।

असल में, गांव की इज़्ज़त सबकी इज़्ज़त और गांव की बेटी सबकी बेटी होती थी। बेटी के गांव से कोई पानी तक पीना गवारा नहीं करता था।

हमारी छत पर बहुत बड़ी बरसाती थी। उसमें तीसेक चारपाइयां बिछ सकती थीं। बारिश होने पर सब अपनी-अपनी चारपाई ले कर उसमें आ जाते थे। उसके ऊपर एक और छत और हाल की छत थी जो बहुत ऊंची थी। हाल में दरवाज़े और उनमें लगे शीशे रंग-बिरंगे थे और बहुत ही सुंदर लगते थे। आज उनकी कीमत पता चलती है। उस वक्त तो शायद अंदाज़ा भी नहीं लगा सकते थे कि मात्र सात रुपये किराए की यह हवेली इतनी कीमती थी।

हवेली में हमारे साथ रहने वाली चाची का नाम कौशल्यावंती और चाचा का

नाम कुंदनलाल था। सगे चाचा-चाची से भी अधिक प्यार उन्होंने हमें दिया। एक ही जगह खाना खाते। खाना बनता भी इस तरह कि एक सब्ज़ी वे बना रहे हैं, एक हम। चाची के तीन बच्चे थे–दो लड़कियां और एक लड़का। हम सब मिल कर खेलते, खाते-पीते, सीढ़ियां चढ़ते। एक-दूसरे को धक्का देते हुए कहते, "जो पीछे आएगा, उसे बिल्ला खाएगा।" पता नहीं, यह बिल्ले का हौवा क्या था! इसी होड़ में हम जल्दी-जल्दी धक्के देते हुए ऊपर चढ़ते थे।

चाची कौशल्यावंती बड़ी सुंदर, हृष्टपुष्ट और लंबी थी। चाचा उसके मुकाबले छोटे कद के दुबले-पतले। चाची हंसमुख, छेड़छाड़ करने वाली और चाचा गंभीर किस्म के इन्सान। मेरे भाई की आदत बिगाड़ने के लिए चाची कुछ हद तक ज़िम्मेदार है। लेकिन उनका कोई बुरा इरादा नहीं था। बस, लाड़-प्यार में ही। वह हमें भी उतना ही प्यार करती थी, जितना हमारी मां।

असल में, उनका लाड़ करने का तरीका दूसरा था। मेरा भाई पांच बहनों के बाद हुआ था। सो, बड़ा लाड़ला था। जब थोड़ा बड़ा हुआ, तो चाची उससे कहती, "झग्गे (कमीज़) को कोट बना दे।" और वह पूरी ताकत से कमीज़ को फाड़ कर कोट-सा बना देता था। उन दिनों लड़कों को भी कमीज़ ही पहनाते थे और पांच-छह वर्ष की उम्र तक कोई निकर, कोई कच्छा भी नहीं पहनाया जाता था। बस, लंबी-सी कमीज़ में ही लड़के घूमते रहते थे।

इसी तरह, हमारे भाई को गाली बकना भी चाची ने ही सिखाया। हमारे दूर के मामा हर वक्त कंधे उचका कर हिलते रहते थे। यह उनकी आदत-सी बन गई थी। चाची हमारे भाई से कहती, "मामा कैसे हिलते हैं?" और उसने नकल लगानी शुरू कर दी। नकल करते-करते चलते-चलते, बैठे-बैठे हिलने और कंधे उचकाने और बात-बात पर गाली बकने की उसकी स्थायी आदत ही बन गई। आज भी गाली बकते हुए वह आगा-पीछा नहीं देखता। बहनें खड़ी हों, बेटियां खड़ी हों, बाहर की कोई लड़की या औरत खड़ी हो, उनके सामने भी ऐसी गंदी गालियां देगा, जैसी सड़क पर गुंडे-शोहदे बकते हैं–इतनी भद्दी और मरदानी गालियां कि शर्म के मारे मुंह दूसरी तरफ़ करना पड़ता है।

आज इतने बरसों बाद न जाने क्यों उस चाचा-चाची की याद आ रही है। उनकी सुखी गिरस्थी पाकिस्तान के बाद उजड़ गई। हुआ यूं कि चाची के एक लड़का हिंदुस्तान आ कर हुआ। सजीले नौजवान की शादी करके चाचा-चाची अपने आपको दुनिया का सबसे सुखी इन्सान समझते थे। पहले तीनों बच्चे भी अपने-अपने घर बसा रहे थे। लेकिन एक दिन कहर टूट पड़ा। शादी के चार-पांच साल बाद ही डाकुओं ने आ कर उसे गोली मार दी। बड़ा भाई भी वहीं था। पर वह गवाही देने के लिए तैयार नहीं हुआ। हो सकता है, उसे धमका गए हों या वैसे ही उसे जान का ख़तरा हो। सो, कुछ ही दिनों बाद चाचा भी चल बसे और कुछ समय उपरांत चाची भी दिवंगत हो गई।

हमारे कस्बे में जैनी बड़ी संख्या में थे जिन्हें 'भाबड़ा' बोलते थे। भाबड़ों के बच्चे बहुत होते थे–अकसर आठ-आठ, नौ-नौ। फिर पता नहीं क्यों, लड़कों

की शादी बड़ी मुश्किल से होती थी। अक्सर कोई भाई कभी कोई बंगालिन या यू.पी या बिहार से कोई लड़की ख़रीद लाता और बाकी भाई उसकी सेवा करते। कोई मिठाई का दोना ला रहा है, कोई चाट का। इन लड़कियों को न हिंदी आती थी, न पंजाबी। सोने से लदी-फंदी रहतीं। फिर उनके ढेर बच्चे पैदा होते और यह सिलसिला चलता रहता।

क्वेटा के भूचाल के बाद उसके जब रिकार्ड तैयार हुए, मैं तब बहुत छोटी थी। सब कहते, ''तवा क्या कहता है?'' और मैं नकल लगा कर बताती :

''कोटा वसदा होया वीरान वे, राती सुत्यां आया तूफ़ान वे।''

(बसा-बसाया क्वेटा वीरान हो गया। रात सोते हुए तूफ़ान जो आया था!)

इसी तरह, मां जब हमारे पिता को उनके दोस्तों का ताना देती कि मुए तुम्हें घेरे रहते हैं, घर की परवा नहीं करने देते, तो मैं यह भी सबको बता देती कि मां ने हमारे पापा को धमकाया है।

सन् '45 में द्वितीय विश्वयुद्ध समाप्त हो गया था। इसके साथ ही आज़ादी की लड़ाई तेज़ हो गई थी। 'अंग्रेज़ो, भारत छोड़ों' का नारा बुलंद होता जा रहा था। लोग आज़ादी के लिए मरने-मारने को कटिबद्ध थे। अंग्रेज़ों ने फूट डालने की नीति के चलते हिंदू-मुस्लिम आग भड़का दी थी। रोज़ ही दंगों की ख़बरें पढ़ते थे। नोआखाली में यह हुआ, फलां जगह यह हुआ। ऐसी ही ख़बरों से अख़बार भरे रहते थे। उस घुटन-भरे माहौल ने लोगों का जीना दूभर कर दिया था।

लेकिन हमारा सारा इलाका इस आग से अछूता था। सब मिल-जुल कर उसी तरह भाईचारे से रहते थे। हमारी मां ने एकाध बार दबी ज़बान से कहा भी था कि थोड़ा पैसा या ज़ेवर ही कहीं हिंदुस्तान रख आओ। पिता जी ने डांटते हुए वही बात कही थी जो उन दिनों हरेक की ज़बान पर थी, ''हम कहां जाएंगे! राज हमेशा बदलते रहते हैं, पर प्रजा तो वैसी ही रहती है। हम पाकिस्तान में ही रहेंगे। यहां हमें सब जानते हैं। इज़्ज़त है। कहीं और जा कर हम कौड़ी के नहीं रहेंगे।''

तहसील में अमन कमेटी बना दी गई थी और पिता जी उसके प्रेज़ीडेंट हो गए थे।

उधर, दादा जी ने गांव की बागडोर संभाल ली थी। चौदह अगस्त को हमने पाकिस्तान बनने की खुशी में दीपमाला की और शीरनी बांटी। सब खुशी से झूमते हुए पटाखे छोड़ते रहे—आने वाली विपदा से बेख़बर। अगस्त महीने से ही हमारे यहां अख़बार आने बंद हो गए थे और सितंबर के शुरू में तो रेल-संपर्क भी टूट गया था। किसी को कोई ख़बर नहीं थी, देश के बाकी हिस्सों में क्या हो रहा है।

उन्हीं दिनों हमारे इलाके में बाहरी तत्त्व आए। आते ही उन्होंने कहा, ''तुम लोगों ने अभी तक इन काफ़िरों को गले लगा रखा है। इन्हें मारो, भगाओ!'' लेकिन अमन कमेटी इतनी मज़बूत थी कि उनकी दाल नहीं गल सकती थी। सो, उन्होंने अमन कमेटी के प्रेज़ीडेंट यानि हमारे पिता जी को ही रास्ते से हटाने की सोची।

एक दिन पिता जी, इनके दोस्त महाशय जी, धर्मदेव और उसका भाई ज्ञानदेव

बैठे मंत्रणा कर रहे थे कि एक आदमी आया। बोला, "आपको शफ़ी साहब ने बुलाया है। ज़रूरी सलाह करनी है।"

चारों उठ कर चल पड़े। वह आदमी पिता जी को इधर-उधर घुमा कर ऐसी गलियों में से ले जा रहा था जो उन्होंने पहले कभी नहीं देखी थीं। बड़े-से मकान में, जहां ऊंचे दरवाज़े पर एक भयानक-सा आदमी खड़ा था, उन्हें अंदर जाने को कहा। बहुत बड़ा आंगन पार करने के पश्चात वे एक हाल में पहुंचे जहां पांच-छह लोग बैठे थे। उन्होंने बात ही गाली-गलौज से शुरू की : "बैठ जाओ, हरामज़ादो! तुम लोगों को शर्म नहीं आती! अभी तक यहां मां चु.. रहे हो। तुम्हारे टोटे-टोटे करके चील-कौओं को डाल देंगे, तब बाकी के हरामज़ादों को होश आएगी।"

पिता जी समझ गए कि ग़लत जगह आ गए हैं। सो, एकाएक बोले, "मैं पेशाब करके आया।" और सलवार का नाड़ा पकड़े-पकड़े वह बाहर आए। गेट पर खड़ा आदमी हैरानी से पूछता है : "कहां जा रहा है?"

वह एकदम बहाना बनाते हैं, "मेरा बेटा गिर गया है। उसकी पट्टी करवाने जा रहा हूं।"

यह कह वह पहले धीरे-धीरे, फिर तेज़ कदमों से चलते हुए जब घर पहुंचे, तो हांफ रहे थे। आते ही बोले, "मुझे गर्म दूध पिलाओ।" और सैयद नाम के कामा से कहा, "जा कर जल्दी से शफ़ी और काका को बुला ला।"

शफ़ी और काका, जो उनके जिगरी दोस्त थे, उन्होंने आने में देर नहीं की। पिता जी ने घबराए स्वर में सारी बात बताई और कहा, "उनकी जान बचाओ जो वहां हैं। मैं तो आ गया हूं।"

एकाध घंटे बाद वे लोग भी आ गए। इस तरह, इनकी जान तो बच गई। लेकिन आसन्न ख़तरे की घंटी सुनाई पड़ गई थी। इसके बाद रोज़ कोई न कोई भयानक ख़बर सुनने को मिलती : आज जैतो को मार दिया। आज मनोर को छुरा घोंप दिया। किन्हीं भाबड़ों का सबसे बड़ा लड़का सारा सोना ले कर लॉकर में रखने जा रहा था। उसे बस से उतार कर उन्होंने मार दिया। मेरी सहेली महिमा के भाई को भी मार दिया। उसकी शादी को अभी महीना भी नहीं हुआ था। ग़र्ज़ यह कि बाहर से कोई ख़बर आती ही नहीं थी और यहां से कोई ख़बर जाती नहीं थी। सो, हम इन्हीं हालात में रह रहे थे। रोते-झींकते, एक-दूसरे के दुख बांटते हुए रात को पहरा देते। मैं कहती, "अब यहां से चलो।"

पिता जी कहते, "तू पागल है। यह आग आठ-दस दिन की है। फिर सब ठीक हो जाएगा।"

तहसील के इंपीरियल बैंक के मैनेजर का नाम विश्वामित्तर था, जो उस शाखा के एकमात्र कर्मचारी थे। उनका हमारे घर आना-जाना था। मां ने उनसे कह रखा था कि जब भी कहीं जाओ, हमें ज़रूर बताना। एक दिन आ कर वह बोले, "भरजाई! ख़ज़ाना लेने शहर से गाड़ी आई है। हम सब जा रहे हैं। आप भी किसी को भेजना चाहो, तो भेज सकती हो।"

मां ने झट मेरी तरफ़ इशारा किया, "इसे और छोटी बेटी को ले जाओ।"

बस, उन्हीं कपड़ों में हम उनके साथ चल पड़े। गली में भाई खेल रहा था। उसके बदन पर सिर्फ़ झग्गा था। हम कहीं जा रही हैं, यह देख कर बोला, ''कहां जा रही हो? मैं भी चलूंगा।'' वह रोने लग गया। चाचा विश्वामित्तर कहते हैं, ''चलो, इसे भी साथ ले चलते हैं। बच्चा है। बहल जाएगा।''

इस तरह, हम तीनों भाई-बहन उनके साथ आ गए। ट्रक में ख़ज़ाने की रक्षा के लिए गार्ड थे और हम लोग, यानि विश्वामित्तर जी का पूरा परिवार और हम तीनों भाई-बहन। कोई बारह कोस का फ़ासला था। रास्ते में हमने जो जन-सैलाब देखा, उसकी मैं कल्पना भी नहीं कर सकती थी। उसके बाद इतना बड़ा हजूम आज तक नहीं देखा। चारों ओर से उमड़ते लोग। सिर पर गठरियां और सामान उठाए, रोते-चिल्लाते हुए ''हमें बचाओ, हमें बचा लो'' - यही आवाज़ें सुनाई पड़ती थीं।

हम सब बेबस थे। ऐसे लगता था, जैसे इस भीड़ का कोई ओर-छोर ही नहीं था—न आसमान, न धरती—कुछ दिखाई नहीं देता था। बस, लोग ही लोग। इस भीड़ का वर्णन और लोगों की बेबसी आज भी मेरी आंखों में आंसू भर देती है। लेकिन मैं क्या जानती थी कि अभी तो इससे भी डरावने मंज़र देखने हैं।

किसी तरह हम शहर पहुंचे। वहां मैनेजर ने—या जो भी बड़ा अफ़सर था—कोठी के बाहर हमें रहने की इजाज़त दे दी—वह भी एकाध दिन के लिए। वहीं बाहर खुले में ही चाचा की पत्नी यानि हमारी चाची ने रोटी बनाई और हमने खाई। रात को भी वहीं ज़मीन पर ही हम लोग बिना किसी बिछौने और ओढ़नी के पड़ गए। इस तरह एकाध दिन बिताने के बाद हम रिफ़्यूजी कैंप में आ गए जो कि मिलिटरी बैरकों में बनाया गया था। मैं नहीं जानती कि चाचा विश्वामित्तर कहां गए, उनका परिवार कहां गया। लेकिन मैं अपने भाई-बहन के साथ वहां अकेली, असहाय खड़ी थी। बैरकों में चारों ओर लोग बरामदों तक में जगह घेर कर पड़े थे—अपना-अपना सामान टिका कर, बर्तन-भांडे रख कर, सोने के लिए चादरें, दरियां बिछा कर। मैं समझ नहीं पा रही थी कि मैं क्या करूं, कहां खड़ी होऊं। पता नहीं वह कौन था जिसने मुझसे पूछा, ''बच्ची! तेरे मां-बाप कहां हैं?''

मैं फफक पड़ी। उसने कहा, ''ठीक है, तू यहीं एक तरफ़ अपनी बहन और भाई के साथ लेट जाया कर।''

सामान तो हमारे पास कोई था नहीं। बदलने तक को कपड़े नहीं थे। सो, हम वहां बैठ गए। खाने का वहां आलम यह था कि कैंप में ही खाना बनता व मिलता था—दाल और दो-दो रोटियां। सुबह से आस जगती थी कि खाना मिलेगा। पर खाना तो तब मिलता था, जब दाल जलने की गंध सारे कैंप में फैल जाती थी। मैं शुक्र मनाती कि चलो, सड़ी हुई दाल ही सही, खाना तो मिलेगा ही।

कैंप में मैं रोटी के लिए इतनी तरस गई थी कि लगता था ज़िंदगी में कभी भी पेट-भर रोटी नसीब नहीं होगी। उस वक्त यही प्रार्थना करती थी कि हे प्रभु, एक बार मुझे पेट-भर रोटी दो। मैं कभी अन्न का निरादर नहीं करूंगी। कभी रोटी जूठी नहीं छोडूंगी। भूख क्या होती है, यह उस वक्त जाना और शायद आज तक

उस हादसे से बाहर नहीं आ सकी हूं। जूठन छोड़ना तो एक तरफ़, कोई भी छोड़ता है, तो दिल दुखी होता है। उन्हें कैसे समझाऊं कि भूख क्या होती है। मुझसे पूछो, आज ईश्वर की दया से सब कुछ है, पर खाना जूठा छोड़ते हुए आज भी दिल दुखी होता है।

हम तीनों को दो-दो रोटियां और दाल मिलती थी। लेकिन भाई, जो इतने लाड़-प्यार में पला था, जो घर में रोटी को मुंह नहीं लगाता था, वह "हाय भूख, हाय भूख" करता, तो अपने हिस्से की एक रोटी मैं उसे दे देती और खुद एक रोटी ही खाती। इस तरह कितने दिन बीते, कुछ पता नहीं, क्योंकि दिनों, महीनों, घंटों का हिसाब जैसे ख़त्म हो गया था। सिर्फ़ और सिर्फ़ लोगों की भीड़ और भूख ही नज़र आती थी।

कैंप में एक दिन बुआ दिख गई—अपने पूरे परिवार के साथ। रोने-धोने के बाद उन्होंने बताया कि मेरे मौसा जी भी यहीं हैं। मौसी और उनका सारा ससुराल जम्मू पहुंच गए हैं, लेकिन मौसा जी सामान निकालने के चक्कर में कैंप में रुके हुए हैं। सो, मौसा जी ने कहा, "चलो, तुम लोगों को जम्मू छोड़ देते हैं।"

इस तरह, हम चाचा के पास जम्मू पहुंच गए। चाचा अपने पूरे परिवार और मेरी बुआ को ले कर कश्मीर घूमने गए हुए थे। उनके लौटने से पहले यह सारा हादसा हो गया था। सो, वे जम्मू ही रुक गए थे। जम्मू में चाचा की बुआ का बहुत बड़ा मकान था। ऊपर पूरा घर वह अपने लिए रखते थे, क्योंकि वे छह महीने जम्मू रहते थे। बुआ अमीर थी। चांदी के बर्तनों में खाना खाने वाली। कश्मीर में बेहिसाब संपत्ति की मालिक। जम्मू में कई मकान और दुकानें।

सो, मकान के ऊपर के हिस्से में चाचा जी और हमारे गांव के काफ़ी लोग आ गए। बुआ अभी कश्मीर में ही थी। रोने-धोने के बाद मैंने चाचा को सारी घटना से अवगत कराया। चाचा बड़े परेशान। गांव में दादा-दादी और मझले चाचा थे। एक चाचा अभी कुंआरे थे और लाहौर रहते थे। उन दिनों हरिद्वार गए हुए थे। जानते नहीं, उन्हें कैसे पता चला था कि हम सब मारे गए हैं। उन्होंने तार दिए थे कि सब छोड़-छाड़ कर आ जाओ। एक बार जान बचा कर। जवाब कैसे देते? ताया जी शहर में रहते थे। पिता जी तहसील में। लेकिन घर वालों से किसी का कोई संपर्क नहीं था। दोनों कुंआरी बुआएं—एक चाचा के साथ कश्मीर में और दूसरी छोटी बहन के साथ कसौली में थी। मझौले चाचा के दोनों छोटे बच्चे और चाची अपने मां-बाप के साथ बूंदी राजस्थान चली गई थी। सो, चाचा परेशान कि वे तीनों—दादा-दादी और चाचा—क्या कर रहे होंगे? ज़िंदा भी हैं या मर गए! जम्मू से हमारा गांव कुल बारह कोस की दूरी पर था। लेकिन संपर्क का कोई साधन नहीं था। डाक-तार, रेल—सब बंद थे।

बुआ ने मुझे अपने कपड़े बदलने के लिए दिए। एक जोड़ा मासी की जेठानी ने अपनी लड़की का भेजा। इस तरह, पता नहीं कितने दिनों के बाद मैं नहाई होऊंगी, कुछ याद नहीं। खाना खा कर भाई को और छोटी बहन को भी थोड़ा होश आया।

जम्मू पहुंचने की दास्तान भी कम रोमांचक नहीं है।

हम सब रेलगाड़ी में बैठ गए। मिलिटरी थी या नहीं, कुछ पता नहीं। लेकिन हमारी गाड़ी के साथ-साथ मोटरसाइकिल पर दो सवार एक तरफ़, दो सवार दूसरी तरफ़ चल रहे थे। वे संघी थे। एक का नाम शायद युधिष्ठिर था या भीष्म। अपनी मोटरसाइकिल पर गाड़ी के साथ हौंसला बढ़ाते हुए चल रहे थे। लड़का इतना सुंदर और मीठे स्वभाव का था कि सब उसकी तारीफ़ कर रहे थे।

गाड़ी ने हमें सुचेतगढ़ ला कर पटक दिया और फिर किस तरह चारों ने हमें जम्मू पहुंचाया, आज याद करके रौंगटे खड़े हो जाते हैं। वे न होते, तो शायद हम लोग अपनी मंज़िले-मकसूद न पहुंच पाते। जगह-जगह बलवाई और हत्यारे गाड़ी रोकने की कोशिश करते थे—तलवारें, बरछे लहराते हुए। उन्हें देखते ही हम कांपने लगते थे। इन्सान तो कोई दिखाई ही नहीं देता था—सबके सब हैवान। हम जम्मू किस तरह पहुंचे, कुछ पता नहीं। जीते जी पहुंच गए, यही ग़नीमत थी।

अब सबके सामने यह समस्या थी कि घर के बंदों को कहां खोजा जाए और कैसे खोजा जाए। सो, इसी सोच में ही दिन बीत रहे थे। जम्मू से पठानकोट तक सड़क मार्ग उन दिनों शायद नहीं था। कोई नदी थी जिसे ऊंटों पर चढ़ कर पार करते थे और इस तरह पठानकोट से आगे अमृतसर-जालंधर जाते थे। जम्मू का रेलमार्ग और सड़क मार्ग तो स्यालकोट से ही जुड़ा था।

एक हृदयविदारक कथा। जम्मू में हमारे पड़ोस में ही पोस्टमास्टर रहता था जो मुसलमान था। उसके तीन बच्चे - एक लड़की मेरी हमउम्र और दो लड़के उससे छोटे। तीनों गोरे-गोरे और प्यारे-प्यारे। लड़की का नाम नूर था। नूर मेरी सहेली बन गई। छत पर हम बातें करते—कहां पढ़ती हो, क्या विषय हैं, आदि-आदि।

जम्मू भी, आख़िर, कब तक दंगें से बच सकता था। इधर से जाने वाले सब लोग वहशी बन चुके थे। सो, आग कभी भी भड़क सकती थी। उस इलाके में चौबीसों घंटे गोलियां चलने की आवाज़ें आती रहती थीं। मीरपुर वग़ैरह के लोग भी जम्मू आ गए थे। कर्फ्यू लग गया था। लेकिन मैं कर्फ्यू में भी संकरी पत्थरों वाली गलियों में घूमती रहती थी। देखने में मैं छोटी लगती थी। सो, जो कहता, उसे दूध वग़ैरह ला देती—बाज़ार से या ग्वालों के घरों से। जिस किसी को कोई चीज़ चाहिए होती, मुझसे कहते—नीचे चली जा, और यह-यह ले आ।

फलों का रुल पड़ गया था। निकासी जो नहीं थी।

मुझे अच्छी तरह याद है, पोस्टमास्टर सब पुराने बाशिंदों के घर जा कर गुहार लगा आया था कि वे कहीं नहीं जाना चाहते, इसलिए उन्हें परिवार सहित पनाह दी जाए। उन्होंने मिन्नतें की थीं कि वे यहां के रहने वाले हैं, किसी दूसरी जगह जाने की सोच भी नहीं सकते, सो, किसी घर में ठौर-ठिकाना मिल जाए। लेकिन किसी ने भी उन्हें जगह नहीं दी। जो उन्हें भली-भांति जानते थे, उन्होंने भी मुंह फेर लिया था और जो हम जैसे पीड़ित थे, उनकी हैसियत ही नहीं थी कि उनके लिए कुछ कर सकते। नतीजा : 'हर-हर महादेव' के नारों की गूंज के साथ लोगों

ने उनके घर में घुस कर किस तरह उन्हें छुरों व बल्लमों से मारा, वह ऐसा लोमहर्षक दृश्य था, जिसे मैंने अपनी आंखों से देखा है। हाल कमरे में एक तरफ़ नूर का शव पड़ा था—पेट फटा हुआ। एक तरफ़ पोस्टमास्टर। एक तरफ़ उसकी पत्नी और दोनों बच्चे। उनकी अंतड़ियां बाहर निकली हुईं। उन्हें देख कर मैं बेहोश हो गई थी, यह मुझे पता नहीं था। एक बालक का स्वेटर पीला। दूसरे का नीला। ये आज भी मुझे हांट करते हैं और रौंगटे खड़े हो जाते हैं। किसी को बताते हुए क्या, इस वक्त लिखते हुए भी मेरे आंसू कैसे धार-धार बह रहे हैं, यह मैं ही जानती हूं। सितंबर-अक्तूबर में स्वेटरों की अमूमन ज़रूरत महसूस नहीं होती। लेकिन चूंकि वे भागने की तदबीर कर रहे थे, इसलिए स्वेटर उन्हें पहना दिए गए थे।

मिलिटरी वाले भी किस तरह लोगों को शह दे रहे थे, इसकी मैं गवाह हूं। एक काफ़िला जम्मू से रवाना हो रहा था। घर-घर में आवाज़ लगाई जा रही थी : 'काफ़िला जा रहा है!' मतलब कि लूटपाट करने वालों का आह्वान किया जा रहा था कि पहुंच जाओ और लूटो। एक जन-सैलाब जो मैं देख कर आई थी, वैसा ही जन-सैलाब सिर पर गठरियां उठाए, बकरियां, भेड़ें, गाय-भैंसें और उनके ऊपर सामान लादे एक अनजानी, अनचाही डगर की तरफ़ चल पड़ा था। यहां तक कि रेडियो जैसी चीज़ भी गठरी में बांध कर ले जा रहे थे। कोई ओर-छोर नज़र नहीं आता था।

हमारे गांव का दीना, जो आवारा किस्म का लड़का था, उस काफ़िले में से किसी की लड़की उठा लाया। सिर पर दुपट्टा नहीं। शायद घसीट कर लाने से गिर गया होगा। चाचा जी ने जब लड़की को देखा, तो दीने की इतनी लानत-मलामत की कि लड़की को चाचा जी के पास छोड़ कर लगा माफ़ी मांगने। चाचा जी ने लड़की को तसल्ली दी और दीने को फटकारते हुए कहा, "कमीने, यह क्या हरकत की है। (मेरी तरफ़ इशारा करके) तेरे को यह अपनी बहन दिखाई नहीं दी? अगर इसके साथ ऐसा हादसा हो जाता, तो? कैसे यह बेचारी यहां पहुंची है? तूने ऐसा गंदा और घटिया काम किया है, जिसका कोई प्रायश्चित्त नहीं हो सकता। मैं तेरे को ज़िंदगी-भर मुआफ़ नहीं करूंगा।"

यह तो हुआ। अब चाचा जी को यह चिंता सताने लगी कि इस बच्ची को कैसे किसी सेफ़ जगह पहुंचाया जाए। उस लड़की का भाग्य या यूं कहिए कि हम सबका भाग्य कि शेख़ अब्दुल्ला की एक जनसभा जम्मू में थी। चाचा जी लड़की को ले कर उस सभा में पहुंचे और उस लड़की को मंच पर ले जा कर शेख़ साहब को सौंप दिया। शेख़ अब्दुल्ला बेहद ख़ुश हुए और बोले, "मैं आपकी क्या मदद कर सकता हूं।"

चाचा जी ने कहा, "इस बच्ची की रक्षा के एवज़ में तो हमें कुछ नहीं चाहिए। हां, अगर हमें यहां से निकालने की थोड़ी मदद कर सकते हैं, तो मेहरबानी करके कर दें।"

तत्काल शेख़ अब्दुल्ला ने पता नहीं किसी से क्या कहा या नहीं, पर चाचा जी मेरे भाई को साथ ले कर पठानकोट के लिए निकल पड़े। कोई सड़क न होने

के कारण कैसे-कैसे कष्ट झेल कर चल रहे थे। रास्ते में नदी पार करने के लिए उन्होंने ऊंट की सवारी भी ली। चाचा जी बताते हैं, "जब ऊंट डूबने वाला होता, तो मैं सोचता था, भगवान! किसी भी तरह मेरे भतीजे को बचाओ। यह अपने मां-बाप का इकलौता बेटा और पांच बहनों का भाई है।"

वे किसी तरह हिचकोले खाते पठानकोट पहुंचे और वहां से रेलगाड़ी में अमृतसर कितने दिनों में पहुंचे, कोई हिसाब नहीं। लुटा-पिटा अमृतसर शरणार्थियों से लबालब भरा था।

बाद में हम लोगों ने कैसे घर वालों को ढूंढ़ा, यह भी उतनी ही त्रासद कथा है, जितनी त्रासद कहानी मां-बाप, दादा-दादी और दूसरे परिवार के लोगों के पहुंचने की है।

अब थोड़ा अपने गांव का और बाकी परिवार का हाल जो पिता जी ने आ कर बताया था।

हम तीनों भाई-बहनों के निकलने के दूसरे दिन ही दंगाई छतों को फांदते हुए, हाथों में छुरे-चाकू लिये, अल्लाह हू अकबर के नारे लगाते हुए, लोगों की हत्या करते हुए आ रहे थे। लोगों की चीख-पुकार सुनाई पड़ती थी : "शफ़ी साहब, बचाओ, काका साहब बचाओ! बाऊ जी बचाओ!" बार-बार वे दुहाई दे रहे थे कि आप लोगों के कहने पर ही हम नहीं गए यहां से। हमने तो पाकिस्तान बनने पर दीपमाला की थी, शीरनी बांटी थी। फिर हमें क्यों इस तरह मारा और कत्ल किया जा रहा है?

पिता जी बताते थे—हम बे-यारो-मददगार इधर-उधर डोल रहे थे। जिस्म पर बंडी और कच्छा था। तभी शफ़ी साहब वहां आ पहुंचे और बोले, "जैसे हो, जान बचानी है, तो मेरे साथ आओ। मैं अब बहुत मजबूर हो गया हूं। हालात काबू से बाहर हो चुके हैं। इसलिए जितनी जल्दी हो, आ जाओ।"

सभी लोग अपने-अपने घरों से जैसे बैठे थे, निकल आए और स्कूल में, जो उस समय कैंप बन गया था, इकट्ठे हो गए। खाना शफ़ी और काका कैंप में भिजवा देते थे। दूध से आटा गुंथवा कर वे महरे से परांठे बनवा कर भेजते रहे। उस मुश्किल वक्त में भी उन्होंने किस कदर यह इंतज़ाम किया होगा, वही जानें।

पिता जी को अपने मां-बाप, भाई का ख़याल आया। उन्हें कैसे निकाला जाए? उन्होंने मिलिटरी वालों से विनती की, "मैं आपको चीनी की जितनी बोरियां चाहिए दूंगा। मेरे मां-बाप, भाई को गांव से निकालना है।" उन दिनों चीनी की राशनिंग थी और सारी तहसील की चीनी की एजेंसी पिता जी के पास थी। संयोग की बात थी कि उन्हीं दिनों बिल्टी आई थी और चीनी का पूरा स्टॉक पड़ा था। सो, अस्सी बोरी चीनी पर सौदा तय हो गया और पिता जी मां-बाप को लेने ट्रक ले कर गांव पहुंचे। मां-बाप तो घर पर रोते-झींकते मिल गए, लेकिन चाचा का कहीं अता-पता नहीं था। उन्हें छोड़ कर भी नहीं आ सकते थे। सो, उनकी तलाश की गई। चाचा छतें फांदते हुए कभी इधर आते थे, कभी उधर जाते थे। असल में, दंगई चाचा

से कहते थे कि सारी जायदाद हमारे नाम कर दो। इतनी बड़ी जायदाद थी। यह तो उन्हें गुमान ही नहीं था कि हम यहां से चले जाएंगे, इसलिए चाचा कहते थे कि जायदाद साझी है, मैं कैसे लिख कर दे सकता हूं। सो, वह जान बचाते हुए इधर-उधर भाग रहे थे। उन तीनों से और अपनी ताई से पिता जी ने कहा कि चलो हमारे साथ। ताई बोली, "आप जाओ। घर की रखवाली के लिए मैं यहां रहूंगी। आप लोग दस-पंद्रह दिनों में वापस तो आ ही रहे हो।"

चलते वक्त फ़ौजी अफ़सर ने दादी से कहा, "मां जी, कुछ ले लो।"

दादी घर का एक चक्कर लगा कर लौट आई और बोली, "कुछ नहीं लेना।"

उसने फिर कहा, "मां जी, कोई कीमती चीज़, जो आप उठाना चाहती हैं।"

"नहीं, सबसे कीमती तो मेरे बच्चे ही हैं।"

दादाजी ने थोड़ा-सा घी उठाया कि पंद्रह-बीस दिनों में कहीं सेहत ख़राब न हो जाए। यह तो किसी को गुमान ही नहीं था कि वापस नहीं आएंगे। इस तरह, सब कैंप में आ गए। वहीं से हिंदुस्तान के लिए काफ़िला निकला। पिता जी का रसूख़ और चीनी की बोरियां फिर काम आईं। शफ़ी ने और काका ने एक ट्रक का इंतज़ाम करवा दिया। ट्रक रवाना होने से पहले सैद कामा और उसका भाई दौड़े-दौड़े आए, "हमने तो कुरआन की झूठी कसम खा ली है। आप कुछ कीमती सामान, चांदी-सोना वग़ैरह ले लें।"

पिता जी ने कहा, "पागल हो। दस-पंद्रह दिनों में वापस घर आ कर ले लेंगे। रास्ते में कोई छीन ले, तो!"

इसी तरह, शफ़ी और काका ने भी सोना और रुपया वापस देना चाहा, मगर रास्ते में उससे हाथ न धो बैठें, इस डर से नहीं लिया। जब ट्रक चला, तो रास्ते में लोग रोते-चिल्लाते मिन्नतें कर रहे थे कि ट्रक में हमें भी चढ़ा लो। लेकिन ट्रक में तो तिल धरने की जगह नहीं थी।

ये लोग किसी तरह नारोवाल पहुंचे, हालांकि रास्ते में नाले भरे हुए थे। उन्हें पता चल गया था कि तालाबों में ज़हर मिला दिया गया है। पीने के लिए पानी की कहीं बूंद मयस्सर नहीं थी। नारोवाल से गाड़ी अमृतसर के लिए लेनी थी। वहां भी स्टेशन पर लोगों के हजूम के हजूम दिखाई देते थे।

हमारी सबसे छोटी बहन उन दिनों साढ़े तीन बरस की थी। उसकी आंखें आई हुई थीं—लाल सुर्ख, बेर की मानिंद हो गई थीं। न दवाई थी, न पीने का पानी था। गर्मी के मारे बुरा हाल और मां परेशान। स्टेशन पर उस वक्त ईसाई मिशनरी सेवा करते हुए घूम रहे थे। हर किसी की ज़रूरतें पूरी करने में लगे थे, पानी पिलाते, थोड़ा-बहुत खाने को देते और दवा-दारू भी करते। जब उन्होंने छोटी बच्ची की आंखें देखीं, तो उसी वक्त दवाई डलवाने के लिए ले गए।

इधर वे गए, इधर शोर मच गया कि अमृतसर की गाड़ी आ गई है। तैयार हो जाओ। मां रोने लगी, "तीन बच्चों का आगे पता नहीं। अब चौथी भी यहां छोड़ कर मैं नहीं जाऊंगी। आप सब जाओ।"

इस पर दादा ने डांट पिलाई, "उस नन्ही-सी गिटक (गुठली) के लिए हम सबको मरवाओगी? चलो, चलना है।" लेकिन संयोग यह हुआ कि जो गाड़ी अमृतसर से आई थी, वह लाशों से भरी हुई थी। कुछ ही दिन पहले इधर से जो गाड़ी गई थी, वह लाशों से भरी हुई गई थी और उस पर लिख कर भेजा गया था : 'मारना हमसे सीखो।' अब यह जो गाड़ी आई, तो लाशों से और खून से लथपथ। इस पर लिखा था : 'बदला लेना हमसे सीखो।'

मां को थोड़ा हौंसला हुआ। गाड़ी साफ़ करने और धोने में समय लगा और तब तक आंखों में दवाई डलवा कर पादरी बच्ची को दे गए। इस तरह, वे सब उस गाड़ी से अमृतसर आ गए।

पिता जी बताते थे कि जब अमृतसर स्टेशन पर गाड़ी आई, तो प्लेटफ़ार्म रिफ्यूजियों से भरे पड़े थे। लोग परेशान हालत में अपनों को तलाश रहे थे। कोई अपना नज़र नहीं आता था। तभी चाचा जी को परशोत्तम दिखाई पड़ गया। उसने भी इन्हें देख लिया था और उनकी तरफ़ ही चला आ रहा था। ऐसे हालात में जैसा मेल-मिलाप होता है, जैसी गुफ़्तगू होती है, उसके बाद वह सबको एक डेरे पर छोड़ गया।

परशोत्तम अमृतसर का ही लड़का था और हमारे कस्बे में संघ प्रमुख था। सुबह-सुबह सबको जगा कर शाखा में इकट्ठा किया करता था और प्रार्थना करके देशभक्ति के गीत गाता था। शाखा हमारे घर की दीवार के बिलकुल नीचे बड़े मैदान में लगती थी। वहां एक बेरी का पेड़ था और बाकी सारा *रड़ा* मैदान। हमारा भाई छत से इन पर कभी टट्टी, कभी कूड़ा-कचरा फेंकता और चिल्ला-चिल्ला कर कहता, "संघी भंगी एक दो, संघ में जाना छोड़ दो।" पता नहीं कहां से सीख आया था।

लेकिन शाखा में आने वाले कभी कुछ नहीं बोलते थे। एक दिन उन्होंने किया यह कि मेरे भाई को और चाची के लड़के प्रेम को बड़े प्यार से शाखा में ले गए थे। भाई वहां से बड़ा खुश लौटा और बोला था, "मुसलमानों ने हम पर जुल्म किए हैं। हमारी औरतों को उठा कर ले जाते थे।"

इस पर जब हमने पूछा था, "औरतें, क्या मतलब?" तो बोला था, "हां-हां, सामान वग़ैरह, शीशे, पलंग–यही तो औरतें हैं..."

सब हंस पड़े थे। और वह झेंप कर भाग गया था।

परशोत्तम ने उन्हें अमृतसर के डेरे पर पहुंचा कर सबकी बड़ी सहायता की। खाना ला कर दिया। कपड़े-लत्ते दिए और हर तरह की मदद का आश्वासन दिया।

फिर शुरू हुआ घर और काम ढूंढ़ने का सिलसिला। मकान तो बहुत सारे खाली पड़े थे, पर ज़्यादातर जले हुए थे। उनके निकट जाते हुए सब डरते थे। कई घर ऐसे भी थे जो पूरे भरे हुए थे। उनमें भी जाते हुए डर लगता था। मां दहल जाती थी। दादी का बुरा हाल हो जाता। कहती कि हम किसी की इस्तेमाल की हुई चीज़ कैसे लें। और जब तक हमारी पूरी फ़ैमिली इकट्ठी नहीं हो जाती, हम किसी की कोई चीज़ नहीं छुएंगे। कहीं बद्दुआ न लगे।

लेकिन उसी परशोत्तम ने ही एक घर का बंदोबस्त किया और बर्तन-भांडे ला कर दिए। उन दिनों सभी दिल खोल कर दान दे रहे थे और शरणार्थियों को बसने में पूरी सहायता कर रहे थे। मां हरदम हम तीनों के लिए परेशान रहती। पिता जी काम की खोज में भटकते रहते। वह लुधियाना भी हो आए। वहां किसी की कंबलों की फ़ैक्टरी थी। उसके मालिक ने कहा था, ''मैं पाकिस्तान जा रहा हूं। आप अगर इसे संभाल लें, तो मुझे खुशी होगी।'' लेकिन पिता जी को कंबलों के इतने बड़े गोदाम को देख कर बड़ी घबराहट हुई। बोले, ''नहीं, जब तक मेरे बच्चे नहीं मिल जाते, मैं किसी की कोई चीज़ छुऊंगा भी नहीं। फिर आपको देने के लिए मेरे पास पैसे भी नहीं हैं।''

बस, वहां से वह अमृतसर लौट आए। पिता जी ने अपने दोस्त धर्मदेव के साथ मिल कर 'खोती हाता' में ढाबा खोल लिया और किसी तरह रोटी का जुगाड़ किया। अब उन्हें हमारी और सिर्फ़ हमारी इंतज़ार थी, जबकि न हमें उनका अता-पता था, न उन्हें हमारा। मां इतना रोती थी कि आंखें ख़राब कर लीं। प्रतिदिन रेलवे स्टेशन पर जा कर देखती रहती कि कहीं आने वालों में हम भी हों। फिर अप्रत्याशित रूप से चाचा जी हमारे भाई को ले कर पहुंचे, तो मां खुशी के मारे रो-रो कर बेहाल हो गई। यह जान कर उसकी खुशी का पारावार न रहा कि हम भी सकुशल हैं।

''चलो, सब कुछ खो कर बच्चे तो ख़ैरियत से हैं।'' फिर भी, मां रह-रह कर उन चीज़ों को गिनती रहती जिन्हें फ़साद के दिनों में उन्होंने घर के कुएं में डंप किया था।

हमारे घर के आंगन के बीचोंबीच कुआं था जो सूख गया था। लंबे रस्सों से सामान से भरे ट्रंक वग़ैरह कुएं में लटका दिए थे। दस-बारह ट्रंक हमारे और इतने ही चाची के कुएं में डाल कर उसके ऊपर पलस्तर कर दिया था। बचा-खुचा सामान सैद कामा को दे दिया था कि आ कर ले लेंगे।

पर बताते हैं कि अभी हम कैंप पहुंचे ही थे कि फसादियों ने कुएं से सारा सामान निकाल लिया था और मां कहती थी कि दिखा-दिखा कर चिढ़ाते थे और कहते थे, ''बड़ा छुपा कर रखा था। हम भी कयामत की नज़र रखते हैं।''

सैद को भी उन्होंने मारा-पीटा, लेकिन उसने कुरआन की झूठी कसम खाई और सामान नहीं दिया कि मालिकों के आने पर क्या जवाब देगा। इसके अलावा, सारा सोना ज़मीन में गाड़ आए थे। बताते हैं कि फ़सादियों ने सारा माल-मता खोद निकालने में देर नहीं की। जानते थे कि लोग इस तरह गहना-गट्टा छिपा कर रखते हैं। दूसरा सामान ताई के सामने ही लूट कर ले गए थे।

सबकी अलग-अलग कहानी थी। सब उस दुख के समय एक-दूसरे को ढाढ़स बंधाते थे।

भाई को अमृतसर छोड़ने और मां-बाप से मिलने के बाद चाचा जी को वापस जम्मू जा कर हमें लाना था। वह जम्मू आ गए। हलकी-हलकी ठंड शुरू हो गई थी। लोगों की ज़िंदगी कुछ-कुछ रफ़्तार पकड़ रही थी। कैंप जम्मू तवी के किनारे लगा था। घर में भी पिता जी की बुआ कश्मीर से आ गई थी, क्योंकि कश्मीर

पर हमला हो गया था। सो, जगह भी तंग पड़ रही थी। बुआ भी कश्मीर में रहने के कारण और कश्मीरियों से मेल-जोल के कारण वैसे ही स्वभाव की हो गई थी। खाना वह चांदी के बरतनों में ही खाती थी। कहीं जाती थी, तो चाय के लिए भी अपने साथ बरतन ले जाती थी, यानि बड़ा 'सुच्चम' (शुचिता) बरतती थी। उनकी बहू आर्यसमाजी विचारों की थी। कोई छुआछूत नहीं मानती थी। फिर भी, सास-बहू में कभी तकरार हुई हो या ऊंची आवाज़ में बोली हों, कभी नहीं सुना।

फूफा बहुत पैसे वाले थे। किसी ने उन्हें कुछ 'कर' दिया था। बैठे-बैठे सो जाते थे। घोड़ा-बग्घी में से गिर जाते थे। पलंग से लुढ़क जाते थे। इसलिए एक नौकर और दो तकिए उनके साथ हमेशा रखने पड़ते थे। वह कितने दिन इस तरह जीवित रहे, मैं नहीं जानती। लेकिन मैंने होश संभाला, तब बुआ जी अकेली बड़ी बहू के साथ थीं।

दिन-रात गोलाबारी होती थी। कर्फ़्यू लग गया था। सेब इतने सस्ते मिलते थे, पर ऐसे हालात में कोई क्या खा सकता था। गोली की आवाज़ से पक्षी भी पेड़ों पर हिलना-डुलना तक भूल गए लगते थे। वह नज़ारा तो ऐसा था जिसके लिए कहा जा सकता है : A sight to be seen and not to dream. उसकी कल्पना ही की जा सकती है, जिसके बारे में कुछ सुना हो। यह सब तो कल्पनातीत है। आज इतने बरसों बाद उस मंज़र को याद करके सिहर उठती हूं। एकबारगी सारा दृश्य आंखों के आगे आ जाता है। नूर, उसके मां-बाप, भाई कमरे में पड़े हैं। उनकी स्वेटरें, बाहर निकली आंतें, सब कैसे भूल जाऊं! उस वक्त मैं इतनी छोटी थी। उन्हें बचा भी नहीं सकती थी। चाचा ने हम दोनों बहनों को हमारे दूर के रिश्ते के भाई मदन के साथ कर दिया कि वह हमें अपने साथ अमृतसर ले जाए, क्योंकि उनका अभी जम्मू से निकलने का कुछ डोल बन नहीं रहा था। वह चाहते थे कि एक बार गांव जा कर कुछ सामान और सोना ले आएं।

मदन भैया को भी अपने परिवार पा पता लगाना था। सो, वह भी अमृतसर जाने को उत्सुक थे। जम्मू तवी पर कैंप से भर-भर कर ट्रक पठानकोट आते और आगे गाड़ी पकड़ कर लोग अपने गंतव्य तक पहुंचते।

हम भी जम्मू तवी आ गए थे। वहां ठंड कुछ ज़्यादा थी और हवा भी तेज़ चलती थी। सुबह तो हवा इतनी ठंडी चलती कि जैसे लगती, हाथ कुछ देर के लिए लिए वैसा ही रहता। पता चला कि इस हवा को 'टिड्डू' बोलते हैं जो तवी के आसपास चलती है।

ख़ैर, बारी आने पर हम भी आपाधापी करके ट्रक पर सवार हुए और पठानकोट आ गए। वहां से हमें अमृतसर की गाड़ी लेनी थी। पता नहीं, वहां गाड़ी कब मिली, लेकिन जो मिली वह मालगाड़ी थी। उसमें भूसा था और गोबर की गंध थी। लेकिन शुक्र किया कि गाड़ी तो मिली है। भूसे का एक फ़ायदा हुआ। ठंडे डिब्बे में ठंड से थोड़ी राहत मिली।

पठानकोट से अमृतसर पहुंचने में हमें तकरीबन दो दिन लगे, क्योंकि मिलिटरी की गाड़ियां आ-जा रही थीं और हमारी मालगाड़ी उन्हें रास्ता देने के लिए रोक

दी जाती थी। छोटे-छोटे स्टेशनों पर भी गुरुद्वारे से लोग और संघ के लोग रोटी-पानी पूछ रहे थे।

इस तरह, करते-करते जब हम अमृतसर पहुंचे, तो रात के ढाई बज रहे थे। सारा स्टेशन सुनसान। सारा शहर नींद की आग़ोश में। कुत्ते भौंक रहे थे। उजड़ी, लुटी-पिटी नगरी बेहाल लग रही थी। न आदम, न आदमज़ात। हम चलते ही जा रहे थे। किससे पूछते? दूर जलती हुई रोशनी दिखाई देती थी। निकट जाने पर पता चला कि यह 'चित्रा' सिनेमा हाल था जो जल कर राख हो गया था। उसी की तेज़ लाइट थी जो हमें रास्ता दिखा रही थी।

वहां हमें एक आदमी मिला। उससे पूछा, तो उसने 'खोती हाता' का रास्ता बताया। जब हम उस ढाबे पर पहुंचे, तो सुबह के नाश्ते के लिए दो आदमी तैयारी कर रहे थे। अंगीठी जल रही थी और वे बैठे सब्ज़ियां काट रहे थे। एक आदमी हमारे साथ चला। घर किसी गली में था। दरवाज़ा खुला और हमें ज़िंदा देख मां-बाप की तो घिग्घी ही बंध गई। लाख-लाख शुक्र मनाया कि हम ज़िंदा उन्हें मिल गए।

यों तो हम पांच बहनें हैं और हमारा एक भाई है, लेकिन मां के आठ बच्चे हुए थे। मुझसे छोटी एक बहन हुई थी जो मर गई। कहते हैं, वह थोड़ी सांवली थी। सो, उसे 'कालो' कहते थे। पांच-छह महीने ही जी पाई थी। उसके बाद फिर दो लड़कियां हुईं। फिर एक लड़का और सबसे छोटी लड़की।

मां ने एक बार अनचाहा गर्भ गिराने के बहुतेरी दवाएं खाईं। लेकिन हुआ कुछ नहीं। सात माह बीत गए। दादी को गांव से डिलीवरी के लिए आना था। पर चूंकि दो महीने अभी थे, सो उन्हें नहीं बुलाया गया। इस दौरान फ़सादात शुरू हो गए थे। नोआखली की मारधाड़, स्त्रियों की बेहुरमती की ख़बरें आ रही थीं। एक रात मां को प्रसव-पीड़ा हुई। आयशा दाई को बुलाया गया। लड़का हुआ, जो बहुत ही कमज़ोर था। सतमासा जो था। आयशा ने कहा था, "सब ठीक हो जाएगा, खुदा का शुक्र है, ज़च्चा-बच्चा ठीक हैं," और वह निपटा कर चली गई। पिता जी ने चाची से कहा, "इस कमरे में मैं सो जाता हूं। सुबह भाबो तो आ ही जाएगी। तू जा कर आराम कर।"

पिता जी उसी कमरे में लेट गए। साथ-वाले कमरे में हम बहन-भाई सो रहे थे—इस सबसे अनजान। कोई आध घंटे बाद ही पिता जी ने बड़बड़ाना शुरू कर दिया। मां ने उन्हें आवाज़ दी और कहा, "तुम अच्छे मेरी हिफ़ाज़त के लिए सोए हो? खुद ही डर रहे हो!"

पिताजी थोड़ा संभले, तो बोले, "बालक को उठा कर अलग डाल दो।"

"तुम्हारा दिमाग़ तो सही है न!"

"हां, मेरा दिमाग़ वग़ैरह, सब सही हैं, लेकिन बालक ज़िंदा नहीं है।"

"क्यों? कैसे?"

"अभी-अभी मैंने देखा है होश-हवास में। बाहर से परछाईं-सी आई, लंबा लबादा ओढ़े। उसने बच्चे को और लैंप को उठाया है और दूसरे रास्ते से चली गई है।"

मां ने बालक को पीढ़ी पर डाल दिया। देखा, वह सचमुच मर गया था।

जब पाकिस्तान बना, तब पिता जी की अवस्था तकरीबन 37 बरस की थी और तब तक वह छह बच्चों के बाप बन चुके थे। इन्हें देख कर कोई अंदाज़ा नहीं लगा सकता था कि शादीशुदा भी हैं। मेरी सहेलियां तो कई बार कहती थीं, "सच्ची, यह तेरे पिता हैं!"

अमृतसर वाले मकान में रोने-धोने के बाद, एक-दूसरे की विपदा सुन चुकने के बाद मैंने फ़ैसला सुनाया, "हम यहां नहीं रहेंगे। यहां बार्डर पर ख़तरा हमेशा मंडराता रहेगा। हम दिल्ली जाएंगे।"

पिता जी ने समझाने की कोशिश की, "एक तो तेरी इंतज़ार की और फिर बड़ी मुश्किल से रोटी का जुगाड़ हुआ है। हम यहीं रहेंगे। मकान भी अच्छा है और बड़ा भी है।"

अमृतसर के उस मकान की ऊपर वाली मंज़िल पर ताया जी के ससुर रहते थे। उनकी कहानी बड़ी विचित्र थी। उनके पांच बच्चे थे–दो लड़के और तीन लड़कियां। लाहौर के मॉडल टाउन में उनकी सात कोठियां थीं। पांच तो उन्होंने एक-एक बच्चे के नाम कर रखी थीं। दो उनके पास थीं। रेलवे में किसी बड़ी पोस्ट पर थे। रिटायर होने के एकाध साल बाद ही उनकी पत्नी का देहांत हो गया था। बेहाल थे। मां से बोले, "क्या करूं?" बूढ़ी मां ने कहा, "बेटे! तेरा पोता-दोहता, दोनों ब्याहने योग्य हैं। उनकी बहुएं आएंगी। दिल बहल जाएगा। एक भी तेरा बेटा या बेटी कुंआरी होती, तो मैं तेरी शादी करवा देती, लेकिन इत्ते बड़े-बड़े बच्चे और उनके भी ब्याहने जोग बच्चे! सो, सबर कर।"

लेकिन भसीन साहब को यह गवारा नहीं था। उन्होंने अपने लिए औरत तलाश करनी शुरू की। एक विधवा ने हामी भरी, जिसकी दो बेटियां थीं–एक बारह-तेरह बरस की, दूसरी आठ-नौ बरस की। उसने यह शर्त रखी कि अगर उसके लड़का हुआ, तो सारी जायदाद यानी सातों कोठियां उसके नाम कर दी जाएंगी और अगर बेटी हुई, तो आधी जायदाद।

सो, कामातुर भसीन साहब राज़ी हो गए और वह दुर्गा, जिसे सभी दुर्गी कहते थे, उनके घर आ गई। भसीन साहब की मां एक तो बूढ़ी, दूसरे, वह यह सदमा बरदाश्त न कर सकी और इस दुनिया से कूच कर गई।

यह सन् '45-46 की बात है। दुर्गी कोई अच्छे घर की नहीं थी। सन् '47 के शुरू में उसने एक लड़की को जन्म दिया जिसे भसीन साहब अथाह प्यार करते थे। कहते हैं, बुढ़ापे की औलाद बहुत प्यारी लगती है। बेटे-बेटियां सभी अपने घर में मस्त। किसी ने ज़्यादा चूं-चपड़ नहीं की। फिर देश का बंटवारा हुआ। भसीन साहब बहुत ही समझदार और काइयां आदमी थे। उन्होंने अपनी सारी कोठियां औने-पौने दामों में बेच डाली थीं। कहते हैं, प्रत्येक कोठी बीस-बीस हज़ार में बिकी। सारी रकम ले कर वह हिंदुस्तान आ गए थे। बेटे-बेटियों को उन्होंने कुछ भी नहीं दिया। बोले कि बच्चों की शादियों में देंगे। इतना बड़ा अफ़सर था। इतना अमीर था। लेकिन इस तरह परेशान और लाचार था कि देख कर दिल को कुछ होता

था। दुर्गी हर वक्त उसे गालियों से नवाज़ती रहती, "मुए, मेरी ज़िंदगी तेरे साथ बरबाद हो गई है। अपने आराम से रह रही थी।" गालियां भी तोल-तोल कर देती थी, "तेरी बेटियां मरें, तेरे दामाद मरें, तेरे बेटे-बहुएं, नाती-पोते सब मरें। तभी मुझे ठंड पड़ेगी।"

असल में, उसने जायदाद की लालच में शादी की थी। अब जायदाद रही नहीं और घर की शान-शौकत भी जाती रही थी। सो, सिवाय गालियों के उसके पास देने को कुछ भी नहीं था।

मैं ये गालियों की बौछार सुनती रहती थी। इसीलिए मेरा मन उखड़ गया था। मैंने मां से कहा, "ऐसे वातावरण में हम नहीं रहेंगे। फिर बार्डर पर वैसे भी ख़तरा बना रहेगा।"

वह मकान क्या, पूरी हवेली थी। छह कमरे, किचन, चौका, आंगन। लंबी-चौड़ी छत और उस पर दो टट्टियां। इसलिए पिता जी वहां से जाना नहीं चाहते थे, लेकिन मेरी ज़िद के आगे वह हार गए। तय हुआ कि पहले हम दिल्ली जाएंगे और वह यहां से सब समेट कर आ जाएंगे।

ठंड बढ़ चुकी थी। दान के कपड़े तथा कंबल वग़ैरह सब कुछ हो गया था। घर-गिरस्ती पूरी बस चुकी थी। सो, उसे समेट कर मैं और बड़ी बहन नाना-नानी के साथ मां और बाकी चारों बच्चों को ले कर मय सामान दिल्ली के लिए चल पड़े।

हमें अंबाला स्टेशन पर गाड़ी बदलनी थी। मां मय सामान और चार बच्चों के साथ थी। टी.टी ने टिकट पूछी, तो मां ने एकदम कहा, "मेरे पास न टिकट है, न पैसे हैं।"

"इतना सामान और चार बच्चे! टिकट तो, मां जी, आपको लेना पड़ेगा।"

मां ने छूटते ही कहा, "यह सारा सामान दान में मिला है। पैसे मेरे पास हैं नहीं। मैं तो दिल्ली गाँधी को रोने जा रही हूं जिसने हमें उजाड़ कर रख दिया। कहता था, मेरी लाश पर पाकिस्तान बनेगा। मैं उसकी लाश ही देखने जा रही हूं।"

कहते हैं, कभी-कभी ज़बान से निकली बात सच हो जाती है। यह जनवरी '48 की बीस-इक्कीस तारीख़ की बात है, और तीस जनवरी को महात्मा गाँधी की हत्या हो गई।

हम मां से कहते, "मां, तुमने, सचमुच, गाँधी को मार दिया है।" पर वह हमेशा कहती, "मुझे कोई अफ़सोस नहीं। हम उजड़ गए हैं। घर-बार तबाह हो गया है। हमें क्या!"

कुतुब की सीढ़ियाँ

सहायता की डायरी की आरंभिक पंक्तियों से मैं अभिभूत तो था ही। आगे पढ़ना शुरू किया, तो डूब कर पढ़ता ही चला गया। लगता था, मैं सीधा उस माहौल में उतर गया हूं जिसका चित्रण सहायता कर रही है। क्या ग्रामीण, क्या शहराती, मतलब कि जिस भी स्थिति में वह पड़ी, उसका वर्णन बिना किसी प्रकार की भावुकता के करती चली गई है। लगता है, एक अद्‌भुत संसार के कपाट खोलती जा रही है। विश्वास नहीं होता था कि कोई बीसेक बरस की लड़की यह करिश्मा कर सकती है, और फिर यह दावा भी करती है कि उसने पहली बार कलम उठाई है।

हमारे ग्रामीण जीवन के बारे में लिखने वाले लेखकों ने या तो 'अहा, ग्राम जीवन भी क्या है!' की तर्ज़ पर किसी कल्पनालोक का चित्रण किया है जिसका कोई प्रामाणिक अस्तित्व नहीं है, जो वायवी है या उसे कल्पना और विचारधारा की छौंक लगा कर प्रस्तुत किया है। सहायता ने उसी दुनिया पर पड़े झीने पर्दे को उठा कर उसके एक-एक कोने-बखरे का यथावत गहराई से चित्रण किया है। यह कोई कम उपलब्धि नहीं है। कोई कहे कि यह तो कैमरे की आंख से देखने की प्रक्रिया हुई। कैमरा तो कृत्रिम माध्यम है जो हर स्थिति पर कृत्रिम प्रकाश डाल कर उसको उजागर करके उसकी तस्वीर प्रस्तुत करता है। सहायता ने हर स्थिति को प्रकृति-प्रदत्त दृष्टि से देखते हुए उसके विशुद्ध चरित्र को उद्‌घाटित किया है। फिर अपने बाल्यकाल से किशोरावस्था तक इसने जो देखा-सुना, जो सोचा-समझा, उसकी जो अनुभूतियां थीं, वे इतनी प्रबल थीं कि उनकी अमिट छाप उसके मन पर अंकित है, जो इन शब्दों से उजागर हुई है :

यादें हैं कि पीछा नहीं छोड़तीं। गीले बालों की तरह बदन से चिपकी हैं...

सहायता की एक-एक पंक्ति ऐसी सरलता और सहजता की बानगी थी जो किसी निष्णात लेखक में हो सकती है। कहीं कोई सजावट नहीं। कहीं कोई बनावट नहीं। अचरज की बात तो यह कि इस लड़की ने कहीं कांट-छांट नहीं की। लगता था, धाराप्रवाह लिखती चली गई है। नदी में उफ़ान आता है, तो उसका वेग तीव्र हो जाता है। कुछ वैसी ही उर्जा, वैसा ही सतत प्रवाह मुझे सहायता की लेखनी में दिखाई पड़ता था। शिल्प नया। प्रयोग नया। विलक्षण यथार्थबोध। लोक-संवेदनाओं और स्थितियों की पकड़ इस रचना का सच थी। ऐसा सर्जनात्मक चित्रण वही कर सकता है जिसने बचपन में भैंस की पीठ पर कोसों यात्रा की हो। फिर मात्र एक घटना के माध्यम से ही इसने अनजाने में ग्रामीण समाज की विशेषताओं और

विकृतियों का मनोहारी वर्णन किया है। पार्टीशन से बहुत पहले चोपड़ा परिवार ने और सबरवाल परिवार ने हिंदू धर्म की संकीर्णताओं से विवश हो कर इस्लाम कबूल किया था। दोनों परिवारों का धर्म गया, लेकिन संस्कार नहीं गए। नवरात्र पर दोनों मुस्लिम परिवारों की कन्याएं हिंदू कन्याओं के साथ मिल कर खेतड़ी बोती हैं और हिंदू लड़कियों के साथ मिल-बैठ कर भेंटें गाती हैं। यही नहीं, इस धार्मिक कृत्य में इनकी मांएं भी निस्संकोच हिस्सा लेती हैं। इसके बावजूद, मुस्लिम समाज कोई आपत्ति नहीं करता।

गांवों में इस प्रकार के सह-अस्तित्व की भावना कितनी प्रबल थी, इसका यह अनन्य उदाहरण इस उदीयमान लेखिका ने प्रस्तुत किया था।

फिर रचना में शिष्ट हास्य का पुट इसका एक और गुण था। दादा स्नान करने जाता है, तो दादी दही देने के बहाने पति के साथ सो आती थी। नतीजा? दादी के गर्भ से अठारह कच्चे-पक्के बच्चे हुए। फिर यही स्त्री इतनी हंसमुख और उदार मन की है कि दंगों के दौरान घर में काम करने वाली औरत से पूछती है : दंगा-फ़साद करने वाले औरतों को किसलिए उठा कर ले जाते हैं। नौकरानी बताती है कि वे पहले तो औरतों की 'बेज़ती' करते हैं, फिर उन्हें मार देते हैं। ढेर सारे बेटे-बेटियों, बहुओं, पोते-पोतियों भरे घर वाली बुजुर्ग दादी हंसते-हंसते कहती है, 'वे आ कर चाहे मेरी 'बेज़ती' कर लें, मुझे मारें नहीं। रोज़ तो अपने आदमी से 'बेज़ती' करवाती हूं। एक दिन इनसे करवा ली, तो क्या!

कहीं पढ़ा था कि किसी रचना का निहितार्थ इतनी सुगमता से ढूंढ़ा नहीं जा सकता। कुछ ऐसी ही अनुभूति मुझे सहायता की यह छोटी-सी रचना पढ़ते हुए हो रही थी।...

बाहर के दरवाज़े पर दस्तक हुई। सहायता बेडरूम में से बोल रही थी, "देखो तो ज़रा। शायद कंठी दीदी आई है।"

मैंने जा कर दरवाज़ा खोला, तो, मुंह-माथे का पसीना पोंछती कंठी दीदी खड़ी थी।

"नमस्कार! सुबह से आपकी राह देख रहे हैं।"

"क्या बताऊं," गरमी में चल कर आई कंठी का चेहरा सुर्ख हो रहा था। भीतर आते हुए कहती है, "मैं तो आ ही नहीं रही थी। सोचती थी कि न जाऊं। तुम लोग चले गए होगे। महारानी कहां है?"

"आराम फ़रमा रही हैं।" मैंने हंसते हुए कहा।

"कंठी दीदी," सहायता बेडरूम के दरवाज़े में खड़ी साड़ी बांध रही थी। उलाहना देते हुए कहती है, "यह वक्त हुआ है तेरा आने का! कहां मर गई थी?"

कंठी दीदी ने सहायता को साड़ी बांधते हुए देखा, तो फिस-फिस हंसते हुए कभी उसकी तरफ़ देखती है, कभी मेरी तरफ़।

"दीदी धूप में चल कर आई है।" मैंने सहायता से कहा, "बैठने को कहा नहीं। लगी डांटने। दीदी, तुम बैठो। मैं पानी ले कर आता हूं।"

"काके, रहण दे। मैं अपने आप ले लूंगी।"

"तेरे परोहणे गए नहीं?" सहायता जूड़ा बनाते हुए आई।

कंठी दीदी अघाए स्वर में कह रही थी, "क्या करूं, 'सित्थे' की तरह चिपक जाते हैं।"

"ऐसे लोगों को बुलाती ही क्यों हो?"

"बुलाने थोड़े जाती हूं। मुंह उठाए चले आते हैं।"

"मना कर दिया कर। सौ बहाने हैं।"

सहायता कंठी दीदी के साथ सोफ़े पर बैठते हुए पूछती है, "अब बता, इतनी देर कहां रही? भूखों मारना चाहती थी? उल्लास कहता था, कंठी दीदी आएगी, तो खाएंगे।"

कंठी दीदी आंखों में शरारत भर कर सहायता का घुटना ठेलती है, "खाने-पीने के अलावा कुछ और भी चखा कि नहीं..."

"क्या कह रही हो?"

"वो जिसे अंग्रेज़ी में कहते हैं, बिटन फ़रूट..."

"बिटन फ्रूट!"

हम दोनों कंठी दीदी का मुंह देख रहे थे।

लगता था, सहायता समझ गई थी। कंठी दीदी को कंधे से ठेलते हुए कहती है, "हट! हम भागे हुए थोड़े हैं।" फिर मेरी तरफ़ देखते हुए समझाती है, "दीदी का मतलब है, फ़ारबिडन फ्रूट..."

मैं खिसिया कर दूसरी तरफ़ देखने लग गया।

"कुछ तो किया होगा। साड़ी-वाड़ी, बाल-शाल ठीक करते हुए बेडरूम से निकली हो।"

"बिल्ली के सपनों में छिछड़े।" सहायता नाक-भौं सिकोड़ते हुए कहती है, "लेटने से पहले साड़ी उतारते नहीं हैं? ख़राब नहीं हो जाती?"

कंठी दीदी ठीठी करते हुए हम दोनों को ताड़ रही थी, "हां, 'कुछ करो,' तो कपड़े ख़राब हो ही जाते हैं।"

"सच्ची! हमने कुछ नहीं किया।" सहायता ने दोनों कान छू कर कहा।

कंठी दीदी मंद-मंद मुस्काते हुए सहायता का मुंह जोह रही थी। फिर कहती है, "तेरी यह बात सुन कर मुझे अपनी बुआ का किस्सा याद हो आया है। हमारी बुआ की शादी हुई, तो सहेलियों ने समझा दिया कि पहली रात को ऐसे-ऐसे होता है, घबराना नहीं। लेकिन पता नहीं, क्या कारण था कि उसके दूल्हे ने ऐन वक्त पर मना कर दिया और बोला कि आज नहीं, कल...और करवट ले कर सो गया।

सहायता हंसते हुए मुझसे कहती है, "मेरी दीदी तो गंदे-गंदे किस्सों का ख़ज़ाना है। 'सिम-सिम खुल जा' बोलो, तो कपाट खुल जाते हैं!"

"आगे सुन न!" कंठी दीदी हंसते हुए बता रही थी, "बुआ सुबह-सवेरे पंप पर कुल्ला कर रही थी। पीछे से सास ने देखा कि दुल्हन ने सलवार उल्टी पहन रखी है। वह मुंह के आगे हाथ रख कर फिस-फिस हंसते हुए बहू से कहती है,

कुड़िए, सलवार तो सीधी पहन ले। बुआ ने देखा, तो एकदम घबरा कर बोली, माता जी, हमने कुछ नहीं किया, हमने कुछ नहीं किया...!''

यह सब बता कर कंठी दीदी हंसती जाती थी, हंसती जाती थी। सहायता ने उसे ठेल दिया, ''तेरा भेजा तो गंदी बातों से भरा है। हमेशा तेरे को ऐसी ही खुराफ़ातें सूझती हैं।''

वह बोली, ''आगे सुन न! बुआ की सास हंसते हुए कहती है, 'कुड़िए, मैंने कब कहा कि कुछ किया है। जा, सलवार तो सीधी पहनके आती।''

''परे दफ़ा हो।'' सहायता ने हंसते हुए कंठी दीदी को कंधा मार कर ठेल दिया। कंठी दीदी ने उसे टहोका मारा, ''तू भी हमारी बुआ की तरह बोल रही है—हमने कुछ नहीं किया।''

''सच्ची, जिसकी मरज़ी सौगंध उठवा लो।'' सहायता ने कंठ-स्पर्श करते हुए कहा।

''ठीक है, मान लेती हूं,'' वह बोली, ''आगे सुन न। अगली रात बुआ के साथ इससे भी मज़ेदार बात हुई...कहती थी कि उसके बाद उसे मरद के पास जाने से भी डर लग रहा था। सहेलियों ने पूछा, काहे का डर? तो बताती है कि उसका मरद इतना भूखा था कि अगली रात छोड़ता ही नहीं था। पहले एक बार। फिर बोला—आदमी के दो हाथ होते हैं। दूसरी बार। फिर कहता है, तीनपत्ती में तीन पत्ते होते हैं...और तीसरी बार...''

सहायता होंठ दबाए हंसते हुए कंठी दीदी का मुंह देख रही थी, ''आदमी था या जनावर...''

मैं चुपचाप बैठा देख रहा था। उस वक्त भी मेरे ज़ेह्न पर सहायता की रचना छाई हुई थी।

''तीसरी बार के बाद कहता है, तीन तिगाड़ा, काम बिगाड़ा...''

सहायता खी-खी करके हंसी, ''आदमी ऐसा भी करते हैं?''

''सुन न! तीसरी बार के बाद कहता है—गाय के चार थन होते हैं...चौथी बार।''

सहायता खिड़-खिड़ हंस रही थी और आगे जानने के लिए कंठी दीदी का मुंह जोह रही थी।

''चौथी बार के बाद कहता है—हाथ की पांच उंगलियां होती हैं...''

दोनों एक-दूसरी के साथ धौल-धप्पा करते हुए हंसती जाती थीं और मैं बुद्धुओं की तरह उन्हें लोट-पोट होते हुए देखे जा रहा था। सहायता उससे लिपटते हुए कहती है, ''कंठी दीदी, आज तो तूने हद कर दी। उल्लास क्या सोचेगा।''

कंठी दीदी मेरी तरफ़ इशारा करते हुए बोली, ''फिकर न कर, काके के पल्ले कुछ नहीं पड़ा।''

''इतना भोला न समझ इसे,'' सहायता ने कनखियों से मेरी तरफ़ देखते हुए कहा।

कंठी दीदी ने पत्रिका उठाई और आगे से ब्लौज़ थोड़ा आगे करके छाती पर

हवा करते हुए कहती है, ''आज तो बला की गर्मी है। जून-जुलाई में पता नहीं क्या हाल होगा।''

''पानी पिओ।''

कंठी दीदी ने गिलास मुंह से लगाते हुए एक बार मेरे मुंह की तरफ़, एक बार सहायता के मुंह की तरफ़ देखा। गिलास मेज़ पर रख लंबा डकार मार कर हंसते हुए बोली,''होंठ तो दोनों के सूजे हैं।''

मैं हंसी रोकने की कोशिश करते हुए दूसरी तरफ़ देख रहा था। सहायता इस तरह चोर आंखों से मुझे देख रही थी, जैसे कह रही हो–देखा, चोरी पकड़ी गई न!

''नहीं, दीदी,'' सहायता लगी कंठी दीदी की मान-मनुहार करने, ''सच्ची, इसके अलावा हमने कुछ नहीं किया। रब अगे जान देणी ए।''

''किया है, तो क्या हुआ। सब करते हैं!''

''हम क्यों ऐसा करने लगे! कोई भागे हुए हैं!'' सहायता कंठी दीदी की साड़ी के पल्लू को हाथ में ले कर ईर्ष्यालु नज़रों से उसका मुआयना करते हुए पूछती है, ''दीदी, हलके पीले बार्डर वाली साड़ी और हलके पीले ब्लौज़ में तू खूब फबती है। तभी तो वह लौंडा तेरे पीछे पड़ा था।''

''मोया, फिर दिखा ही नहीं।''

''टंगाइल की लगती है। कहां से ली? बीस से कम क्या होगी।''

''मैं कीह जाणा!'' कंठी दीदी ने पल्लू संभालते हुए कहा। ''पिछले महीने यही लोग दे गए थे जो आज आए थे। मैंने लाख मना किया। फेंक कर चले गए।'' कहते-कहते वह उठ खड़ी हुई, ''बाथरूम हो कर आती हूं।''

कंठी दीदी गई, तो सहायता कहती है, ''देख लिया। मुसीबतज़दा है। फिर भी खुश-खुर्रम रहती है। कुछ सीखो इससे।''

उधर बाथरूम का दरवाज़ा बंद हुआ, सहायता ने लपक कर मेरे कंधों पर बाहें रखीं। मैंने तत्काल पीछे हटते हुए कहा, ''दीदी आ रही है...''

सहायता हड़बड़ा कर पीछे हट गई। कंठी दीदी तो नहीं आई, फोन आ गया था। सहायता बेडरूम की तरफ़ भागी।

''हैलो!'' फ़ोन उठा कर वह ऊंचा-ऊंचा बोल रही थी।

कंठी दीदी बाथरूम से निकल कर आई। कहती है, ''पांडे का होगा। बुढ़ऊ ऊंचा सुनता है। इतनी जल्दी छोड़ेगा नहीं।'' और खिलखिला कर हंसते हुए बोली, ''बूढ़े इतनी जल्दी छोड़ते थोड़े हैं।''

वह आ कर मेरी बग़ल में बैठ गई। मेरे घुटने पर हाथ रख भरनज़र देखते हुए कहती है, ''मां-याव्या! क्या घोल पिलाया है तूने छोरी को। तेरा नाम ले कर जीती है।''

मैं खिसियानी हंसी हंस दिया।

''बड़ी सरकश लड़की है...''

''सरकश का मतलब तो उद्दंड होता है, अक्खड़, रौब-दाब वाली।'' मैंने कहा।

"दबंग कहो न।"

"हां।" मैं हंस पड़ा।

"पार्टीशन के बाद कच्ची उमर में इसी ने सारे घर को संभाला। उल्लास, इसने मां-बाप, भाई-बहनों के लिए जितने जतन किए, वैसा कोई लड़की क्या करेगी। रात-दिन खोतियों की तरह काम करती थी। साथ-साथ पढ़ाई भी। सुबह प्राइवेट स्कूल में पढ़ाने जाती। फिर तीन-तीन, चार-चार घरों में जा कर ट्यूशनें पढ़ाती। सर्दी-गर्मी की कभी परवा नहीं की इस लड़की ने। पैदल आती-जाती थी। तांगे पर इकन्नी-दुअन्नी तक ख़र्च नहीं करती थी। ऐसा कोई काम नहीं था जो इस लड़की ने न किया हो। सिलाई करती थी। क्रोशिए का काम करती थी। चारपाई बुनती थी। मुहल्ले में ग़रीबों को दूध बांटने का ज़िम्मा ले रखा था। खुद शादी से मना करके छोटी बहन की शादी करवा दी। ऐसे त्याग की मिसाल दूसरी नहीं मिलेगी।"

सहायता फ़ोन रख कर आई, "क्या इश्क-पेंचे लड़ाए जा रहे हैं!"

कंठी दीदी ने कहा, "आज तो पांडे ने जल्दी छोड़ दिया।"

"अगले हफ़्ते आ रहे हैं।"

"तब तो वह भी आ जाएगी," कंठी दीदी ने हंसते हुए कहा। "तूने उल्लास को पांडे और मंदोदरी का किस्सा नहीं बताया?"

"दीदी, तू बेवक्त का राग छेड़ देती है!" सहायता ने तनिक गुस्से से कहा और बैठ कर टांगें मेज़ पर रखीं और अपनी लाल चूड़ियां दिखाते हुए खुशी-खुशी बोली, "मेरी नई चूड़ियां नहीं देखीं! अच्छी हैं न!"

"पूछ रही है या अपनी पसंद बता रही है?" कंठी दीदी ने हंसते हुए कहा।

"तुम बताओ।"

"बहुत सुंदर..." कंठी ने उसका हाथ पकड़ कर चूड़ियों को चूम लिया, "सुख-हंडाई होवे।"

सहायता ने मेरी तरफ़ रूठी निगाह से देखा, "सुबह से दिखा रही थी। एक बार भी नहीं देखीं इस आदमी ने। पाज़ेब और बिछुए के बारे में न पूछती, तो उन्हें भी नज़रअंदाज़ कर देता!"

कंठी दीदी ने खिड़की से बाहर देखते हुए कहा, "बातें ही करते रहोगे? घर नहीं जाना?"

सहायता ने मुंह बनाते हुए काग़ज़ात इधर-उधर रखते हुए कहा, "आज तो सारा समय बेफ़जूल गप्पों में बीत गया। निहायत बोरिंग काम है। सर दर्द करने लगता है। कभी-कभी तो अकेली बैठी उकता जाती हूं।"

कंठी दीदी हंसते हुए बोली, "अब चलो। फिर किसी दिन आ जाना—पपियां-जफियां डालने।"

"दीदी, कुछ तो शरम कर। उल्लास क्या सोचेगा।"

मैं मुंह दूसरी तरफ़ करके दबी हंसी हंस रहा था। कंठी दीदी कह रही थी, "रब झूठ न बुलवाए। मैं जानबूझ कर देर से आई। सोचा, तुम लोगों को पपियां-जफियां डालने का मौका मिले।"

"हट!"

"मैं ज़रा बाल ठीक कर आऊं।" कंठी दीदी उठ कर बाथरूम में चली गई। सहायता को जैसे अचानक यह याद आया। पूछती है, "उल्लास, मेरा लिखा पढ़ लिया? क्या सोचते हो? आगे लिखूं?" उसकी उत्सुकता उस लेखक की थी जिसने अभी-अभी कलम उठाई हो। मैं स्वयं इस स्थिति में से गुज़र चुका था। संपादक की स्वीकृति क्या मिलती, मैं ऐंठा-ऐंठा फिरता। अपनी सम्मति देते-देते मैंने अपने आपको रोक लिया, "वो तो वक्त आने पर बताऊंगा।"

"ऐसा वक्त कब आएगा?"

"जब पूरा लिख कर मुझे दोगी।"

"पहले नहीं बताओगे?"

मैंने कहा, "बस, आज तो सिर्फ़ एक सुझाव देना चाहता हूं। तुम कागज़ के दोनों तरफ़ क्यों लिखती हो? हाशिया तक नहीं छोड़ा।"

"मैं कोई चीज़ व्यर्थ करने में विश्वास नहीं करती।"

"यह क्या बात हुई!"

"एक तरफ़ ही क्यों लिखा जाए? मैंने ऐनी फ्रैंक की मूल कॉपियों की फोटो देखी है। उसने भी तो दोनों तरफ़ बारीक-बारीक लिखा है।"

"भूल गई, उस लड़की ने किन हालात में अपनी डायरी लिखी थी। तुम्हीं ने बताया था कि नात्सियों से छिप कर बैठी थी। जो कॉपियां उसके पास थीं, उन्हीं में ही गुज़ारा करना था। तुम्हारे पास कागज़ की कमी है?"

वह कुछ कहते-कहते रुक गई। मैंने कहा, "मान लो, तुम्हारी किताब प्रकाशक ले लेता है। संपादक कुछ न कुछ तो इसमें कांट-छांट करेगा ही। कहां करेगा—अपने सिर पर?"

"क्या इतनी ग़लतियां हैं?"

"मेरा यह मतलब नहीं। मुझे तो इसमें कहीं भी सुधार की गुंजाइश नहीं दीखती। इतने सहज-सरल तरीके से तुमने लिखा है। फिर भी..."

"फिर भी क्या!" सहायता ने बड़े धीरज से यह बात कही, "तुमसे किसने कह दिया कि मैं यह सब छपवाने के लिए लिख रही हूं? यह मेरी निजी संपत्ति है। तुम्हें..." आगे कुछ कहते-कहते वह चुप हो गई। फिर जैसे मुसम्मम इरादे से बोली, "छपवाने का मेरा कोई इरादा नहीं है।"

"फिर काहे को इतने कागद काले कर रही हो?"

वह बोली, "शमशेर के शब्दों में कहूं, तो यह मात्र मेरी डायरी है। अपनी मौलिक स्थिति में छपाने की चीज़ नहीं हैं..."

"फिर लिखने का प्रयोजन क्या हुआ?"

सहायता ने बिना किसी लाग-लपेट के जवाब दिया, "अपने से बातचीत है मात्र...या यों कहूं—सिर्फ़ अपने लिए—स्वांतःसुखाय।"

"तुम तो तुलसीदास हो गईं।"

''किसी और को देखने भी नहीं दूंगी। तुम्हारी बात और है।''

''जिस कन्या से प्रेरणा ले कर तुमने लिखना शुरू किया है, उसने भी तो छपवाई थी।''

''स्टूपिड!'' सहायता ने मेरी नाक पकड़ कर हिलाई। ''ऐनी फ्रैंक ने छपवाई नहीं, उसके मरने के बाद छपी। बताया था न, उसकी लिखी कॉपियां तो उस एंटिक में रह गई थीं जिसमें वे छिप कर रहते थे। छपवाईं उसके बाप ने। भेजे में पड़ी अब यह बात!'' और उसने ज़ोर से मेरी नाक हिलाई। मैंने कहा, ''तुमने सलाह मांगी है, इसलिए दे रहा हूं। काग़ज़ के एक तरफ़ हाशिया छोड़ कर लिखो। देखना, तुम्हारी किताब छपेगी, और बिकेगी—और किताबों की दुकानों के बाहर वैसे ही पाठकों की कतारें लग जाएंगी, जैसे रूस में नई किताब खरीदने को लालायित पाठकों की लगती थीं।''

सहायता आंखों में शरारत भर कर बोली, ''मेरे मरने के बाद पीछे तुम्हीं छपवा देना।''

तभी कंठी दीदी आ गई। डपटते हुए बोली, ''त्रिकाल वेला है, यह मरने-वरने की क्या बातें हो रही हैं!''

हम दोनों हंस पड़े।

''ऐसी गंदी बातां न किया करो। चलो, उठो।''

बाहर लू अभी भी लू चल रही थी। मैंने कहा, ''सहायता, इस वक्त एक बात कह सकता हूं - यह तुम्हारी पहली रचना नहीं हो सकती।''

''ऐसा क्यों सोचते हो?''

''इतना परिपक्व लेखन तुम्हारी उम्र की कोई लड़की कर नहीं सकती।''

''तुमने ऐनी फ्रैंक को पढ़ा होता, तो ऐसी बात न कहते।''

''तुम कुछ छुपा रही हो मुझसे।''

''शुक्र है यह नहीं पूछा कि कहीं से लिफ़्ट तो नहीं किया।'' और हंस दी।

''सहायता, सचमुच, मैं अभिभूत हूं तुम्हारे लेखन से। कितनी बेबाकी से तुमने एक-एक पंक्ति लिखी है।''

''मैं तो यों ही लिखती गई हूं, जैसे-जैसे मन में आता गया।''

''तुम कहती हो कि एक बार ही लिखा है। यही मेरे लिए अचरज की बात है। इसमें कहीं सुधार की गुंजाइश नहीं दीखती। सहायता, यह कला तूने किससे सीखी?''

वह बोली, ''तुम्हारे इस कथन से मेरा मनोबल बढ़ा है। मैं मर्द होती, तो कहती—मेरा सीना गज़-भर चौड़ा हो गया है...''

''लो, इसे संभाल कर झोले में रख लो।'' मैंने डायरी उसकी तरफ़ बढ़ाई।

''मुझे क्यों दे रहे हो?''

''तुम्हारी रचना है।''

''तुम्हें अर्पित कर चुकी हूं।''

''यह तुम्हारी दौलत है।''

"लेकिन तुम्हारी बदौलत है।"

"फ़ालतू में मुझे क्रेडिट दे रही हो!"

"तुमने मुझे डायरी दी, मैं तुम्हें अपनी दे रही हूं।"

"यह क्या बात हुई।"

"लाह-पाह हो गई।"

कंठी दीदी ने कहा, "देखो, बस आ रही है।"

हम तीनों हंसते हुए बस-स्टैंड की तरफ़ भागे।

अगले दो दिन कंठी दीदी सहायता को लेने कॉलेज नहीं आई। मैं साइकिल लिये-लिये सहायता के साथ चौक तक आया। जब तीसरे दिन भी कंठी दीदी नहीं आई, तो राह चलते हुए मैंने सहायता से पूछ ही लिया, "कंठी दीदी आ क्यों नहीं रही?"

सहायता कंठी दीदी की स्थिति से चिंतित थी। बोली, "एक जान, हज़ार बवाल। भोर वेला उठ कर पत्थरी कोयले की अंगीठी सुलगाना। झाड़न-बुहारन करना। बीमार पति का दवा-दारू करना। कपड़े धोना। और फिर खाना बना कर स्कूल भागना। मैंने ही उसे मना कर दिया है—न आया कर।"

"अच्छा किया।" मैंने कहा।

"बड़ी दुखी है।" सहायता ने बिसूरते हुए कहा।

"बेचारी पर तरस आता है।"

"कोई और होती, तो जीते जी मर जाती।"

"कर्मठ है। हमेशा हंसती-मुस्कराती रहती है।"

"टीचर की ज़िंदगी नरक से भी बदतर है—ख़ास कर स्त्री की। घर की सारी ज़िम्मेदारी उसके सिर पर। फिर सास के उलाहने और पति की झिड़कें और बच्चों की फ़रमाइशें।" फिर एकाएक मुस्कुरा कर कहती है, "रात को पति से टांगें तुड़वाती हैं...सुबह की शिफ़्ट में जाने वाली टीचरें तो कभी-कभी आटा सने हाथ स्कूल जा कर धोती हैं।"

"मनुष्य इतना कृतघ्न हो गया है! घरदारी का काम इतना थैंकलेस होता है!"

"तुम लोगों के घर में ऐसा नहीं होता?"

"मैंने घरेलू ज़िंदगी देखी हो, तब न!"

"मैं खुद बेहाल हो जाती हूं। तुम टीचरी करो, तब जानोगे कि स्कूल की जॉब कैसी होती है। यह देखो कि तुम्हारी मेज़ पर रखी फ़ाइलें बोलती नहीं हैं। क्लास में पचास बच्चों को चुप कराते-कराते गला बैठ जाता है।"

"वाह!" मैंने हंसते हुए कहा। "फ़ाइलें और बच्चे - क्या मौलिक उद्‌भावना है।"

"उद्‌भावना नहीं, अनुभव की बात कह रही हूं। एक दिन क्लास ले कर देखो।"

"इसके बारे में लिखो। कुछ नया दोगी।"

"मैं पेशेवर लेखक नहीं बनना चाहती, जिसे तुम लोग मसिजीवी बोलते हो।"

"हिंदी के लेखक को रोटी के लाले पड़े रहते हैं।"

"सुना है, शैलेश मटियानी नाम का कोई लेखक किसी प्रकाशक को अपना पूरा उपन्यास दो-ढाई सौ रुपल्ली में बेच कर गुज़ारा करता है।"

"करता होगा। अब छोड़ो इन बातों को। मैं कह रहा था कि तुममें मौलिक लेखन की असीम प्रतिभा है।"

"तुम तो यों ही मुझे चढ़ा रहे हो।"

मैंने हंसते हुए कहा, "चढ़ा रहा हूं, चिढ़ा तो नहीं रहा!"

सहायता उल्लसित तो हुई थी। लेकिन स्वीकार करने में संकोच कर रही थी। कहती है, "बात बनाना तुम्हें आ गया है।"

"संगति का नतीजा है।"

"मेरे बारे में तुमने यह राय बना रखी है, यू रास्कल..."

मैंने ठिठोली की, "तुम्हें कंठी दीदी की जगह स्थानापन्न बॉडीगार्ड भी तो मिल गया है।"

"अच्छा!" साइकिल के हैंडिल पर हाथ रख कर उसने मेरी बांह थाम ली, "फिर कहना ज़रा।" फिर हलके-से मरोड़ कर कहती है, "फिर कहोगे ऐसी बात?"

"उइ!" पीड़ा नहीं भी हुई, फिर भी मैंने मुंह बनाया। वह मेरी आंखों में झांकते हुए कहती है, "सोचो, जिस बांह को पकड़ा है, उसे मरोडूंगी!"

"आर्म ट्विस्टिंग में माहिर हो!"

"तुम तो मेरी जान हो, मेरे प्राण हो।"

"मेरी बांह तो छोड़ो।"

"इतनी आसानी से नहीं छोडूंगी।" और साथ-साथ चलते हुए वह धीमे-धीमे गुनगुनाती जा रही थी, "जनम का बंधन...प्यार का बंधन...टूटे न!"

अगले तीन-चार दिनों में हम एक-दूसरे के और निकट आ गए। इसके बाद हम अक्सर कॉलेज से भी बंक मार कर मटरगश्ती करने निकल जाते। इतवार या छुट्टी वाले दिन तो सब काम छोड़ कर कहीं न कहीं मिलते। कनाट प्लेस हमारा प्रिय मिलन-स्थल बन गया था। एक तो यह जगह ज़्यादा दूर नहीं थी; दूसरे, सेंट्रल पार्क में एकांत भी मिलता था और रौनक भी रहती थी।

फिर मद्रास होटल के पिछवाड़े में शिवाजी पार्क में घंटों बैठना हमें अच्छा लगता था, जहां पेड़ों की सघन छाया और बैठने को साफ़-सुथरी हरी घास मिलती थी। छुट्टी के दिन तो वहां जोड़े ही जोड़े नज़र आते थे।

शाम होते-होते हम शिवाजी पार्क से उठ कर मद्रास होटल में डोसा खाने जा बैठते। सहायता सादा डोसा, बोंडा और उपमा पसंद करती थी। मुझे मसाला डोसा खाते देख कहती, "क्या गोबर भरवा कर खाते हो।"

मैं कहता, "शाम को मसाला डोसा खा लो, रात को कुछ खाने का मन नहीं करता।"

"बस, ऊंट की तरह एक बार भरपेट पानी पी लिया। हफ़्तों छुट्टी।"

उस दिन पूर्वाह्न में शिवाजी पार्क में बैठे हम बतिया रहे थे। मैं सहायता के घुटने पर सिर रखे लेटा-लेटा रिवोली की तरफ़ देख रहा था। सहायता बातें करते हुए हौले-हौले मेरे बालों में उंगलियां फेर रही थी।

"तुम्हारे बाल कितने घने हैं। बहुत ज़्यादा तेल न लगाया करो।"

अचानक मैं चौंक गया। पार्क में सामने से अमर पसरीचा उर्फ़ अमीर अली किसी लड़की के कंधे पर हाथ रखे ख़रामा-ख़रामा चलते हुए आ रहा था। मैंने तत्काल पेट के बल लेट कर सहायता की गोद में मुंह छिपा लिया।

"यह अचानक क्या हुआ? किससे मुंह छिपा रहे हो?"

"चुपचाप बैठी रहो।"

"ऐसे मुंह छिपा रहे हो, जैसे लाला जी को आते हुए देख लिया हो।"

मैंने कहा, "अपनी नाक की सीध में देखो। ऊंचे कद का गोरा-चिट्टा सफ़ेद बालों वाला आदमी आ रहा है। उसके साथ आसमानी सलवार-कमीज़-चुनरी वाली जवान लड़की है।"

"आ तो रहा है। कौन है?"

"इधर तो नहीं आ रहा?"

"अभी दूर है।"

"निकल जाए, तो बता देना।"

मुझे डर इस बात का था कि पसरीचा कहीं हमारे ही निकट आ कर बैठ न जाए।

"यह है कौन? साथ में पोती या नातिन होगी!'

"बाद में बताऊंगा।"

"बड़े डरपोक हो जी! हम कोई चोरी कर रहे हैं? कोई नाजायज़ हरकत कर रहे हैं?" और हौले-हौले मेरे सिर पर उंगलियों से थाप देते हुए गाने लगी, "प्यार किया, तो डरना क्या..."

"तुम चुप नहीं बैठ सकती!" मैंने उसकी गोदी में सिर दबाते हुए कहा। "इस शख़्स ने अगर तुम्हारे साथ मुझे देख लिया, तो जानती नहीं हो, बात कहां से कहां पहुंचेगी।"

"फिकर नेस्त!" सहायता ने हंसते हुए कहा। "दोनों जैन मंदिर की दिशा में मुड़ गए हैं।"

मैंने धीरे से सिर उठा कर देखा। पसरीचा की और लड़की की पीठ दिखाई दी। तब भी भय गया नहीं। कुहनियों के बल लेटा उन्हें जाते हुए देखता रहा।

"यह है कौन जिसे देख कर इतने ख़ौफ़ज़दा हो?"

अब वे आंखों से ओझल हो गए थे। मैंने उठ कर बैठते हुए कहा, "चलो, उठो।"

"इतनी धूप में कहां जा रहे हो?"

"चलो तो सही।"

मैंने सहायता का हाथ पकड़ कर उठाया और लगभग घसीटते हुए उसे पार्क से बाहर ले आया। गुरुदत्त की किताबों की दुकान वाले बरामदे की ओट में आए, तब कहीं चैन पड़ी। मैंने कहा, ''यह शख़्स मुझे तुम्हारे साथ देख लेता, तो आफ़त ही आ जाती। बात लाला जी तक पहुंचती, जो पहले से उधार खाए बैठे हैं। चलो, बोंडा-डोसा खाते हैं।''

''आज मैं भी मसाला डोसा खा कर देखती हूं।''

मद्रास होटल में बैठ कर मैंने सहायता को सारी बात बताई कि मैंने उस शख़्स से क्यों मुंह छिपाया था।

''इस शख़्स का असली नाम अमर पसरीचा है। अब अमीर अली हो गया है। हमारे मामा जी के साथ लाहौर में इंडियन हाइ कमीशन में ऊंचे पद पर काम करता था। धनवंती के क्वार्टर में आने से पहले दिल्ली में मैं इसी की कोठी के सर्वेंट क्वार्टर में रहता था। लाहौर में पसरीचा ने धर्म बदल कर किसी अठारह-उन्नीस बरस की मुसलमान लड़की से निकाह कर लिया था। इसकी बीवी तब दिल्ली में थी। उसको ऐसा सदमा लगा कि वह ग़श खा कर गिरी और फिर उठी नहीं...''

सहायता ने कहा, ''जो आदमी खुद काणा हो, उससे डरने की क्या बात!''

''बेहतर है इस बारे में कुछ मत पूछो। अमीर अली ने हमें नहीं देखा, यही ग़नीमत है।''

''ओ छड्ड, यार!'' सहायता लापरवाही से बोली, ''मैं नहीं डरती ऐसी बातों से। आज तुम्हें बता रही हूं। एक दिन हमारे चचेरे भाई विकास ने मुझे तुम्हारे साथ घूमते हुए देख लिया था। आमना- सामना भी हुआ। 'हैलो-हाय' तक भी कहा हमने एक-दूसरे को। मैंने तुम्हें बतलाया नहीं। मुझे कोई डर नहीं लगा। डरने की बात ही नहीं है। हम कोई नाबालिग़ हैं? या गुनाह कर रहे हैं?''

मैंने कहा, ''हैरानी की बात तो यह है कि पसरीचा पैंसठ के करीब है और यह लड़की अठारह-उन्नीस से ज़्यादा की क्या होगी। बूढ़े की ज़िंदगी कितनी बाकी है!''

सहायता हंसते हुए बोली, ''पसरीचा तंदुरुस्त है। कद्दावर है। गोरा-चिट्टा है। घने बाल हैं। बताते हैं कि इस उम्र में आदमी ठरकी हो जाता है। लड़कियां भी अपने से बड़ी उम्र के पुरुषों को पसंद करती हैं। यह मैंने कहीं पढ़ा है—अंग्रेज़ी के किसी अख़बार में।''

''तुम्हारी भी यही पसंद है!''

''हट! कहते हैं, बड़ी उम्र के पुरुष अनुभवी होते हैं।''

मुझे ठिठोली सूझी। सहायता की तरफ़ देखते हुए कहा, ''इसका मतलब है, तुम भी बड़ी उम्र के पुरुष के साथ जा सकती हो।''

वह हंसते हुए मेरी तरफ़ देखती है, ''कोई ऐतराज़?''

''मुझे क्या ऐतराज़ हो सकता है। तुम ख़ुदमुख़्तार हो।''

''इसका मतलब हुआ, मुझसे पिंड छुड़ाना चाहते हो।''

''तुम्हीं ने तो बताया था, दुहाजू औरत को खुश रखता है।''

सहायता चम्मच से सांभर पीते हुए हँसी, तो उच्छू आ गया। पानी का घूंट भर कर बोली, ''बातें ख़ूब याद रखते हो।?''

''कुछ बातें भुलाए नहीं भूलतीं।''

वह बोली, ''उस लेख में मैने पढ़ा था–वास्तव में, लड़कियां कुंठाग्रस्त हो कर भी और सुरक्षा की भावना से भी विवाहित या छड़े पुरुषों का दामन पकड़ती हैं। दूसरी बात उस लेख में यह बताई गई थी कि विवाहित पुरुष अपने-आपको लड़की पर थोपता नहीं है। सेक्स में उसकी इतनी रुचि नहीं होती। वह बड़े ही कोमल भाव से उससे व्यवहार करता है, और यह सब लड़की को अच्छा लगता है।''

मुझे ठिठोली सूझी, ''क्या इरादे हैं!''

''बताए थोड़े जाते हैं!''

''जाओगी, तो मुझे कोई ऐतराज़ नहीं होगा।''

''एक बार फिर से कहो।''

मुझे याद आया। मैंने कहा, ''तुम्हीं ने बताया था, ''कंठी दीदी की बड़ी बहन अपने से बहुत बड़ी उम्र के दुहाजू से ब्याही थी और हमेशा खुश रहती थी। इसी कारण उसने कंठी दीदी की शादी भी बड़ी उम्र के दुहाजू से करवाई थी। उस शख़्स ने कंठी दीदी को सोने से लाद दिया था।''

''फ़जूल की बातें ले बैठे हैं।''सहायता खाली प्लेट परे धकेलते हुए बोली,''चलो, उठो ।''

''इस गर्मी में कहां जाएंगे?''

''चलो, तुम्हें पंडित सुंदरलाल जी से मिलवा लाती हूं। निकट ही रहते हैं।''

''कौन सुंदरलाल?''

''नहीं जानते? आल इंडिया पीस काउंसिल के प्रेज़ीडेंट हैं, जिन्होंने 'भारत में अंगरेज़ी राज' किताब लिखी थी। अंग्रेज़ों ने उसे ज़ब्त कर लिया था।''

''क्या करेंगे जा कर!''

''मुंह इस तरह बना रहे हो, जैसे चिरायता-किरायता पिला दिया हो। पूरा दिन पड़ा है। इस वक्त घर जा कर क्या करेंगे।''

''कोई मूवी देख लेते हैं।''

अब सहायता ने मुंह बनाया, ''बारह का शो तो शुरू हो चुका। ओडियन-प्लाज़ा-रिवोली में ऐसी कोई फ़िल्म भी तो नहीं लगी जो देखने लायक हो।'' फिर एकदम उत्साह से बोली, ''चलो, कुतुब मीनार चलते हैं।''

''यह हुई न बात!'' मैं झट तैयार हो गया। इतने साल हो गए थे मुझे दिल्ली में रहते हुए। लेकिन अभी तक कुतुब देखने का मौका नहीं मिला था।

बस स्टॉप पर भारी भीड़ देख सहायता ने कहा, ''चलो, इक्का लेते हैं। मज़े से बातें करते हुए जाएंगे। इक्के पर बैठना मुझे अच्छा लगता है!''

पेड़ के नीचे टुटियल-सा इक्का खड़ा था। सहायता ने जा कर ऊंघते बूढ़े इक्केवान को जगाया, ''मियां, कुतुब चलोगे?''

वह झट तैयार हो गया, ''बैठो, बीबी। दो आना!''

सहायता ने हंसते हुए कहा, ''मियां जी, कुतुब रोड नहीं, कुतुब मीनार।''

''अच्छा!'' इक्केबान दाढ़ी खुजलाते हुए सोच में पड़ गया। कहता है, ''बीबी, तीन रुपइया दो, तो चलूंगा।''

''तीन रुपये!'' सहायता ने घोर आश्चर्य से मेरी तरफ़ देखते हुए मियां से कहा,''मियां, बहुत ज़्यादा मांग रहे हो। हम तो चाँदनी चौक से तुग़लकाबाद किले तक वापसी के पांच दे कर जाते रहे हैं।''

''बीबी, घोड़ी का दाना जुटाना भी दुश्वार हो रहा है। जानवर क्या खाएगा और आदमी क्या खाएगा।''

सहायता ने मुझसे सलाह की, ''क्या सोचते हो! एक तो बहुत ज़्यादा भाड़ा मांग रहा है। दूसरे, कब पहुंचेंगे और कब लौटेंगे। बस पर चलते हैं। देर-सवेर मिल ही जाएगी।''

इतने में दो बसें एक साथ आती दिखाई पड़ीं, तो हम भाग कर गए और किसी तरह धक्कामुक्की करते हुए चढ़ गए। सारे रास्ते इतनी गर्मी में ठुंस कर और खड़े-खड़े जाना पड़ा। लेकिन घंटे-सवा घंटे में कुतुब पहुंच गए। बस से उतर कर भागे। जिस मीनार को तस्वीरों में ही देखता आया था, आज उसे साक्षात देख कर रोमांच हो आया। हम दौड़ते हुए गए और एक ही सांस में कुतुब की पंद्रह-बीस सीढ़ियां चढ़ गए। सहायता आगे-आगे, मैं उसके पीछे-पीछे। सांस फूलने लगी थी। मैं दीवार के सहारे खड़ा हो गया और हांफता रहा।

सहायता दो सीढ़ी ऊपर खड़ी मुझे प्रेरित कर रही थी, ''खड़े क्यों हो गए? आओ।''

मैं हांफते-हांफते वहीं सीढ़ी पर बैठ गया।

''लोग आ-जा रहे हैं।''

मैं दीवार के साथ सट कर बैठ गया, ताकि आने-जाने वालों के लिए बाधा न बनूं।

''उठो!'' वह बोली, ''ज्यादा देर बैठोगे, तो ज़्यादा थकावट महसूस करोगे। उठो।''

सहायता मेरी विवशता पर खीज भी रही थी और हंस भी रही थी। मैं यह कहते हुए उठा, ''देखो, सीढ़ियां कितनी घिस गई हैं।''

मेरा हाथ पकड़ते हुए सहायता बोल रही थी, ''जब बना था, तो टॉप पर जा कर बांग देने वाला मुल्ला ही इन पर उतरता-चढ़ता था। अब तो हर रोज़ हज़ारों लोग आते-जाते हैं। घिसेंगी नहीं?''

हम धीरे-धीरे चलते हुए कुछ सीढ़ियां चढ़ कर मोड़ मुड़े, तो तनिक ठिठके। वहां एक जोड़ा एक-दूसरे की कमर में बांहें डाल चूम रहा था। सहायता ने मेरा हाथ पकड़ लिया। पहले तो ठिठक कर देखती रही। फिर विहंसते हुए इशारा करती है—चुपचाप निकल चलो।

हम आलिंगनबद्ध जोड़े की बग़ल से हो कर निकल कर जा रहे थे, तब

भी उन्हें कोई संकोच नहीं हुआ। सहायता दिलचस्पी से उन्हें देखती जा रही थी। प्रतीत होता था, वे एक-दूसरे के होंठों का सारा रस पी कर ही वहां से हिलेंगे। फिर हंसते हुए अलग हुए और हाथ में हाथ डाले खिलखिलाते हुए सीढ़ियां उतर कर ओझल हो गए।

सहायता हंस रही थी, ''देखा, किस तरह फुदकते हुए गए हैं। 'तेरे घर के सामने' में देवानंद और नूतन इसी तरह गाते हुए, सीढ़ियां फलांगते हुए नीचे उतरते हैं...*इक घर बनाऊंगा, तेरे घर के सामने...''*

मैंने कहा, ''यह नहीं, कोई और गाना था।''

''कोई भी हो, सानूं कीह!'' और ठिठक कर कुतुब की दीवार के साथ टिक कर खड़ी हो गई और याचक की-सी निगाहों से मुझे देखने लगी।

''खड़ी क्यों हो गई?''

एकाएक उसने मेरे गलबहियां डालीं और एड़ियां उठा कर मेरे होंठों पर होंठ रख दिए।

''कोई आ रहा है।'' उससे छिटकने की कोशिश में किसी तरह मैं बोल पाया।

सहायता ने जैसे सुना ही नहीं। ''हमने कहा कुछ उस जोड़े से?'' यह कहते हुए अपने होंठों से मेरा मुंह बंद कर दिया।

''फिर कोई आ रहा है!'' मैंने उसे डराना चाहा।

''आने दो। यह दिल्ली है। यहां कोई किसी को नहीं देखता। देखता है, तो देखे।'' यह कहते-कहते वह मेरे साथ चिपक गई। जहां हम खड़े थे, दीवार पर किसी ने खरोंच कर लिखा था - 'शेखर लव्ज़ शशि।' मैंने छिटकते हुए कहा, ''अब चलो।''

सीढ़ियां चढ़ते हुए वह बोल रही थी, ''एक्सपर्ट होते जा रहे हो। ग्रेगरी पेक इसी तरह किस करता है। तभी तो सुरैया देवानंद पर मरती है, क्योंकि उसकी शक्ल-सूरत ग्रेगरी पेग से मिलती-जुलती है। तुम अंग्रेज़ी फ़िल्में देखते हो न!

''कभी-कभार।''

कैसे देखीं और क्यों देखीं, यह मैं उसे कैसे बताता। चाँदनी जब इस तरह छोड़ कर चली गई थी, तो छुट्टी वाले दिन घर बैठना मुहाल हो जाता था। तब मैं रिवोली पर मारनिंग शो देखने निकल जाता था। यह न बता कर, बस, इतनी-सी बात कही, ''दोस्त पकड़ कर ले जाते थे।''

सीढ़ियां चढ़ते हुए वह कौतुक-भरे स्वर में बोली, ''अच्छा!! तो तुम्हारे दोस्त भी हैं! इट्स न्यूज़ टु मी। किसी दिन मिलवाओ न किसी दोस्त से।''

''विश्वास नहीं करता।''

''किसका?''

''न अपने दोस्त का। न तुम्हारा। कहीं तुम्हें मुझसे या तुम उसे मुझसे छीन ले जाओ।''

वह हंसी, ''अपने प्यार पर इतना भी भरोसा नहीं?''

"चव्हाण कभी-कभी आता है, तो उसके साथ चल पड़ता हूं।"

"वही चव्हाण!" सहायता चिहुंक कर बोली, "जो मुझे देख कर तुमसे बोला था—इसी लड़की से शादी करना?"

"हां," उसका हाथ अपने हाथ में ले कर सीढ़ियां चढ़ते हुए मैंने कहा, "बताया था न, वह यह भी कहता था—यह लड़की प्यारे-प्यारे बच्चे देगी।"

"मुझे मुर्ग़ी समझता है?" वह मेरी बांह झटक कर मुझे घूर रही थी।

"नहीं, बकरी।" मैं हंस दिया।

"और तुमने मुझे गाय बताया था। हैंना?"

"मुर्ग़ी, बकरी, गाय—जो कहो - कीह फ़रक पैंदा ए!" इस बात पर हम इतने ज़ोर से हंसे कि हमारा ठहाका कुतुब की सीढ़ियों पर ऊपर-नीचे गूंजता चला गया होगा।

"मीसणे हो। दोस्तों के साथ अंग्रेज़ी फ़िल्में देखने जाते हो! उनमें चूमा-चाटी होती है न!"

इस तरह हंसते-खेलते, चूमते-चाटते, उठते-बैठते हम ऊपर चढ़ते चले गए। जितना समय बस ने रीगल से कुतुब मीनार तक लिया था, उससे कहीं अधिक समय हमने मीनार की सबसे ऊपर वाली मंज़िल पर पहुंचने में लगाया।

सहायता बता रही थी, "कभी इसके ऊपर एक और मंज़िल होती थी, जो गिर गई।"

वहां इतना जमघट्ट था कि किसी तरह रेलिंग के साथ खड़े होने की जगह मिली।"

"बाईं ओर देखो।" सहायता उंगली से दिखा रही थी, "तुग़लकाबाद के खंडहरों की हलकी-सी आउटलाइन दिखाई पड़ती है। इस तरफ़ जमाली-कमालो है। महरौली गांव में योगमाया का मंदिर है। उधर वो दरगाह है जिस पर 'फूल वालों की सैर' उत्सव मनाया जाता है, हर साल।"

इनमें से किसी चीज़ में मेरी दिलचस्पी नहीं थी। आकाश में उड़ती चिड़िया की तरह चारों तरफ का नज़ारा समेटते हुए मैंने कहा, "मेरा ख़याल है, अब हमें नीचे चलना चाहिए, नही तो भिंच जाएंगे। लू चल रही है, भीड़ भी बढ़ती जा रही है।"

"कोई बात नहीं! थोड़ी देर और ठहरो। लुत्फ़ लो सारे मंज़र का। दूर-दूर तक उजड़ी दिल्ली के खंडहर बिखरे पड़े हैं। रोज़-रोज़ थोड़े आया जाता है ऐसी जगहों पर।"

लेकिन ज़्यादा देर वहां ठहरना मुहाल हो गया। सहायता ने ही कहा, "चलते हैं।"

हम उतर चले। हमारे पीछे-पीछे कुछ और लोग भी आ रहे थे। सहायता ने फुसफुसाते हुए चाल धीमी कर ली, "इन्हें जाने दो।"

मैं समझ रहा था क्या चाहती है। उसके कंधे को समेट कर हंसते हुए कहा, "मन नहीं भरा अभी!"

"किससे?"

"किस से।" मैंने तुक मिलाई, तो वह हंसी। नीचे से भीड़ चढ़ रही थी। ऊपर से रेले का रेला हंसते-बतियाते हुए आ रहा था। हम भी उसके साथ लुढ़कते हुए नीचे आ गए।

कुछ देर यहां-वहां घूमते रहे। विशाल मस्जिद के प्रांगण के बीचोंबीच खड़े प्राचीन लोहे के स्तम्भ के पास ले जा कर कहती है, "इसके साथ पीठ टिका कर दोनों हाथ पीछे ले कर उंगलियों का स्पर्श करने की कोशिश करो।"

मैंने उसके हुक्म की तामील की। मेरे हाथों की उंगलियां छू गईं।

वह देख-देख कर हंस रही थी, "अब शक-शुब्ह की कोई गुंजाइश नहीं।"

मैंने स्तम्भ के साथ खड़े-खड़े इशारा किया—किस बात का?

"तुम्हारी पेटरनिटी का!"

"मतलब?"

वह मुंह पर हाथ रख कर हंस रही थी, "तुम अपने बाप की जायज़ औलाद हो!"

"यह क्या सूझी तुम्हें?"

"इस स्तम्भ से पीठ सटा कर कोई अपने हाथ पीछे ले जा कर उंगलियां छू ले, तो सिद्ध होता है, वह अपने बाप की संतान है।"

"पता नहीं, इस किस्म की वाहियात बातें कहां से सुन आती हो!"

टूटी मस्जिद का चक्कर लगा कर हम हाथ में हाथ डाले आसपास के खंडहरों में भटकते रहे। जब टांगें जवाब देने लगीं, तो आ कर भग्न मंदिर के प्रवेश-द्वार की सीढ़ियों पर बैठ गए। सहायता ने दाईं बांह से मेरी कमर को समेटा और मेरे साथ सट कर बैठ गई और बाएं हाथ में मेरा हाथ पकड़ मेरे घुटने पर सिर रख दिया।

"नींद लग रही है?"

"थोड़ी थक गई हूं।"

"अब अगर मैं कहूं—इस उम्र में मांझा ढीला..."

वह सिर उठा कर मेरी तरफ़ देखते हुए हंसती जाती थी, "तुम्हें मुहावरों का ठीक प्रयोग भी नहीं आता। स्टूपिड, यह मुहावरा सिर्फ़ मर्द पर लागू होता है, औरत पर नहीं।" और हंसते-हंसते सिर मेरे घुटने पर रख उसने आंखें मूंद लीं।

मैंने कहा, "इस तरह पब्लिक में बैठना ठीक नहीं।"

मुस्कुराते हुए वह बोली, "प्राइवेट फ़ेसिज़ इन पब्लिक प्लेसिज़।"

"यह क्या बात हुई!"

वह बोली, "यह उक्ति अज्ञेय के 'नदी के द्वीप' में पढ़ी थी। हमारी तरह भुवनेश और रेखा किसी चौराहे पर बैठे थे। भुवनेश थोड़ा शंकित था। तब पूजा ने कहा था : प्राइवेट फेसिज़ इन पब्लिक प्लेसिज़। आई समझ में सारी बात।"

सहायता ने मेरे घुटने पर गाल रखे-रखे हौले-से बोसा लिया।

सचमुच थक गई थी। धीरे-धीरे ऊंघने लगी थी। मैंने हौले-हौले उसकी पीठ

को सहलाना शुरू किया। ज़रूर ही सुख महसूस कर रही होगी। सहलाते-सहलाते मेरा हाथ उसकी ब्रा की तनियों के बंध पर जा अटका। उसे तनिक झुरझुरी हुई। मैंने हौले-हौले तनियों में दो उंगलियां खिसका कर ब्रा को आहिस्ता से झटका। कनखियों से देखा—वह मंद-मंद मुस्का रही थी। मैंने उसके कान के पास मुंह ले जा कर फुसफुसाते हुए, "तोड़ दूं?"

वह कसमसाते हुए इस तरह बोली, जैसे नींद में हो, "न करो न मर्जाद..."

मर्जाद!

मेरा हाथ जहां था, वहीं ठहर गया। मर्जाद? सहायता क्या बोल रही है!

उसने हौले-हौले मुंह उठा कर उनींदी आंखों से मेरी तरफ़ देखा। गाल पर छिटक आई लट को कान के पीछे खोंसा और गाल वापस मेरे घुटने पर रख मुस्काते हुए बुदबुदाई, "मर्जादा में रहो न, उल्लास।"

"ओह!" मैं हंस दिया। मेरी उंगलियां अब भी वहीं अटकी थीं। सहायता के कान के पास मुंह ले जा कर तनी को हौले से खींचते हुए फिर कहा, "तोड़ दूं?"

उसने मुस्काती आंखों से मेरी तरफ़ देखा और थकौंहे स्वर में कहा, "नतीजा जानते हो?"

"मतलब!" मैं प्रसन्न हो कर फुसफुसाया।

सहायता मुंदी आंखों से जैसे खुमारी में बोल रही थी : "बंध टूट गए, तो सारी धरती जल-प्लावित हो जाएगी।"

मैं आह्लादित हो गया सहायता का यह सुखकर उत्तर पा कर। आते-जाते लोग हमारी तरफ़ देख कर निकल जाते थे। मैंने आहिस्ता-आहिस्ता उसकी ब्रा की तनियों को अपनी उंगलियों से मुक्त करते हुए कहा, "अब उठो। इस तरह बैठे-बैठे तो कल्प बीत जाएंगे।"

वह प्रेमपगी आवाज़ में बोल रही थी,"यह वेला फिर न आएगी। मान लो कि एक स्त्री और पुरुष इन खंडहरों की शिलाओं की शीतल छांह के नीचे बैठ जन-प्रवाह नहीं,प्रलय-प्रवाह देख रहे हैं..."

मैंने हौले से सहायता के जूड़े की लंबी सुई खींची, तो चमकीली सियाह छटा बिखेरती उसकी केशराशि पीठ पर लहरा गई। मैंने उसके केशों के नीचे से उसकी कोमल लंबी ग्रीवा को सहलाते-सहलाते कहा, "गोधूलि वेला हुई। वापस चलें।"

मेरे घुटने की खादी पर गाल रगड़ते हुए वह बुदबुदाई, "थोड़ी देर और बैठो न!" उसने मेरा घुटना पकड़ बड़े मनुहार से कहा, "इसी तरह। थोड़ी देर और।"

"देखो, थका-मांदा सूरज भी प्रस्थान कर रहा है।"

उसने हौले-हौले सिर उठा कर अधमुंदी आंखों से पश्चिम में छा गई लालिमा की तरफ़ देखा। फिर जैसे कुछ स्मरण करते हुए धीमे स्वर में बोलीं :

आई संध्या, पश्चिमी क्षितिज में लो डूब चला मार्तंड,
आई संध्या, छाए नभ में सतरंगी अभ्रखंड...

चिड़ियां नीड़ों की ओर चलीं, कलियों ने दृग कर लिये बंद,
आई संध्या, छा गई शांति, हो गई दिवस की ज्योति मंद...''

मैं सहायता की मंद स्वर-लहरी पर तो मुग्ध था ही। उसके मुख से ये काव्य पंक्तियां सुन घोर अचरज में पड़ गया। कहा, ''तुम कविता भी लिखती हो?''

''कैसे सोच लिया तुमने?''

''ये काव्य पंक्तियां तुम्हारी नहीं हैं?''

वह हंस रही थी, ''लिखती नहीं, पढ़ती हूं और याद कर लेती हूं।''

''किसकी हैं?''

''प्रयागनारायण त्रिपाठी की। 'तारसप्तक' के कवि हैं। अब पूछोगे, 'तारसप्तक' क्या है।''

मैंने यह न जानते हुए भी इतना भर कह दिया, ''कितनी समयानुकूल और सार्थक पंक्तियां हैं।'' फिर जैसे संतोषपूर्वक कहा, ''अब मैं निश्चिंत हुआ।''

''किससे?''

''मैं सोच में पड़ गया था, यदि सहायता पद्य भी लिखती है, तो कहीं मुझ जैसे कवित्वहीन व्यक्ति को गरिया कर सलाह न मांगने लगे।''

''उल्लास! तुम अपने को हमेशा अंडरवैल्यू करते हो। नहीं जानते, तुम क्या हो।''

''छोड़िए, अब आप उठने का क्या लेंगी?''

''चलते हैं।''

मैं उठ खड़ा हुआ। सहायता मेरा हाथ पकड़ कर उठी, लेकिन अगली सीढ़ी पर ठिठक गई। खंडहरों के पीछे अस्ताचलगामी सूर्य की अरुणिमा की तरफ खोई-खोई-सी खड़ी देखती रही। फिर उसी तरह उसके मुख से ये पंक्तियां निकलीं, जिस तरह अचानक फूट पड़ने वाले सोते से शीतल जल प्रवाहित होने लगता है :

एक पीली शाम
पतझर का ज़रा अटका हुआ पत्ता
शांत
मेरी भावनाओं में तुम्हारा मुख कमल
कृश म्लान हारा-सा,
कि मैं हूं वह
मौन दर्पण मैं तुम्हारे कहीं
अब गिरा, अब गिरा वह अटका
हुआ
आंसू
सांध्य तारक-सा अतल में...

''अद्‌भुत!'' मैंने गद्‌गद हो कर उसे कंधों से समेट लिया। सहायता सीढ़ी

उतरते हुए कहती है, "नहीं पूछोगे, किसकी काव्य-पंक्तियां हैं?"

"मेरा इम्तहान ले रही हो?"

वह हंस पड़ी, "बता देती हूं—शमशेर बहादुर सिंह की।"

मैं मूर्ख। मैंने इस कवि का नाम तक नहीं सुना था। तुलसी, जायसी, सूर आदि को तो जानता था, लेकिन आधुनिक और वर्तमान कवियों-लेखकों के बारे में मेरा ज्ञान शून्य के बराबर था। यह सोच- सोच कर मैं नीचे ही नीचे धंसता जा रहा था : और एक बड़ा लेखक बनने के सपने देख रहा हूं...

बस-स्टैंड पर सवारियों का सैलाब-सा आ गया लगता था।

"इतने लोग कहां से उमड़ पड़े।"

सहायता कहती है, "लोग कुतुब ही नहीं, आसपास के खंडहरों को भी देखने आते हैं। दरगाहों पर मन्नतें मांगते हैं। और यह वक्त सबके लौटने का है।"

"कोई बस भी दिखाई नहीं देती।"

सहायता ने इत्मीनान से कहा, "चलो, छड़ी हिलाते हुए चल पड़ते हैं। रास्ते में कहीं न कहीं किसी रूट की बस मिल ही जाएगी..." और फिर हंसते हुए, "और कुछ नहीं, तो कोई बैलगाड़ी वाला ही बैठा लेगा।"

"खुश हो रही हो। बैलगाड़ी जब तक मंज़िले-मकसूद तक पहुंचाएगी, तब तक तुम्हारे घरवाले थाने में लड़की की गुमशुदगी की रपट लिखवा चुके होंगे।"

वह हंसी, "मुझे बच्ची समझते हो?"

"बच्चियों से क्या कम हो।"

"आई बेग योर पार्डन!"

हम हंसते हुए चल पड़े। रास्ते में सहायता पूछती है, "तुग़लकाबाद कभी गए हो?"

"कुतुब मीनार भी आज देखना नसीब हुआ है। वह भी तुम्हारी बदौलत।"

"यह दाईं ओर जो कच्चा रास्ता जा रहा है न, सीधे तुग़लकाबाद किले तक जाता है। किसी दिन चलेंगे। गर्मियों की छुट्टियां होने दो, दिल्ली का कोना-कोना दिखाने ले चलूंगी।"

"तुम्हें तो टूरिस्ट गाइड होना चाहिए।"

"टीचर होना काफ़ी नहीं!"

"संभावना की बात कर रहा हूं।"

हम काफ़ी दूर निकल आए थे। अभी तक बस क्या, कोई बैलगाड़ी या कोई बंदा तक आता-जाता दिखाई नहीं दिया था। अंधेरा हो चला था। सहायता ने मेरी बांह में बांह डाल रखी थी। बीच-बीच में अचानक रुक कर दोनों हाथों में मेरा चेहरा पकड़ चूमने की कोशिश करती थी।

"अभी भूख मिटी नहीं!"

वह बच्ची की तरह रुआंसा मुंह बना कर कहती है, "मिटती है, लेकिन क्या करूं, फिर लग जाती है," और ठठा कर हंस पड़ी।

चलते-चलते मुझे अचानक यह बात सूझी, ''कहीं कंठी दीदी से तुम्हारा झगड़ा तो नहीं हुआ, जो अब आती ही नहीं।''

''मैं तुम्हें झगड़ालू लगती हूं? बताया तो था, उसके पति की हालत नाज़ुक है।''

''एक दिन मुझे उसके घर ले चलोगी?''

''क्या करोगे जा कर?''

''मेरा फ़र्ज़ बनता है।''

''उल्लास, तुम कल्पना नहीं कर सकते, कंठी दीदी कैसे माहौल में रहती है। उसका घर-बार देख कर तुम्हें अच्छा नहीं लगेगा।''

''कंठी दीदी तो अच्छी लगती है।''

''उल्लास, कंठी दीदी भी नहीं चाहेगी कि तुम उसका रहन-सहन देखो।''

''ऐसी क्या बात है?''

''धरती पर नरक देखने की तमन्ना है, तो जाओ। जिस गली में कंठी दीदी रहती है, वह पूरा अस्तबल है। वहां घोड़े-घोड़ियां, खोते-खोतियां, ठेले-रेहड़े, तांगे-इक्के सब मिलेंगे। ट्रक़-टेंपो तक। फिर कहीं रास्ते में खाट-खटोले पड़े हैं। किसी ने सूअर पाल रखे हैं। किसी ने गाय-भैंसें। किसी ने भेड़-बकरियां। किसी ने मुर्ग-मुर्गियां। किसी ने कबूतर—मतलब, ऐसा कोई जानवर नहीं जो उस गली में मौजूद न हो। मदारी और भिखमंगे भी वहीं पड़े रहते हैं।''

मैंने हंसते हुए कहा, ''कंठी दीदी की गली का बखान कर रही हो या नोहाज़ आर्क का।'' मुझे शक हुआ कि कोई ऐसी बात है जिस कारण सहायता मुझे कंठी दीदी से मिलने नहीं देना चाहती।

''उल्लास, मैं नाक पर पल्लू रख कर उस गली में जाती हूं। ओवरफ़्लो करती नालियों में कीड़े कुरबुल-कुरबुल करते हैं। बच्चे नाली पर टांगें चौड़ी करके हगते-मूतते हैं। औरतें दिन में भी घाघरा उठा कर नाली पर बैठ जाती हैं। जिन्हें हम घर या कमरे बोलते हैं, वे दड़बे हैं, जिनमें इन्सान और इन्सान के बच्चे हैवानों की ज़िंदगी बसर करते हैं।''

''इसका मतलब है, कंठी दीदी से मुलाकात नहीं हो सकती।''

''उल्लास, भूल जाओ कंठी दीदी को।'' सहायता ने जिस लहजे में यह बात कही, मैं थोड़ा चौंका। उससे बांह छुड़ाते हुए कहा, ''सहायता, मिज़ाजपुरसी के लिए क्या घर-बार देखा जाता है? फिर कंठी दीदी तुम्हारी मुंहलगी सहेली है।''

''कभी थी।''

मेरा संदेह पक्का हो गया, ''सहायता, ऐसी क्या बात हो गई जो...''

सहायता एकदम बोल गई, ''त्रिकाल वेला में क्या किस्सा ले बैठे? इतनी अच्छी शाम बीती है।''

''तुम कुछ छिपा रही हो, सहायता!''

वह तनिक अरुचि से बोली, ''चाहो, तो जा कर मिल लो। मुझसे इजाज़त लेने की ज़रूरत नहीं!''

मैं सहायता का मुंह देख रहा था। रोक भी रही थी और जाने को भी कह रही थी।

आख़िर, असली बात उसके मुख से निकल ही गई, ''उल्लास, भूल जाओ, कंठी दीदी को।''

एक क्षण के लिए मैं उसका मुंह देखता रह गया। आगे कुछ पूछने की हिम्मत नहीं हुई। सहायता चुपचाप मेरे साथ चलती रही, जैसे किसी उलझन में हो। फिर एकाएक उसने जो बात कही, सुन कर मैं सकते में आ गया।

''वह प्रेग्नेंट है...''

''क्या!'' मुझे एकबारगी विश्वास नहीं हुआ। ''उसका पति तो सख़्त बीमार है।''

''क्या बीमार के घर संतान नहीं हो सकती?''

''तुम्हीं ने बताया था, रामलाल मरणासन्न है!''

''बाकी मरद तो जी रहे हैं न!''

मैं तो सन्न रह गया। क्या कह रही है यह लड़की?

''चौंक क्यों रहे हो?''

''सहायता, तुम्हारा कहने का मतलब क्या है?''

''कोई दूसरा खेत जोतने लगे, तो!'' उसने बड़े इत्मीनान से यह बात कही।

''मैं समझा नहीं।''

''बहुत जल्दी समझ जाओगे।''

''सहायता, पहेलियां न बुझाओ।''

''मैंने भी कंठी से यही पूछा था जो तुम मुझसे पूछ रहे हो - रामलाल में तो हिलने-डुलने की भी ताकत नहीं है, तू प्रेग्नेंट कैसे हो गई। पहले तो टालमटोल करती रही। कहती थी कि वह पति के साथ सोती है। उसी से हुआ है। मैंने दबकाया, तो एकदम मेरे गले लग कर रो पड़ी। बोली कि मुरली मनोहर का है...''

''कौन मुरली मनोहर?''

''अभी इतना जान लो कि मुरली मनोहर दरियागंज में बहुत बड़े स्टोर का मालिक है और अविवाहित है। पचास के पेटे में है। बताता है कि जब वह लाहौर कॉलेज में पढ़ता था, तो उसकी प्रेमिका थी। लेकिन उस प्रेमिका ने धोखा दिया। एक दिन अचानक वह मुरली के किसी जिगरी दोस्त के साथ भाग गई। मुरली ने तब प्रण किया कि अब किसी औरत पर विश्वास नहीं करेगा। लेकिन मुरली ने कंठी दीदी की शक्ल-सूरत देखी, तो उसमें उसे अपनी प्रेमिका का आभास हुआ। दोनों चुपके-चुपके आपस में मिलने लगे। मुझे भनक तक नहीं पड़ने दी, हालांकि मैंने ही कंठी का मुरली मनोहर से परिचय करवाया था। सबसे यही कहती फिरती है कि बच्चा उसके आदमी का है। मैं कैसे मानूं।''

सारी कहानी मेरे गले से नहीं उतर रही थी।

''तुम्हीं बताओ, मरणासन्न मर्द क्या इस स्थिति में होता है कि संतान पैदा कर सके? मेरे तो ख़ाबो-ख़याल में नहीं था कि यह औरत मुरली मनोहर के साथ मुरली बजाती फिरी है।''

"बस, इसीलिए ख़फ़ा हो उससे?" मैंने पूछा।

"मैं ख़फ़ा नहीं हूं। वही मुझसे कन्नी काट रही है।"

"उसका दोष नहीं है।"

"मानती हूं कि कंठी का कोई कसूर नहीं। उस पर तरस ही आता है। जवान औरत कहां तक अपने पर काबू रख सकती है। वैसे, जो किया उसने ठीक ही किया है..."

"फिर गुस्सा-गिला किस बात का?"

"गुस्सा इस बात का है कि जो औरत मुझसे पूछे बिना फुसकी भी नहीं मारती थी, उसने मुझे भनक तक नहीं पड़ने दी।"

"सहायता, सच्ची, तुम बेवजह नाराज़ हो।"

"मैं मानती हूं कि दो वयस्क स्त्री-पुरुष एक-दूसरे को पसंद करते हैं, तो यह उनका निजी मामला होना चाहिए।"

"क्या कह रही हो? बिना विवाह-सूत्र में बंधे? मैं नहीं मानता।"

"तुम्हारे जैसे आदर्श पुरुष विरले होंगे। देखना, वह दिन दूर नहीं, जब हमारे समाज में भी स्त्री-पुरुष विवाह जैसी प्रथा को नकार कर साथ-साथ रहेंगे और उनके बच्चे हराम के जने नहीं कहलाएंगे। समाज और कानून उनको वही प्रतिष्ठा देगा जो विवाह-सूत्र में बंधे जोड़े को मिलती है।"

"हिंदुस्तान में ऐसे जोड़ों को हमेशा नीची नज़र से देखेंगे।"

सहायता चिंतातुर स्वर में बोली, "सोचती हूं, उसके हस्बैंड पर क्या बीत रही होगी। कंठी दीदी को यह करना था, तो कुछ दिन इंतज़ार कर लेती।"

हम एक-दूसरे का हाथ पकड़े चलते जा रहे थे। मैं गहरी सोच में था। एक गुत्थी मैं सुलझा नहीं पा रहा था। मुरली मनोहर जो भी हो, सहायता का उससे क्या ताल्लुक है?

अचानक पीछे से आती बस की हेडलाइट के साथ हार्न की आवाज़ सुनाई पड़ी, तो हम एक तरफ़ खड़े हो कर देखने लगे। बस, एकदम हमारे आगे आ कर रुकी और ड्राइवर ने चिल्ला कर कहा, "ओए हीरो-हीरोइन! इस बखत कहां जा रहे हो? यह ठंडी सड़क है क्या। मालुम नहीं, यह इलाका कितना ख़तरनाक है?"

हम हतप्रभ। खचाखच भरी बस की खिड़कियों में से लोग झांक-झांक कर देख रहे थे।

"खड़े मुंह देख रहे हो। चढ़ लो।"

हम अगले दरवाज़े से चढ़े, तो ड्राइवर ने कहा, "जानते हो, यह इलाका कितणा लुग्गा (सुनसान) है? इन्सान मारे न मारे, कोई जानवर चीरफाड़ कर खा जाएगा।"

हम छत के डंडे को पकड़ कर खड़े थे। बतियाती सवारियां हम पर हंस रही थीं।

"नहीं मालुम न! हफ़्ता पहले इसी सड़क पर लड़के-लड़की का मर्डर हुआ था।" ड्राइवर गियर बदलते हुए बता रहा था। "लाशों की शिनाख़्त तक नहीं हो सकी। जंगली जानवर नोच-नोच कर खा गए थे।"

मुझे झुरझुरी हो आई।

"अब यहीं खड़े रहोगे? पीछे जा कर कंडक्टर से टिकट लो।"

हंसते लोगों के सामने हमें शरमिंदगी उठानी पड़ी। रीगल पर उतरने लगे, तो ड्राइवर मूंछों में हंस रहा था, "बच्चे, ऐसी नादानी फेर न करना।"

कानों को हाथ लगा हम हंसते हुए उतर कर भागे।

"बाल-बाल बच गए।" सहायता मेरी बांह पकड़े उछल-उछल कर चल रही थी।

"ड्राइवर भलामानस था। बैठा लिया। नहीं तो सवारियां हाथ देती रह जाती हैं, बस-स्टॉप पर भी नहीं रोकते।"

सहायता ने हंसते हुए मेरी तरफ़ देखा, "मर्डर हो जाता, तो अख़बारों में नाम तो छप जाता।"

"यह सोचो कि उससे पहले बदमाश तेरे साथ कैसा सलूक करते!"

और किसी अंग्रेज़ी फ़िल्म का वह दृश्य आंखों के सामने कौंध गया जिसमें बदमाशों ने लड़के को तो खंभे के साथ बांध दिया था और उस अभागे की आंखों के सामने चार-चार नौजवानों ने लड़की को अधमरा करके छोड़ा था...

"तुम मेरे साथ थे।" वह ठीठी करते हुए बोली। "बस-ड्राइवर ने तुम्हें 'हीरो' की उपाधि नहीं दी? ढुशम-ढुशम करके सबको मार भगाते।"

"मैडम, यह हिंदुस्तानी फ़िल्मों में होता है।"

टी हाउस का मोड़ मुड़ते-मुड़ते मैंने कहा, "देर हो गई है। चौक तक छोड़ आता हूं।" लेकिन उसे वहीं पर तांगा मिल गया। सहायता उसमें चढ़ते हुए बोली, "बाय, उल्लास! टेक केयर!!"

कंठी दीदी ने आना छोड़ दिया था। मैंने साइकिल छोड़ दी थी और कंठी दीदी की ड्यूटी संभाल ली थी। पहले हम दोनों कॉलेज से चल कर चौक तक बतियाते हुए आते और छुट्टी वाले दिन ही मिल पाते थे। लेकिन कुतुब में मौजमस्ती करने के बाद अब हम किसी न किसी बहाने प्रतिदिन मिलने लगे। कई बार तो कॉलेज से बंक मार कर पूरी शाम साथ-साथ बिताते। कभी सहायता कॉलेज न आ पाती, तो मैं अनमना-सा डोलता रहता। प्रोफ़ेसर क्या बोल रहे हैं, कुछ पल्ले न पड़ता। न किसी से बात करने का मन करता, न कुछ खाने-पीने का। तन-मन पर सहायता और अन्यमनस्कता छाई रहती। वह शाम, वह रात और अगला दिन काटे न कटता। शाम को कॉलेज आ कर सहायता की छवि दिखाई पड़ती, तब कहीं चैन पड़ता।

उस रात चौक से अलग होने से पहले सहायता ने कहा, "कल हम कॉलेज नहीं जाएंगे।"

"क्यों? न तो स्कूल और दफ़्तर में छुट्टी है, न कॉलेज में।"

"नहीं। कल शाम तुम्हें एक ख़ास जगह ले जाऊंगी।"

"अब यह आना-जाना छोड़ो। पिछले हफ़्ते दो दिन ग़ायब रहे। हाज़िरी कम पड़ गई, तो मुश्किल होगी।"

"ख़ातिर जमा रखो, मेरे रहते ऐसा कुछ नहीं होगा।"

"आख़िर, कहां ले जाने का इरादा है?" मैंने हंसते हुए कहा, "कहीं नार्थ ऐवून्यू में एम.पी. साहब के ठिकाने पर तो नहीं?"

अब मैं ऐसी एकांत जगहों पर उसके साथ समय बिताने से कतराने लगा था। डरता था कि कहीं नियंत्रण खो बैठे, तो कॉलेज में मुंह दिखाने लायक नहीं रहेंगे।

वह बोली, "नहीं।"

"फिर कहां?" मुझे उत्सुकता हो आई।

"एक बड़ी एंबैसी की पार्टी में।"

"उहूं!" मैंने विरक्त भाव से कहा, "संतन को क्या सीकरी से काम।"

"अरे, चीनी राजदूत की पार्टी है। उसमें जाने के लिए लोग सौ जुगाड़ करते हैं।"

मेरे कान खड़े हो गए। मैंने कहा, "कम्युनिस्ट चीन से तुम्हारा क्या वास्ता?"

"बताया तो था। मैं इंडिया-चाइना फ्रेंडशिप एसोसिएशन की सेक्रेटरी हूं। पीस काउंसिल की भी सदस्या हूं।"

"इन संस्थाओं में तो कम्युनिस्ट सोच के लोग होते हैं।"

"ग़लत! ये सांस्कृतिक संस्थाएं हैं। राजनीति से इनका कोई ताल्लुक नहीं। पंडित सुंदरलाल, रमेशचंदर, लिटो घोष, वग़ैरह-वग़ैरह, सब जाते हैं..."

मैंने इन लोगों का नाम तक नहीं सुना था। हंसते हुए वही बात कही जो मैंने संसद-सदस्य मालहायन के फ्लैट में कही थी, "सहायता, तुम्हारा तो बड़े-बड़े लोगों में उठना-बैठना है..."

"फ़ीलिंग जे?" वह हंस रही थी।

"जे क्या?"

"नहीं जानते?" वह हंस रही थी। "जे यानि जैलस, ईर्ष्यालु।"

"अच्छा!" मैंने हंसते हुए उसके पंजे में पंजा डाल कर मरोड़ दिया, "तुम्हें ईष्यालु लगता हूं?"

"उइ!"

"अब उइ करती हो।" मैंने प्यार से झटक कर उसकी आंखों में झांकते हुए कहा। "एकांत होता, तो अरसना-परसना शुरू कर देता।"

"अरसना-परसना क्या?"

"मतलब जफ़ी डाल कर यूं-यूं करता।" मैंने हंसते हुए उसे अपनी तरफ़ खींचा।

सहायता मेरी हथेली सहला रही थी। बोली, "तुम्हारे हाथ कितने कूले हैं।"

"कूले?"

"कूले, मतलब कोमल। ऐसे कोमल हाथ किसी संघर्षशील व्यक्ति के नहीं होते, कलाकार के होते हैं।"

"बात को टालो नहीं। यह बात तुम मुझे पहले भी कह चुकी हो। जिन

संस्थाओं की तुम अपने आपको सेक्रेटरी वग़ैरह बताती हो न, उनके तार सोवियत रूस जैसे कम्युनिस्ट देशों से जुड़े हैं।''

''कम्युनिज़्म के बारे में तुम क्या जानते हो?''

''मैं तो इतना जानता हूं कि स्तालिन इन सबका सरग़ना है - हिटलर को भी पीछे छोड़ गया है। जानती नहीं हो, उसने लाखों बेगुनाह लोगों की जान ली। उसके सामने इन्सानी जान की कोई कीमत नहीं है। राजनीतिक स्वार्थ-सिद्धि के लिए इन लोगों ने उसी तरह इन्सानों को रौंदा है, जिस तरह रोड रोलर रास्ते के चींटों को रौंदते हुए निकल जाता है। तुम ऐनी फ्रैंक की प्रशंसिका हो। वह पोलैंड की थी। जानती हो, स्तालिन ने पोलैंड के करीब बीस हज़ार अफ़सरों को शूट करवाया था - के वी डी के बदनाम सिरमौर बेरिया को हुक्म दे कर। मुझे घिन्न आती है ऐसे लोगों से जो राजनीतिक उद्देश्यों की प्राप्ति के लिए हत्याएं करवाते हैं। वर्तमान पीढ़ी की ज़्यादा चिंता नहीं है इन्हें। ये लोग उन पीढ़ियों को सुखी बनाने का प्रपंच करते हैं जो अभी पैदा नहीं हुईं। दूसरों के जीवन का कोई मूल्य नहीं इनके लिए। डाचे में छुट्टियां बिताने वाला क्या जाने ग़रीबी क्या होती है...''

सहायता इस तरह मेरा मुंह देख रही थी, मानो उसे विश्वास नहीं हो रहा था कि वह मेरे मुख से यह सब सुन रही है। मुस्कुराती आंखों से देखते हुए कहती है, ''सच्ची, तुम किसी चुनाव सभा में भाषण दो, तो लोग तुम्हें कंधों पर उठा लें।''

''या सड़े टमाटर-अंडे मारें...''

हम सड़क के किनारे खड़े थे। सहायता मेरी कमीज़ के बटन टटोलते हुए बोल रही थी, ''जानते बहुत कुछ हो, बनते हो।''

''उनकी करतूतें किसी से छिपी नहीं हैं। इनका आतंक किसी को बोलने नहीं देता।''

''यह न समझ लेना कि मैं इन संस्थाओं के साथ जुड़ी हूं, इसलिए इनकी पैरवी कर रही हूं। मैं साम्यवादी विचारधारा की नहीं हूं। मार्क्सवाद में ज़रूर विश्वास करती हूं...''

''इतनी छोटी उम्र में तुम मार्क्सवाद की अनुयायी बन गई हो?''

''कुछ जानने के लिए उम्रदराज़ होना क्या ज़रूरी है?''

मैंने कहा,''दुनिया में ऐसे लोगों की कमी नहीं जो फ़ैशन के लिए या सैर-सपाटे के लिए मार्क्सवाद, समाजवाद, वामपंथ वग़ैरह-वग़ैरह का बिल्ला लगाए घूमते हैं। हमारे देश में ऐसे लोगों की कमी नहीं हैं जो यह भी नहीं जानते बेर की...कहां होती है और वामपंथी बने फिरते हैं।''

''छिः छिः!'' वह नाक-भौं सिकोड़ते हुए बोली, ''ऐसी अश्लील भाषा कहां से सीख आए हो!''

मैंने हंसते हुए कहा, ''तुम भी तो चुनाव लड़ सकती हो। राजनीति में दख़ल तो रखती हो।''

''हांअंअं,'' सहायता ने लंबी आह भर कर कहा, ''एक बार इलेक्शन लड़ने का भूत सवार हुआ था। वक़्त रहते जाग गई। इरादा छोड़ दिया।'' यह कहते-कहते

हंस पड़ती है, ''लोग मुझसे कहते थे, जीतोगी ही नहीं, एक दिन दिल्ली की मुख्यमंत्री की कुर्सी भी संभालोगी।''

''क्या बात है!'' मैंने ठहाका लगाया। ''फिर पीछे क्यों हट गई?''

''दिल की आवाज़ आई थी।''

मैंने कहा, ''तब मैं फ़ख्र से कह सकता—कोई मुख्यमंत्री मेरी दोस्त है।''

''एक बार चीन जाने का चांस भी बना। लेकिन अंग्रेज़ी में मुहावरा है न, *देयर इज़ ए स्लिप बिट्वीन कप एंड द लिप*...आख़िरी दम किसी ने भांजी मार दी...''

''भांजी मार दी?''

''अड़ंगा लगा दिया।''

मैंने ठिठोली की, ''किस खुशी में कम्युनिस्ट चीन पर हमला करने की जुगत भिड़ाई थी तुमने? तुम तो कम्युनिस्ट विचारों की नहीं हो।''

''एक सर्क्युलर आया था सरकार की तरफ़ से कि विभिन्न राज्यों से छह लोग चुन कर चीनी भाषा सीखने के लिए चीन भेजे जाएंगे। भारत-चीन मैत्री संघ के प्रेज़ीडेंट ने भाग-दौड़ करके गुरमुख निहाल सिंह को एप्रोच किया और मेरे डिपार्टमेंट ने दिल्ली से मेरे नाम की सिफ़ारिश करवा दी। मैं तो बल्लियों उछली। समझ लिया कि चीन मेरी झोली में है। लेकिन, अफ़सोस! टूटी कहां कमंद। आख़िरी वक्त लतिका लहरी का सलेक्शन हो गया।''

''कौन लतिका लहरी?''

''मेरी जाणे जुत्ती।'' यह सहायता का तकिया कलाम था। शायद कंठी दीदी से सीखा था। किसी बात का इल्म न होता उसे, तो यह भी कहती, ''मैं कीह जाणां...''

मैंने कहा, ''ऐसी क्या बात हो गई?''

''ऐसे काम के लिए गॉडफ़ादर होना ज़रूरी होता है। उन दिनों उमा नेहरू के आगे किसी की नहीं चलती थी। मैं बहुतेरी चीखी-चिल्लाई कि लतिका लहरी दिल्ली की नहीं है, बंगाल से आई है। फिर देखने में भद्दी भी है...''

मैंने हंसते हुए कहा, ''भद्दी है—यह कहने की क्या ज़रूरत थी? हर कोई तुम्हारी तरह सुंदर नहीं होता।''

''क्यों न कहती! दूसरे देशों में अच्छी शक्ल-सूरत वाले लोगों को ही तो चुन कर भेजा जाना चाहिए, मुरझाए काले बैंगनों को नहीं! लतिका के बारे में मैंने जो दलील दी थी, जानते हो, उसे क्या कह कर काटा उन्होंने? बोले : अगर लतिका दिल्ली की नहीं है, बंगाल से आई है, तो तुम किस लिहाज़ से दिल्ली की हो? पाकिस्तान से आई हो। नेहरू फ़ैमिली के आगे पटेल की एक नहीं चली, तुम्हें कौन पूछता है।''

सहायता की आंखें भर आई थीं, ''सुनहरी मौका साबुन की बट्टी की तरह हाथ से फिसल गया।''

''इसका फ़ायदा मुझे हुआ।'' मैंने हंसते हुए कहा। ''तुम चीन चली गई होती, तो किसी चुंग युंग लिंग से शादी रचा कर आती।''

"तुम तो हर बात मज़ाक में लेते हो। मुझ पर क्या बीती, मैं ही जानती हूं।" कहते-कहते उसने निकलते आंसुओं को उंगली से समेट कर छिटक दिया।

"अब भी मन करता है जाने का?"

"चांस मिला, तो ज़रूर जाऊंगी।"

"हमें हाइ एंड ड्राइ छोड़ कर?"

"मैं इतना मोह नहीं पालती किसी से—न मां-बाप से, न भाई-बहन से, न दोस्तों से।"

"इनमें से हम किस श्रेणी में आते हैं?"

"तुम्हारी श्रेणी को कोई नाम नहीं दे सकती।"

मैंने सहायता की पूरी बात नहीं सुनी। मेरा ध्यान बंट गया था। थोड़ी देर से देख रहा था कि मुंडासा मारे कोई मोटा-सा आदमी दीवार के साथ पेशाब करने के बहाने पलट कर हमारी तरफ़ देख लेता था। फिर सड़क पार करते हुए भी उसकी नज़र हम पर टिकी थी। अब थोड़ा परे वह ठेले की ओट में खड़ा हो कर टकटकी लगाए हमारी तरफ़ ही देख रहा था। मैंने ठेले की दिशा में इशारा करते हुए तनिक विकल स्वर में कहा, "लगता है, कोई हम पर नज़र रखे है।"

"क्या कहते हो?"

"ठेले के पीछे कोई खड़ा हमें ताड़ रहा है..."

सहायता ने मुड़ कर देखा, "मुझे तो वहां कोई दिखाई नहीं देता।"

"हां, अब नहीं है। शायद जान गया कि हमने उसे देख लिया है। सो, अंधेरे में खिसक लिया।"

तभी बाज़ार में जल्दी-जल्दी जाते हुए उस आदमी की पीठ दिखाई दी, तो मैंने कहा, "वो जा रहा है, नीली कमीज़ वाला।"

सहायता ने उधर देखते हुए कहा, "कहां? इतनी भीड़ में कैसे पहचान सकती हूं!"

"बड़ी देर से खड़ा हमें ताड़ रहा था।"

"होगा कोई सिरफिरा!" वह बोली। "अब चलती हूं। तुभ शाम छह बजे ऑन द डॉट, सिंधिया हाउस के इस तरफ़ कर्ज़न रोड के मोड़ पर खड़े रहना। वहां से तुम्हें पिक कर लूंगी।"

"सहायता, मैं कैसे आ सकता हूं।" मैंने बुरा-सा मुंह बनाते हुए कहा। "मेरे पास पार्टी में जाने लायक कपड़े नहीं हैं।"

सहायता को मसखरी सूझी, "तुम लड़की होते, तो अपना साड़ी-ब्लाउज़-पेटीकोट तुम्हारे लिए भिजवा देती।" और ठीठी करते हुए हंसती चली गई।

"मज़ाक नहीं, सहायता, मैं इन कपड़ों में किसी पार्टी में नहीं जा सकता।"

"माइ डीयर," उसने मेरा गाल थपथपाते हुए कहा, "ऐसी पार्टियों में कपड़े नहीं देखे जाते। तुमने बरनार्ड शा का किस्सा पढ़ा होता, तो यह बात न कहते। कहने का मतलब यह कि अहमियत आदमी की होती है, वस्त्रों की नहीं।" फिर अधिकारपूर्वक बोली, "तुम रोज़मर्रा के पहनने वाले वस्त्रों में ही आओगे। वहां आ

कर देखना, कोई फ़ार्मल ड्रेस में नहीं होता। बाद में नए कपड़े भी सिलवा दूंगी। दो-एक दिन में मिल जाएंगे।''

''ऐसा कौन दरज़ी है जो दो-एक दिन में सिल देगा।''

''एक टेलर कनाट प्लेस में बैठता है। उससे बनवा दूंगी।''

''कनाट प्लेस का टेलर!'' मैं हैरान हो गया उसकी यह बात सुन कर। ''कनाट प्लेस में बैठने वाले दरजी की सिलाई तुम्हारा चाचा देगा?''

''वह मुझसे सिलाई नहीं भी ले सकता।'' कहते हुए वह मुंह पर हाथ रख कर फिस-फिस हंस पड़ी। ''अपने आपको मेरा आशिक बताता है। सीताराम बाज़ार में मैं जिस होम्योपैथ से दवाई लेने जाया करती थी न, उससे मेरे बारे में इस दरज़ी ने कहा था, मैं इस लड़की का ऐसा आशिक हूं जो बुढ़ापे में भी इसको चाहेगा। जब सब इसका साथ छोड़ जाएंगे, मैं तब भी इसको प्यार करूंगा।'' और हंसती चली गई।

मैंने कहा, ''यह भी कोई हंसने की बात है!'' और सहायता को कंधों से पकड़ कर उसका रुख़ उस रास्ते की तरफ़ मोड़ दिया जिधर वह रोज़ जाती थी,''बहुत हुआ। अब अपने घर जाओ!''

''कल ऐन छह बजे, कर्ज़न रोड के मोड़ पर। टेक केयर!'' उसने याद दिलाया।

सहायता में बहुत बड़ी खूबी थी। हर काम करीने से और वक्त पर करती थी।

उस शाम मैं कर्ज़न रोड पर पहुंचा ही था कि वह आटो पर आती दिखाई दी। उसके साथ बैठते-बैठते मैं उद्भ्रांत-सा उसकी निष्कलंक मोहक छवि देखता रह गया। बरबस मुंह से निकला :

''यु लुक गॉरजियस...स्टनिंग...''

मैंने सहायता की मुंह-देखी प्रशंसा नहीं की थी। आसमानी रंग के सादे रेशमी 'त्रयोर' (सलवार-कमीज़-चुनरी) में उसकी नारीकेल जैसी मुखाकृति की आभा झेली नहीं जा रही थी। बिना आस्तीन की कमीज़ से निकली उसकी मृदु-मृणाल बाहें और वर्तुल कंधे और लो-कट गले में उरोजों पर लटकती सोने की पतली चेन - यह सब देख कर लगता था, जैसे मेरे साथ आधुनिक परिधान में खजुराहो के किसी अनाम कलाकार की गढ़ी हुई सौंदर्य-मूर्ति विराजमान है।

''क्या देख रहे हो।'' वह किंचित संकुचित होते हुए बोली।

''व्यवधान न डालो, देखने दो।''

हम लोग जिस पार्टी में जा रहे थे, सहायता उसके लिए किसी प्रकार का बनाव-शृंगार करके नहीं आई थी। वैसे भी कभी करती नहीं थी। हमेशा साफ़-सुथरी, अच्छी काट की सलवार-कमीज़ या करीने से बंधी साड़ी में और आगे-पीछे से गहरे कटे ब्लाउज़ से झलकती उसकी देह-काया और लंबी ग्रीवा अपने आप में शृंगार थी। शुरुआती दिनों में इसके ललछौंहें कपोलों को ललचौंहीं निगाहों से देखता रहता था। फिर पंखुरियों जैसे भरे-भरे होंठों पर लिपस्टिक जैसी कोई चीज़ नहीं लगाती

थी। दंदासे से दांत साफ़ करने वाली छाल का कुदरती रंग ही उसके होठों पर चढ़ा रहता था। यह तो मैंने पहले दिन ही देख लिया था। कलाई में नन्ही-सी घड़ी तो बांधती ही थी। आज पार्टी के लिए दूसरी कलाई में वस्त्रों के रंग से मिलती-जुलती कांच की चूड़ियां डाल कर आई थी। वास्तव में, सहायता का लावण्य ही उसका शृंगार था।

"क्या पहली बार इस चौखटे को देख रहे हो?" वह तनिक असुविधा महसूस करते हुए बोली।

"देखता तो रोज़ हूं। आज देख कर ऐसा लग रहा है कि पहली बार देख रहा हूं।" मैं उसे निर्निमेष देखे जा रहा था।

"मेरी टांग खींच रहे हो!" वह थोड़ी अस्थिर हो रही थी।

मैंने हंसते हुए कहा, "लगता है, आज सारी पार्टी को अपने ज़र्क़-बर्क़ से ग़र्क करने के इरादे से जा रही हो।"

सहायता गुढ़क रही थी, "ऐसे शब्द कहां से पढ़ कर आते हो : गॉरजियस, स्टनिंग...ज़र्क-वर्क? कल बोले थे—अरसना-परसना!" वह हवा में उड़ती आसमानी चुन्नी से भरे-पूरे उरोजों को ढांपते हुए कह रही थी। सहायता थी तो अभिभूत अपनी प्रशंसा सुन कर, लेकिन जतलाना नहीं चाहती थी। बोली, "तुम्हारी यह आशिकमिज़ाजी आज प्रकट हो रही है। जिसे भोला-भाला, सीधा-सादा लड़का समझती थी, वह..." वाक्य पूरा न करके वह बाहर देख रही थी, "हम पहुंच गए।"

विशाल बंगले के गेट पर आटो से उतर कर हम बंदनवारों से सजे रास्ते पर चले, तो एकाएक लाउडस्पीकर पर यह घोषणा, "भारत-चीन मैत्री संघ की सेक्रेटरी, मिस सहायता..."

मैं सहायता का मुंह देखता जा रहा था। इसी तरह गण्यमान्य अभ्यागतों के आगमन की घोषणा की जा रही थी। मैं हैरान था...सहायता की इतनी शोहरत है?

लगता था, वह मेरे चेहरे को पढ़ रही थी। मुस्कुराते हुए मेरा हाथ पकड़ भीतर ले चली।

सांझ की वेला में खुले लान में पार्टी चल रही थी। झाड़ों में बिजली के बल्बों की चकाचौंध में गहमागहमी थी। हम आए, तो हरी दूब पर जगह-जगह झुंडों में खड़े लोगों की निगाहें बरबस हमारी तरफ़ उठ गईं। सहायता के साथ चलते हुए मैं अदना-सा महसूस कर रहा था। देखने वाले अचरज कर रहे होंगे कि सहायता जैसी लावण्यमयी लड़की के साथ यह फटीचर किस्म का लड़का कौन है।

"हाय, सहायता!" एक अधेड़ स्त्री हाथ में अधभरा गिलास लिये हंसती-मुस्कुराती हुई हमारे निकट से निकल कर गई। प्रफुल्लित सहायता ने उंगलियां हिला कर कहा, "हाय, वसुंधरा!"

चार-चार, पांच-पांच के झुंडों में खड़े लोग पी और बतिया रहे थे। सहायता ने चलते-चलते मुझसे पूछा, "पीने की इच्छा है, तो बुलाऊं बैरे को? देख रहे हो, यहां शराब की नदी बह रही है।"

''तौबा!'' मैंने बाईं लोलकी का स्पर्श करते हुए जीभ को दांतों तले दबा कर जतलाया - शराब पीना मेरे लिए हराम है। सच भी था, मैंने दारू को कभी सूंघ कर भी नहीं देखा था।

''अच्छा करते हो, नहीं पीते। शराब कोई अच्छी चीज़ नहीं।'' सहायता ने कहा।

''तुम पीती हो?''

उसने हंसते हुए मेरी तरफ़ देखा, ''उल्लास! ऐसा टेढ़ा सवाल करने की तुम्हें सूझी कैसे!'' फिर कहती है, ''यहीं ठहरो। मैं बोलवाल साहब को ढूंढ़ती हूं और तुम्हारे लिए कोल्ड ड्रिंक भिजवाती हूं।''

सहायता ने ज़्यादा देर नहीं लगाई। वह आई, तो उसके साथ बैरा और कोई थुलथुल-सा बुजुर्ग था। सहायता ने मेरा परिचय कराया, ''बोलवाल साहब, मिलिए उल्लास से। मेरा सहपाठी है। भारत सेवक समाज की पत्रिका के लिए लिखता भी है।''

मैं चौंका ज़रूर, लेकिन प्रकट नहीं होने दिया। बोलवाल साहब ने हंसते हुए सहायता के कंधे पर हाथ रखा, ''पगली, यूं बोल न, पत्रकार है।''

सहायता ने कहा, ''उल्लास, बेलवाल साहब इंडिया-चाइना फ्रेंडशिप एसोसिएशन के प्रेज़ीडेंट हैं और पापा के दोस्त भी हैं।''

''नमस्कार!''

मेरे हाथ में जूस के गिलास की तरफ़ इशारा करते हुए बोलवाल साहब पूछते हैं, ''नौजवान! जर्नलिस्ट हो कर पीते नहीं हो?''

सहायता ने मेरी पैरवी की, ''बोलवाल साहब, उल्लास शराब को हाथ नहीं लगाता।''

''अचरज!'' हंसते हुए वह कहते हैं, ''जल में तैरने वाली मछी कहे कि मैं पानी से परहेज़ करती हूं।'' फिर आगे-पीछे देखते हुए सहायता से पूछते हैं, ''कंठी नहीं आई?''

सहायता चुप।

वह बोले, ''अब तो उसने मीटिंगों में आना भी छोड़ दिया है। मैं एक-दो बार उसके घर गया था। नहीं मिली। रामलाल को भी नहीं पता था कि कहां गई है। कहता था—बाज़ार करने गई होगी।''

मैं सहायता का मुंह देख रहा था। उसने मुझे चुप रहने का इशारा किया।

तभी कोई चीनी अधिकारी जल्दी-जल्दी चल कर हमारे निकट आया। बातचीत में व्यवधान पड़ा और बोलवाल साहब को इस तरह लिवा ले गया, मानो चीनी प्रधानमंत्री से मिलवाने ले जा रहा हो।

मैंने सहायता से कहा, ''बात छिपाने का क्या फ़ायदा। चांद चढ़े, दिन चढ़े, छिप सकते हैं?''

सहायता बात टाल गई, ''उल्लास! किसी दिन तुम्हें बेलवाल साहब के घर ले चलूंगी।''

किसी पेटफूले व्यक्ति ने दूर से टेर लगाई, "हाय सहायता!"

"हाय!" सहायता ने मुस्काते हुए हाथ उठा कर उसके अभिवादन का जवाब तो दिया, लेकिन मुंह फेर कर नाक-भौं सिकोड़ी और कहा, "बेवकूफ़ टुल है।"

मैंने दबी ज़बान से कहा, "इधर ही आ रहा है।"

"आने दो।" उसकी तरफ़ पीठ किए वह बोली।

वह जब तक हमारे निकट आता, सहायता ने दबी ज़बान में मुझे बता दिया कि यह विनोद 'तमन्ना' है, शहर के हिंदी दैनिक का संवाददाता। कंठी दीदी को पटाने में लगा रहता है। उसके घर भी हो आया है।

तमन्ना टिशू पेपर में लिपटा गिलास लिये-लिये आया और लड़खड़ाती ज़बान से हंसते हुए बोला, "सहायता जी कैसी हैं!"

"तमन्ना साहब, आप कैसे हैं!" सहायता ने ऐसे दिखाया, जैसे उससे मुलाकात करके उसे बड़ी प्रसन्नता हुई हो। तमन्ना ने इतनी पी रखी थी कि अपने-आपको संभाल नहीं पा रहा था। इधर-उधर नज़र दौड़ाते हुए पूछता है, "कंठी दिखाई नहीं देती।"

"यहीं कहीं होगी।" तमन्ना से पीछा छुड़ाने की ख़ातिर ही सहायता झूठ बोल गई।

तमन्ना खड़ा-खड़ा टकटकी लगाए मुझे देख रहा था। अचानक मुझसे कहता है, "रामलाल जी! आपके हाथ में गिलास नहीं है।"

मैं भौंचक हो कर देख रहा था! क्या यह बेवड़ा मुझे कंठी दीदी का पति समझ रहा है? सहायता मुंह के आगे हाथ रख फिस-फिस हंस रही थी, "तमन्ना साहब, आज आपने थोड़ी ज़्यादा पी ली है। यह रामलाल नहीं, इनका नाम उल्लास है, मेरे मित्र हैं।"

सहायता की दलील को जैसे अनसुना करते हुए तमन्ना ने सिर को दाएं-बाएं हिलाते हुए आंखें झपझपाईं। फिर मेरी तरफ़ देखते हुए यह कह कर चलते बने, "अब तो थोड़े ठीक लगते हो।"

उसने दो बार मुझे रामलाल कहा था। मेरी आत्मा तक कांप गई। मैं ज़रूर इकहरी हड्डी का दुबला-पतला इनसान था। बचपन में अपनी मां के दूध पर नहीं, दूसरों के दूध पर पला था। फिर भी, क्या ऐसा लगता था, जैसा कि कंठी दीदी का टी.बी का मरीज़ पति लगता होगा?

सहायता हंस रही थी, "देख लिया, नशे में अंधे आदमी की कल्पना कितनी उर्वर हो जाती है।"

लगता था, सहायता समझ रही थी कि मुझ पर क्या बीत रही है। जैसे दिलासते हुए कहती है, "उल्लास, कुछ सोच मत। शराबी की ज़बान चलती है, दिमाग़ नहीं चलता। देखा नहीं, खड़े-खड़े आधा गिलास गटक गया।"

जैसे कुछ कहने की मेरी सारी शक्ति तमन्ना बटोर कर ले गया था।

"अभी तो पार्टी शुरू हुई है। अब तक तो कितने गिलास भीतर उंडेल चुका होगा। पत्रकारों का एक-दो गिलासों से पेट नहीं भरता, उल्लास।"

मैं सोच रहा था—क्या शराब पिलाने के लिए ही ऐसी पार्टियां की जाती हैं? हर कोई शराब के नशे में डोल रहा है। मैंने यह बात सहायता से कही, तो बोली, ''उल्लास! विदेशी दूतावासों के लोग पार्टी के बहाने कई खेल खेलते हैं। बड़े-बड़े ओहदेदारों और व्यवसायियों और पत्रकारों को निमंत्रित करते हैं। शराब पानी की तरह बहाते हैं। तुम इस बारे में ज़्यादा न ही पूछो, तो बेहतर है। देखते जाओ। इसीलिए तो तुम्हें यहां लाई हूं। इस दुनिया के भी दर्शन कर लो।''

मुझे कोफ़्त हो रही थी। मैं क्यों आया ऐसी पार्टी में?

''सहायता,'' मैंने विह्वल स्वर में कहा, ''क्या तमन्ना जैसे लोगों को अपनी इज़्ज़त का, देश की प्रतिष्ठा का कोई ख़याल नहीं जो इस तरह पी कर लुढ़कते हैं, ओछी बातें करते हैं?''

''शराब में इज़्ज़त, मान-सम्मान, प्रतिष्ठा—सब घुल जाता है, उल्लास। और फिर तमन्ना जैसे पत्रकार...'' यह कहते-कहते सहायता चुप हो गई। इशारे से मुझे भी चुप रहने को कहा। मुंह दूसरी तरफ़ करके इस तरह बोली कि मैं ही सुनूं, कोई और न सुने, ''एक और टुल आ रहा है। हरीश जैन। किसी पेपर का संवाददाता। यह भी अपने-आपको कंठी दीदी का आशिक समझता है।''

हरीश जैन भारी-भरकम वजूद का अधेड़ पुरुष था। प्रतीत होता था, सहायता के आकर्षण से खिंचा चला आ रहा था। आते ही तपाक से बोला, ''गुड मारनिंग, माइ डियर!''

सहायता हंसते-हंसते दुहरी हुई जा रही थी। हरीश से कहती है, ''जैन साहब, सूर्यदेव तो अपने आशियाने में जाने की तैयारी में हैं।''

जैन ने सहायता की बात की तरफ़ ध्यान नहीं दिया। अपनी ही दुनिया में विचर रहा था। आसपास देखते हुए वह भी वही सवाल करता है : ''कंठी नहीं आई?''

सहायता ने इस शख़्स से भी झूठ कह दिया, ''आई है। यहीं कहीं होगी।''

जैन ने मेरी तरफ़ देखा तक नहीं। यही ग़नीमत थी। यदि यह भी मुझे कंठी दीदी का रुग्ण पति समझ बैठता, तो यहां लाने के लिए मैं सहायता को कभी माफ़ न करता। सहायता को पता नहीं क्या सूझी कि जैन से कहती है, ''जैन साहब, दारू के साथ थोड़ा सॉलिड ले लिया कीजिए।''

जैन टुल था। लड़खड़ाती ज़बान से किसी तरह कह पाया, ''सहायता, सूरज डूबने के बाद हम लोग कुछ खाते नहीं हैं।''

''सिर्फ़ पीते हैं।'' सहायता ने ठहाका लगाते हुए कहा।

उसने खीसें निपोर दीं। फिर जैसे भूल गया कि कंठी के बारे में वह पूछ चुका है। फिर पूछता है, ''कंठी दिखाई नहीं देती?''

सहायता ने कलाईघड़ी देखते हुए कहा, ''यहीं कहीं होगी।''

यह देख जैन ने भी अपनी कलाई घड़ी देखी। मैंने बड़ी मुश्किल से हंसी दबाई। मुझे टोपियों के व्यापारी और नकलची बंदरों की कथा याद हो आई। प्रतीत होता था जैन की घड़ी बंद थी। बांह को एक-दो बार झटकाया। खीझते हुए उसे कान के साथ लगा कर सुनते-सुनते एकदम बिफर कर बोला, ''साले ने ठीक नहीं

बनाई। ऐसी दुर्गत बनाऊंगा साले की कि रोता हुआ आएगा।'' फिर हम दोनों की तरफ़ देखते हुए कहता है, ''अख़बार में छाप दिया, तो साले की दुकान में लगी सारी घड़ियां इस तरह बोलने लगेंगी, जैसे ख़तरा होने पर अलार्म बजता है...'' फिर मुंह उठा कर सहायता से पूछता है, ''क्या टाइम हुआ?''

जैन ने टाइम पूछा ज़रूर, लेकिन जानने का इंतज़ार नहीं किया। कुछ लोगों को उसने एक तरफ़ जल्दी-जल्दी जाते हुए देखा, तो उनके पीछे-पीछे वह भी चल पड़ा।

''यह रेला कहां जा रहा है?'' मैंने अचरज करते हुए पूछा। ''एंबैसी वाले कुछ बांट रहे हैं?'' सहायता हंस रही थी, ''कोटा पूरा करने जा रहे हैं...''

''कोटा!''

''ऐसी पार्टियों में निश्चित समय पर बार बंद कर देते हैं। सो, 'वाटरिंग होल' बंद होने से पहले हर कोई अपना कोटा पूरा कर लेना चाहता है। सो, उधर ही जा रहे हैं, जहां दारू सर्व करते हैं।''

मैंने खिन्न मन से कहा, ''सहायता, यहां आ कर मुझे अच्छा नहीं लग रहा।''

''अपने-आपको लेखक कहते हो? अरे, ये दुर्लभ एक्सपीरियंसिज़ हैं। कभी काम आएंगे।''

मैंने उद्विग्न हो कर कहा, ''और कितनी देर यह सब झेलना पड़ेगा?''

''बस, चलते हैं।''

हम खड़े देख ही रहे थे कि एक आदमी दो भरे हुए गिलास ले कर आया। थोड़ा डगमगा रहा था। आ कर उसने एक गिलास हमारे पीछे के झाड़ की क्यारी में टिका कर रखा और दूसरे गिलास से खड़ा इत्मीनान से पीता रहा। बीच-बीच में क्यारी में रखे गिलास की तरफ़ नज़र डाल लेता था।

मैं अचरज से कभी उस आदमी की तरफ़, कभी सहायता की तरफ़ देख रहा था। सहायता भी देख-देख कर हंस रही थी।

यहां तो ऐसे आश्चर्य देखने को मिल रहे थे, जैसे 'एलिस इन वंडरलैंड' की एलिस ने भी नहीं देखे होंगे।

''इसने गिलास क्यारी में क्यों रखा?'' मैं हैरान था। सहायता बताती है, ''अब चाहे बार बंद हो जाए, इस शख़्स ने अपना कोटा पूरा करने का इंतज़ाम कर लिया है।''

यह शख़्स इस तरह झाड़ में रखे गिलास की चौकसी कर रहा था, मानो उसे अंदेशा हो कि उसके जाम को उठा कर कोई ले न जाए। मैं सोच रहा था—लगता है, आज भी इन्सान और जानवर के व्यवहार में कोई अंतर नहीं आया। जानवर अपने अधखाए शिकार को छिपा कर रखता है और उस पर कड़ी नज़र रखता है, ताकि कोई उठाईगीर झटक न ले जाए। यह शख़्स भी उसी तरह चौकन्ना हो कर मशक्कत से लाए अपने पेय की हिफ़ाज़त कर रहा है।

लोगों ने जाना शुरू कर दिया था। मेरा मस्तिष्क झनझना रहा था। मैं आजिज़ आ चुका था। सहायता से कहा, ''अब चलो। मैं भखते अंगारों पर खड़ा हूं।''

"देख रही हूं, किसी से लिफ़्ट मिल जाए।"

"जैन या तमन्ना जैसे लोगों से तो कहना मत।" मैंने सहायता को सावधान करते हुए कहा, "रास्ते में कहीं गाड़ी ठोंक दी, तो घर नहीं, मरघट पहुंच जाएंगे।"

"उल्लास, त्रिकाल वेला है। शुभ-शुभ बोलो।"

"ये लोग सुधरेंगे नहीं।"

सहायता ने हंसते हुए कहा, "ख़ातिर जमा रखो। सुधरेंगे नहीं, तो, सिधार जाएंगे।"

डेढ़-दो महीने की अवधि में मैंने और सहायता ने दिल्ली की ऐसी कोई जगह नहीं छोड़ी थी जहां प्रेमी जोड़े गुपचुप जाते हों और हम न गए हों।

कॉलेज में कोई खाली पीरियड होता, या सहायता संस्कृत का पीरियड अटैंड न करना चाहती, तो हम चुपके से खिसक कर 'लवर्स लेन' में निकल जाते। झाड़-झंखाड़ भरी इस वनस्थली में पतली-सी सड़क 'रजिंदर' नगर की तरफ़ निकल जाती थी और मुहब्बत में मुब्तिला किशोर-किशोरियों की मिलन-स्थली थी। वहां सांझ के झुटपुटे में चलते हुए किसी प्रेमातुर जोड़े को प्रेमालाप या प्रेमालिंगन करते हुए देखते, तो उन्हें अनदेखा करते हुए हम हाथ में हाथ डाले आगे निकल जाते। किसी झाड़-झंखाड़ के पीछे कोई हलचल हो रही होती या खुसर-पुसर सुनाई पड़ती, तो ठिठक कर कनखियों से देखने का लोभ तो छोड़ नहीं सकते थे और उत्तेजित भी होते थे; मगर हम दोनों में इतना आत्मबल और इतना आत्मसंयम था कि हमने शारीरिक संबंध स्थापित करने की हिमाकत कभी नहीं की, हालांकि ऐसा करने के लिए हमारे पास न तो स्थान की कमी थी और न ही अवसरों की। हमने प्रण कर रखा था कि जब तक विवाह-सूत्र में बंध नहीं जाते, तब तक किसी प्रकार की ऐसी कोई हरकत नहीं करेंगे जिससे बाद में शर्मसार होना पड़े। हम उम्र के उस पड़ाव पर थे कि ऐसे माहौल में यदि काम-वासना के वशीभूत हो कर कुछ कर बैठते, तो यह अस्वाभाविक न होता। मगर अपने-आपको हम वैसे ही व्यवहार तक सीमित रखते जिसकी शुरुआत हमने नार्थ ऐवेन्यू में मालहायन के ठिकाने पर की थी। सहायता गले लगने या मीठी लेने को हंसते हुए 'वेज डायट' यानि 'निरामिष आहार' बताती थी और काम-वासना के वशीभूत हो कर चरागाह में मुंह मारने को 'नान-वेज डायट' यानि 'आमिष आहार' की संज्ञा देती थी।

गर्मियों की छुट्टियों में भी ऐसा कोई दिन नहीं जाता था, जब हम सांझ को न मिलते हों। मैं दफ़्तर से आता, तो सहायता को लाल किले के बस-स्टॉप पर इंतज़ार करते हुए पाता। मुझे देखते ही वह लपक कर आती और इस तरह खिल उठती, मानो मेरे लिए ही जी रही थी। कभी-कभी पर्स में से पापड़ी या गुड़ की मिठाई निकाल कर मुझसे चलते हुए खाने का इसरार करती।

सहायता की पसंदीदा जगहें कई थीं - चाँदनी चौक, कुदसिया बाग़, जमुना का किनारा, कश्मीरी गेट, दिल्ली गेट, कनाट प्लेस, फ्लैग स्टाफ़, दिल्ली यूनिवर्सिटी, इत्यादि। इन जगहों को हमने एक तरह से रौंद डाला था। पहले सहायता फ़िल्में

देखने की शौकीन थी। लेकिन जब से मैं उसके जीवन में आया था, सहायता को फ़िल्मों से विकर्षण-सा हो गया था। इस दौरान हमने एक फ़िल्म 'रीगल' में और दूसरी 'मंडवा' में देखी थी (उन दिनों 'एक्सेलसियर' को इसी नाम से पुकारते थे)। हाल में बैठे-बैठे तीन घंटे बिताना उसे व्यर्थ लगता था। चाहती थी कि सुबह से शाम तक हम किसी लान में बैठ कर बतियाएं या निरुद्देश्य घूमते रहें। हंसते हुए कहती, "सच्ची, मुझे तो 'ग्वाची गां' (खोई हुई गाय) की तरह भटकना अच्छा लगता है।"

कहीं जाना होता, तो वह बस या ऑटो की जगह तांगे को तरजीह देती। तांगे की घोड़ी की मद्धम टापों को सुनते हुए न जाने किस दुनिया में खो जाती। अकसर कहती, "मैं तांगे पर बैठ कर जाती हूं, तो घोड़ी की टपटप दिल में अजीब-सी हिलोर पैदा करती है और अनायास ही गुलेरी की कहानी 'उसने कहा था' में अमृतसर के बंबूकार्ट वालों की प्यारी बोली कानों में गूंजने लगती है–'बचो ख़ालसा जी, हटो भाई जी, ठहरना भाई, आने दो लाला जी, हटो बाछा, हट जा, जीणे जोगिए, हट जा, करमा वालिए, हट जा, पुत्तां प्यारिए'..." और बच्चों की तरह प्रफुल्लित हो उठती थी, फिर उसने यह भी बताया कि एक बार चाँदनी चौक से तुग़लकाबाद वे तांगा करके गए थे और तांगे से ही लौट कर आए थे। वह किसके साथ गई थी, यह न उसने बताया, न पूछने की ज़रूरत थी।

गर्मी अपने उरूज पर थी। सांझ को भी पैदल चलना दुश्वार हो जाता। फिर भी, हम लाल किले के बस-स्टॉप से चल कर दिगंबर जैन यानि लाल मंदिर से गौरी शंकर मंदिर के बरामदे में आते। सहायता ने ही बताया था कि यहां पक्षियों का अस्पताल है–जिसमें घर में पालतू चिड़ियों, तोतों जैसे पक्षियों का ही इलाज करते हैं। फिर हंसते हुए बोली थी, "मांसाहारी पक्षियों का इलाज नहीं करते..."

"मतलब?"

"जैसे, बाज़-चील-कौवे वग़ैरह का!"

"ऐसा क्यों? क्या वे दया के पात्र नहीं?"

"मुझसे पूछते हो। उनसे जा कर पूछो।" वह हंसते हुए कहती।

"इसके बारे में लिखना चाहिए!"

"इससे अच्छी बात और क्या हो सकती है। चील-कौवे तुम्हें दुआ देंगे।" वह हंस पड़ती।

शीशगंज गुरुद्वारे के गलियारे में आते, तो सहायता मुख्यद्वार के अभिमुख हो कर भक्ति-भाव से मत्था टेके बिना आगे नहीं बढ़ती थी। मैं एक तरफ़ खड़ा रहता, क्योंकि मैं किसी पूजास्थल पर नहीं जाता था। पिता आर्यसमाजी थे। मैं भी गुरुकुल में रह चुका था। शायद उसका प्रभाव था। इसके बावजूद, मैंने सहायता को इन जगहों पर जाने से कभी रोका नहीं, न कुछ कह कर उसकी भावनाओं को ठेस पहुंचाई।

वहां से चल कर हम थोड़ा खाते-पीते। कभी फव्वारा चौक में 'अन्नपूर्णा' में या दरीबा के सिरे पर मशहूर जलेबी और समोसे वाले की दुकान पर जा खड़े

होते। एक दिन वहां जलेबी खाते हुए सहायता ने बताया था, ''मालूम है, इस बाज़ार का नाम 'दरीबा' कैसे पड़ा? नहीं न! बताती हूं। फ़ारसी में इसे 'दरे-बे-बहा' कहते थे जिसका अर्थ होता है—अनुपम या बेशकीमती मोती। शाहजहां के ज़माने में यह बाज़ार कीमती पत्थरों, हीरे-जवाहरात और सोने-चांदी के ज़ेवरों के लिए मशहूर था। नादिरशाह ने भी इसी बाज़ार में लूट-खसोट करके कत्लेआम का फ़रमान जारी किया था।''

चाँदनी चौक तो नाना प्रकार के खाद्य पदार्थों के लिए मशहूर ही था। कभी हम विज पूरी वाले के यहां जा बैठते। घंटाघर के सामने कंवरजी का दही-भला सहायता को बहुत पसंद था। कभी वहां चले जाते। परांठे वाली गली में कदम रखते ही परांठों की गंध से भूख जाग जाती थी। कभी मन करता, तो कौड़िया पुल लांघ कर कश्मीरी गेट में ख़ास मिट्ठन हलवाई की लस्सी पीने जाते। इन दिनों हम चटोरे हो गए थे। सहायता को यह चिंता सताने लगी थी कि अगर इसी तरह भकोसते रहे, तो उसकी सारी कमीज़ें और सारे ब्लाउज़ उधड़वाने पड़ जाएंगे। फिर कहती, ''अब समझ में आता है कि हिंदुस्तान में साड़ी-लहंगे का इतना प्रचलन क्यों है। औरत चाहे जितनी मुटा जाए, सिर्फ़ चोली ही बदलनी पड़ती है। लहंगा-साड़ी जब तक फट नहीं जाते, उम्र-भर औरत का साथ देते हैं।''

''तुम तो भारतीय वेशभूषा का इतिहास लिख सकती हो।''

''मैं इतिहास नहीं, वर्तमान लिख रही हूं।''

मुझे याद आया, ''आगे की डायरी कब दे रही हो?''

''दे दूंगी, दे दूंगी।'' वह हंसते हुए बोली।

चाँदनी चौक में खाने-पीने के उपरांत हम चाय ज़रूर पीते थे और चाय के लिए सहायता ने कूचा नटवां के 'हिमाचल' रेस्तरां को चुन रखा था। चाँदनी चौक में होते, तो 'हिमाचल' में बैठ कर चाय पिए बिना सहायता को तसल्ली नहीं होती थी। सहायता बैठती भी जा कर ख़ास मेज़ पर थी। खाली न होती, तो इंतज़ार में खड़ी रहती। मैं अक्सर देखता कि चाय पीते-पीते सहायता खोई-खोई-सी देखने लगती थी। एक दिन मुझसे रहा नहीं गया। उसका उदास चेहरा देख पूछ ही लिया, ''सहायता, क्या बात है, देखता हूं, खुशी-खुशी यहां आती हो और बैठी-बैठी ग़मग़ीन हो जाती हो।''

वह कुछ बोली नहीं। उसकी डबडबाई आंखें कुछ न कह कर भी बहुत कुछ बोल रही थीं। मैंने पूछा, ''क्या कोई ग़लत सवाल पूछ लिया है?''

उसने एक आंख अंगूठे से और दूसरी आंख मध्यमा से दबा कर निचोड़ी, तो दो बूंद आंसू मेज़ पर टपक गए। फिर अजीब बात कि इसके साथ बरबस उसकी हंसी भी निकल गई। मेरी तरफ़ देखते हुए कहती है, ''इस मेज़ पर बैठ कर मैंने इतनी चाय पी है कि मुझे काटो, तो नसों से खून नहीं, कहवा निकलेगा।''

''कमाल है!'' मैं भी हंस दिया था। लेकिन अचरज में पड़ गया था उसकी यह बात सुन कर। फिर मैंने यों ही पूछ लिया, ''अकेली तो नहीं आया करती होगी।''

"हां," उसकी आंखों में उदासी भर आई थी, "कंठी दीदी साथ रहती थी।"

तो यह बात है। अवश्य ही कंठी दीदी का अभाव इसे सालता रहता है। मैंने कहा, "अगर ऐसी बात है, तो मैं कंठी को मना लाऊंगा।"

"नहीं, उल्लास! छूटा साथ कभी जुड़ता नहीं है।"

मैंने कहा, "टूटी कमल ककड़ी देखी है? उसे काटो, तब भी रेशे अलग नहीं होते। इसी तरह एक ऐसी अदृश्य डोरी होती है जो टूटे रिश्तों को जोड़े रखती है।"

"उल्लास, दो टुकड़े पुनः जुड़ नहीं सकते!" वह पर्स उठाते हुए बोली, "चलें!"

मैं समझ गया। बात टाल गई है। लेकिन इससे भी विचित्र बात यह थी कि हम 'हिमाचल' से उतर कर टाउनहाल के सामने से गुज़रने लगते, तो सहायता ठिठक कर क्वीन विक्टोरिया की विराट मूर्ति को निहारती रहती। एक दिन कहती है, "देखो, जिस साम्राज्ञी के शासन-काल में सूर्य नहीं डूबता था, आज उसी विक्टोरिया की कैसी दुर्दशा हो रही है। चिड़ियां-कबूतर इस पर विष्ठा करते हैं, लेकिन बेबस बैठी देखती रहती है।"

मैंने कहा, "प्रस्तर में प्राण नहीं होते, सहायता।"

"उल्लास, कलाकार पत्थर की मूर्ति में प्राण डालता है। तभी वह प्राणवान कलाकृति बनती है।"

वह बुत को निर्निमेष देखे जा रही थी, "जानते हो, विक्टोरिया की नियति क्या हुई?"

"क्या?" चकित हो कर मैं उसे टकटकी लगाए देख रहा था। वह जैसे विक्टोरिया की छवि पीते हुए बोल रही थी, "इसे त्याग कर सब चले गए। उल्लास, क्या मेरी भी यही नियति होगी? मुझे विक्टोरिया की तरह तुम भी बेबस छोड़ जाओगे!"

मैं बुरी तरह चौंका। कभी सहायता का क्लांत मुख देखता, कभी विक्टोरिया के मलिन बुत को। क्या कह रही है यह लड़की? कहीं ऐसा तो नहीं, सहायता को कंठी दीदी का विछोह भीतर ही भीतर खाए जा रहा है। मैंने उसके कंधे पर हाथ रखते हुए कहा, "ऐसी बहकी-बहकी बातें क्यों करती हो!"

उसकी आंखें बह चलीं। लगा, जैसे कोई स्मृति विक्टोरिया के साथ जुड़ी थी। नहीं तो इतनी विह्वल न होती।

"ठीक है, आगे से हम यहां नहीं आएंगे।"

"क्यों नहीं आएंगे?" वह इस तरह झपट पड़ी, मानो मैंने दिल तोड़ने वाली बात कह दी हो।

"यहां आ कर उदास जो हो जाती हो।"

वह इस तरह देख रही थी, मानो अपने अतीत में झांक रही हो, "वे भी क्या दिन थे...उल्लास, तुम नहीं जानते, अपने संघर्ष के दिनों में मैं हर रोज़ इधर से गुज़रती थी। सामने नई सड़क के कोने की छबील पर पानी पीने के बाद सुस्ताने के लिए मैं विक्टोरिया की छाया में आ कर बैठती, तो बड़ा सकून मिलता था। उन दिनों को याद करती हूं, तो दिल भर आता है।" यह कहते-कहते उसने दीर्घ

निःश्वास छोड़ा, और फिर जैसे एकदम वर्तमान में लौट आई। पूछती है, ''कल इतवार है न?''

''वह तो है। क्यों पूछती हो?''

सहायता उत्साह से भर कर बोली, ''कल तुम्हें बहुत बड़ी शख़्सियत से मिलवाने ले चलूंगी।!''

मैं चकित। कहां तो इतनी उदासीन थी और कहां यकदम उल्लसित हो उठी है।

''चलोगे न!''

मैं क्या जवाब देता। फिर हैरानी मुझे इस बात की थी कि ऐसी किस शख़्सियत से मेरी मुलाक़ात करवाना चाहती है और क्यों?

''सहायता, असल में...'' मुझे थोड़ी झिझक हो रही थी।

सहायता ताड़ गई। तनिक तिलमिलाहट के साथ बोली, ''नहीं जाना चाहते, तो मना कर दो!''

''सहायता,'' मैंने कहा, ''सच्ची बात यह है कि मेरे पास अच्छे कपड़े नहीं हैं... चीनी एंबैसी में तुमने देखा, आते-जाते लोग किस हिकारत की नज़र से मुझे देखते थे।''

''क्या ख़राबी है इन कपड़ों में?''उसने मेरे लिबास पर ऊपर से नीचे नज़रसानी करते हुए कहा।

''सहायता, क़िसी ख़ास शख़्सियत से मिलने जाना हो, अच्छे कपड़े तो होने ही चाहिए न!''

वह खीझ कर बोली, ''उल्लास, तुम चिचड़ (खब्ती) हो।''

मैं हंस दिया, ''ग़रीब का मज़ाक दुनिया उड़ाती है। तुम भी उड़ाओ।''

''अब चलती हूं।'' यह कहते हुए उसने आते हुए रिक्शे को रोका। कंधे से पर्स लटकाते हुए बैठ गई। चलते-चलते आदेश देती जाती है, ''यहां से ट्राम ले लो। सुबह नौ बजे दिल्ली गेट पर पहुंच जाना। बाय!''

मैं उद्भ्रांत-सा खड़ा देखता रहा। अभी बतिया रही थी। यकदम चली भी गई!

मैं इतने दिनों से सहायता के साथ था। अभी तक इस लड़की को पूरी तरह समझ नहीं पाया था। अभी उदास है, अभी उछल रही है। कहां तो कंठी दीदी का नाम सुनते ही भड़क उठती थी, और कहां आज उसके विराग में बैठी-बैठी विह्वल हो गई थी।

धनवंती के क्वार्टर में रहते हुए मैं छुट्टी का पूरा दिन लिखने-पढ़ने में बिताता था। अब महीनों से लिखना तो दूर, पढ़ना तक मुहाल हो गया था। लगता था, जैसे लिखने की सामर्थ्य ही तिरोहित हो गई है। पहले चाँदनी के कारण यह व्यवधान पड़ा। अब सारा समय सहायता के खाते में जा रहा था। दफ़्तर की व्यस्तता के उपरांत सारी शाम सहायता के साथ बीतती। देर रात कमरे में पहुंचता, तो इतना थक-टूट चुका होता कि किताब या काग़ज़-कलम को हाथ तक लगाने का मन न करता। दिन-भर बंद रहने वाले कमरे को आ कर खोलता, तो भीतर जाते हुए

लगता जैसे किसी भट्ठी में आ गया होऊं। खिड़कियां-दरवाज़े खोल कर बैठने और जिस्म पर पानी डालने से भी राहत न मिलती। तीसरी मंज़िल की छत पर रखी टंकी का पानी दिन-भर खौलता रहता था—इतना कि नहाते हुए बदन पर फफोले नहीं पड़ते थे, यही ग़नीमत थी। रही-सही कसर पंखे की खड़खड़ और उससे निकलती लू पूरा कर देती थी। फिर बिजली की घंटों लुका-छिपी झेलनी पड़ती। कोई रात ऐसी न जाती जब पंखी झलते और करवटें बदलते न बीतती हो।

ऐसे में पता नहीं यह सोच क्यों होती। इस देश में अंग्रेज़ी राज ने बहुत कुछ किया और दिया। लेकिन सबसे बड़ी चूक उनसे यह हुई कि वे दिल्ली को राजधानी बनाने की मूर्खता कर बैठे। अरे, कलकत्ता से बोरिया-बिस्तर बांध कर आना था, और गर्मियों में चार महीने शिफ़्ट करना था, तो शिमला जैसी ठंडी जगह को ही स्थायी राजधानी क्यों नहीं बनाया। दिल्ली तो कुल दो महीने रहने लायक होती है। बाकी गर्मी के आठ महीने सड़ते-भुनते और जाड़े के दो महीने ठिठुरते-कांपते हुए गुज़रते हैं। जेठ-आषाढ़ में रात-दिन ऐसी सिंकाई होती है कि दूधिया (गोरा) अंग्रेज़ भी भूरा हिंदुस्तानी लगने लगता है। अंग्रेज़ प्रभुओं की जिस-जिस देन के लिए हम आज भी उपकार मानते हैं, यदि वे किसी पहाड़ी जगह पर राजधानी ले कर जाते, तो इस देश के बाबुओं के कंधे पर पहाड़ों की तरह अडिग बने रहते।

सुबह नींद उचटी, तो शरीर बुरी तरह टूट रहा था। कहीं जाने या कुछ भी करने का मन नहीं था। लेकिन सहायता का आदेश था। पता नहीं कैसी शख़्सियत से भेंट करवाना चाहती है। जम्हाइयां लेते किसी तरह उठ बैठा। थोड़ी देर अख़बार देखा और जल्दी-जल्दी तैयार हो कर पांव-पांव दिल्ली गेट पहुंचा। यहीं पर वह ख़ूनी दरवाज़ा था जिस पर कैप्टन हडसन ने बहादुरशाह ज़फर के बेटों और पोतों की हत्या करके उनकी लाशों को सरेआम लटकाया था।

सारा इलाका एकदम सुनसान। एक तो इतनी गर्मी। फिर छुट्टी का दिन। दूर-दूर तक कोई बंदा दिखाई नहीं पड़ता था। यह सन्नाटा मेरे लिए उस दहशत जैसा था जो ख़ूनी दरवाज़े पर लटकती मुग़ल सल्तनत के वारिसों की लाशों को देख कर लोगों को हुई थी।

ख़ूनी दरवाज़े की बग़ल में ही जेलखाने की मनहूस दीवारें किसी पिशाच की गढ़ी की दीवारों की मानिंद लगती थीं। प्रतीत होता था आज भी लोग डरते थे कि इधर आए, तो मुग़ल शहज़ादों की तरह ख़ूनी दरवाज़े पर लटका दिया जाएंगे या जेलखाने की काल कोठरियों में ठूंस दिए जाएंगे। सारे माहौल में इतनी दहशत आज भी तारी थी कि पंख-पखेरू तक इधर के सूने आकाश से गुज़र कर जाने से डरते थे और जल्दी-जल्दी पंख मारते हुए जमुना के ऊपर-ऊपर से निकल जाते थे।

मैं हैरान। ऐसे निर्जन इलाके में ऐसी कौन-सी शख़्सीयत रहती है जिससे मिलवाने के लिए सहायता ने मुझे सवेरे-सवेरे बुलाया है। कहीं ऐसा तो नहीं, किसी जेल अधिकारी से मिलवाने जा रही हो, ताकि 'ग्रामीण' के लिए कुछ लिखूं?

तभी इर्विन अस्पताल की सुनसान सड़क की तरफ़ से आते तांगे की झलक मिली। मैं टकटकी लगाए देख रहा था। तांगा जिस इत्मीनान और धीमी गति से

निकट आ रहा था, लगता था, जैसे निरभ्र आकाश में कोई विहग धीमे-धीमे बढ़ता आ रहा हो।

तांगा चौक तक आया, तो उसमें पीछे बैठी सहायता की छवि दिखाई दी। सहायता ने भी मुझे देख लिया था। हाथ हिलाते हुए मुस्कुराती आ रही थी। तांगा रुकते ही कूद कर उतरी और दौड़ी आई, ''सॉरी, उल्लास! थोड़ी देर हो गई। सवेरे-सवेरे बोलवाल साहब आ गए थे। कहते थे, कंठी दीदी के घर चलो। मैंने साफ़ मना कर दिया—कभी नहीं जाऊंगी। किसी तरह उन्हें टाल कर दौड़ी आई हूं।''

''चली जाती।'' मैंने कहा, ''हरज क्या था।''

''तुम क्यों उसकी पैरोकारी करते हो?'' वह घूरते हुए बोली। ''उसने मेरे साथ जो किया है, उसे मैं कभी भूल सकती हूं? अच्छा, छोड़ो।'' मेरी जागरखिन्न आंखों में झांकते हुए पूछती है, ''रात चर्खा कातते रहे हो या लिखते-पढ़ते रहे हो?''

मैं फीकी हंसी हंस दिया, ''यह इलाका कितना सुनसान है, जैसे दहशत के मारे सब भाग गए हैं।'' चलते-चलते मुड़ कर मैं खूनी दरवाज़े की तरफ़ देख रहा था। वह हंसते हुए बोली, ''एक बार मैं खूनी दरवाज़े को देखने आई थी, तो ग़नीमत समझो, मेरा खून नहीं हो गया...कभी बताऊंगी।''

मैंने सुन कर भी अनसुना कर दिया। मेरा ध्यान चारों तरफ़ फैले सन्नाटे पर था। पता नहीं कहां ले जा रही है। हम दाईं ओर मुड़ती टूटी सड़क पर आए, तो मैंने पूछा, ''इस उजाड़-बियाबान में कहां ले जा रही हो?''

''कभी राजघाट नहीं गए ?''

''अरे, वहां! अब तो गांधीभक्त भी उनसे दूर भागते हैं।''

''गांधी-समाधि पर नहीं, रेहाना बेन के ठिकाने पर ले जा रही हूं, जिसे शांति प्रतिष्ठान बोलते हैं।''

''कौन रेहाना बेन?''

''दर्शन करोगे, तो जान जाओगे। पक्की मुसलमान है, फिर भी कृष्णभक्त। दूसरी मीरा समझो। उनका सान्निध्य पा कर मन को बड़ी शांति मिलती है। धर्मपरायण लोगों से...''

''तुम जानती हो, मैं किसी गुरु-गुरुआनी, संत-साध्वी में विश्वास नहीं करता, यहां तक कि ईश्वर में भी नहीं।''

''यार, बेकार बिदक रहे हो। रेहाना बेन कोई गुरुआनी या साध्वी नहीं, सीधी-सादी सात्विक स्त्री है। अपनी आंखों से देखोगे।''

हम खुले गेट के निकट पहुंच रहे थे। सहायता ने बताया, ''यही है शांति प्रतिष्ठान। रेहाना बेन यहीं आ कर ठहरती हैं। चलो।'' उसने मेरा हाथ पकड़ा।

मैं वहीं ठिठक गया, ''ऐसा करो, तुम उनसे मिल आओ। मैं बाहर इंतज़ार करता हूं।''

''अरे, मैं तो आती रहती हूं। आज तुम्हें ख़ास मिलवाने लाई हूं।''

''किस खुशी में?''

''यह बहस करने की वेला नहीं। चुपचाप चलो।''

सहायता मुझे खींच कर गेट के भीतर ले चली।

हम गलियारे की तीन सीढ़ियां चढ़ कर गए। सहायता ने एक कमरे के खुले दरवाज़े की तरफ इशारा करते हुए कहा, "वो रहा रेहाना बेन का कमरा।"

बरामदे में धूप-अगरबत्तियों की सुगंध फैली थी। हमने दबे पांव कमरे में कदम रखा, तो सामने ही तख़्त जैसी शैया पर बैठी कोई वयोवृद्ध महिला माला फेरते हुए पाठ कर रही थी। उसे देखते ही मुझे झटका-सा लगा। उस स्त्री का मुंह-माथा फुलबहरी के कारण चितकबरा हो रहा था।

"प्रणाम, मां जी!" सहायता ने बड़े भक्ति-भाव से कहा। मेरे हाथ भी अपने-आप उठ गए।

रेहाना बेन ने माला को चूमते हुए हमारी तरफ़ देखा और मुस्कुराते हुए कहा, "सहायता बेटी! कहां रही? इतने दिनों बाद आई हो।"

"मां जी, क्या बताऊं, काम, काम, काम!"

"यह तो बड़ी अच्छी बात है। *आइडिल परसंस ब्रेन इज़ डेविल्स वर्कशाप।"*

उनके चेहरे से मेरी नज़र हटती नहीं थी। यह कैसी साध्वी है जो अंग्रेज़ी में बात करती है!

"यह नौजवान कौन है?"

"मां जी! यह मेरे साथ पढ़ता है। आपके दर्शन करवाने लाई हूं।"

रेहाना बेन ने मुस्काते हुए मेरी तरफ़ देखा, "बेटे, क्या नाम है तुम्हारा?"

"उल्लास।" मैंने संकुचित होते हुए कहा।

"क्या सुंदर नाम है।" वह दोनों हाथ उठा कर पुलकित हो कर बोलीं। फिर पूछती हैं, "उल्लास का अर्थ जानते हो न! हर्ष, हंसी-खुशी, आह्लाद; जॉय, डिलाइट, रैप्चर।" फिर बोलीं, "खड़े क्यों हो। मोढ़े ले कर मेरे निकट बैठ जाओ।"

रेहाना बेन मुस्काते हुए हमारे चेहरों को देखती रहीं, जैसे हमारे मस्तक की लकीरों को पढ़ रही हों। फिर एकाएक कहती हैं, "दोनों हाथ आगे करके उल्टे रखो।"

सहायता ने खुशी-खुशी हाथ उल्टे किए। मैंने हैरानी-से उसकी तरफ़ देखा। वह मुझे कंधा मारते हुए कहती है, "तुम भी करो!"

मैंने अनिच्छा से हाथ उल्टे करके आगे किए। रेहाना बेन बैठी-बैठी ध्यानवस्था में चली गईं। हम उनकी तरफ़ देखते रहे। थोड़ा क्लेश हुआ कि यह क्या हो रहा है। सहायता ने देखा, तो मुंह पर उंगली रख कर मौन रहने को कहती है।

रेहाना बेन कुछ देर इस स्थिति में बैठी रहीं। फिर एकाएक मुंदी आंखों से ऐसा स्वर सुनाई पड़ा, मानो किसी दूसरे लोक से कोई बोल रहा हो :

"यह लड़का अच्छा है। किसी जन्म में इससे तुम्हारी शादी नहीं हो सकी थी..."

मैं हतप्रभ। कभी सहायता की तरफ़ देखता, कभी रेहाना बेन की तरफ़। क्या बोल रही हैं?

"...तुम्हारा विवाह मेरे कारण ही नहीं हुआ, क्योंकि मैंने इस लड़की से कहा

था—शादी करके क्या करोगी। यह लड़की मेरे प्रभाव में थी और साउथ इंडियन टाउन में देवदासी थी और मैं देवदासियों की इन्चार्ज थी। इसलिए इस जन्म में मेरा बहुत-से लोगों से वास्ता पड़ेगा। अब मैं ही इसकी शादी करवाऊंगी। हो भी सकती है...'' फिर एकाएक आंखें खोल इस तरह देखने लगीं, मानो गहरी नींद से जागी हों। मुस्काते हुए सहायता से कहती हैं, ''इस समाज में बहुत कम ऐसे लड़के होते हैं जिनको सिगरेट-शराब का ऐब न हो।''

सहायता उल्लसित थी और मैं चकित। इसका मतलब है, सहायता पहले ही रेहाना बेन को मेरे बारे में सब बता चुकी है।

रेहाना बेन ने अचानक मुझसे सवाल किया, ''कभी किसी से प्यार किया है?''

मेरी आंखें झुक गईं। सहायता उल्लसित हो कर देख रही थी। मैंने मदद के लिए सहायता की तरफ देखा, तो उसने मेरी तरफ़ से जवाब दिया, ''मुझे बताया था इसने। पड़ौस में आई एक लड़की की चाहत की थी इसने।'' और हंसते-हंसते मुझे ताड़ते हुए बोली, ''लड़की से बात तक करने का मौका नहीं मिला था और बस...''

''सहायता से प्यार करते हो?''

मैं कुछ कह नहीं पाया।

''मैं जानती हूं, तुम इस लड़की को बहुत प्यार करते हो, इसलिए कि पिछले जन्म में यह तुम्हें नहीं मिली थी। इस जन्म में मिली है।''

सहायता ने हंसते हुए मुझे टहोका मारा, जैसे फूली न समा रही हो।

''बेटे! प्यार सिर्फ़ एक बार नहीं, कई बार हो सकता है। अगर तुम किसी से प्यार करते हो, और वह ग़लत साबित होता है, तो तुम उसके साथ अपना रिश्ता जारी नहीं रख सकते। ग़लती करके ग़लती को सुधारा जा सकता है। कोई बेहतर व्यक्ति ढूंढ़ लो। मैं इस लड़की से हमेशा यही कहती हूं।''

सहायता बोली, ''मैंने 'डैज़री' उपन्यास में पढ़ा है। डैज़री ने प्यार तो नैपोलियन से किया था, लेकिन उसकी शादी किसी और से हुई थी। एक जगह वह कहती है—हरेक स्त्री की ज़िंदगी में सिर्फ़ एक ही 'ग्रेट लव' होता है- अब हिंदी में 'ग्रेट लव' का अनुवाद मैं क्या करूं?'' वह हंस पड़ी।

''यह कैसे कहती हो?''

सहायता ने कहा, ''यह मैं नहीं कहती, उपन्यास की डैज़री कहती है। यही बात अनेक कहानियां-उपन्यास कहते हैं।''

''मैं कथा-कहानियों की बातों पर नहीं जाती। व्यावहारिक बात करती हूं। एक आदमी तुमसे छल करता है, एक लड़की उल्लास से छल करती है...''

मैंने इस तरह रेहाना बेन की तरफ़ देखा, जैसे उनकी बात काटना चाहता होऊं। उन्हें बताना चाहता था कि चाँदनी ने मुझसे छल नहीं किया, उसकी विवशता थी...लेकिन हिम्मत नहीं हुई बोलने की।

''प्रत्येक संबंध एक एक्सपीरियंस होता है। उससे सबक सीखना चाहिए।

हर प्रेम में थोड़ा स्वार्थ होता है। मैं तो प्रभु-प्रेम में भी स्वार्थ देखती हूं–प्रभु हमें सुख-शांति प्रदान करो, रोग-व्याधि से दूर रखो–यह स्वार्थसिद्धि के लिए याचना नहीं, तो क्या है।''

यह कहते-कहते उन्होंने माला उठाई। लेकिन जैसे एक बात याद हो आई, ''सहायता, क्या नाम था उसका–अलकेश! वह अब नहीं आता...''

''काम-धंधे में लगा होगा।''

''ठीक!'' अब आप जाओ।''

हम प्रणाम करके चले आए।

गेट से निकलते ही सहायता कुछ अवसन्न-सी दिखाई दी। मैंने उसे आड़े हाथों लिया, ''मेरे बारे में तुमने यह सब क्यों बताया?''

सहायता ने ठिठक कर मेरा हाथ पकड़ लिया, ''इस तरह बोल रहे हो, जैसे स्पष्टीकरण मांग रहे होवो। जाओ, नहीं बताती?''

''रेहाना बेन को कैसे मालूम हुआ कि मैं शराब नहीं पीता, सिगरेट नहीं पीता?''

''हो सकता है, बताया हो।''

''फिर झूठ क्यों बोला?''

''मैं झूठ कभी नहीं बोलती...''

''कैसे जानती हो कि मैं सिगरेट नहीं पीता, शराब नहीं पीता?''

वह मेरी आंखों में आंखें डाल बोली, ''पता नहीं चल जाता? बताऊं?।'' सहायता अब अपने में आ गई थी। उसने आव देखा, न ताव, ऐड़ियां उठा कर मेरे होंठों को सूंघ लिया। ''इससे बड़ा प्रूफ़ और कहां होता है!''

दूसरी बुराई के बारे में प्रमाण तो उसे मिल ही चुका था। चीनी दूतावास की लान पार्टी में सहायता देख चुकी थी कि मैं शराब को छूता तक नहीं हूं।

''बात-बात पर नाक-भौं चढ़ाने लगते हो। तुम्हारी यह आदत मुझे अच्छी नहीं लगती।'' वह ख़फ़ा हो कर बोली।

''अब कहां जाना है?'' मैं बुरी तरह झींकते हुए बोला।

''ढठे खूह में...'' वह भी बिगड़ गई।

''तो ठीक है, तो जाओ, टूटे कुएं में। आज के बाद मेरे से कोई तकिया-कलाम न करना, समझी।''

''मेरी करेगी जुत्ती।''

चौक में पेड़ की छाया में वही तांगा खड़ा था। हम आ कर चुपचाप उस पर बैठ गए।

घोड़ी दुलकी चाल से जा रही थी। दोपहर हो चली थी। मैं मुंह फेर कर बैठा बिसूर रहा था। सहायता ने भी मुंह दूसरी तरफ़ कर लिया था। 'डिलाइट' के आगे से तांगा निकला, तो सहायता ने एकाएक मुझे झकझोड़ा और इस तरह बोली, जैसे हममें अनबोला कभी हुआ ही न हो, ''डिलाइट में मैंने पृथ्वीराज कपूर का ड्रामा देखा था–'पैसा बोलता है'।''

मैं इर्विन अस्पताल की दिशा में देख रहा था। सहायता खुशी-खुशी बता रही थी, "पूरा देख नहीं पाई। तुम नाटक-वाटक देखने जाते हो या नहीं? लेखक हो।"

मैंने जवाब देना ज़रूरी नहीं समझा। उसने दुबारा नहीं पूछा। तांगा मिंटो रोड की तरफ़ मुड़ा, तो बुझे-बुझे स्वर में कहती है, "बाईं ओर वह क्लब है जिसमें कभी मैं छोटे बच्चों को पढ़ाया करती थी।"

मुझे इसमें क्या रुचि हो सकती थी। ठुड्डी को हथेली पर थामे मैं क्लब के अगल-बगल खड़े मलिन घरौंदों जैसे मनहूस सरकारी क्वार्टरों को देखता रहा। सहायता भी मौन बैठी थी—लेकिन अधिक देर तक नहीं। मिंटो ब्रिज के निकट आते-आते वह फिर मुखर हो उठी, "रेहाना बेन ने ठीक कहा है। प्यार एक बार नहीं, कई बार हो सकता है।"

मैंने सुन लिया। कोई और मौका होता, तो हंसते हुए कह देता - तुम करो। मना कौन करता है!

अचानक वह खी-खी करके हंस पड़ी, "...मेरा एक साइलेंट लवर भी है।"

मैं समझा कि चूंकि मैं बोल नहीं रहा, इसलिए मुझे दिक करने की ख़ातिर इन शब्दों को सहारा ले रही है। लेकिन नहीं। मेरा हाथ हिलाते हुए इस तरह बोली कि तांगे वाले को भनक न पड़े, "कोई नौजवान तांगे वाला मुझसे गुपचुप प्यार करने लगा था—माइ साइलेंट लवर।"

मैंने इस बात को भी अनसुना कर दिया। सुलह होती, तो मैं हंसते हुए कह देता, "हू केयर्स!"

मैंने कनखियों से देखा। वह मंद-मंद मुस्का रही थी। मैंने झट मुंह मोड़ लिया।

"सच कहती हूं। मैं घर से निकल कर सड़क पर आती, तो वह मिल जाता, जैसे मेरे लिए आंखें बिछाए बैठा हो। मुझे देखते ही घोड़ी की लगामें हाथ में ले लेता और मैं जा कर बैठ जाती। मैं देखती, अपने तांगे के पीछे बैठी सवारी को लिये-लिये वह फूला नहीं समाता था, लेकिन मेरी तरफ़ नज़र भर कर देखता तक नहीं था। मैं उतरने से पहले भाड़ा देना चाहती, तो नहीं लेता था। कुछ बोलता भी नहीं था। बस, मुझे स्कूल के आगे छोड़ कर चल पड़ता था।"

मैंने मन ही मन कहा—सहायता, तू पतंगबाज़ी खूब जानती है।

तब हम मिंटो ब्रिज के नीचे से निकल रहे थे। मैंने ख़फ़गी जताते हुए उसकी तरफ़ देखा और कहा, "रेहाना बेन को चाँदनी के बारे में क्यों बताया?"

"क्या हुआ? उससे प्यार नहीं करते थे?"

"करता था या नहीं करता था, यह रेहाना बेन को बताने की क्या ज़रूरत थी?"

"आइम सॉरी।" वह खीसें निपोरते हुए इस तरह बोली, मानो सुलह के मूड में आ गई हो, "हां, यह बात नहीं बतानी चाहिए थी।"

मैं सुगबुगा रहा था। आगे कुछ बोलते नहीं बन पड़ा।

"बहुत हो गया," सहायता नाक-भौं सिकोड़ते हुए बोली, "अरे, भूख लगी है, खाना खा। गुस्से से पेट भरे जा रहा है।"

मैं मुंह मोड़ कर साइकिलों से भरी सड़क को देखता रहा।

"चल, आज काके दा होटल पर खाते हैं।" मुझे मनाने की ख़ातिर वह बोली।

मैंने उसका हाथ झटक दिया, "मुझे नहीं जाना काके-शाके दा होटल पर।"

अब वह थोड़ी उखड़ गई, "बहुत हो लिया। उल्लास, अब और तमाशा नहीं।"

"तमाशा तुम करती हो या मैं करता हूं। कह दिया न, मुझे भूख नहीं है!" मैं इतने ज़ोर से बोला था कि तांगे वाले ने एकबारगी चौंक कर पीछे देखा।

तांगा कनाट सर्कस का मोड़ मुड़ रहा था। मैंने चिल्ला कर तांगे वाले से कहा, "रोको।"

सहायता कांप गई। मैं चलते तांगे से उतर आया और सड़क के किनारे बिजली के खंभे की ओट में खड़ा हो कर बिसूरने लगा।

सहायता भी उतर कर आ गई। तुर्श आवाज़ में बोली, "फ़िल्मी हीरो की तरह रूठ कर खड़े हो गए हो! रोटी के लिए पूछा था, कोई सोटी तो नहीं मारी थी!"

"हां, मारी थी," मैं फट पड़ा। "हमेशा मुझे नीचा दिखाने की कोशिश करती हो।"

वह ढीली पड़ गई, "ऐसा क्यों बोलते हो! देखो, लोग तमाशा देख रहे हैं।"

"क्या ज़रूरत थी रेहाना बेन को यह सब बताने की?" मैंने पलट कर कहा।

"कह तो दिया कि नहीं बताना चाहिए था।" वह बोली। "मानती हूं, मुझसे ग़लती हो गई। अब चलो–मैं भी रानी, तुम भी रानी, कौन भरेगा पानी।"

मैंने चिढ़ कर उसकी तरफ़ देखा, "तुम्हें दिल्लगी सूझ रही है!" और मुड़ कर खंभे के साथ कुहनी टिका मूंठ से माथा ठोंकता रहा।

"उल्लास, लोग देख रहे हैं...मत करो।"

"मुझे नहीं जाना, तुम जाओ।" मैंने कड़क आवाज़ में कहा।

वह हौले-हौले कहती है,"अच्छा, बाबा, मैं हारी, अब चलो।"

मैंने देखा, वह कान पकड़ कर विह्वल-सी बोल रही थी, "अब मान भी जाओ। फिर कभी ऐसा नहीं करूंगी। लोग देख रहे हैं। आइम सॉरी।"

लोग हंस रहे थे।

"चलो," सहायता मेरी बांह पकड़ खींचते हुए ले चली। मेरा मन कचोट रहा था। पता नहीं किस रौ में मैं चलते तांगे से उतर कर बिजली के खंभे के साथ जा खड़ा हुआ था। मैंने यह क्या किया। भरे बाज़ार में चीप हिंदी फ़िल्मों के हीरो की तरह बकता-झकता रहा। सहायता क्या सोचती होगी। मैं इतनी घटिया सोच का आदमी हूं। मन करता था कि सहायता के कंधे पर सिर रख कर प्रायश्चित्त करूं।

सहायता मुझे 'ओडियन' की बग़ल वाली लेन में ले आई, जहां धूप नहीं थी। मैंने एकदम ठिठक कर दयनीय स्वर में कहा, "सहायता, आइम सॉरी।"

सहायता की आंखें भर आईं। मैंने भी दुखित स्वर में कहा, "आइम रियली सॉरी।"

सहायता डबडबाई आंखों से देख रही थी। फिर बड़े लाड़-मनुहार से बोली,

''मैं सॉरी-सॉरी बोलती हूं, फिर भी नहीं मानते हो। क्या ज़रूरत थी इस तरह दुनिया को तमाशा दिखाने की!''

सचमुच, मैंने किसी पागल की तरह नहीं, बिगड़े बालक की तरह व्यवहार किया था। अब सहायता का हाथ अपने हाथ में लेते हुए कहा, ''तुम्हें भूख लगी है...''

अब सहायता उखड़ कर बोली, ''मैं घर जा रही हूं।''

''सहायता, कहा न, आइएम सॉरी।'' मैंने हाथ पकड़ कर उसे रोक लिया। फिर लिजलिजी आवाज़ में यह कहा, ''माफ़ नहीं करोगी, तो मैं यहीं सड़क के बीचोंबीच बैठ जाऊंगा!''

वह खड़ी आंसू पोंछ रही थी, ''चौक में बिजली के खंभे के साथ करन दीवान की तरह रूठ कर खड़े हो गए थे।''

मुझे हंसी आ गई। मैंने भी यह बात कही, ''तुम हमेशा स्वरन लता की तरह नखरे करती हो।''

सहायता की भी हंसी निकल गई। लेकिन हंसते-हंसते छलछलाती आंखों से बोली, ''फिर करोगे ऐसी हरकत!''

''पहले तुम सॉरी बोलो।''

सहायता ने मेरे कान पकड़ते हुए कहा, ''सॉरी।''

मैंने भी उसके कान पकड़ लिए, ''सॉरी।''

वह हंस पड़ी, ''सॉरी का पटवारी न हो तो।'' फिर गाल पोंछ मनुहार करते हुए बोली, ''फिर ऐसा करोगे, तो रो दूंगी।''

''अच्छा, बाबा! लड़ाई-लड़ाई माफ़ करो, कुत्ते की लेंडी साफ़ करो...''

वह रोती-हंसती हुई बोली, ''मैं भी सॉरी, तुम भी सॉरी। न तुम हारे, न मैं हारी।'' फिर चलते-चलते कहती है, ''एक बात बताऊं! खुश हो जाओगे।''

''क्या!''

''डायरी का दूसरा हिस्सा भी पूरा होने को है...''

''ग्रेट न्यूज़! कब तक पूरा कर लोगी?''

''जल्दी!''

''कब दोगी?''

''दे दूंगी, जल्दी दूंगी।''

मैंने सहायता के दोनों हाथों को हाथों में ले लिया और झूमते हुए बड़ी चाहत के साथ कहा, ''सहायता, आइम डाइंग टु रीड इट! पहला खंड पढ़वा कर तूने मेरी जिज्ञासा तीव्र कर दी है। अपनी प्रतिभा जग-ज़ाहिर करो।''

''लेकिन एक शर्त है!'' वह शरारतन हंसते हुए बोली। ''वहीं दूंगी जहां बोलूंगी लेने आओगे?''

''बता, कहां? मैं टांगों के बल चल कर आऊंगा।''

''पागल!'' वह ठहाका मार कर हंस पड़ी।

''हंसती क्यों हो?''

"इतनी उतावली है कि मुहावरा भी ग़लत बोल गए!"

"बताओ, कब लेने आऊं?"

"जब टांगों के बल नहीं, सिर के बल चल कर आओगे..." फिर वही खी-खी।

"मैंने यह कहा?"

"आज आपे में नहीं हो, मियां!"

"कब तक इंतज़ार करनी पड़ेगी!"

"हो सकता है, आजकल में दे दूं। आओगे?"

"बोलो, कहां?"

"मेरे घर?"

"ऊंउंउंउंउ..." मैंने नाक-भौं सिकोड़ते हुए कहा। "न, डर लगता है।"

"ठीक है, मत आओ। दूसरी शर्त भी है।"

"वो क्या।"

"पढ़ कर ऐसा-वैसा नहीं सोचोगे। मेरी खिल्ली नहीं उड़ाओगे।"

मैंने कहा, "खिल्ली नहीं उड़ाऊंगा, पूरी किताब उड़ाऊंगा और अपने नाम से छपवा भी लूंगा।"

"मुझे और भी खुशी होगी।"

"तो शुभस्यशीघ्रम्।" मैंने कहा।

ये शब्द मेरे मुंह में ही थे कि सहायता के उत्साह से भरे चेहरे पर बदली छा गई। वह इस तरह देख रही थी, जैसे यकायक उसे कुछ याद दिला दिया हो।

"क्या हुआ!"

गहरा निःश्वास छोड़ते हुए वह जैसे अपने-आपको संभालने की कशमकश में थी, "कुछ नहीं..."

"कोई बेजा बात कह दी मैंने!"

अपने को संभालते-संभालते आंखों में आते पानी को वह रोक नहीं पाई। भर आई आंखों से भर्रा कर बोल रही थी, "परमात्मा के वास्ते इस संस्कृत वाक्य का प्रयोग न किया करो।"

"क्यों?"

"मुझे यह अच्छा नहीं लगता।"

"ठीक है, कब आऊं?"

"बस, थोड़ा लिखना बाकी है। जल्दी पूरा करके बता दूंगी।" यह कहते हुए निरीह आंखों से मेरी तरफ़ देख कर पूछती है, "अब चलूं?"

"छोड़ आता हूं।"

"नहीं, चली जाऊंगी।"

मैं समझ रहा था। यह पहली बार नहीं हुआ था। कोई ऐसी बात हो जाती थी कि वह हंसती-खेलती एकाएक उदास हो जाती थी। सो, मैंने उसके साथ चलने का इसरार नहीं किया। इतना ज़रूर पूछा, "फिर कब मिलोगी?"

"जहां शाम को रोज़ मिलते हैं।" संक्षिप्त-सा उत्तर दे कर वह चुपचाप चल पड़ी।

मैं हैरान खड़ा उसे जाते हुए देखता रहा। लेकिन अचानक याद आया, तो मैं उसके पीछे दौड़ता हुआ गया। पीछे से पुकारा, "सहायता!"

सहायता मोड़ मुड़ कर एंबैसी' रेस्तरां की तरफ़ जाते-जाते ठिठकी और मुड़ कर देखने लगी।

"क्या बात है?"

"भूल गई?"

"क्या?"

"कल क्या है?"

"क्या है?" वह जैसे असमंजस में पड़ी देख रही थी।

मैंने हंसते हुए कहा, "तुम भी पागल, मैं भी पागल।"

उसने इस तरह अपने माथे को हाथ लगाया, जैसे मेरे इस व्यवहार से उसे कोफ़्त हुई हो। बोली, "यह क्या मज़ाक है?"

मैंने हंसते हुए कहा, "कल बुद्ध पूर्णिमा है।"

"अरे, हां, यह तो दिमाग़ से ही निकल गया था। कल तो दफ़्तर बंद होंगे, स्कूल भी!"

"मैं न बताता, तो..."

"ठीक है," वह बोली, "कल दिन में मुझे पांडे जी के यहां जाना है। तुम भी आओगे।"

"अभी उस दिन तो गए थे!"

"तुम सच्चीमुची के पागल हो! रोज़ दफ़्तर जाते हो न! यही समझो, मैं भी दफ़्तर जाती हूं। सवेरे दस बजे रीगल बस-स्टाप पर मिलेंगे, ठीक?" और 'ओके बाय!' करके वह चली गई। जब तक वह 'एंबैसी' के रेस्तरां के बरामदे में ओझल नहीं हो गई, मैं उसे जाते हुए देखता रहा।

मैं लौट कर नरूला तक आया। भूख मर गई थी। फिर भी, भीतर जा कर बोंडा की प्लेट ली और बैठ कर खाता क्या, निगलता रहा। घोर पछतावा हो रहा था : यह मैंने क्या किया? क्या हुआ जो सहायता ने रेहाना बेन को मेरे बारे में बता दिया? यह भी गुस्सा करने की कोई बात हुई? मेरी तारीफ़ ही तो की थी। फिर तांगे से उतर कर मैं बीच चौक में खड़ा हो गया। इस तरह दुनिया को तमाशा दिखाने की क्या ज़रूरत थी? सहायता समझदार लड़की है। पहले इस तरह छोड़ कर कभी नहीं गई। आज रूठ कर चली गई। क्या सोचती होगी!

यह सब सोच-सोच कर मैं इतना उद्विग्न हुआ कि जूठी प्लेट जा कर पीने के पानी वाले नल के नीचे रख दी। निकट खड़े बैरे ने आंखें तरेरते हुए कहा, "ऐ, यहां नहीं, उदर रखने को बोलता।"

"माफ़ करना भाई!" कहते हुए मैंने प्लेट उठाई और यथास्थान रख कर बाहर आ गया।

घर जाने को मन नहीं था। बिजली गई होगी। सहायता को नाराज़ न करता, तो उसके साथ बाकी दिन बिताता। चलते-चलते मैं 'ओडियन' की तरफ़ लौट

आया। देखा तक नहीं कि क्या फ़िल्म लगी है। टिकट लिया और हाल में जा बैठा।

रात को नींद कैसे आती। मन बेचैन। देह शिथिल। फिर सड़ी हुई गर्मी। बिजली का कोई भरोसा नहीं। बुनी हुई खाट जैसे खौलते पानी के हमाम पर रखी हो। अंधेरे में लेटा माथा ठोंकता रहा। पछता रहा था कि सहायता के साथ ऐसा व्यवहार क्यों किया? क्या ज़रूरत थी सड़क पर खड़े हो कर बच्चों की तरह रूठने-मचलने की और चीखने-चिल्लाने की? इसी बलबूते पर अपने-आपको लेखक कहता हूं?

लगा कि अंधेरे में खड़ी कोई स्त्री बोल रही है। आवाज़ रेहाना बेन की लगती थी जो समाधिस्थ हो कर किसी दूसरे लोक से बोल रही थी : तुम लेखक ही नहीं, लवर भी हो। तुमने प्रेमी की तरह ही अपनी प्रेमिका से व्यवहार किया है। तुम प्रेमी ही नहीं, प्रेमपात्र भी हो, और प्रेमातुर नर-नारी और बालक-बालिका में कोई अंतर नहीं होता।

बिजली एकाएक लौटी, तो आंखें चौंधिया गईं। उठ बैठा। कमरे में नज़र डाली। देखता रहा कि इस वक्त मन-प्राण को इस भारी बोझ से मुक्त करने के लिए क्या किया जा सकता है। जा कर पहले एक-एक किताब की धूल-मिट्टी झाड़ी। उन्हें करीने से रखा। काग़ज-पत्र यहां-वहां बिखरे पड़े थे। उन्हें समेटा। मेज़ को हफ़्तों से झाड़ा-पोंछा नहीं था। सब चीज़ें हटा कर उसे साफ़ किया। टाइपराइटर का रिबन फीका पड़ गया था। नया रिबन निकाल कर चढ़ाया। कुंजियों के गड्ढों में नए रिबन की भर जाने वाली स्याही को ब्रश से साफ़ किया। सारी वर्णमाला को टाइप करके देखा। य, स, प, ब, व जैसी कुंजियों में अब भी स्याही भरी थी। पिन ले कर बड़े इत्मीनान से एक-एक कुंजी को खरोंच-खरोंच कर साफ़ किया और टाइपराइटर और उसके केस को बाहर-भीतर से झाड़-पोंछ कर रखा। यह सब करने के बावजूद भी अधैर्य बना रहा। आधी रात बीत चली थी। कपड़ों वाली आलमारी को खोल कर देखा। सारे कपड़े अस्त-व्यस्त पड़े थे। सब कपड़े निकाल कर उन्हें करीने से टांग कर रखा।

कोने में पुराने अख़बारों और पत्र-पत्रिकाओं का ढेर लगा था। उन्हें उठा कर फ़र्श को बुहारने के लिए फूल झाडू उठाया, तो याद आया : दादी बहू-बेटियों से कहा करती थी कि न तो सांझ की वेला और न ही उस वेला झाडू लगाया करो जब घर का कोई बंदा यात्रा पर निकला हो। सो, चुपचाप झाडू वहीं रख दिया। कोई काम बचा दिखाई नहीं दिया, तो चार्ल्स किंग्ज़ले का 'द वाटर बेबीज़' उपन्यास निकाला और गहरी सांस ले कर लेट गया और पढ़ना शुरू किया। इस किताब को पहले दो बार पढ़ने की असफल कोशिश की थी। इतनी बोर लगी थी कि पटक दी थी। अब तीसरी बार उठाई, तो इतनी ऊब हुई कि किताब पकड़े-पकड़े ही नींद में डूब गया।

लेकिन यह नींद निर्विघ्न नहीं थी। अजीब-अजीब सपने आते रहे...सारे दफ़्तर

में यहां-वहां लोग बौखलाए-से डोल रहे हैं कि दफ़्तर फ़रीदाबाद शिफ़्ट करने का फ़ैसला ले लिया गया है। मैं घोर चिंता में पड़ा बैठा हूं : फ़रीदाबाद से कॉलेज कैसे आऊंगा? सहायता से रोज़ कैसे मिलना होगा? कोई बात नहीं। मोटर साइकिल ख़रीद लूंगा। सेकेंड हैंड ख़रीद भी लेता हूं। सहायता को पिलियन पर बैठा कर किक स्टार्ट करता हूं, तो फटे साइलेंसर से जैसे फड़ाक-से गोला छूटता है...नींद खुल गई। मैं पसीने से नहाया हुआ था। पंखा बंद था। दरवाज़े के रोशनदान से उजाला आ रहा था। लगता था, जैसे हवा में उड़ रहा हूं। रात को जो बेचैनी ले कर कमरे में आया था, वह काफ़ूर हो गई थी। मन में सहायता के बारे में अब कोई दुविधा नहीं थी।

मैंने उठ कर दरवाज़े-खिड़कियां खोलीं। छज्जे की रेलिंग में अटका अख़बार ले कर भीतर आया। खड़े-खड़े मुख्य ख़बरें देख ही रहा था कि घंटी बजी। जा कर दरवाज़ा खोला, तो विवेक था। सात-आठ बरस का यह बालक रोज़ बाप के लिए अख़बार मांगने आता था।

''गुड मारनिंग, विवेक!'' मैंने चहकते हुए उसे गुदगुदाया।

''नांह करो न, अंकिल।''

मैंने हंसते हुए कहा, ''पापा से कहना, अभी पढ़ रहा हूं, थोड़ी देर बाद...''

''अंकिल, नीचे आपको कोई बुलाता है।''

''कौन है?'' मैंने एकबारगी चौंकते हुए पूछा।

विवेक सिर खुजलाते हुए बोला, ''बोलता है, हुलास साहब से मिलना है।'' यह कह वह हंसते हुए सीढ़ियां उतर गया।

मैं चकित। इतने सवेरे कौन हो सकता है? ऐसा आदमी कौन हो सकता है जो मेरा सही नाम तक नहीं जानता और मुझसे मिलने आया है?

छज्जे से झांक कर देखा, तो गेट पर कोई थुलथुल-सा अधेड़ आदमी खड़ा हांफ रहा था। इसे पहले कभी कहीं देखा नहीं था। प्रतीत होता था, काफ़ी पैदल चल कर आया था। कपड़े मुचड़े हुए। शेव भी नहीं कर रखी थी। लगता था, सवेरे-सवेरे खाट से उठ कर सीधा चला आया था।

''कौन!'' मैंने पूछा।

''मिस्टर हुलास!'' वह खीसें निपोरते हुए बोला। ''मैं गोपाल दास। सहायता का ममेरा भाई। आपसे बात करना चाहता हूं। आ सकता हूं?''

मुझे हाथ-पैर पड़ गए। सहायता का ममेरा भाई! मुझसे क्या बात करना चाहता है? मेरा अता-पता इसे कैसे मालूम हुआ? कैसी बात करने आया है? वह भी इतने सवेरे? अगर यह सहायता का भाई है, तो, हो सकता है, इसने हम दोनों को एक-साथ घूमते, रेस्तराओं में उठते-बैठते देखा होगा। कहीं ऐसा तो नहीं, सहायता को ले कर यह आदमी मुझे डराने-धमकाने आया है?

क्षण-भर में ये सारी बातें मस्तिष्क में कौंध गईं। भूल गया कि कोई ऊपर आने के लिए इल्तिजा कर रहा है।

''आ सकता हूं?''

थोड़े पसोपेश के बाद यह सोच कर उसे आने को कह दिया कि अगर कोई ऐसी-वैसी बात है भी, तो मुंह छिपाने का फ़ायदा नहीं। हो सकता है, सहायता ने कहलवा भेजा हो कि आज वह आ नहीं सकती। कल उसे नाराज़ जो कर दिया था।

''आइए।''

मैं तहमत में था। कुर्ता गले में डालते हुए जल्दी-जल्दी ज़ीने के दरवाज़े तक आया। गोपाल दास हांफता-हांफता सीढ़ियां चढ़ रहा था।

''नमश्कार!'' मुझे ऊपर खड़ा देख वह खीसें निपोरते हुए बोला, ''माफ़ करें, सांस थोड़ी फूल जाती है।''

''आराम से।'' मैंने कहा।

वह ठिठक कर ऊपर देखते हुए बोला, ''सुबह घूमने निकला था। सोचा आपसे मिलता चलूं।''

''आइए!'' मैंने उसे ले जा कर कुर्सी पर बैठाया।

''आपके लिए पानी लाता हूं।''

''नहीं, नहीं, हुलास साहब। ज़रूरत होगी, तो मांग लूंगा, शुक्रिया।'' वह बड़ी लताफ़त और नफ़ासत से बोल रहा था। मैंने हंसते हुए कहा, ''माफ़ करें, गोपाल दास जी, मेरा नाम हुलास नहीं, उल्लास है। फिर आप मुझे साहब न बोलें। मैं आपसे उम्र में बहुत छोटा हूं।''

''इसके लिए माफ़ी चाहता हूं।'' खीसें निपोरते हुए वह गंदले-से रूमाल से गोल-मटोल मुंह-माथा पोंछ रहा था। वह बाहर से पसीना-पसीना और मैं भीतर से पशेमान हो रहा था। । पंखा थोड़ा तेज़ करके मैं उसके सामने खाट पर आलथी-पालथी मार कर बैठ गया।

''बताइए, गोपाल दास जी, कैसे आना हुआ।''

''हुल...सॉरी, उलास साहब, मैं जो कुछ कहने जा रहा हूं, मुझे मालूम है, आपको थोड़ा नागवार गुज़रेगा...''

तो मेरा ख़दशा बेबुनियाद नहीं है। ज़रूर ही ऐसी-वैसी कोई बात है...

लेकिन गोपाल तसल्ली से बोल रहा था, ''उम्मीद है, आप इत्मीनान से मेरी पूरी बातें सुनेंगे। आपको थोड़ी अखरेंगी ज़रूर, लेकिन आपके लिए मुफ़ीद साबित होंगी।''

लगा, जैसे यमराज दिलासा देते हुए किसी से कह रहा है—तुम्हारे प्राण ले कर जा रहा हूं। तसल्ली रखो। तुम्हारी आत्मा को नया चोला पहनाऊंगा, तो कृतार्थ हो जाओगे...

''आप मेरी बात ध्यान से सुन रहे हैं न?''

मैंने तनिक बेसब्री से कहा, ''गोपाल दास जी, मेहरबानी करके पहेलियां न बुझाइए। जो बात है, साफ़-साफ़ कहिए। मैं सुन रहा हूं।''

वह कहता है, ''उलास साहब! मैं आपको नेक सलाह देना चाहता हूं...''

मैं शंकित दृष्टि से उसका मुंह देख रहा था।

"उलास साहब, इसे मेरी अर्ज़ समझिए या जो चाहे समझिए...सहायता से आप मिलना-जुलना बंद कर दीजिए...इसी में आपकी भलाई है!"

सो, वही बात हुई न! मैंने ग़लत नहीं सोचा था। ज़रूर ही यह शख़्स मुझे धमकाने की ग़र्ज़ से आया है, जैसा कि दो प्रेमियों के अभिभावक अमूमन करते हैं।

"मैं आपको बताने आया हूं कि आप जैसे शरीफ़, ख़ानदानी और सरकारी नौकरी से वाबस्ता यंगमैन को सहायता जैसी—हालांकि वह मेरी बहन लगती है—*खाई-खेली* लड़की से दूर ही रहना चाहिए।"

क्या!!!!

उस समय सिर के ऊपर घूमता पंखा भी अचानक मुझ पर गिर पड़ता, तब भी मैं इतना स्तब्ध न हो जाता गोपाल दास के इन दो शब्दों को सुन कर—खाई-खेली। कहां तो मैं समझ बैठा था कि यह आदमी अपनी बहन की पैरवी करने आया है और कहां उसके लिए ऐसे अपशब्दों का प्रयोग कर रहा है! मन किया कि इसे पकड़ कर सीढ़ी तक घसीटते हुए ले जाऊं और ऊपर से धक्का दूं और यह लुढ़कता हुआ सड़क पर जा गिरे। लेकिन सब्र से काम लेना बेहतर होगा। किसी तरह कहा, "आपने अभी-अभी बताया कि सहायता आपकी ममेरी बहन है। फिर भी आप उसके लिए इतने गंदे शब्दों का प्रयोग कर रहे हैं? ममेरी बहन और सगी बहन में कोई अंतर होता है?"

"बिलकुल नहीं होता।" वह बेशर्मी से हंस दिया।

"क्या आप अपनी सगी बहन के लिए ऐसे अपशब्दों का प्रयोग करेंगे?"

"उलास साहब, मेरी सगी बहन ऐसी करतूतें करती होती, तो मैं उसका गला घोंट दूंगा। ठीक है, मैं सारी बात साफ़ किए देता हूं। आपकी तसल्ली के लिए।"

अब वह थोड़े रूखेपन पर उतर आया। वह मुंह खोले कि मैंने थोड़ी तल्खी के साथ कहा, "रुकिए! पहले यह बताइए कि आप, सचमुच, सहायता के ममेरे भाई हैं?"

"कोई शक-शुबहा हो, तो सहायता से मिलो, तो उससे पूछ लेना—गोपाल दास तुम्हारा क्या लगता है। उलास साहब, मैंने आपसे कोई पर्दादारी नहीं की। फिर आते ही यह अर्ज़ किया था कि मेरी बातें आपको थोड़ी नागवार गुज़रेंगी..."

मैं असहज हो उठा। बैठा-बैठा सुगबुगा रहा था। कहा, "अजीब बात है, कोई भाई—वह चाहे कैसी भी घटिया मनोवृत्ति का हो, अपनी बहन के बारे में—चाहे वह ममेरी बहन हो या चचेरी बहन हो—ऐसे अल्फ़ाज़ मुंह पर कभी नहीं लाएगा।"

वह थोड़ा खिसियाते हुए बोला, "आपने सही फ़रमाया। लेकिन बात ही कुछ ऐसी है कि मैंने उस लड़की के लिए ऐसे अल्फ़ाज़ इस्तेमाल किए हैं जो रिश्ते में मेरी ममेरी बहन लगती है। उलास साहब, मैं आपको वार्न करने आया हूं..."

मेरी भृकुटियां तन गईं।

"...वार्न, मतलब आपको डराने-धमकाने नहीं, आपको सावधान करने।" फिर जैसे मगन हो कर सिर हिलाते हुए कहता है, "उलास साहब, वक्त रहते चेत जाइए, नहीं तो ज़िंदगी-भर पछताते रहेंगे।"

इसके बावजूद, मैंने धीरज रखते हुए कहा, "मैं आपको क्या लगता हूं?"

"आप शरीफ़ और ख़ानदानी इन्सान हैं।"

"यह आप कैसे जानते हैं?"

"इन्सान के माथे पर सब लिखा रहता है।" वह दुष्ट हंसी हंसते हुए मेरी तरफ़ टकटकी लगाए देख रहा था।

"तो आप माथे की लकीरों को पढ़ना जानते हैं!"

"मैं जो बात बताने जा रहा हूं, उसे सुन कर आप अपनी जगह पर नहीं रहोगे।"

मैं चौंका। ऐसा कौन-सा पिटारा खोलने जा रहा है यह शख़्स?

"सहायता आपको धोखे में रख रही है। वह आपकी ज़िंदगी से खेल रही है।"

"आइ बेग योर पार्डन..."

"सहायता आपसे छल कर रही है..."

मैंने लहजा बदला और तल्ख़ी से कहा, "गोपाल दास, घुमा-फिरा कर बात मत करो। न अपना वक्त बरबाद करो, न मेरा। मुद्दे की बात बोलो।"

"कभी सहायता के घर गए हो—और मैं जानता हूं, नहीं गए। गए होते, तो उसके घर के हालात देख कर तत्काल उससे किनाराकशी कर गए होते। सुनो। हमारे घर और सहायता के घर के बीच फ़कत चार फुट ऊंची दीवार है। उनके घर में जो कुछ होता है, हम देखते-सुनते हैं। हमारे घर में जो कुछ होता है, वे देखते-सुनते हैं। तुम शायद यह नहीं जानते कि सहायता के रहते सहायता की छोटी बहन की शादी हो गई है।"

"इसमें अनोखी बात क्या है।" मैंने सहज भाव से कहा।

"हिंदू परिवार में बड़ी बहन बैठी रहे और छोटी बहन की शादी हो जाए, यह कोई छोटी बात है? पहले बड़ी बहन की शादी नहीं होनी चाहिए?"

"ज़रूर होनी चाहिए। नहीं हुई, तो कोई बड़ी बात नहीं!"

"कारण मैं बताता हूं...उलास, चार बार रिश्ता टूट चुका है सहायता का। हर कोई नुक्स निकाल कर चला जाता है। तफ़सील मुझसे न ही पूछो, तो अच्छा होगा। खुद सहायता से ही पूछ लेना।" यह कहते-कहते उसके मुंह से झाग निकलने लगी थी। "सहायता की नौकरी लगे जियादा दिन नहीं हुए। ट्यूशनें पढ़ा-पढ़ा कर सारे कुनबे का पेट पालती रही है..."

"कोई कर्मठ लड़की ही ऐसा कर सकती है।"

"अरे, जा कर उनका रहन-सहन तो देख। एक छोटे-से कमरे में दबड़-घुसड़ कर रहते हैं। सारा घर रात-दिन भट्ठी की तरह तपता रहता है। अगर तुम सहायता से शादी करते हो..."

मैंने टोक दिया, "आपसे किसने कह दिया कि मैं सहायता से शादी करूंगा?"

"कहो, न कहो, लेकिन आख़िर, लड़की-लड़के में इतनी नज़दीकियों का दो में से एक नतीजा तो होता ही है—शादी या फिर बरबादी। लड़का लड़की को ठोंक-बजा

कर मंझधार में छोड़ जाता है। ऐसी लड़की का कहीं रिश्ता-विश्ता हो भी जाता है और बाद में भेद खुलता है—देर-सवेर खुल तो जाता ही है, कब तक छिपा रह सकता है—तो जो कुछ होता है, शायद उससे तुम वाकिफ़ नहीं हो। जब तक असलियत खुलती है, देर हो चुकी होती है, उलास।''

''भुक्तभोगी लगते हैं।'' ऐसी स्थिति में भी मैं हंसे बिना नहीं रह सका।

''मैं समझा नहीं।''

''नहीं समझे, यही अच्छा है।''

लगा कि यह शख़्स भड़ास निकाल चुका है। लेकिन नहीं, वह उसी तरह चालू हो गया, जिस तरह कोई साइकिल में हवा भरवा कर फिर चल पड़ता है।

''मालूम है, सहायता जिस औरत के साथ घूमती रही है, उसके हस्बैंड को टीबी है?''

''बख़ूबी जानता हूं।''

''यह भी जानते होगे कि टीबी छूत की बीमारी है?''

''यह भी जानता हूं।''

''टीबी वाले के साथ चलने-फिरने वाले को भी यह नामुराद बीमारी लग सकती है?''

''यह भी जानता हूं।''

''फिर भी...'' शायद उसे शब्द नहीं मिल रहे थे।

''बोलो, बोलो।'' मैं थोड़ा संतुलन खो रहा था। ''आज अपनी पूरी भड़ास निकाल कर ही जाओ।''

''क्या यह भी जानते हो कि कंठी और सहायता में दोस्ती किस बात को ले कर हुई?''

''भली-भांति जानता हूं।''

''बच्चे हो।'' एकाएक वह छाती ठोक कर बोला, ''मैं बताता हूं।'' और उसने जो बात कही, वह ऐसी थी जो मेरे ख़ाबो-ख़याल में भी नहीं आ सकती थी। वह अपनी हथेली पर उंगली से दायरा बनाते हुए (पता नहीं, किस प्रयोजन से उसने ऐसा किया था) कहता है, ''उलास, सहायता और कंठी, दोनों लेस्बियन हैं...''

मैं हकबका कर उसका मुंह देखे जा रहा था। वह कुटिल हंसी हंसते बोला, ''अभी तो घी को घरित ही कहा है। इसकी सारी करतूतों का कच्चा चिट्ठा खोलूंगा, तो छत से जा लगोगे।''

ऐसे व्यक्ति के मुख से कुछ भी निकल सकता था। अचरज कि मैं बैठा सुन रहा था। मेरी ज़बान या तो जड़ हो गई थी या अनजाने में मैं सारा भेद शैतान के मुख से सुनना चाहता था। अगली बात उसने इस लहजे में कही, मानो मैं सुनते ही, सचमुच, छत से जा लगूंगा। ''कंठी पेट से है?''

''बिलकुल पता है।''

''कोई मानेगा कि जिस जवान औरत का आदमी बिस्तरे-मर्ग पर पड़ा है, वह अपनी औरत से जिस्मानी रिश्ता बना सकता है?''

यह सब सहायता पहले ही बता चुकी थी। मैं चुप बैठा सुनता रहा। कोई प्रतिक्रिया नहीं की।

"कंठी के पेट में किसका पाप पल रहा है, यह भी बताता हूं।"

मैं धीमे-से मुस्काया। सहायता से सब सुन चुका था।

"सहायता ने कंठी की हर तरह से मदद की। उसके पति का सारा इलाज करवाया। उसकी नौकरी भी लगवाई। इसके बावजूद, आज दोनों में अनबन है? क्यों? इतनी कि एक-दूसरी की शक्ल तक देखना गवारा नहीं करतीं।"

मैंने तकिया उठा कर गोद में रख लिया।

"उलास, वही किस्सा हो रहा है जो फ़िल्मों में होता है। तुम अंधेरा ढो रहे हो। एक बिगड़ा रईस है। उसके पास सहायता भी आती-जाती थी और कंठी भी। लेकिन जैसी ग़लती कंठी ने की—ज़रूरतमंद लड़कियां अक्सर हद पार कर जाती हैं...वैसी बेवकूफ़ी सहायता ने नहीं की।"

मैंने चौंकते हुए तकिया एक तरफ़ रख दिया। इल्हाम-सा हो रहा था कि यह आदमी अब आगे क्या कहने जा रहा है।

"असल में, सहायता उस रईस से शादी करना चाहती थी, जिसका नाम मुरली मनोहर है।"

मैं बुरी तरह चौंक गया।

"सहायता की बदौलत ही कंठी का परिचय मुरली मनोहर से हुआ था। सहायता को पता ही नहीं चला कि वही लड़की धीरे-धीरे उसकी जड़ें काट रही है जिसकी उसने अपने पैरों पर खड़ा होने की मदद दी। भेद खुलते ही दोनों में ईंट-घड़े का वैर तो होना ही था। यह मत समझो कि सहायता दूध से धुली है। मिले, तो उससे पूछना, अलकेश मर्जाद कौन है? उसके साथ उसके कैसे संबंध हैं? बूढ़े बोलवाल के घर दोनों क्यों आती-जाती हैं... "

अब मेरे धीरज का बांध टूटने को हुआ। वह उल्टी-सीधी कोई और बात कहे, मैंने खाट से उठते हुए कहा, "चल, उठ कर खड़ा हो जा।"

वह एकदम घबरा गया।

"मैं क्या कह रहा हूं?"

डरते-डरते वह किसी तरह उठ कर खड़ा हुआ।

"निकल।" उसे बाहर का रास्ता दिखाते हुए मैंने कहा। "इससे पहले कि मैं सहायता का भाई कहने वाले बेग़ैरत आदमी को धक्के मार कर निकाल दूं, यहां से चुपचाप चलता बन।" और फिर चीख कर, *"यू स्कौंड्रल, गेट आउट आव हियर..."*

उसे उम्मीद नहीं थी कि मैं इस तरह फट पड़ूंगा। वह इतना डर गया कि किसी तरह गिरता-पड़ता ज़ीने की तरफ़ चला। मैं चीखा, "ख़बरदार, फिर अपनी मनहूस सूरत ले कर यहां आए।"

उसने मुड़ कर नहीं देखा। जल्दी-जल्दी ज़ीना उतरने की कोशिश कर रहा था। नीचे जा कर उसने ऊपर देखा और हाथ भांजते हुए कहा : "सहायता जिस

तरह रोज़ चीवर बदलती है, उसी तरह अपने यार बदलती है। पूछना उससे, लेडी डॉक्टर रमोलानी के क्लिनिक में क्या करने जाती है?''

मेरे हाथ में उस वक्त कुछ होता, तो गोपाल दास पर इस तरह फेंक कर मारता कि पैर के नीचे कुचले काक्रोच की भांति पिच करके ढेर हो जाता। मेरा अंग-अंग फड़फड़ा रहा था। आ कर छज्जे से देखा। गोपाल दास गेट के बाहर झड़ गए फूलों वाले गुलमोहर के नीचे साइकिल थामे खड़ा था। मुझे देखते ही इस तरह चिल्ला कर बोला कि सब सुनें, ''उलास, सहायता तुम्हें भी धोखा देगी...''

शोर सुन कर नीचे से विवेक के पिता रामजस निकल आए। ऊपर से पवित्तर सिंह भी अपने छज्जे पर आ खड़ा हुआ। गोपाल चिल्ला-चिल्ला कर सबको सुना रहा था, ''उल्लास, बत्तीस दांतों से यह बात बोल रहा हूं। याद रख, सहायता के साथ कभी नहीं निभेगी तेरी... तेरे को भी धोखा देगी...''

रामजस पूछ रहे थे, ''यह पाजी कौन है जो इस तरह चिल्ला रहा है?''

मैं उबल रहा था। बात ज़्यादा न फैले, इसलिए कहा, ''कोई पागल है।''

''पागल!'' अपने छज्जे पर खड़े पवित्तर सिंह ने उसे ललकारा, ''ओय! ठहर, तेरी मां की...''

गोपाल दास हड़बड़ी में साइकिल पर बैठ कर भागा। पीछे छोड़ गया वे शब्द जो मेरे कानों में सीसा उंडेल रहे थे...बत्तीस दांतों से बात बोल रहा हूं...सहायता के साथ कभी नहीं निभेगी तेरी... तेरे को भी धोखा देगी... रामजस कह रहे थे, ''ऐसे आदमी को घर में घुसने क्यों दिया?''

विवेक खड़ा तमाशा देख रहा था। हंसते हुए बोला, ''पापा! इतना मोटा आदमी साइकिल पर बैठा था। जैसे सर्कस में हाथी साइकिल चलाता है।''

मैं उबलता हुआ भीतर आया और निढाल-सा पड़ गया। बांह से माथे को और आंखों को ढकते हुए उन सब बातों के बारे में सोचता रहा जो गोपाल दास उगल कर गया था। क्या सहायता को यह सब बताऊंगा? उससे पूछ सकूंगा कि उस बिगड़े रईस के साथ उसके क्या संबंध थे जिसका बच्चा कंठी दीदी की कोख में पल रहा है? फिर यह अलकेश मर्जाद कौन है? बूढ़े बोलवाल के साथ उसके क्या संबंध हैं? डॉक्टर रमोलानी के क्लिनिक में क्या करने जाती है?'' सोच-सोच कर भेजा फटने को हुआ...

...यह आदमी अपने आपको सहायता का ममेरा भाई बताता है। कहीं गहरी दुश्मनी दोनों परिवारों में होगी जो इस तरह की बक-झक करते हुए गया है। पता नहीं, कितनी देर तक मैं यों ही पड़ा रहा। यह भी याद नहीं रहा कि सहायता से मिलने जाना है। तभी रामजस जी की आवाज़ सुनाई पड़ी। किसी तरह उठ कर खड़ा हुआ। आंखें मलते हुए छज्जे पर आया। रामजस जी साइकिल की टोकरी में झोला रखते हुए कह रहे थे, ''सो गए थे क्या! दो बार पुकारा। बोले नहीं।''

''ज़रा आंख लग गई थी।'' मैंने यों ही आंखें मलते हुए कहा।

''अच्छा किया। छुट्टी का दिन है। सुबह से गर्म हवा के थपेड़े पड़ रहे हैं।'' फिर हंसते हुए आकाश की तरफ़ चौंधियाई आंखों से देख कर कहते हैं, ''सूर्य

भगवान इतना नहीं करते कि इस मौसम में इतनी जल्दी उठ कर न आया करें।'' फिर गेट से बाहर निकलते हुए कहते हैं, ''वो पागल फिर आए, तो बताना। साले को मार-मार कर दुंबा बना देंगे। मैं सब्ज़ी-भाजी लेने जा रहा हूं। कहीं जाना नहीं। आज साथ बैठ कर नाश्ता करेंगे।''

चाँदनी की याद एक बार फिर झकझोड़ कर छोड़ गई!

नौ बजने को थे। मैं जल्दी-जल्दी नहा कर तैयार हुआ और चुपके से निकल आया। ग़नीमत थी, रामजस जी अभी आए नहीं थे। नहीं तो, चाँदनी के जीजा-जीजी की तरह नाश्ते के लिए हठ करते। रास्ते में इस्तरी के लिए कपड़े डाले। चाय की दुकान पर हलका-सा नाश्ता किया और कनाट प्लेस की तरफ़ निकल आया।

इन दिनों दिल्ली के आकाश पर और धरती के नीचे चूल्हों में जलती लकड़ियां खींचने की सुध किसी को नहीं थी। दो कदम चलते-चलते बंदा हांफ जाता था। 'पत्थर तोड़ती' की देह से छूटती पसीने की नदियों से कहीं सांझ की वेला में लू के थपेड़े ठंडे पड़ते थे। ऐसे मौसम में पशु-पक्षी तक पनाह ढूंढ़ते थे। और मैं था कि बिन छाते के दिल्ली की पिघलती सड़कों पर पा-प्यादे जा रहा था। गर्मी मेरे लिए इतनी कष्टकर नहीं थी, जितनी पीड़ा हुई थी मुझे गोपाल दास जैसे द्रोहचिंतक की बातें सुन कर। मरदूद पता नहीं कहां से सवेरे-सवेरे काला मुंह ले कर आ गया था।

मैं इसी दुश्चिंता में पड़ा था कि सहायता को यह सब बताना चाहिए या नहीं। मन रोकता कि ऐसी कोई मजबूरी नहीं है। लेकिन दो कदम बाद ही भरम जाता। क्यों न सहायता से ही पूछ देखूं कि कंठी दीदी का मुरली मनोहर से तो रिश्ता है, तुम्हारा मुरली के साथ कैसे ताल्लुकात हैं? क्या यह सच है कि तुम मुरली मनोहर से शादी करने की फ़िराक में थी? फिर डॉक्टर रमोलानी के क्लिनिक में क्या करने जाती हो? कहीं ऐसा तो नहीं, तुम्हें भी तपेदिक है? तुम दोनों किस मकसद से बूढ़े बोलवाल के घर जाया करती हो? और फिर यह अलकेश मर्जाद कौन है? गोपाल ने ऐसी बात क्यों कही कि तुम जिस तरह कपड़े बदलती हो, उसी तरह यार बदलती हो। क्या मेरे साथ भी यही सलूक करोगी?

मर्जाद! बरबस याद आई वह बात जो सहायता के मुख से क़ुतुब मीनार के मंदिर की सीढ़ियों पर ऊंघते-ऊंघते निकली थी। उसकी पीठ सहलाते-सहलाते मैंने उसकी ब्रा की तनियों को हलका-सा झटका दिया था, तो उसके मुंह से बेसाख़्ता निकला था : 'न करो न, मर्जाद!' मेरा हाथ जहां का तहां स्थिर हो गया था। फिर मीठी मुस्कान के साथ मुंह उठा कर बुदबुदाई थी : 'मर्जाद में रहो न, उल्लास!'

तो यह मर्जाद और कोई नहीं, अलकेश मर्जाद है जिसके बारे में गोपाल ने कहा था कि सहायता से पूछूं कि उसके साथ उसका क्या और कैसा रिश्ता है...प्रतीत होता है, उनींदी सहायता को बरबस वे दिन याद आए होंगे जब मर्जाद या अलकेश मर्जाद ने भी मेरी तरह उसकी ब्रा के साथ इस तरह का खिलवाड़ किया होगा।

ये ऐसे टेढ़े सवाल थे जो मुझे बेचैन कर रहे थे। इसी दुश्चिंता में कभी सोचता : चिता में भस्म आदमी की राख को कुरेदो, तो उसकी हड्डियों के जले-अधजले अंश ही तो हाथ लगते हैं। भूत के अंधकार में भटको, तो जीवन की मीठी यादें तो लुप्त हो जाती हैं, कड़वी यादें कटोचती रहती हैं। अगर सहायता कभी अलकेश मर्जाद या मुरली मनोहर के संग डोलती फिरी थी, तो यह उसका अपना इंतख़ाब था। सहायता के बीते जीवन को कुरेदने का कोई हक नहीं है मुझे।

दस बजने को थे। मैं जल्दी-जल्दी सड़क लांघ कर आया, तो बस-स्टॉप पर भारी भीड़ थी। लेकिन सहायता कहीं दिखाई नहीं पड़ती थी। उसे न पा कर थोड़ी राहत भी मिली और कोफ़्त भी हुई। आ गई होती, तो मैं इतनी देर बिसूरता न रहता।

करते-करते साढ़े दस और फिर ग्यारह भी बज गए, लेकिन सहायता आती दिखाई नहीं दी। इतनी देर तो कभी लगाती नहीं थी। कहीं ऐसा तो नहीं, गोपाल दास ने घर जा कर हंगामा किया हो और घर वालों ने सहायता को बाहर निकलने से मना कर दिया हो...मैं घोर अवसाद में डूबता जा रहा था। मैंने की भी तो बचकानी हरकत थी कि सहायता सोचती होगी, किस उजड्ड से मुंह लगा बैठी हूं...

'नहीं, नहीं, सहायता ऐसा नहीं सोच सकती। हम दोनों एक साथ जितना रास्ता तय कर आए हैं, कोई भी ग़लतफ़हमी हमें विलगा नहीं सकती। अगर कभी इस बात की नौबत आ ही जाती है, तो हम कॉलेज में किसी को मुंह दिखाने लायक नहीं रहेंगे। मैं तो ढहढेरी हो जाऊंगा...नहीं, सहायता ऐसा नहीं कर सकती। कोई काम पड़ गया होगा जो अभी तक आई नहीं। ज़रूर आएगी।

बसें आ-जा रही थीं। सहायता ही आती दिखाई नहीं देती थी। आध-पौन घंटा और बीता। समय बीतने के साथ-साथ मेरा तन रीतने लगा था। यह तो होना ही था। मैंने अपने पैर पर कुल्हाड़ी जो मार ली थी। मेरी बेवकूफ़ी का ही नतीजा था कि सहायता ने मुझसे मुख मोड़ लिया है। कल अलग होते समय किस तरह बहकी-बहकी नज़रों से मुझे देखते हुए गई थी...

तभी एक के पीछे एक करके तीन बसें आईं। उतरती हुई एक-एक सवारी को मैं उचक-उचक कर देखता जा रहा था। दुनिया उतर गई थी, लेकिन सहायता न जाने किस दुनिया में खो गई थी।

लेकिन तीसरी बस निकल कर गई, तो अचानक उसके पीछे आटो था और उसमें सिर ढके सहायता बैठी थी और इशारे से मुझे जल्दी-जल्दी आने को कह रही थी। मैं दौड़ कर गया, तो बोली, "उल्लास, जल्दी। पीछे से बस आ रही है।"

जब तुम निराश बैठे हो, तब अचानक तुमसे नाराज़ हो गई लड़की हंसती-मुस्कुराती हुई तुम्हें बुलाए, तो तुम कैसा महसूस करोगे? कुछ वैसा ही मैं महसूस कर रहा था। कितना थोड़दिला हूं। इतनी-सी देर में क्या-क्या सोच गया। वह कहती है, "सॉरी, उल्लास। काणी के ब्याह में सौ जोखों। किसी तरह पिंड छुड़ा कर भागी आई हूं।"

मैं चलते आटो में मुंह दूसरी तरफ़ करके पीछे सरकते पेड़ों को देखता जा रहा था। सहायता को लगा होगा कि मैं उसके विलंब से आने के कारण ही नाराज़

हूं। वह कहती है, ''नाराज़ तो होओगे ही। इतनी देर गर्मी में खड़े जो रहे।'' फिर मेरे बालों को बिखेरते हुए मेरी तरफ मोमदिल हो कर देखती है, ''आइम सॉरी, उल्लास! रियली सॉरी। ओके?''

मैंने मुड़ कर उसकी तरफ़ देखा तक नहीं। फिर वह यक-बयक कहती है, ''यह नहीं पूछा, देर क्यों हो गई। बैठ गए मुंह फुला कर!''

मुड़ कर उसके चेहरे को गहरी नज़रों से देखा, जैसे जानना चाहता होऊं कि यह मेरे वाली सहायता है या गोपाल दास वाली?

''क्या देख रहे हो?'' सहायता कंधे से लटकते पर्स को संभालते हुए पूछती है।

मैं तो उसके चेहरे को पढ़ नहीं पाया। उल्टे, लगा जैसे उसने मेरा चेहरा पढ़ लिया है। कहती है, ''तुम्हारे चेहरे से लगता है, रात को तुम ठीक से सोए नहीं हो। आज भी चर्खा कातते रहे हो?''

कैसे बताता कि मैं कितनी वेदना में हूं। उस वक्त मेरी मानसिक अवस्था कुछ ऐसी हो रही थी कि सहायता यदि मेरी मां का नाम या मेरे पिता का नाम भी पूछती या यह पूछती कि तुम कितने भाई-बहन हो, तो मैं ठीक-ठीक बता न पाता।

''ऐ!'' उसने मेरा कंधा हिलाया, 'लगता है, लाला जी की चिट्ठी आई है, जो इतने पशेमान हो!''

मैंने अचरज से दूसरी बार इस तरह सहायता की तरफ़ देखा, जैसे कहना चाहता होऊं—मेरा कलेजा झुलस रहा है और तुम्हें परिहास सूझ रहा है?

वह फिस-फिस हंसते हुए कह रही थी, ''लाला जी ने लिखा होगा—उल्लास, बेटे, डॉक्टर अरोड़ा को हम वाग्दान कर चुके हैं। अब तुम्हें कन्यादान स्वीकार करना होगा... यही लिखा है न?''

सचमुच, यह लड़की कितनी मीसणी है, घुन्नी है या कहूं कि खच्चरी है। देखो, किस तरह मुझे भुलावे में डाल रही है। मेरे घुटने पर हाथ रखते हुए कह रही थी, ''क्यों नहीं खुश कर देते लाला जी को? डॉक्टर की बेटी घर में आ जाएगी, ख़ानदान तर जाएगा।''

अब मैं बुरी तरह उखड़ गया। तल्ख़ी से बोला, ''हर वक्त तुम्हें मज़ाक ही सूझता है! कोई मरे, कोई जीवे, सुथरा घोल बताशा पीवे...''

''अरे!'' वह चौंक कर बोली। ''आज क्या हो गया है तुम्हें? कोई बूटी लांघ आए हो क्या?''

''मुझसे कलाम न करो,'' मैं इस तरह क्षुब्ध हो कर बोला था कि सहायता के चेहरे का रंग उड़ता नज़र आया। भ्रांत-सी बैठी मेरा मुंह देख रही थी। जैसे मेरी मनःस्थिति को भांप, मेरे हाथ को हाथ में लेते हुए स्नेहसिक्त स्वर में कहती है, ''उल्लास, आइम सॉरी। मैं तो मज़ाक कर रही थी, ताकि कुछ बोलो। बताओ, इतने परेशान क्यों हो?''

मुझे कुछ सूझ नहीं रहा था। ज़बान साथ नहीं दे रही थी।

''उल्लास, आख़िर बात क्या है? इतने नाराज़ हो कि मुझसे बात ही नहीं

करोगे, इसलिए कि मैं देर से आई?'' मेरे कंधे पर हाथ रख कर कहती है, ''उल्लास, प्लीज़, अगर कोई बात है भी, तो साफ़-साफ़ बोल दो।''

मुझसे तब भी कुछ कहते नहीं बन पड़ा।

''मेरी तरफ़ देखो।''

मैंने हलके-हलके गर्दन उसकी तरफ़ मोड़ी। मेरी आंखों में न जाने क्या देखा उसने कि शंकित स्वर में बोली, ''उल्लास! तुम्हारे चेहरे से लगता है, किसी ने तुम्हारे कान भरे हैं मेरे बारे में। ऐसी नज़रों से तुमने कभी नहीं देखा मुझे।''

अब सारा संदेह जाता रहा। ज़रूर ही गोपाल ने घर जा कर इन्हें सब बता दिया होगा कि क्या करतूत करके आया है? सहायता स्वयं बताना नहीं चाहती। मेरे मुंह से सुनना चाहती है...

''उल्लास! क्यों सता रहे हो?'' अबके वह क्षुब्ध हो कर बोली। ''मैं कूद जाऊं?...''

मैंने उसकी तरफ़ से मुंह मोड़ कर दोहर्फ़ी बात कही, ''बैठ कर बात करेंगे।''

वह एकदम असहज हो कर बोली, ''ठीक है,'' और मुंह मोड़ कर बैठ गई। सारे रास्ते हम उसी तरह चुप बैठे रहे, जिस तरह बस की सीट पर बैठी दो अजनबी सवारियों में कोई संवाद नहीं होता। जान पर भारी पड़ने वाला यह अनबोला तब जा कर टूटा, जब हम हरिनारायण मालहायन के फ्लैट में प्रविष्ट हुए। आगे-आगे सहायता, पीछे-पीछे मैं। भीतर आते ही लगा, जैसे चारों कोनों में कोई हीटर जला कर रख गया हो। सारे घर में उमस और बास भरी थी - वैसी ही, जैसी बंद खिड़कियों-दरवाज़ों वाले मकान में होती है।

इतनी देर बस-स्टॉप पर खड़े रहने से मुंह में, कानों में रेत ररक रही थी। मैं सीधा बाथरूम गया। नल खोला, तो वैसा उबलता हुआ पानी आया, जैसा लोकोमोटिव इंजिन से निकल कर आता है। कोई और मौका होता, तो सहायता से हंस कर कहता, ''स्टोव जलाने की ज़रूरत नहीं। इसी पानी में पत्ती डाल कर चाय बनाते हैं।''

मैं आया और चुपचाप सोफ़े पर बैठ गया। सहायता मेरे सामने वक्ष को बांहों से ढके इस तरह आंखें मूंदे बैठी थी, जैसे गहरी सोच में हो। आहट पा कर उसने आंखें खोलीं। लेकिन मेरी तरफ़ उसने देखा तक नहीं। इसके साथ झोले में से सामान निकाल कर मेज पर रखने लगी।

''थोड़े स्नैक्स लाई हूं।''

मैंने कोई दिलचस्पी नहीं दिखाई। अब सहायता एकाएक बिगड़ कर बोली, ''उल्लास, रूठे मुझसे हो, खाने-पीने से तो नहीं!'' वह उठ कर मेरे साथ आ कर बैठ गई और अचार की शीशी खोलते हुए बोली, ''मठरी अचार के साथ खाते हैं। मठरी और अचार का वैसा ही मेल है, जैसा खिचड़ी के साथ चार चीज़ों का होता है। खिचड़ी के चार यार : घी, दही, पापड़, अचार।'' और हंस दी।

मैं चुप।

''यार, बहुत हो चुका। अब तो कसम तोड़ो...''

मेरे भीतर खुतखुती-सी हो रही थी। मैं सहायता से जो बात पूछने को व्यग्र था, उसे मुंह पर लाने के लिए थोड़ा पुरुषार्थ चाहिए था।

सहायता ने अचानक हंसते हुए यह बात कही, "ओह! समझी! आज बुद्ध पूर्णिमा है। लगता है, गौतम बुद्ध की तरह समाधिस्थ रहने का प्रण किया है। चरवाहिन के बार-बार कोंचने पर भी समाधि नहीं तोड़ी थी गौतम बुद्ध ने। मैं वैसी चरवाहिन नहीं हूं जो निराश हो कर बकरियां हांकते हुए लौट जाएगी, समझे!" और फिर अनुनय-विनय से, "उल्लास, जो कोई बात है, यार, कह कर हलके क्यों नहीं हो लेते? इस तरह घुल क्यों रहे हो?"

लगा कि यदि अब नहीं बोला, तो फिर कभी बोल नहीं पाऊंगा। मैंने उसकी आंखों में झांकते हुए कहा, "तुम लेस्बियन हो?"

सुनते ही सहायता घोर अचरज और हंसी मिश्रित स्वर में बोली, "उल्लास! यह कैसा मज़ाक है? किसने कह दी यह बात तुमसे?" वह वक्ष पर हाथ रखे फीकी हंसी हंसते हुए बोल रही थी, "माई गॉड! मैं? और लेस्बियन? किसने कान भर दिए हैं तुम्हारे?"

मेरी बोलने की हिम्मत पस्त हो गई थी।

"उल्लास, तुम्हारा दिमाग़ तो ख़राब नहीं हो गया? तुमने ऐसी क्या बात देखी मुझमें? या किसने कही यह बात तुमसे?"

मैं हड़बड़ा गया था। किसी तरह कहा, "उसी ने..."

"किसने?" वह जानने को आतुर। मैंने हकलाते-हकलाते कहा, 'गोपाल..."

"कौन गोपाल?" सहायता की आंखें फैलीं, तो फैलती ही चली गईं।

"गोपाल दास।"

"कौन गोपाल दास?"

मैंने ग़ौर से उसकी तरफ़ देखा - क्या नहीं जानती या बन रही है?

"तुम्हारा ममेरा भाई।"

लगता था, सहायता के हाथ कांपने लगे थे। चेहरा एकदम पीला पड़ता जा रहा था। मानो गोपाल दास का नाम सुनते ही उसे जूड़ी हो आई थी।

"माइ गॉड! मूज़ी गुप्ली तुम्हारे यहां भी पहुंच गया! आइम शॉक्ड! उसने यह कहा तुमसे?"

मैं हौले-हौले इस तरह बोल रहा था, जैसे बिना जांच-पड़ताल किए मैंने गोपाल की बातों पर विश्वास कर लिया था, "बोलता था, सहायता और कंठी, दोनों लेस्बियन हैं।"

"भभभभ..." वह अपनी गालों पर जल्दी-जल्दी चपत लगाते हुए बोली, "और तुमने मान लिया? उस दुष्टात्मा की बातों में आ गए? इसीलिए मुंह फुलाए बैठे हो?"

मैंने चिहुंक कर उसकी तरफ़ देखा।

"नहीं जानती थी, गोपाल इस हद तक गिर सकता है और तुम कान के इतने कच्चे हो!" गहरी नज़रों से मुझे परखते हुए वह कह रही थी, "मुझे गोपाल पर नहीं, तुम पर गुस्सा आ रहा है। तुम्हारी अक्ल पर पत्थर पड़ गए थे? उसने

जो कहा, सब सच मान लिया? मुझसे पूछने की भी ज़रूरत नहीं समझी? छिः! उल्लास, सच्ची, तुम पर दया आती है।''

सहायता दोनों हाथों में माथा थामे, आंखें मूंदे बैठ गई। लगता था, अभी बिलख-बिलख कर रो पड़ेगी। डबडबाई आंखों से झड़ने को तत्पर आंसुओं को उंगली से पोंछ कर छिटकते हुए ग़सक रही थी। फिर सिर उठा कर मेरी तरफ़ देखते हुए पूछती है, ''पाजी कहां मिला?''

मैंने मरी-मरी आवाज़ में किसी तरह कहा, ''कमरे में आया था।''

''कब?''

''आज सुबह।''

''कोई और था उसके साथ?''

''देखा नहीं।''

''तुमने क्या कहा?''

''भगा दिया...''

सहायता चुन्नी से मुंह-माथा पोंछते हुए पूछती है, ''और क्या कहा उसने?''

''बोलता था, सहायता तुम्हें भी धोखा देगी।''

''इसका मतलब है, मैं बहुत सारे लोगों को धोखा दे चुकी हूं! तूने सच समझ लिया?''

''बोलता था - बत्तीस दांतों से यह बात कह रहा हूं। सहायता और तुममें कभी नहीं बनेगी...''

सहायता माथे पर हाथ मारते हुए बोल रही थी, ''माइ लॉर्ड...इसीलिए मुंह फुलाए बैठे हो? मुझसे पूछने तक की ज़रूरत नहीं समझी!''

''कहता था, सहायता खाई-खेली लड़की है...''

''ऐसी गिरी हुई बात कही उसने? और तुमने सुन ली?'' सहायता तड़पते हुए घोर अविश्वास के स्वर में बोली।

मैं भीरु बालक की तरह जवाब नहीं दे पाया।

''जानती हूं, क्यों आया था तुम्हारे पास। यह बाद में बताऊंगी। और क्या कहा उसने?''

''कहता था, सहायता से यह पूछ कर देखना - अलकेश मर्जाद और मुरली मनोहर के साथ और बेलवाल के साथ क्या रिश्ता है उसका...''

सुनते ही सहायता तिलमिला गई। बैठी-बैठी मेरा मुंह देखती रही। फिर सारी तिलमिलाहट पर काबू पाते हुए बोली, ''उनके बारे में मैं इस वक्त तुम्हें कुछ नहीं बताऊंगी। मैंने अपनी कॉपियों में विस्तार से लिख दिया है। पढ़ लेना। और क्या कहा उसने?''

''वारनिंग दे कर गया है।''

''कैसी?''

''बोला, वारनिंग नहीं, सावधान करने आया हूं।''

''किस बात के लिए?''

"कहता था, अगर तुम सहायता से शादी करते हो..."

"तुमने क्या जवाब दिया?" उसने टोकते हुए पूछा।

"मैंने यह कह कर उसका मुंह बंद कर दिया—तुम्हें किसने बताया कि हम शादी कर रहे हैं।"

"तुमने यह कहा?" वह मेरी आंखों में आंखें डाल कर पूछ रही थी।

"सड़क पर खड़ा धमकियां देता रहा। पड़ोसी निकल आए। भागता नहीं, तो पिट जाता।"

"देख रही हूं, इन बातों को ले कर तुम बहुत परेशान हो।" वह उठ कर मेरे लिए पानी ले आई। अब मैं पछताया कि आज ही यह सब बताने की क्या ज़रूरत थी?

"तुम जो कहना चाहो, आज कह दो। मैं सुन लूंगी।"

मैंने एक घूंट भर कर गिलास मेज़ पर रख दिया, "सहायता, तुम्हें कोई तकलीफ़ है?"

"क्यों पूछते हो?" उसके चेहरे पर फिर हैरानी की लकीरें खिंच गई थीं।

"लेडी डॉक्टर रमोलानी के क्लिनिक में क्यों जाती हो?"

वह बुरी तरह झेंपते हुए बोली, "यह बात तुम्हें किसने बताई? गोपाल ने? मैं तुम्हें बीमार लगती हूं!" फिर मेज़ पर रखी खाने की चीज़ें दिखाते हुए बोली, "बीमार मठरी-अचार खाते हैं? हट्टी-कट्टी हूं। एक पीस तुम्हारे सामने बैठी हूं।"

मैंने झिझकते-झिझकते पूछा, "फिर तुम डॉक्टर के पास क्यों जाती हो..." यह कहते हुए मैं उसका मुंह देख रहा था। वह बोली,"लेडी डॉक्टर रमोलानी कोई फ़िज़ीशन नहीं, पेट धोती है।"

पेट धोती है! मैं मूर्खों की तरह उसका मुंह जोह रहा था। पेट धोने का मतलब क्या होता है, नहीं जानता था।

"तुमने पूछा है, तो सुनो। मुझसे जो छोटी बहन है, उसकी शादी हो चुकी है। उसके एक बच्चा है। तीन-चार महीने बाद वह फिर गर्भवती हो गई। नौकरी करती है। अगर इतनी जल्दी दूसरा बच्चा हो जाता, तो दो-दो बच्चों को संभालती या नौकरी करती? इसलिए पेट धुलवाने के लिए लेडी डॉक्टर रमोलानी के क्लिनिक में मुझे अपने साथ ले गई थी। पाजी गुप्ली ने मुझे वहां बैठे देखा होगा। बस, ले उड़ा। ऐसा नीच है!"

सहायता ने मेरे गिलास में से घूंट पानी पी कर कहा, "उस दिन जब हम चौक में खड़े बतिया रहे थे, तो तुमने कहा था, लगता है, कोई मोटा-सा आदमी हम पर नज़र रखे है। वह गोपाल दास ही था। मैंने देख लिया था। तुम्हें बताया नहीं। तुम बिला वजह परेशान जो हो जाते हो। यह आदमी एक बार शिवाजी पार्क में भी हमारे निकट से निकल कर गया था। हम कोई ग़लत काम तो कर नहीं रहे थे जो डरती। ये लोग घर की दीवार के साथ कान लगा कर सुनते रहते हैं। सारा परिवार ही ऐसा है। हम इनकी परवा नहीं करते। ठेंगे पर रखते हैं। जुगाड़ कर सकती, तो मिसरा सस्ती ज़मीन दिलवा रहा था। इस नरक से छुटकारा मिलता।

किसी दिन आ कर देखो, हम किन विकट परिस्थितियों में रहते हैं। गांव में शाह क्या, शहंशाह थे। यहां आ कर स्वाह हो गए हैं।'' सहायता की आंखें भर आईं। बैठी आंसुओं को चुन्नी में समेटती रही।

मैं सहायता से आंख चुरा रहा था। सचमुच, मैंने किसी अपरिपक्व बुद्धि वाले स्कूली बालक की तरह व्यवहार किया था। कुछ सूझ नहीं रहा था। उठ कर गया और पंखा थोड़ा तेज़ कर आया।

सहायता का स्वर कटु हो आया था, ''जो शख़्स अपनी बहन के बारे में ऐसी गंदी बातें बोल सकता है, वह क्या कुछ नहीं कर सकता। यह मुहावरा झूठा पड़ गया है कि अपना मारेगा, तो छांह में डालेगा। ज़माना ऐसा आया है, अपने ही लोग मार कर नदी-नाले में फेंक देते हैं।''

''ऐसा आदमी है, तो उसे रोकते क्यों नहीं हो?'' मैंने कहा।

''दुनिया में किस-किस का मुंह बंद करोगे? फिर हम मां के रिश्ते से ही नहीं, चाचा के रिश्ते से भी इस परिवार से जुड़े हैं। पार्टीशन के तत्काल बाद हमारे चाचा की शादी मेरी ममेरी बहन से हुई थी, यानि गोपालदास की छोटी बहन से। शादी के बाद चाचा को अपने धंधे के लिए रुपयों की ज़रूरत पड़ी। सो, वह दहेज में मिले पत्नी के कड़े रेहन रख आया। अगले दिन चाची मायके आई। अभी दहलीज पर ही खड़ी थी कि उसकी छोटी बहन ने आ कर उसकी छुच्छी (नंगी) बाहें देखीं, तो होंठों पर उंगली रख हैरानी से कहती है - भैणू! कड़े लवहा आइ एं! बहन की यह बात सुन चाची रो पड़ी। छोटी बहन भी बड़ी बहन से लिपट कर रोने लगी। भीतर बैठी मां का तो त्राह ही निकल गया। क्या हो गया! वह आई, तो छोटी बहन ने मां से कहा - माता जी, धी कड़े लवहा आइ जे (बेटी कड़े उतरवा आई है!) बस, सारे घर में कोहराम नहीं मच गया। मामी दोनों घरों की दीवार के साथ खड़ी हो कर हमें सुनाने लगीं : हमने दहेज में इतना सोना दिया था - क्या इसलिए कि लड़की छुच्छी बाहें ले कर मायके आए?

''थोड़ी देर बाद मामा जी आए, तो वह शुरू हो गए मां-बहन की गालियां सुनाने—हरामख़ोर अपना पीतल बेचता। हमारा खरे पासे का सोना क्यों बेचा? दामाद के बारे में मामा जी ने यह बात तो कही, फिर अपनी सगी बहन, यानि हमारी मां को भी नहीं बख़्शा। नाम ले-ले कर बोलने लगे—अरे, हमें नहीं पता था ऐसा कंजर ख़ानदान है। क्या पता हम ऐसे भुक्खड़ घर में कुड़ी दे रहे हैं। यह बात हमारी मां को बरदाश्त नहीं हुई। अपने भाई को आड़े हाथों लेते हुए बोली—तुमने ब्याह दी अपनी लड़की। तुमने कन्यादान किया है न! अब क्यों फक्कड़ तोल रहे हो? मामा जी और भड़के। जो मन में आया, बकते-झकते रहे। इस पर मां ने पापा से कहा—मेरा भाई इतना बोल रहा है। तुम क्यों नहीं कुछ कहते? चुप खड़े तमाशा देख रहे हो। पापा ने कहा—मैं क्या बोलूं। तुम्हारा भाई है। भाई-बहन लड़ो-मरो, मेरा कोई मतलब नहीं।

''घंटे-दो घंटे बाद चाचा आया। उसे ख़बर लग गई थी कि घर में ऐसा कांड हुआ है। पूछता है, मामा जी बोले थे? और तो कोई नहीं बोला, मैंने बता दिया,

हां, बोले थे। कहते थे, हरामख़ोर अपना पीतल बेचता, हमारा खरे पासे का सोना क्यों बेचा? बस, चाचा चुपचाप सीढ़ियां उतर गया। घंटे-डेढ़ बाद आया और कड़े मामा-मामी के हवाले करते हुए बोला–ये अपने कड़े भी लो और अपनी लड़की भी अपने पास रखो...बस, वह दिन है और यह दिन है, हमारी ममेरी बहन, जो हमारी चाची बन कर आई थी, अपने घर बैठी है। झगड़े की यह सारी जड़ है। हमारे मामा तो स्वर्ग सिधार गए। अब उनकी जगह हमारे भाई गोपाल ने ली है..." यह कहते-कहते सहायता फट पड़ी, *"वी केयर टू हूट्स फ़ार हिम!"* फिर थोड़ा रुक कर कहती है, "सच्ची, पार्टीशन और पैसे ने मुल्क को ही नहीं बांटा, रिश्तों में भी दरार डाल दी है।"

सहायता उठ खड़ी हुई, "हाथ धो कर आती हूं। खाना खाते हैं।"

हम खा नहीं रहे थे, निगल रहे थे। भूख मर गई थी। हम बीच-बीच में एक-आध घूंट पानी पी लेते थे। जैसे भोजन गले से उतर न रहा हो। मैं कल्पना कर सकता था कि सहायता के अंतस्तल में जो आग भड़क उठी थी, उसे घूंट-घूंट पानी से बुझाने की कोशिश कर रही थी। एकाएक वह मुंह उठा कर मेरी तरफ़ देखती है, "समझती हूं। तुम्हारी जगह कोई और होता, तो वह भी इसी तरह भरम जाता। इस बारे में, बस, इतना कहूंगी–मैं कोई ग़लत काम नहीं करती। रामनगर के एक लड़के ने मेरे बारे में जो बात कही थी, वह दुहराती हूं–इसे अपनी डफली बजाना मत समझना–कहता था, 'दीदी, तुमने अपने इर्दगिर्द ऐसा जाल बुन रखा है जिसमें कोई घुसना चाहे भी, तो घुस नहीं सकता'। मैं इस बात से इनकार नहीं करती कि पुरुषों ने मेरे मन को छुआ है, लेकिन अपने तन तक जाने की अनुमति मैंने किसी को नहीं दी। तुमसे छिपाऊंगी नहीं। मैं अलकेश मर्जाद नामक नरपुंगव के साथ ज़रूर इन्वाल्व हुई थी। अलकेश पहला पूर्ण पुरुष था जो मेरे जीवन में आया था–सौंदर्य में कामदेव सदृश, प्लैटो-सुकरात जैसा बौद्धिक, चार्ली चैप्लिन की तरह शिष्ट हास्य-विनोद करने वाला। अलकेश ही वह शख़्स है जिसने मुझे अपने पैरों पर खड़ा होना सिखाया, मेरी विचारधारा को बदला। यह बताया कि सौंदर्य क्या है। उल्लास, अलकेश ने ही मुझे प्रेम की भाषा सिखाई, वरना मैं तो ज़िंदगी ढो रही थी। अलकेश का व्यक्तित्व ही ऐसा था कि कोई भी उसे अपना बना ले। फिर नितांत स्पष्टवादी। नहीं तो अपने वैवाहिक जीवन के बारे में मुझे क्यों बताता। अलकेश का व्यक्तित्व गांडीवधारी अर्जुन के समान होते हुए भी उससे न्यारा था, जिस पर हर स्त्री मुग्ध हो जाती थी। अर्जुन ने सुभद्रा से विवाह और उलूपी से प्यार किया। लेकिन अलकेश पत्नीव्रती ही रहा, चाहे पत्नी से प्यार नहीं भी करता था। यह उसने मुझे अपने मुंह से बताया था। मुझे आज भी उस पर गर्व है। वह मेरे मन में आज भी बसा है। वह आज भी मेरे प्रेम का, मेरी श्रद्धा का पात्र है।"

मैं चुपचाप सुन रहा था। मेरे लिए अचरज की बात यह थी कि अचानक सहायता इस तरह क्यों खुल रही है। हमने खाने से हाथ खींच लिया था। सहायता उठ कर किचन में गई। कटोरदान मांज-धो कर इस तरह मुस्काती-हंसती हुई आई,

मानो जूठन के साथ रूठन भी सिंक में बहा आई हो। आ कर सामने बैठ गई और इस तरह बोली, मानो दोनों के बीच मनमुटाव कभी हुआ ही नहीं हो। एकाएक हंसते हुए कहती हैः ''सरपराइज़! सरपराइज!!''

मैं उसकी तरफ़ ऐसे देख रहा था, जैसे भारी बोझ तले दबा कोई निरीह प्राणी बोल नहीं पाता।

वह बच्चों की तरह गुड़कते हुए कह रही थी, ''आंखें बंद!''

मैं मुंह बाए उसकी तरफ़ देख रहा था।

''बंद करो न।''

मैं हकला रहा था, ''क्यों!''

''मुंह भी बंद। आंखें भी बंद।'' वह हंस रही थी। लेकिन गोपाल दास कांड मुझ पर इतना हावी था कि उसकी हंसी भी रास नहीं आ रही थी। मैंने बिना उत्साह के आंखें बंद कीं। सहायता की दबी हंसी सुनाई पड़ी, ''नो चीटिंग-वीटिंग!''

मैं सहायता को देख तो नहीं सकता था, लेकिन उसके स्वर में जो हर्षातिरेक था, वह सहज ही महसूस कर सकता था।

''अब खोअलोंोो...'' वह पुलकित हो कर बोली।

मैंने देखा, वह मुंह के आगे तीनपत्ती की तरह तीन कॉपियां खोले हंसते हुए दिखा रही थी। उसके चेहरे पर अवसाद की जगह आया यह हर्षोल्लास देख कर मैं चकित था। सहायता ने उसी संतोष के साथ अपनी तीनों कॉपियां मेरी झोली में डालीं, जिस प्रीति से कोई आप्तकाम स्त्री स्वामी की झोली में अपना नवजात शिशु डालती है।

मैंने अचरज से एक-एक कापी उठाई और उसके पन्नों को उलट-पलट कर देखा। उसकी डायरी का अगला भाग था। कल तक तो कहती थी, अभी लिख रही हूं। आज लिख कर भी ले आई!

''तुम्हें सरप्राइज़ कैसे देती!'' वह खुशी-खुशी बता रही थी।

सहायता के इस अनपेक्षित आकस्मिक सद्भाव से मन से वह सारा विकार धुल गया जो गोपाल दास भर कर गया था। मैंने तीनों कॉपियों को चूम कर एक तरफ़ रखा। वह बैठी ऐसे देख रही थी, जैसे मेरे मुख से कुछ अच्छा-बुरा सुनने को आतुर हो। अचानक उठ कर मैंने उसका हाथ पकड़ कर उसे अपनी तरफ़ खींचा। वह हड़बड़ा कर मेरी झोली में आ गिरी और मैंने आलिंगनबद्ध हो कर उसे चूमना चाहा!''

''नहीं, अब कभी नहीं।'' वह मेरी झोली में लेटी-लेटी पुलक रही थी।

''इतना सुंदर शिशु मेरे हाथों में सौंपा है। चूमने का अधिकार भी नहीं दोगी!'' और मैंने झुक कर उसकी गुलाबी पंखुरियों को सूंघ लिया।

''उम्म!'' वह छूट कर अपनी जगह पर जा बैठी। अधरों पर उल्टे हाथ से पुचाड़ा-सा मारते हुए इस तरह सकुचा रही थी, मानो आज पहली बार अचानक मैंने उसका चुंबन लिया हो। मेरा विषाद धुल गया था। मैंने पुलकित हो कर कहा, ''सारा लिख लिया?''

सहायता ने संक्षिप्त-सा उत्तर दिया, ''उतना ही बाकी है, जितनी बाकी ज़िंदगी है।''

''मुझसे झूठ क्यों बोला?'' मैंने एक कॉपी के पन्ने उलटते-पलटते हुए कहा। ''इतना लिख लिया, और भनक तक नहीं पड़ने दी।''

वह दबी हंसी हंस रही थी।

''सहायता! मैं हतप्रभ हूं।''

''किस बात से?''

''तुम्हारी कर्मठता से, तुम्हारी सर्जनात्मकता से।'' मैं समझ नहीं पा रहा था कि मैं किसी अध्यापिका और छात्रा के सम्मुख बैठा हूं या किसी अनुभवी लेखिका के।

''शुक्र है, मुझे जीनियस नहीं बताया!''

''सहायता, तुम अपने-आपको अंडर-एस्टीमेट करती हो। पहली दो कॉपियां पढ़ कर ही मैं जान गया था कि तुममें असीम प्रतिभा है। तुम्हारी रचनाओं को लोग ढूढ़-ढूंढ़ कर पढ़ेंगे...''

वह लापरवाही से बोली, ''उल्लास, किसने कह दिया तुमसे कि मैं यह सब छपवाने के लिए उद्यम कर रही हूं? छपने-छपवाने की मेरी कोई तमन्ना नहीं है। लिखने के बाद उस पर मेरा अधिकार नहीं रहता। चाहो, तो अपने नाम से छपवा लो।''

''मुझे उठाईगीर बनाना चाहती हो?''

''बता चुकी हूं न, ऐनी फ्रैंक ने कभी सोचा भी नहीं था कि वह छपवाने के लिए लिख रही है।''

''ऐनी फ्रैंक की बात न्यारी है। तुम्हीं ने बताया था, उसकी परिस्थितियां भिन्न थीं। ऐनी फ्रैंक को अपना लिखा दुबारा देखने का मौका ही नहीं मिला होगा, छपा देखने की नौबत ही नहीं आई।''

''क्या पता, मेरी नियति भी कुछ ऐसी हो।''

''सहायता!'' मैंने तत्काल प्रतिक्रिया की, ''तुम तो ईश्वर को मानती हो। इसलिए कहता हूं—ईश्वर के वास्ते यह बात फिर मुंह पर न लाना। ऐसा क्या दुख है तुम्हें!''

''मुझे कोई दुख नहीं।'' लेकिन यह कहते-कहते उसके भीतर की गागर छलक कर दोनों चश्मों से बह चली।

कॉपियों को खोलते-बंद करते हुए मैंने कहा, ''शीर्षक सोच लिया?''

वह बांह उठा कर ठुड्डी से अपने कंधे को खुजलाने की कोशिश करते हुए बोली, ''अव्वल तो मैं छपवाने के लिए लिख ही नहीं रही हूं। फिर ऐनी फ्रैंक ने भी तो कोई शीर्षक नहीं दिया था। वैसे, नाम में क्या रखा है।'' वह उठ खड़ी हुई। बाहर गई और बरामदे में रखी पेटी में से बाहों में काग़ज़-पत्र भर कर भीतर ले आई, ''ज़रूरी समझो, तो पढ़ कर तुम्हीं कोई शीर्षक रख देना।''

मैंने सहायता की कॉपी उठा ली और कहा, ''तुम पांडे जी के बंडल खोलो। मैं ऐनी फ्रैंक द्वितीय की डायरी खोलता हूं।''

वह एकदम हताश हो कर बोली, ''लो देखो, आज कख तोड़ कर दोहरा नहीं किया। बातें ही बातें। बातें तो कभी ख़त्म होने में नहीं आतीं।'' फिर इस तरह बोली, जैसे मन उखड़ गया हो, ''छोड़ो, चलते हैं। आज काम करने का मूड नहीं बनेगा।''

''तुम थोड़ा काम कर लो, मैं तब तक डायरी पढ़ता हूं।''

''नहीं, चलते हैं।'' वह तत्काल सामान समेटने लगी।

सहायता ने मालहायन के फ्लैट को ताला लगा कर चाबियां अपने पर्स में रखते हुए कहा, ''आज तो मैं सीधी घर जाऊंगी। ज़रूरी काम है। तुम?''

''तुम्हारा तो घर है, मेरा कोई घर नहीं।''

किसी के मुंह से 'घर' शब्द सुनता था, तो अजीब-सी अनुभूति होती थी। अपने ठिकाने को मैंने कभी 'घर' नहीं कहा। पसरीचा की कोठी में मैं नौकरों वाले क्वार्टर में रहता था। धनवंती के क्वार्टर में मिला कमरा मेरा रैनबसेरा या आलनां-भर था। घर तो उन्हीं लोगों का होता है जिनके मां-बाप होते हैं। भाई-बहन होते हैं। अगर वह होती है जिसको पत्नी या अर्द्धांगिनी बोलते हैं, तो बाल-बच्चे भी होते हैं। इनमें से तो कोई नहीं था मेरे पास। घर की इस रूढ़ परिभाषा पर मेरा वर्तमान कमरा भी सही नहीं उतरता था।

''ऐ, किस सोच में पड़ गए!'' सहायता ने मेरी आंखों के सामने चुटकी बजाते हुए मुझे चेताया, ''कोई बात पूछो, तो बेमतलब अपने में डूब जाते हो।''

''तुम इतनी जल्दी घर जाओगी, तो सब हैरान नहीं होंगे। कहेंगे, क्या बात है, आज सांझ ढले कैसे घर आ गई।'' बस-स्टैंड की तरफ़ जाते हुए मैंने कहा।

सहायता होंठ दबाए, आंखें मूंदे हंस रही थी।

हमें बस की ज़्यादा इंतज़ार नहीं करनी पड़ी। भीड़ भी नहीं थी। बैठ कर सहायता अचानक पूछती है, ''फिर कब मिलोगे?''

मैंने अचरज से उसकी तरफ़ देखा। ''क्यों पूछती हो? आज कोई नई बात है?''

''सोचा कि कनफ़र्म कर लूं।''

वह अजीब नज़रों से देखते हुए हलके-हलके मुस्कुरा रही थी। बस पेड़ों के घने सायों में से गुज़रती, तो गर्मी से थोड़ी राहत मिलती। सहायता ने कहा, ''मैं घर जाऊंगी। तुम भी सीधे घर जाओ और बैठ कर लिखो। हमेशा कहते हो, तुम्हारी वजह से मैं लिख-पढ़ नहीं पाता।''

अपनी गोद में रखा उसकी डायरियों वाला लिफ़ाफ़ा दिखाते हुए मैंने कहा, ''इतना बड़ा काम ले कर जा रहा हूं।''

वह कुछ बोली नहीं। थोड़ी देर बाद अचानक कहती है, ''एक बात तुमने नोट की होगी। जब कोई नाजुक-सी, टूटने वाली चीज बक्से या पैकेट में बंद करके भेजते हैं, तो उस पर लिख देते हैं - *फ्रैजाइल - हैंडिल विद केयर।* आटे-सीमेंट के कट्टे पर लिखा होता है - डोंट यूज़ हुक्स। मतलब कि इन टूटने-फटने वाली चीज़ों को सावधानी से उठाओ-रखो।''

मुझे हैरानी हो रही थी। कि आज अचानक सहायता को यह क्या सूझी। मैंने हंसते हुए कहा, "यह क्या टॉपिक ले बैठी हो? कारगो बुकिंग का बिज़नेस शुरू करना चाहती हो क्या!"

"नहीं, यार, मैं क्या बिज़नेस करूंगी," वह हंसते हुए बोली, "योंही दिमाग़ कभी-कभी उत्पात करने लगता है। असल में मैं तुम्हे सावधान करना चाहती हूं।"

क्या कह रही है यह लड़की?

"चेतावनी दे रही हूं। *हैंडिल विद केयर!"*

"किसको?" मैंने अचरज से उसकी तरफ़ देखा।

"मेरी इन कॉपियों को। तुम्हारे लिए कुछ विस्फोटक सामग्री भी हो सकती है इनमें।"

"सहायता, तू बोल क्या रही है? मैं साधारण बुद्धि का आदमी हूं। थोड़ा खोल कर बता।"

"मेरी ख़ासकर इन कॉपियों में कुछ ऐसी सामग्री हो सकती है—उसी के बारे में तुम्हें सावधान करना चाहती हूं। ऐसा न हो होम करते हुए हाथ जलें, या तुम ही जलने लगो।"

मैं कुछ समझ नहीं पा रहा था। मेरी भाव-भंगिमा देख वह हंसते हुए बोली, "थोड़ा कहा है, बहुत समझना।"

अजीब लड़की है यह!

तय था कि मैं रीगल पर उतर जाऊंगा और सहायता इसी बस से घर जाएगी। जंतर-मंतर के चौक को लांघते ही मैं उठने को तैयार हुआ, तो सहायता ने कहा, "ज़रूरी काम न आ पड़ता, तो आज हम थोड़ी देर और साथ-साथ बिता सकते थे। एनीहाओ...बाय! एंड टेक केयर!"

मैं उतरा, तो चलती बस की खिड़की से सहायता ने हाथ हिलाते हुए एक बार फिर "बाय!" कहा। उसका हिलता हाथ तब तक दिखाई पड़ता रहा, जब तक बस टी हाउस का मोड़ मुड़ कर ओझल नहीं हो गई। खड़े-खड़े मैंने अपने भीतर ऐसा गुबार उठते महसूस किया जो बुहारते हुए मुझे मुझे टी हाउस के मोड़ पर ले आया। वहां खड़े-खड़े देखा, बस बहुत दूर निकल गई थी। सहायता की कॉपियों वाला लिफ़ाफ़ा मेरे हाथ में था। मैं कुछ देर निःस्पंद-सा खड़ा देखता रहा। सहायता जैसे मेरे भीतर कोई अव्यक्त-सी रिक्ति छोड़ गई थी।

ओडियन के बाद सड़क पार करने ही जा रह था कि वहीं ठिठक गया। सामने ही वह बिजली का खंभा था जिसके साथ लग कर मैंने तमाशा किया था। लगा कि अगर किसी दुकानदार ने पहचान लिया, तो चिल्ला कर सबको चेता देगा - देखो! देखो! वह पागल फिर आया है जो खंभे से सिर मार-मार कर रोया था...

मुझे ऐसी घबराहट हुई कि तांगों-इक्कों की भीड़ में से रास्ता बनाते हुए मैं भागा और मिंटो ब्रिज की मेहराब के साए में जा कर ही मैंने सांस ली। इस हड़बड़ाहट में दिल अपनी जगह को छोड़ कर सीने के बीचोंबीच आ बैठा था और लेअऊं-लेअऊं

कर रहा था। मैंने लंबी सांस ली। तब कहीं जा कर वह अपने नियत स्थल पर आया और अपनी गति से धड़कने लगा।

मैंने खड़े-खड़े अपने को लानत भेजी : क्यों की मैंने ऐसी नौटंकी? भरे बाज़ार में अपनी भी और सहायता की भी भद करवाई। ऐसी बचकाना हरकत करके क्या मैंने अपने-आपको सहायता की नज़रों से गिरा नहीं लिया? नहीं जानता, मैं वहां कितनी देर खड़ा बिसूरता रहा। जब लगा कि अंधेरा घिरता आ रहा है, तो किसी तरह डग भरते हुए वहां से चल पड़ा।

आ कर कमरा खोला। भीतर जाते ही पहले पंखा चला कर पसीने से लिसलिसे कपड़े उतार फेंके और गुसलख़ाने में जा कर नल खोला। वह दो आंसू टपका कर चला गया। मैंने माथा ठोंक लिया। सुबह थोड़ी तलघेस (चूक) हो गई थी। हर रोज़ बालटी और सुराही भर कर रख जाया करता था। लेकिन आज हड़बड़ाहट में ऐसा कर नहीं पाया था। बालटी में गड़वी-भर पानी रखा था, जो टपकते नल से बूंद-बूंद करके इकट्ठा होता गया होगा। उसी से मुंह पर छींटे मार कर कुल्ला किया और सुराही से गिलास-भर पानी हलक से उतारा और खाट पर पड़ गया।

थोड़ी देर बाद करवट बदली, तो खाट के साथ रखे स्टूल पर सहायता की कॉपियों वाले लिफ़ाफ़े पर नज़र जा अटकी। एकटक निहारता रहा। सहायता ने जो कुछ बताया था, क्या सब सच था? जिस अलकेश मर्जाद नामक पुंगवपुरुष का गुणगान करती रही है, उसे तो अब भी उसने अपने पहलू में बैठा रखा है। अलकेश मर्जाद के साथ अपने संबंधों के बारे में जिस प्रकार की भाषा का प्रयोग सहायता ने किया है, उस पर कितना भरोसा किया जा सकता है? चीनी दूतावास की पार्टी में तमन्ना और जैन कैसी लोलुप दृष्टि से सहायता को देख रहे थे। हर कोई कंठी दीदी के बारे में पूछता था। सहायता ऐसी सोसायटी में आती-जाती है?

बरबस हाथ बढ़ा कर मैंने एक कॉपी निकाली और पढ़ना शुरू किया।

ऐनी फ्रैंक द्वितीय की डायरी-2

जिस दिन हम दिल्ली पहुंचे, झुटपुटा हो रहा था। सर्दियों में वैसे ही दिन छोटे होते हैं। हमें दिल्ली देखने और ट्राम की सवारी करने का बड़ा चाव था। हमारे साथ नाना-नानी थे। हमने नाना से कहा, ''नाना जी, हमें ट्राम दिखाओ न! हम उस पर चढ़ेंगे।''

''अभी दिखाते हैं।''

हम पुरानी दिल्ली के रेलवे स्टेशन से चलते-चलते अजमेरी गेट पहुंच गए थे। लेकिन ट्राम कहीं दिखाई नहीं दी। पुल पर पटरी बनी थी। नाना जी ने हमें पटरी पर चलने को कहा। बोले, ''यही ट्राम होती है।''

मैंने सोचा, अगर यही ट्राम है, तो इस पर तो चलना पड़ता है, चढ़ना नहीं।

रोते-धोते हम किसी तरह उस बस्ती में पहुंचे जहां मामा जी ने पहले से ही मकान ले रखा था। पूरी बस्ती में ऐसे कुछ ही मकान थे जो आग से बच गए थे। जिधर देखो, मलबे के ढेर ही ढेर नज़र आते थे।

माहौल बड़ा डरावना था।

मामा ने ऐसे ही अधजले मकान पर कब्ज़ा किया था। उसके नीचे कटरा था, जिसमें दड़बे-से बने थे और उनमें लोग कबूतरों की तरह रहते थे। नीचे चार दुकानें थीं। उनके ऊपर तीन लंबे कमरे थे—एक ही कतार में। कमरा क्या था, जर्जर ढांचा। चौखटें जली हुईं। छत की कड़ियां धुआखी हुईं। बिजली नहीं थी, लेकिन पानी था। कमरों के पीछे लंबा आंगन था और बाज़ार की तरफ़ उतना ही लंबा छज्जा था जहां से बस्ती का फैलाव दिखाई देता था।

उन दिनों बहुत सारे अधजले मकान खाली पड़े थे। हम खुश थे कि मामा के साथ रहेंगे। कमरा इतना अच्छा तो नहीं था। लंबोतरा-सा था। उसी में रहना। उसी में सोना-बैठना। उसी में खाना-पीना और सब काम करना।

उन दिनों यह भी नियामत थी। नाम की रसोई आंगन में पिछवाड़े में टीन की चादरों की बनी थी, जिसमें थोड़ा-बहुत सामान भी रखा जा सकता था। मामा जी ने उस वक्त बड़ी उदारता से हमें ये कमरा दिया था। कहते थे, ''यहीं रहो। मिल-जुल कर गुज़ारा कर लेंगे।''

पर नहीं पता था कि अपनों का अहसान ज़िंदगी-भर नहीं चुकाया जा सकता।

मामा की रेलवे में अच्छी नौकरी थी। लाहौर से सारा सामान साथ ले कर आए थे। हम लोगों की तरह फटेहाल, धक्के खाते हुए नहीं आए थे। पता नहीं

उन्हें कांप्लेक्स था या क्या बात थी, बात-बात पर ताने मारते और जतलाते कि हम अब 'शाह' नहीं रहे। इसलिए कहते, ''दालें महंगी हैं, मत खाओ। मटर खाओ, जो तीन आने सेर मिलते हैं।''

पिता जी भी अमृतसर में सब बेच-बेचा कर आ गए। आते ही डिप्रेशन के शिकार हो गए। बस, यही कहते, ''मैं कुछ नहीं कर सकता। क्या करूं, इत्ते बड़े शहर में कोई अपना नहीं। कैसे होगा?''

लेकिन जल्दी ही हम परेशान हो गए। मकान के नीचे बेकरी थी। उसकी भट्ठी की तपिश ऊपर तक पहुंचती थी। बिजली तो थी ही नहीं। जाड़ों में तो सुख मिलता था। लेकिन गर्मियां आईं, तो कमरा भट्ठी की तरह तपने लगा। बहन-भाई तपती गर्मी में रोते रहते। जब बरदाश्त न होता, तो किसी पार्क में जा बैठते या मिशन के बगीचे में चले जाते। वहां से खदेड़े जाते, तो जा कर सरकारी क्वार्टरों के बाहर बैठ जाते। इससे भी भयावह बात यह थी कि बाज़ार में लाउडस्पीकरों का इतना शोरगुल रहता था कि सोचते कि ऐसे में ज़िंदगी कैसे कटेगी। लेकिन जीवन तो अपने ढर्रे पर चलता ही है। उदासी में हम छज्जे पर बैठ कर समय व्यतीत करते।

हमारे सबसे छोटे चाचा भी दिल्ली आ गए थे। और कुछ नहीं मिला, तो उन्होंने चावड़ी बाज़ार में किसी के साथ भागीदारी में लकड़ी-कोयले का टाल खोल लिया था। टाल के ऊपर का सारा हिस्सा किसी वेश्या का था। हमने जा कर देखा था : सुंदर पलंग और घर जैसी सारी सजावट थी। हमने उसे इस तरह देखा था कि उसी मकान में चाचा जी के भाईवाल रहते थे। चाचा जी की शादी अभी हुई नहीं थी, इसलिए टाल पर ही सो जाते थे।

चाचा ने अपने भाई को यानि हमारे पिता जी को भी लकड़ी-कोयले का टाल खुलवा दिया था। लेकिन जिस भाईवाल के साथ उन्होंने काम शुरू किया था, वह धोखेबाज़ निकला। पिता जी हमेशा गच्चा खा जाते थे, क्योंकि सीधे थे। सब पर सहज ही विश्वास कर लेते थे। नतीजा यह होता कि दूसरे हाथ साफ़ कर जाते और पिता जी हाथ मलते रह जाते ।

इन परिस्थितियों में चूंकि मैं घर में सबसे बड़ी भी नहीं थी - मुझसे बड़ी एक बहन थी - फिर भी, मैंने एक तरह से घर की सारी ''ज़िम्मेदारी'' ओढ़ ली थी - ट्यूशनें पढ़ाना और सबके कपड़े सीना (सिलाई मशीन का इंतज़ाम हमने आते ही कर लिया था), बाज़ार करना, सबका ध्यान रखना। मतलब कि मैं जो भी काम कर सकती थी, करने लगी थी। मेरी सेहत का यह हाल कि गुब्बारा फटने की आवाज़ से भी बेहोश हो जाती थी। डॉक्टर कहते थे कि इस लड़की ने इतनी गोलाबारी, इतना खून-ख़राबा देखा है कि सहमी हुई है। धीरे-धीरे ठीक हो जाएगी।

पिता जी का दोस्त बलदेव उसी मुहल्ले में रहता था। उसका बहनोई पंजाबी भाषा का कवि था। उसने मुझे अपने किसी दोस्त डॉक्टर को दिखाया। डॉक्टर का नाम बच्चन सिंह था। उसके क्लिनिक में हर समय भीड़ रहती थी। दिल्ली का पुराना बाशिंदा था। उसने मेरा इलाज शुरू किया। कई बार तो ज़ोर की आवाज़

से मैं वहीं मूर्छित हो जाती। डॉक्टर बच्चन सिंह बड़े प्यार से मेरा इलाज करता रहा। लेकिन एक दिन उसे क्या सूझी कि उसने मुझे चूम लिया। मैं एकदम भड़क उठी। डॉक्टर घबरा कर कहने लगा, "तू तो मेरी बेटी समान है। मेरे पांच बच्चे हैं। मेरी बीवी बड़ी खूबसूरत है। तू मुझे अच्छी लगी, इसलिए प्यार किया। मेरी नीयत ख़राब नहीं थी।"

उसकी इस बात से मेरे दिल में उसके प्रति श्रद्धा उमड़ी। बचपना था या कहिए कि कुछ समझ नहीं थी। अपने-आपको धिक्कारा। किसी को बताया नहीं। बाद में जा कर मैंने डॉक्टर बच्चन सिंह की दो लड़कियों को पढ़ाया भी।

दिल्ली में कुछ दिन रहने के उपरांत ही पिता जी के दोस्त विश्वामित्तर ने (जो पहले से ही दिल्ली में रहते थे) बताया कि शरणार्थियों के लिए वोकेशनल स्कूल और होस्टल खुला है। बेटी को वहां दाख़िल करवा दो। मेरा साक्षात्कार हुआ और मुझे वहां इम्ब्रायडरी में दाख़िला मिल गया। जब मैं होस्टल पहुंची, तो हैरान-परेशान कि यहां तो सबके कमरे में पलंग, कार्पेट, अलमारियां वग़ैरह हैं। ये सब मैं कहां से लाऊंगी? मैं तो रोने लग गई। किसी से कुछ कहा नहीं, पर रोती जाऊं, रोती जाऊं। असिस्टेंट वार्डन मिसेज़ रतरा जब मुझे 131 नंबर में छोड़ कर गई, तो मैं हैरान कि वहां वह सारा सामान लगा था। मैं गांव-गवई की लड़की यह जानती ही नहीं थी कि होस्टल में यह सब मुहैया किया जाता है। यही नहीं, खाना-पीना और वज़ीफ़ा भी मिलता था और काम भी सिखाया जाता था।

पर मैं वहां बीमार पड़ गई। दिल जो नहीं लगता था। ऐसे वातावरण की कभी कल्पना भी नहीं की थी। लड़कियां हंसतीं-बोलतीं-खिलखिलातीं, पर मैं उदास-उदास रहती। नतीजा : मैं दो-तीन महीनों के बाद ही सब छोड़-छाड़ कर घर वापस आ गई और संघर्ष के लिए तैयार हो गई।

बड़ी बहन तो केवल आठवीं तक ही पढ़ी थी। बाकी भाई-बहन छोटे थे। मुझसे छोटी नौ-दस साल की। उससे छोटी सात-आठ साल की और इकलौता भाई पांच-छह बरस का। सबसे छोटी बहन तीन-चार साल की थी। सो, एक तरह से मुझे ही सब देखना था।

मार्च 1949 में बड़ी बहन का रिश्ता आ गया। लड़का रेलवे में नौकरी करता था। पांच बहनें थीं। तीन भाई थे। लड़का सबसे बड़ा था। लाहौर के रहने वाले थे। जान-पहचान थी। पंडित ने आ कर कहा कि वे आपकी लड़की मांग रहे हैं। मां ने कहा कि हम लड़का देख लें, फिर बात करते हैं। पिता जी, मां और छोटी मौसी अंबाला गए लड़का देखने, जो स्टेशन पर बुकिंग क्लर्क था। खिड़की पर टिकट काट रहा था। देख कर पिता जी ने कहा, "ठीक है, लड़का देख लिया। बारोज़गार है। अब वापस चलो।"

मां ने कहा, "इतनी दूर आए हैं। उससे बात तो कर लें।"

पिता जी ने कहा, "बात क्या करनी है। टिकटें बांट रहा है। गूंगा-बहरा तो है नहीं। और कमा भी रहा है। क्या देखना है।"

सो, वापस दिल्ली आ कर उन्होंने हां कर दी।

उन्हीं दिनों यह घटना घटी। दो पुलिस के सिपाही, दो औरतें और कुछ आदमी हमारे घर धड़धड़ाते हुए आए। हम पहले तो डर गए कि क्या हो गया। लेकिन पता चला कि ये मुसलमान औरतें दंगों के दिनों में निकलने से पहले इस घर में अपना गहना-गट्टा गाढ़ गई थीं। अब निकालने आई थीं। हमने भी ढूंढ़ने में उनकी पूरी मदद की। उन्होंने दीवारें, फर्श, सब जगहें खोद डालीं। आले-झरोखे सब तोड़ दिए। लेकिन रत्ती-भर भी सोना हासिल नहीं हुआ। हो सकता है, इनके जाने के बाद किसी भेदी ने सब निकाल लिया हो।

इन औरतों के साथ दिल्ली म्युनिसिपल कमेटी के दो अफ़सर भी आए थे। उन्होंने मकान की मरम्मत का आदेश दिया। जब उन्हें पता चला कि घर में लड़की की शादी है, तो उन्होंने बिजली के महकमे को बिजली का कनेक्शन देने के निर्देश जारी कर दिए।

इस तरह, मुसलमान औरतों का सोना ढूंढ़ने आना हमारे लिए वरदान साबित हुआ। लेकिन जब बिजली वाले जांच-पड़ताल करने आए, तो हमारे मामा के लड़कों ने अपना पोर्शन दिखा दिया और कहा कि यहां के लिए आर्डर हुआ है। जब मामा के घर में बिजली लग गई, तो मैंने कमेटी जा कर उन अफ़सरों से पूछताछ की। सारी बात जान कर उन्होंने मामा को फटकार लगाई और हमारे घर में भी बिजली लग गई। घर की मरम्मत भी हो गई। कमरा बड़ा था। सो, परछत्ती डाल कर उस पर सारा सामान रख दिया गया और कमरे में दो-चार कुर्सियां ला कर बैठने लायक जगह बना ली। टट्टी-गुसलख़ाना एक तरफ़ बने ही थे। टट्टियां उन दिनों ड्राइ होती थीं। बाद में हमने फ्लश वाली करवा ली, लेकिन उसमें पानी डालना पड़ता था। नल भी लगवा लिया और कामचलाऊ काम हो गया।

मार्च में बहन की शादी तय हो गई थी। गर्मी पड़ने लगी थी। जब बारात पहुंची, तो लड़के को घोड़ी पर देख कर ही मैं बेहोश हो गई। सेहरे के अंदर उसकी काली गर्दन दिख रही थी। मेरी बहन निखरे रंग वाली और दूल्हा इत्ता काला! मैंने कहा था, "यह क्या किया?" एक तो पहले ही मैं लड़के की पांच बहनों के कारण इस रिश्ते के हक में नहीं थी कि इधर भी पांच बहनें, उधर भी पांच बहनें। पता नहीं मुझे पांच बहनों पर क्यों ऐतराज़ था। जब मैं होश में आई, तो छोटी मौसी ने मुझे बहुत डांटा। क्या तमाशा है? काला, गोरा कुछ नहीं होता। तू कितनी गोरी है, बता? आदतें अच्छी होनी चाहिए और लड़का शरीफ़ होना चाहिए, जो यह लड़का है। काला-गोरा तो थोड़े समय की बात है। फिर जब अपनी चीज़ हो जाती है, तो प्यारी लगती है।

बहन जब ब्याह कर गई, तो उसकी सास को ख़ास खुशी नहीं हुई। उसे उम्मीद नहीं थी कि कंगालों के घर बेटा ब्याह रही है। समझती थी कि शाहों की बेटी है। भरे-पूरे, खाते-पीते घर की है। बड़े घरों की तो 'घरोड़ी' (खुरचन) ही बहुत होती है, सो बहुत कुछ मिलेगा। लाहौर में तो रिश्ता मांगने की हिम्मत नहीं थी। सो, उन्होंने यहां आ कर रिश्ता मांगा था, क्योंकि लाहौर से आने वाले काफ़ी लोग अपना थोड़ा-बहुत कीमती सामान बटोर कर ले आए थे। ये लोग कैसे अंदाज़ा

लगा सकते थे कि हम पैदल धक्के खाते हुए आए हैं। दान की रोटियां खाई हैं। लोगों के उतरे कपड़े पहनते रहे हैं। लेकिन जीजा जी बहुत ही अच्छे और नेकदिल इनसान थे। उन्होंने बहन को कभी अहसास नहीं दिलाया और न ही कभी कोई फ़रमाइश की।

हमारी बड़ी मौसी आगरा दयालबाग़ में रहती थी। उनकी बड़ी लड़की चूड़ीवालान, सीताराम बाज़ार में एक प्राइवेट स्कूल में नौकरी कर चुकी थी। सो, वह मुझे अपने साथ हेडमास्टर के पास ले गई कि इस लड़की को कोई काम दीजिए, हालांकि मैं दसवीं तक ही पहुंची थी। इम्तहान दे रखा था। पहले तो बड़ी मुश्किल से इजाज़त मिली थी, क्योंकि चौदह-पंद्रह बरस से कम उम्र के विद्यार्थियों को दसवीं में बैठने की इजाज़त नहीं देते थे। किसी तरह पिता जी ने अपने रसूख़ से इम्तहान दिलवाया था। परिणाम अभी नहीं मिला था और न ही मिल सकता था, क्योंकि सारा रिकार्ड जल गया था।

मेरी मौसेरी बहन का प्रभाव स्कूल के हेडमास्टर और मैनेजर पर बहुत अच्छा था। उसने मुझे स्कूल के मालिक से मिलवाया। उन्होंने मुझे एक माह की लीव वैकेंसी में रख लिया और यह आश्वासन भी दिया कि तुम्हें ट्रेनिंग दे दी जाएगी और जहां कहीं भी जगह होगी, नियुक्त कर लिया जाएगा।

इस तरह, मेरी पहली नियुक्ति एक छोटे-से प्राइवेट स्कूल में हुई। कुल पच्चीस रुपये मिले। लेकिन वे मेरे काम से खुश थे। अपने घर से मैं रोज़ पैदल आती-जाती थी। फिर ट्यूशन पढ़ाने चली जाती। यही मेरी दिनचर्या थी। शाम को डॉक्टरों के भी चक्कर लगाती। छोटी बहन को मैंने हनुमान रोड पर विद्यापीठ में भर्ती करवा दिया। उससे छोटी बहनों को और भाई को सरकारी स्कूल में दाख़िला दिलवाया। इस तरह, गृहस्थी की गाड़ी सरकने लगी। मां पर बड़ा बोझ था। सारा काम संभालना और थोड़े में ही गुज़ारा करना।

अब मुझे अपनी पढ़ाई की चिंता सताने लगी। स्कूल-कॉलेज तो जा नहीं सकती थी। लिहाज़ा शार्टकट से पढ़ने की सोची और प्रभाकर की तैयारी शुरू कर दी। आचार्य ब्रजेश्वर त्रिपाठी कक्षाएं लेते थे। उनके घर कोई साढ़े छह फुट का आदमी आता था। अपने आपको मीना शौरी का हस्बैंड बताता था। एक दिन मेरी छोटी बहन मुझे बुलाने आई, तो उसे देखते ही यह शख़्स बोला, "यह तो हीरोइन स्टफ़ है।"

दूसरे दिन मैं पढ़ने गई, तो त्रिपाठी जी ने मुझे सावधान किया, "यह आदमी सही नहीं है । इसके झांसे में न आना। तुम मेरी बेटी जैसी हो, इसलिए सावधान कर रहा हूं।"

एक दिन त्रिपाठी जी पढ़ा रहे थे - *किछु किछु उत्पत्ति मेल। चरण चपल गति लोचन लेल।*

यह बोल कर त्रिपाठी जी मुंह थोड़ा नीचे रख कर पूछते हैं, "यह तो आप लोगों की समझ में आ ही गया होगा। आगे चलूं?"

सबने मुंह नीचे करके कहा, "हां, समझ में आ गया।" लेकिन मैंने कहा, "इन पंक्तियों की तो आपने व्याख्या ही नहीं की।"

मेरी बात पर सब मुस्कुरा रहे थे—लड़कियां भी और लड़के भी और मेरी तरफ़ देखते हुए खुसुर-पुसुर कर रहे थे। मेरे साथ विद्या बैठी थी। उसने कुहनी मार कर हंसते हुए कहा, "चुप कर। मैं समझा दूंगी।" बाद में विद्या ने मुझे समझाया - लड़की जब जवान होने लगती है, तो उसकी छाती में उभार आना शुरू होता है। किशोरावस्था में कदम रखते ही वह चपल होने लगती है। उसकी चाल-ढाल में मस्ती और गति आ जाती है। हैरान होने लगती है कि उसे क्या हो रहा है...

प्रभाकर की पढ़ाई करते हुए मेरा वास्ता कम्युनिटी सेंटर के मिस्टर कस्तूरी से पड़ा। वह शाम को प्रौढ़ों को पढ़ाते थे और सारे दिन की गतिविधियों से परिचित कराते थे। मैं भी सेंटर में जा कर उनकी सहायता करने लगी। उनके घर वाले भी मुझे बेटी की तरह ही मानने लगे और मिस्टर कस्तूरी के लिए जब भी कोई लड़की देखने जाते, मुझे अपने साथ ज़रूर ले कर जाते। इस तरह, मेरा परिचय विस्तृत से विस्तृत होता चला गया।

महीने की लीव वैकेंसी की अवधि देखते-देखते बीत गई। लेकिन उन्हीं दिनों मुझे एक के बाद एक, तीन ट्यूशनें मिल गईं। चूड़ीवालान में स्कूल के पास ही डॉक्टर ज्योतींद्र का क्लिनिक था। वह होम्योपैथी के डॉक्टर थे। उनकी एक आंख थी। हमेशा काला चश्मा लगाए रहते थे। मुझे उनके बच्चों को पढ़ाने की ट्यूशन मिल गई, जिसके लिए मुझे तीस रुपए मिलने लगे। इसके साथ ही उनके छोटे भाई के बच्चों को भी पढ़ाने जाती। उनसे भी मुझे तीस रुपए मिलने लगे। एक ही हवेली में रहते थे। इनकी मां अम्मा जी मेरा बहुत ख़याल रखती थीं। मैं आती, तो कहतीं, "पहले बहन जी को नाश्ता करवाओ।"

डॉक्टर ज्योतींद्र के छह बच्चे थे - चार लड़कियां और दो लड़के। बीवी निहायत सुंदर और शालीन। लेकिन बच्चों में क्या था - एक सुंदर, दूसरा असुंदर, तीसरा सुंदर, चौथा असुंदर। इस तरह, उनकी दो लड़कियां निहायत ही सुंदर, गोरी-चिट्टी, तीखे नैन-नक्श वाली और दो काली-कलूटी, मोटे नैन-नक्श वाली। यही हाल लड़कों का। एक खूबसूरत और एक बदसूरत और काला-कलूटा। बड़ी लड़की, जो बहुत ही सुंदर थी, उसकी शादी किसी आर्ट गैलरी वालों के घर हुई थी। छोटी कहां गई, मुझे कोई जानकारी नहीं, क्योंकि जल्दी ही उनसे मेरा संपर्क टूट गया।

डॉक्टर ज्योतींद्र की बदौलत ही मुझे एक और ट्यूशन मिल गई। यह दरीबा कलां में किसी ज्युलर के बच्चों को पढ़ाने की थी। इनके भी छह बच्चे थे। मैं प्रतिदिन घर से पैदल चल कर चूड़ीवालान और फिर दरीबा जाती। उन दिनों दम मारने की फुर्सत नहीं थी। फिर अपनी पढ़ाई भी थी। इस तरह, गाड़ी खिसक रही थी।

मैंने तीन-चार महीने ही ट्यूशन की थी कि छुट्टियां हो गईं और यह सिलसिला टूट गया।

लेकिन ट्यूशनें पढ़ाते-पढ़ाते और आते-जाते मेरे भीतर कुछ करने की भी लालसा उमड़ रही थी। मैंने भारत सेवक समाज जाना शुरू कर दिया। वहां बड़े-बड़े लोगों से भेंट होती। कुछ-कुछ जीने के प्रति मोह उत्पन्न होने लगा। यूनेस्को मिल्क-पाउडर देता था। मैंने अपने घर से मुहल्ले में दूध बांटने का ज़िम्मा अपने

ऊपर ले लिया। मेरी सहायता के लिए बहुत लोग आने लगे। लिस्टें बना दी गईं और प्रत्येक बच्चे को एक-एक कार्ड बांट दिया गया। शाम को दूध बना कर बच्चों को बांटा जाता। मां, पिता जी तथा अन्य लोग सहायता करने लगे। छोटे-छोटे झगड़े भी सुलझाने पड़ते थे। बच्चों को पढ़ने-लिखने के लिए भी प्रेरित करती रहती। नतीजा यह हुआ कि मैं अपने इलाके में पहचानी जाने लगी।

मैं भारत सेवक समाज में लगातार जाती रही। फिर पढ़ाई के साथ-साथ ट्यूशन व छोटा-मोटा जो भी काम मिलता, कर लेती। प्रभाकर मैं सत्तर प्रतिशत अंक ले कर उत्तीर्ण हुई और इंग्लिश की तैयारी भी करने लगी जो मुझे खास मुश्किल नहीं लग रही थी।

थियेटर कम्युनिकेशंस बिल्डिंग में भारत सेवक समाज के अलावा, छोटे-छोटे कई दफ़्तर थे। वहां बहुत-से लोगों से मिलना हुआ—ऐसे-ऐसे लोगों से जिन्हें शायद मैं कभी भूल नहीं पाऊंगी। इनमें से मैं पहले किसे मिली, बाद में किसे, कुछ याद नहीं।

न भूलने वाली शख़्सियतों में एक मिसेज़ प्रसाद थी जिसका पति फ़ौज में जनरल था। कहते हैं कि वह जनरल करियप्पा से भी सीनियर था। मिसिज़ प्रसाद रैटंडन रोड की कोठी में रहती थी। निहायत खूबसूरत और शालीन लेडी। लेकिन उसमें दो ऐब थे। बहुत पीती थी और ताश पर बैठ जाती, तो उसे होश नहीं रहती थी।

मेरी ड्यूटी लगाई गई कि मैं मिसिज़ प्रसाद को सवेरे-सवेरे जा कर भारत सेवक समाज ले आया करूं। मैं उसे 'मिसिज़ प्रसाद' ही कह कर बुलाती थी। एक दिन वह बोली, ''सहायता, तू तो मेरे सबसे छोटे बेटे से भी छोटी है। मुझे ममी भी कह सकती हो।''

मिसिज़ प्रसाद की यह बात सुन मुझे बड़ा अचरज हुआ—इतनी सुंदर, सुघड़ और अल्पायु दिखने वाली लेडी इतने बड़े बच्चों की मां कैसे हो सकती है! यही नहीं, उसकी दोनों बेटियों की शादी भी हो गई थी—किसी केंद्रीय मंत्री के दोनों बेटों से।

मिसिज़ प्रसाद ने एक दिन अपने बेटे के साथ अपना फोटो दिखा कर कहा, ''बेटे के दोस्तों ने यह फ़ोटो देखा, तो बोले - ''छोड़ना मत। बड़ा अच्छा मैच है!''

इस बात पर मैं और मिसिज़ प्रसाद ठहाका लगा कर हंसीं। मिसिज़ प्रसाद ने कहा, ''मैं यह सब छोड़ना चाहती हूं। तुम सोचती हो कि मुझे ताश खेलना अच्छा लगता है। नहीं। लेकिन करूं भी क्या। दोस्त-मित्तर आ जाते हैं। फिर जो महफ़िल जमती है, उसमें मुझे होश नहीं रहती। इसीलिए भारत सेवक समाज जॉयन किया है, ताकि कुछ सुधर सकूं।''

मिसिज़ प्रसाद इतनी खूबसूरत थी कि पार्टियों वग़ैरह में सभी उसका परिचय प्राप्त करने को उत्सुक रहते थे। चूंकि मैं उसके घर आती-जाती थी, सो, वे लोग मेरे आगे-पीछे घूमते और कहते, ''सहायता जी, ज़रा हमारा परिचय मिसिज़ प्रसाद से करवा दीजिए न!'' मैं हंस कर कहती, ''क्यों नहीं। क्या इरादे हैं! आपको बता दूं, मिसिज़ प्रसाद तीन-चार शादीशुदा लड़के-लड़कियों की माता जी हैं।''

वे हैरान होते और यह भी कहते, "कोई बात नहीं। हमें, बस, उनसे मिलवा दो।"

एक बार रामदर्शन नामक डॉक्टर तो पीछे ही पड़ गया। उसका तख़ल्लुस 'मदहोश' था। जब वह किसी तरह नहीं माना, तो मैं मिसिज़ प्रसाद को पकड़ कर ले आई और बोली, "मिसिज़ प्रसाद! यह डॉक्टर 'मदहोश' हैं, आपके दीवाने! इन्हें संभालिए, आप पर मर मिटे हैं।"

"नहीं, नहीं!" सुनते ही 'मदहोश' के होश उड़ गए। लगा हकलाने, "हम तो, बस, यों ही...इनसे मिलना चाहते थे।" वह इस बुरी तरह झेंप गया था कि हम सब हंस पड़े थे।

इसी तरह, एक और बहुत ही संभ्रांत लेडी किसी रियासत की राजकुमारी थी, जिसकी कोठी पृथ्वीराज रोड पर थी। एकदम दुबली-पतली, ऊंची-लंबी। मुंह पर चेचक के दाग़। पति ने शायद छोड़ रखा था या कुछ ऐसा ही मामला था।

उसके दो लड़के थे। यह स्त्री दहेज-प्रथा के सख़्त ख़िलाफ़ थी, क्योंकि उसी नाग की डसी हुई थी। बताती थी कि उसके बाप ने उसकी शादी में जितना पैसा लगाया, वह उसके लिए नहीं, अपनी शान-शौकत और दिखावे के लिए लगाया था। कहती थी, "मुझे उसमें से कुछ गहने और वस्त्र ही मिले हैं। आज मेरे पास कुछ नहीं है।"

शायद उसका पति ही उसे गुज़ारे लायक पैसा देता था। मैंने उससे सवाल किया था : "जिस आदमी का प्यार आपको नहीं मिला, उसका पैसा आप क्यों लेती हैं? मैं तो ऐसे आदमी का एक भी धेला लेना गवारा न करूं।"

वह बोली, "मेरी लाइफ़-स्टाइल ही ऐसी बन चुकी है कि क्या बताऊं। बच्चे पढ़ रहे हैं। गाड़ियां भी चाहिए। ड्राइवर भी चाहिए। रहन-सहन भी अच्छा चाहिए। मेरी जान-पहचान का दायरा बड़े-बड़े लोगों से है। आय का कोई साधन नहीं। भाई एक पैसा भी देने को तैयार नहीं हैं। कहते हैं, तेरी शादी में तेरे हिस्से का ख़र्च हो चुका है। सो, सिवाय सो-काल्ड पति के और किससे लूं? कहां से लूं? You cannot possibly understand the despair a woman feels when she finds no one loves her."

भारत सेवक समाज जैसी संस्थाओं में काम करने की बदौलत ही कुछ और शख़्सियतों के निकट संपर्क में आने का अवसर मिला। रुक्मिणी अरुंडेल के सौंदर्य ने तो मुझे प्रभावित किया ही, उनकी वक्तृत्व कला ऐसी थी कि लगता था कि एक-एक शब्द पिरो रही हैं। जीवन में काम आने वाली साधारण बातों के बारे में ही बोलती थीं। कभी-कभी मन डावांडोल होता, तो रुक्मिणी सरीखी हस्तियों के शब्द प्रेरित और उत्साहित करते। मुझे अपने पर गर्व भी हुआ कि यहां कितने अच्छे लोगों से मिलने का सौभाग्य मिल रहा है।

फिर रेहाना बेन थीं। उनके बिना तो मैं जीवन की कल्पना ही नहीं कर सकती थी। रेहाना बेन गांधी जी की करीबी और आध्यात्मिक प्रवृत्ति की महिला थीं। एक दिन वह भारत सेवक समाज आई थीं। वहीं पहली बार मैंने उनके साक्षात दर्शन किए थे। जब वह बोल रही थीं, मेरा ध्यान उनके शब्दों की तरफ़ नहीं था।

मैं तो उनके चेहरे पर आए तेज को निहार रही थी और सोच रही थी कि इनके साथ कैसे संपर्क साधा जाए। अचरज की बात कि रेहाना बेन ने मुझे वहां देख कर यह पूछा था : "इतनी यंग उम्र में इतनी गुमसुम लड़की कौन है।" और जब रेहाना बेन को गांधी प्रतिष्ठान छोड़ कर आने के लिए मुझे ताकीद की गई, तो मेरे मन की मुराद बर आई। प्रतिष्ठान में रेहाना बेन से बिदा होते समय मैं ने बड़े संकोच से पूछा था, "क्या मैं फिर कभी आपके दर्शन करने आ सकती हूं?"

"क्यों नहीं। जब चाहो आ सकती हो।"

इस तरह, रेहाना बेन के यहां मेरा आना-जाना शुरू हुआ। वहीं मैंने काका साहेब कालेलकर के दर्शन किए, सरोज बेन से मिली और वाल्मीकि बस्ती में उनकी प्रार्थना सभा में भी गई।

रेहाना बेन बैठी-बैठी ध्यानावस्था में चली जाती थीं और फिर अपने जीवन का वृत्तांत खोल देती थीं। बड़ी आश्चर्यजनक बातें कहती थीं। अपने बारे में स्वयं बताती थीं, "मैंने सात जन्म लगातार वेश्यागीरी की है। इसलिए इस जन्म में मुझे फुलबहरी रोग लगा है..."

तभी मैंने यह बात नोट की, वरना, मैं तो उनके संपर्क में आ कर, सचमुच, सुधबुध खो बैठी थी। यह भी देख न पाई थी कि रेहाना बेन को फुलबहरी है। उनके हाथ-बांहें और मुंह सब चितकबरे थे। बताती थीं कि मेरी सगाई अपनी खाला के लड़के के साथ हो गई थी जिसे तोड़ने में मुझे ग्यारह साल लगे—यानि ग्यारह बरस लगे हैं उससे संबंध काटने में। कहती थीं, अब मेरा सिर्फ़ एक जन्म ही और बाकी है, और वह पुरुष का होगा।

रेहाना बेन कृष्ण की दीवानी मीरा थीं। इसके साथ ही वह सच्ची मुसलमान भी थीं। आश्रम में सब इकट्ठे रहते, खाते-पीते और सत्संग करते थे। वहां किसी प्रकार का भेदभाव नहीं था। मुझे रेहाना बेन ने बताया कि किसी जन्म में मैं उनके बहुत ही प्रभाव में थी और बेटी की तरह ही उनके निकट रहती थी। शादी नहीं की थी। अब मैं वही बिछुड़ी बेटी उनसे मिलने इस जन्म में आई हूं। वह कहती थीं, "आप अपने पूर्व जन्मों का संबंध ही यहां चुकाते हैं। जिसके साथ आपके पिछले संबंध हैं, शायद रास्ता भी आपको वही बताएगा। अगर नहीं, तो मालूम होने पर भी कह देगा, नहीं मालूम। हम अपने पिछले जन्मों का भुगतान ही इस जन्म में करते है।"

रेहाना बेन ने मुझसे अपने इष्टदेव के बारे में पूछा था। मैंने उन्हें बताया था, "मैं तो विषपायी शिव की उपासिका हूं। जिस तरह शिव सारे संसार का विष पी कर नीलकंठ हो गए, मैं भी उन्हीं की तरह सबके दुख बांटना चाहती हूं।"

रेहाना बेन ने कहा, "ओ३म् नमो शिवाय का जाप किया कर। सुबह उठ कर अपने आपको प्रभु के हवाले कर दिया कर—हे प्रभु! मेरे चौबीसों घंटे तेरे हवाले।" कहती थीं कि अपने संबंध भी प्रभु के हवाले करने से मन को शांति मिलती है। तुमने बहुत कष्ट झेले हैं। अपने-आपको उसके हवाले करने से तुम्हें शांति मिलेगी।

इस तरह, मैं रेहाना बेन के पास आने-जाने लगी थी। जब भी मन उदास होता, मैं उनके पास चली जाती। वह न होतीं, तो सरोज बेन के पास जा कर बैठती। मैं एक दिन मां को भी ले गई थी। रेहाना बेन ने मां से कहा था,"यह मेरी बेटी है जन्म-जन्मांतर की।" मां ने कहा,"अब भी आपकी है।"

भारत सेवक समाज के पास वाले कमरे में ही श्रीमती सांत्वना माथुर का कमरा था। वह राज्य सभा की सदस्या थीं। सत्संग एवं मिलाद शरीफ़ के द्वारा स्त्रियों को एक जगह इकट्ठा करती थीं व उनकी समस्याओं को सुलझाने का प्रयास करती थीं। वहां भी काफ़ी लड़कियां आती थीं जो स्त्रियों के लिए काम करना चाहती थीं। अख़्तर, जो फ़ख़रुद्दीन अली अहमद की बहन थी, उससे मेरा परिचय भी मिसिज़ माथुर के दफ़्तर में हुआ था।

श्रीमती माथुर 'ग्रामीण' नामक पत्रिका निकालती थीं। मैंने भी उसमें कई लेख लिखे। 'ग्रामीण' में लेख ऐसे छपते थे जिनका संबंध सामाजिक समस्याओं से होता था। पत्रिका कैसे छपती थी और कौन संपादन करता था, कैसे उसका वितरण होता था, इस विषय में मैं बिलकुल अनभिज्ञ थी।

इसी दौरान मैंने हैपी टीचर्स ट्रेनिंग कर ली थी और नौकरी ढूंढ़ने के लिए स्कूलों के चक्कर लगाने लगी थी। उन्हीं दिनों मिंटो रोड क्लब में छोटे बच्चों के लिए स्कूल खोलने की योजना बनी और स्कूल चलाने के लिए उन्हें अध्यापिका की ज़रूरत पड़ी। यह क्लब उन दिनों सरक्युलर रोड पर कोने वाली कोठी में था। वहां मैं साक्षात्कार देने गई। प्राइवेट स्कूल में कुछ दिन पढ़ाने का मेरा अनुभव और हैपी ट्रेनिंग मेरे काम आई और क्लब के प्रधान ने मुझे नियुक्त कर लिया। मैं तो नन्हे-मुन्ने बच्चों को पा कर निहाल हो गई। यह स्कूल था भी मेरे घर के निकट। दूर जाने की दिक्कत भी दूर हो गई। पास-पड़ोस से बच्चे आने लगे और संख्या बढ़ने लगी।

क्लब में बच्चों को छोड़ने और लेने आने वाले कुछ लोगों का झुकाव मेरी तरफ़ होने लगा, हालांकि मैं साधारण किस्म की लड़की थी। शायद पहरावा भी अच्छा नहीं होता था। बहरहाल, कोई चाय की पेशकश करता। कोई मिलने के लिए कहता। एक मिस्टर सुब्रामनियम यानि सुब्रह्मण्यम ने तो यहां तक कहने की जुर्रत की मुझसे, I want to marry a Punjabi girl like you. मैंने हंस कर कहा, But I am not going to marry a South Indian baboon like you.

इस पर वह इतना आगबगूला हुआ कि दुबारा उसने कभी शक्ल नहीं दिखाई। बाद में मैंने महसूस किया कि मुझे ऐसा नहीं कहना चाहिए था। मैं उसे टाल भी तो सकती थी किसी बहाने। नाहक बेचारे का मन दुखाया। अभी बचपना गया जो नहीं था।

मेरी शादी के लिए मेरे शुभचिंतकों की कमी नहीं थी। इस स्कूल में डॉक्टरों के बच्चे भी पढ़ने आते थे। तीन लेडी डॉक्टर, जो कि सहेलियां थीं, अपनी लड़कियों को दाख़िल कराने आईं–डॉक्टर सूरी, डॉक्टर सेठ और डॉक्टर चड्ढा। बड़ी ही हंसमुख–तीनों की तीनों। उनकी बेटियां चार-पांच वर्ष के बीच की थीं। वे बेटियों

को छोड़ने और लेने आती थीं। इस नाते मेरे साथ उनकी दोस्ती हो गई थी। एक दिन उन्होंने कहा, "सहायता, तुम शादी क्यों नहीं करती हो?" मैंने कहा, "कोई ढंग का मिलेगा, तो कर लूंगी।"

"अच्छा, तो यह बात है। हम तुम्हें लड़का बताते हैं। डेंटिस्ट है। दिखा देते हैं। कभी भी दांत दिखाने के बहाने चली चलो।"

मैं और कंठी दीदी एक दिन डॉक्टर चड्ढा के साथ उस डॉक्टर के क्लीनिक में गईं। डॉक्टर चड्ढा ने उससे कहा, "इसका दांत ज़रा दिखाना है। मेरी सहेली है।" डॉक्टर ने मुझे कुर्सी पर बैठाया और मुआयना किया। इसके बाद मैं घर चली आई। दूसरे दिन डॉक्टर चड्ढा ने बताया कि वह कहता है कि मुझे लड़की पसंद है। कब तुम्हारे घर वालों से बात करे। मैंने कहा, "ठहरिए, अब पहले मैं निपटती हूं। उससे कहिए, खाली लड़की मिलेगी। कोई दहेज वग़ैरह नहीं। और शादी भी सिंपल या कोर्ट मैरिज। अगर स्वीकार है, तो बात आगे बढ़ाई जाए। नहीं तो यहीं ठप्प।"

डॉक्टर चड्ढा ने दूसरे दिन जो बताया, उसे सुन कर तो हंसते-हंसते हमारे पेट में बल पड़ गए। कहने लगीं कि तुम्हारी बात सुनते ही उसे 'गढ़ा' पड़ गया। हम लोग 'ओले पड़ने' को 'गढ़ा पड़ना' बोलते हैं। बस, कंठी दीदी ने डेंटिस्ट का नाम ही 'गढ़ा' रख दिया। बाद में उसकी शादी हमारे बहुत दूर के रिश्ते की लड़की से हुई जहां से उसे ढेर सारा दहेज मिला। इसके बावजूद, वह ऐसा घटिया इन्सान साबित हुआ कि आज भी वे नरक जैसी ज़िंदगी जी रहे हैं।

इस तरह, किस्मत ने मुझे बचा लिया। बाद में यह भी पता चला कि उस डॉक्टर का अफ़ेयर किसी नर्स के साथ था जब वह इर्विन अस्पताल में नौकरी करता था। सो, इतना दहेज ले कर भी वह पत्नी को वैवाहिक सुख न दे सका और वह बहुत जल्दी मायके आ गई। आगे की लंबी कहानी है, जिसे कभी विस्तार से लिखूंगी।

मैंने टीचर्स ट्रेनिंग (जे. बी.) का कोर्स कर लिया था। सो, मैं दिल्ली एडमिनिस्ट्रेशन में वेकेंसीज़ की प्रतीक्षा करने लगी, हालांकि मैं मिंटो रोड क्लब में नन्हे-मुन्नों को पढ़ा रही थी और साथ-साथ दूसरे काम भी कर रही थी। लेकिन एक चाह थी कि नौकरी पक्की हो जाए, और वह भी सरकारी स्कूल में।

उन्हीं दिनों सतभ्रावां, करौलबाग़, में एक वेकेंसी हुई। मैंने एप्लाई किया और मेरी नियुक्ति हो गई। मिंटो रोड स्कूल के प्रबंधकों ने मेरे व्यवहार, मेरे भविष्य को देखते हुए मुझे जल्दी ही रिलीव भी कर दिया।

मेरी पढ़ाई बदस्तूर जारी थी। मैं ओनली इंग्लिश बी ए कर चुकी थी तथा एक विषय और करना चाहती थी। सो, मैंने पोलिटिकल साइंस में तैयारी शुरू की। कॉलेज जा नहीं सकती थी, क्योंकि इतने पैसे नहीं थे। पंजाबी शायर ने ही अपने पड़ोसी मंगल से मेरा परिचय कराया। उसने आगे अपने दोस्त एकांत से मेरा परिचय कराया और कहा कि तुम एकांत के बेटे को पढ़ा दिया करो, बदले में एकांत तुम्हें पढ़ा दिया करेगा। इस डील से मैं खुश हो गई।

एकांत निहायत शरीफ़ इन्सान था। उसकी बीवी टेढ़े मुंह वाली निहायत बदसूरत और अनपढ़ लेकिन बहुत ही अच्छे स्वभाव वाली स्त्री थी। दिल की बहुत अच्छी और प्यार करने वाली। दो लड़के थे। मां भी और भाई भी साथ ही रहते थे। परिवार में अच्छा मेलजोल था।

एकांत को मैं भाई की तरह ही प्यार करने लगी। एकांत भी मुझे अपनी बहन मानने लगा। फिर भी, एकांत की मां ने एक बार ऐतराज़ किया कि जवान लड़की है। इस तरह उसका पढ़ने आना ठीक नहीं। इस पर एकांत की बीवी ने मेरी हिमायत की और सास से कहा, "आपको ऐसा सोचना शोभा नहीं देता। लड़की सुंदर है, गुणी है। उसे आपका बेटा ही मिला है क्या? उसे तो कोई भी हाथों-हाथ ले लेगा। ऐसा गंदा सोचिए ही मत।"

इस तरह, करते-कराते, और एकांत भाई के कारण, मैं बी.ए. पास हो गई। मेरा परिचय का दायरा और बढ़ गया। मुहल्ले में हमने बहुत-सारे क्रिया-कलाप भी शुरू कर दिए। बस्ती में बहुत सारे लोग मेरा हाथ बंटाने लगे। एकांत को जब पता चला कि मैंने जे.वी. ट्रेनिंग कर रखी है, तो उसने कहा, "तू सरकारी नौकरी क्यों नहीं करती?"

मैंने कहा, "करना चाहती हूं। लेकिन कहां मिलती है?" वह बोला, "अच्छा, मैं पता करता हूं।"

एकांत का कोई दोस्त हरनाम सिंह था, जो एजुकेशन डायक्टोरेट में मिसिज़ रेड्डी का क्लर्क था। उससे एकांत ने बात की। उसने कहा, "अपनी बहन को भेज देना।"

दूसरे दिन ही मैं उसके दफ़्तर पहुंच गई। हरनाम सिंह ने मेरी अकेली की इंटरव्यू मिसेज़ रेड्डी से करवाई। कुछ ही दिनों बाद जब नियुक्ति-पत्र मिला, मैं तो सातवें आसमान पर उड़ती फिरी। उन दिनों सरकारी नौकरी कहां मिलती थी, और वह भी इतनी जल्दी? मुझे करौल बाग़ के स्कूल में लगा दिया गया। कुछ दिन मैं सुबह सतभ्रावां और शाम की शिफ़्ट में करौल बाग़ जाती रही। ऐसा अधिक चल नहीं सकता था। सो, मुझे सतभ्रावां से अवकाश लेना पड़ा। प्रबंधकों ने बहुतेरा कहा कि हम तुम्हें प्रोमोशन दे देंगे, प्राइमरी की इनचार्ज बना देंगे। मैंने कहा, "अगर आपको ऐसा चांस मिले, तो आप क्या करेंगे?"

मेरी दलील उनके गले उतरी। उन्होंने मुझे रिलीव कर दिया। अब मेरी दिनचर्या थोड़ी बदल गई। मैं सुबह भारत सेवक समाज और जीजी (मिसिज़ सांत्वना माथुर को हम जीजी ही कह कर बुलाते थे) के यहां जाती। वहीं से सीधी स्कूल।

मैं ट्यूशनें पढ़ाने के दौरान डॉक्टर ज्योतींद्र के क्लिनिक में यदा-कदा जाती रहती थी। वह इसलिए कि मैं उनके प्रति हृदय से कृतज्ञ थी और उनकी माता जी तथा उनकी पत्नी भी मुझे प्यार देती थीं। लेकिन इससे भी अधिक मैं डॉक्टर साहब की एहसानमंद इसलिए थी कि उन्होंने मेरा परिचय एक ऐसे व्यक्ति से करवाया जिसने मेरी सोच को ही बदल दिया; जिसने मुझे जीना सिखाया; जिसने मुझे जीने का गुर बताया; जिसने साहित्य, कला और सौंदर्य के प्रति मुझमें जिज्ञासा

उत्पन्न की। मैं तो सीधी गांव से निकल कर आई थी। अभी सोलहवां पार भी नहीं कर पाई थी; जिसे दिल्ली की ट्राम और ट्राम की पटरी में भेद करने का भी शऊर नहीं था। जिस झोंपड़-पट्टी जैसे इलाके में हमने शरण ली थी, वहां के माहौल में मैं कुंठाग्रस्त हो गई थी। कभी इसका सहारा ढूंढ़ती, कभी उसकी उंगली पकड़ती थी।

ऐसे में मुझे अलकेश मर्जाद का पहला प्यार मिला, जिसे देखते ही पुलक से मेरा तन-मन सिहर उठा था। उन्हीं दिनों मैंने सुमित्रानंदन पंत की कहानी पढ़ी थी जो एकलिंग स्वामी के शिष्य विनोदानंद उर्फ़ बन्नू तथा कांतार-वासिनी कला की प्रेम कहानी थी। जिस प्रकार कला बन्नू की झलक पा कर "विस्मय से अवाक् हो आत्मविस्मृत-सी वहीं खड़ी रह गई थी," वही दशा मेरी अलकेश को देखते हो गई थी। "इस पुरुष की बलिष्ठ देह, अदोष अंगों की गोलाई, तैलाक्त वर्ण, स्वस्थ सौंदर्य, अकृत्रिम स्वरूप, कांतिमान मुख एवं निर्दोष दृष्टि ने जैसे मुझे अज्ञात रूप से बरबस अपनी ओर खींचना शुरू किया"। बाद में अलकेश ने भी स्वीकार किया कि उन्होंने भी यह कहानी पढ़ी थी और उसी तरह अनुभव किया था, जिस तरह बन्नू ने अनुभव किया था जब उनकी "विजय-स्मित दृष्टि उस नवयुवती के विस्मित मुख पर पड़ी, तो वह उस चित्रस्थ सौंदर्य की प्रतिमा को देखते ही रह गए थे"। कला की तरह ही अलकेश को देखते ही मेरी "आंखें विस्मय से विकसित हो उठी थीं, समस्त आत्मा जैसे चितवन ही चितवन बन गई थी, नए पल्लवों के अधर आधे खुल गए थे, उनके भीतर की बारीक दंतरेखा सेम्हर के फूल से रुई की तरह झलक रही थी।"

ऐसे पुरुष की झलक पा कर मुझे यह भी स्वीकार करने में कोई संकोच नहीं है कि संस्कृत की उस सूक्ति की तरह अलकेश मर्जाद में मुझ जैसी भटकती-डोलती नारी को अवलंब मिल गया था। मुझे मैडम बावरी के ये शब्द याद आ गए थे : प्रेम जो है, वह अचानक मेघगर्जना और तड़ित की तरह, उच्च शिखर से प्रभंजन की तरह आता है और तुम्हारे जीवन को एकदम उलटपुलट कर रख देता है। तुम्हारी आत्मशक्ति को, तुम्हारी संकल्प शक्ति को पत्ते की तरह उड़ा कर ले जाता है...कुछ वैसा ही इस पुरुष को देख कर लगा था मुझे।

हुआ यह था। उस दिन प्रातः मैं डॉक्टर ज्योतींद्र के क्लिनिक गई थी। उनके निकट बैठे व्यक्ति को देख अनायास ही लगा कि ऑस्कर वाइल्ड के *'द पिक्चर ऑव डोरियन ग्रे'* के पन्नों से निकल कर साक्षात डोरियन ग्रे वहां विराजमान है। वैसी ही सौम्य, बालसुलभ स्मिति। वही पुरुषोचित शालीनता। मुखमंडल पर वैसी ही निर्व्याज स्मिति। मैं तो देखते ही फ़्लाबेर की एमा की भांति बरबस उसके स्नेह-बंधन में बंध गई थी।

मुझे देखते ही सदैव की भांति खिल उठने वाले डॉक्टर ज्योतींद्र ने अपना वार्तालाप स्थगित करते हुए कहा था, "आओ, सहायता! तुम्हारा ही ज़िक्र कर रहे थे। मिलो, मेरे परम मित्र और इससे भी बढ़ कर अद्‌भुत व्यक्ति अलकेश मर्जाद से। चाँदनी चौक से निकलने वाले अख़बार 'दिल्ली शहर' और 'डेल्ही सिटी' के संपादक।"

उस व्यक्ति की दृष्टि मुझ पर टिकी थी।

"नमस्कार!" सहज ही नमन की मुद्रा में जुड़े मेरे हाथों ने इस विलक्षण व्यक्ति को प्रणाम किया—उसी तरह, जिस तरह कोई अपने श्रद्धेय के प्रति भक्तिभाव से नतमस्तक होता है।

"बैठो।" डॉक्टर साहब ने मुझे अलकेश के सामने वाली कुर्सी पर बैठने के लिए कहा और फिर लगे मेरी कर्मठता के, मेरी योग्यता के पुल बांधने। हवा में डोलती डाली के पत्ते की भांति मैं अस्थिर हो रही थी। बात मैं डॉक्टर साहब से कर रही थी, दृष्टि मेरी चौड़े ललाट वाले उस पुरुप पर टिकी थी। मैं क्या बोल रही थी, इसका मुझे कोई आभास नहीं था। डॉक्टर साहब खिलखिला कर हंस रहे थे। लेकिन अलकेश मर्जाद मंद-मंद मुस्काते हुए प्रशंसा-भरी दृष्टि से मुझे निहार रहे थे। तभी एक मरीज़ आया। डॉक्टर साहब उठते हुए बोले, "आप लोग बातें करो। हम इन्हें देख कर आते हैं। आइए, नूर साहेब।"

मेरी आंखें अलकेश पर टिकी थीं और अलकेश की आंखें मेरी झोली में रखे मेरे झोले पर, जिसमें से ऑस्कर वाइल्ड की संपूर्ण रचनावली की मोटी जिल्द झांक रही थी। कोई न कोई पुस्तक मैं हमेशा अपने साथ रखती थी। जहां कहीं मौका मिलता, पढ़ने बैठ जाती थी।

"इतना मोटा पोथा क्या पढ़ रही हो?" अलकेश जी ने मीठी हंसी हंसते हुए मेरी तरफ़ सस्नेह देखा। उनके हलके गुलाबी होंठों के भीतर शुभ्र दंतावली से यह मधुर स्वर मेरे रोम-रोम में समा गया था और मैं कृतकृत्य हो गई। किताब निकाल कर मैंने अलकेश जी के गोरे-चिट्टे हाथों में दी। अलकेश तनिक आश्चर्य घुले प्रफुल्लित स्वर में बोले, *"कंप्लीट वर्क्स ऑव ऑस्कर वाइल्ड'।"* और पन्ने पलटते हुए, "लगती तो तुम स्कूल गर्ल हो, और अभी से इतनी मोटी और महंगी किताबें पढ़ने लगी हो!"

मैंने सकुचाते हुए आंखें नीचे कर लीं। कह भी क्या सकती थी।

"ऐसी क्या विशेष बात है इस लेखक में?"

तत्काल मुझे कोई जवाब नहीं सूझा। मेरा मन-मस्तिष्क तो कहीं और था।

"किताब लायब्रेरी की नहीं लगती। ख़रीदी है?"

अब मेरे कंठ से आवाज़ निकली, "ख़रीदी भी नहीं। मांग कर भी नहीं ली।" मैंने अलकेश की छवि और वाणी का भरपूर रसपान करते हुए कहा।

"तो कहां से ली? चुराई है?" वह हंसते हुए पूछते हैं।

"मैं आपको चोरनी लगती हूं, क्यों?" मैंने सलज्ज कहा। मैंने बताया कि यह किताब मैंने किस तरह प्राप्त की। मैं अंडर सेक्रेटरी पतंजलि के बच्चों को ट्यूशन पढ़ाने जाया करती थी। पतंजलि साहब रिटायर हो कर दक्षिण जाने लगे, तो उन्होंने वे सारी किताबें बरामदे में रख दीं जिन्हें वह अपने साथ नहीं ले जाना चाहते थे। साथ ही गत्ते पर यह लिख कर रख दिया था, 'टेक वन!' मैंने खी-खी हंसते हुए यह सब बताया उन्हें, मानो कोई कौतुक किया हो, और कहा, "मैंने एक नहीं, तीन उठा लीं।"

अलकेश जी हाथ में किताब पकड़े पन्ने पलट रहे थे और उनकी हंसती आंखें मेरे खिले चेहरे पर अटकी थीं।

"दो और कौन-सी?"

मैंने सकुचाते हुए कहा, "एक *'डैज़री'* और दूसरी *'मदाम बावरी'*।"

वैसे, अंग्रेज़ी साहित्य में मेरी ख़ास दिलचस्पी नहीं थी। जो हाथ लगता, पढ़ती रहती–अधिकतर हिंदी के उपन्यास, विशेषकर 'अज्ञेय' और जैनेंद्र तथा धर्मवीर भारती की रचनाएं। लेकिन जब से मैंने ये तीन पुस्तकें पढ़ी थीं, विशेषकर ऑस्कर वाइल्ड की संपूर्ण रचनावली, और उसमें भी *'द पिक्चर ऑव डोरियन ग्रे'*, मैं अभिभूत हो गई थी। अलकेश जी पूछ रहे थे,"तीनों में सबसे अच्छी कौन-सी लगी?"

मुझे तीनों अच्छी लगी थीं। किसको चुनती? अलकेश जी ने हंसते हुए कहा, "मैं तो *'द पिक्चर ऑव डोरियन ग्रे'* को वोट दूंगा।" मैंने तत्काल उत्फुल्ल हो कर कहा, "मेरी भी यह प्रिय रचना है।"

"अभी तो बताने में हिचकिचा रही थी..." उन्होंने हंसते हुए किताब के पन्ने पलटते हुए मेरी तरफ़ देखा।

अवश्य ही मेरा चेहरा सुर्ख़ हो गया होगा।

"ठीक है।" वह मुझे स्नेहभरी आंखों से देखते हुए हंस रहे थे।

डॉक्टर साहब भीतर से आए। हंसते हुए बोले, "क्या बात है, बड़ी हंसी हो रही है।"

अलकेश जी ने खड़े होते हुए कहा, "डॉक्टर साहब, अब इजाज़त दीजिए।"

सच कहती हूं, वह उठ कर खड़े हुए थे, तो मेरा दिल बैठने लगा था। क्या अलकेश जी चले जाएंगे और मैं इस तरह अतृप्त बैठी रह जाऊंगी?

"अलकेश!" डॉक्टर साहब ने कहा, "इस कन्या को कोई काम दिलाओ। तुम लेखक हो, संपादक हो। सयानी और जुझारू लड़की है। हमारे स्कूल में और हमारे घरों में बच्चों को पढ़ा चुकी है। तुम अपने बच्चों की ट्यूशन भी इसे दे सकते हो।"

अलकेश जी मुझे निहार रहे थे - किसी शांत-संतुष्ट मानव की भांति। उस समय मुझे अलकेश जी में और डोरियन ग्रे में कोई अंतर दिखाई नहीं देता था - सिवाय इसके कि डोरियन ग्रे की आंखें नीली और बाल भूरे थे। इनकी आंखें काली-कजरारी और बाल गौरवर्ण के कारण भूरापन लिये हुए थे। बाकी सब कुछ समान था - गोरा-चिट्टा वर्ण, अजान बाहू। चौड़ा सीना। ऊंचे कंधे। तुलसी दास के शब्दों में : वृषभ स्कंध आयत उर सोहा...साक्षात कामदेव!

अलकेश जी पूछते हैं, "किसी लेखक के पास काम करना पसंद करोगी?" एक क्षण को लगा, जैसे अलकेश जी मुझसे अपने साथ काम करने को कह रहे हैं। मैं खिल गई, "आपके साथ?"

"नहीं, नहीं," वह हंसते हुए डॉ ज्योतींद्र से पूछते हैं, "सुकुल जी आत्मकथा लिख रहे हैं। उन्हें कोई सहायक चाहिए। कहें, तो उनसे मिलवा दूं।"

डॉक्टर साहब बोले, "नेकी और पूछ-पूछ। अभी ले जाओ और बात करवा दो।"

"तो, चलिए, शुभस्य शीघ्रम्।"

"अलकेश भाई, दवाई तो छोड़े जा रहे हो!" डॉक्टर साहब ने अलकेश को रोका। "जल्दी घबरा जाते हो। राशि के लिए जो दवाई दी है, नियमित रूप से लेती रहे। दो-दो घंटे बाद सिर्फ़ चार गोलियां गिन कर जीभ पर रखे। देखना, माइग्रेन क्या, माइग्रेन का बाप भी चला जाएगा।" और इस तरह हंसे, जैसे उन्होंने बहुत बड़ी बात कही हो।

मेरे मुंह से यों ही निकल गया, "डॉक्टर साहब, आपकी गोलियां तो रोटी के बाद मुंह मीठा करने के लिए स्वीट डिश हैं। भला गोलियों में एक बूंद डालने से क्या होता है!"

अलकेश चौंकते हुए मुझे देख रहे थे और डॉक्टर साहब खिलखिलाते हुए कह रहे थे, "सहायता, तू क्या जाने। एक बूंद में बड़ी करामात है।"

अलकेश जी ने लज्जित अनुभव करते हुए कहा, "डॉक्टर साहब, आप भी हद करते हैं!"

मैं कुछ समझ नहीं पाई। बहुत बाद में जा कर इसका ध्वन्यर्थ अलकेश जी ने समझाया, तो मैं पानी-पानी हो गई थी।

भीड़-भरे चावड़ी बाज़ार में मैं चुपचाप अलकेश जी के साथ चलती जा रही थी। जैसे किसी अज्ञात रज्जू में बंधी खिंची चली जा रही होऊं। बात शुरू भी की, तो अलकेश जी ने, "तुम्हें *'द पिक्चर ऑव डोरियन ग्रे'* में ऐसी क्या विशिष्टता लगी कि बारंबार इसे पढ़ना चाहती हो?"

"डोरियन ग्रे का चरित्र।" यह बताने में मुझे कोई संकोच नहीं हुआ।

"मगर, वह तो हत्यारा है–उसने दो खून किए!"

"इसका मतलब है, आपने यह उपन्यास पढ़ा है।" मूर्खतावश मेरे मुख से निकल गया।

"कोई संदेह है?" अलकेश जी ने रुक कर हंसते हुए मेरी तरफ़ देखा।

मैंने झेंपते हुए कहा, "नहीं, मेरा यह मंतव्य नहीं था, अलकेश जी।"

"प्रतीत होता है, तुम्हारी सहानुभूति डोरियन ग्रे के साथ है।"

"इतना भव्य व्यक्तित्व और..." यह बात कहते हुए मैंने अलकेश जी की तरफ़ भरपूर आंखों से देखा, "डोरियन ग्रे जैसा पुरुष ऐसा जघन्य काम करे, ऐसा हो नहीं सकता।"

"उसी कलाकार की हत्या की उसने, जिसने उसकी तस्वीर बनाई थी।"

मैंने तुरत जवाब दिया, "कभी-कभी लेखक पाठकों को चमत्कृत करने के लिए इस तरह की उद्भावनाएं करता है।"

"ओहोहो," अलकेश जी जैसे मेरी यह अनोखी बात सुन हंस पड़े, "डोरियन ग्रे की अवहेलना के कारण ही उसकी प्रेमिका की जान गई थी।"

"यही तो मैं कहती हूं। लेखक ने इतने सुंदर, कामदेव सदृश पुरुष से हत्या

जैसा कुकृत्य क्यों करवाया? डोरियन ग्रे ने ऐसा पाप क्यों किया? उसकी प्रेमिका का यही गुनाह था न कि उसने सच्चे दिल से डोरियन को चाहा था।"

"इसके बावजूद,तुम डोरियन के कसीदे पढती हो!"अलकेश जी ने रुक कर अद्‌भुत हंसी के साथ मेरी तरफ़ देखा, तो मुझे लगा, साक्षात डोरियन ग्रे मुझे निहार रहा है। उसका हाथ मेरे कंधे पर था।

एकाएक मुझे याद आया, "डोरियन के मित्र लार्ड हेनरी की नज़र में डोरियन ग्रे युवा अपोलो था..."

"जानती होगी, अपोलो कौन था?"

"थोड़ा-बहुत..."

वह बोले, "ग्रीक मिथक में अपोलो फ़ोयबस नाम का देवता है और उसकी तुलना सूर्य से की जाती है। वसंत ऋतु में अपोलो सूर्य का प्रकाश वापस लाया था। फिर उसने नगर और बस्तियां बसाईं। संगीत और काव्य का देवता था। भविष्यवाणी भी करता था।"

मैंने जिज्ञासा की, "यदि डोरियन ग्रे अपोलो की तरह इतना ओजस्वी था, तो लेखक ने उससे ऐसा अपराध क्यों करवाया?"

"मेरे लिए भी यह पहेली है," अलकेश जी ने स्वीकार करते हुए मेरी तरफ़ मुस्कुरा कर देखा। मैंने पूछा, "उपन्यास में जो आर्टिस्ट है, क्या नाम है उसका?"

अलकेश जी ने बताया - बैसिल। फिर गुणग्राहक जैसी दृष्टि से देखते हुए कहते हैं, "तुम्हें तो ऑस्कर वाइल्ड पर पीएच डी की उपाधि मिलनी चाहिए। हर पात्र का ज्ञान है तुम्हें।"

मैंने कहा, "कलाकार बैसिल कहता है एक स्थान पर - 'डोरियन ग्रे का सौंदर्य ऐसा है कि कला में उसे अभिव्यक्त करने की सामर्थ्य नहीं है'।"

"अरे!" चकित अलकेश जी हंसते हुए बोले, "अचरज, इस उम्र में तुमने विश्लेषण की इतनी प्रतिभा पाई है।" फिर मेरी बात का सूत्र पकड़ते हुए बोले, "बैसिल भी तो कहता है कि जब तक जीवित रहूंगा, डोरयिन ग्रे का व्यक्तित्व सालता रहेगा, मुझ पर हावी रहेगा।"

"और डोरियन ग्रे उसी की हत्या करता है।"

"हम डोरियन ग्रे को क्यों दोष दें।"

"इतना सुंदर पुरुष हत्या करने की सोच भी कैसे सकता है।"

"इसका हल तो शायद ऑस्कर वाइल्ड के पास भी नहीं था।" वह हंसे। मैंने बाज़ी जीतने वाली की निगाहों से उनकी तरफ़ देखा, "आप यह कह कर मेरा समर्थन नहीं कर रहे हैं?"

सुबह की वेला में चाँदनी चौक की दुकानें बंद पड़ी थीं। एकदम खाली-खाली-सा लगता था। सड़क पर यहां-वहां रिक्शे और तांगे सवारियों की बाट जोहते खड़े थे। मैं चलते-चलते मूर्खतावश उनसे यह सवाल कर बैठी, "आपकी पत्नी को क्या कष्ट है?"

अलकेश जी का सहज-सरल उत्तर था, ''होना क्या है। बच्चे परेशान करते हैं। यही सिरदर्द का कारण है।''

फिर पता नहीं मुझे क्या सूझी, कच्ची उम्र जो थी, मैंने बिना किसी संकोच के अलकेश जी से पूछ लिया, ''आपके कितने बच्चे हैं?''

पहले तो वह हंसे। फिर बोले, ''तुम भी हंसोगी। चार थे। एक इसी महीने हुआ है।''

''इसका मतलब है, आपकी शादी जल्दी हो गई थी।''

''यही समझो।'' वह हंस नहीं रहे थे, गुड़क रहे थे। तब तक हम चौक फव्वारा पार कर आए थे। एकाएक अलकेश जी पूछते हैं, ''सहायता, तुम्हारा नाम बड़ा अद्‌भुत है। पहले कभी सुना नहीं। किसने रखा?''

मैंने हंसते हुए कहा, ''मां-बाप ने रखा, और कौन रख सकता है।''

''खूब!'' इस पर वह ठहाका मार कर हंसे। मैंने कहा, ''गांवों में अक्सर यह नाम रखते हैं। जिसके घर में बेटियां ही बेटियां होने लगती हैं न, वे एक बेटी का यह नाम सहायता रख देते है...''

''ऐसा क्यों?''

''नवजात बेटी का 'सहायता' नाम रख कर ईश्वर से प्रार्थना करते हैं–हे ईश्वर, हमारी सहायता करो। आगे और बेटी न देना।''

''अच्छा!'' अलकेश ने कहकहा लगाया। ''तो तुम्हारे बाद कोई बहन नहीं हुई?''

''कहां!'' मैंने निराशा और संकोच से देखते हुए कहा। ''एक-एक करके चार हुईं।''

''तुम छह बहनें हो?''

''पांच रह गई हैं। एक भाई है।''

''मैं सोच रहा था,'' अलकेश जी ने ठठा करते हुए कहा, ''हमारे फिर लड़की हुई है। यदि यह उपाय कारगर होता है, तो मैं भी अपनी बेटी का नाम 'सहायता' रख देता हूं।''

''आप तो मज़ाक करते हैं!''

वह इस तरह खिलखिला कर हंसे कि झेंपते हुए मैंने मुंह दूसरी तरफ़ कर लिया।

हम मोती सिनेमा के आगे से होते हुए भगीरथ पैलेस जाने वाली गली में प्रविष्ट हुए। एक जगह 'सुंदर प्रिंटिंग प्रेस' का बोर्ड दिखाते हुए अलकेश जी कहते हैं, ''वह रहा सुकुल जी का छापाखाना।''

हम छापाखाने के गेट के निकट पहुंचे ही थे कि जालीदार दरवाज़ा खोलते हुए ऊंचे-लंबे इकहरी हड्‌डी के खद्‌दरधारी अधेड़ पुरुष ने हमारा स्वागत किया, ''आइए, आइए, अलकेश जी!''

''नमस्कार! सुकुल जी, आप तो जाने को तैयार खड़े हैं।''

''तो क्या। आपके साथ बैठ कर इत्मीनान से बतकही करने के लिए सब

काम छोड़े जा सकते हैं।'' और दोनों खूब हंसते हुए गले मिले। मैं अपने में खोई-सी सोच रही थी, अलकेश जी खुद ही नहीं हंसते, इनके मित्र भी हंसने-हंसाने वाले हैं।

''सुकुल जी,'' अलकेश जी ने मेरा परिचय कराया, ''आप हैं सहायता। डॉक्टर ज्योतींद्र जी के स्कूल में पढ़ा चुकी हैं। आपको सहायक चाहिए था। यदि आपकी अपेक्षाओं पर यह खरी उतरे...''

''तशरीफ़ तो रखिए। और सुनाइए।'' कुछ देर वे बातें करते रहे। मैं मूक बैठी देखती रही। तभी एकाएक अलकेश जी उठ खड़े हुए, ''अब मुझे इजाज़त दीजिए।''

अलकेश जी जाने को तत्पर हुए, तो लगा जैसे मेरे जीवन में अनायास आया एक पुरुषपुंगव मेरी अवहेलना करके जा रहा है।

''चाय तो आप पिएंगे नहीं।''

अलकेश जी ने हंसते हुए कहा, ''आप जानते हैं, चाय हम 'हिमाचल' के अलावा दूसरी जगह नहीं पीते।''

''वो तो है।''

फिर दोनों की ठहाकेदार हंसी।

''परीक्षा की तैयारी कैसी चल रही है।''

अलकेश जी हंसे, ''लगे हैं सिरफेंक कर।''

''मुझे विश्वास है, इस बार आपका चयन हो जाएगा।''

''देखते हैं, मित्रों की दुआएं क्या रंग लाती हैं।'' फिर ठहाका।

''बस, दो मिनट बैठिए।'' सुकुल जी ने बड़े प्रेमभाव से कहा। अलकेश जी बैठ गए, तो मेरे दिल को करार आया।

सुकुल जी एकाएक मुझसे पूछते हैं, ''बेटे, हिंदी का ज्ञान कहां तक है?''

''सर, प्रभाकर और साहित्यरत्न किया है।''

वह प्रसन्न हो कर बोले। ''ठीक है, एक छोटा-मोटा टेस्ट अपने संतोष के लिए लूं, तो...''

उन्होंने पैड और पेंसिल मेरे आगे रखते हुए यह वाक्य लिख कर दिखाने को कहा—संभ्रांत लोग निम्न समझे जाने वाले लोगों को उच्छिष्ट भोजन ही खाने को देते हैं।

मैंने यह पंक्ति लिख कर पैड उन्हें पकड़ाया, और आशा-भरी निगाहों से सुकुल जी को नहीं, अलकेश जी की तरफ़ देख रही थी।

''एकदम सही।'' सुकुल जी प्रफुल्लित स्वर में बोले। ''बस, थोड़ी खुशख़त्ती चाहिए। ठीक है, सहायता, तुम कल से आ जाओ। सुबह नौ बजे। बस, एक घंटा डिक्टेशन दिया करेंगे। जिस दिन सवा नौ बजे तक हम न मिलें, उस दिन आप चली जाया करेंगी।''

मैंने खुश हो कर अलकेश जी की तरफ़ देखा, जैसे उनकी कृतज्ञ होऊं। उनके साथ ही मैं बाहर आई। चलते हुए, सचमुच, मैं उड़ी-उड़ी फिरती थी।

चलते-चलते हम म्युज़िक शॉप तक आए, तो उसके आगे ज़मीन पर बैठे फूल बेचने वाले के फूलों और गुलदस्तों में लाल गुलाब पर नज़र पड़ी, तो अनायास मेरे मुंह से निकला–

गुंचा फिर लगा खिलने
आज हमने अपना दिल,
खूं किया हुआ देखा,
गुम किया हुआ पाया...

आह्लादित और आश्चर्यचकित अलकेश जी मुझसे पूछते हैं, ‘‘यह किसका शे'र है?'' मैंने बताया कि मिर्ज़ा ग़ालिब का है, तो बोले, ‘‘शे'रो-शायरी में भी दिलचस्पी रखती हो?''

‘‘उर्दू भी और हिंदी के अच्छे कवियों-कवयित्रियों की कविताएं पढ़ती हूं।''

‘‘अच्छे कवि, अर्थात...''

‘‘जैसे, महादेवी हैं, जयशंकर प्रसाद हैं, जायसी।''

‘‘महादेवी तुम्हें क्यों अच्छी लगती हैं?''

मैंने कहा, ‘‘साहित्यरत्न की मौखिक परीक्षा में विष्णु प्रभाकर ने भी मुझसे यही सवाल पूछा था...''

‘‘विष्णु जी कुंडेवालान में रहते हैं। बड़े सज्जन हैं। तुमने क्या जवाब दिया?''

मैंने कहा, ‘‘महादेवी हार्दिक वेदना की कवयित्री हैं। तभी तो ये पंक्तियां उनकी कलम से नहीं, अंतर्मन से उमड़ी थीं - *मैं नीर भरी बदरी, उमड़ी कल थी, मिट आज चली, मैं नीर भरी बदरी।''*

‘‘वाह!'' अलकेश जी ने जैसे गद्गद हो कर अपना हाथ मेरे कंधे पर रखा, ‘‘सहायता, इन पंक्तियों में माधुर्य तो है ही, तुम्हारे कंठ ने इसे द्विगुणित कर दिया है...''

मैं बता नहीं सकती, मेरी आंखें क्यों भर आई थीं और अनायास ही मेरे मुंह से ये पंक्तियां कैसे निकलीं - *विस्तृत नभ का कोना-कोना, कोई न कभी अपना होना...''*

‘‘सहायता, आज तूने मुझे अभिभूत कर दिया। तू कहां छिप कर बैठी थी? पहले क्यों नहीं मिली?''

मैं बोल रही थी, *‘‘क्या अमरों का लोक मिलेगा तेरी करुणा का उपहार। रहने दो, हे देव, मेरा मिटने का अधिकार...''*

हम वहां से चले, तो अलकेश हंसते हुए कहते हैं, ‘‘सहायता, तुम्हें नई नौकरी मिली है। मुंह मीठा करवाओ।''

मैं झट तैयार हो गई। कहा, ‘‘चलिए, घंटे वाले से आपको सोनहलवा खिलाती हूं।''

वह बोले, ‘‘आज तुम नहीं, हम सेलिब्रेट करेंगे। एक उदीयमान साहित्यकार का दर्शनलाभ जो हुआ है।''

उस वक्त हम कूचा नटवां के बाहर खड़े थे। अलकेश जी बोले, ऊपर 'हिमाचल' रेस्तरां है। यहां की चाय पिओगी, तो और कहीं चाय पीना भूल जाओगी।''

उस दिन अलकेश जैसे परम पुरुष के साथ मैंने इतना समय बिताया। 'हिमाचल' में बैठ हम चुपचाप एक-दूसरे को लक्ष्य करते रहे। न अलकेश कुछ बोले। न मैंने कुछ कहा। मैं अलकेश जी को देख रही थी। अलकेश जी मुझे देख रहे थे। मैं इतनी सम्मोहित थी कि 'हिमाचल' से उतर कर आए, तो अलग होते वक्त उनका अता-पता तक पूछने की सुध नहीं रही। पूर्वाह्न की उस वेला में मैं भीड़ में एकाकी खड़ी थी। अलकेश मर्जाद और डोरियन ग्रे मेरे सामने तराजू के दो पलड़ों पर बैठे थे। डोरियन ग्रे की तरह ही अलकेश जी के निष्कपट व्यवहार, उनकी बच्चों जैसी सौम्य मुस्कान, उनकी शालीनता, उनके निर्मल और हंसमुख चेहरे को देख कर मैं मोहाविष्ट हो गई थी। मुझे कुछ सूझ नहीं रहा था। मन की बात किससे कहती। वहां से सीधी कंठी दीदी के यहां गई। उसे सारा बताया, तो वह भी अवाक्। बोली, ''अभी चलो। उसे ढूंढ़ती हैं।''

''दीदी, तुम तो पागल हो। कहां ढूंढ़ोगी। अचानक आया था और अचानक चला भी गया। मैं प्यासी देखती रह गई।''

''हम चाँदनी चौक और सीताराम बाज़ार का कोना-कोना छान मारेंगी। आता-जाता कहीं तो दिखाई देगा।''

निस्संदेह वह अलौकिक मानव था। अचानक आया था। अचानक अदृश्य हो गया था। डॉक्टर ज्योतींद्र से या सुकुल जी से कैसे पूछतीं। हमने तय पाया कि अगले दिन कंठी दीदी दस के करीब भगीरथ पैलेस के बाहर मिलेगी। मैं सुकुल जी की डिक्टेशन पूरी करने के बाद आऊंगी और दोनों मिल कर उसे ढूंढेंगी।

''सुकुल जी से ही पूछ लेना। हरज ही क्या है!'' कंठी दीदी ने कहा।

''नहीं। जिन खोजा, तिन पाइयां।'' मैं बता नहीं सकती, मेरा बाकी दिन कैसे कटा। सारी रात मैंने, सचमुच, तारे गिनते बिताई।

अगले दिन सुकुल जी लिखाते रहे और मैं लिखती रही। अलकेश अवचेतन में कुंडली मारे बैठा था। मन हुआ कि सुकुल जी से पूछ ही लेती हूं। लेकिन साहस नहीं जुटा पाई। क्या सोचेंगे? वहां से छुट्टी मिली, तो मैं दौड़ी-दौड़ी गई। मोती सिनेमा का मोड़ मुड़ ही रही थी कि कंठी दीदी आती दिखाई दी। हंसते-हंसते बोली, ''तेरा काम कर आई हूं।''

''क्या?''

''वही, जिसकी तुझे तलाश थी।''

''पता लग गया!'' मैं उछल पड़ी।

''उसके अख़बार का दफ़्तर ढूंढ़ लिया है।''

''बना तो नहीं रही हो!''

''सच्ची, चाँदनी चौक में चलते हुए मैं बोर्ड पढ़ती आ रही थी। अचानक एक जगह बोर्ड पर लिखा था–*दिल्ली शहर* और Delhi City यही नाम हैं न?''

"कंठी दीदी, यु आर ग्रेट!" मैंने भरे बाज़ार में उसका बोसा ले लिया।

टाउन हाल के निकट ही अख़बार का बोर्ड लगा था। देखते ही मैं थिर नहीं रह सकी। संकरी-सी सीढ़ी थी। डरते-डरते हम चढ़ कर गईं। पहली मंज़िल पर आंगन के संकरे दरवाज़े पर दरबान बैठा था। देखते ही सोटा हाथ में ले कर खड़ा हो गया, "क्या चहिए?"

कंठी दीदी रौब से उसकी नकल उतारते हुए बोली, "चहिए क्या बोलता! अलकेश जी से मिलने आई हैं।"

मैं कंठी दीदी की आड़ में हो गई थी। क्या जानें, अलकेश का यही अख़बार था या किसी दूसरे का। अलकेश नाम बताया, तो दरबान विनय की मूर्ति बन कर खड़ा हो गया, "साहब अभी आता होगा। तुम उनके कमरे में बैठ लो।"

और वह हमें आंगन के पार वाले कमरे तक ले गया जिसके बाहर दो नामों की तख़्तियां लगी थीं। एक पर 'अलकेश मर्जाद' और दूसरी पर 'कमल कांति कपूर' लिखा था। लंबोतरे कमरे के भीतर अगल-बगल की दो मेज़ों पर समाचारपत्रों और काग़ज़ों के पुलंदे पड़े थे।

हम अभी बैठी ही थीं कि पीछे किसी के आने की आहट हुई। मुड़ कर देखा, तो विश्वास नहीं हुआ कि इतनी जल्दी वह परम पुरुष प्रकट होगा। हम उठ कर खड़ी हो गईं और फिर मधुर कंठ से निःसृत उसका चिरप्रतीक्षित स्वर :

"अरे, सहायता जी, आप!" घोर अचरज एवं आह्लाद भरे मिश्रित स्वर में वह बोले।

"बैठो, बैठो।" कहते हुए वह अपनी कुर्सी की तरफ़ लपके।

"व्हॉट ए सरपराइज़, यंग लेडी।"

मैंने शिकायती लहजे में कहा, "कल वैसे ही चले आए। जैसे हम ढूंढ़ नहीं लेंगे।"

कंठी दीदी टकटकी लगाए अलकेश को निहार रही थी। अलकेश हंस रहा था। मैंने कंठी दीदी का परिचय कराया, "यह हमारी कंठी दीदी हैं।"

अलकेश ने हाथ जोड़ कर प्रणाम किया।

"सहायता, यहां का पता कहां से पा लिया?"

"कल बता कर नहीं गए। अब पूछ रहे हैं, पता कहां से पा लिया!" मैंने उमड़ते अश्रुओं को रोका।

अलकेश हंस रहा था।

तभी एक दुबला-पतला, छोटी कद-काठी और अधेड़ अवस्था का व्यक्ति कमरे में आया। हमें ग़ौर से देखते हुए मुस्कुराया और अपनी मेज़ की तरफ़ बढ़ गया।

"के-के," अलकेश ने मेरी तरफ़ इशारा किया, "यह वही सहायता जी हैं जिनका ज़िक्र मैंने कल तुमसे किया था।"

मैंने के. के. नाम के उस व्यक्ति को नमस्कार किया।

"अच्छा! अच्छा!! नमस्कार।" के. के. की बाछें खिल गई थीं। वह मुस्कान-भरी नज़रों से हमें देखे जा रहा था, "कल अलकेश ने कमरे में कदम रखते ही आपकी

तारीफ़ के पुल बांधने शुरू किए। सोचा तक नहीं था कि इतनी जल्दी आपका दर्शनलाभ होगा। अलकेश कहता था, इतनी छोटी उम्र में इतनी विदुषी और साहित्य रसिक से पहली बार मुलाकात हुई। हमारे लिए भी कुछ लिखिए न।''

जब के. के. बोल रहा था, मैं नाक-भौं सिकोड़ते हुए अलकेश जी की तरफ़ देख रही थी, जैसे उन्हें जतला रही होऊं कि इतना सब क्यों बतलाया इनको।

अलकेश मंद-मंद मुस्का रहे थे और के. के. की लोलुप दृष्टि कंठी दीदी पर अटकी थी।

''कैसे आना हुआ!'' अलकेश ने दराज़ खोलते-खोलते पूछा।

मैंने ध्यान से उन्हें देखते हुए कहा, ''धन्यवाद करने आई हैं।''

''किस बात का?''

''आपकी सिफ़ारिश पर हमें सुकुल साहब ने नौकरी जो दी है।''

''मेरा कोई रोल नहीं। उन्हें सहायक की ज़रूरत थी। संयोग से तुम आ गईं।''

''मेरा कर्तव्य बनता था।''

''ठीक है, तुम लोगों ने इतना कष्ट किया है, तो चाय की हकदार तो हो ही गई हैं। के. के.,'' अलकेश दराज़ बंद करते हुए कहते हैं, ''चलिए, कन्याओं को 'हिमाचल' की सैर करवा लाएं।'' और ठठा कर हंसे।

यह शुरुआत थी। वे भी चाहते थे। हम भी चाहती थीं। सो, उस दिन के बाद हम लगभग प्रतिदिन मिलने लगे - और वह भी 'हिमाचल' में। मैं पहले चाय नहीं पीती थी। पहले दिन और उसके बाद वहां की चाय ऐसी मुंह लगी कि शाम को चाय का वक्त होते ही बरबस 'हिमाचल' की तरफ़ चल पड़ती।

उस दिन मैं सुकुल जी के यहां काम करने गई, तो इंतज़ार में बैठी रही। वह नहीं आए, तो आध-पौन घंटा उनकी राह देखने के बाद मैं उठी। सुंदर प्रिंटिंग प्रेस में कोई सिंधी लड़का काम करता था गुलचंदानी। बड़ा सुंदर। गोरा-चिट्टा। कद ऊंचा, छरहरा। मैं रोज़ उसे देखती थी। न वह मुझसे कुछ बोलता, न मैं उससे बात करती। मैं अपना काम ख़त्म करके चुपचाप चली आती। उस दिन मैं कमरे से निकलने लगी, तो गुलचंदानी चौखट को दोनों हाथों से पकड़े रास्ता रोक कर खड़ा था। मैंने नज़र उठा कर देखा और रास्ता मांगा, तो हौले से बोला, ''आप मुझे बहुत अच्छी लगती हैं...''

मैं हतप्रभ। समझ नहीं पाई कि क्या कहूं। बस, किया यह कि झटपट साइड से निकल आई। उसके बाद गुलचंदानी कहीं नहीं दिखा। चाहती थी कि एक बार तो कहीं मिल जाए। दो शब्द बोल कर ही उसने अपनी चाहत बयान कर दी थी। यह एक हादसा था।

उसी सुबह चाँदनी चौक में एक और हादसा हुआ। मुझे अच्छी तरह याद है, सन् 1951 की 7 फ़रवरी की सुबह थी और बुधवार का दिन। मैं चौक फव्वारा पार कर ही रही थी कि टाउन हाल की दिशा में ज़ोर का धमाका हुआ और बाज़ार के बीचोंबीच ग़र्द का गुबार उठता दिखाई पड़ा और भगदड़-सी मच गई। मैंने पूछा,

तो पता चला कि चाँदनी चौक का घंटाघर गिर गया है और उसके नीचे कई लोग दब कर मर गए हैं।

बाद में अलकेश ने अपने अख़बार में घंटाघर के इतिहास के बारे में छापा। घंटाघर 110 फुट ऊंचा था। उसकी ऊपरी 22 फुट मंज़िल ही गिरी थी। गिरने का सही वक्त दस बज कर बारह मिनट था। उसके नीचे पांच पुरुष और दो स्त्रियां तो दब कर मर गई थीं। सात लोग बुरी तरह घायल हुए थे जिनमें से चार की अस्पताल में मृत्यु हो गई थी। बताते थे कि पहले चाँदनी चौक में लाल किले से ले कर फ़तहपुरी तक नहर बहती थी। अंग्रेज़ों ने उसे पाट दिया था। घंटाघर शायद नहर के ऊपर बना होने के कारण ही टूटा था। यह भी कहा जा रहा था कि 15 जनवरी को भूकंप का जो झटका आया था, उसी ने घंटाघर को कमज़ोर कर दिया था। घंटाघर का निर्माण 1868 में शुरू हुआ था और इसका मुख्य ढांचा 1871 में तैयार हो गया था और कुल ख़र्च आया था 22,134 रुपये। अंग्रेज़ों के ज़माने में टाउन हाल को 'इंस्टिट्यूट' और उसके सामने की सड़क को 'इंस्टिट्यूट स्ट्रीट' बोलते थे।

मैं और कंठी दीदी अमूमन सायं पांच बजे चाँदनी चौक पहुंच जातीं–कभी अस्पताल से, जहां कंठी दीदी का पति दाख़िल था। कभी भारत सेवक समाज के दफ़्तर से, या यों ही किसी काम से निकलतीं, तो चाँदनी चौक का रुख करतीं। टाउन हाल के निकट खड़ी हो कर अलकेश और के. के. की राह देखतीं। अलकेश और के. के. दफ़्तर से उठ कर साथ-साथ आते। जिस दिन हम न मिल पाते, उस दिन कहीं जाने, कोई काम करने का मन ही न होता। अलकेश के प्रति मैं ऐसा आकर्षण अनुभव करने लगी थी कि उसका संग-साथ न मिलता, तो मैं उद्विग्न हो उठती थी।

'हिमाचल' से उठ कर हम चारों यहां-वहां घूमते रहते। कभी दरीबा के सिरे पर जलेबी-समोसा खाने खड़े हो जाते। कभी घंटेवाले की दुकान पर जा कर सोहनहलवा भकोसते। कभी कश्मीरी गेट चले जाते। खाने-पीने के बाद कभी तांगा ले कर जमना किनारे जा बैठते। किसी दिन कुदसिया बाग़ जा रहे हैं या उसके आगे-पीछे कश्मीरी गेट या यूनिवर्सिटी एरिया में घूमने निकल जाते। थकान महसूस होती, तो फ़्लैग स्टाफ़ के निकट पेड़ों के नीचे मैं अलकेश के साथ, दीदी के. के. के साथ बैठ कर खूब बातें करते। हमारे जोड़े बन गए थे। बातें ही बातें, जो कभी ख़त्म होने को नहीं आती थीं। हम तब तक वहां जमे रहते, जब तक अंधेरा न घिर आता। परे झाड़ के नीचे बैठे कंठी दीदी और के. के. बीच-बीच में हमारी तरफ़ देखते रहते थे। बाद में कंठी दीदी मुझे बताती कि हमें हंसते-बोलते देख के.के. बेहूदी बातें करता था। वास्तव में, उसे भीतर ही भीतर अलकेश से थोड़ी जलन होती थी।

एक दिन फ़्लैग स्टाफ़ के पेड़ के नीचे बैठे-बैठे अलकेश ने अचानक मुझसे यह सवाल किया, "यह तो जानती हो कि मेरी पत्नी है, पांच बच्चे हैं। तुमसे दुगुनी उम्र का हूं। मेरे साथ घूमते-फिरते कोई देखेगा, तो क्या कहेगा? तुम्हें डर नहीं लगता? तुम्हारे माता-पिता क्या कहेंगे? लोग क्या कहेंगे?"

"काश! मैं जान पाती।" मैंने आह भरते हुए उनकी तरफ़ देखा। "बस, वही बात कहूंगी जो डोरियन ग्रे के मित्र हेनरी ने कही थी–'यह जानना मर्मान्तक होगा। अनिश्चय ही किसी को लुभाता है। धुंध में चीज़ें अद्‌भुत दिखाई पड़ती हैं'।"

अलकेश ने कहा, 'धुंध में आदमी भटक जाता है।"

मैंने कहा, "सब रास्तों का अंत एक ही होता है।"

"वो क्या?" उन्होंने जिज्ञासु दृष्टि से देखा। मैंने आंखें मूंदते हुए कहा, "मोहभंग।"

इसी तरह, एक दिन अलकेश ने मेरी आंखों में झांकते हुए कहा, "सहायता, तुम्हारी आंखें मुझे ऐसी लगती है, जैसी..."

मैं हंसते हुए उनकी तरफ़ देख रही थी।

वह बोले, "कुछ सूझ नहीं रहा, किससे तुलना करूं।"

"बताइए न!" मैं जानने को मचल उठी।

"जैसी...जैसी डोरियन ग्रे को सतरह बरस की उस कन्या में दिखाई दी थीं। पैशन की। हिंदी में इसका कोई शब्द तत्काल मुझे सूझ नहीं रहा। ज़्यादा से ज़्यादा 'अनुराग' कह सकते हैं।"

मैंने हंसते हुए कहा, "सिबल बेन की बात कर रहे है न! जो थियेटर में काम करती थी। डोरियन और सिबल को आपस में प्यार हो गया था और डोरियन ग्रे की अवहेलना ने सिबल को प्राण त्यागने को विवश किया था..." बोलते-बोलते मेरी आंखें डबडबा आई थीं।

"ऐसी बातों से तुम भावुक क्यों हो जाती हो?"

मैं अलकेश के साथ सट कर बैठ गई थी।

"साधारण लड़कियों की तरह गलदश्रु भावुकता में न डूब जाया करो।" और उन्होंने झुक कर मेरा माथा चूम लिया।

"क्या कोई स्त्री या पुरुष एक से अधिक स्त्री या पुरुष को रोमांटिक तरीके से प्यार कर सकता है?"

मैंने निश्छल भाव से कहा, "मेरी अपनी कसौटी है प्यार की। मेरी अपनी परिभाषा है कि मेरे लिए प्रेम क्या है। दिल की गहराई से किसी को पसंद करने और चाहने का कारण कुछ और ही होता है। रेहाना बेन ने एक बार मुझसे कहा था : प्रेम कई बार हो सकता है। अगर तुम्हें किसी से प्यार हो जाता है, और वह आदमी ग़लत साबित होता है, तो किसी भी हालत में तुम उसको फ़ेस नहीं करना चाहोगी, क्योंकि तुम्हारा विश्वास है कि प्यार एक बार ही होता है। हर संबंध एक अनुभव होता है और उससे सबक सीखना चाहिए।"

"तुमने क्या कहा?"

मैंने कहा, "मैं इसमें विश्वास नहीं करती। सच्चा प्रेम केवल एक ही व्यक्ति से होता है।"

अलकेश मंद-मंद मुस्काते हुए मेरी बात सुन रहे थे।

मैंने रेहाना बेन से डैज़री का हवाला देते हुए कहा था, "In the life of every woman there is only one great love. सभी उपन्यासों में यह बात कही जाती है और यह सच भी होनी चाहिए। रेहाना बेन ने कहा था—ये उपन्यास-कहानियां सब झूठ हैं। अचरज कि तुम उन पर विश्वास करती हो!"

मैंने अलकेश से पूछा, "किसी को कैसे पता चलता है कि उसे सचमुच किसी से प्यार हो गया है?"

अलकेश ने कहा, "किसी को प्यार जब होता है, तो वह उस व्यक्ति के बिना जीवन जी नहीं सकता। सुख में, दुख में उसी व्यक्ति का वह स्मरण करता है, जबकि वह व्यक्ति उपस्थित न रह कर भी लगातार निरंतर तुम्हारा साथी बना रहता है। ऐसा प्रेम हो सकता है जो जीवनपर्यंत न बना रहे, लेकिन जितने समय तक बना रहता है, वह उसके समस्त अस्तित्व पर छाया रहता है।"

मैं कुछ समझ नहीं पा रही थी। यह तो द्वयर्थक बात हुई। ख़ैर, मैं चुप बैठी रही। अलकेश ने कहा, "ऑस्कर वाइल्ड की रचनाओं में इस किस्म की उक्तियां भरी पड़ी हैं। कुछ मैंने अपनी डायरी में नोट कर रखी हैं।"

मैंने कहा, "मुझे भी अच्छी लगती हैं, लेकिन याद नहीं रहतीं। कोई उनका उल्लेख करे, तो झट याद आ जाती हैं।"

अलकेश ने अपनी डायरी खोली।

"सुनो—कुछ का तो अनुवाद कर दिया है, कुछ का अनुवाद करते नहीं बन पड़ा। एक जगह डोरियन ग्रे कहता है कि वह ऐसी औरत से शादी करने जा रहा है जो जीनियस है। इस पर लार्ड हेनरी उससे कहता है...No woman is genius. Women are a decorative sex. यानि स्त्रियां आलंकारिक, सजावटी सेक्स होती है।"

मैंने कहा, "हां, यह सब पढ़ते हुए मुझे अच्छा नहीं लगा था।"

अलकेश ने कहा, "याद रखो, यह बात हेनरी ने कही थी, डोरियन ग्रे ने नहीं। उसी का आगे का भाग सुनो। कहता है, "They never have anything to say, but they say it charmingly." यानि औरतों के पास कहने को कुछ होता नहीं, लेकिन जो कहती हैं, वह मनमोहक तरीके से कहती हैं।"

मैंने कहा, "मैं तो इसका कभी समर्थन नहीं करूंगी।"

अलकेश ने कहा, "लेखक ने दोनों पक्ष रख दिए हैं। इस पर लंबी बहस हो सकती है। ख़ैर, आगे प्रेम के बारे में कुछ सूक्तियां सुनो :

...जब ग़रीबी दरवाज़े से दाख़िल होने लगती है, तो प्यार खिड़की के रास्ते उड़नछू हो जाता है...

मैं ज़ोर से हंस पड़ी, "यह कुछ सच प्रतीत होता है। बात तो वही हुई—ग़रीबी में आटा गीला!"

"एक्ज़ेक्टली!"

...वे औरतें मुझे फूटी आंख नहीं सुहातीं, जो एक से ही प्यार करती हैं। जो स्त्रियां घृणा करती हैं, वे ज़्यादा दिलचस्प होती हैं...

"वाह!" अनायास मेरे मुख से निकला। डायरी सामने रखे अलकेश हंस

रहे थे, "एक जगह हेनरी ही डोरियन ग्रे से कहता है—*जब कोई किसी से प्यार करता है, तो हमेशा अपने-आपको छलने से शुरू करता है, और उसका अंत हमेशा दूसरों के साथ छल करने से होता है। इसे ही दुनिया रोमांस बोलती है...*"

"सही है!" मैंने कहा।

...जब तक तुममें यौवन है, उसे समझो, उसे अनुभव करो। अपने जीवन के स्वर्ण को उड़ाओ मत - तुम्हारे भीतर जो अद्भुत जीवन है, उसे जिओ...

...शादी कभी मत करना। पुरुष इसलिए विवाह करते हैं, क्योंकि वे थके होते हैं, स्त्रियां इसलिए कि वे जिज्ञासु होती हैं...

अलकेश ने यह कहते-कहते परे बैठे बतियाते कंठी दीदी और के. के. की तरफ़ इशारा करते हुए कहा : "देख रही हो, के. के. तो तुम्हारी कंठी दीदी को देखते ही खिल उठता है। कैसे घुल-घुल कर बातें कर रहे हैं।"

मैंने कहा, "लेकिन कंठी दीदी के. के. को पसंद नहीं करती। यह मुझसे कहती है, लेकिन उसे ऐसा कभी उसने जतलाया नहीं। हमेशा हंसती रहती है। एक तो के. के. ठिंगने कद-बुत का दुबला-पतला निरीह-सा प्राणी लगता है, लिजलिजा-सा; कंठी दीदी कहती है कि के. के. में और अपने बीमार पति में उसे कोई फ़र्क नहीं लगता। के. के. के चेहरे की बनावट ऐसी है कि कंठी दीदी ने उसका नाम 'दीवा' (दीया) धर दिया है।"

अलकेश हंसते-हंसते दुहरे हुए जा रहे थे और के. के. और कंठी दीदी मुंह उठा कर हमारी तरफ़ देख रहे थे। फिर कहते हैं, "के. के. जितना बदसूरत है, उसकी पत्नी उतनी ही खूबसूरत है। के. के. भी छह बच्चों का बाप है।"

"अच्छा," मैं खूब हंसी। फिर कहा, "लगता है, आप लोगों ने साथ-साथ काम करने के अलावा बच्चे पैदा करने की भी होड़ लगा रखी है।"

मेरी यह बात सुन कर अलकेश इतने हंसे कि पसलियां दुखने लग गई होंगी।

एक शाम कंठी दीदी नहीं आई। रात की बारिश से दिन ठंडा हो गया था। उस दिन अलकेश और मैं तांगा ले कर बेला रोड और वहां से यमुना की तरफ़ चले। झाऊ के पेड़ों के नीचे से होते हुए यमुना किनारे की सीढ़ियों पर जा बैठे और चुपचाप सिमटती जमुना के स्थिर प्रवाह को देखते रहे।

अचानक याद आया, तो मैंने कहा, "अलकेश जी, याद नहीं आ रहा किस लेखक के उपन्यास में इस मौसम में यमुना का मनोहारी चित्रण हुआ है - छोटे-बड़े द्वीपों ने जमुना को कई धाराओं में बांट रखा था...यहीं पर वे लोग नाव ले कर घूमे थे, नहाए थे, रेत के टापुओं पर दौड़े थे और बालू से सन जाने पर दुबारा-तिबारा नहाते फिरे थे। नाव की ओट में चूल्हा बनाया था। भगवती ने अरहर की दाल बनाई थी जिसे अज्ञेय ने बहुत पसंद किया था। बाटी सेंकने का उपक्रम भी किया था। जैनेंद्र जी ने दाल-बाटी बनाई थी..."

अलकेश जी मुझे देखते हुए मंद-मंद मुस्का रहे थे।

"आप जानते हैं?"

"बिलकुल।"

"तो बताइए।"

वह मेरी तरफ़ पूर्ववत देखते हुए मुस्काते रहे।

मैं लाड़ करते हुए बोली, "नहीं जानते, तभी मंद-मंद मुस्का रहे हैं..." अलकेश जी को ऐसा प्यार आया मेरी इस बात पर कि उन्होंने बैठे-बैठे मुझे अपने साथ सटा लिया। मैं तो धन्य हो गई।

मेरे भोलेपन पर अलकेश जी को क्या सूझी कि एकाएक कहते हैं, "तुम्हारा सहायता नाम है तो नया, लेकिन बोलते हुए लगता है, जैसे लंबित स्वर में बोल रहे हैं।"

"उस दिन तो बड़ा अच्छा लगा था!"

वह हंसते हुए बोले, "मैंने यह तो नहीं कहा कि बुरा है। सहायता, अगर मैं तुम्हें 'मदद' नाम से पुकारूं, तो...बुरा तो नहीं मानोगी?"

सुनते ही मैं खिल गई। मैंने कहा, "बुरा क्यों मानूंगी?" फिर घाट की सीढ़ी पर उछलते हुए जैसे घोषणा के स्वर में कहा, *"आइ लाइक इट। आइ लव इट। आइम सो हैप्पइइइइ..."* मैंने बच्चों की किलकारी मारी थी। अलकेश देख-देख कर हंस रहे थे। सचमुच, मेरे पैर ज़मीन पर नहीं पड़ते थे। अलकेश जी ने मुझे कुछ तो दिया, चाहे नया नाम ही सही। अलकेश जी से नया नाम पा कर मैं इतनी उल्लसित हुई, मानो दिल्ली यूनिवर्सिटी ने, सचमुच, मुझे ऑस्कर वाइल्ड साहित्य पर डॉक्टरेट दे दी हो। मैं इतनी प्रसन्न हुई कि बचकानी हरकत करते हुए मैंने मुंह से सीटी बजाने की कोशिश की, तो अलकेश हंसने लगे, "तुम ने तो डैज़री की तरह सीटी बजाई है। ऐसा न किया करो।"

"यह तो खुशी का इज़हार करने का एक तरीका है।"

"न! पोलाइट सोसायटी में इसे कुसंस्कार मानते हैं।"

मैंने अपना गाल उनके घुटने पर रख दिया। उनकी उंगलियां मेरे बालों को सहला रही थीं। बोले, "तुम्हारे केश घने और भारी हैं। कभी भूल से भी कटवाना नहीं।"

उस दिन अलकेश ने मेरी आंखों में झांकते हुए कहा था, "सच्ची, तुम्हारी आंखों में मुझे वैसा ही कुछ लगता है, जैसा डोरियन ग्रे को उस लड़की की आंखों में दिखाई दिया था जो शायद तुम्हारी ही उम्र की थी। याद है, डोरियन ग्रे ने उस लड़की के बारे में क्या कहा था जिससे वह अज़हद प्यार करता था।"

मैंने कहा, "स्थल याद है, लेकिन कोट नहीं कर पाऊंगी इस समय।"

"डोरियन ग्रे ने कहा था उस लड़की से–तेरे चारों तरफ़ कुछ ऐसा व्याप्त है"

मुझे याद हो आया। अधूरी कोटेशन मैंने पूरी की "...कुछ ऐसा व्याप्त है, जैसा किसी बालिका के चारों ओर व्याप्त होता है।"

अलकेश ने स्नेहपूर्वक मेरी तरफ़ देखते हुए कहा, "मदद!" जिस मधुर कंठ से उन्होंने पहली बार मुझे इस नाम से संबोधित किया, लगा, मेरे कानों में बांसुरी की टेर पड़ी हो।

"मदद, तुम्हें पहली नज़र देख कर मैंने भी कुछ-कुछ ऐसा ही महसूस किया

था। पहले दिन तुम्हारा चौड़ा ललाट देखा था, तो एक अजीब-सी अनुभूति हुई थी। तुम्हारा मुखमंडल संवेदनशील, अनासक्त-सा लगा था। जानती हो, Your eyes are violet wells of passion, lips that are like the petals of rose.

उनके मुख से यह वाक्य सुनते ही मैं भीतर ही भीतर कांप गई थी। याद आया कि डोरियन ग्रे ने सतरह बरस की लड़की से यही बात कही थी। वही डोरियन ग्रे उसकी अवहेलना करके चला गया था और लड़की ने आत्महत्या कर ली थी। कहीं अलकेश उसी तरह मेरी अवहेलना करके तो नहीं चले जाएंगे? मैंने नज़र उठा कर भावुकतापूर्ण स्वर में कहा, "आप तो ऐसा नहीं करोगे न!"

वह मुस्काते हुए मेरी आंखों में झांकते हुए बोले, "क्या!"

"मुझे छोड़ तो नहीं जाओगे!"

"ऐसी बात क्यों सोचती हो!"

"मेरी दृष्टि में आप महान हैं।"

"ऐसा क्यों कहती हो? ऐसी क्या महानता देखी मुझमें?"

"महान पुरुष के संपर्क में आने से देवत्व जाग उठता है। कुछ ऐसी ही अनुभूति हो रही है।"

वह बोले, "तुम्हारे साथ रह कर मुझे जैसी सुखद अनुभूति होती है, वैसी अपनी पत्नी के साथ नहीं। हमारे जीवन में उस स्फुलिंग, उस लव-लेश का अभाव है जो इस बंधन में होना चाहिए। मेरे माता-पिता ने दहेज की लालच में लाला की बिटिया से मुझे बांधा है। और मुझमें और राशि में नैकट्य का अभाव है। मैं जिस पूर्णता के लिए हमेशा ललकता रहता था, वह मुझे तुमसे मिलने के बाद प्राप्त हुई है। तुम्हारी सुकुमार काया बालिका जैसी लगती है। दिनकर ने कहीं कहा है : बालकों-सा मैं तुम्हारे वक्ष में मुंह छिपा कर..." अलकेश ने मेरी पीठ के पीछे हाथ ले जा कर मुझे अपने साथ सटा लिया।

मेरी आंखें तो जमुना के पानी को तरफ़ लगी थीं, लेकिन मन की आंखें कुछ और ही देख रही थीं। अचानक अलकेश ने उस सिमटते प्रकाश में मुझसे यह सवाल किया, "मदद, आज फिर तुमसे पूछता हूं : तुम्हें डर नहीं लगता, मेरे साथ उठते-बैठते देख लोग चर्चा करेंगे? तुम्हारे घर वालों को आपत्ति नहीं होगी?"

मैंने कहा, "मैं इसका जवाब दे चुकी हूं। डरूं तब, जब हम ग़लत रास्ते पर जा रहे हों।"

"फिर भी। लोकभय।"

"हू केयर्स!"

"तुम्हारी शादी होनी है।"

मैंने कहा, "क्या शादी-विवाह करना लाज़िमी है?"

"फिर भी।"

मैंने कहा–"Marriage is not the end of everything. I'll never share my love with anyone except you."

"यह कैसे हो सकता है!"

"आप डरते हो?"

"कैसे कहूं कि नहीं डरता। समाज में रहता हूं।"

मैंने बलपूर्वक कहा, "समाज रूढ़ियों का दास है, मैं नहीं।"

अलकेश गंभीर हो गए। संभवतः सोच रहे हों कि इतनी अल्हड़ लड़की कैसी बातें कर रही है। सच्ची, क्या मेरी उम्र थी और कैसी बातें मैं कर रही थी। मैंने कहा, "उस दिन मैं आपकी बच्ची के लिए सेट बुन कर लाई थी। आपने लेने से इन्कार कर दिया था यह कह कर कि राशि पूछेगी, तो क्या कहूंगा, किसने बुन कर दिया है। मैंने यह भी पूछा था कि मैं इसे देने आपके घर आ सकती हूं। आपने कहा, बिलकुल नहीं। राशि सद्यःप्रसूता है। तुम्हें देखते ही उसी तरह भड़क जाएगी, जिस तरह बछड़ा देने वाली गाय किसी को नज़दीक आते देख भड़क उठती है। यह लोकभय ही तो है।"

यह बताते-बताते अलकेश हंस रहे थे, "तुम्हें याद होगा, ऑस्कर वाइल्ड ने एक जगह लिखा है--पुरुष किसी भी स्त्री के साथ खुशी-खुशी जीवन व्यतीत कर सकता है, जब तक वह उसे प्यार नहीं करता। यही कारण है कि मैं राशि के साथ निभाता चला आ रहा हूं।"

उनके मुख से यह बात सुन मैं हैरान रह गई थी। उसी सांस में वह बोले थे, "मदद, मैं राशि को कभी प्यार नहीं कर सका, पर मैं इस औरत की बेहद परवा करता हूं। इसे सिरदर्द भी होता है, तो मैं परेशान हो जाता हूं। पता नहीं, प्यार न होते हुए भी मुझे उसके साथ इतनी हमदर्दी क्यों है?"

मैंने कहा, "लगभग मेरी ही उम्र की थी डोरियन ग्रे की प्रेयसी, जो थियेटर में काम करती थी। दोनों प्रेम-जल में डूबे रहते थे। लेकिन डोरियन ग्रे ने उसकी अवहेलना और अवमानना की, तो लड़की ने प्राण त्याग दिए..."

मैंने अलकेश की बांह में बांह डाली और उनके साथ सट गई। भावावेश में कोई शब्द मुंह से नहीं निकला। बस, उनकी तरफ़ देखते-देखते आंखें भर आईं। मैं बैठी सोच में डूब-उतरा रही थी। यदि अलकेश मेरी अवहेलना करते हैं, जिस तरह डोरियन ग्रे ने नाटक कंपनी में काम करने वाली उस लड़की की उपेक्षा की थी, तो मैं भी आत्महत्या कर लूंगी।

"किस सोच में हो?"

मैंने सोच लिया कि यदि ऐसा होता है, तो मैं यहां आ कर जमुना में कूद जाऊंगी और सुबह तक उस स्थल पर जा लगूंगी जहां किसी शहंशाह ने उड़ाया था ग़रीबों की मुहब्बत का मज़ाक।

"चुप क्यों हो?"

मैंने भावुक हो कर कहा, "Life spent with someone for lifetime may be meaningless, but few moments spent with someone like you means life itself."

अलकेश की निगाहें पानी की धार के पार वृक्षपंक्तियों के पीछे डूबते सूरज की तरफ़ लगी थीं। लगता था, लालिमा उनकी आंखों में झलक रही थी।

"किस सोच में हैं।" मैंने सिर उठा कर उनकी तरफ़ देखा। अलकेश ने गहरा निःश्वास छोड़ते हुए कहा, "इस वेला को देखते हुए कुछ पंक्तियां स्मरण हो आई हैं।"

सूर्यास्त की सुषमा को निहारते हुए अलकेश के मुख से पहली पंक्ति सुनी, तो लगा, जैसे बांसुरी से टेर निकल कर आ रही हो। उन्होंने एक पंक्ति पढ़ी :

आई संध्या, पश्चिमी क्षितिज में लो डूब चला मार्तंड...

मैंने टोका, "आप कविता भी करते हैं? क्या अस्ताचलगामी सूर्य की लालिमा देख कर ये पंक्तियां बैठे-बैठे सूझी हैं, आशुकवि की तरह?"

उन्होंने मीठी स्मिति से मेरी तरफ़ देखा और कहा, "चुपचाप बैठ कर पहले सुनो।"

आई संध्या, पश्चिम क्षितिज में लो डूब चला मार्तंड,
आई संध्या, छाए नभ में सतरंगी, सुंदर अभ्रखंड,
चिड़ियां नीड़ों की ओर चलीं, कलियों ने दृग कर लिये बंद,
आई संध्या, छा गई शांति, हो गई दिवस की ज्योति मंद।

मैं अपने को रोक नहीं पाई। चकित हो कर उनकी तरफ़ देखे जा रही थी, "यह बात मुझसे छिपाए क्यों रखी कि आप कविता भी करते हो?"

"तुमने यह कैसे समझा कि ये पंक्तियां मेरी हैं?"

"तो फिर किसकी हैं?"

"बालिके! ये पंक्तियां मेरी नहीं, प्रयागनारायण त्रिपाठी की हैं।"

"देखो, झूठ मत बोलो। यह नाम तो कभी सुना नहीं। न प्रभाकर में था, न साहित्यरत्न में था।"

अलकेश इतने ज़ोर से हंसे कि थोड़ा परे बैठा एक जोड़ा मुड़ कर इधर देखने को विवश हुआ। मैंने कहा, "वैसे, आपको दाद दूंगी कि आपने समयानुरूप पंक्तियां चुनी हैं : *आई संध्या, पश्चिम क्षितिज में लो डूब चला मार्तंड...* वाह! कितना सुकून मिलता है इन शब्दों को सुन कर...फिर आपके मधुर कंठ से और नीड़ों की ओर लौटती चिड़ियों के कलरव के बीच।"

अलकेश ने मुस्काते हुए मेरी तरफ़ देखा, "प्रतीत होता है, कवि ने ये पंक्तियां सांझ की वेला में ऐसे ही स्थल पर बैठ कर लिखी थीं।" मैंने अलकेश के घुटने पर ठुड्डी रख डूबते सूरज को निहारते हुए कहा, "ज़रूर ही यहीं बैठे-बैठे सूझी होंगी।" और यह कह कर मैं हंस दी। वह मुस्काते हुए सारी पंक्तियां दुहरा रहे थे।

मैं विभोर हो रही थी उनके मधुर कंठ से निकलती इन पंक्तियों को सुन कर। फिर कहते हैं, "आगे नहीं सुनोगी?"

"सुनाइए न!" मैंने अनुरोधपूर्वक कहा और वह गुनगुनाए :

देखो, चुक गई यह सांझ कितनी शीघ्र,
गहराया अंधेरा,
रात घिरने लगी : निश्चित, भयावह, निस्तब्ध।
आओ, अब उठें, वापस चलें :
एकांत है, वन है, नदी का तीर है -
दुर्दांत कोई पशु न हमको सूंघ ले...

अलकेश इस तरह उठ कर खड़े हो गए, मानो, सचमुच, उन्होंने किसी हिंस्र पशु को देख लिया हो। खड़े-खड़े हंस रहे थे। मुझे उठाने के लिए मेरी तरफ़ हाथ बढ़ाया, "अब उठिएगा। देखिएगा नहीं, कवि क्या कह रहा है?"

"छिः!" मैं वहीं बैठी मुंह उठा कर उनकी तरफ़ टकटकी लगाए देखती रही।

"अच्छी नहीं लगी?"

मैं जितनी रससिक्त हुई थी, अंतिम पंक्ति सुनते ही अनुत्सुक हो उठी थी। अरुचि के स्वर में कहा, "क्या आवश्यकता थी अंतिम पंक्ति जोड़ने की : 'दुर्दांत कोई पशु न हमको सूंघ ले'...? सांझ की वेला का इतना सुंदर चित्रण करते-करते यह पंक्ति जोड़ कर सारा माहौल बिगाड़ कर रख दिया - *दुर्दांत कोई पशु न हमको सूंघ ले?* छिः आप समझते हैं, इसमें काव्य है? प्रतीत होता है, कवि को अंत सूझ नहीं रहा था। सो, हिंस्र जंतु की कल्पना करके खानापूरी कर दी। यह तो सुंदर के ऊपर असुंदर को लादने वाली बात हुई।"

अलकेश खड़े मुस्का रहे थे, "मदद जी, अब उठिए।"

हम पीछे मुड़ चले। चलते-चलते अलकेश कहते हैं, "त्रिपाठी की तरह 'अज्ञेय' ने भी जमुना के किनारे बैठ कर इसी प्रकार के उद्‌गार प्रकट किए थे।"

मैंने कहा, "मुझे याद है, 'नदी के द्वीप' में भुवन रेखा को ले कर यहां आया था।"

"अरे, तुम्हें स्थल भी याद रहते हैं। ठीक है, उन्होंने यहां की सांझ के दृश्य का त्रिपाठी से भी सुंदर चित्रण किया है।" चलते-चलते अनायास उन्होंने मेरा हाथ अपने हाथ में लिया और रस लेते हुए ये पंक्तियां सुनाईं :

खुल गई नाव,
फिर आई संझा।
सूरज डूबा सागर तीर।
धुंधले पड़ते-से पंछी
भर धीरज से मूक लगे मंडराने
सेना तारा उगा चमक कर
साथी लगा बुलाने
तब फिर सिहरी हवा, लहरियां कांपीं
तब फिर मूर्छित व्यथा जागी धीरे-धीरे...

मैं चुपचाप उनके साथ चल रही थी। वह पूछते हैं, "ये पंक्तियां कैसी लगीं?"

"अंतर्मन से निकली पंक्तियां हैं।" मैंने कहा।

वह बता रहे थे, " 'निराला' ने भी कुछ इसी तरह सांझ का वर्णन किया है। सुनो..."

दिवस का अवसान समीप था
गगन था कुछ लाल लोहित हो चला
मेघमय आस्मान से उतर रही थी,
संध्या सुंदरी
परी-सी धीरे-धीरे...

मैं यकदम बोल पड़ी, "एकदम साधारण। कोई नया इमेज नहीं। फिर *मेघमय आस्मान* कितना अटपटा लगता है। मेघमय आकाश कहने में क्या दोष था। हिंदी लेखक तो समझते हैं कि वाणी से या लेखनी से जो शब्द निकला, वह ब्रह्मवाक्य हुआ..."

"मदद, *आइ एम प्राउड आव यू!* तुमने तो मेरे मुख की बात छीन ली।" और भाव-विभोर हो कर उन्होंने चलते-चलते मुझे अपने साथ सटा लिया।

अलकेश मर्जाद का जैसा नाम था, सच कहती हूं, उन्होंने कभी मर्यादा भंग नहीं की। ज़्यादा से ज़्यादा यह करते कि मेरे मुंह से कोई अद्भुत बात सुनते, तो बैठे-बैठे भाव-विभोर हो कर मेरा हाथ थाम लेते या उसे होंठों तक धीरे-धीरे ले जा कर चूम लेते या मेरी कोई मूर्खतापूर्ण बात सुन कर खिलखिला कर हंसने लगते। कभी अत्यधिक स्नेह जतलाना चाहते, तो साथ सटा कर माथा चूम लेते। झूठ क्यों बोलूं, मैं तरसती थी कि वह हमेशा मुझे इसी तरह अंक में भरे रखें। मैं डरती थी कि कहीं मैं अलकेश को खो न दूं। कहीं ऐसा न हो, दुनिया के डर से वह किनाराकशी कर जाएं।

मगर ऐसा हुआ नहीं। हम बदस्तूर मिलते रहते। प्रायः कंठी दीदी मेरे साथ रहती थी। फिर अलकेश के साथ के. के. भी रहता था। प्रायः हम चारों इकट्ठे रहते। अलकेश जिस किसी उत्सव, कवि सम्मेलन, मुशायरे में जाते, मुझे साथ ले जाते। एक दिन वह मुझे बेगम अख़्तर की कव्वाली सुनवाने ले गए। रास्ते में मुझे समझाते जा रहे थे : "कव्वाली मुहब्बत, अमन और ईमान का पैग़ाम देती है। कव्वाली की शुरुआत हिंदुस्तान से हुई। अजमेर शरीफ़ में।"

उनका ज्ञान देख कर मैं अपने आपको सौभाग्यशाली समझती कि उनका सान्निध्य पा कर मुझे बहुत कुछ जानने-समझने को मिला।

लेकिन एक दिन अचानक पहिया घूम गया। अलकेश मर्जाद किसी उच्च सरकारी पद की परीक्षा में चुन लिये गए। पहले तो मैं खुश हुई। लेकिन शिमला में उनकी पोस्टिंग की बात सुन कर मेरा तो बुरा हाल हो गया। मगर कुछ कर नहीं सकती थी। जल्दी ही वह चले गए। अलकेश के दिल्ली छोड़ कर शिमला जाने से जो ख़ालीपन आ गया था, वह बहुत कचोटता था। मैं और कंठी दीदी उन रंगीन शामों को अकसर याद करतीं जो हम चारों ने कभी इकट्ठी गुज़ारी थीं।

अलकेश के साथ हमारा संपर्क चिट्ठियों से ही रह गया था। हम छद्मनाम से अलकेश को संबोधित करतीं। मैं अपनी चिट्ठियां और अलकेश की चिट्ठियां भी कंठी दीदी को पढ़ने देती थी। मैंने अपनी पहली चिट्ठी में शमशेर की ये पंक्तियां चुरा कर लिखी थीं -

राह तो एक थी हम दोनों की,
आप किधर से आए नए
हम जो घुट गए, पिट गए
आप जो राजभवन में पाए गए।

मेरे पास कई कुलियात और कविता-संग्रह थे। उन्हीं में से चुन-चुन कर मैं अपनी चिट्ठियों को सजाती थी।

फिर, अलकेश की हर चिट्ठी नेपोलियन की प्रेमिका डैज़री के कथन से शुरू होती थी : "मैं तुम्हें सीने से लगा रहा हूं," और अत्यंत संक्षिप्त होती थी। वह भी कभी किसी शे'र का या किसी फ़िल्मी गाने का जुज़ लिखते थे। जैसे, एक चिट्ठी में उन्होंने यह लिखा -

तेरी जुल्फ़ में मेरा हाथ है, तुझे याद हो कि न याद हो
तेरे पास रह कर भी दूर हूं, तुझे याद हो कि न याद हो...

फिर शायद यह सोच कर मुझे शमशेर सिंह की कविताएं अच्छी लगती हैं, उन्होंने एक बार उनकी कविता का यह अंश लिखा था -

आह, तुम्हारे दांतों से जो दूब के तिनके
की नोक
उस पिकनिक में चिपकी हुई थी
अब तक मेरी नींद में गढ़ती है।

उनकी सबसे लंबी चिट्ठी ने तो मेरा दम ही निकाल दिया। पता नहीं, शिमला में क्या हुआ—हो सकता है, हमारी चिट्ठियां अलकेश की पत्नी के हाथ लग गई हों। सो, अचानक अलकेश की आख़िरी चिट्ठी पढ़ते-पढ़ते मेरा कलेजा मुंह को आने लगा। मैं माथा पकड़ कर वहीं बैठ गई। अलकेश ने लिखा था—*डियरेस्ट मदद, मैं तुम्हें सीने से लगा रहा हूं। मैं तुमसे प्रार्थना कर रहा हूं। तुम मेरी भलाई चाहती हो, मुझसे प्यार करती हो, मुझे सुखी देखना चाहती हो, तो मुझे चिट्ठी लिखना बंद कर दो। मैं तो दिल्ली आता-जाता रहता हूं। मौका निकाल कर मिल लिया करूंगा। यू विल आलवेज़ रिमेन इन मी। आइ विल आलवेज़ प्रे फ़ार यू। आइ विल आलवेज़ चैरिश योर मेमोरी :*

मुझको कनक-चंपे की कली है
दूर से ही स्मरण में गंध देती है।

मदद! मैंने तुम्हें सीने से लगा रखा है। खुश रहो, आबाद रहो। - तुम्हारा बदकिस्मत दोस्त।

उस दिन इस चिट्ठी को वक्ष से लगाए मैं खूब रोई। लेकिन यह सोच कर सब्र कर लिया कि अलकेश पर ज़रूर ही कहीं से दबाव पड़ा है। मैंने अलकेश की पत्नी को देखा तक नहीं था। मैं कल्पना में उसका उग्र रूप देख रही थी जिसने अलकेश को यह चिट्ठी लिखने पर विवश किया होगा। इसके बाद अलकेश मुझसे एकदम कट गए। दिल्ली आते होंगे भी, तो कभी मिलते नहीं थे। लेकिन मैं हज़ार कोशिशें करने के बावजूद, अलकेश को भुला नहीं पाती थी।

स्कूल में विंटर ब्रेक थी। कंठी दीदी को पता चल गया कि अलकेश का परिवार दिल्ली आया हुआ है। सो, हम दोनों ने चोरी-छिपे शिमला जाने का प्रोग्राम बनाया। कहते हैं न कि 'चोरां, यारां, आशिकां, कसमां नाल व्यवहार'। हमने घर में दीदी के पति के लिए कसौली सेनिटोरियम का पता करने का बहाना बनाया। रात को गाड़ी चलती थी, जो सुबह कालका पहुंचती थी। वहां से छोटी लाइन की रेल से शिमला जाते थे। हमने एक पत्र लिख कर अलकेश को भी अपने आने की सूचना दे दी।

सो, हम नई दिल्ली रेलवे स्टेशन से कालका के लिए गाड़ी में बैठीं। लेडीज़ कंपार्टमेंट में सिर्फ़ दो ही दूसरी औरतें थीं जिन्होंने अंबाला उतरना था। हम चारों ने बतियाना शुरू किया और पता ही नहीं चला कि कब अंबाला आ गया। वहां उतरने से पहले उन औरतों ने हिदायत दी, "खिड़कियां-दरवाज़े अच्छी तरह लॉक कर लो। कोई भी आए या कहे, हरगिज़ नहीं खोलना।"

दिसंबर की 30 की रात थी। ठंड बेशुमार। हमारे पास कोई कंबल वग़ैरह नहीं था। जो स्वेटर और शाल हमने ओढ़ रखे थे, वही थे। कंपार्टमेंट को भली प्रकार लॉक कर लिया था। लेकिन यह क्या, गाड़ी अभी स्टेशन से सरकी ही थी कि दो-तीन मुश्टंडे इधर, दो-तीन मुश्टंडे दूसरी तरफ़ थपथपाने लगे, "खोलो, खोलो।"

उनकी बड़ी-बड़ी मूंछें व पग्गड़ देख कर हमारे होश उड़े जा रहे थे, "हे भगवान, रक्षा कर।"

ठंड और डर—पता नहीं क्या ज़्यादा था। हम दोनों एक-दूसरे को कस कर पकड़े बीच की सीट पर कांप रही थीं। हमें फिर होश नहीं रही। जब बहुत धड़धड़ाने की आवाज़ आई, तो आंखें खोलीं। हमने देखा, बाहर धूप निकली है और रेलवे का सफ़ाई कर्मचारी दरवाज़े भड़भड़ा रहा है। हमने झट उठ कर दरवाज़ा खोला और पूछा कि शिमला की गाड़ी कब जाती है। उसने कहा, "वह तो बिलकुल तैयार है। सामने वाले प्लेटफ़ार्म पर खड़ी है।"

हमारे पास कोई सामान तो था नहीं। एक-एक झोले में एक-एक जोड़ा ही था। सो, दौड़ कर हम गाड़ी में जा बैठीं और ऐसा लगा कि गाड़ी शायद हमारी ही प्रतीक्षा कर रही थी। रेंगती हुई कई सुरंगों को पार करती हुई गाड़ी शिमला की तरफ़ रवाना हुई। डिब्बे में दिल्ली से आया एक ग्रुप भी था जो सारा रास्ता गाता व नाचता हुआ आया था।

यह सुहाना सफ़र बहुत जल्दी ख़त्म हो गया था। गाड़ी रुकने पर सबसे पहले हमने जिस शख़्स को देखा, वह अलकेश थे। मुझे लगा कि हमें डांट देंगे। लेकिन, नहीं, वह हमें अपने घर ले गए, जो माल के करीब ही था। उन्होंने हमारा बहुत अच्छी तरह स्वागत किया। रात को कमरे में तीन ही बिस्तर लगाए गए, ताकि नौकर को कोई गलत अंदाज़ा लगाने का मौका न मिले। पर सोए हम तीनों एक ही बिस्तर पर। मैं बीच में। मेरे एक तरफ़ अलकेश, दूसरी तरफ़ दीदी। उफ़! वह रात। क्या कभी मैं ज़िंदगी में उस रात को भूल सकती हूं? मैं अलकेश की इस कदर दीवानी थी कि उसके एक इशारे पर कुछ भी कर सकती थी। पर उस शख़्स ने उस रात और उससे अगली रात जिस धैर्य और संयम का परिचय दिया, वैसा धरती का अन्न-जल ग्रहण करने वाला कोई नर-पुंगव क्या देगा। हम तीनों देर रात हंसते-बतियाते रहे। पर क्या मजाल अलकेश ने मुझे छुआ भी हो। मेरी तबियत अचानक बहुत ख़राब हो गई। धड़कन बहुत बढ़ गई और घबराहट भी हो गईं। पर न तो अलकेश ने ख़ास परवा की, न ही दीदी ने। दोनों ने यही कहा, सो जाओ, ठीक हो जाओगी।

सुबह कंठी दीदी ने मुझे समझाया कि ऐसा मर्द के साथ सोने की वजह से हो जाता है। इसके बारे में सोचती हूं, तो अलकेश के प्रति श्रद्धा उमड़ आती है। वह चाहते, तो मेरे साथ कुछ भी कर सकते थे। मैं तो खुशी-खुशी न्योछावर हो जाती। मगर उन्होंने कितने संयम से काम लिया और मेरी रक्षा की।

शायद यही प्यार है।

उन्हीं दिनों नगरपालिका के चुनाव होने वाले थे। मैं कांग्रेस की ओर से महिला विंग की इन्चार्ज बनाई गई थी। अलकेश जी का कोई गहरा दोस्त था जिसका नाम मुरली मनोहर था। वह चाहता था कि दरियागंज से उसे कांग्रेस टिकट मिले। उसे पता था कि कांग्रेस दफ़्तर में मेरी अच्छी पैठ है। नायर जी, बृजमोहन, अंबाप्रसाद वग़ैरह, सबके साथ मेरा अच्छा मेलजोल था। सो, मुरली मनोहर अलकेश की सिफ़ारिश ले कर आया कि किसी तरह उसे कांग्रेस टिकट दिलवा दूं।

मैं मुरली मनोहर को कैसे मना कर सकती थी। मैं उसे दिल्ली प्रदेश कांग्रेस कमेटी के अध्यक्ष कृष्णा नायर के पास ले गई। उनसे परिचय कराया और कहा, "यह पालिका का चुनाव लड़ना चाहते हैं। आप इन्हें कांग्रेस का टिकट दें।"

नायर जी ने कहा, "हां-हां, क्यों नहीं। लेकिन उस सीट पर किसी महिला को टिकट दे दी है और नाम भी प्रस्तावित कर दिया गया है। अगर किसी कारण उसका नॉमीनेशन रिजेक्ट हो जाता है, तो हम इन्हें ही अपना उम्मीदवार घोषित कर देंगे। चूंकि वह सीट महिलाओं के लिए रिज़र्व है, इसलिए फिलहाल हम कुछ नहीं कर सकते।"

लेकिन मुरली मनोहर तो नॉमिनेशन दाख़िल करके आया था। सो, वह स्वतंत्र उम्मीदवार की हैसियत से लड़ा। यह बात दीगर है कि वह कुछ ही मतों से हार गया।

नायर जी से मिलने के तुरंत बाद मुरली मनोहर ने हमें—मुझे और कंठी दीदी को—'गेलार्ड' में खाना खिलाया और रीगल में इंग्लिश मूवी Between the Twelve Miles Reef दिखाई।

इसके बाद मुरली मनोहर हमारे पास आने-जाने लगा। चूंकि अलकेश का परम मित्र था, इस नाते उसके साथ मेरी और कंठी दीदी की भी दोस्ती हो गई। मुरली मनोहर की अवस्था लगभग पैंतालिस की होगी। कंठी दीदी उमड़ कर उससे मिलती। कंठी दीदी में और मुरली मनोहर जैसे धनाढ्य पुरुष में भीतर ही भीतर क्या चल रहा है, इसकी उन्होंने किसी को भनक तक नहीं पड़ने दी। मुरली मनोहर अविवाहित था। अकेला रहता था। दरियागंज में उसका शानदार फ्लैट था। हम दोनों वहां आती-जाती थीं। यह तो बहुत बाद में भेद खुला कि कंठी दीदी अक्सर अकेले में जा कर मुरली मनोहर से मिलती थी। दोनों में से किसी ने हवा तक नहीं निकाली। हो सकता है, अलकेश जानते हों। उन्होंने भी नहीं बताया। मुझे दुख इस बात का हुआ कि कंठी दीदी मेरे साथ हर जगह आती-जाती थी। उसके सुख-दुख में मैंने उसका साथ दिया। उससे मैं इतनी तो उम्मीद करती थी कि मुझे विश्वास में लेती। मैं उसके रास्ते का रोड़ा न बनती।

सच बताऊं? मैं भी मुरली मनोहर के प्रति थोड़ा आकर्षण अनुभव करने लगी थी। वह ज़रा भी दिलचस्पी दिखाता, तो हो सकता है, मैं उससे शादी कर लेती। अलकेश से मैंने प्यार किया था। शुरू-शुरू में जब भी वह दिल्ली आते थे, ज़रूर मिलते थे। लेकिन शादी तो उससे हो नहीं सकती थी, मैं कितना भी चाहती। यह सिलसिला भी उनकी अंतिम चिट्ठी के साथ टूट गया था।

मुरली मनोहर की फिलासफ़ी अजीब थी। वह कुंआरी लड़कियों से दोस्ती न करके शादीशुदा लड़कियों से दोस्ती करता था। कहता था—कुंआरी लड़की गले पड़ जाती है। शादीशुदा के साथ जो मर्ज़ी करो, सेफ़ के सेफ़।

मुरली मनोहर और कंठी दीदी में बात इस हद तक क्यों बढ़ी, इसकी विचित्र कथा है। वास्तव में, लाहौर कॉलेज के दिनों में मुरली मनोहर का किसी लड़की से प्रेम था। दोनों को एक-दूसरे के प्यार पर इतना भरोसा था कि मुरली मनोहर ने झोंक में आ कर कह दिया था कि इस लड़की को कोई मुझसे छीन नहीं सकता, और चैलेंज करता हूं कि अगर कोई इसे ले जाएगा, तो मैं ताउम्र शादी नहीं करूंगा। लेकिन मुरली मनोहर के किसी दोस्त ने ही उस लड़की को ऐसा फुसलाया कि वह उसे ले भागा और मुरली हाथ मलता रह गया। मां-बाप ने बहुत ज़ोर लगाया। भाइयों ने, बहनों ने भी कहा। लेकिन मुरली मनोहर टस से मस नहीं हुआ। दिल्ली आ कर भी वह अपनी भीष्म प्रतिज्ञा पर डटा रहा। अब जब मैं और कंठी दीदी उसके संपर्क में आईं, तो अनायास ही उसके मुख से निकल गया कि कंठी दीदी की शक्ल उसकी कॉलेज के दिनों की प्रेमिका से मिलती-जुलती है। जो उस समय चुनाव के लिए निर्धारित आयु थी।

चुनाव के दिनों में मेरे दांत के दर्द ने ज़ोर पकड़ा। मुरली मनोहर का भाई डेंटिस्ट था। मैं और कंठी दीदी मुरली के साथ डॉक्टर अनंत के क्लिनिक में गए

जो कि कश्मीरी गेट में 'ख़ैबर' रेस्तरां के ऊपर था। उसने बहुत अच्छी तरह अटेंड किया और कहा कि दांत निकालना पड़ेगा। मैं झट तैयार हो गई। डॉक्टर जब दांत निकालने लगा, तो मैं कुछ ज़्यादा ही नर्वस हो गई थी। डॉक्टर अनंत ने कंठी दीदी से कहा—इसकी ब्रा खोल दो। दीदी ने तत्काल वैसा किया। दांत निकलवा कर हम नीचे उतरे, तो कंठी दीदी ने हंसते हुए कहा, "जानती हो, डॉक्टर अनंत क्या कह रहा था? बोलता था, इतने गोल और सख़्त मैंने कभी नहीं देखे।"

मैंने पूछा, "क्या?"

"तुम्हारे उरोज।"

"बाबा रे!" मैं बुरी तरह चौंकी, "यह बात डेंटिस्ट ने तुमसे कही?"

वह बोली, "नहीं री, मुरली मनोहर से। मुझसे कैसे कहता! मुझे मुरली ने बताया।"

कंठी दीदी की इस बात को सुन कर भी मैंने नहीं सोचा कि दोनों के बीच इस तरह की खुली बातचीत होती रहती है। अलकेश मर्जाद ने कभी मुझसे इस प्रकार की बातें नहीं की थीं।

कंठी दीदी तो खीखी हंस रही थी, और मैं बुरी तरह झेंप रही थी। मेरे बारे में आज तक किसी ने इस तरह की सपाट भाषा का प्रयोग नहीं किया था - यहां तक कि अलकेश मर्जाद ने भी नहीं, जिसके मैं इतने निकट चली गई थी। मेरे प्रति जो दीवानगी दिखाते थे, वे भी हैं-हैं-ही-ही ही करते थे। जैसे, एक बार किसी ने मुझसे चिरौरी करते हुए कहा था कि क्या आपकी फोटो मिल सकती है। मैंने फौरन कहा, "क्यों नहीं।" और पर्स में से डायरी निकाली, "देखो, इससे पहले 109 ने मुझसे फ़ोटो मांगी है। आप 110वें हैं। सबसे एक-एक रुपए का कांट्रीब्यूशन लूंगी और फ़ोटो बांट दूंगी।"

उसके बाद उसके कभी दर्शन नहीं हुए।

उन्हीं दिनों अजमेरी गेट वाले कांग्रेस पार्टी के दफ़्तर में काम करने वाली राज शर्मा और सिकंदर बख़्त का किस्सा हो गया। वे आपस में प्रेम करते थे और शादी करना चाहते थे, लेकिन धर्म के ठेकेदारों को यह कैसे गवारा हो सकता था। दिल्ली की गलियों में "राज-सिकंदर हाय-हाय" के नारे लगाते जुलूस निकलते। सुभद्रा जोशी की जीप पर पत्थर भी मारे गए।

मैं हैरान थी कि ऐसी क्या बात है जिसके लिए इत्ता हो-हल्ला हो रहा है। मैं व्यक्तिगत रूप से जिससे भी पूछती कि आपको क्या ऐतराज़ है, तो जवाब मिलता, "कोई ऐसी बात नहीं है। भीड़ का अपना कोई मत नहीं होता। उसे जिधर हांकिए, वह चल पड़ती है।" यह हंगामा बहुत समय तक रहा। जब तक शांत हुआ, राज-सिकंदर शादी करके सुखपूर्वक अपनी गृहस्थी चला रहे थे।

प्रायः हम छोटी-छोटी मीटिंगें करते रहते थे। मोतियाखान की लोहामंडी में खड्डा-सा था, जिसमें बेशुमार झुग्गियां थीं। वहां मैंने ग़रीबों को दूध वितरित करना शुरू किया।

मोतियाखान लोहामंडी में एक मीटिंग के दौरान मैं सेठ हीरानंद के संपर्क

में आई। असल में सेठ जी ने ही यह मीटिंग रखवाई थी। मैंने छोटा-सा भाषण दिया। लोगों का साथ मांगा, जिससे वे लोग भी नेक कामों में हाथ बंटा सकें। मेरा भाषण सुनने के बाद हजूम का हजूम मेरा दीवाना हो गया और किसी भी सामाजिक कार्य के लिए मेरा हाथ बंटाने को तैयार।

सेठ हीरानंद का लड़का रामानंद और दामाद सुमन तो मुझ पर अपने अनुराग की बारिश करने लगे। लगे हाथों उन्होंने मुझे अपने घर इनवाइट भी कर लिया। सेठ हीरानंद जी का घर मेन बाज़ार में था। सुमन और उसकी पत्नी, जिसका नाम भी सुमन था, निकट ही रहते थे। वे भी आ गए। उन्होंने मेरी व कंठी दीदी की बड़ी आवभगत की। इस तरह, रामानंद और सुमन के लिए हमसे मिलने का रास्ता साफ़ हो गया। उन्हीं दिनों उन्होंने 'ब्यूक' खरीदी थी जो किसी समय सरदार पटेल की हुआ करती थी। उस गाड़ी में सैर के लिए उन्होंने हमें न्यौता दिया। इसके लिए उन्होंने उन दो लड़कों - अमर और मनोहर - का सहारा लिया जो खड्ड में दूध बांटने तथा साक्षरता में मेरी मदद किया करते थे। तय हुआ कि तुग़लकाबाद किले पर पिकनिक मनाई जाएगी। उनके साथ उनका कोई दोस्त भी था, जिसे वे भ्राता कहते थे। वह कुंआरा था या रंडुवा, पता नहीं, लेकिन था बड़ा हंसोड़ प्रवृत्ति का। तय समय पर मय सामान हम तुग़लकाबाद किले के खंडहर देखने पहुंचे। कुतुब से ले कर तुग़लकाबाद तक उस वक्त कोई सड़क न हो कर खंडहर ही खंडहर दिखाई पड़ते थे - एंडलेस रुइन - अनंत भग्नावशेष। 'ब्यूक' हिचकोले खाती पहुंची थी। किले के भग्नावशेषों पर चढ़ कर हमने किले का कोना-कोना छान मारा था। सबको तुग़लकाबाद बहुत पसंद आया। सुमन ने मुझसे पूछा कि मैं ऐसी—उनके शब्दों में रोमांटिक—जगह के बारे में कैसे जानती हूं।

हमने—मैंने और कंठी दीदी ने तो अलकेश और के. के. के साथ दिल्ली का ऐसा कोई कोना नहीं छोड़ा था जहां न गए हों। एक बार तय हुआ था कि क्यों न किसी नई जगह जाया जाए। बस, छुट्टी वाले दिन तुग़लकाबाद का प्रोग्राम बना। तांगे वाले से पांच रुपये किराया तय हुआ और हम तुग़लकाबाद पहुंच गए। इसलिए जब रामानंद और सुमन ने पिकनिक के लिए कहा था, तो मैंने सहज ही तुग़लकाबाद का नाम ले लिया था। शहर के कोलाहल से दूर खंडहरों में घूमना अपने-आपमें बड़ा रोमांटिक था।

काफ़ी यादगार रही यह पिकनिक। हम सब हंसते-खेलते वापस आए। उनके साथ आने वाला 'भ्राता' तो दीदी का इतना दीवाना हुआ कि उसके बाद कंठी दीदी से मिलने के लिए बार-बार इसरार करता था। लेकिन कंठी दीदी ने उसे हाथ नहीं धरने दिया। एक तो भ्राता जी के प्रति वितृष्णा थी, दूसरे, मुरली मनोहर के प्रति आसक्ति।

अपने बारे में यह भी बताने में कोई हरज नहीं। सच्ची बात है। जिस तरह सिकंदर बख़्त के साथ राज इन्वाल्व हो गई थी, मैं उस तरह तो नहीं, लेकिन मैं मनोज कुंदरा नामक नौजवान के साथ ज़रूर आने-जाने लगी थी। मन ही मन सोचती थी कि कोई अच्छा-सा लड़का मिले, दहेज वग़ैरह का लफड़ा न हो, तो शादी कर

लूं। मनोज मुझे ऐसा ही नौजवान लगा था। लेकिन इस संबंध का बड़ी दुखदायी स्थिति में अंत हुआ। मुझे अफ़सोस इस बात का था कि मनोज सुशील और शिष्ट किस्म का युवक था। लेकिन एक झोंक में आ कर उसने अपने सिर में मिट्टी डाल ली थी और मैंने उससे पल्ला झाड़ लिया था।

किस्सा कुछ इस तरह हुआ।

हमारी एक सहेली थी। तारा उसका नाम था। ये लोग बहावलपुर से आए शरणार्थी थे। राजेंद्र नगर में रहते थे। तारा दो भाइयों की इकलौती बहन थी। बाप नहीं था। बड़ी हंसमुख और दिलफेंक किस्म की लड़की थी। उसकी फ़िलासफ़ी यह थी कि अगर उसका साथ पा कर कोई खुशी हासिल करता है, तो वह उसे यह खुशी क्यों न दे। तारा के सगे भाई ने एक दिन हम सबकी उपस्थिति में लाज-संकोच को ताक पर रख कर यह विचित्र बात कही थी, "जब हमारी नीयत ख़राब है, हम किसी लड़की को छोड़ते नहीं हैं, तब हम कैसे उम्मीद कर सकते हैं कि हमें कोई 'प्योर' लड़की मिलेगी।" 'प्योर' से उसका मंतव्य संभवतः अछूती होगा।

तारा हंस रही थी। लेकिन मैं तो सुनते ही लाज के मारे गड़ गई थी।

तारा के दो चचेरे भाई थे, जो उनके पड़ौस में रहते थे। एक दिन तारा हमें उनके घर ले गई। तारा का बड़ा कज़िन अपने तीनों बच्चों के साथ बैठा गपशप कर रहा था। थोड़ी देर बाद ही दूसरा कज़िन, यानि मनोज कुंदरा आ गया और हमारी बातचीत में शामिल हो गया। मनोज गोरा-चिट्टा, बांका जवान था, एल. एल. बी.। वकालत अभी शुरू ही की थी। जब हम घर जाने के लिए उठीं, तो बड़े भाई ने उससे कहा, "मनोज, दोनों लड़कियों को बस स्टॉप तक छोड़ आओ। शाम हो गई है।"

मनोज हमारे साथ चल पड़ा। रास्ते में इधर-उधर की बातें करते हुए हम बस स्टैंड तक आए। हमें वहां छोड़ने से पहले उसने हमसे वादा ले लिया कि हम मिलते रहेंगे। इस तरह, हमारा मेलजोल शुरू हुआ। हम तीनों ही मिलते थे। डिलाइट में पृथ्वीराज कपूर के नाटकों का मंचन शुरू हुआ, तो मनोज ने मेरी भी टिकट ले ली। शो रात को काफ़ी देर बाद ख़त्म होता था। मैं उसके साथ चली तो गई थी, लेकिन कभी इतनी देर तक घर से बाहर नहीं रही थी। हाल में बैठी मैं इतनी उतावली हो उठी कि एकदम उठ खड़ी हुई थी, "मुझे नहीं देखना है नाटक-वाटक। मेरे घर में सब परेशान हो रहे होंगे। मैं जाऊंगी।"

नतीजतन मनोज को भी उठना पड़ा। सचमुच, पीछे घर में सब लोग घबरा गए थे। कंठी दीदी को बुला कर पूछते थे, "कहां गई है? पहले तो कभी इतनी देर नहीं लगाई इस लड़की ने।" कंठी दीदी तो जानती थी। बेचारी कैसे सच उगलती। उन्हें ढाढ़स देती रही, "अभी आ जाएगी, अभी आ जाएगी।"

ऐसे में मैं घर पहुंची, तो सबने राहत की सांस ली। ख़ासकर कंठी दीदी ने, जो बेहाल हो रही थी। मैंने आधा सच, आधा झूठ बता कर इस मामले पर पटाक्षेप कर दिया।

मैं झूठ नहीं बोलूंगी। मनोज मुझे अच्छा लगा था। मिलनसार भी था। इसलिए मैं उसके साथ निःसंकोच आने-जाने लगी थी। वह मुझसे रोज़ मिलने का इसरार करता था। पर मैं एक ही बात कहती थी—जब तक कोई बात पक्की नहीं हो जाती, हमें रोज़ नहीं मिलना चाहिए...

एक दिन मनोज हमारे घर आया। मेरी मां ने जब उससे शादी की बात की, तो वह कुछ बोलने से कतराता रहा। उसके बाद जब मैं उससे मिली, तो कहता है, ''मुझे समझ नहीं आती, क्या बात करता और क्या कहता। इस बीच हमें मिलना चाहिए और रिश्ते को मज़बूत करना चाहिए।''

मुझे लगा कि मैंने उसे अपने घर ला कर गलती की। हो सकता है, हमारे रहन-सहन से उसे लगा हो कि दहेज वग़ैरह की शक्ल में कुछ प्राप्ति नहीं होगी। मेरे मन में उसके बारे में अजीब-सा ख़दशा घर कर गया था। ऊपर-ऊपर से तो उसके आचार-व्यवहार से ऐसा कुछ लगा नहीं। हमारा एक-दूसरे के प्रति रुझान हो चला था। इसीलिए मैंने उसके साथ आना-जाना बंद नहीं किया। फिर मुझे अपने पर भरोसा था।

एक दिन शाम को हम बिरला मंदिर में मिले। वहां से निकले, तो मनोज बोला, ''बस क्या लेनी है। मौसम अच्छा है। चलो, बातें करते हुए चलते हैं। रजिंदर नगर से तुम्हें बस पर चढ़ा दूंगा।''

मैं भोले भाव से उसके साथ चल पड़ी। मंदिर की बग़ल में जंगलात से घिरी 'लवर्स लेन' थी जिसमें प्रेमी जोड़े घूमने आते थे। लेकिन उस दिन से पहले मुझे न तो इस रास्ते का और न ही इसके नाम का ज्ञान था। वैसे, अभी तक मनोज के साथ उठने-बैठने में मुझे कभी कोई डर नहीं लगा था। लेकिन उस दिन पता नहीं मनोज के मन में क्या समाया कि उसने अजीब हरकत की। हम बातें करते हुए जा रहे थे। हमारी तरह ही आगे-पीछे कुछ जोड़े टहलते हुए दिखाई पड़ते थे। एक जोड़ा गलबहियां डाले चूमाचाटी कर रहा था। हमें आते देख वे खिलखिलाते हुए दूसरी दिशा में खिसक गए। उस शाम हमने वहां अनेक जोड़ों को झाड़-झंखाड़ के बीच चिपटने-लिपटने, चूमाचाटी करते हुए देखा। ऐसे माहौल में ही यह सब हुआ। मनोज को भी क्या सूझी कि चलते-चलते अचानक मुझे रोकता है और मेरे कंधों पर हाथ रख कर आंखों में झांकते हुए कहता है, *''एलो मी टु किस यू...''*

मैं हतप्रभ! मेरे साथ उसने ऐसी हरकत कभी नहीं की थी। मैंने कहा, ''मनोज, आज तुम्हें यह क्या सूझा?'' वह बोला, ''इसे लवर्स लेन बोलते हैं। देखा नहीं, यहां लड़के-लड़कियां इसी परपज़ के लिए आते हैं। बहुत कुछ करते हैं...''

मैंने कहा, ''मनोज! तुम इसी परपज़ के लिए मुझे यहां लाए हो?'' वह बोला,''सहायता, किस तो एक आर्डिनरी, हार्मलेस चीज़ है। फिर हम दोनों जल्दी ही शादी करने वाले हैं।'' मैंने कहा, ''तब की बात तब देखी जाएगी। शादी से पहले ऐसा कुछ नहीं होगा।''

जिन जोड़ों को हमने यहां-वहां मटरगश्ती करते हुए देखा था, उनमें से कई

झुरमुटों में खो गए थे। मुझे देख-देख कर मनोज मुस्का रहा था। मुझे घबराहट हुई, "मनोज, वापस चलो।"

मनोज ने हंसते हुए मेरा हाथ पकड़ लिया, "ओके, ओके। आइ एम सॉरी, सहायता!"

"मैंने तुम पर हमेशा विश्वास किया है।"

"सहायता, आइम सॉरी, रियली सॉरी। हम पहुंच रहे हैं।" लेकिन यह तो कहने की बात थी। लगता था, आज मनोज ज़रूर ही कुछ सोच कर आया था। थोड़ा आगे आ कर अचानक यह बेहूदा सवाल करता है, "सहायता, सेक्स के बारे में तुम्हारे क्या विचार हैं?"

सुनते ही मैं तो सन्न रह गई। मैंने उसकी आंखों में देखा, तो मुझे उसमें अजीब-सी लालसा दिखाई दी। मैं कुछ कहूं कि वह पूछता है, "बोल, सहाय, (कभी-कभी प्यार से वह मुझे इस नाम से भी पुकारता था) क्या तुम्हें इसकी कभी ज़रूरत महसूस नहीं होती? सेक्स की?"

मेरा अंग-अंग थर्रा उठा था। मनोज का अगला सवाल और भी विकट था। पूछता है, "कभी डिस्चार्ज हुई हो?"

यह क्या पूछ रहा है?

"रात को अकेले सोते हुए क्या फ़ीलिंग्स होती हैं?"

मैं तो इन सारी बातों से अनभिज्ञ थी। भीतर ही भीतर सुलग रही थी। सुनसान जंगल था। अब मैं उससे थोड़ा फ़ासला रख कर चलने लगी। डर था कि कहीं अचानक दबोच ही न ले, जैसे जंगल में चीता उछल कर हिरणी को दबोचता है। भगवान का लाख-लाख शुक्र! मुझे वह सब नहीं देखना पड़ा।

तब तक हम लवर्स लेन से निकल कर उस चौक में आ गए थे जहां से राजेंद्र नगर को रास्ता जाता था। शायद मनोज के अंतःकरण ने उसे कचोटा होगा या वह डर गया होगा। बोला, "आइम सॉरी, सहायता। मिट्टी डालो। घर चाय पी कर जाना।"

लेकिन मैंने साफ़ मना कर दिया। बस स्टॉप तक हममें कोई संवाद नहीं हुआ। अलग होने से पहले मनोज कहता है, "आज के प्रकरण के लिए मैं क्षमा चाहता हूं। इसके साथ यह भी तुमसे कहना चाहता हूं : "Either you are not a woman or you are defective, and if both the things are not there, then you are a goddess, and, I am sorry, I am not going to marry a goddess."

इस तरह, मनोज प्रकरण भी समाप्त हुआ। कुछ दिनों के बाद जालंधर से इसी मनोज का पत्र आया, जिसमें पुनश्च करके उसने यह पंक्ति लिखी थी : "I would congratulate the person who marries you."

मनोज की बहन तारा के साथ भारी ट्रेजडी हो गई। अट्ठाइस फ़रवरी को उसकी शादी हुई थी और नौ मार्च को उसके पति की मौत हो गई। मेरा और कंठी दीदी का तो रो-रो कर बुरा हाल हो गया। वे आगरा में हनीमून से लौटे थे। तारा के पति ने पेनिसिलीन का इंजेक्शन लिया था, जो रिएक्ट कर गया था। होली

का दिन था। सब रास्ते बंद थे। जब तक डॉक्टर आता, तारा के पति की मौत हो चुकी थी। इसके एकाध बरस बाद तारा दूसरी शादी करके यूनाइटिड स्टेट्स चली गई।

इस तरह, मनोज के बाद तारा से भी हमारा संपर्क टूट गया।

सरकारी स्कूल में अपनी नौकरी से मैं खुश और निश्चिंत थी। घर का ख़र्चा चलने लगा था। बहनें पढ़ने के साथ-साथ ट्यूशनें करके थोड़ा-बहुत पैसा लाने लगी थीं। पापा भी थोड़ा-बहुत काम करने लगे थे। मैं बहुत सारी संस्थाओं की सदस्या या सेक्रेटरी होने के नाते व्यस्त रहती थी। छुट्टियों में भी घर बैठना नसीब नहीं होता था। गर्मी की छुट्टियां हो गई थीं। उन्हीं दिनों अजमेरी गेट का उपचुनाव तय हो गया। मैं अत्यधिक व्यस्त हो गई। डॉ. एम. एम. बेग को कांग्रेस की टिकट मिली थी। उन दिनों एक धारणा यह थी कि जब आम चुनाव होते हैं, तो कांग्रेस जीत हासिल करती है, उप-चुनाव में जनसंघ जीतती है, क्योंकि संघी लगन से तथा हाड़तोड़ मेहनत करते हैं और अपनी जेब से चना-चबैना खा कर मिशनरी स्पिरिट से काम करते हैं, इसलिए जीत जाते हैं।

अजमेरी गेट उप-चुनाव के लिए कांग्रेस भी कमर कस कर मैदान में उतरी। जोशी जी को पुरुषों का और मुझे महिलाओं का प्रभारी बनाया गया। दफ़्तर लाल कुंआ के कूचा पंडित में खोला गया। मैं प्रतिदिन सुबह सवेरे दस बजे से ले कर शाम सात-आठ बजे तक वहां बैठती। सारी लिस्टें चेक करती।

इसी सिलसिले में नगरपालिका के सदस्य, एम. एल. ए., एम. पी. आते और बैठ कर हम लोग विचार-विमर्श करते। बेग साहब के दर्शन तो कभी-कभार होते थे, क्योंकि वह चुनाव लड़ने में ज़्यादा दिलचस्पी नहीं रखते थे। पास-पड़ोस से बहुत सारी स्त्रियां व लड़कियां भी आती थीं। उन्हें मैं एक-एक गली के हिसाब से वोटरों की लिस्ट देती थी। दो स्त्रियां, एक नगरपालिका का सदस्य तथा एक एम. एल. ए. साथ-साथ घर-घर जाकर चैक करते और कांग्रेस के पक्ष में वोट डालने को कहते। मुस्लिम औरतें और लड़कियां भी बड़ी तादाद में दूर-दूर से हाथ बंटाने आती थीं। उनमें से मटिया महल से आने वाली बेहद खूबसूरत बानो एक दिन आई और रोते-रोते बोली, ''देखो, आपा, हम यहां रोज़ आ कर कुछ करना चाहते हैं, पर अम्मीजान हैं कि हमें आने ही नहीं देतीं। आप ही उन्हें समझाइए।''

मैं तो उसकी आंखों से गिरते हुए मोती ही देख रही थी और उसके अति सुंदर मुख को निहार रही थी। उसकी बात कहां सुनती। उसकी मां को मैंने अपनी ओर से भरसक यकीन दिलाया कि लड़की यहां बिलकुल सेफ़ है। आपको चिंता करने की ज़रूरत नहीं है। हालांकि मैं खुद भी उम्र के उस पड़ाव पर नहीं पहुंची थी कि उन्हें आश्वस्त कर सकूं। अठारह बरस की लड़की भला दादी-अम्मा कैसे हो सकती है! पर मुझे तो दुख के थपेड़ों ने उम्र से पहले ही बुजुर्ग बना दिया था। मैंने तो बचपन और बुजुर्गियत ही देखी। जवानी कब आई, कब गई, पता ही नहीं चला। बीच-बीच में चाहने वाले आ कर यह अहसास ज़रूर दिला जाते

थे कि मैं जवान हूं और सुंदर भी हूं। मगर मैं ज़िम्मेदारियों में इतनी डूबी थी कि इस बारे में कभी सोचती ही नहीं थी।

अब कूचा पंडित में जिन-जिन लोगों से परिचय हुआ, उनकी फ़हरिस्त काफ़ी लंबी है। सबसे पहले स्वतंत्रता सेनानी श्रीमती रुक्की बाई मिली। उन्हीं की भतीजियों—कुसुम रानी कपूर व भीष्म रानी कपूर के साथ मैं मिंटो रोड स्कूल में काम कर चुकी थी। उन्होंने जब मुझे महिला प्रभारी बनते हुए देखा, तो एकदम उबल पड़ीं, "अरे, हमारे होते कल की छोकरी को यहां किसने बैठा दिया?" इस पर शायद नायर जी ने या सुभद्रा जोशी ने कहा, "आप बुजुर्ग हैं। आपके साए में यह काम करेगी। आप इसे गाइड करेंगी। आपको यह छोटा-सा क्लर्की का काम हम थोड़े करने देंगे।"

इस पर दिखावे के लिए वे शांत तो हो गईं, पर मुझे नीचा दिखाने का कोई न कोई मौका ढूंढ़ती रहतीं। बहुत जल्दी उन्हें यह मौका मिल भी गया। वह इस तरह कि चिरंजी लाल नामक एक आदमी नगरपालिका का सदस्य था। एक तो भौंडी शकल, फिर हैंहैं करते हुए बात करता था। बात करते हुए मुंह से लारें टपकती थीं। इतना घिनौना लगता था कि देख कर उलटी आती थी। वह किसी न किसी बहाने मेरे आसपास मंडराता रहता था। हमेशा लल्लो-चप्पो करते हुए कहता था कि सर्वे के लिए उसके साथ लड़कियां दूं, औरतें नहीं। और ऐसी कई बातें थीं जिनकी कोई तुक नहीं बैठती थी।

मैं अक्सर उससे कन्नी काटती थी और कभी-कभी कह भी देती, "चिरंजी लाल जी, जिन औरतों को मैं आपके साथ करती हूं, उन्हीं के साथ आपको काम करना है। आपकी मर्ज़ी नहीं चलेगी। अगर कोई शिकायत है, तो बरुआ साहब से जा कर करिए।"

अब रुक्की बाई ने मेरी ही शिकायत कर डाली, "चिरंजी लाल हर वक्त इस लौंडिया के पीछे लगा रहता है। यह ठीक नहीं है। मुझे तो इसके लच्छन अच्छे नहीं लगते। तभी तो मैं कहती थी कि किसी बड़ी उम्र की औरत को वहां बैठाना चाहिए।"

मतलब साफ़ था कि वह स्वयं चाहती थी कि वहां बैठे और सबसे मेलजोल बढ़ाए।

मुझे हकीकत का पता चला, तो मैं सीधी बरुआ साहिब के पास गई। बरुआ साहब सारे चुनाव को हैंडिल कर रहे थे। असम के होने के कारण दिल्ली की गर्मी उनके लिए असह्य थी। कमरे में दो-दो पंखे चला कर और दरवाज़े पर गीली बोरियां लटका कर उन्हें बैठाया जाता था। मैं जब पहुंची, वह किसी से मंत्रणा कर रहे थे। मुझे देखते ही मुस्कुरा कर मेरा स्वागत किया, "आइए, क्या प्रॉब्लम है।"

मैं एकदम फूट पड़ी, "बरुआ साहब, मैं कल से नहीं आऊंगी। मुझे किसी की उलटी-सीधी नहीं सुननी है। यह मेरी रोज़ी-रोटी नहीं है जिसके लिए मैं रुक्को बाई के लांछन सहूं।"

इस पर बरुआ साहब ने ज़ोर का ठहाका लगाया और कहा, ''बस, डर गई? इसी हौंसले से समाजसेवा करने निकली हो। अरे, यह तो कुछ नहीं। कभी-कभी तो होम करते हाथ भी जलाने पड़ते हैं। और यह तो छोटा-मोटा लांछन है। वह तुम्हारी मां से भी बड़ी हैं। उन्होंने कह दिया और तुमने हथियार डाल दिए? तुमने तो उन्हें अपने मकसद में कामयाब कर दिया। यही तो वह चाहती हैं कि डरा-धमका कर, उलटे-सीधे आरोप लगा कर तुम्हें भगाया जाए।''

मैंने सुबकते हुए कहा कि मैं उनके उलटे-सीधे आरोप से कहां घबराई हूं। मेरा तो मतलब यह है कि अगर उन्होंने लांछन लगाना ही था, तो ढंग के आदमी के साथ लगातीं। उस चिरंजी लाल के साथ नहीं, जिसकी शक्ल से भी घिन्न आती है। कोई ढंग का आदमी होता, तो मैं खुश होती कि चलो, बदनाम किया, ढंग के आदमी के साथ तो जोड़ा।''

बरुआ साहब ने ज़ोर का ठहाका लगाया, ''अच्छा, तो यह बात है। ऐतराज़ चिरंजी लाल के साथ जोड़ने से है!''

इसके बाद मैं वहां अपने काम से मतलब रखती।

उस एक महीने में कई लोगों से परिचय हुआ, कितनों से रिश्ते बने और जीवन में क्या-क्या अनुभव हुए, यह एक लंबी फ़हरिस्त है। वहीं मेरी मुलाकात एच के एल भगत से हुई। उनसे अच्छा रिश्ता भी बन गया। वह अक्सर कहते, ''मुझे भगवान ने छठी बहन दी है।'' यह दीगर बात है कि बाद में उन्होंने मुझे पहचाना भी नहीं और न ही मैंने उन्हें अपनी पहचान बताई। यही सोचती कि इतना समय इकट्ठा गुज़ारने और गपशप करने के बाद भी अगर कोई व्यक्ति कुर्सी पा कर इस तरह बदल सकता है, तो मैं ही अपनी पहचान क्यों ज़ाहिर करूं। मुझे तो किसी से कुछ चाहिए नहीं था।

चुनाव के दिनों में ही मोहन सिंह बम्मी व तीरथ मीरचंदानी के घरवालों से भी संबंध बना। सबसे प्यार और आदर पाया। वहीं मोहन सिंह साहनी भी मिले जो दरियागंज में बहुत बड़ी बिल्डिंग में रहते थे। एक बार उन्होंने बड़े तपाक से होटल में खाने पर भी बुला लिया। बाद में एक दिन मैं किसी काम के सिलसिले में उनके दफ़्तर पहुंची, तो ठिठक कर खड़ी रह गई। सामने जो व्यक्ति बैठा था, उसे तो मैं जानती भी नहीं थी। एकदम आवाज़ आई, ''आइए, आइए, नहीं पहचाना न! कैसे पहचानती। मैंने केश जो कटवा लिये हैं। यू नो, एक दिन बड़ी गर्मी लगी। मैंने छोटे भाई से कहा, गो एंड फ़ेच ए बारबर, और मैंने केश कटवा लिये।''

मैं हैरान रह गई। वहां से निकली, तो रास्ते में दरियागंज के बाज़ार में बीजों की दुकान थी। दो भाई थे जो भारत सेवक समाज में आया करते थे। मैं जा रही थी कि छोटा भाई, जिसका नाम घनश्याम चोपड़ा था, आ गया और बोला, ''मैं भी तुम्हारे साथ समाज चल रहा हूं।''

हम बातें करते हुए चल पड़े। रास्ते में चोपड़ा बोला, "सहायता जी, आपने खूनी दरवाज़ा देखा है?" इसकी मुझे कोई जानकारी नहीं थी। कभी अलकेश ने इसका ज़िक्र ज़रूर किया था, लेकिन उधर जाने का कभी मौका नहीं मिला। वह बोला, "चलिए, आपको दिखा लाएं। वो सामने है।"

मैं भोले भाव से उसके साथ चल पड़ी। खूनी दरवाज़ा जेल की बग़ल में रास्ते के बीचोंबीच खड़ा था। सुनसान-सी जगह थी। दरवाज़े के भीतर जा कर मैं दीवारों को देख रही थी। मैं जान भी नहीं सकती थी कि उस वक्त चोपड़ा के मन में क्या समाई थी। वह एक जगह बैठा पसीना पोंछ रहा था। मैं छत की तरफ़ देखते-देखते उसके निकट से गुज़री, तो अचानक पीछे से उसने मुझे दोनों बाहों में भर कर ज़बरदस्ती अपनी गोद में बैठाया और मैं तत्काल उछल कर खड़ी हो गई। ऐसे लगा था, जैसे मैं कीलों पर बैठ गई होऊं। मैं इतनी डरी कि शोर मचा दिया, "बचाओ, बचाओ, कोई है?"

चौकीदार दौड़ा आया। मैं खड़ी-खड़ी कांपती हुई चोपड़ा की तरफ़ देख रही थी। चौकीदार ने आव देखा न ताव, कस कर उसे डंडा जड़ दिया। इस पर चोपड़ा धौंस दिखाते हुए उससे कहता है, "तू जानता नहीं, मैं कौन हूं!"

"मुझे पता है, तू खुदा है, सो ले..." और चौकीदार ने कस कर एक और डंडा मारा। अब चोपड़ा वहां खड़ा नहीं रह सका। भागता नज़र आया। पीछे चौकीदार ने मुझसे कहा, "बेटी, तुम ऐसे लोगों के साथ यहां आती क्यों हो? कई बार यह लड़कियों के साथ आता रहता है। अब जाओ। रास्ते में बदमाशी करे या डराए-धमकाए, तो सीधा सामने जेल के सिपाहियों के हवाले कर दूंगा पाजी को।"

मैंने आ कर मिसिज़ सांत्वना माथुर को सारा किस्सा बताया, तो उन्होंने उल्टे मुझे ही डांट दिया, "ऐसी जगहों पर अकेली जाने का मतलब क्या था? जानती नहीं हो, मर्द की ज़ात कैसी होती है?"

उसके बाद जीजी ने घनश्याम के भाई को बुला कर खूब लताड़ा, "तेरा भाई इस लड़की की जूती के बराबर भी नहीं है।"

"जीजी," वह जीजी से आंख नहीं मिला पा रहा था, "मैं इस लड़के की वजह से बहुत शरमिंदा हूं।"

"तुम्हारी वजह से छोड़ रही हूं। एक टेलिफ़ोन करूं, हवालात की हवा खाने जाएगा। आया था छोकरी पटाने।"

वह गया, तो जीजी मेरा कान पकड़ कर कहती हैं, "इस छोकरी को देखो, हरेक के साथ चल पड़ती है। अभी हाथ नहीं लगे न!"

मैं हैरान थी। मेरा अनुभव तो और था। आज तक किसी ने मेरे साथ ऐसी हरकत करने की जुर्रत नहीं की थी।

चुनाव के दिनों में फ़ख़रूद्दीन अली अहमद की बहन अख़्तर अक्सर मुझे अपने घर दोपहर को खाने पर ले जाती थी। उससे चूंकि पुराना परिचय था और वह मेरी अच्छी सहेली भी थी, उसके घर मैं पहले भी आती-जाती थी, सो, उसके

घर जाने में मुझे कोई हिचक नहीं होती थी। उनका घर कूचा पंडित लाल कुआं में था जो कि मेरे चुनावी दफ़्तर के बिलकुल पास था। सो, मैं उनके घर चली जाती। अम्मी बड़े प्यार से खाना खिलाती थीं।

अख़्तर पांच बहनें और पांच ही भाई थे। कहती थी, "मेरी बड़ी बहनें पाकिस्तान चली गई हैं। तीन बहनें यहां हैं। हमीदा आपा अंजुमने-तरक्की उर्दू की सेक्रेटरी हैं। अनीसा बाजी घर में ही रहती हैं। और अम्मी की देखभाल करती हैं। और मैं तुम्हारे सामने हूं। दो भाई पाकिस्तान चले गए हैं। दो इंग्लैंड में हैं। केवल एक ही भाई यहां हैं जो आसाम में रहते हैं।"

वह और कोई नहीं, फ़ख़रुद्दीन अली अहमद थे।

अख़्तर अक्सर कहती कि उसकी और उसकी बहनों की शादी न होने का कारण यह है कि उनकी बराबरी के जो उच्च मध्य वर्ग के लोग थे, वे पाकिस्तान चले गए। जो रह गए हैं, वे कुंजड़े किस्म के लोग हैं। सो, उनमें हम शादी नहीं करना चाहेंगे। हमें तो कुंआरा ही रहना है।"

मैंने कहा, "अख़्तर, तुम्हारे मुंह से यह बात अच्छी नहीं लगती।" लेकिन वह अपनी राय पर कायम रही। अख़्तर हंसमुख व ज़िंदादिल स्त्री थी। उनका घर क्या, बहुत बड़ा अहाता था। दर्जनों परिवार उसमें रहते थे, जो सब उनके नज़दीकी रिश्तेदार थे। वहीं मिसेज़ शामनाथ से उन्होंने परिचय कराया, क्योंकि मिसेज़ शामनाथ शे'रो-शायरी की बड़ी शौकीन थीं। इसी तरह गुलज़ार देहलवी से भी वहीं परिचय हुआ, जो बाज़ार सीताराम में रहते थे। मेरा रुझान भी शे'रो-शायरी की तरफ़ हो चला था। उनके घर जब भी ग़ज़लों या शे'रो-शायरी का प्रोग्राम होता, मैं ज़रूर होती।

उन्हीं दिनों मैंने जोशी जी से और अख़्तर के जानने वालों से तथा दूसरे लोगों से भी बात की कि क्यों न अख़्तर की शादी बेग साहब से करवा दी जाए। सब इस बात से सहमत हुए और पता नहीं किसने बात आगे बढ़ाई। लेकिन बात आ कर 'हक मेहर' पर अटक गई और एक जोड़ा बनते-बनते रह गया। मैं, जो उनके घर जा कर खाना खाती और सुस्ताती थी, फिर कभी नहीं जा पाई। इसका मलाल मुझे ताउम्र रहेगा। काफ़ी दिनों बाद पता चला कि अख़्तर की मौत हो गई है। धक्का लगा। मेरी प्यारी दोस्त चली गई थी। बेग साहब से भी उसके बाद केवल एक बार ही मिलना हुआ। वह भी इसलिए कि एक काम से मुझे उनके कॉलेज जाना पड़ा। बड़ा दिलचस्प किस्सा है।

हुआ यह कि एकांत भाई की बदौलत मुझे सरकारी स्कूल में नौकरी मिली थी। एकांत के किसी दोस्त का भाई दिल्ली कॉलेज में पढ़ता था और कुछ अंकों से फ़ेल हो गया था। एकांत ने मुझसे कहा कि तुम बेग साहब को अच्छी तरह जानती हो। उनसे यह कहो कि फ़ेल विद्यार्थियों को एक चांस दें जिससे वे अपनी परफ़ारमेंस सुधार सकें। मुझे क्या उज्र हो सकती थी। मुझे लगा था कि यह तो कोई बड़ा काम नहीं है। मैं बेग साहब के दफ़्तर पहुंची, तो नमस्कार के आदान-प्रदान

के बाद बहुत ही तपाक से उन्होंने पूछा कि क्या लोगी। मेरे मना करने पर बोले, "अच्छा है, आप बड़े मौके से आई हैं। आपसे एक सलाह कर लेते हैं।"

मैंने सिर उठा कर देखा, जैसे कहा हो, "कहिए"।

बोले, "मैं सोचता हूं कि जो फ़ेल विद्यार्थी हैं, उन्हें कॉलेज से निकाल दिया जाए और उनकी जगह नए विद्यार्थी भरती किए जाएं। आपका क्या ख़याल है?"

मैं हैरान! कहां तो मैं फ़ेल विद्यार्थियों को चांस दिलाने की बात करने आई थी, कहां अब यह कहना पड़ रहा है कि नहीं, उन्हें कॉलेज से मत निकालिए। बेग साहब ने तो मुझसे यह तक नहीं पूछा कि मैं उनसे मिलने कैसे आई हूं। फिर यह कैसे जान गए कि मैं कोई सिफ़ारिश ले कर आई हूं? मुझे बार-बार यह कहना पड़ा कि ऐसे विद्यार्थियों को अगर कॉलेज से निकालेंगे, तो उनका कैरियर ख़राब होगा। सो, उन्हें कॉलेज में ही रखिए।

उन्हें नमस्कार करके मैं बाहर आई। उनके पी. ए. से बात की, तो वह बोले कि मिस्टर बेग ज़बान के इतने मीठे हैं कि किसी को भी कोई गिला नहीं होता। लेकिन काम वह किसी का करते नहीं। मैं भी बड़ा उग्र स्वभाव का था। लेकिन इनके साथ रहते हुए मैंने भी ज़बान में शीरीं घोल ली है। किसी का काम करो या न करो, लेकिन बोलो इतना मीठा कि अगले को काम न होने का शिकवा ही न रहे।

चुनाव के दिनों की दो घटनाओं का ज़िक्र न करूं, तो यह प्रकरण अधूरा रह जाएगा।

एक : उन दिनों इंदिरा गांधी भी लोगों से मत मांगने के लिए आई थीं। जब वह एक गली से गुज़र रही थीं और लोगों से कांग्रेस के पक्ष में मत डालने के लिए कह रही थीं, तो अचानक एक औरत सामने आ कर कहती है, "जनसंघ को वोट क्यों न दें, कांग्रेस को ही क्यों दें?" इंदिरा बिलकुल चुप। जैसे, कोई जवाब नहीं था उनके पास।

दो : जी. बी. रोड का इलाका गाने वालियों और वेश्याओं का था। अब उन्हें अपना मत डालने के लिए कहने कौन जाए, यह समस्या थी। मैं न तो किसी लड़की को, न ही किसी औरत को वहां भेज सकती थी। संभ्रांत पुरुष उधर जाने से कतराते थे। चाहे रात के अंधेरे में मुंडासा मार कर यही संभ्रांत कहलाने वाले लोग वहां जाते हैं, लेकिन समाज के सामने अपना मुखौटा तो लगाए ही रखते हैं। सो, तय पाया कि उनकी जो प्रधान हैं, उन्हें कांग्रेस दफ़्तर में ही बुला लिया जाए।

सचमुच, वे आईं। माया और शांति—यही नाम बताए थे उन्होंने। माया जहां भारी-भरकम देह की निहायत गोरी, वहीं शांति दुबली-पतली एवं सांवली। दोनों ने भारी-भारी ज़ेवर डाल रखे थे—नाक में चमकते कोके, पैरों में पाज़ेब और बिछुए। बड़ी ही शालीनता से आ कर उन्होंने नमस्कार किया और कहा, "हम गाने वाली आपकी क्या ख़िदमत कर सकती हैं।" यह बताने पर कि आप लोगों को कांग्रेस को वोट देना है, तो बोलीं, "हम तो जंगे-आज़ादी से ही कांग्रेस के साथ हैं। इसलिए आप लोग निश्चिंत रहिए। हमारे सभी वोट आपके पक्ष में ही जाएंगे।"

मेरे जीवन में यह पहला और शायद आख़िरी अवसर था किसी गाने वाली (अथंच वेश्या?) को मुंह-दर-मुंह देखने और बात करने का। मैं तो आश्चर्यचकित थी कि ये इतनी शालीन, सभ्य और धनाढ्य दिखने वाली औरतें कोई ग़लीज़ काम भी कर सकती हैं।

उस एक महीने के अंदर अच्छे-बुरे, दोनों तरह के लोगों से वास्ता पड़ा। मुझे तो ज़्यादातर अच्छे लोग ही मिले। सी. के. नायर, जो उस वक्त कांग्रेस अध्यक्ष थे, उन्होंने इतना प्यार दिया, क्या कोई सगा भी देगा। उनका खाना, जो उन्हें कनकरत्नम् नाम की इंद्रप्रस्थ की अध्यापिका दे जाती थी, अक्सर मैं खा जाया करती थी। बाद में जब कनकरत्नम् से नायर जी ने शादी की और मैं बधाई देने गई, तो बोले, "बिटिया, हमारी शादी क्या! यह तो जीवन के अंतिम पड़ाव में एक-दूसरे का साथ है। शादी तो तुम्हारी होगी। वक्त रहते कर लेना। और मुझे ज़रूर बुलाना।" यह कह कर खूब हंसे।

एक बार नगरपालिका के चुनाव में मेरी बस्ती के लिए मेरा नाम भी प्रस्तावित किया गया था। मैं चुनाव के लिए तैयार भी हो गई थी, लेकिन मेरे पास आयु का प्रमाणपत्र नहीं था। पिता जी ने पाकिस्तान में अपने दोस्त शफ़ी को पत्र लिखा कि मुझे बेटी का जन्म प्रमाणपत्र चाहिए। शफ़ी के बेटे ने एक बहुत ही प्यारे पत्र के साथ प्रमाणपत्र बनवा कर भेजा और लिखा :

"अंकल, मैं आपसे मिला नहीं हूं। देखा भी होगा, तो न आपको याद होगा, न मुझे। अब मैं बड़ा हो गया हूं और आपको यह जान कर निहायत खुशी होगी कि मैं और अब्बू दोनों ही यहां नगर कमेटी के मेंबर हैं। यह भी इस कस्बे की हिस्टरी है कि हम दोनों बाप-बेटा इसके मेंबर हैं। मैं आपके किसी काम आ सका, इसकी मुझे निहायत खुशी हुई है। और भी कभी कोई काम हो, तो याद करिएगा। मशकूर होऊंगा।"

अब स्कूल से मेरा त्यागपत्र लिखा जाना था। उसके लिए वकील प्यारे लाल साहणी से कहा गया, जो उन दिनों आर्य समाज रोड पर रहते थे। लेकिन रात को मैं बिस्तर पर लेटी, तो नींद नदारद—यह मैं क्या करने जा रही हूं? किस रास्ते पर जा रही हूं? मेरा मिशन तो सेवा करना है।

नतीजतन मैं सुबह तैयार हो कर सीधी साहणी साहब के यहां गई। उनसे हाथ जोड़ कर माफ़ी मांगी, "सर, आपको इतनी सवेरे डिस्टर्ब कर रही हूं। सर, क्या करूं, बात ही ऐसी है। मैंने फ़ैसला किया है कि मैं चुनाव नहीं लडूंगी, क्योंकि destruction thy name is politics. सो, मेरा त्यागपत्र नहीं लिखिएगा, प्लीज़।"

वह एकदम सहज हो कर बोले, "गुड डिसिज़न। तुम काफ़ी समझदार निकली। तुमने चुनाव में अपनी और अपने सारे खानदान की छीछालेदर होने से अपने-आपको बचा लिया।"

मैं निश्चिंत हो कर स्कूल गई। पापा की बड़ी इच्छा थी कि मैं चुनाव लडूं। जिन्हें दूध बांटती थी और जिनके छोटे-मोटे काम करवा देती थी, सब चाहते थे

कि मैं चुनाव में हिस्सा लूं। पर मैंने जो एक बार फ़ैसला ले लिया, तो ले लिया। टिकट किसी निपट अंगूठाछाप उम्मीदवार को मिल गई और वह जीत भी गया, क्योंकि कांग्रेस का उस वक्त बोलबाला था।

मेरे टिकट न मिलने का जब कुछ लोगों को पता चला, तो वे काफ़ी मायूस हुए। राजनाथ बोलवाल घर आए और बोले थे, "पगली, तुम चुनाव ज़रूर लड़ो। हम तुम्हें स्वतंत्र उम्मीदवार घोषित करके जिताएंगे।"

लेकिन मैंने किसी की नहीं, अंतर्मन की सुनी।

(अभी उतना ही बाकी है, जितनी ज़िदगी बाकी है)

चव्हाण

मैं कांपते हाथों में कॉपी पकड़े भौंचक्का-सा बैठा रह गया था...क्या यह सब सहायता ने लिखा है? और पढ़ने के लिए दिया भी मुझको है? किस प्रयोजन से? सहायता का मंतव्य क्या है? क्या गांव-कस्बे से निकल कर आने वाली यह वही अल्हड़ लड़की है जो यह भी नहीं जानती थी कि ट्राम में और पटरी पर चलने में क्या अंतर होता है? जो इतनी सहमी हुई थी कि गुब्बारा फटने पर मूर्छित हो जाती थी? जो गर्मी-सर्दी में सुबह-सवेरे निकलती थी और दिन-भर ट्यूशनें पढ़ाते-पढ़ाते थकी-मांदी कहीं देर रात को घर लौटती थी? ऐसी निश्छल, दुनियादारी न जानने वाली कमसिन लड़की गुमराह कैसे हो गई कि आज इसके संग गेलॉर्ड में बैठी है, आज उसके संग स्टैंडर्ड में क्रीमकाफ़ी पी रही है। वेंगर्स जैसे पॉश रेस्तराओं में ऑरकेस्ट्रा की धुन पर दाद देना जानती है! बैरे का सलाम पाने की गर्ज़ से मोटी टिप छोड़ती है! यह कैसे होता है कि कोई चौदह-पंद्रह बरस की कन्या, जो कभी कहती थी, 'मैं तो ज़िंदगी ढो रही हूं,' किसी अनजान पुरुष को देखते ही उस पर मुग्ध हो जाती है—मात्र इसलिए कि वह गोरा-चिट्टा है! ऊंचा-लंबा है! कैसी कसौटी थी इस कन्या के पास कि उस अजनबी को देखते ही जान गई थी कि वह 'पूरा मर्द' है! क्या परिभाषा होती है 'पूरे मर्द' की? यह सब किसने बताया इस सीधी-सादी कन्या को? ऐसा कभी हुआ है कि कोई लड़की इसलिए किसी पुरुष पर मोहित हो जाती है कि उसने भी वही उपन्यास पढ़ रखे हैं जो इसने पढ़े हैं? कोई कमसिन क्यों ऐसे पुरुष के झांसे में आ जाती है जो उससे दुगुनी उम्र का ही नहीं, विवाहित भी है और चार-पांच बच्चों का बाप भी? क्या इसलिए कि वह ढोंग करता है कि वह पत्नी को कभी प्यार नहीं कर सका? सहायता को नहीं पता कि यह आज़माया हुआ फ़ार्मूला है जो मर्द लोग अक्सर इस्तेमाल करते हैं अयानी लड़कियों को हमदर्दी पाने के लिए? फिर इस 'पूरे मर्द' ने कैसी प्रेम की परिभाषा इस लड़की को सिखाई, ज़िंदगी जीने की कैसी प्रेरणा दी कि वह लेले की तरह उसके साथ जहां कहीं डोलती फिरी है? अलकेश दिल्ली छोड़ कर शिमला चला जाता है, तब भी सहायता अभिसारिका की तरह घर वालों की आंखों में धूल झोंक कर भयंकर सर्दी में उससे मिलने दौड़ी जाती है। कैसा अद्भुत हुआ होगा उस सुबह दो बिछुड़ी आत्माओं का पुनर्मिलन और फिर कैसी मधुर होगी वह दिसंबर-जनवरी के संधिकाल की ठिठुराती मिलनयामिनी, जिसमें दो देहें एकाकार हुई होंगी। कौन विश्वास

करेगा कि ऐसी स्थिति में भी 'मर्यादा पुरुषोत्तम' ने इसके तन का स्पर्श तक नहीं किया।

अचानक बिजली गुल हो गई...मैं जड़वत् बैठा हिमालय की उस बर्फ़ानी रात की कल्पना करता रहा जब सहायता और अलकेश मर्जाद आलिंगनबद्ध हुए होंगे...उसी तरह, जिस तरह 'गुनाहों के देवता' के सुधा और चंदर, दोनों एक-दूसरे के स्पर्श-जाल में उलझे बातें कर रहे हैं :—'आओ, हम अपनी चिरपरिचित पद्धति में अपनी उंगलियां उलझा लें, एक-दूसरे को बाहों में घेर, एक-दूसरे की उष्णता में आवृत्त, एक-दूसरे को अपनी पलकों में मूंद, एक-दूसरे को पाने की प्यास और एक-दूसरे में लीन हो कर घुल जाने की तमन्ना...'

...शी हैज़ टेकन मी फ़ार ए राइड! अलकेश मर्जाद के प्रति इसकी आसक्ति आज भी अक्षुण्ण है जो वह उन सभी स्थलों की भक्ति भाव से परिक्रमा करती रहती है जिन स्थलों पर उसके साथ उठती-बैठती रही है। फिर तुर्रा यह कि मुझे भी साथ घसीटती रही है! मुझे 'हिमाचल' में ले कर जाती है, तो बैठती भी उसी मेज़ और कुर्सी पर है जिस पर अलकेश के साथ बैठा करती थी। फिर किस तरह विरहिणी की भांति चाय के घूंटों के साथ घुटती रहती है। मैं तो इसी भ्रम में था कि यह लड़की यहां आती है, तो कंठी दीदी के विछोह के कारण गुमसुम हो जाती है। कैसे जानता कि इन स्थलों पर जा कर उन मधुर क्षणों को जीती रही है। मैं कैसे जानता कि अलकेश से बिछुड़ने के बाद उसकी याद में ये स्थान उसके लिए स्मरणीय स्थल बन गए हैं? स्टैंडर्ड रेस्तरां के आगे से निकल रही थी, तो ज्यूक बॉक्स पर यह गाना सुनते-सुनते ठिठक कर खड़ी हो गई थी - *तुम न जाने किस जहां में खो गए...हम भरी दुनिया में तन्हा हो गए...* और फिर किस तरह भर आई आंखों से मेरी तरफ़ देखते हुए बोली थी : "उल्लास, कितना सोज़ है इन लफ़्ज़ों में!"

फिर कुतुब मीनार परिसर में भग्न मंदिर की सीढ़ियों पर बैठे-बैठे मैंने इसकी ब्रा की तनियों में उंगलियां डाली थीं, तो किस तरह अकुलाते हुए बोली थी—'न करो न, मर्जाद!' और फिर किस तरह तंद्रिल आंखों से हंसते हुए मुझको मुग़ालते में डाला था यह कह कर—'मर्यादा में रहो न, उल्लास!'

"उल्लास!" अंधेरे में किसी ने पुकारा, तो मेरी तंद्रा टूटी। देह से घड़ों पानी बिछल रहा था। मेरे उठते-उठते फिर वही आवाज़ आई। मैं छज्जे पर आया, तो गेट के निकट तारों की उजास में रामजस जी के साथ बस्ती के दूसरे लोग खड़े थे।

"दो घंटे से बिजली गुल है। इस गर्मी में सो रहे थे क्या?" रामजस जी ने हंसते हुए कहा।

महिंद्रा ने कहा, "बेटे, नीचे क्यों नहीं आ जाते?"

मैं अंधेरा मन लिये चुपचाप अपने अंधेरे कमरे में लौट आया और इस तरह आरामकुर्सी में धंस गया, जैसे रीढ़हीन देह भड़भड़ा कर गिरती है।

...अचरज! सहायता अपने अतीत के बारे में आत्मस्वीकृति कर रही है! और वह भी किसी और से नहीं, मुझसे, जिसके साथ जीवन बिताने की कस्में खाती रही है। क्या यह सब बता कर मेरी सहानुभूति अर्जित करना चाहती है? कोई लड़की क्यों बताएगी कि किस-किस के साथ उसके प्रेम-संबंध रहे हैं? सहायता क्यों बताएगी कि मनोज कुंदरा के साथ उसका मन रम गया था और उसके साथ सिनेमा-नाटक देखने जाती रहती थी? क्यों बताएगी कि उसके साथ वह 'लवर्स लेन' जैसी जगह पर भी गई थी जहां उसे इस शख़्स के अश्लील प्रश्न और प्रस्ताव सुनने पड़े थे। कौन विश्वास करेगा कि मनोज जैसे निश्शील आदमी ने उसे ज़बरदस्ती चूमा नहीं होगा - और फिर ऐसी जगह पर जहां लोग इसी इरादे से जाते हैं? सहायता क्यों यह सब लिख कर बता रही है? क्यों बता रही है कि वह घनश्याम चोपड़ा जैसे लुच्चे के साथ खूनी दरवाज़ा देखने गई थी जहां इस बदमाश ने कामवासना के वशीभूत इसके साथ भोंडी हरकत की थी? कैसी लड़की है यह जो सहज ही किसी के बहकावे में आ जाती है! शुरू-शुरू में किसी डेंटिस्ट से विवाह कर सकती थी, बशर्तेकि वह दहेज के लिए इसरार न करता - यह देखे-भाले बिना कि डॉक्टर का चरित्र कैसा है। फिर यह देखो कि किसी संभ्रांत कुल की औरतें मात्र इस दलील पर इसे 'रिजेक्ट' कर जाती हैं कि इस लड़की को साड़ी बांधने या जूड़ा बनाने का शऊर नहीं है? या इसकी 'गिच्ची' लंबी है? फिर सांत्वना माथुर एम. पी. की उपस्थिति में सहायता जिस किस्म का बेहूदा सवाल मिस्टर माथुर से पूछती है और जैसा फूहड़ जवाब वह देता है, क्या यह संकेत नहीं करता कि सभ्य और संस्कारवान लोगों की सोसायटी में सहायता का उठना-बैठना नहीं था? सुकुल जी के प्रेस में काम करने वाले सिंधी लड़के गुलचंदानी को जानती तक नहीं, लेकिन वह दो मीठे बोल बोल कर अंतर्धान क्या हो गया कि इसकी आंखें उस नौजवान को एक बार देखने के लिए आज भी तरस रही हैं। कोई अनपढ़ तांगे वाला और कनाट प्लेस का बेवकूफ़ दर्ज़ी फ़िल्मी अंदाज़ में उस पर मोहित है। यह भी सहायता के लिए गर्व का विषय है कि कोई उस पर जान छिड़कता है। लोहा मंडी के सेठों ने उसके भाषण की तारीफ़ क्या कर डाली कि पुरुष-चरित्र को जाने बिना उनके साथ तुग़लकाबाद के उजाड़- बियाबान खंडहरों में पिकनिक करने जा रही है। अधेड़ उम्र के मुरली मनोहर के संबंध कितनी औरतों से रहे होंगे। फिर भी, उससे शादी कर सकती थी। ऐसी क्या मजबूरी थी इसकी? सहायता की दशा तो सरिता में बह कर जाती उस टहनी के समान है जो किनारे लगते-लगते फिर धार में बह जाती है। शाखा की कोई चेतना नहीं है। किनारे लग गई, तो लग गई। नहीं तो किनारों का स्पर्श करते हुए धारा में बहती चली जाएगी।

उस काले सन्नाटे में मुझे अपना दिल, अपनी किताबें, अपनी खाट, अपनी मेज़—यहां तक कि थिर हो गया छत का पंखा भी डोलता नज़र आता था...

अब यह देखो कि सहायता ने मुझमें क्या देखा कि कहती है कि मेरे बिना जी नहीं सकती। जिस आदमी का न घर है, न घाट है, मामूली-सी नौकरी है, यह लड़की केवल इसलिए मुझ पर फ़िदा है कि मेरी आंखें सुंदर हैं? मेरी शबीह फ़िल्मी

हीरो प्रदीप से मिलती-जुलती है जिसकी वह फ़ैन है? या क्लास में नोट्स लिखते-लिखते बाएं हाथ से मैं गर्दन के घने बालों को जिस तरह समेटता रहता था, मेरी यह अंदा उसे भा गई थी? मान लिया कि सहायता सच बोलती है कि अलकेश के साथ उसका शारीरिक संबंध नहीं, 'स्प्रिच्युअल लव' है। तो क्या इस चरित्र की लड़की से मुझे किसी भी प्रकार का संबंध रखना चाहिए? माना कि यह लड़की कर्मठ है। अपने पैरों पर खड़े होने की ललक है इसमें। क्या जीवन जीने के लिए यही पर्याप्त होता है? एक कमसिन भोली-भाली कन्या परिवार का पेट भरने के लिए घर से निकलती है और अनजाने में लोभी लोगों की शहबत की लोबत बन जाती है - भोगेच्छा की गुड़िया। चीनी एंबैसी की पार्टी में धुत लोग कैसी लोलुपता से सहायता को नज़र भर कर देखते थे!

मैं हताश हो रहा था। गुमान ही नहीं था कि सहायता की जिस रचना के पहले भाग को पढ़ कर मैं इतना रोमांचित हो गया था, उसके दूसरे भाग को पढ़ कर इस तरह रिक्त हो जाऊंगा। सहायता ने सावधान नहीं किया था कि इसमें कुछ विस्फोटक पदार्थ हो सकता है?

इसी असमंजस में किसी वक्त आंख लग गई। पक्षियों की चहचहाहट के साथ नींद उचटी, तो रात को खुले रह गए दरवाज़े से आते उजाले से आंखें चौंधिया गईं। बिजली कभी लौट आई थी। छत का पंखा पूरी रफ़तार से चल रहा था। हाथ से छूट कर गिरी हथपंखी और सहायता की कॉपी फ़र्श पर औंधी पड़ी थी। सीने पर हाथ रखा, तो लगा कि सहायता की तीखी लेखनी से निकला एक-एक शब्द गहरे घाव छोड़ गया है। मन करता था, इसी वक्त जाऊं और सहायता के कंधे पर सिर रख कर रोऊं!

बरबस, चव्हाण की याद हो आई। वही एक आदमी है जो तुझे तजवीज़ और तस्कीन दे सकता है। मन में यह बात आते ही लगा कि अंधेरे में कोई टार्च खुली है और रास्ता दिखा गई है। ठीक है, आज दफ़्तर में चव्हाण को अलग ले जा कर अपना दर्द बताऊंगा... दफ़्तर में ही क्यों? उसके घर क्यों न जाऊं। इसी वक्त। ऐसी बातों के लिए घर से बड़ा एकांत दूसरी जगह कहां मिलेगा—वह घर भी यदि चव्हाण जैसे बैचलर का हो।

मैंने कुछ सोचा नहीं। उठ खड़ा हुआ। बाथरूम गया। जल्दी से नहाया-धोया और तैयार हो कर दबे पांव सीढ़ी से उतरा। ग़नीमत थी, रामजस जी ने या महिंद्रा ने या पवित्तर ने मुझे निकलते हुए देख नहीं लिया। नहीं तो खड़ा करके रात-भर बिजली गुल होने का रोना रोते।

चव्हाण का फ़्लैट कश्मीरी गेट के मेन बाज़ार में था। बस से उतरते ही मेरी नज़र 'ख़ैबर' रेस्तरां के ऊपर डेंटिस्ट अनंत राम के बोर्ड पर जा अटकी। यही वह दंदानसाज़ होगा जिसने सहायता का दांत निकालते हुए उसके उरोजों का महिमा-गान किया था और इस लड़की ने गर्व महसूस किया था।

मैं चर्च के आगे से होता हुआ दुकानों के पीछे की गली में सीढ़ियां चढ़ कर गया और चव्हाण का दरवाज़ा जा खटखटाया।

"कमिंग!" भीतर से चव्हाण की आवाज़ आई और मैं अस्थिर-सा हो गया। लुंगी और बनियान में चव्हाण ने मुंह पर ब्रश रगड़ते हुए किवाड़ खोला। मुझे देखते ही ठुड्डी पर झाग बनाता उसका हाथ वहीं थिर हो गया।

"उल्लास!" वह मुंह बाए ऊपर से नीचे तक हैरत से मेरा मुआयना कर रहा था, "इतनी सुबह कहां से आ रहे हो? फिर यह क्या हाल बना रखा है?भीतर आ। ख़ैरियत है न? बैठ। मैं अभी आया।"

क्लीन-शेव्ड चव्हाण गले में कुर्ता डालते हुए गुसलख़ाने से निकल कर आया, तो मुझे नापते हुए कहता है, "उल्लास, तेरी शकल बताती है, रात को तू सोया नहीं। घर से कोई ऐसी-वैसी ख़बर...?" वह आ कर केन के सोफ़े पर मेरी बग़ल में बैठ गया। हंसते हुए बोला, "या गर्लफ्रेंड से झगड़ा-वगड़ा हो गया है, क्यों?"

मैं क्या जवाब देता।

"तब तो मेरा अंदाज़ा ग़लत नहीं है," वह मेरी आंखों में कुछ पढ़ते हुए बोल रहा था। "बार-बार गिरहबान में झांकते हो। ऐसा तभी होता है, जब प्रेयसी से अनबन हो जाती है। ज़रूर ही तुमने सहायता से कुछ कह दिया है, या सहायता ने ही कुछ कह दिया है तुमसे, जो ऐसी सूरत बना रखी है!"

मेरा कंठ साथ नहीं दे रहा था। मैंने उठते हुए कहा, "थोड़ा पानी पी लूं..."

किचन में जा कर पानी पिया। दुबारा सुराही से गिलास भर ही रहा था कि पीछे चौखट में खड़े चव्हाण का स्वर कानों में पड़ा, "बच्चे! यह ऐसी ज्वाला है जो पानी से बुझाए नहीं बुझती, समझे!"

मुझे हिचकी आ गई।

"तेरे को कोई याद कर रहा है।" वह हंसते हुए बोला और मुझे कंधे से पकड़ कर बैठक में ले आया। "अपना कोई याद करता है, तो कभी छींक आती है, कभी हिचकी आती है।"

मैंने कातर दृष्टि से उसकी तरफ़ देखा। सहायता के सिवा मुझे और कौन याद कर सकता है। चाँदनी ने तो कभी का भुला दिया होगा।

"उल्लास!" चव्हाण गहरी सांस छोड़ते हुए अन्यमनस्क-सा बोला, "मुझे तुझसे हसद होती है। कोई तो है तेरे को याद करने वाला। मुझे याद करने वाली एक उर्मी थी। वह भी साथ छोड़ गई..."

चव्हाण का गला भर आया था। आंखें नम थीं। बैठे-बैठे इतना भावुक हो गया कि दांतों तले होंठ दबाते हुए उसने मुंह खिड़की की तरफ़ कर लिया। पंद्रह बरस पहले उर्मि जो घाव इसे दे कर गई थी, उसे आज भी सहला रहा था। मैं जानता था, दर्द उसका कितना गहरा था, जो सुनामी की तरह अचानक उमड़ पड़ता था।

"दोस्त," चव्हाण जैसे सब भूल कर मेरी तरफ़ देखते हुए मुस्कुराया और याराना तरीके से बांह से मेरे कंधों को समेटते हुए बोला, "माफ़ करना। मैं अपना रोना ले बैठा। अब बता, क्या बात है? ज़रूर ही सहायता बेबी से झगड़ा हुआ है।"

मैंने चव्हाण की दैन्यपूर्ण प्रेमकथा सुन रखी थी। मुरली मनोहर की कीर्ति की तरह चव्हाण की उर्मिला ऐसी गई थी कि लौट कर नहीं आई। मुझे कोई अंतर नहीं लगता था चव्हाण की उर्मिला में और मुरली मनोहर की कीर्ति में। मैं तय नहीं कर पा रहा था कि इस वक्त चव्हाण के साथ बैठा हूं या मुरली मनोहर के साथ। दोनों का प्रेमाख्यान एक जैसा था। वे इनके युवावस्था के दिन थे। अपना दुख बयान करने के लिए कितने जीवट की आवश्यकता होती है, यह उस वक्त मैंने बड़ी तल्ख़ी से महसूस किया। कुछ न कह कर हिचकचाते हुए सहायता की कॉपियां निकाल कर चव्हाण के सामने रख दीं।

"यह क्या है?" चव्हाण ने ग़ौर से कॉपियों को देखते हुए पूछा।

"सब लिख दिया है उसने।"

"किसने?"

"सहायता ने।"

"क्या लिख दिया है!" वह चकित आंखों से कॉपियों को उलट-पलट कर देख रहा था।

"सहायता कहती है, अपनी जीवनी लिख रही हूं - ऐनी फ्रैंक की तरह।"

"ऐनी फ्रैंक की तरह!" चव्हाण घोर अचरज से देखते हुए बोला, "क्या कहते हो! ऐनी फ़्रैंक तो एक लीजेंड बन चुकी है, और यह लड़की..." आगे जैसे कोई शब्द उसे सूझ नहीं रहा था, क्या कहे। चव्हाण को विश्वास नहीं होता था कि यौवन की देहरी पर खड़ी किसी लड़की के जीवन में ऐसा कुछ घट चुका होता है कि उसे लिखने को वह मजबूर हो जाती है।

"आई सी!" वह अपने घुंघराले बालों वाला सिर हिलाते हुए बोला। "ज़रूर ही इन कॉपियों में कुछ ऐसी बात है जो तू पढ़ कर रात को सोया नहीं। यह तेरी शकल और आंखें बता रही हैं। सहायता ने कोई ऐसी बात लिख मारी है जो तू इस तरह दिल हार बैठा है? चल, उठ।" उसने कॉपियां तिपाई पर पटक दीं, "पहले नाश्ता करते हैं। लगता है, रात से तूने कुछ खाया-पिया नहीं है।"

मुझे किचन में ले जा कर एक तरह से बहलाते हुए उसने मुझे अंडे फेंटने और प्याज़-लहसुन-हरी मिर्च काटने का काम सौंपा। स्वयं स्टोव में हवा भरते हुए खीज रहा था, "हाथ थक जाते हैं साला पंप चलाते-चलाते।" स्टोव के शोर के बीच उसने पीठ सीधी करते हुए कहा, "ऐनी फ्रैंक की डायरी मैंने मुद्दत पहले पढ़ी थी जो उसने तेरह-चौदह बरस की उम्र में लिखी थी। अब उन्नीस-बीस बरस की तेरी सहायता के जीवन में ऐसा क्या घटा है जिसे पढ़ कर तू इतना आकुल-व्याकुल हो रहा है?"

तश्तरियों में रखे स्लाइसों पर आधा-आधा आमलेट डाल कर उसने चाय का पानी चढ़ा दिया। "अपनी प्लेट उठाओ।"

हम ड्राइंग रूम में आ बैठे। चव्हाण ने कहा, "खा कर थोड़ी देर लेट जा। *यु विल फ़ील बैटर*। उसके बाद तेरी बात सुनूंगा।"

"दफ़्तर का वक्त हो रहा है!"

''अरे, थोड़ा लेट भी चले गए, या आज न भी गए, तो वारंट नहीं निकल जाएंगे। मैं थोड़ी देर में जा कर फ़ोन कर आता हूं।''

खा कर हम प्लेटें किचन में रखने गए, तो चव्हाण तौलिए से मुंह-हाथ पोंछते हुए बोला, ''ऐसा कर, मेरे बेड पर जा कर लेट जा।'' फिर हंसते हुए पूछता है, ''कभी कश्मीरी गेट के मिट्ठन हलवाई की लस्सी पी है?''

तार वहीं जा कर जुड़ गया। सहायता ने लिखा था कि अक्सर अलकेश उसे कश्मीरी गेट लस्सी पिलाने लाया करता था।

''जा, लेट जा।'' चव्हाण ने मुझे बेडरूम की तरफ़ धकेला। मुझे संकोच हुआ, तो कहता है, ''यार, कुछ सोच मत। उनींदा है। थोड़ी देर आराम कर ले। सब भूल जा।''

आह! मन करता था उससे पूछूं—क्या तू इतने बरसों बाद भी उर्मिला के बारे सोचता नहीं रहता है जो मुझे यह सीख दे रहा है!

''खड़ा देख क्या रहा है?''

मन नहीं था। फिर भी, मैं जा कर चव्हाण के पलंग पर पसर गया। फिर नहीं जानता चव्हाण कब नहा कर निकला, कब फ़ोन करने गया, कब लौट कर आया और कब उसने सहायता की कॉपियां पढ़ीं। अचानक मोटर साइकिल के फटे साइलेंसर के शोर से नींद खुली, तो मैं भिभक कर उठ बैठा। इतनी गहरी नींद सोया था कि यकदम समझ नहीं पाया कि कहां हूं। उचक कर देखा, तो चव्हाण बैठक में तिपाई पर टांगें लंबी किए, आंखें मूंदे बैठा था।

मैं डगमगाते कदमों से चल कर आया, तो चव्हाण ने आंखें खोलीं। तौलिए से मुंह-माथा-गर्दन पोंछते हुए बोला, ''आ, बैठ। आज तो बला की उमस है। अंग्रेज़ी सरकार होती, तो इस मौसम में हम शिमला का आनंद ले रहे होते...''

शिमला!

सुनते ही लगा जैसे कलेजे पर हिमखंड आ कर बैठ गया है। सहायता अलकेश मर्जाद से मिलने शिमला ही तो दौड़ी गई थी और दो रात वहां उसके साथ हमबिस्तर हुई थी!

''क्या ज़माना था। खुशकिस्मत थे वे लोग।'' फिर मेरी तरफ़ देखते हुए कहता है, ''थोड़ी झपकी ले लो, तो आदमी फ्रेश फ़ील करता है।''

''मैं इतनी देर सोया रहा। जगाया क्यों नहीं?'' मैंने अपराधी की तरह देखते हुए कहा।

''बैठ न, यार!'' उसने हंसते हुए मेरा हाथ पकड़ कर अपनी बग़ल में बैठा लिया। ''तेरे प्याले में मैंने आधी गोली ही डाली थी। पूरी गोली डाल देता, तो रात को मुझे सोफ़े पर सोना पड़ता।''

''दफ़्तर नहीं जाएंगे!''

''फ़ोन करके कह दिया है। लंच के बाद।''

वह मेरा चेहरा निहार रहा था। हंसते हुए कहता है, ''मैं फ़ोन करके आया, तो तू गहरी नींद में था। चार जने आ कर तेरे को पलंग समेत उठा कर ले जाते,

तब भी तुझे ख़बर न होती। तेरे खर्राटों की आवाज़ सीढ़ियों में सुनाई पड़ती थी।'' चव्हाण तिपाई पर टिके पंजों को और हाथ की उंगलियों को हिलाते हुए सामने दीवार पर टंगी माता-पिता की तस्वीर को देख रहा था। लगता था, जैसे गहरी सोच में हो। फिर एकाएक मेरी तरफ़ मुंह करके तसल्ली से कहता है, ''आध-पौन घंटे में ही मैंने ये कॉपियां पढ़ डालीं - सारा लिखा इतना दिलचस्प है। कोई भुक्तभोगी ही लिख सकता है!'' यह कहते हुए उसने एक कॉपी उठाई और उसके पन्ने उलटता-पलटता रहा।

''सच्ची, अद्‌भुत आकर्षण है इस लड़की की लेखनी में। अचरज तो मुझे इस बात का होता है कि कोई लड़की इस तरह खुल कर अपने अतीत और अपने संबंधों के बारे में लिख सकती है और अपने प्रेमी के हाथों में दे सकती है। यह तो अपने पैर पर कुल्हाड़ी मारने वाली बात हुई। पता नहीं, ऐसी क्या मजबूरी है इस लड़की की?'' फिर मेरे कंधे पर हाथ रख मेरी तरफ़ देखते हुए कहता है, ''उल्लास! यह सारा पढ़ कर एक ही बात मेरे ज़ेहन में आती है...''

चव्हाण मुंह खोले ठुड्डी खुजला रहा था,''उल्लास! मैं तुम्हें सलाह नहीं, सुझाव दे रहा हूं।''

मैं कुलबुलाया। कलेजा कंठ तक आ गया। जैसे, इल्हाम हुआ कि चव्हाण क्या कहने जा रहा है।

''उल्लास,'' वह बाज़ार की तरफ़ खुलने वाली खिड़की की तरफ़ मुंह करके बोल रहा था, ''मैं सहायता के लेखन के साक्ष्य से इस निष्कर्ष पर पहुंचा हूं कि सहायता तेरे से अलग होना चाहती है।''

यह पूरा *एवलैंच* था जिसके नीचे मैं दब गया था। क्या कह रहा है? कभी ऐसा होता है? इतना लंबा सफ़र तय करने के बाद कोई किसी को इस तरह भुला सकता है? चव्हाण उर्मिला को भुला पाया है क्या? मैं चाँदनी को कभी भुला पाऊंगा?

''सहायता कमसिन लड़की थी।'' चव्हाण कॉपियां खोलते-बंद करते हुए कह रहा था। ''कच्ची उम्र में उसे पूरे परिवार की 'ज़िम्मेदारी' उठानी पड़ी। यह सब पढ़ते हुए उस पर तरस आ रहा था। ट्यूशनें पढ़ाने के लिए यह लड़की किस तरह तपती दुपहरी में एक घर से दूसरे घर दौड़ती फिरती होगी। रास्ते में किसी प्याऊ पर झुक कर ओक में पानी पीती होगी और पानी पिलाने वाले के दिल में इसकी भोली सूरत देख कर कैसे-कैसे ख़यालात उठते होंगे। दिल्ली के हाथ-पैर सुन्न करने वाले जाड़े और कोहरे में तड़के घर से निकलती होगी, तो क्या हालत होती होगी इस लड़की की। इसके मां-बाप अनभिज्ञ तो नहीं होंगे इस बात से कि पंद्रह-सोलह बरस की हमारी कन्या उनका पेट भरने के लिए किस तरह भटकती फिरती है। सहायता ने कहीं एक शब्द नहीं लिखा कि घर वालों से कभी सहानुभूति के दो शब्द भी उसे सुनने को मिले...''

मैं भी तो ऐसी ही स्थिति में से गुज़र चुका था। तब मेरी उम्र सहायता से भी कम थी। मेरा बाप था। मेरे भाई थे। मेरे नाते-रिश्तेदार थे। किसी को कोई

चिंता नहीं थी कि उनका बच्चा कहां मारा-मारा फिरता है, क्या खाता है, खाता भी है या पेट पर पट्टी बांध कर सोता है। दिन ही कुछ ऐसे थे।

"...सहायता का बाप काम कर सकता था। मां भी काम कर सकती थी। बड़ी बहन भी काम कर सकती थी। पार्टीशन के बाद रिफ़्यूजियों ने पेट भरने के लिए क्या-कुछ नहीं किया?...क्या घर के दूसरे बंदे कुछ नहीं कर सकते थे—सिवाय इस लड़की की कमाई खाने के? सहायता का वही हश्र हुआ जो ऐसी लड़कियों का होता है। हर किसी की आंख उस पर लगी रहती होगी। कैसे कह सकते हैं कि सहायता अपना दामन बचा पाई होगी। यदि मनोज इसका कौमार्य भंग नहीं कर पाया, तो अलकेश ने तो किया ही होगा। मैं तुम्हें बहकाना नहीं चाहता। तुम्हारे हितचिंतक के नाते बोलता हूं। सहायता जैसी लड़की तेरे साथ निभा नहीं पाएगी. ..वह झूठी भी है, और जूठी भी! उसके लावण्य पर मत जा।"

मैंने अपने कान बंद क्यों नहीं कर लिये यह सब सुनने से पहले?

"उल्लास, दोनों स्त्रियों की—सहायता की और कंठी की—स्थिति समान है। सहायता की ट्रेजेडी यह है कि छोटी बहन की शादी हो गई और वह देखती रह गई। इससे भी बड़ी विडंबना यह कि छोटी बहन का गर्भ गिरवाने के लिए सहायता ही उसे रमोलानी के क्लिनिक ले जाती रही है। फिर यह भी देखो कि सहायता के ममेरे भाई को तो सारी जानकारी है—क्या नाम है उस बड़दंत का? गोपाल दास—कि सहायता कहां आती-जाती है, किससे मिलती-जुलती है, लेकिन यह कैसे हो सकता है कि उसके मां-बाप को इसकी कोई ख़बर नहीं थी। लगता है, उन्होंने सब जानते हुए भी आंखें मूंद रखी थीं। गोपाल दास यदि तुम्हें सब बता सकता है, तो उसने सहायता के घरवालों को कैसे नहीं बताया होगा। सहायता के साथ कितना कुछ घटित हुआ, लेकिन वह घर में किसी से कुछ नहीं कहती। घनश्याम चोपड़ा इससे बलात्कार करने की कोशिश करता है। यह मां-बाप को न बता कर जा कर बताती भी है, तो मिसिज़ सांत्वना माथुर को। क्यों? मनोज कुंदरा के साथ चोरी-चोरी रात को 'डिलाइट' में नाटक देखने गई थी। कुंदरा ने बैठे-बैठे ज़रूर ही कोई हरकत की होगी जो सहायता इस तरह भड़क कर उठ खड़ी हुई थी। मनोज सहायता को खिलौना समझ कर "मज़बूत संबंध" बनाने के बहाने उसे 'लवर्स लेन' घुमाने ले जाता है और वहां उसे उत्तेजित करने के लिए हर तरह के उपाय करता है। यह देखो कि सहायता जानती थी कि मनोज उस ख़ानदान से ताल्लुक रखता है जिनके लिए लड़की का कुंआरापन कोई अर्थ नहीं रखता। फिर भी, कुंदरा का कद-बुत, रंग-रूप देख कर ही कहती है कि उसके साथ उसका मन रम गया था—अजीब बात तो यह कि सहायता मां-बाप को दरकिनार करके शादी के लिए खुद ही लड़के देख और रद्द कर रही है। लड़कियों में इस तरह की खुदमुख़्तारी या खुलापन हमारा समाज अच्छी निगाह से नहीं देखता। लगता है, ऐसा करके सहायता एक तरह से बग़ावत कर रही है। तुम यह समझो कि जिस लड़की ने घर वालों की परवा नहीं की, दुनिया को ठेंगे पर रखा, वह तुम्हारी क्या परवा करेगी। ज़िंदगी नरक हो जाएगी। सो, वक्त रहते तू चेत जा।"

चव्हाण उठ कर गया और दो गिलास पानी ले आया। एक गिलास मेरे हाथ में पकड़ाते हुए रुक-रुक कर घूंट भरते हुए कुछ सोचता जा रहा था। फिर कहता है, ''राजनाथ बेलवाल को लो। यह आदमी लगभग अनपढ़ है। पत्नी मर चुकी है। बेटा उसके पास नहीं रहता। पूंजीपति भाइयों ने उसे एक तरह से पारखत्ती दे रखी है। विवशतया झोंपड़-पट्टी जैसे इलाके में अकेला रहता है। लेकिन शुद्ध रूप से पूंजीपति परिवार से ताल्लुक रखता है और इंडिया-चाइना जैसी संस्थाओं का कर्ताधर्ता है। सहायता और कंठी उसके घर आती-जाती हैं। ऐसे बुजुर्ग आदमी का मन कितना ही साफ़ क्यों न हो, दुनिया उसे अच्छी नज़र से नहीं देखती– लो, देखो, बुढ़ऊ ठरक झाड़ रहा है।''

बाहर चिलकती धूप थी और मेरी आंखों के आगे अंधेरा था।

''फिर यह तमाशा देख। लगता है सहायता जिस धरती पर चलती है, वह फिसलनी है। कदम-कदम पर फिसल जाती है। झुग्गियों में रहने वालों के सामने भाषण क्या देने गई कि लोहा मंडी के सेठ उसकी तारीफ़ के पुल बांधने लगते हैं, क्योंकि लड़की कमसिन और खूबसूरत है। पैसों वाले ऐसी लड़कियों की फ़िराक में रहते हैं। तुग़लकाबाद में इन लड़कियों के साथ क्या कुछ हुआ होगा, इसके बारे में कुछ भी सोचा-समझा जा सकता है।''

मैं नीचे ही नीचे धंसता जा रहा था।

''फिर यह सोचो, संसद-सदस्या सांत्वना माथुर के घर पर दो स्त्रियां सहायता को देखने आई थीं। वे थोथी दलीलें दे कर इसे रिजेक्ट कर जाती हैं। क्या कोई लड़की इसलिए रिजेक्ट की जा सकती है कि वह ढंग से साढ़ी बांधना और जूड़ा बनाना नहीं जानती या उसकी ग्रीवा लंबी है? (चव्हाण यह कहते-कहते हंस पड़ा) ''गर्दन को क्या कहती थीं–गिच्ची!'' मुझे तो ऐसा लगता है, मिस्टर माथुर निहायत लंपट किस्म का आदमी है। सहायता ने साफ़-साफ़ लिखा है कि मिसिज़ माथुर अपने पति पर कतई विश्वास नहीं करती थीं। यहां तक कि सहायता को उसके साथ अकेली कभी नहीं भेजती थीं। सहायता ने एक दिन स्वयं मिस्टर माथुर से पूछा था कि अगर उसकी पत्नी के साथ कोई 'ऐसा' करे, तो उसे कैसा लगेगा। ज़रूर ही मिस्टर माथुर ने सहायता के साथ कुछ 'ऐसा' किया होगा या करने की कोशिश की होगी जो सहायता को मुंहफट हो कर ऐसा असुविधाजनक प्रश्न पूछना पड़ा और वह भी उसकी पत्नी की उपस्थिति में...''

चव्हाण ने कॉपी उठा ली। उसमें एक पन्ने का कोना मोड़ रखा था।

''मैं पढ़ता हूं। सहायता ने लिखा है : एक बार मैंने वैसे ही मिस्टर माथुर से जब पूछा कि आपकी बीवी के साथ भी कोई दिलफेंक ऐसा कुछ करे, आपको कैसा लगेगा, तो उन्होंने बेहूदा हंसी हंसते हुए जो बात कही, वह काबिले-ग़ौर है। बोले, 'तुम्हारी जीजी को जैसी शक्लो-सूरत भगवान ने दे रखी है, कोई गिरा-पड़ा ही उन पर मरेगा। सो, मुझे भरोसा है, ऐसा कुछ नहीं होगा। वह तो थू करके चला जाएगा'...मैं समझता हूं, माथुर निहायत पाजी किस्म का आदमी है, नहीं तो पत्नी के बारे में ऐसी वाहियात बात न कहता।''

चव्हाण ने हंसते हुए कापी बंद करके तिपाई पर डाल दी, "मुझे लगता है, संसद-सदस्या के घर पर जो दो औरतें सहायता को देखने आई थीं, उन्हें भनक पड़ गई होगी कि जिस घर में वे लड़की देखने जा रही हैं, उस घर के आदमी का चरित्र तो ऐसा है। हिंदुस्तानी समाज में ये बातें बड़ा महत्त्व रखती हैं। फिर सोचने वाली बात यह है कि सहायता उन्हें अधिकार दे रही है अपने लिए वर चुनने का, मां-बाप की निपट अवहेलना करके। मैंने कहा न, परिस्थितियों ने उसे विद्रोही बना दिया है..."

चव्हाण ने कॉपी तिपाई पर पटक दी।

"किस सोच में पड़ गए!" चव्हाण हंसते हुए मुझे गहरी नज़रों से देख रहा था। "मैं तो यह समझता हूं कि पहले दिन ही जब तेरे को भरी क्लास में सहायता के उरोज की चुभन महसूस हुई थी, तुझे समझ जाना चाहिए था और बाद में जब उसने तेरे को फ्रिजिड की उपाधि दी और फ्रिजिड की परिभाषा बताई, तब भी तू चौकन्ना नहीं हुआ। ख़ैर, ऐसा होता है!"

चव्हाण का एक-एक शब्द खौलते तेल की बूंदों की तरह मेरी धमनियों में उतरता जा रहा था।

"अब देखो कि बड़ी उम्र के अलकेश मर्जाद और कमसिन सहायता के बीच रिश्ता किस कारण स्थापित हुआ। वास्तव में, लड़की पर जब तरुणाई आती है, तो उसके कानों में नग़में गूंजने लगते हैं—मुझे प्यार हो गया है। लड़की चाहती है, कोई उसे गुदगुदाए, उसे अंक में भरे, उसके साथ अठखेलियां करे। ऐसे में समझदारी की और अनरोमांटिक सलाह उसके गले से नहीं उतरती। सहायता ऐसी ही स्थिति में से गुज़र रही थी।"

सहायता की एक कॉपी तिपाई से गिरने-गिरने को हो रही थी। मैंने सरका कर बीच में रख दी।

"फिर अलकेश मर्जाद का भी यह मिडलाइफ़ क्राइसिस था। यह क्राइसिस तब आता है, जब पुरुष अकेडिमिकली और करियर में सफलता प्राप्त कर चुका होता है। ऐसे लोग मेहनती होते हैं। जल्दी-जल्दी तरक्की करते जाते हैं और भरपूर जीवन जीना चाहते हैं। पुरुष जितना सर्जनात्मक होता है, उतनी ही अधिक दिलचस्पी उसकी सेक्स में होती है। बालकृष्ण राव कवि थे और आई. सी. एस. अधिकारी भी। उन्होंने पत्नी के रहते दूसरी स्त्री से शादी रचाई, चाहे ऐसा करके उन्हें नौकरी से हाथ धोना पड़ा। विवाहित या अधेड़ अवस्था के पुरुष अल्प आयु की लड़कियों को देख कर फिसलने लगते हैं। नैबोकोव की 'लोलिता' का एच.एच. यही तो करता है। वह बारह-तेरह बरस की कन्या को पाने की फ़िराक में है। उपन्यास की पहली पंक्ति ही है : 'लोलिता, लाइट आफ़ माइ लाइफ़, फ़ायर आफ़ माइ लायन्ज़'। अलकेश भी स्मार्ट है। इंटेलिजेंट है। बहुत जल्दी उसका करियर बन गया है। उसके घरेलू जीवन से प्रेम नाम की वस्तु ग़ायब हो चुकी है। ऐसे में कमसिन सहायता बिना प्रयास के उसकी झोली में आ गिरती है। एच.एच. की तरह उसे सहायता का पीछा नहीं करना पड़ा। कामुक पुरुष के लिए इससे बड़ी उपलब्धि और क्या

हो सकती है। सहायता अलकेश को 'पूरा मर्द' बताती है। ऐसी बातें तो हॉलीवुड की अभिनेत्रियां कहती हैं। जैसे, कोई कहे कि फलां-फलां पुरुष *'इज़ वैरी गुड इन बेड'...''*

चव्हाण बीच-बीच में पानी के घूंट भर लेता था।

''यह देखो कि सहायता अलकेश के साथ अपने रिश्ते को शुद्ध दोस्ती का दर्जा देने का आग्रह करती है,'' चव्हाण ने मेरी जांघ पर हाथ मारते हुए कहा। ''सुन, बायरन क्या कहता है। वह कहता है कि दोस्ती से प्यार जन्म ले सकता है और लेता भी है। इसके साथ ही वह यह भी कहता है कि प्रेम में यौन संबंध बन ही जाते हैं। जब कोई किसी से प्यार करता है, तो हमेशा अपने-आपको छलने से शुरू करता है, और इसका अंत हमेशा दूसरों के साथ छल करने से होता है। इसे ही दुनिया रोमांस कहती है। सहायता लंबे अर्से तक अलकेश के साथ उठती-बैठती रही। ऐसे में क्या वह धूप-दीप से उसकी अर्चना करता रहा होगा? इतना पारस, साधुचरित्र नहीं लगता अलकेश। प्रेम हमारे जीवन का हिस्सा है, जो कई प्रकार के राग-विराग को जन्म देता है जिसमें वासना उसका महत्त्वपूर्ण अंग है।''

मेरी नज़र उठती नहीं थी। क्या निःस्वार्थ प्रेम करने वालों का यही हश्र होता है? एक घाव मुझे चाँदनी दे गई थी। क्या सहायता भी उस पर नश्तर चला कर जाएगी?

''गांव में ढोर-डंगर वालों की हवेलियों में नमक की ढेली रखी रहती है, जिसे जानवर चाटते रहते हैं। आदमी जानवरों की तरह उच्छिष्ट भोजी नहीं है। चुस्सी हुई गंडेरी को कोई नहीं चूसेगा। डाल पर लगे जिस फूल को आते-जाते लोग सूंघेंगे, उसे मैं सूंघना पसंद नहीं करूंगा। मैं उस पगडंडी पर चलना पसंद नहीं करता जिसे मुझसे पहले लोग रौंद कर गए हों। मैं अपना रास्ता खुद बनाऊंगा।''

मैं चुप था। अचानक चव्हाण कहता है, ''शिमला की उस रात का बखान करने का मंतव्य सहायता का क्या हो सकता है? मुझे लगता है, यह बता कर सहायता तेरे को विमुख करना चाहती है। वह तुमसे प्यार ज़रूरत करती है। लेकिन पहला प्यार भुलाए नहीं भूलता उसे...कोई ऐसी घटना घटी है जिस कारण सहायता ने सोच-समझ कर यह कदम उठाया है,'' यह कहते हुए चव्हाण ने सहायता की कॉपी उठा कर उलटते-पलटते हुए कहा, ''...ये कुछ बातें हैं जो सहायता की डायरी पढ़ते हुए मेरे ज़ेहन में आईं। सहायता कहती है कि अलकेश के साथ उसका आध्यात्मिक प्रेम है, स्प्रिच्युअल लव, जिसमें सेक्स संबंध कोई मानी नहीं रखता। ग़लत! लगाव हृदय से नहीं, देह से होता है। विश्वामित्र की तपस्या भंग हुई थी मेनका के देह-सौष्ठव को देख कर। वह कैसी भी सुंदर होती, यदि लूली-लंगड़ी-अंधी-काणी होती, तो विश्वामित्र के मन में उसके प्रति दया उपज सकती थी, प्रेम नहीं। यौनाकर्षण के बिना प्रेम-संबंध टिक नहीं सकता। जहां प्रेम है, वहां वासना है। सेक्स संबंध के बिना प्रेम अधूरा है। स्त्री-पुरुष का मिलन शरीर का मिलन भी है। एक-दूसरे में घुल-मिल जाने में तृप्ति मिलती है। प्रेम एक भावनात्मक संबंध है—एक-दूसरे के हाथ में हाथ डाल कर चलना, एक-दूसरे का स्पर्श-सुख प्राप्त करना, आलिंगन

करना, गले में बाहें डाल कर मिलना, चिपटना, लिपटना—ये सारी बातें प्रेम में होती हैं। जब दो प्रेमी मिल बैठते हैं, तो शास्त्रार्थ नहीं करते, प्रेमालाप करते हैं। बायरन ने भी कहा है कि दोस्ती से प्रेम और प्रेम का परिपाक सेक्स में होता है। माउंटबेटन की पत्नी एडविना और नेहरू के बीच जो कुछ चल रहा था, उसके बारे में स्वयं एडविना का कहना है—The affair was not physical, mostly platonic, but not always. नोट करो—*बट नॉट आलवेज़*—हमेशा ऐसा नहीं होता था। प्लैटॉनिक लव वायवी है, प्रेमियों में यह नहीं होता। उल्लास, औरत ज़ात को आज तक कोई समझ नहीं सका है। यह बड़ा गहरा समुद्र है जिसकी गहराई अतल है।''

मैं गहरे में डूब-उतरा रहा था। कुछ आर-पार दिखाई नहीं देता था।

''अब तू कुछ सोच मत। सबसे पहला काम यह कर। कंठी दीदी से जा कर मिल। के. के. से भी मिल। अलकेश तो इतना बड़ा अफ़सर बन कर शिमला जैसी जगह स्थापित हो गया और के. के. वहीं का वहीं बैठा है! दोनों के बीच यह बात घोर ईर्ष्या का कारण हो सकती है। कंठी और के. के. बहुत कुछ बता सकते हैं। बताएंगे, तो ठीक। नहीं बताएंगे, तो 'पीर पुत्तर नहीं देगा, सुथण थोड़े उतार लेगा!''

मैं असमंजस में पड़ा खिड़की से बाहर देख रहा था।

''उल्लास, मुझे लगता है दोनों स्त्रियां—सहायता और कंठी—परिस्थितिवश इस माहौल में चली गई हैं। प्रायः तनावग्रस्त स्त्रियां-पुरुष समाजसेवी संस्थाओं की शरण में जा कर अपने-आपको बहलाना चाहते हैं। सहायता भारत सेवक समाज में और न जाने किन-किन संस्थाओं में काम करती रही है—यहां तक कि एक बार उसने चुनाव तक लड़ने का मन बना लिया था। इसी तरह, सैनिक जनरल की पत्नी मिसिज़ प्रसाद अपने अकेलेपन को डुबोने के लिए शराब और ताश के नशे में रहती है। उसने भी भारत सेवक समाज में आना शुरू किया। किसी रियासत की परित्यक्ता राजकुमारी को भी भारत सेवक समाज में ठौर मिलती है। कंठी की स्थिति तो और भी भयावह है। उसका पति टी.बी. का मरीज़ है। वह भी सुख की तलाश में सहायता के साथ जुड़ जाती है और अंततः मुरली मनोहर को अपनी देह दे बैठती है। इस अप्रत्याशित घटना से सहायता को गहरी चोट पहुंचती है, क्योंकि वह भी मुरली मनोहर से संबंध जोड़ने की इच्छुक थी। वास्तव में, सहायता के भीतर *रेजिंग फ़ायर* है, *बरनिंग एंग्ज़ायटी* है—*लांगिंग फ़ार लव*। वह अलकेश मर्जाद की कंपनी पसंद करती है और अपनी बॉडी और सोल उसके सुपुर्द करती है। अलकेश के मधुर और सरल स्वभाव पर मरती है। उसकी बातें हमेशा उसके दिल को छूती हैं। फ़्लैगस्टाफ़ के पेड़ों के नीचे बैठ कर दोनों घंटों बातें करते थे। जब दो प्रेमी घंटों एकसाथ एकांत में बैठते हैं, तो आटे-दाल के भाव तो डिस्कस नहीं करते। उल्लास, किसी ने सच कहा है कि जब तक तुममें यौवन है, उसे समझो-पहचानो, उसे अनुभव करो। अपने स्वर्गिक जीवन को यों उड़ाओ मत - तुम्हें जो अद्‌भुत जीवन मिला है, उसे जिओ। फूल मुरझाते हैं, फिर खिल उठते हैं, लेकिन यौवन एक बार बीत गया, तो फिर लौट कर नहीं आता। उल्लास, तेरे

मन में हमेशा यह टीस रहेगी कि सहायता किसी की भोग्या रह चुकी है—हो न हो। उसके होंठ चूमोगे, तो बरबस तुम्हें ध्यान आएगा कि तुमसे पहले कोई और इनका रसपान कर चुका है। उसके हाथ पकड़ोगे, तब यह सोचोगे कि इन हाथों को कोई और थाम चुका है। उसकी ज़ुल्फ़ों में उंगलियां फेरोगे, तो तुम्हें लगेगा कि तुमसे पहले भी कोई इन्हें सहलाता रहा है। हर बात तुम्हें याद दिलाएगी कि जिस लड़की से तुमने सच्चा प्यार किया, वह औरों की प्रीतिभाजन रह चुकी है। *टु कट एवरीथिंग शार्ट,* तू किसी तरह कंठी से मिल। अब उठ। नया ब्लेड लगा कर शेव कर और तैयार हो जा। बाकी बातें दफ़्तर में।''

चव्हाण तैयार होने को उठा। लेकिन ठिठक कर कहता है, ''जिस दिन मैंने सहायता को तुम्हारे साथ पहली बार देखा था, जब वह तुमसे दफ़्तर में मिलने आई थी, तो उसका चेहरा-मोहरा परिचित-सा लगा था। मुझे लगा था कि हलके सांवले रंग की इस खूबसूरत बाला को कहीं देखा है। अब लगता है, वह मिट्ठन की दुकान पर आया करती थी और अकेली नहीं होती थी...''

चव्हाण ने सारा मामला उलझा कर रख दिया था।

मैंने दफ़्तर में मन लगाने की बहुतेरी कोशिश की, लेकिन शोकातुर मन भटक कर शिमला की उस बर्फ़ीली रात अलकेश के बेडरूम में मंडराने लगता था। हाथ था कि कलमदान में होल्डर रखते-उठाते कांप-कांप जाता था...

कभी ऐसा हुआ है? पुरुष के पहलू में लेटी कोई कन्या इस तरह अछूती रह सकती है? वह भी ऐसी लड़की जो अपना सर्वस्व न्यौछावर करने को तत्पर हो? कैसे पूछूंगा सहायता से यह बात? फिर वह किस प्रयोजन से मेरे साथ उन स्थलों पर डोलती फिरी है जहां अलकेश के साथ विहार करने जाया करती थी? कैसी-कैसी स्मृतियां, कैसी-कैसी क्रियाएं उन स्थलों के साथ जुड़ी हैं जिनके मोहपाश से वह अभी तक मुक्त नहीं हो सकी है? 'हिमाचल' में बैठना सहायता को क्यों अच्छा लगता है? महारानी विक्टोरिया के बुत को देखते-देखते अनमनी-सी क्यों हो जाती है? क्या मैं ऐसी लड़की को अपनी जीवन-संगिनी बना सकता हूं जिसका अनुराग अपने प्रथम प्रेमी पुरुष के प्रति अब भी बना हुआ है?

मैं आंखें मूंदे कुर्सी में धसक गया था। किसी वक्त कैंटीन वाला छोकरा चाय का गिलास रख गया। खटके से आंख खुली, तो चव्हाण मेज़ के साथ खड़ा था। संभल कर बैठते हुए मैंने चाय का गिलास उठाना चाहा, लेकिन चव्हाण ने पान चबाते-चबाते मना कर दिया, ''ठंडी हो गई है। कब से देख रहा हूं, मन मारे बैठे हो। ज़्यादा सोचने की ज़रूरत नहीं। जैसा कहा है, वैसा कर! मैं जा रहा हूं। डेपुटी डायरेक्टर ने बुलाया है। *आल द बेस्ट!''*

मैंने सब सोच लिया। आज जा कर सहायता से सीधे-सीधे पूछूंगा : अगर अलकेश मर्जाद के साथ तुम्हारा स्प्रिच्युल लव है, तो मेरे संबंध को तुम क्या नाम दोगी?'' यह सवाल ऐसा था जिसका जवाब काफ़ी क्लेशदायक हो सकता था। दोनों के लिए—सहायता के लिए भी और मेरे लिए भी।

दफ़्तर से उठने की वेला तक मैंने अपने-आपको भरसक संयत रखा। काश! वह घड़ी टल जाए! सहायता का और मेरा आमना-सामना ही न हो!!

मैं बस में बैठा, तो लगता था, यह मुझे ऐसी दिशा में ले जा कर पटक देगी जहां अंधकार ही अंधकार है। सहायता की तब क्या अवस्था थी, और क्या आस्था थी। कैसे कंठस्थ थे इसे 'गुनाहों के देवता' के और 'नदी के द्वीप' के और *'पिक्चर आफ़ डोरियन ग्रे'* के और *'डैज़री'* के उद्धरण!

लाल किले पर पहुंचते-पहुंचते खिड़की से देखा, सहायता बस-स्टॉप पर उसी जगह खड़ी थी, जिस जगह हर शाम मेरी इंतज़ार में खड़ी रहती थी। मन अकुला उठा। वह आती बस को देखते ही पर्स कंधे से लटकाते हुए हौले-हौले चल कर आई, मानो आश्वस्त थी कि मैं प्रतिदिन इसी वक्त लाल किले पहुंचने वाली बस से आता हूं। बस की रफ़्तार धीमी पड़ती जा रही थी और मेरी धड़कन बढ़ती जा रही थी। कहीं ऐसा न हो, बस रुके और उसके साथ मेरी धड़कन भी रुक जाए!

भीड़ छंटने तक मैं सीट पर बैठा सहायता को देखता रहा। उसके चेहरे पर आज मुझे ऐसी कोई उत्सुकता दिखाई नहीं देती थी, जैसे पहले दिखाई पड़ती थी। मुझ पर नज़र पड़ते ही इसका चेहरा थल-कमल की तरह खिल उठता था। आज खोई-खोई-सी उतरती हुई सवारियों को देखती जा रही थी।

मैं सीट से उठा, तो कांपती टांगें धड़कते दिल का साथ दे रही थीं। उतर कर आया, तो सहायता ने 'हाय' तो कहा, लेकिन चेहरे पर वह उत्साह दिखाई नहीं पड़ा।

हम धीरे-धीरे चल पड़े। वह चुप। मैं भी चुप। चलते-चलते गुरुद्वारा सीसगंज तक आ गए। तब भी न वह कुछ बोली, न मैं कुछ कहने की हिम्मत जुटा पाया। लेकिन 'हिमाचल' तक आते-आते भावगोपन जैसा मौन मेरे लिए असह्य हो उठा। एकाएक सहायता को वहीं रोक कुछ कहना चाहा, लेकिन कंठ ने साथ नहीं दिया।

वह चौंक कर देख रही थी। कहती है, ''क्या बात है!''

अब मैंने साहस करके कहा, ''मैं कंठी दीदी से मिलना चाहता हूं।'' मैं यह कह तो गया, लेकिन सहायता की तरफ़ दुबारा देखने की हिम्मत नहीं हुई।

सहायता मुंह बाए मेरा चेहरा निहार रही थी। लेकिन माथे पर शिकन तक नहीं आई। फिर जैसे मन मसोस कर कहती है, ''आज अचानक कंठी दीदी कैसे याद आई! यह जानते हुए भी उससे मिलना चाहते हो कि हम दोनों के रिश्तों में दरार आ चुकी है?'' फिर तनिक रुक कर, ''जो कंठी दीदी से पूछना चाहते हो, मुझसे पूछो। मैं बताऊंगी। मैंने जो लिखा है, उससे इनकार नहीं करूंगी।''

मैं पस्त होता जा रहा था। किसी तरह जतला पाया कि आज तक मैं एक बार भी कंठी दीदी के बीमार हसबैंड को देखने नहीं जा सका।

''उल्लास!'' वह बिफर कर बोली, ''तुम झूठ बोलते हो। तुम अपना वहम प्रकट कर चुके हो। कहते नहीं थे कि टीबी के मरीज़ के निकट से भी गुज़रो, तो छूत लग जाती है।''

हम 'हिमाचल' के सामने खड़े थे। सहायता ने आज चाय पीने की कोई उत्सुकता नहीं दिखाई। हम एक-एक कदम नापते हुए विक्टोरिया के बुत के सामने जा कर खड़े हो गए। मैं रेलिंग के साथ और सहायता मेरे सम्मुख अनमनी-सी खड़ी थी। मेरी दृष्टि उसके चेहरे पर और उसकी उदास आंखें टाउन हाल की इमारत पर टिकी थीं। एकाएक जैसे दोटूक फ़ैसला करते हुए कहती है, "मैंने यह तो नहीं कहा कि न मिलो। चाहो, तो इसी वक्त उसके पास ले जा सकती हूं।"

मेरी घोर चुप्पी उसे अखर गई।

"जानती हूं, तुम यह जानने के लिए कंठी दीदी से मिलना चाहते हो कि शिमला में उस रात क्या हुआ? यही न!"

मैंने रेलिंग का सहारा ले कर अपने-आपको स्थिर करने का प्रयास किया। टांगें कांप रही थीं। होंठ कुछ बोल नहीं पा रहे थे। मैं इतना भरमा गया कि सोच लिया कि कंठी दीदी से नहीं मिलूंगा।"

"चलो, तुम्हें अभी उसके पास ले चलती हूं।" उसने इसरार करते हुए मेरा हाथ पकड़ लिया। मैं मना करते रह गया, लेकिन उसने हाथ दे कर आते हुए ऑटो को रोका और मुझे लगभग घसीटते हुए वह ऑटो तक ले आई और आदेशात्मक स्वर में बोली, "बैठो।"

मन करता था सहायता से हाथ छुड़ा कर भाग जाऊं और इसे कभी शक्ल न दिखाऊं। लेकिन टांगें साथ देतीं, तब न!

"चलेंगे और अभी और इसी वक्त चलेंगे," वह बिफर कर बोल रही थी। "मैं तुम्हें यह सोचने का मौका ही नहीं देना चाहती कि तुम्हारे मिलने से पहले मैंने कंठी दीदी के कान भरे हैं।" सहायता उस स्त्री की तरह उत्तेजित हो उठी थी जिसके स्वाभिमान पर चोट लगी हो। फिर उसने लगभग धकेलते हुए मुझे ऑटो में डाला और ख़ुद जमकर मेरे साथ बैठ गई। इतनी उत्तेजित हो उठी थी कि उसके चेहरे का रंग ही बदल गया था।

"नई दिल्ली स्टेशन!" उसने ऑटो ड्राइवर को चलने को कहा और मेरा हाथ कस कर पकड़ लिया, जैसे अंदेशा हो कि कहीं मैं ऑटो से कूद कर भाग न जाऊं। मैं ऐसा कर भी सकता था। लेकिन निरीह गुड्डे की तरह बैठा निष्चेष्ट आंखों से देखे जा रहा था—बिलकुल उसी तरह, जिस तरह निष्प्राण देवमूर्ति को स्थापित करने के लिए लाद कर ले जाया जाता है।

"रोको!" सहायता ने रेलवे स्टेशन के निकट आटो रुकवाया। सड़क के पार साधारण-सी इमारत की तरफ़ इशारा करते हुए कहती है, "वो सामने समुदाय केंद्र है जिसके दरवाज़े के ऊपर बोर्ड लगा है। वहां कंठी दीदी शाम को नवसाक्षरों को पढ़ाने आती है। अभी गई नहीं होगी। उसके पति का हाल-चाल या जो भी पूछना हो, जा कर पूछ सकते हो।"

मैं उतर कर अकिंचन-सा खड़ा देख रहा था, जैसे बांध कर लाया गया होऊं।

सहायता ऑटो में बैठी-बैठी कहती है, "तसल्ली करके आना। कोई शक-शुबह रह जाए, तो धूमिमल आर्ट गैलरी में मिलूंगी—भीतर या बाहर।"

आटो चला, तो उसने धीमी मुस्कुराहट के साथ हाथ हिलाते हुए कहा, *"बेस्ट आफ़ लक!"*

मैं भ्रमित-सा खड़ा ऑटो को जाते हुए देख रहा था। मन करता था, यहीं से लौट जाऊं। जो हुआ, सो हुआ। कंठी दीदी से मिल कर क्या करूंगा।

समुदाय केंद्र से मज़दूर किस्म के लोग निकल-निकल कर जा रहे थे। लेकिन नहीं जानता था कि कंठी दीदी ने हम दोनों को बात करते हुए देख लिया था। वह समुदाय केंद्र के दरवाज़े में खड़ी मुस्कुरा रही थी। हाथ दे कर अब और कोई चारा नहीं था। मैं गया, तो कंठी दीदी थोड़ी खुशी, किंचित हैरानी से बोली, "उल्लास मियां! आइए, आज इधर कैसे रुख किया!"

"नमस्कार।" मैंने तनिक सकुचाते हुए कहा।

इतने दिनों में ही कंठी दीदी का कायापलट हो गया था। उसके अलसौंहे और आप्तकाम चेहरे पर गर्भधारण की कांति झलक रही थी। हल्के गुलाबी रंग के साड़ी-ब्लाउज़ में पहले से कहीं सुघड़ और पुष्टदेह लगती थी।

"तुम तो जा रही हो?..." किसी तरह मुंह से निकला। चाहता था कि कहे—हां, जा रही हूं।

"नहीं, आओ, भीतर आओ!"

मैं उसके साथ चलते हुए अजीब-सी औपचारिकता अनुभव कर रहा था। कुछ सूझ नहीं रहा था कि बात शुरू कैसे करूंगा। कहां तो इतनी दोस्ती थी दोनों स्त्रियों में और कहां इतना वैर कि एक-दूसरे की सूरत तक देखना गवारा नहीं करतीं।

कंठी दीदी मुझे उस कमरे में ले गई जिसमें नवसाक्षरों के लिए फ़र्श पर फटे टाट बिछे थे। मुझे कुर्सी पर बैठा कर पूछती है, "क्या पिओगे - ठंडा या गरम।"

मैंने हौले से सिर हिला कर जतलाया—कुछ नहीं।

कंठी दीदी के चेहरे पर हल्की-सी मुस्कान दौड़ गई, "वाकई, 'हिमाचल' की चाय की बात ही न्यारी है!" वक्ष से सरकते आंचल को खींच कर समेटते हुए उसने कमर में खोंसा और ब्लैकबोर्ड के निकट रखे स्टूल पर बैठ गई।

"रामलाल जी कैसे हैं!" मैंने औपचारिकता निभाते हुए कहा।

कंठी दीदी की हंसती जिज्ञासु दृष्टि मेरा मुंह जोह रही थी। कहती है, "उल्लास! जानती हूं, तुम यह जानने के लिए तो इस वक्त यहां आए नहीं हो। वैसे, प्रभु की कृपा से पहले से बेहतर हैं...देख रही हूं, तुम कुछ परेशान-से लगते हो। दफ़्तर में बहुत ज़्यादा काम रहता है क्या!"

मैं अपने-आपको सन्नद्ध करने का प्रयत्न कर रहा था। सोचता था, टालमटोल करने की ज़रूरत नहीं। जिस प्रयोजन से आया हूं, वह सब कह डालूं। थोड़ा संभलते हुए मैंने तनिक अधीरता से पूछ ही लिया, "सहायता का अलकेश मर्जाद से क्या

रिश्ता है?..." यह पूछते हुए मुझे ऐसी शरमिंदगी हुई कि मैंने मुंह दूसरी तरफ़ फेर लिया। मुड़ कर देखा, तो कंठी दीदी मुंह बाए देख रही थी और भौहें गुलेती की तरह तन गई थीं और उस व्यक्ति की तरह संजीदा हो गई थी जिस पर अचानक तन्हाई तारी हो गई हो। बोली, "तुम कैसे जानते हो अलकेश मर्जाद को?" यह अप्रत्याशित प्रश्न सुन कर जैसे घोर अचरज उस पर तारी हो गया था।

मैं दुविधा में पड़ गया। कैसे बताऊं। अपनी बाईं हथेली की लकीरों को देख रहा था, जैसे प्यार के खेल में अपने प्रतिद्वंद्वी की भाग्यरेखा से मिलान कर रहा होऊं। वह बोली, "कभी मिले हो उससे?"

मैंने सिर हिला कर जतलाया—नहीं। वह बोली, "फिर कैसे जानते हो उसे?"

मेरी नज़र उठ नहीं रही थी। नाखून से नाखून कुरेदते हुए किसी तरह बता पाया—सहायता ने बताया। कंठी दीदी ने घोर अविश्वास के स्वर में कहा, "सहायता ने स्वयं बताया? क्या कहते हो!"

मैंने स्वर और आंखें नीची रखते हुए कहा, "कहती है, अलकेश के साथ उसका स्प्रिच्युल लव है।" यह कह कर मैं इस तरह झुकी नज़रों से देख रहा था, जैसे यह कहते हुए घोर यंत्रणा हुई हो।

"बाबा रे!" कंठी ठुड्डी पर हाथ रखे मुझे एकटक देखे जा रही थी। "यह सब सहायता ने बताया?"

अब मैं नहीं, मेरे भीतर का पुरुषार्थ बोल रहा था, "क्या यह सच है कि तुम दोनों घर वालों से झूठ बोल कर शिमला गई थीं—अलकेश से मिलने?"

हक्की-बक्की कंठी दीदी अचरज से पूछती है, "यह भी सहायता ने बताया?"

समय स्थिर हो गया लगता था।

"हां," कंठी दीदी इस तरह बोल रही, जैसे पश्चात्ताप कर रही हो। "मैंने सहायता को बथेरा मना किया। लेकिन वह तो घोड़े पर सवार थी..."

लगता था, हम संवाद की स्थिति में आ गए थे। फिर भी, अगली बात मुंह पर लाने के लिए किंचित उद्योग की आवश्यकता थी। अब मैंने यह पूछने में भी संकोच नहीं किया, "सहायता और अलकेश उस रात एक ही शैया पर साथ-साथ सोए थे..."

"माइ गॉड!" कंठी दीदी ने माथे पर हाथ मारा, "ये बताने वाली बातें होती हैं?..."

मैं बैठा-बैठा असहज हो रहा था। भीतर की अकुलाहट चेहरे पर झलक आई होगी। कंठी दीदी अनुभवी स्त्री की तरह बोल रही थी, "सब जान ही गए हो, तो अब और क्या जानना चाहते हो?"

मैं कैसे कहता कि अभी बहुत कुछ जानने को बाकी है।

"सुन।" वह एकाएक आक्रोश-भरे स्वर में बोली, "इस छिछोरी कुड़ी ने जिस तरह मुझे नंगा करके रख दिया है, चाहूं, तो उसे उधेड़ कर रख सकती हूं। लेकिन मैं वैसी अहसान-फ़रामोश नहीं हूं। सहायता ने मेरी मजबूरी नहीं देखी। औरत होते हुए भी उसने एक औरत का दर्द नहीं देखा। पाकिस्तान में बाली उमरिया में मुझे

दुहाजू के घर बैठा दिया गया था जो मुझसे तिगुनी उमर का था। इससे भी ख़ौफ़नाक हादसा तब हुआ जब मैंने गोद में अपने बालक को गोलियों से छलनी होते हुए देखा। फिर बूढ़े मरद को टी.बी. हो गया। भरी जवानी में मैं उन सब सुखों से वंचित हो गई। ऐसे में मुरली मनोहर मसीहा बन कर मेरी ज़िंदगी में आया। सहायता बीबी को इसी बात का रोष है। असल में उसकी मंशा मुरली से शादी करने की थी, लेकिन मुरली ने साफ़ मना कर दिया था। सहायता अलकेश से प्यार करती थी, लेकिन उससे शादी तो हो नहीं सकती थी..."

यह बताते-बताते कंठी दीदी ने भरी आंखों का पानी निचोड़ डाला, "मैंने सहायता को शुरू में ही समझाने की कोशिश की थी कि अलकेश के चक्कर में न पड़। अलकेश शादीशुदा ही नहीं, चार-चार बच्चों का बाप भी है। फिर तुमसे दुगुनी उम्र से भी बड़ा है। उसके साथ वह कहां-कहां नहीं घूमी। मुरली बताता था कि अलकेश की पत्नी को यह सब पता था, क्योंकि अलकेश के साथ काम करने वाला के. के. सारी ख़बरें उसे पहुंचाता था। हमें यह भी पता चल गया था कि अलकेश के ताल्लुकात कई छोकरियों से हैं। एक तो कमल खन्ना नाम की लड़की थी। कमल ऐसी चालू छोकरी थी जो अलकेश के साथ ही नहीं, अलकेश के ससुर के साथ और अलकेश के साले के साथ भी लगी हुई थी। कमल अलकेश से कहती थी—असली प्यार तो मैं तुमसे करती हूं। इसलिए तुम्हारे ससुर और तुम्हारे साले की करतूतें तुम्हें बता रही हूं। बाप-बेटा समझते हैं कि मैं उन्हें और सिर्फ़ उन्हें प्यार करती हूं। बाप को नहीं पता कि बेटा भी मेरा आशिक है और मैं जमाई को भी प्यार करती हूं। इसी तरह बेटा भी नहीं जानता कि मैं उसके बाप की माशूका हूं। लेकिन अलकेश हमें बताता था कि इस लड़की को यह नहीं पता कि मैं इसे प्यार नहीं करता। केवल टाइम पास करता हूं...ऐसी ही कई लड़कियों के साथ अलकेश के संबंध थे। सहायता यह जानती थी। लेकिन कहती थी कि अलकेश कैसा भी है, वह मेरा पहला प्यार है। उसको छोड़ कर अब मैं किसी दूसरे पुरुष को प्यार नहीं कर सकती...मैं अपने अलकेश को प्रेयसी का, बीवी का, मां का इतना प्यार दूंगी कि वह बाकी सब लड़कियों को भूल जाएगा..."

सुनते ही मैं चौंक गया। यही बात तो सहायता ने कभी मुझसे कही थी।

"...उन्हीं दिनों अलकेश को सरकारी नौकरी के लिए इंटरव्यू देने जाना था। उस दिन सहायता भोर वेला में उठ कर शिवमंदिर गई और अलकेश की सफलता की मन्नत मांगी। निर्जला उपवास भी रखा और इंटरव्यू हाल के बाहर जा कर खड़ी हो गई। अलकेश की कामयाबी की कामना करते हुए उसे तिलक किया और मुंह से दही-खिचड़ी लगवाई। जिस दिन अलकेश ने बताया कि उसे नौकरी मिल गई है, उस दिन तो सहायता थल-कमल जैसी खिल गई थी और अलकेश से लिपट कर उसने उसका गहरा चुंबन लिया था। अलकेश ने उस दिन हमें कनाट प्लेस ले जा कर लक्ष्मी रेस्तरां के कैबिन में पार्टी और गिफ़्ट दी थीं..."

यह सब बताते-बताते कंठी दीदी के चेहरे पर फीकी मुस्कान दौड़ गई, "अलकेश ने मुझे पर्स दिया था। सहायता के गिफ़्ट पैक में पाज़ेब और बिछुओं के साथ

गुलाबी रंग की इंपोरर्टिड ब्रा और पैंटी थी, जिसके साथ रखी स्लिप पर अलकेश ने लिखा था : *प्रिय कर-कठिन उरोज परस कस कसक मसक चोली*...लेकिन जब अलकेश ने यह बताया कि उसकी पोस्टिंग शिमला हो रही है, तो सहायता वहीं बैठे-बैठे अलकेश के कंधे पर सिर रख कर रो पड़ी थी—कहती थी, मुझे यहां छोड़ कर कैसे जा सकते हो। मैं नहीं जाने दूंगी। ऐसी ही ज़िद उसने उस दिन भी की, जिस दिन अलकेश रेलगाड़ी से शिमला जा रहा था। अलकेश को विदा करने के लिए उसके बहुत सारे दोस्त रेलवे स्टेशन पर आए थे। के.के. और मुरली मनोहर को तो आना ही था। अलकेश की बीवी नहीं आ सकी थी, क्योंकि, एज़ यूज़ुअल, उसके बच्चा होने वाला था। सहायता पहले तो सबसे हंस-हंस कर बातें करती रही, लेकिन गाड़ी खुलने का वक्त हुआ, तो अलकेश से लिपट कर रो पड़ी। अलकेश हम दोनों को अलग ले जा कर समझाता रहा। सहायता ने रोते-रोते बड़ी चाहत से अलकेश से कहा : दूर जा रहे हो...मजबूर जा रहे हो...इस पर अलकेश ने हंसते हुए सहायता का मुंह दोनों हाथों में थाम कर सांत्वना दी - पगली, दिल से दूर तो नहीं जा रहा न! दिल्ली तो मेरा आना-जाना लगा ही रहेगा...नौकरी ही ऐसी है। लेकिन सहायता की तसल्ली नहीं हुई। रो-रो कर बेहाल होती रही। कहती थी—अलकेश, मैं तुम्हारे बिना जी नहीं सकूंगी। मत जाओ। यह विछोह मैं बरदाश्त नहीं कर पाऊंगी। इतने निर्दयी मत बनो। दुनिया में सबको छोड़ कर मैंने तुमसे प्यार किया है...और अलकेश के सीने से लग कर फफकती रही। कहती थी—अलकेश, तुम न आए, तो पीछे मैं उसी तरह डूब मरूंगी, जिस तरह डोरियन ग्रे के प्यार में हेटी ने कहा था मैं सितारों की रोशनी में सुंदर फूलों से घिरे मिल के पोखर के झिलमिल करते पानी में कूद जाऊंगी।''

मैं बैठा कसमसा रहा था। अलकेश जब भी दिल्ली आता होगा, दोनों मिलते होंगे। इतना लंबा प्यार भुलाया भी कैसे जा सकता है! यह सारा नाटक चलता रहा और सहायता ने मुझसे सब छिपा कर रखा...और मुझसे कहती रहती थी कि तुम मुझे नहीं मिले, तो मर जाऊंगी। आज अपने पर पड़ी, तो जाना कि 'त्रिया चरित्रं पुरुषस्य भाग्यम्' क्या होता है।

कंठी दीदी जैसे शून्य में ताकते हुए बता रही थी, ''अलकेश की गाड़ी गई, तो सहायता फफक-फफक कर रोती रही। मैं उसे संभाल कर लाई। बावरों की तरह गा रही थी : जाते हुए क्यों तुमको, इस दिल का ख़याल आता, तड़पा के चले जाना, इक रीत पुरानी है...स्टेशन से सीधी जमुना जाना चाहती थी। बड़ी मुश्किल से इसे समझा-बुझा कर घर लाई। घर आ कर पड़ गई थी। न कुछ खाया, न पीया। घर वाले पूछते थे मुझसे कि इसे क्या हुआ है। अब मैं क्या बताती...''

क्या यह सब सुनने के लिए मैं यहां आया था?

''...शिमला का प्रोग्राम अलकेश और सहायता ने मिल कर बनाया था। मुझे भी साथ ले कर गई थी, क्योंकि वह मुझे कवर की तरह इस्तेमाल कर रही थी। 31 दिसंबर की सुबह हम शिमला पहुंचीं, तो भारी बर्फ़ पड़ रही थी। हमें रिसीव करने के लिए अलकेश स्टेशन पर मौजूद था। वहां सहायता ने फिर बावलों की

तरह व्यवहार किया। प्लेटफ़ार्म पर सरकती गाड़ी से झांक रही थी। वहां खड़े अलकेश की झलक पाते ही सहायता गद्गद हो, आंखें मूंद ऐसे प्रार्थना करने बैठ गई, जैसे साक्षात भगवान के दर्शन करके कृतार्थ हो गई हो। मेरे रोकते-रोकते सरकती गाड़ी से उतर कर दौड़ी और अलकेश से लिपट कर ऐसे रोई, जैसे सदियों से बिछुड़ने के बाद दो प्रेमियों का पुनर्मिलन होता है। पीछे मैं झोले संभालते हुई उतरी, तो अलकेश ने सहायता के साथ मुझे भी बाहों में भरते हुए कहा—*वेलकम टु शिमला, क्वीन ऑफ हिल्स!* देखो, आज तुम्हारे स्वागत में सीज़न की पहली बर्फ पड़ी है। दोनों बड़ी किस्मत वाली हो। यहां तो लोग आ-आ कर कई-कई दिन बर्फ़ पड़ने की इंतज़ार करते हैं, और तुम हो कि बर्फ ही बर्फ देख रही हो...'' कंठी दीदी के मुख से निकले अलकेश के ये शब्द रेल-इंजिन से छिटकते अंगारों की तरह मेरे सीने पर पड़ रहे थे।

''उस दिन अलकेश के घर हमने खूब मौज-मस्ती की। दिन-भर खाते-पीते, हंसते-बतियाते और मश्करियां करते रहे। शे'रो-शायरी की। कविताएं और गाने सुने-सुनाए। रात को अलकेश हमें नए साल की दावत के लिए किसी बड़े होटल में ले जाना चाहता था। लेकिन भारी बर्फ़ पड़ने से रास्ते बंद हो गए थे। सो, घर में ही हम अंगीठी के निकट आधी रात तक नाचते-उछलते रहे। बारह का पहला घंटा बजते ही हम तीनों ने हो-हल्ला करते हुए नए साल का स्वागत किया। अलकेश ने हमें बाहों में भर कर 'हैपी न्यू ईयर' कहते हुए चूमा और शैंपेन की बोतल खोली। उस रात पहली बार मैंने सहायता को पी कर धुत होते हुए देखा...'' यह कहते-कहते कंठी दीदी की हंसी निकल गई, ''...रब अगे जान देणी ए, झूठ नहीं बोलूंगी...उस रात मैंने भी पी। बिस्तर पर जाने से पहले बड़ी हंसी वाली बात हुई। अलकेश ने अपनी ललाइन जैसी मोटी बीवी के चौड़े-चौड़े लहंगे और नाइटियां निकाल कर हमें दीं। हम दोनों ने हंसते-हंसते लहंगे फैला कर दिखाए अलकेश को - ये लहंगे हैं या तंबू!''

कंठी दीदी हंस रही थी और मेरा मन रो रहा था। लगता था उस रात शिमला में पड़ने वाली बर्फ़ *एवलैंच* बन कर मेरे सीने पर आ पड़ी है।

''उस रात इतनी सर्दी थी कि हम तीनों सोए एक ही बिस्तर में - हालांकि नौकर को दिखाने के लिए तीन बिस्तर लगाए गए थे। रज़ाई में दुबक कर देर तक बातें करते रहे। अलकेश ने हमें नए साल का उपहार देने की बात कही। बोला कि अपनी पसंद बताओ। मैंने तो मना कर दिया। सहायता नशे में थी। अलकेश की तरफ़ करवट बदल कर उसके होंठों पर उंगली फेरते हुए कहती है—प्रॉमिस! वह दोगे, जो मांगूंगी। मुकर तो नहीं जाओगे? अलकेश ने कहा—दे सका, तो ज़रूर दूंगा। सहायता ने कहा—समझते हो, मैं कहूंगी कि शिमला मेरे नाम लिख दो।...और अपनी ही बात पर पागलों की तरह हंसती चली गई...''

यह बताते-बताते कंठी दीदी एकदम गंभीर हो गई। कुछ क्षण कुछ बोल नहीं पाई, जैसे सोच में पड़ी हो कि यह बात बताए या न बताए। मैं देख रहा था, उसके होंठ हौले-हौले हिल रहे थे। फिर कहती है, ''सहायता ने अलकेश के मुंह

के पास मुंह ले जा कर बड़ी ललक से कहा—अलकेश, वह ऐसी चीज़ तुम आसानी से मुझे दे सकते हो, इसी क्षण...अलकेश, मैं तुमसे लव-चाइल्ड चाहती हूं...''

लगा, जिस कुर्सी पर मैं बैठा था, उसका पाया एकाएक चरमराया था और मैं भड़भड़ा कर फटे टाट पर लुढ़क गया था। कंठी कह रही थी, ''मैंने सहायता को फटकारा—इतनी पी है कि होश नहीं हैं! जानती हो, तुम क्या बक रही हो? लेकिन सहायता खिल-खिल हंसती जा रही थी। अलकेश भी परेशान। उठंग हो कर सहायता को समझाने की कोशिश करता रहा। सहायता थी कि अलकेश के गले में बाहें डाल पागलों की तरह हंसते हुए गा रही थी—जो वादा किया है, वो निभाना पड़ेगा...''

कंठी दीदी बैठी-बैठी इस तरह सिहर उठी थी, मानो उस भयंकर रात्रि के नाटक को देख रही थी। फिर कहती है, ''सहायता ने मेरी एक नहीं सुनी। दलीलें दे कर अलकेश को डिगाना चाहती थी। बोलती थी कि पुराणों में लिखा है कि स्त्री मांगे, तो पुरुष को 'न' कहने का अधिकार नहीं है। यदि कोई इनकार करता है, तो वह कापुरुष माना जाता है और नरक का भागी बनता है। बोली कि लोहिया जी भी कहते थे कि अगर कोई कुंआरी स्त्री मां बन जाती है, तो गुनाह नहीं करती, बल्कि युगों पहले नर-नारी के टूटे रिश्तों को फिर से स्थापित करने की कोशिश करती है। ऐसी स्त्री का तंदुरुस्त बच्चा आम गिरस्तिन की आधा दर्जन बीमार संतानों से कहीं बेहतर होता है।''

कंठी दीदी का गला भर आया था। किसी तरह बोल रही थी, ''अलकेश ने भी और मैंने भी सहायता को घर वालों का, गली-मुहल्ले वालों का, दुनिया वालों का डर दिखाया—तेरे छोटे भाई-बहन हैं। उनका ख़याल कर। लोग तुम्हें जीने नहीं देंगे। लेकिन सहायता कहती थी—मैं दीन-दुनिया को ठुड्डे पर रखती हूं। किसको मेरी चिंता है? और पता नहीं, क्या-क्या बोलती रही। असल में, सहायता को भीतर ही भीतर यह दुख खाए जा रहा था कि कमा वह रही है और मां-बाप ने उसकी उपेक्षा करके उसकी छोटी बहन की शादी पहले करवा दी है। लेकिन अलकेश को उस दिन ईश्वर ने सद्बुद्धि दी। उसने सहायता को थपथपा कर सुलाना चाहा। लेकिन सहायता उसका हाथ चूम-चूम कर ऊलजलूल बोलती रही। अलकेश ने हैरान हो कर मुझसे कहा—नशे में आदमी को कुछ याद नहीं रहता। लेकिन देखो इस लड़की को। पहले लोहिया की बात कर रही थी। अब 'गुनाहों का देवता' में जो बात सुधा ने चंदर से कही थी, उसे शब्दशः दुहरा रही है...'आओ, अपनी उंगलियां उलझा लें। एक-दूसरे को बाहों में घेर कर एक-दूसरे के जिस्म की गरमाई में लिपट, एक-दूसरे को अपनी पलकों में मूंद, एक-दूसरे के गुनगुने स्पर्श में उलझें, बातें करें, एक-दूसरे में लीन हो कर घुल जाएं...' लेकिन सहायता ने इससे भी गंदी बात यह की कि नाइटी उघाड़ कर हंसते हुए बोली—अलकेश, देख, मैं वही ब्रा और पैंटी पहली बार पहन कर आई हूं जो तुमने दिल्ली में मुझे उपहार में दी थी...और यह कह कर उसने जो हंसना शुरू किया, तो हंसती ही चली गई।''

कंठी दीदी (या सहायता) का एक-एक शब्द मेरे सीने में नेज़े की तरह चुभता जा रहा था।

"अलकेश ने सहायता को बहुतेरा समझाया—मदद, मैं 'नदी के द्वीप' का भुवन नहीं हूं जो रेखा के यह कहने पर कि 'मैं तुम्हारी हूं, मुझे लो' फिसल गया था। बाद में जैसा ग़लीज़ काम भुवन को करना पड़ा, वह मैं करूं, यह मुझे गवारा नहीं...लेकिन सहायता तो ज़िद पर अड़ी थी। रुआंसे स्वर में बोली—मामूली-सी चीज़ मांगी थी, वह भी नहीं दी, वादा करके भी नहीं दी...ठीक है, मत दो।...और रूठ कर करवट बदल मेरी तरफ़ मुंह करके पड़ गई। हमने समझा कि शांत हो गई है। लेकिन यकदम करवट बदल कर अलकेश से मचल-मचल कर कहती है—मैं अपना सिर तुम्हारे बाएं कंधे पर और बांह तुम्हारे दाएं कंधे पर रख कर चुपचाप सोना चाहती हूं। देखना चाहती हूं कि तुम्हारा दिल कैसे धड़कता है...अलकेश ने हंसते हुए कहा—मदद, यह तुमने कहां पढ़ लिया? यह बात तो एक लेखिका ने रिल्के नाम के कवि से कही थी। सहायता बोली—अलकेश, तुम रिल्के से भी बड़े हो...अलकेश ने किसी तरह उसे थपथपा कर सुलाया। यह अच्छा हुआ कि सहायता सुबह तक सोती रही। उठी, तो रात की बातें भूल चुकी थी।"

मैं हाथ पर हाथ धरे सुन्न-सा बैठा फटे टाट को देख रहा था। कंठी दीदी एकाएक हंस पड़ी, "हम तो अगले दिन ही वहां से चल पड़ीं। लेकिन बाद में बड़ा बावेला हुआ। सुनोगे, तो हंसोगे..."

आह! सहायता मुझे रुला रही है। मेरे जीवन में अब हंसी कहां!

कंठी दीदी कह रही थी, "यह सब मुझे मुरली मनोहर ने बताया। अलकेश के साथ उसकी गहरी छनती जो थी। अलकेश की पत्नी शिमला लौटी, तो उसे पता चल गया कि हम दोनों अलकेश से मिलने आई थीं। वो ऐसे कि अलकेश ने हमें रात को सोने के लिए बीवी की जो नाइटियां और लहंगे दिए थे, अलकेश के नौकर ने उन्हें धो-सुखा कर बिना प्रेस किए रख दिया था। राशि ने—यही अलकेश की पत्नी का नाम था—राशि ने नौकर से पूछा, "इन्हें क्यों धोया?" तो नौकर ने बक दिया कि दिल्ली से दो लड़कियां आई थीं। राशि ने अलकेश को आड़े हाथों लिया—तो तुमने उन चुड़ैलों को यहां भी बुला लिया?... मुरली बताता है कि राशि ने धमकी दी कि इसी वक्त बच्चों को समेटकर तेल छिड़क कर मर जाऊंगी, तुम्हारे दफ़्तर में जा कर शिकायत करूं, तो अगले दिन सस्पेंड क्या, डिसमिस हो जाओगे। अलकेश ऐसा घबराया कि उसने मुरली को फ़ोन करके बुला लिया। शिमला जा कर मुरली ने किसी तरह राशि को समझा-बुझा कर शांत किया। मुरली बताता है कि अलकेश ने राशि के घुटनों को पकड़ कर माफ़ी मांगी कि अब मदद से कोई वास्ता नहीं रखूंगा। *आइ लव यु, राशि। यु आर माइ ओनली लीगल वाइफ़।* हिंदुस्तानी औरत की यही नियति है। राशि चाहे धनाढ्य मां-बाप की बेटी थी। लेकिन ढेर सारे बच्चों को ले कर कहां जाती। दुख में जीवन फिर भी बीत जाता है, लेकिन मर्द के बिना हिंदुस्तानी औरत को कोई ठौर नहीं। असल में, राशि सहायता और मेरे बारे में पहले से सब जानती थी। के. के. ईर्ष्यावश राशि के कान भरता

रहता था। हम जहां भी जाते थे, के. के. कैमरा ले कर जाता था और हमारे फ़ोटो खींचता था। वे सब राशि को दिखा देता था। कुछ फ़ोटो तो ऐसे पोज़ में थे कि उन पर ऐतराज़ किया जा सकता था। एक फोटो में सहायता और अलकेश हंसते हुए बग़लग़ीर हो रहे हैं। तुग़लकाबाद में अचानक बारिश आ गई थी। अलकेश बरसते पानी में सहायता को गोदी में उठा कर भागता हुआ आया था और उसे उतारने से पहले जो उसने सहायता के गीले होंठों का चुंबन लिया था, के. के. ने उसका भी फ़ोटो ले लिया था।''

अब मुझमें और ज़्यादा सुनने की ताब नहीं थी। कंठी दीदी जैसे उन सारी कटु स्मृतियों को उगल कर अपनी छाती का बोझ हलका कर लेना चाहती थी : ''उल्लास, क्या-क्या बताऊं इस कुड़ी के पागलपन के बारे में। हमेशा मैं इनके साथ रहती नहीं थी। एक बार दोनों रात के अंधेरे में इंडिया गेट पर बैठे थे कि पुलिस वाले इन्हें हांक कर थाने ले गए। यह सहायता ने मुझे अगले दिन बताया। किसी तरह सांत्वना माथुर ने आ कर इन्हें छुड़ाया और बदनामी से बचाया। मिसिज़ माथुर ने बुरी तरह फटकारा था सहायता को—शादीशुदा और पांच बच्चों के बाप के पीछे क्यों अपनी ज़िंदगानी बरबाद कर रही हो। लेकिन इस लड़की ने मिसिज़ माथुर की भी नहीं सुनी। एम.पी. मालहायन के यहां जाने से भी मैं इसे मना करती थी। बूढ़ा मालहायन भी एक किस्म का चुग़द और लौंडियाबाज़ था। संसद के सत्र के दौरान भोपाल से दिल्ली आया करता था। पत्नी अमूमन नहीं आती थी। उन दिनों कोई मंदोदरी नाम की औरत जॉब करने या पढ़ाई करने के बहाने मालहायन के साथ आ कर रहती थी जिसे मालहायन बहन बताता था। लेकिन मालहायन का बेटा रामनाथ बताता था कि मेरे पिता और मंदोदरी भाई-बहन की नौटंकी करते हैं। रात को एक ही बिस्तर पर सोते हैं। कहता था, मैं शादीशुदा हूं। रात को उनके कमरे से सीसी की, आह-ऊह की आवाज़ें आती रहती हैं...मैं सहायता को समझाती थी, ऐसे आदमी के साथ काम करना छोड़ दे। मानती ही नहीं। अब भी जाती है। अक्सर मुझे भी साथ ले जाती है। तुम्हें भी ले जाती रही है। एक बार मैंने देखा, मालहायन बेडरूम में तकिए के सहारे ढासना लगाए बैठा था और सहायता उसके साथ सट कर बैठी थी। मेरी तो कभी सुनती नहीं थी। हमेशा यही कहती थी—मैं कोई ग़लत काम नहीं करती।''

चौकीदार आया, तो हम उठ खड़े हुए, ''परमात्मा के वास्ते सहायता को नहीं बताना कि मैंने तुम्हें ये सब बताया है। लेकिन एक बात ज़रूर कहूंगी—सहायता तेरे जैसे आदमी के लायक नहीं है...''

परिणति

कंठी दीदी ने उठते-उठते एक नेज़ा और मेरे सीने में घोंप दिया था।

जो राज़ कंठी दीदी ने खोले थे, उनमें से एक-एक राज़ मेरी देह से सिरिंज की नाईं रक्त खींच रहा था; जो शेष बचा था, उसे अंग-अंग में चिपकी *जलमें* (जोंकें) चूस रही थीं। कभी सोचा तक न था कि सहायता ऐसे चरित्र की लड़की हो सकती है। क्या थी इसकी उम्र और कैसे-कैसे लोगों के साथ कैसे-कैसे खेल खेले थे इसने, और किस चतुराई से अपने प्रेम-प्रसंगों को छिपा कर रखा था।

मगर सहायता से भी 'मीसणी' (घुन्नी) निकली कंठी दीदी। जब भी मिलती थी, चाहत-भरी आंखों से निहारते हुए कहती थी, 'उल्लास! सहायता तेरे बिना जी नहीं सकेगी! इसे दग़ा न देना!!' अब अपने ऊपर पड़ी, तो खुल रही है। जाने अभी कितना कुछ छिपा रखा है इन दोनों ने। कौन विश्वास करेगा कि शिमला की उस रात सहायता तो 'नाड़ा ढीला' करने को तैयार थी, लेकिन वह मर्यादा पुरुष - जिसे वह 'पूरा मर्द' की संज्ञा देती है - 'नाड़े का सुच्चा' निकला! काइयां था। कोई पुरुष कैसे दूसरी स्त्री की उपस्थिति में किसी लड़की के साथ कुछ कर सकता है! इतने बड़े बंगले में दो रातें बिताईं इन्होंने। कहीं एकांत नहीं मिला होगा अलकेश को अपने घर में? क्या कंठी दीदी चौबीसों घंटे सहायता के साथ चिपकी रहती होगी? नहाने जाती होगी...टायलेट जाती होगी...

धूमिमल गैलरी तक मुश्किल से एक-आध किलोमीटर का फ़ासला होगा। लगता था, सहायता तक पहुंचते-पहुंचते कहीं गिर पड़ूंगा और बेदिल दिल्ली के वाहन रौंदते हुए निकल जाएंगे। घिरता अंधेरा धरती पर ही नहीं, देह-प्राण में उतरता जा रहा था। पेड़ों की पत्तियों में से निकल कर आती बत्तियों की किरणें आइसिकल जैसी किरिचों की भांति देह में चुभती थीं।

... कोई ऐसी घटना घटी है जो सहायता ने मुझसे संबंध तोड़ने का निश्चय किया है, नहीं तो डायरी में ऐसी बातें खुल कर क्यों लिखती। ऐसा भी तो हो सकता है कि रेहाना बेन के आश्रम से लौटते हुए मैंने बिजली के खंभे के साथ लग कर जो नौटंकी की थी, उसी का यह प्रतिफल हो। यह भी हो सकता है, अलकेश ने तलाक ले लिया हो और दोनों ने शादी करने का फ़ैसला कर लिया हो। या डोरियन ग्रे के कदमों पर चलते हुए अलकेश ने पत्नी की हत्या कर दी हो? ज़रूर ही कुछ ऐसा हुआ है, नहीं तो सहायता इतनी बे-अक्ल नहीं कि सूखी नदी देखते हुए भी उसमें छलांग लगाने को तत्पर होगी!

...चव्हाण ठीक कहता है। कोई लड़की विवाहित पुरुष के सौम्य व्यवहार के कारण ही उस पर जान नहीं छिड़कती। सहायता जिसे अलकेश की polished manner बताती है, वह असल में उसकी polished mannerism थी - बनावटी, छल-कपट भरा व्यवहार। पुरुष अक्सर अपनी पत्नी से संतुष्ट नहीं रहते। रहते भी हैं, तो प्रेमिका या रखैल रखने को ललकते हैं। ऐसा कर नहीं पाते, तो कोठों की सीढ़ियां चढ़ने-उतरने लगते हैं...

आकाश टिमटिमाते तारों से भर गया था। नहीं जानता कि 'वेंगर्स' तक मैं कैसे पहुंचा। कदम उठ नहीं रहे थे। लगता था, 'वेंगर्स' से ले कर धूमिमल गैलरी तक की धरती के नीचे कोयले भख रहे हैं जिन्हें लांघ कर जाते हुए लगता था कि हालत 'जले पांव की बिल्ली' जैसी हो जाएगी।

आर्ट गैलरी के कपाट बंद थे, लेकिन भीतर तब भी पूरी रोशनी से जगमगा रहा था। सहायता भीतर हो सकती है।

"मैं यहां हूं, उल्लास!"

यह सहायता का स्वर था। लगा, वह जैसे रेहाना बेन की तरह अर्श से बोल रही हो। पलट कर देखा, तो सहायता जल्दी-जल्दी सड़क पार करके आ रही थी। आ कर सम्मुख खड़ी हो गई, "मैं सामने वाले पार्क में चली गई थी।" हांफते-हांफते ऐसे उत्फुल्ल स्वर में बोल रही थी, जैसे कोई बालिका पार्क में गेंद खेल कर आई हो।

यह हंसती-खेलती क्या वही सहायता है जो आज लाल किले के बस-स्टॉप से चल कर क्वीन विक्टोरिया के बुत तक आई थी और मुझे ज़बरदस्ती आटो में लाद कर कंठी दीदी के समुदाय केंद्र के सामने पटक कर चली गई थी? क्या डेढ़-दो घंटे के अंतराल में किसी का चेहरा-मोहरा इतना बदल जाता है कि पराया-सा लगने लगता है? क्या मैं इस बिरानी लड़की को पहली बार देख रहा हूं जिसकी आंखों में इस वक्त मुझे किसी और का अक्स दिखाई पड़ता है?

"गैलरी जल्दी बंद कर देते हैं," सहायता मुंह-माथे पर उभर आई बुंदकियों को चुन्नी में समेटते हुए बता रही थी। "चलो, पार्क में जा कर बैठते हैं।" उसने मेरा हाथ अपने हाथ में ले लिया।

सहायता का उछाह छलका पड़ता था। कहां तो यह लड़की इस तरह गई थी कि कभी मुंह नहीं दिखाएगी, और कहां जतला रही है कि कभी कुछ हुआ ही नहीं! मेरा हाथ पकड़ वह हंसते-उछलते हुए मुझे उसी तरह सड़क के पार ले आई, जिस तरह कोई अंधे की लाठी पकड़ कर रास्ता दिखाता है। मैं 'सुझाखा' (ठीक-ठीक देखने वाला) होते हुए भी विकलांगों की तरह उसके साथ घिसटता चला गया था।

'बेंच पर नहीं, घास पर बैठते हैं।" पार्क में आ कर वह उसी तरह चहकारते हुए नीचे बैठ गई, जिस तरह अलकेश मर्जाद के साथ फ़्लैग स्टाफ़ के पेड़ों के साए तले बैठ कर हंसती-बतियाती होगी।

"खड़े गांव से आए हो क्या!" उसने ठठा कर हंसते हुए मेरा हाथ पकड़

कर मुझे अपने सामने बैठा लिया। "मेरी तरफ़ देखो।" मेरा घुटना ठेलते हुए वह मुझे अपनी तरफ़ देखने को विवश करती है। फिर आंखों में आंखें डाल इतराते हुए पूछती है, "मिज़ाजपुर्सी कर आए 'अपनी' कंठी दीदी की?"

मैं मुंह खोल कर रह गया।

"तसल्ली हो गई होगी!" सहायता के लहजे में वैसा तनिक भी कसैलापन, तनिक भी रोष नहीं था, जैसा उसने चाँदनी चौक में मुझे ऑटो में ठूंसते हुए प्रकट किया था। बल्कि बैठी गुढ़कते हुए कह रही थी, "मैंने ऑटो में बैठे-बैठे देख लिया था। कंठी दीदी सेंटर के दरवाज़े की ओट में खड़ी हमें ताड़ रही थी।" यह बताते-बताते वह हंस पड़ी, "औरतें *घोख* करती (कुरेदती) ही हैं!"

मैं एकटक उसका चेहरा निहार रहा था। अलकेश के साथ जहां कहीं जाती होगी, इसी तरह बैठ कर हंसती-बतियाती होगी।

"कुछ बताओ न," मेरा घुटना ठेलते हुए वह दुलराते हुए बोली। "क्या बताया 'तुम्हारी' कंठी दीदी ने?"

नीम अंधेरे में बैठी वह निरीह बालिका-सी लगती थी।

...इसका कोई कसूर नहीं। कसूर है, तो इसकी मासूमियत का; इसके माहौल का; इसके मां-बाप का; और सबसे बड़ा कसूरवार तो वह पुरुष है जो कुंआरी देह देखते ही लार टपकाने लगता है...शिमला की उस रात मदहोशी में अगर इसने अलकेश से 'लव चाइल्ड' की मांग की, तो इसका क्या दोष!

"किस सोच में पड़े हो!"

मेरे मन में जो था, उसे ज़बान पर लाने के लिए पौरुष चाहिए था। और कुछ नहीं सूझा, तो हिम्मत करके सहायता की चमकती आंखों में झांकते हुए मैं बोल गया, "सहायता, मुझसे शादी करोगी?"

मैं यह कह तो गया, लेकिन दिल धड़का और सहायता से आंख मिलाने की हिम्मत नहीं हुई।

वह चौंकी है या कैसी प्रतिक्रिया की है उसने, इसका मुझे कोई आभास नहीं हुआ। उसकी हंसी सुनाई पड़ रही थी। तनिक खिलंदड़े लहजे में मेरा घुटना ठेलते हुए कहती है, "मेरी तरफ़ देखो..."

मैंने चोर आंखों से देखना चाहा।

"ऐसा कर," वह बोली, "तेरे को जो भी गिला-शिकवा है, आज बैठ कर सब कह डाल। मैं बैठी हूं! फिर यह मौका नहीं मिलेगा..."

मैंने बुरी तरह चौंकते हुए उसकी तरफ़ देखा। उसने बड़े प्रेमभाव से कहा, "हां, तुमसे शादी करने को तैयार हूं..." उसने घास का तिनका तोड़ कर दांतों में दबा लिया, "अगर मैं तुमसे शादी कर लेती हूं, तो, बस, एक बात बता दो—क्या मुझ पर विश्वास करोगे? तुम्हारी विश्वासपात्र बन सकूंगी?"

मैं चौंका-चौंका-सा सहायता को एकटक निहारे जा रहा था।

सहायता ने खुलासा कर दिया :

"उल्लास, मुझ पर तुम्हारा विश्वास उठ चुका है।" उसने चुन्नी खींच कर

गोद में रख ली, "तुम समझते हो कि स्त्री-पुरुष में मित्रता का प्रयोजन एक ही होता है। असल में, सारी पुरुष जात यही समझती है। मैं पहली बार अलकेश से मिली थी, तो उसकी भलमनसाहत पर, उसके मधुर सरल स्वभाव पर रीझ गई थी। उसके व्यक्तित्व में अद्‌भुत आकर्षण था। उसके साथ दो कदम चल कर ही मुझे उससे लगाव हो गया था। उसकी एक-एक बात, उसकी हंसी में मोती-सी चमकती दंतावली, उसकी शाइस्तगी, बात करने का सलीका–ये सब बातें मुझे भा गई थीं। मुझे अलकेश के साथ उठना-बैठना अच्छा लगने लगा था। अलकेश के शिमला चले जाने के बाद उससे जा कर मिलने की लालसा स्वाभाविक थी। उसने मेरे साथ कभी ऐसा कर्म नहीं किया जैसा कि तुम समझ बैठे हो। उस कच्ची उम्र में भी मुझे इतनी तो समझ थी कि अलकेश possessive नहीं होगा–मुझ पर हक नहीं जमाएगा, हालांकि मैं उसके साथ 'दूसरी औरत' की तरह रहने को भी तैयार हो सकती थी, क्योंकि वह मुझे पत्नी से भी अधिक प्यार करता था..."

तेल मालिश वाला हमारे निकट से हांक लगाते हुए निकल गया।

"पुरुष-स्त्री में सेक्स-संबंध प्रेमवश नहीं, स्वार्थवश होता है। ऐसे रिश्तों का अंत एक-दो झटकों के बाद हो जाता है। बवंडर में रह जाती है स्त्री। पुरुष का कुछ नहीं बिगड़ता। वह तो सदा नहाया-धोया घोड़ा रहता है..."

सहायता किसी अनुभवी स्त्री की तरह यह सब बता रही थी। अचानक मेरे दोनों हाथों को अपने हाथों में ले कर कहती है, "अपने को लो। हम दोनों में पहले दोस्ती हुई। फिर प्यार हुआ। क्या हम कभी देह-संबंध बनाने में प्रवृत्त हुए? एम. पी. के फ़्लैट में तुमने जो बात कही थी, उसे क्या भूल सकती हूं। याद है, किचन में एक-दूसरे को दुलारते हुए, गलबहियां डालते हुए हम किस तरह उत्तेजित हो गए थे। लेकिन यह कहते हुए तुम अलग हो गए थे कि शादी से पहले हम शारीरिक संबंध नहीं बनाएंगे। क्या हम दोनों इस प्रतिज्ञा पर दृढ़ नहीं रहे? जवाब दो।"

यह सच था। हमें एकांत के कई अवसर मिले थे, लेकिन हमने कभी हद पार नहीं की।

"सोचो, अगर मेरे और अलकेश के बीच शारीरिक संबंध हुए होते, तो क्या मैं तुम्हें इसके लिए मजबूर नहीं कर सकती थी? जानती हूं, तुम अनजान थे, सीधे-सादे थे। वासना से दूर। मैं प्रेम में वासना का निषेध करती हूं।"

वह सांस लेने के लिए रुकी। थोड़ी देर अंगूठे के नाखून से तर्जनी के नाखून को कुरेदती रही। फिर कहती है, "उस रात मैं अलकेश के वक्ष की गरमाई में लेटी थी। (लगा कि यह कहते हुए सहायता अंधेरे में हंसी थी। अंधेरे में हंसी कहां दिखाई देती है)। मैं नशे में थी–ज़िंदगी में पहली बार...फिर भी अलकेश ने उस रात मेरी आतुरता के बावजूद मेरी रक्षा की। इसी को प्यार कहते हैं। जो पुरुष ऐसी स्थिति में अपने ऊपर नियंत्रण रख सकता है, वह पूजनीय क्यों नहीं होगा।...अलकेश के साथ मेरा जो रिश्ता है, उसे मैं कोई नाम नहीं दे सकती। उसने मुझसे कभी कोई बात छिपाई नहीं। उसने शुरू में ही मुझे बता दिया था

कि वह पत्नी से प्यार नहीं करता, लेकिन उसकी परवा करता है। उसे सिरदर्द भी होता है, तो परेशान हो जाता है। साफ़गोई उसका बहुत बड़ा गुण है। *'द पिक्चर आव डोरियन ग्रे'* का उद्धरण देते हुए अपनी पत्नी के बारे में कहता था–A man can be happy with any woman, as long as he does not love her."

अगली बात कहते हुए वह हंस रही थी, "फ़िल्मी भाषा के लटकों-झटकों का प्रयोग करूं, तो मैं अलकेश के साथ हमबिस्तर हो कर भी गंगा की तरह पवित्र हूं...मैं जितनी दूर थी अलकेश से, उतनी उसके निकट चली गई थी। फिर भी। अलकेश का और मेरा मिलन लिखा हुआ था। उसी तरह, जिस तरह 'नदी के द्वीप' में रेखा कहती है कि उसका और भुवन का मिलन लिखा हुआ था। वह मेरी अपरिपक्व अवस्था थी...मैंने कहीं पढ़ा था कि कोई लड़की तब तक ग्रोन-अप नहीं समझी जाती, जब तक वह तन-मन से किसी पुरुष से प्यार नहीं करती। फिर अलकेश को मेरी हर बात अच्छी लगती थी। स्त्री को यह सब अच्छा लगता है। कहता था - सहायता, तुम *गुनाहों के देवता* की 'सुधा की तरह दुबली-पतली रंगीन चंद्रकिरण-सी हो और बांस की पतली टहनी की तरह लहराती हो।' एक दिन मैंने अंगड़ाई ली, तो बोला था, तुम्हारा अंग-अंग तो वैसा हो गया है, जिस तरह मिस डिसूज़ा यानी पम्मी का अंग-अंग धनुष की प्रत्यंचा की तरह झुक गया था...तुम्हारे मूंगिया होंठों पर वैसा ही गुलाब मुस्काता है और बाहें तो जैसे बेले की पंखुरियों की बनी हों..."

यह कह कर वह हंस दी, "बाबा रे, वह उम्र भी क्या थी! आसमान में बिना पंखों के उड़ने को मन करता था...पिछली बातों को याद करके सुख मिलता है।"

मुझे चुप देख वह मेरा घुटना ठेलती है, "क्या मैं ही बोलती रहूंगी? तुम कुछ नहीं बोलोगे?"

मैंने गहरी सांस ली। गला साफ़ करते हुए कहा "अलकेश के साथ तुम अपने रिश्ते को पवित्र *स्प्रिच्युअल लव* की संज्ञा देती हो। यह तुमने मुझसे छिपाए क्यों रखा?"

वह मेरा हाथ पकड़ कर मुस्कुराती है, "सच बोलूं? यह बताती, तो तुम्हें खो बैठती। मैं दोनों से प्यार करती हूं।"

अनायास ही यह बात मुंह से निकल गई, "कोई स्त्री एक साथ दो पुरुषों से कैसे प्यार कर सकती है!"

"क्यों नहीं कर सकती?" वह आत्मविश्वास के साथ बोल रही थी। "मैंने अलकेश से और तुमसे निश्छल भाव से प्यार किया है। न मैं तुम्हारी जगह उसे दे सकती हूं, न उसके स्थान पर तुम्हें स्थापित कर सकती हूं। उल्लास, तुम दक्षिणी ध्रुव हो, तो अलकेश उत्तरी ध्रुव है।"

उस वक्त पेड़ों के ऊपर से उड़ कर जाने वाले किसी भटके पखेरू की हलकी सरसराहट भी मुझे भयावह लगी।

पिक्चर आव डोरियन ग्रे में लार्ड हेनरी ने जो बात कही, वही दुहराती हूं–'जो लोग अपने जीवन में केवल एक ही व्यक्ति से प्यार करते हैं, वे सचमुच,

छिछले, ओछे किस्म के लोग होते हैं'। *आई एग्री विद हिज़ फिलॉसफ़ी।* यह बात भी तुमसे छिपाऊंगी नहीं कि अलकेश दिल्ली आता है, तो हम मिलते हैं, उसी तरह जिस तरह उसके शिमला जाने से पहले हम 'हिमाचल' रेस्तरां में मिला करते थे।''

तारों की उजास में पेड़ों को हिलाती हवा ने हल्की-सी ठंडक ला दी थी। सड़क पर इक्कों-तांगों और साइकिल सवारों का सिलसिला टूटने लगा था। बीच-बीच में किसी अमीर की मोटरकार की घड़घड़ाहट कंपा देती थी। सहायता के स्वर में एकाएक खटास और संजीदगी भर गई थी। लगता था, अलकेश आ कर हम दोनों के बीच बैठ गया था। ऊपर पेड़ों की काली छाया की तरफ़ देख रही थी। एकाएक पूछती है, ''यदि हम दोनों शादी कर लें और यह कहूं कि मैं अलकेश से नहीं मिलूंगी, तो विश्वास कर लोगे?''

''.....''

''अगर मैं कहूं कि अलकेश से मिलना छोड़ दूंगी, विश्वास कर लोगे? ।'' उसने चुनरी समेट कर दाएं कंधे पर डाली और तनिक भीगे स्वर में अपनी बात दुहराई।

बेसाख़्ता मेरे दिल की धड़कन तेज़ हो गई। वह गहरा उच्छ्वास छोड़ते हुए कहती है, ''अलकेश ने अंतिम चिट्ठी में लिखा था : '*... मेरा कहना मानो, कोई अच्छा-सा लड़का देख कर विवाह कर लो। तुम्हारी सुख-शांति के लिए मेरे हाथ हमेशा जुड़े रहेंगे...* I will always pray for you. You will always remain in me... and I will always remain in you.''

यह कहते-कहते सहायता की आंखें भर आईं। पल्लू में पानी समेटते हुए कभी आकाश की तरफ़ देखती थी, कभी 'वेंगर्स' की तरफ़, कभी 'रीगल'-'रिवोली' की तरफ़।

''मदद...'' अनायास ही मेरे मुंह से सहायता का यह नाम निकल गया।

''उल्लास!'' उसने तत्काल टोक दिया। निरीह आंखों से देखते हुए हाथ जोड़ विह्वल स्वर में याचना करती है, ''उल्लास! प्लीज़, ईश्वर के वास्ते मुझे इस नाम से न पुकारो। यह नाम पुकारने का हक मैं अलकेश के सिवा और किसी को नहीं दे सकती।''

मेरा धड़कता दिल उछल पड़ा!

''नाचीज़ को सहायता ही रहने दो।'' लगा कि वह रो पड़ेगी। आंसू पोंछते हुए मेरी तरफ़ देखती है, ''उल्लास, मेरी एक बात मानो...'' कहते-कहते जैसे उसका गला अवरुद्ध हो रहा था। किसी तरह वह बोल पाई ''उल्लास! तुम सुलभा से शादी कर लो!''

उसने पल्लू समेट कर दोनों आंखों को दबाया, ''वह तुमसे प्यार करती है. ..मैं जिससे प्यार करती हूं, यह ज़रूरी नहीं कि उसकी पत्नी भी बनूं।''

यह ऐसा झटका था जिसने मेरे होंठों के और जीभ के तोपे उधेड़ कर रख दिए। मैं बदहवास- सा बोल पड़ा, ''क्या कहती हो?''

आंखों के आगे से पल्लू हटाते हुए वह जैसे गुनगुना रही थी : "...'वो अफ़साना जिसे अंजाम तक ले जाना न हो मुमकिन, उसे खूबसूरत मोड़ दे कर छोड़ना अच्छा' ।"

"ऐसा मत बोल, सहायता!" मैं जैसे निर्वीर्य हो कर यह बात बोल गया था।

"तुम पुरुष हो। पुरुष स्त्री को हमेशा शक की नज़र से देखता है...उल्लास, मैं तुमसे शादी नहीं कर सकती। यह फ़ैसला मैंने उसी क्षण कर लिया था, जब तुमने कंठी दीदी से मिलने की इच्छा प्रकट की थी...उल्लास! शादी-ब्याह प्यार की परिणति नहीं है। अलकेश से प्यार करती हूं, तो इसलिए नहीं कि मैं उससे विवाह करूंगी। यही बात मैं तुमसे कहती हूं। इसके बावजूद हमारे संबंध पूर्ववत बने रहेंगे।"

क्या यह वही लड़की है जिसने कभी मुझसे कहा था - मैं तुम्हें सबका प्यार दूंगी—मां का, बहन का, प्रेमिका का, पत्नी का?...

वह अपनी बाईं हथेली की लकीरों को देख रही थी। मुझे अंधेरे में धकेल कर वह दिखाई न देने वाली हाथ की लकीरों में क्या पढ़ रही थी? अचानक इसे यह क्या सूझा? मेरे उदर की खोह में तूफ़ान उठ रहा था।

"सहायता, एक ग़लती माफ़ नहीं कर सकती हो!" मैं निमानों की तरह गुहार कर बैठा।

उसकी दृष्टि अब अपनी दाईं हथेली की लकीरों पर अटकी थी, "माफ़ी तो मुझे तुमसे मांगनी चाहिए।"

"तुम मुझे इस तरह छोड़ कर नहीं जा सकती, सहायता!"

"उल्लास, मेरी और रेखा की स्थिति समान है। रेखा किसी से प्रेम करती थी, लेकिन उससे विवाह तो नहीं हो सकता था न! मैं तुम्हें दोष नहीं देती..." यह कहते-कहते उसने दोनों हाथ जोड़ दिए, "उल्लास, चंदर की सुधा के शब्दों में, 'तुम बड़े सुकुमार थे। तुम अपने लोक में लौट जाओ'।"

उसके जुड़े हाथों को अपने हाथों में समेटते हुए मैं विह्वल हो गया, "सहायता, यह सब मैं बरदाश्त नहीं कर सकूंगा। मैं तुमसे अलग नहीं हो सकता। मेरी ज़िंदगी में अब और कोई लड़की आ नहीं सकती।"

चारों तरफ़ भारी मौन और मेरे भीतर कोहराम मचा था।

"सहायता, तू मुझे इस तरह छोड़ कर नहीं जा सकती।"

वह विह्वल हो किसी तरह कह पाई, "उल्लास, रेखा की तरह मैं भी तुम्हें वह सब न दे सकूंगी जो पति को देना चाहिए। मैं तुम्हारी नज़रों में गिर गई हूं। मां की नज़रों से गिर कर भी बेटी उठ सकती है, लेकिन प्रेमी की नज़रों से गिरने के बाद प्रेयसी उठ नहीं सकती। मैं भी वही कहूंगी जो रेखा ने भुवन से कहा था : 'मेरी आकस्मिक अचिंतित हरकतों से तुम्हें अपार क्लेश होगा। मुझमें डंक नहीं है, फिर भी चोट पहुंचाती हूं...तुम सोच रहे होगे कि तुमसे यह नाता तोड़ कर मैं क्या करूंगी? मैं अपने बलबूते जी सकती हूं। देह-सुख भी प्राप्त कर सकती हूं। नश्वर देह का सार्थक उपयोग। अगर पुरुष किसी से भी देह-सुख प्राप्त कर

सकता है, तो स्त्री को भी ऐसी स्वतंत्रता का अधिकार है।' लेकिन मैं ऐसा नहीं करूंगी। मेरी अपनी डेस्टनी है, मेरी अपनी ज़िंदगी है। विवाह करूंगी और वह सब चाहूंगी जो एक स्त्री चाहती है। विवाह एक बायोलाजिकल नीड है। मैं कोई नन या मठवासिनी नहीं हूं। स्त्री को प्रेम से भी बहुत अधिक कुछ और की चाहत होती है, विश्वास। अगर मुझे किसी ऐसे पुरुष का विश्वास मिलता है जो मेरी भावनाओं का आदर करता है और जिस पर मुझे विश्वास है और मेरे आदर का पात्र है, मैं उससे क्यों नहीं विवाह करना चाहूंगी। अफ़सोस कि ऐसा पुरुष इस संसार में दुर्लभ है।"

उसकी दृष्टि आकाश के पटल पर झिलमिलाते तारों के झुरमुट में खो गई थी।

"मैं जब छोटी थी, तो दुल्हन को हाथी दांत का चूड़ा और कलीरे और सलमे-सितारों से भरा 'त्रयोर' (तीन वस्त्र : चुन्नी, सलवार, कुर्ती) देख सोचती थी कि मेरा ब्याह होगा, तो ऐसा ही हाथी दांत का चूड़ा और कलीरे और सलमे-सितारों से भरा त्रयोर और चकवाल की तिले वाली जुत्ती पहनूंगी..."

वह ऐसे सपने में खोई थी जो मेरे लिए दुस्वप्न होने जा रहा था।

वह हलके-सी मुस्काई और हौले-से सरक कर मेरे पहलू में आ बैठी। बालों को सहेजते हुए झुक कर मेरी तरफ़ देखती है और कहती है, "आज मेरी पीठ नहीं सहलाओगे!"

मैंने सकपका कर उसकी तरफ़ देखा। बंद होठों से मुस्काते हुए कहती है, "उसी तरह, जिस तरह कुतुब की बग़ल में बने मंदिर की सीढ़ियों पर बैठे-बैठे सहलाई थी..."

वह याद दिल को निचोड़ गई, जब मैंने बैठे-बैठे सहायता की पीठ सहलाई थी और इसकी ब्रा की तनियों में उंगली डाल कर तनिक संकोच के साथ कहा था, 'तोड़ दूं।' और इसने कहा था, 'नतीजा जानते हो? बंध टूट गए, तो धरती जल-प्लावित हो जाएगी...'

"नहीं?" वह साग्रह पूछती है।

अनमना-सा मेरा हाथ उठा और उसकी पीठ पर चला गया।

"बस!"

मेरा हाथ ठहर गया।

"आज तोड़ोगे नहीं!" कहते-कहते उसने उसी तरह मुझे दाईं बांह से घेरते हुए मेरी गाल के साथ गाल सटा दी, "आइ लव यु, उल्लास!"

उसके टपके दो आंसू मेरी गाल को भिगोते चले गए।

मैं भाव-विह्वल हो कर किसी तरह कह गया, "डोंट बिट्रे मी, सहायता! तुम्हारे बिना मैं ज़िंदा नहीं रह सकूंगा।"

"ऐसा मत कहो, उल्लास! हम उसी तरह मिलते रहेंगे - कॉलेज में भी और बाहर भी..."

मैं कुछ कहूं कि वह उठ कर खड़ी हो गई। चुन्नी झाड़ रही थी, जैसे पिछली

सब बातों को उस पार्क में छोड़ कर जाना चाहती हो। मेरा हाथ पकड़ कर उसने मुझे उठाया और गलबहियां डाल ऐड़ियां उठा कर मेरा गहरा चुंबन लिया और थोड़ी देर मेरे सीने पर सिर रख कर फफकती रही। अलग होते हुए एकटक मुझे निहारते हुए बोली, "अब मैं जाऊंगी।"

मुझे कुछ सूझ नहीं रहा था। भीगे स्वर में कहा, "सहायता, मत जाओ!"

वह कुछ बोली नहीं। भर आई आंखों से देखती है और भर्राए स्वर में कहती है, "अब जाऊंगी।"

मैं उसके साथ चलने को तत्पर हुआ। वह चुन्नी और पर्स संभालते हुए बोली, "नहीं, चली जाऊंगी।"

फिर वह रुकी नहीं। पार्क में उसका पैर ज़रा मुड़ा, लेकिन संभल गई और जल्दी-जल्दी सड़क पार करके 'वेंगर्स' के जगमगाते बरांडे में पहुंच गई। उसकी रोशनी में मैंने पहली बार सहायता का लिबास देखा। वह काली सलवार-कमीज़ और चुनरी में आई थी। आज शाम बस से झांकते हुए उसे देखा था। बस स्टॉप पर उतर कर चाँदनी चौक में उसके साथ क्वीन विक्टोरिया के बुत तक चलते हुए आया था। इतनी देर विक्टोरिया के आगे खड़े रहे थे। ऑटो पर उसके साथ बैठ कर नई दिल्ली रेलवे स्टेशन तक गया था। इतनी देर पार्क में बैठे रहे थे। प्रतीत होता था, इस आकृति को मैं पहली मर्तबा देख रहा था। कॉरिडार के उजले प्रकाश में उसके चेहरे का रंग कुछ और ही लगता था। मैं स्थिर खड़ा उस काली आकृति को जाते हुए निहारता रहा। वह एकाएक जैसे चिड़िया की भांति उड़ी और कवेंटर के मोड़ पर ओझल हो गई। उसने मुड़ कर देखा तक नहीं।

आज फिर पूछता हूं :

ऐसा कैसे हुआ?

मैंने जिस लड़की को चाहा था, वह मुझसे दूर चली गई थी। शुक्ल पक्ष की नाईं प्रकट हुई थी और कृष्ण पक्ष की नाईं अंतर्धान हो गई थी। न मैंने चाँदनी से प्यार किया था, न चाँदनी को मुझसे प्यार था। चाँदनी को तो सिर्फ़ चाहा था। मैंने जिस लड़की को नहीं चाहा था, वह औचक मेरे जीवन में आई और चली गई।

ऐसा क्यों हुआ?

❑❑❑